唐诗鉴赏

张志平　主编

吉林文史出版社

图书在版编目（CIP）数据

唐诗鉴赏 / 张志平主编. -- 长春：吉林文史出版社，2018.10
ISBN 978-7-5472-5512-4

Ⅰ.①唐… Ⅱ.①张… Ⅲ.①唐诗-鉴赏 Ⅳ.①I207.227.42

中国版本图书馆 CIP 数据核字（2018）第 233726 号

唐诗鉴赏

主　　编	张志平	
责任编辑	李相梅	
版面设计	文贤阁	
出版发行	吉林文史出版社有限责任公司	
地　　址	长春市人民大街 4646 号	
网　　址	http://www.jlws.com.cn	
印　　刷	北京市松源印刷有限公司	
开　　本	880mm×1230mm　1/32	
印　　张	17	
字　　数	457 千字	
版　　次	2019 年 5 月第 1 版　2019 年 5 月第 1 次印刷	
书　　号	978-7-5472-5512-4	
定　　价	50.00 元	

前言

　　从《诗经》到《离骚》，从"乐府"到"建安"，无不诗气冠绝，独树文苑，而唐诗则代表了中国古典诗歌的最高成就。唐诗泛指创作于唐代的诗，也可以引申指以唐朝风格创作的诗，它是我国古代优秀文学遗产的重要组成部分，也是世界文学宝库中一颗璀璨的明珠。唐代诗人多，诗作更多，而绝唱者亦不胜枚举，如孟浩然、李白、杜甫等。唐诗不仅流传时间长，其流传地域也广，从其初兴就得到周边各国的倾慕，以至各国纷纷效法，并派遣使臣赴唐学习，加强文化交流，促进社会发展。若按照时间而论，唐诗的创作可分四个阶段：初唐、盛唐、中唐、晚唐。纵观每个时期，都有其杰出的代表人物出现，引领当时诗歌的潮流。

　　唐诗体制完备，题材也异常丰富，正如闻一多先生所言："凡生活中用到文字的地方，他们一律用诗的形式来写，达到任何事物无不可以入诗的程度。"按内容划分主要有山水田园诗、咏物诗、边塞诗、咏怀诗、咏史诗等。可以说，整个唐朝诗苑，流派众多，名家辈出。或婉约，或豪放，或堂皇，或平淡，诗人们各展其才，斐然千姿，极具个性特色。不仅如此，唐诗在形式和风格上也不断求变，时时推陈。唐诗在继承汉魏民歌、乐府的基础上，又大力发展了歌行体的样式；既继承了前代的五言、七言的长处，又把它们向叙事言情的鸿篇巨制上发展；另外又创制了风格独特的近体诗。它把我

国古典诗歌的音乐美、韵律美、建筑美推到了前所未有的巅峰。时至今日，虽然唐诗已无缘文学创作的主流，但依然有热爱者进行创作，甚至只要人们拿起一部唐诗集，就好像又回到了那个诗歌唱和的繁盛年代，"前不见古人，后不见来者。念天地之悠悠，独怆然而涕下"！

本书以清朝人孙洙（号蘅塘退士）编的《唐诗三百首》为底本，在此基础上进行了适当删减，最终择取了三十多位作者、二百余首诗作编辑成册。本书沿用释词、译文、鉴赏的体例进行编排，以利于初学者阅读和理解。释词部分我们试图做到简洁明了，不失词义。译文在参考名家译本的前提下，注重"信""达""雅"的完美统一。而鉴赏部分也是参考了权威版本的唐诗鉴赏辞典后，注重原文实际重新撰写，剔除了一些过时或不符文意的解说，以期达到优美流畅、紧扣诗题的目的。一本好书可以帮助读者打开阅读之门，从而领略其中的烂漫情趣，我们期待此书也能够达到这样的效果。

目录

骆宾王

【作者简介】

骆宾王（约公元638—?），字观光，婺州义乌（今浙江义乌）人。曾任临海丞，故也称他骆临海。光宅元年（公元684年）武则天称制，李敬业在扬州（今江苏扬州）起兵反武。他投在李敬业幕下，专撰军中书檄，《代李敬业传檄天下文》即其代表作。与王勃、杨炯、卢照邻合称"初唐四杰"。在四杰中属他诗作最多，尤擅七言歌行。有《骆宾王文集》。

在狱咏蝉 并序

骆宾王

余禁所禁垣西，是法厅事也①，有古槐数株焉。虽生意可知，同殷仲文之古树②；而听讼斯在，即周召伯之甘棠③。每至夕照低阴，秋蝉疏引，发声幽息，有切尝闻。岂人心异于曩④时，将⑤虫响悲于前听？嗟乎！声以动容，德以象贤。故洁其身也，禀君子达人之高行；蜕其皮也，有仙都羽化之灵姿。候时而来，顺阴阳

之数；应节为变，审藏用之机。有目斯开，不以道昏而昧其视；有翼自薄，不以俗厚而易其真。吟乔树之微风，韵姿天纵；饮高秋之坠露，清畏人知。仆失路艰虞，遭时徽⑥缧。不哀伤而自怨，未摇落而先衰。闻蟪蛄之流声，悟平反之已奏；见螳螂之抱影，怯危机之未安。感而缀诗，贻诸知己。庶情沿物应，哀弱羽之飘零；道寄人知，悯余声之寂寞。非谓文墨，取代幽忧云尔。

西陆蝉声唱，南冠客思深。⑦
不堪玄鬓影，来对《白头吟》。⑧
露重飞难进，风多响易沉。⑨
无人信高洁，谁为表予心。⑩

释词

①法厅事：一本作"法曹厅事"。法曹主要掌管刑讯诉讼。②"虽生意"两句：东晋殷仲文见大司马桓温府中老槐树，叹曰："此树婆娑，无复生意。"借此自叹不得志。这里用此典故。③"而听讼"两句：相传周朝召（shào）伯巡行，听民间之讼而不烦劳百姓，就在甘棠（即棠梨）下断案，后人因相互告诫不要损伤这树。召伯，即召公，因封邑在召（今陕西岐山西南）而得名。④曩（nǎng）时：前时。⑤将：抑或。⑥徽：捆绑罪犯的绳索，此指被囚禁。⑦西陆：指秋天。南冠：楚国的帽子，代指囚犯。《左传·成公九年》："晋侯观于军府，见钟仪，问之曰：'南冠而系者谁？'有司对曰：'郑人所献楚囚也。'"有人认为，钟仪戴南冠是为不忘旧，骆宾王是婺州义乌人，故用此典，以示贞正。深：一本作"侵"。⑧不堪：一本作"那堪"。玄鬓：指蝉。古代妇女将鬓发梳为蝉翼之状，称蝉鬓。暗喻自己正值盛年。《白头吟》：乐府曲名。相传为卓文君所作。唐吴兢《乐府古题要解》称其"自伤清正芬芳，而遭铄金玷玉之谤"，此用其意。

⑨"露重"两句：咏蝉，也咏人事。双关。小人诬陷诽谤，自然不能上进，还要下狱；恶语如风，名声自然扫地。⑩表：证明。予：我。

译文

　　囚禁我的监狱的西墙外，是刑讯诉讼的公堂，另有几株古槐树。虽然能看出它们的葳蕤生机，与东晋殷仲文所见到的槐树一样；但诉讼公堂在此，像周代召伯在棠梨树下断案一般。每到傍晚夕阳斜照，秋蝉鸣唱，发出轻幽的声息，较我过去听到的，更加真切细腻。难道是心情不同往昔？抑或是蝉鸣比以前更悲戚？哎呀！蝉声足以感动人，蝉的美德足以昭示贤德。所以，它的清廉俭信，可说是秉承君子达人的崇高品德；它蜕皮之后，有羽化登仙的美妙身姿。等待时令而来，遵循自然规律；适应季节变化，洞察蛰伏和活动的时机。有眼就瞪得大大的，不因道路昏暗而迷失方向；有翼能高飞却自甘淡泊，不因世俗混浊而敛翼屏息。在高树上临风吟唱，那姿态声韵有如天籁；饮用深秋月下的露珠，清高而怕为人所知。我的处境堪忧，遭难被囚。即使不哀伤，也时时自怨，像树叶未曾凋零却已显败象。听到蝉鸣的旋律，想到申诉平反的奏章已经上报；但看到螳螂欲捕鸣蝉的影子，我又担心自身危险尚未解除。触景生情，感受颇多，写成一诗，赠送给各位知己。希望我的情景能应鸣蝉征兆，同情我像秋蝉般浮萍微末；说出来让大家知道，怜悯我最后感喟的寂寞心情。这不算什么正统文章，只不过聊以遣怀而已。

　　西墙外秋蝉不停地鸣唱，蝉声激起我这囚徒的满怀愁思。想起自己正当青壮盛年的好时光，此时却只能吟诵《白头吟》那样哀怨的诗句。霜露沾翅重，薄翼欲飞不能，风声呜咽淹没了蝉的唧啾。没人相信我像秋蝉般高风亮节，有谁能为我证明冰清玉洁的心肠。

　　这首诗前的小序，可以说是一篇简短而精美的骈文。唐高宗仪凤三年（公元 678 年）诗人迁任侍御史，因上书论事，触怒武后，遭诬入狱。他一心匡救时弊，却蒙受不白之冤，狱墙外有几株古槐，于秋阳夕照之际，独闻蝉鸣凄切，遂有感而作。诗中借蝉的高洁喻自身的清廉，并坚定以往所抱持的操守。

　　诗前的小序交代作诗的缘起。首先从监狱的环境写起，借晋代殷仲文仕途失意及西周时召公明察狱讼的典故，表达了自己身陷囹圄的痛苦和企盼有司明察的心愿。接着写闻蝉鸣而生悲情，反问是不是自己心情低落影响了蝉鸣。接着写了蝉的形态、习性及美德。最后诗人以蝉自喻，抒发了自己"失路艰虞，遭时徽纆"的哀怨之情。

　　首联借蝉声起兴，引起愁思。秋末时节，即将生命枯竭的蝉所发出的凄厉叫声，让深陷牢狱的诗人联想到自己命在旦夕，不禁感怀伤情。这一联对仗工整，音律优美。

　　颔联阐发物我之间的关系。诗人正当盛年，却仕途坎坷，屡次被贬，不仅一事无成，反而锒铛入狱，竟一夕鬓发斑白，而蝉依然"玄鬓"，不禁黯然伤怀。《白头吟》乃乐府曲名。相传西汉时司马相如对卓文君爱情不专，卓文君作《白头吟》以自伤。其诗云："凄凄重凄凄，嫁娶不须啼，愿得一心人，白头不相离。"诗人借用这一典故，比喻执政者辜负了诗人对朝廷的一片赤胆忠心。"不堪"和"来对"相对，构成流水对，语气婉转而深切。

　　颈联物我合一，表面是在写蝉，实则感慨自己的处境。深秋露重，蝉想高飞，却飞不起来。秋风肃杀，淹没了蝉发出的微响。"露重""风多"喻世道污浊、险象环生；"飞难进"喻政治上的不遂意；"响易沉"喻自己政见受排挤。蝉如此，诗人也如此，表达诗人

4

自己虽欲一展抱负，却不尽如人意，为黑暗政局所遮蔽。

尾联运用比喻，以蝉的高洁喻己的品格高雅。秋蝉高居树上，餐风饮露，不食人间烟火。自己也是清廉的，却被诬入狱。诗人直抒胸臆，把自己的冤屈和为国尽忠之志，一并宣泄而出。

全诗感情真挚，用典自然，托物言志，由物到人，由人及物，达到了物我一体的境界，是咏物诗中的名作。

王　勃

【作者简介】

　　王勃（公元650—676年），字子安，绛州龙门（今
山西河津）人，出身儒学世家，其祖父王通是隋末著名
学者，其父王福畤历任太常博士、雍州司功等职。王勃
才华早露，未成年时即被司刑太常伯刘祥道赞为神童。
乾封元年应举及第，曾任虢州参军。后往交趾探父，渡
海溺水，惊悸而死。王勃与杨炯、卢照邻、骆宾王齐
名，并称"王杨卢骆"，亦称"初唐四杰"。当时文坛盛
行以上官仪为代表的诗风，"争构纤微，竞为雕刻""骨
气都尽，刚健不闻"。而王勃的文学主张崇尚实用，他
多创作"壮而不虚，刚而能润，雕而不碎，按而弥坚"
的诗文，对转变文风起了很大的推动作用。他的赋成就
极高，其《滕王阁序》佳句迭出，传诵千载。原有集，
已散佚，明人辑有《王子安集》。

送杜少府之任蜀州①

王勃

城阙辅三秦，风烟望五津。②
与君离别意，同是宦游人。③
海内存知己，天涯若比邻。④
无为在歧路，儿女共沾巾。⑤

释词

①少府：官名，即县尉的别称。之：到，往。蜀州：今四川崇州。也作蜀川。②城阙（què）：皇城两边的望楼，往往被用来代表京都。这里指唐朝都城长安。辅：以……为辅，这里是拱卫的意思。三秦：泛指当时长安附近的关中之地。古为秦国，秦亡后，项羽分其地为雍、塞、翟三国，故称"三秦"。五津：指岷江的五个渡口，分别是白华津、万里津、江首津、涉头津、江南津。这里泛指蜀川。③宦（huàn）游：指出外求官或做官。④海内：四海之内，即全国各地。古人认为我国四周都为大海所包围，所以称天下为四海之内。天涯：天边，这里比喻极远的地方。比邻：并邻，近邻。⑤无为：不必。歧路：岔路。古人送行常在大路分岔处告别。沾巾：泪水沾湿衣服。意思是挥泪告别。

译文

　　长安城垣宫阙由古代三秦之地拱卫，遥望蜀州岷江的五个渡口，只见一片青烟笼罩。与你握手作别时心中五味杂陈，因为你我都是

奔波在外的宦海之人。只要四海之内有你这个知己，就是相隔天涯海角的距离也像近邻。绝不要在分别的岔路上伤心痛哭，像多情的女儿家一样泪湿衣襟。

这是王勃供职长安时，一位杜姓朋友要到四川去做官，诗人为他写的赠别诗，诗意慰勉其勿在离别之时悲哀。

首联写景起兴、对仗工整、起笔恢宏。"辅三秦"即"以三秦为辅"，关中一带的苍茫原野拱卫着京城，点出送别的地点。下句"风烟望五津"则点出杜少府赴任的处所。"望"字将秦、蜀二地联系起来，诗人身在长安遥望远隔千里的蜀地，风烟迷蒙遮望眼，渲染了离别的气氛。这一联不说离别，只描画出京城与蜀地的形势和风貌之别。举目千里，无限依依，送别的情意自然浮现。

颔联写离别直抒胸臆。诗人首先感慨离别的情意，难舍难分。接着笔锋陡转，说你我都是远离故土宦游在外的人，既是安慰友人，又是自我安慰，希望能减轻他的悲凉和孤独之感。这一联于惜别之中显现了诗人胸襟的阔大。

颈联宕开一笔、意境豪迈。距离分不开真正的知己，只要同在四海之内，哪怕天涯海角也如同近邻一样，秦、蜀分隔又有何惧？这两句是诗人的名句，化用曹植的《赠白马王彪》"丈夫志四海，万里犹比邻"。这一联表现了诗人的乐观豁达和对友人的真挚情谊，表明君子友谊是不受时间和空间的限制和阻隔的。

尾联点出"送"的主题。在这即将分手的岔路口，你我不要像女儿家那样挥泪告别啊！诗人劝慰友人要放宽心胸，坦然面对。全诗气氛由悲凉转向豪放。

古代送别诗多写离愁别绪，但这首却不落以往送别诗中的悲凉凄怆之窠臼，语句豪放清新，委婉亲切。"海内存知己，天涯若比邻"两句，成为远隔千山万水的朋友之间表达深厚情谊的不朽名句。

宋之问

【作者简介】

宋之问（约公元656—约713年），一名少连，字延清。汾州（今山西汾阳）人，一说虢州弘农（今河南灵宝）人。父宋令文，唐高宗时为左骁郎将，东台详正学士，善文辞，工书法，饶著声誉，时称"三绝"。宋之问受其父影响，亦善诗文。他的诗与沈佺期齐名，并称"沈宋"，是"近体诗"定型的代表人物。上元进士，武则天时，以文才为宫廷侍臣，颇受恩宠，官至考功员外郎，曾先后谄事张易之和太平公主，于睿宗时被贬钦州，赐死。他的诗多歌功颂德之作，文辞华靡，放逐途中诸诗则表现感伤情绪，诗风逐渐简单寥廓。宋之问在创作实践中使六朝以来格律诗的法则更趋细密，使五言律诗的体制更臻完善，并创造了七言律诗的新体，是律诗的奠基人之一。原有集，已散佚，明人辑有《宋之问集》。

渡汉江①

宋之问

岭外音书绝，经冬复历春。②
近乡情更怯，不敢问来人。③

①此诗作者原题李频。李频《唐书》有传，从未到过岭南。当是宋之问之作。不详考，参见赏析。汉江：汉水，长江最大支流，源出陕西，经湖北流入长江。②岭外：岭南，今广东、广西各地。古代常为罪臣流放之地。③来人：渡汉江时遇到的从家乡来的人。

·译文·

自从被流放到岭南之地，家里的音书全都断绝了，熬过了冬天又迎来了春天。现在距离家乡越来越近，心中却越发胆怯，遇见从家乡来的人，也不敢打听。

·鉴赏·

宋之问武后朝攀附张易之，中宗返正后被贬到岭南泷（shuāng）州（今广东罗定东）。这首诗是他神龙二年（公元706年）从贬所泷州逃回故乡时，途经汉江所作。

第一句写诗人身处岭外，与外界的音书全被阻断。"岭外"，指五岭以外的岭南；"音书绝"，指与外界的音讯全部被隔绝。诗人被贬到荒无人烟的蛮荒之地，远离自己的故乡与亲人，连互通书信的机会都被阻断了，处境该是如何的凄凉。"绝"字既表明了诗人处在荒蛮之地，与外界的音信全都被隔断，同时也体现了诗人心境的凄绝。

第二句写诗人年复一年过着这样的日子。诗人在荒蛮的岭外，思念家乡和亲人，又不能互通书信。这样与世隔绝、孤苦无依的生活，诗人过了一年又一年。"复"字表面上是说诗人在这里挨过了一年又一年，实际上是将诗人被贬到蛮荒之地的那种与世隔绝的处境、失去精神依托的生活情景以及度日如年的孤独和精神上的痛苦，加深了一层又一层。

第三句写越靠近家乡心中越是害怕的心理。自己的苦日子结束了，终于逃回故乡，可是没有想到，离家乡越近，心中越是害怕，不敢靠近。自己在被贬谪的这些年里，不能和家乡的亲人互通音信，对家人又是思念，又是担心，担心他们会由于自己而受到牵累或不幸。这些思念和担心在收不到家书的时候是这样，可是没想到，在离家越来越近的时候，心情会变得更加复杂。

第四句写不敢向同乡打听家中情况的心理。离家越来越近，遇见的同乡人也越来越多，关于自己一直牵挂着的家和家人，现在竟不敢上前去问。"不敢"和上一句的"怯"相照应，体现出诗人此刻想要尽快了解家人的情况，但又害怕他们已经遭遇不幸的矛盾而又害怕的心理，我们也可以从中感受到诗人那种急切的愿望和由此带来的精神痛苦。三、四句为千年传诵的名句。

这首诗描写的是诗人久居在外即将回家时复杂而又矛盾的心理感受。全诗的语言浅近，通俗易懂，但是内涵颇为深刻。此外，心理描写细致入微，诗人把长期在外，如今离家越来越近，想要听到、盼望听到，但又害怕听到家里消息的微妙心理表现得真切感人。

贺知章

【作者简介】

　　贺知章（公元 659—744 年），字季真，自号四明狂客，越州永兴（今浙江杭州萧山）人。证圣进士，官至秘书监，后还乡为道士。好饮酒，与李白友善。"吴中四士"之一。他的诗多祭神乐章和应制之作；写景抒情之作，清新通俗。

回乡偶书二首（其一）

贺知章

少小离家老大回，乡音无改鬓毛衰。①
儿童相见不相识，笑问客从何处来。

　　①老大：贺知章早年离乡，三十七岁进士及第，休官归来时已八十六岁。衰：减少，疏落。

年少时离开家乡，到了迟暮之年才重回故乡，虽然我的乡音并未改，但是双鬓早已斑白。家乡的孩童看见我，没一个认识我，他们笑着问道，这位客人，是从哪里来呀？

·鉴赏·

《回乡偶书》是唐朝诗人贺知章的作品，共两首，诗中既抒发了久客伤老之情，又充满久别回乡的亲切感，虽为晚年之作，却富于生活情趣。这两首诗作于天宝三载（公元744年），贺知章辞去朝廷官职，告老返回故乡越州永兴（今浙江萧山），时已八十六岁，这时，距他中年离乡已有四十多个年头了。人生易老，世事沧桑，心头有无限感慨。《回乡偶书》的"偶"字，不只是说诗作得之偶然，还表明了诗情来自生活，发于心底。

第一句写诗人自己的背景。年少的时候离开家乡，等到返回家乡时，已经是一个老人了，置身于故乡熟悉而又陌生的环境之中，一路逶迤行来，心情颇不平静。"少小离家"与"老大回"的句中自对，概括写出数十年久客他乡的事实，抒发了诗人的伤老之情。

第二句紧承上句，具体写出自己的老态。鬓发已经斑白，但是自己的乡音并未改变，诗人在这里感到一些期盼，也许在家乡，还有人会记得自己吧，也为下两句儿童不相识而发问做了铺垫。

第三句从充满感慨的一幅自画像，转为富于戏剧性的儿童笑问的场面。村中的孩童看见了诗人，却没有一个认识的，这在那些孩童看来或许很正常，但在诗人看来，却成了重重的一击。

第四句写到儿童笑着问诗人是从哪里来的，显然是将诗人当成了外乡人。在儿童看来，这只是平平淡淡的一问，而在诗人看来，自己的老迈衰颓与反主为宾的悲哀，尽都包含在这看似平淡的一问中了。全诗就在这有问无答处悄然作结，而弦外之音却如空谷传响，

哀婉备至，久久不绝。

　　就全诗来看，一、二句尚属平平，三、四句却似峰回路转，别有境界。后两句的妙处在于背面敷粉，了无痕迹：虽写哀情，却借欢乐场面表现；虽为写己，却从儿童一面翻出。而所写儿童问话的场面又极富生活情趣，即使读者不为诗人久客伤老之情所感染，也不能不为这一饶有趣味的生活场景所打动。

陈子昂

【作者简介】

陈子昂（公元661—702年），字伯玉，梓州射洪（今属四川）人。开耀进士，以上书论证，为武则天所赏识，官拜麟台正字，后为右拾遗，敢于直谏。他曾随武攸宜东征契丹，后辞官还乡，被贪婪残暴的县令段简诬陷，忧愤死于狱中。陈子昂在诗歌创作上力倡"汉魏风骨"，主张诗歌要反映现实生活，要有真情实感，反对齐梁"逶迤颓靡"的形式主义诗风，并创作出许多有影响的优秀作品，为唐诗的发展开拓了新的道路。有《陈伯玉集》。

登幽州台歌①

陈子昂

前不见古人，后不见来者。②
念天地之悠悠，独怆然而涕下。③

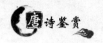

①幽州台：即燕国时期燕昭王所建的黄金台。燕昭王修建黄金台用于招纳贤才，因将黄金置于其上而得名，其师郭隗成为当时燕昭王用黄金台招纳而来的第一位贤才。其又称蓟北楼，在古燕国国都，故址在今北京市西南。②来者：将来的人，后辈。③悠悠：长久，遥远。怆（chuàng）然：悲伤的样子。涕：古时指眼泪。

译文

往前看就没见过礼贤下士的贤明圣君，日后也不会再见到英明的贤主了。只有那天地广邈悠悠无限，自己如此渺小孤单，怎能不让人暗自悲伤而痛哭流涕。

鉴赏

武则天万岁通天元年（公元696年），契丹大军攻陷营州，陈子昂随武攸宜出兵征讨，担任参谋。武攸宜缺少谋略，次年兵败。陈子昂多次提建议，武攸宜不但不听，反而将陈子昂降职。诗人报国无门，雄才大略无处施展，心情异常苦闷，于是登上幽州台，写下了此诗。

前两句写诗人登上幽州台所感。诗人登上高台放眼望去，天高地阔，自己是多么渺小而无助。纵观古今，能赏识人才的贤明之主又有几个？古有战国时代燕昭王礼遇乐毅、郭隗，燕太子丹礼遇田光等，可这已成往事。后面的贤明之主估计也见不到了，自己真是生不逢时。诗人联想自己的遭遇，感慨世事的悲凉。两个"不见"写出了诗人的无助和无奈，更有怀才不遇的愤慨之情。

后两句写诗人登幽州台后的表现。苍茫天地间，在历史的长河中自己只不过是沧海一粟，渺小而又微不足道。诗人感到前所未有的孤单和寂寞，于是悲从中来，潸然泪下。

这是一首五言和七言交错的古诗，其形式与内容对后世诗歌的发展都有很大的影响。整首诗的风格雄浑刚健，具有独特的"汉魏风骨"。诗中虽没有景物的描写，却给我们展现了一幅雄浑广邈的画面，充溢着一种苍凉悲壮的气氛。诗中所体现的失意后的无奈和寂寞之感，引起后世许多怀才不遇之士的共鸣，使这首诗成为传世名篇。

张九龄

【作者简介】

张九龄（公元 678—740 年），字子寿，韶州曲江（今广东韶关）人。武则天长安二年（公元 702 年）进士，玄宗即位（公元 712 年）后，由张说推荐为集贤院学士。开元二十二年（公元 734 年）任中书侍郎同中书门下平章事，迁中书令。他是"开元之治"的最后一位贤相，刚正不阿，后为李林甫、牛仙客等所忌，于开元二十四年（公元 736 年）被排挤出朝，贬为荆州刺史，以文史自娱，写了不少清淡婉惬、寄托深远的诗。卒后谥文献，有《曲江集》留世。安史之乱后，玄宗每思其忠谏之言，至为流涕。

望月怀远

张九龄

海上生明月，天涯共此时。
情人怨遥夜，竟夕起相思。①

灭烛怜光满，披衣觉露滋。②
不堪盈手赠，还寝梦佳期。③

·**释词**·

①情人：指感情深厚的朋友。怨遥夜：因离别而幽怨失眠，以至抱怨夜长。遥夜，长夜。竟夕：整夜，通宵。②灭烛：熄灭烛光。怜光满：爱惜满屋的月光。怜，爱。滋：湿润。③盈手：满手。佳期：美好之日，指相见的日子。

·**译文**·

从海上徐徐升起一轮皎洁的明月，此时远隔天涯的你我都仰望明月。有情人天各一方，都怨恨长夜漫漫，彻夜不眠辗转反侧，心中充满思念。吹灭蜡烛喜爱这满屋月光，披衣走到屋外长久地望月，感到了深夜露水浸润的凉意。不能满满地把美好的月光捧在手里送给你，回屋睡觉，或许还能与你在梦里相见。

·**鉴赏**·

这是诗人在离乡后，因望月思念远方友人而写的，是望月怀思的名篇。清风朗月之夜，最易牵动对远方友人的思念。全诗写景抒情并举，情景交融。

首联寄景抒情，由景入情。"海上生明月"展现了雄浑阔大的境界。"生"字极为生动，与张若虚"海上明月共潮生"诗句中的"生"字有异曲同工之妙。"天涯共此时"与谢庄《月赋》中"隔千里兮共明月"意思相近，自然浑成。一轮皎月勾起了诗人的思念之情，遥想此时友人可能也在对月想念自己，构思奇巧。"望月"是实景，"怀远"是设想，紧扣诗题。

颔联直抒对远方友人的思念之情。诗人因望月而怀念友人，但

夜色已深，须就寝，多情人怨恨这漫漫的长夜，因苦思彻夜难眠。"怨"字包孕着深沉的感情！这两句中"情人"与"相思"呼应；"遥夜"与"竟夕"呼应，对仗工整，自然流畅。

　　颈联具体描绘了彻夜难眠的情境。诗人长夜不能入睡，是烛光太亮了吗？于是诗人吹灭蜡烛。但月色皎洁，一地的银色月光更加明亮。于是诗人披衣走出庭外，欣赏姣好圆月的光华，只觉夜深露湿，滋润沾衣。"怜"和"觉"两个动词用得好，充分地表达了诗人的思念之情。"露滋"照应了"遥夜""竟夕"。这一联形象传神地描绘出诗人彻夜难眠的情境，貌似写赏月，实则寓写怀远幽思。

　　尾联进一步抒写了对友人的一片深情。诗人望着这如华的月光，情不自禁地产生把月光赠送给远方友人的想法，但又不能送予，随之便产生寻梦之想，只希望能在梦中与友人重相聚。"不堪盈手赠"化自陆机拟古诗《明月何皎皎》"照之有余辉，揽之不盈手"句，表现出绵绵不尽的情思，衬托出诗人思念远人的深挚感情。这一联使诗在失望和希望的交集中戛然收住，读之尤觉韵味深长。

　　全诗以"望""怀"着眼，把"月"和"远"作为抒情对象，表现的情意深沉缠绵而不见感伤，语言自然浑成而不露痕迹，情深意永，细腻入微。"海上生明月，天涯共此时"为千古佳句，意境雄浑豁达。

感遇十二首（其一）

张九龄

兰叶春葳蕤，桂华秋皎洁。①
欣欣此生意，自尔为佳节。②
谁知林栖者，闻风坐相悦。③
草木有本心，何求美人折。④

·释词·

①兰：兰草，春兰。葳蕤（wēi ruí）：形容枝叶繁茂。桂华："华"通"花"。②欣欣：指兰草、桂花欣欣向荣，生机勃勃。自尔：自然而然地。尔，语助词。③林栖者：隐居山林的名士。曹毗《对儒》："不追林栖之迹，不希抱鳞之龙。"坐：因。④本心：本性。美人：指林栖者。

·译文·

春天里的兰草翠绿茂盛，秋天里的桂花皎洁盈枝。那欣欣向荣的生命力啊，使此刻自然成为美好的时节。谁曾想到山林隐士，闻到了幽香便心生喜悦爱慕。草木的芬馨原本出自天性，何必要美人攀折佩戴才显芳菲？

·鉴赏·

开元末期，唐玄宗荒废朝政，宠信奸臣。张九龄对此非常不满，又遭受奸党李林甫、牛仙客的迫害，罢相被贬之后用比兴手法作《感遇》诗十二首。"感遇"者，有感于遭遇之谓也。这组诗朴素遒劲，寄慨遥深，此为第一首，抒发了诗人孤芳自赏、不求人知的情感。

第一、二句"兰叶春葳蕤，桂华秋皎洁"，以物起兴，引出自比的对象。你看，兰草迎春勃发，翠绿茂盛，生机无限；秋天的桂花叶绿花黄，皎洁明净，馨香四溢。战国楚屈原《九歌·礼魂》中有"春兰兮秋菊，长无绝兮终古"句。只是诗人兰桂对举，兰举其叶，桂举其花，将"秋菊"置换成了"秋桂"。"葳蕤"两字描绘出了兰草迎春勃发之貌，具有无限的生机。"皎洁"两字描绘出了秋桂高雅的风貌。

第三、四句承接一、二句之意，指出春兰、秋桂不论"葳蕤"也好，"皎洁"也好，都表现出欣欣向荣的蓬勃生机。"自尔为佳节"中的"佳节"回应一、二句中的春、秋。也就是说兰、桂各自在适当的季节里繁茂盛开，显示出"葳蕤"与"皎洁"的生命特点。一个"自"字，还表明了兰、桂按各自的本性生长荣枯、荣而不媚、不求人知的品质，也为下文"草木有本心，何求美人折"埋下了伏笔。

第五、六句写人对兰、桂的欣赏。先用"谁知"一转，引出了居住于山林之中的隐逸之士。隐士由于闻到了兰、桂的芳香，产生了爱慕之情。诗从无人到有人，是一个突转，诗情也由此起了波澜。

第七、八句再次肯定兰、桂不求人荣的高尚品质。"何求"又一转，尽管兰、桂被人欣赏爱慕，但它们是不希望美人（林栖者）来攀折、欣赏的。因为兰逢春而葳蕤，桂至秋而皎洁，这是它们的本性使然，而不是为了供人折取欣赏。全诗到此，主旨豁然：那些如春兰、秋桂的贤人君子洁身自好，建功立业，并非为了博取功名富贵，而仅是为了尽到他做人的本分。自然，春兰、秋桂也是诗人的自喻，表明自己虽遭奸人的排斥，仍具有坚贞清高的气节。

感遇十二首（其七）

张九龄

江南有丹橘，经冬犹绿林。①
岂伊地气暖，自有岁寒心。②
可以荐嘉客，奈何阻重深。③
运命惟所遇，循环不可寻。④
徒言树桃李，此木岂无阴。⑤

·**释词**·

①江南：长江以南。犹：尚，还。②岂：难道。伊：那里。指江南。岁寒心：耐寒的本性。③荐：进献。嘉客：嘉宾贵客。奈何：无奈。阻重深：山高水深，阻隔重重。指至京城长安。④运命：命运。指或进或退、或荣或贬的不同遭遇。循环：周而复始，变化莫测。寻：探求。⑤徒言：只说。树：种植。此木：指丹橘。阴：树荫。

·**译文**·

南国盛产红橘，经严寒之后橘林仍旧葱葱绿绿。这不是因为江南气候暖和，而是因为它生来就能抵御严寒。这珍贵的果子本可以献给上宾，怎奈路途遥远山水阻隔。命运难测，只能听其所遇，周而复始不可探求。世人都只说栽种桃李，难道橘树不能成荫？

·**鉴赏**·

这是《感遇》组诗中的第七首。诗人被贬荆州，此地正是橘之产地。而屈原也生于南国，早有《橘颂》一诗，诗开篇"后皇嘉树，橘徕服兮。受命不迁，生南国兮"以橘言忠贞之志。这首诗托物言志，所表现的即是屈原《橘颂》之意。诗人以凌霜傲雪、经冬不凋的丹橘自喻，与世俗的桃李做鲜明对比，寓意深刻。全诗婉而多讽，含蓄蕴藉。

第一、二句写景，托物言志之意，尤其明显。屈原《九歌·湘夫人》中"袅袅兮秋风，洞庭波兮木叶下"可见，即使在南国，一到深秋，一般树木也难免落叶，又怎能经得住严冬的摧残？而丹橘却能"经冬犹绿林"。一个"犹"字，更是充满了赞颂之意。

第三、四句写丹橘"经冬犹绿"的原因。它究竟是由于得地利

呢？还是本性使然？如果是得地利，也就不值得赞颂。所以诗人反问道：是由于"地气暖"吗？推开一笔，再进行收束，以肯定的语气回答：不，丹橘"自有岁寒心"。"岁寒心"，一般是讲松柏的。《论语·子罕》："岁寒，然后知松柏之后凋也。"诗人在此赞美丹橘和松柏一样具有耐寒的节操，说明橘之高贵是其本性使然，并非地利之故。

第五、六句写丹橘的遭遇。"经冬犹绿林"，不以岁寒而变节，已值得赞颂；结出累累硕果，只求贡献于人，更显出其品德的高尚。如此嘉树佳果，本应荐之嘉宾，然而却重山阻隔，为之奈何！这里，"嘉客"暗指玄宗皇帝，"阻重深"暗指围绕在玄宗皇帝身边的奸人。丹橘遇寒不变节、只知奉献的高贵品质正是诗人的自喻。

第七、八句写诗人对丹橘命运的思考。丹橘为何有此遭遇呢？诗人答道："运命惟所遇，循环不可寻。"看来命运的好坏，是由于遭遇的不同，而其中的道理如同循环往复、周而复始的自然规律一样，不可捉摸，不可探究。这两句看似是无可奈何的自责，又似有难言的隐衷，感情复杂，委婉深沉。

最后两句，以"徒言"二字批评那些不识丹橘美德的人。不要只说种桃树、李树可以"夏得其荫，秋得其实"。难道丹橘就不能遮阴，毫无用处吗？在此之前，已写了丹橘"经冬犹绿林"，能遮阴；"可以荐嘉客"，是美食。而所遇如此，到底为什么？诗人以反诘句再次为丹橘被冷遇打抱不平，同时表达了自己被奸人陷害、被弃之不用的愤慨。

这首诗表达了诗人对朝政昏暗和身世坎坷的愤懑。全诗平淡自然，愤怒哀伤不露痕迹。桃李媚时，丹橘傲冬，邪正自有分别。

王之涣

【作者简介】

　　王之涣（公元688—742年），字季凌，晋阳（今山西太原）人，后徙绛，官文安县尉。豪放不羁，常击剑悲歌。其诗多被当时乐工制曲歌唱，以描写边疆风光著称。《全唐诗》存其诗六首。

出塞二首（其一）①

王之涣

黄河远上白云间，一片孤城万仞山。②
羌笛何须怨杨柳，春风不度玉门关。③

·释词·

　　①诗题一作《凉州词》，唐代乐府曲名。②远：一作"直"。孤城：指凉州城，在今甘肃省武威县。仞：八尺。万仞是形容山很高的意思。③羌笛：我国古代西北部羌族的一种管乐器，三孔或四孔。杨柳：羌笛有《折杨柳枝》之曲，曲调哀怨，乐府载其歌词。此句化用乐府歌词。玉门关：在今甘肃省敦煌西，是当时凉州最西境。

　　远远奔流而来的黄河水，好像与天上的白云相连，一片孤城矗立在万仞高山之下。何必用羌笛吹起那哀怨的杨柳曲，埋怨春光太迟呢，那是因为玉门关一带春风是吹不到的啊！

　　王之涣以善于描写边塞风光著称。这首诗是诗人初入凉州时，面对黄河、边城的荒凉辽阔景象，以及耳闻《折杨柳枝》曲所产生的感慨，也表现出广大将士为国戍边的悲壮。

　　第一句写奔腾的河水、天上的白云，属于远景描写。诗人自下而上、由近及远地眺望，视觉与黄河的流向相反，突出了黄河源远流长的悠远仪态，也展示了边城广漠壮阔的风光，重点表现了黄河的静态美。

　　第二句是诗人的近景描写，征戍士兵居住的很小的城堡孤独地竖立在高山环抱之中。这句主要写凉州城的戍边堡垒，地处险要，境界孤危。用远川高山反衬地势险要、处境孤危。"孤城"是"一片"，是单薄、狭小的，而高山却是"万仞"的，以数量和体积极不相称的两件事物形成鲜明对比，造成一种心理上的压力，体现了诗人对文字巧妙组合运用的能力。

　　第三句从听觉角度出发，凄凉幽婉的笛声吹出了戍守者处境的孤危和强烈的怨恨，表达了诗人对这种景象的感想。诗人听到羌笛演奏的《折杨柳枝》曲调，而折柳意味着"赠别"，这首笛曲直接触动了人们的离愁别恨。不说"闻折柳"却说"怨杨柳"，用词非常精妙，并能引发更多的联想，深化诗意，深沉含蓄。"何须怨"传达出戍守者在乡愁难解时意识到卫国戍边责任的重大，才能如此自我安慰，足见戍边将士的伟大情怀。

　　第四句写就连春风都吹不到玉门关。关外的杨柳自然没有长出绿叶，第三句的"怨"字，可以看出是在怨杨柳尚未发青。由闻《折杨柳枝》，自然想到当年离家时亲人们折柳送别的情景，激起了诗人的思乡之情；由亲人折柳的回忆转向眼前的现实，想到故乡的杨柳早已青丝拂地，而"孤城"里还看不到一点儿春色，由此激起的，仍然是思乡之情。

本诗是一幅西北边疆壮美风光的画卷，也是一首对出征将士满怀同情的怨歌。全诗情景交融，运用对比的手法、精当的语言和朴实的用词，塑造了极为深远的意境，令人回味无穷。这种宽解语，着实委婉，深沉含蓄，耐人寻味，不愧为边塞诗中的绝唱。

登鹳雀楼①

王之涣

白日依山尽，黄河入海流。
欲穷千里目，更上一层楼。②

·释词·

①鹳雀楼：旧址在今山西永济西南，楼高三层，前面有中条山，下临黄河。传说常有鹳雀在此停留，因此而得名。近年已在原址修复，成为旅游胜地。②穷：尽，达到极点。千里目：指眺望极远的地方。

·译文·

落日依傍着绵延的高山渐渐西沉，直到消失，滔滔的黄河水向东海奔流。若是想穷尽千里之外的风光，那就要再登上一层楼。

这首诗是诗人在傍晚时分登上鹳雀楼，由眼前所见景象受到启发而作，表现了诗人积极进取的开拓精神和博大的胸襟。同时，这首诗也反映出盛唐时期人们整体积极向上的进取精神。

第一句描写太阳依随着群山西落的景象。诗人登上鹳雀楼，首先映入眼帘的是一轮落日，正随着远处连绵起伏的苍茫群山缓缓西落，直至最后消失在天的尽头，消失在所望之人的视野里，这是天空中的景象，同时也是诗人向西远望的景象。诗人开篇便为我们描绘了一幅非常壮阔的图景，把我们带进了一个视野宽阔的空间当中，为下文的叙述和抒情做了铺垫。

第二句写黄河入海的壮观景象。此句承接上一句，接着写黄河奔腾咆哮，滚滚而去，流入大海的壮观景象，气势磅礴。这一句与上一句都是写景，但是彼此又有不同。诗人身在鹳雀楼上，不可能看得见黄河入海的场景，句中所写的是诗人目送黄河远去天边而产生的"意中景"，把眼前景和意中景糅合到一起，增加了画面的广度和深度，又不失真切之感。这一句连同上一句，把远近、上下、东西的景物都收纳到笔下，使诗人所要描绘的画面显得更加宽广与辽远。

第三句写想要把千里以内的风光都看尽。诗人从前两句所见到的景象开始有所思有所想。"欲穷千里目"中的"千里"是虚指，不仅是千里，还指更远的地方。这句表面上是在写想要把千里以内的风光都看尽，其实暗含着一种无止境的探求的欲望，要"看"得更"远"，这样，也就自然而然引出了下句。

第四句写想要看得更远，就得再上一层楼。此句承接上一句的"欲穷千里目"，要想看得更远，就得站得更高。这里的"一层"也是虚指，象征着向更高的人生层次和更广阔的人生空间进取。这种积极向上、高瞻远瞩的博大胸襟和人生态度与前两句所描绘的雄伟开阔的景象相契合。韵味深厚，令人深思。

全诗描写了诗人登上鹳雀楼看到的壮观景象，诗人运用极其朴素、浅显的语言，高度形象而又概括地把进入视野的万里河山描绘了出来，并表达了诗人积极向上的进取精神和高瞻远瞩的博大胸襟。寓意深远，耐人寻味。

孟浩然

【作者简介】

　　孟浩然（公元689—740年），襄州襄阳（今湖北襄阳）人，世称孟襄阳。前半生主要居家侍亲读书，以诗自适。曾隐居鹿门山。四十岁游京师，应进士不第，返襄阳。后漫游吴越，穷极山水，以排遣仕途的失意。因纵情宴饮，食鲜疾发而亡。孟浩然的诗歌绝大部分为五言短篇，题材不宽，多写山水田园和隐逸、行旅等内容。虽不无愤世嫉俗之作，但更多属于诗人的自我表现。他和王维并称，其诗虽不如王诗境界广阔，但在艺术上有独特造诣，而且他继陶渊明、谢灵运、谢朓之后，开盛唐田园山水诗派之先声。孟诗不事雕饰，清淡简朴，感受亲切真实，生活气息浓厚，富有超妙自得之趣。与王维合称"王孟"。

春晓①

孟浩然

春眠不觉晓，处处闻啼鸟。②
夜来风雨声，花落知多少。

 ·**释词**·

①春晓：春天的清晨。②不觉晓：不知不觉天亮了，没有察觉到早晨的来到。闻：听到。啼：鸟儿的鸣叫声。

 ·**译文**·

春天里睡意绵绵，一觉醒来，不知不觉天已经亮了，到处都是鸟儿欢快的啼叫声。昨夜听到刮风下雨的声音，不知道院子里的花被吹落了多少。

·**鉴赏**·

这首诗是诗人隐居在鹿门山时所作。

第一句写一觉醒来，不知不觉天亮的情形。开头的一个"春"字，便使人感觉到一股春天的气息悄然而至。俗语说"春困秋乏"，可见，春天是一个容易犯困的季节，春意绵绵，更容易使人入睡。美美地睡上一觉，醒来发现，不知不觉中，天已经亮了。我们似乎可以从中体会到诗人对"天亮"的些许抱怨，还没有睡尽兴，早晨就来了。其实不尽然，在诗人看来，春天已经是一年当中最美好的季节了，而在一天当中最美好的清晨所收获的景色肯定更是美不

胜收。

　　第二句写早晨屋外鸟儿欢啼的景象。早上醒来，诗人首先捕捉到的景象是屋外欢快的鸟啼声，稍加联想，诗人也有可能是被这热闹而又欢快的阵阵鸟啼声给吵醒的。诗人此刻已经睡意全无，听着这欢快的啼叫声，顿时也觉得心情舒畅。诗人通过春天早晨的鸟啼声，展开对春天早晨的描写，非常具有代表性，同时也表现了诗人对充满生机与活力的春天的喜爱和赞美。

　　第三句写诗人联想到昨天夜里的风雨。看着眼前的美景，诗人不禁联想到昨天晚上的景象。回想起昨天晚上风雨交加，经风雨洗礼过的春天的早晨更显得明净而美好。

　　第四句写经过一夜风雨后花朵凋落的情景。经过风雨洗礼的空气是清新的，一夜风雨过后的早晨也是美好的，但是那些柔弱的花朵经过一夜的风雨之后，不知凋落了多少。虽然昨天晚上伴随着诗人进入梦乡的是轻风细雨，但它还是会摇落春花，带走些许春光。在这里我们可以体会到诗人在此处隐含着对春光流逝的淡淡哀愁和无尽的遐想。

　　这首诗描绘了春天早晨充满生机的景象，极富诗情画意，语言明朗晓畅，意境十分优美，表达了诗人对春天的喜爱和怜惜之情。

夜归鹿门歌①

孟浩然

山寺钟鸣昼已昏，渔梁渡头争渡喧。②
人随沙岸向江村，余亦乘舟归鹿门。
鹿门月照开烟树，忽到庞公栖隐处。③
岩扉松径长寂寥，唯有幽人自来去。④

·释词·

①鹿门：即鹿门山。在今湖北襄阳东南三十里。孟浩然家在襄阳城南郊外，岘（xiàn）山附近，汉江西岸，孟浩然曾长期在此隐居。鹿门山则在汉江东岸，与岘山隔江相望。②渔梁：渔梁洲。在鹿门山附近汉水中游。喧：喧哗声。③开烟树：指鹿门山上的树被暮色笼罩，看不分明，在月光照耀下重新显现出来。庞公：汉末著名隐士庞德公。因拒绝征辟，携家隐居鹿门山，从此鹿门山成了隐居圣地。栖隐处：隐居安身的地方。④岩扉松径：指岩壁当门，松林夹路。寂寥：寂静空虚。这里的意思是人迹稀少，冷落萧条。幽人：既指庞德公，也指诗人自己。

·译文·

山寺里鸣钟敲响，天色已近黄昏，渔梁渡头上人们争相渡河，一片喧哗声。人们沿着沙岸走向江村，我也乘着小船回到鹿门山。鹿门山的月光照亮轻烟缭绕的树木，我不知不觉来到了庞公隐居的住处。岩壁当门对着的松间小路上寂静无人，只有我一人在此独来独往。

·鉴赏·

这是一首抒写清高隐逸情怀志趣的诗。孟浩然本住在襄阳城南郊外岘山附近，处于汉江西岸。而鹿门山则在汉江东岸，与岘山隔江相望，距离不远。孟浩然四十岁时长安谋仕失意，随后游历吴越，数年后返乡。他归后寻先贤庞德公行迹，特在鹿门山寻得一住处，时而小住。此诗正是他隐居生活的生动写照。

第一、二句写日落黄昏时江行见闻。黄昏时山寺传来报时的钟声，江边传来人们争相渡江的喧闹声。悠扬的钟声和嘈杂的人声两

相对照，写出山寺的清静和世俗的喧嚣，诗人欲归隐的襟怀可见一斑。

第三、四句写世人回家，诗人却离家去鹿门。从对比中可以看出，这是两种截然不同的归宿，诗人不与世人同，表达了自己超然脱俗的隐逸志趣。

第五、六句写夜登鹿门山的情景。月色明亮，山树朦胧，令人陶醉。诗人在不知不觉中就来到了鹿门山的住处，这里是当年庞德公的隐居地呀，诗人恍然大悟，这真是一个清幽高雅之地。"月照开烟树"中的"开"字，用得相当美妙。佛家在智慧点化上有个用语叫"开光"，此处诗人也似乎有"开慧怡神"的欣慰。诗人山行途中微妙的感受，亲切的体验，表现出隐逸的情趣和意境，隐者被大自然融化，到了忘乎所以的境界。

第七、八句细写"庞德公隐居处"的境况，点破隐逸的真谛。岩洞对着的松林小路，尽管相当幽静，但毕竟不无寂寞。"幽人"既指庞德公，也指诗人自己。他效仿庞德公隐逸，在与尘世隔绝的日子里，唯山林是伴，自来自去，过的是一种清闲、安逸却也孤独寂寞的生活。

全诗以谈心的语调，流畅的结构，平淡自然的笔调，真实地写出了诗人隐逸的内心感受，生动地刻画了超然脱俗的隐士形象，感情真挚飘逸，于平淡中见其优美、真实，清新洒脱，十分自然。

与诸子登岘山①

孟浩然

人事有代谢，往来成古今。②
江山留胜迹，我辈复登临。③

水落鱼梁浅，天寒梦泽深。④
羊公碑尚在，读罢泪沾襟。⑤

释词

①岘山：一名岘首山，在今湖北襄阳市南，东临汉水。据《晋书·羊祜传》记载，西晋名将羊祜镇守荆襄时，常登岘山置酒言咏，终日不倦。他曾对同游者叹息道："自有宇宙，便有此山。由来贤达胜士，登此远望，如我与卿者多矣；皆湮没无闻，使人悲伤！如百岁后有知，魂魄犹应登此也。"羊祜死后，百姓念其功德，在山上立庙建碑祭祀，望见碑者，无不坠泪，杜预因名为"堕泪碑"。②代谢：交替，兴衰。③胜迹：指羊祜庙与堕泪碑。复登临：对羊祜曾登岘山而言。④鱼梁：即渔梁洲，在今湖北襄阳附近沔水渡口。梦泽：云梦泽，古大泽，即今江汉平原。⑤羊公碑：即羊祜堕泪碑。

译文

人间世事有兴有衰，来来往往的时日形成古今。江山各处保留着历代有名胜迹，而今我们又重新登临观赏。渔梁洲因水落而露出江面，云梦泽因天寒而迷蒙幽深。羊祜堕泪碑依然巍峨矗立，读罢碑文泪水沾湿了衣襟。

鉴赏

这是一首触景伤情的感怀之作。据《晋书·羊祜传》，岘山，是襄阳名胜，晋代羊祜镇守襄阳时，常到此山与友人饮酒赋诗，感怀人生短暂。羊祜在襄阳颇有政绩，羊祜死后百姓在岘山建碑立庙来纪念他。古时即有"岁时飨祭焉。望其碑者，莫不流涕"，诗人登上岘山，见到羊公碑，也自然想到了羊祜。于是诗人吊古伤今，想到自己空有抱负，求仕不遇，便觉分外悲伤，潸然泪下，而作此诗。

首联揭题，富有哲理。人类社会一直在发展变化，大到朝代更替，小到一家兴衰，世事总是在无休止地变化着，这是不可逆转的自然法则。年复一年，日复一日，古往今来，时光的流逝也是不可逆转的。这一联诗人感慨世事光阴，引发茫茫心事。

颔联暗寓羊祜故事。诗人登上岘山，看到了羊祜庙和堕泪碑。他不禁想到羊祜登岘山时曾说的："自有宇宙，便有此山。由来贤达胜士，登此远望，如我与卿者多矣，皆湮没无闻，使人伤悲！"前人立庙树碑流芳千古，自己到如今仍默默无闻，死后也将"湮没无闻"，不免黯然伤神。这一联前句承"古"字，后句承"今"字，写出了登临引发的诗人的感伤情绪。

颈联写登山远望。诗人感慨万千后，放眼远望岘山周围景色。只见汉水奔流不息，但现在河水清浅，水落石出，渔梁洲露出了水面。更远处的云梦泽辽阔无边，天寒水清，更觉湖泊深远阴森。古代"云梦"并称，在湖北南部、湖南北部的长江南、北，江南为"梦泽"，江北为"云泽"，后来大部分淤积成陆地，今洪湖、梁子湖等数十湖泊，皆为云梦遗迹。在岘山看不到梦泽，这里是用来借指一般湖泊和沼泽地。诗人登山远望，严冬的萧条景象令诗人发出时光飞逝、"人生几何"的感慨，抒发了诗人空有抱负而无处施展的伤感情怀。

尾联蕴含了诗人的复杂情感。羊祜是晋初的名将，诗人在盛唐，相隔四百多年。羊祜因政绩卓著，深得民心，虽朝代更替，人事变迁，但羊公碑至今还屹立在岘山上，令人敬仰。诗人想到自己此时仍是"布衣"，空有匡世济国的愿望，却报国无门，无所作为，死后更是会湮没于历史之中，这与"尚在"的、与江山同不朽的羊公碑相比，令人感伤不已，因此不免"读罢泪沾襟"了。

全诗借古抒怀，感情深沉，平淡中见深远。前两联具有哲理性，后两联绘景，生动形象。清沈德潜评孟浩然诗词："从静悟中得之，故语淡而味终不薄。"这首诗即能很好地体现这一特点。

临洞庭上张丞相①

孟浩然

八月湖水平，涵虚混太清。②
气蒸云梦泽，波撼岳阳城。③
欲济无舟楫，端居耻圣明。④
坐观垂钓者，徒有羡鱼情。⑤

释词

①洞庭：洞庭湖。张丞相：指张九龄。此诗一题《望洞庭湖赠张丞相》。②湖水平：八月江汛，湖水涨满与岸齐平，故说"平"。涵虚：包含元虚。元虚即构成天地的元气。混太清：水天相接，浑然一体。太清，天空。③云梦泽：古时有"云""梦"二泽，在今湖北南部、湖南北部的长江沿岸一带低洼地区，后大部分淤成陆地。今洞庭湖即为古云梦泽的一部分。岳阳城：在今湖南岳阳，洞庭湖东岸。④济：渡水。舟楫：指船。古时也用之比作贤臣。⑤羡鱼情：《淮南子·说林训》："临河而羡鱼，不如归家织网。"这里用垂钓者比喻执政者，用羡鱼情比喻自己出仕的愿望。

译文

八月的洞庭湖水涨满与岸齐平，水汽吞着天地的元气，更与天空连成一片。云梦二泽水汽蒸腾，波涛汹涌似乎要把岳阳城撼动。我想渡水却苦于找不到船与桨，圣明时代闲居委实羞愧难容。只能闲坐观看别人辛勤临河垂钓，白白羡慕别人得鱼成功。

这首诗是一首干谒诗。所谓"干谒",就是向居高位者献诗文,以求引荐录用。唐玄宗开元二十一年(公元733年),张九龄为丞相,孟浩然游至长安,写此诗献给张丞相,以求得到赏识和录用。诗中通过写洞庭湖的波澜壮阔,顺而说身处圣明之世,闲居而无所作为,实为耻辱,抒发自己想要出仕却无人引荐的苦衷。写得委婉含蓄,不卑不亢,十分得体。

前四句写洞庭湖的壮阔及磅礴气势。首联点出时间为八月,秋水盛涨,湖水容纳了大大小小的河流,几乎和湖岸相平。湖面上烟波缥缈,远远望去洞庭湖和天空相接,可谓水天一色。"混"字用得极妙,写尽了"秋水共长天一色"的景色。颔联对仗工整,概括了洞庭湖的典型特色:云、梦二泽水汽蒸腾白茫茫一片,波涛汹涌似乎要把岳阳城撼动。"蒸"字给人以云蒸霞蔚、万马奔驰之势;"撼"字笔力千钧,仿佛使人看到"惊涛拍岸,卷起千堆雪"的场景,其魄力好像把岳阳城都摇动了似的,反衬湖水的澎湃动荡。这四句以夸张的手法泛写洞庭湖波澜壮阔,景色宏大,象征开元的清明政治。

后四句由写景转入写自身,旨在表达积极入仕的思想。颈联巧妙地运用眼前景物来比喻,用想渡洞庭湖但没有船和桨,含蓄地表明自己向往入仕从政而无人引荐赏识。"端居耻圣明"是说在这个"圣明"的太平盛世,自己闲居无为,自觉羞愧,想要出来做一番事业。这两句诗人正式向张丞相表白心事,说明自己目前虽然是个隐士,可是并非本愿,自己很希望被引荐出仕为官。尾联化用典故,卒章显志。这里化用《淮南子·说林训》的古语"临渊而羡鱼,不如归家织网",喻指自己空有出仕从政之心,却无从实现这一愿望的无可奈何的心情。这两句生动地写出了诗人既恋清高又想求仕而难以启齿的复杂细腻的心理活动,壮志难酬的难隐之情"溢"于言表。后四句比喻恰当,婉曲传神,引人入胜。

全诗境界雄浑壮阔，情景交融，托物言志，含蓄委婉，极力泯灭干谒诗的痕迹。有人评论这首诗"以望洞庭托意，不露干乞之痕"，确实道出了此诗的妙处。

过故人庄①

孟浩然

故人具鸡黍，邀我至田家。②
绿树村边合，青山郭外斜。③
开轩面场圃，把酒话桑麻。④
待到重阳日，还来就菊花。⑤

释词

①过：拜访，探访，看望。②鸡黍（shǔ）：语出《论语·微子》"杀鸡为黍而食之"，后指农家丰盛的饭菜。黍，黄米饭。③合：环绕。郭：指城外修筑的一种外墙。这里指村庄的四周。斜：迤逦远去，连绵不绝。因古诗须与上一句押韵，所以应读 xiá。④面：面对。场圃：农家的小院。打谷场和菜园子。桑麻：指桑树和麻，这里泛指农事。⑤重阳日：指农历九月九日重阳节。旧时有登高饮菊花酒的习俗。就菊花：指欣赏菊花与饮酒。

译文

老朋友准备好了丰盛的饭菜，邀请我到他的田舍做客。只见绿树将村庄四面环绕，村庄墙外青山连绵不绝。打开窗子面对着谷场和菜园，我们举杯欢饮说些耕作桑麻的事。等到重阳节那天，我还要再来和你一起赏菊饮酒。

这是一首描绘淳朴自然风光的田园诗。诗人被农家好友邀到家中做客，二人举杯共饮，闲话家常。诗中充满浓厚的农家生活气息，写出田家生活的恬静闲适，抒发了诗人与友人之间的真挚情谊，并把恬静秀美的农村风光和淳朴诚挚的情谊融成一片。

首联交代此行的缘起。开篇如话家常，友人"邀"而我"至"，朴素简单。"黍"是田中所收，"鸡"是家中所养，"鸡黍"是田家美食，故人以"鸡黍"设宴，不但显出田家特有的风味，也写出待客的简朴。由此看出友人对客人不讲客套和排场，足见两人的情意深厚。正因如此，诗人也毫不客气，有邀必至。在轻松的氛围中，朋友之间敞开心扉，闲话家常。这一联在文字上毫无渲染，平静而自然。

颔联描写故人村庄优美的自然环境。上句是近景，走进村里，绿树环抱，优雅恬静，别有天地。下句是远景，村庄的外面，青山迤逦伸向远方，展示了开阔远景，表明田庄不是孤独的。诗人前往途中的景色恰似一幅绝妙的青绿山水画，令人心旷神怡，给人清新愉悦的感受。

颈联写见到故人时的场景及活动，呼应"田家"。正是因为"故人庄"环境的和谐自然，所以打开窗户面对谷场和菜园，宾主举杯欢饮闲聊着农桑之事，心情是畅快的。"开轩"看似随意，却照应上联村庄的景色。"话桑麻"不仅让我们领略了田园风味和劳动生产的气息，甚至好像听到了宾主谈论的欢声笑语。田家生活的安逸，让归隐的诗人忘却仕途的烦恼，沉浸在风景的秀丽和故人质朴的友情中，使得诗人也融入其中，乐在其中。

尾联写期待来日再相逢。诗人与友人相聚谈论甚欢，田庄生活深深吸引了诗人。于是诗人临走时表示，在秋高气爽的重阳日再与友人一起赏菊饮酒。这一联承接上文，写出田园风光的清新，友人待客的热情，宾主尽欢的愉悦。诗人的"还来"与故人的"邀"，对比中深化了主题。

这首诗语言朴实无华，叙事自然流畅，意境清新隽永，感情真挚亲切。全诗诗意醇厚，有"清水出芙蓉，天然去雕饰"的美学情趣，将景、事、情完美地结合在一起，心情的惬意与环境契合，平淡中蕴藏着深厚的情味，具有强烈的艺术感染力。

宿建德江①

孟浩然

移舟泊烟渚，日暮客愁新。②
野旷天低树，江清月近人。③

释词

①建德江：新安江的一段，因在建德境内，所以称为"建德江"。②泊：停船靠岸。烟渚：弥漫着雾气的沙洲或江岸。按常理，停船应是江岸而不是沙洲。③天低树：天幕低垂，好像比树还低。月：指江中月影。

译文

傍晚时分，我把船停泊在雾气笼罩的江边，暮色给在外的游子增添了几分新愁。原野空旷辽远，远处的天空好像比树还低，明月倒映在清澈的江水中，与我比较接近。

  诗人孟浩然一生大部分的时间都在家乡的鹿门山隐居,四十多岁时曾往长安、洛阳谋取功名,并在吴、越、湘、闽等地漫游。晚年,张九龄聘他为幕僚,这首诗就是诗人于约开元十六年(公元728年)漫游吴越时所作。

  这首诗不以行人出发为背景,也不以船行途中为背景,而是以舟泊暮宿为背景。它虽然露出一个"愁"字,但立即又将笔触转到景物描写上去了。可见它在选材和表现上都是颇有特色的。

  第一句写诗人将船停靠在岸边的情景。诗篇刚开头便交代了傍晚时分,他将船停靠在岸边,为下面的叙事和抒情做好了铺垫。"移舟"就是天色已晚将船靠近岸边,体现出了诗人的无奈;"泊"有停船夜宿的意味;"烟渚"描写的是傍晚岸边被水汽笼罩着,一片朦胧的景象。诗人把行船停靠在一个烟雾朦胧的江边,一方面点题,另一方面也为下文的写景抒情做了准备。

  第二句写日暮时分,诗人的忧愁涌上心头。"日暮客愁新"中的"日暮"和"移舟泊烟渚"中"泊""烟"有关联,这里将时间明确地点了出来。因为"日暮",所以船要停泊靠岸,人要休息;也因为日落黄昏,所以江面上才会浮起水汽,烟雾朦胧。同时还是因为"日暮",所以才会"客愁新"。"客"指诗人自己。如果按照旧诗中起、承、转、合的格式,那么这句就将承、转这两层意思糅合在一起了。诗人被忧愁笼罩着心头,看到的眼前之景又会是怎样的呢?

  第三句写晚上远处的天空比树还低。夜幕降临之后,眼前的世界被黑暗笼罩着,原野空旷辽远,放眼望去,远处的天空看起来比近处的树还要低。"野旷"实际上是诗人将天地的广阔和自己的孤独无依形成对照,更加突出了此刻飘零孤寂的意味;"天低树"也是相比较而言的,夜幕压下来,看远处的天空一片漆黑,竟显得比树都低,形象地写出了诗人夜宿江舟的独特感受,给人以身临其境之感。

在一片茫茫的夜色之中，我们体会到诗人的忧愁仿佛也在黑暗中逐渐蔓延开来。

第四句写江水清澈，月亮低沉的景象。在看不到边际的夜幕之中，只见空中高悬着一轮明月，映在清澈的江水中，和舟中的诗人距离如此之近。"江清月近人"中的"近"和"清"相互映衬。"月近人"是诗人的主观感受，月亮实际上是在高空中挂着，江水中不过是它的倒影罢了。即使这样，诗人也觉得很欣慰，有孤月相伴，总归还是有所依托的。

这是一首抒发旅途愁思的诗。诗人傍晚露宿江边，看着眼前的景色，触景生情，通过对江边暮色的描写，抒发了诗人的羁旅漂泊之感。全诗淡而有味，含而不露，独具韵味。

留别王维

孟浩然

寂寂竟何待，朝朝空自归。
欲寻芳草去，惜与故人违。①
当路谁相假，知音世所稀。②
只应守寂寞，还掩故园扉。③

释词

①寻芳草：比喻追求理想境界，隐居山林。违：别离，分离。②当路：当权者。假：提携。③扉：门。此句是闭门不仕之意。

　　寂寞无聊，还企盼什么呢？每天一无所获，独自空手而归。想要寻找幽静的山林归隐，可惜要与老朋友分离。如今当权者们谁肯提携我？世上知音毕竟是稀少的。或许只应空守寂寞，还是回乡关上故园的门吧。

　　这首诗作于开元十七年（公元 729 年），孟浩然因为一首《岁暮归南山》得罪了唐玄宗，皇帝下令不许他做官。诗人千里迢迢来应试，却落得如此下场。他决定离开长安归隐山林，不忍当面与好友王维告别，于是临行前留下此诗。诗中有落第后的寂寞与惆怅，有对朝廷压抑人才的怨愤，有不忍远别知心朋友的留恋，还有怀才不遇的嗟叹。诗中带有辛酸意味，真挚感人。

　　首联写落第后的空虚，打算返乡。诗人满怀希望来长安应试，却没想到自己会落第。"寂寂"既写出门庭冷落的景象，又写出诗人落寞的心情。"竟何待"是诗人落第后，面对"寂寂"景象时的必然想法。在长安，诗人无知心友人陪伴，内心空虚，想着也只能孤单返乡了。

　　颔联紧扣诗题，写惜别之情。诗人想返乡寻一处归隐之地。"芳草"一词来自《离骚》，代表归隐的理想之地。归隐便要离开好友，他也实在不愿与其分别，表明二人情意的深厚。"欲"和"惜"写出了诗人由落第而思归，由思归而惜别，从而写出他复杂矛盾的心情，抒发了依依惜别的离情。

　　颈联写归去的原因。面对自己求仕无门的凄凉之境，诗人深切体会到世态炎凉、人情如水的悲凉。"谁"字反诘，颇为有力。在这个世上，能理解自己、赏识自己的人实在是太少了，恐怕只有王维你一个吧。"稀"字准确地写出知音难遇的社会现实。这一联写社会的黑暗冷酷，充满强烈的愤懑情绪。

尾联写归隐的决心。现实如此残酷，功名无望，只能回乡隐居了。"只应"表明诗人只有归隐一条路可走，侧面写出诗人来京求仕的失望。在当道不用的情况下，此时不走，更待何时？诗人毅然决然地打算"还掩故园扉"，隐居襄阳，寂寞地度过余生。

诗人失意后的牢骚、朝中无人引荐和求仕的无望贯串全诗。全诗既没有优美的画面，也没有华丽的辞藻，语言平淡朴实，不讲究对偶，极其自然，言浅意深，耐人寻味。

岁暮归南山①

孟浩然

北阙休上书，南山归敝庐。②
不才明主弃，多病故人疏。③
白发催年老，青阳逼岁除。④
永怀愁不寐，松月夜窗虚。⑤

释词

①南山：此指岘山，因在襄阳城南，故称。诗题一作《归终南山》。②北阙：指皇帝的居处，因宫殿坐北朝南，故名。也代称皇帝。③明主：指当今皇帝。④青阳：指春天。《尔雅》有"春为青阳，一曰发生"。因春天气清而温阳，故称。逼：催迫。岁除：旧俗在腊月三十击鼓驱疫，称"逐除"。后以年终之日为岁除。除，去。⑤永怀：悠悠的思怀。愁不寐：因忧愁而睡不着觉。虚：空寂。

不要再去宫廷北门上书，还是归隐到南山中我那破旧的庐舍吧。我没有才能不被明主赏识，身体多病老朋友都疏远了。时光流逝头上的白发催人衰老，岁月无情新春逼迫着旧年过去。心中怀有忧愁难以入睡，松林间的月光照在空寂的窗扉上。

玄宗开元十六年（公元728年），四十岁的孟浩然来长安应试落第，心情苦闷。他曾"为文三十载，闭门江汉阴"，学得满腹文章，也得到很多有识之士的赏识，虽颇有诗名，不料名落孙山。相传，孟浩然曾被王维邀至内署，恰遇玄宗到来，孟浩然藏在床下，随后王维以实情相告。玄宗索诗，孟浩然就读了这首《岁暮归南山》，当听到"不才明主弃"句，玄宗生气地说："卿不求仕，而朕未弃卿，奈何诬我？"于是下令孟浩然不得做官，于是他只能回去过隐居生活。诗中表面是诗人自责自怪，实际上是怨才不为世所用，抒发仕途失意的幽思。

首联是诗人的自伤之词。"北阙休上书"，表面写停止追求进仕，其实是反语，实际表达的是"魏阙心常在，金门诏不忘"的情意。而归隐南山更不是诗人本意，实在是不得已。诗人矛盾的心理在这一联展现无余。

颔联委婉表达自己不被赏识的苦楚。"不才明主弃"，诗人内心很矛盾，他自幼饱读诗书，满腹经纶，说自己"不才"是谦辞，也包含有才不被识的郁闷。"明主"是赞颂之词，但也含有明主"不明"，带有埋怨的意味。而"多病故人疏"比上句更为委婉深致，表面怨恨自己疾病缠身，连老朋友都疏远了，实际上是"故人"引荐不力，不能使明主明察自己，抒发世态炎凉之怨。

颈联自叹虚度年华，壮志难酬。诗人虽求仕心切，但宦途依旧渺茫，如今已两鬓斑白，何日才能功成名就？这是诗人发自内心的忧虑焦急。"白发""青阳"（春日），本是无情物，这里用"催""逼"二字，准确地写出诗人不愿一生碌碌无为，但又无可奈何的复杂心情。

尾联阐发愁寂空虚之情。诗人陷入了不可排解的苦闷之中，才使他"永怀愁不寐"。诗人焦虑难耐，夜不能寐，只见松林间的月光照在空寂的窗扉上。那迷蒙空寂的夜景，与内心落寞惆怅的心绪是十分相似的，衬托了诗人怨愤难解的失意之情。"虚"字语意双关，把院落的空虚、静夜的空虚、仕途的空虚、心绪的空虚，包容无余。这一联以景写情，寓情于景，余味无穷。

这首诗语意缠绵，情志深笃，生动地表现了诗人彷徨苦闷的心境，这在封建社会里是有深刻的典型意义的。全诗看似语言显豁，实则含蕴婉曲，层层辗转表达，风格悠远深厚，读来韵味无穷。

崔　颢

【作者简介】

　　崔颢（约公元704—754年），唐朝汴州（今河南开封）人，开元进士，官司勋员外郎。他才思敏捷，长于写诗，系盛唐诗人，但他宦海浮沉，终不得志。有《崔颢诗集》。

长干行四首 (其一)①

崔颢

君家何处住，妾住在横塘。②
停船暂借问，或恐是同乡。

　　①长干行：乐府曲名。长干，即长干里，又称长干巷，在今江苏南京之秦淮河南。②横塘：今江苏南京秦淮河南岸长干里附近。

请问你家住在哪里？我家住在横塘。暂且停下船借问一声，听口音咱俩或许是同乡。

《长干行》是古乐府，多描写古代妇女的生活。崔颢的《长干行》共四首，第一首是天真无邪的少女发问，第二首是纯朴厚实的男子唱答。这是第一首。

第一句写少女问江上来客家住哪里。诗篇开头，诗人便为我们呈现了这样一个场景：少女看到江上来的客人，于是追问客人家是哪里的。这个场景放在诗篇的开端，看起来虽然显得平淡无奇，没有什么特别的地方，但如果联系当时的社会背景，那意味就深刻多了。在封建社会里，男女之间不仅是没有恋爱和婚姻自由的，还被很多礼教约束着。比如，男女授受不亲，束缚女子的三从四德，青年女子是绝对禁止与陌生男子接触的，等等。但是，在任何时代都不缺乏蔑视封建礼教、勇敢追求自由恋爱的"叛逆者"，诗人笔下的这位少女可以说就是这样一例。所以联系当时的背景来看，少女的这一举动也就在平淡无奇中显得不同寻常了。

第二句写少女介绍自己家住在横塘。这个少女在问了临船的人家住何处之后，可能没有立刻得到回应，于是，自告奋勇地自报家门——说自己家住横塘。这一大胆的举动使得这个蔑视封建礼教的"叛逆者"的形象更加生动鲜明。

第三句写暂且停下船来问一句。被一个大胆的女子问到这些，临船的人必会感到万分惊诧，甚至是有些害怕，想要回避，赶快乘船离开。但是，少女还没有得到对方的回答，怎么肯就此罢休呢？所以才又有了这一句——"停船暂借问"，暂时停船，借问一下吧。

"暂"和"借"这两个字，体现出了一种询问当中带有请求的语气，又有一种不容回绝的含义在里面。

第四句写少女猜测临船的有可能是同乡。少女可能想到了问得这么直接，显得过于唐突，而且，有可能会引起对方的误会，于是又赶忙解释"或恐是同乡"——听你的口音，咱们两个或许是同乡。也许真的是这么回事，也有可能这只是少女为自己找的一个托词，至于实际情况是怎样的，接下来又发生了什么，给读者留下了无限的想象空间。

这首诗展示了一个富有情趣的生活画面。通过写一个女子看见一个也许是同乡的男子便开始的一系列的发问，表现其无视封建礼教的大胆与勇敢。全诗语言朴素自然，如话家常，使我们能够清晰地感受到这位少女的纯真无邪，极具感染力，令人百读不厌，回味无穷。

长干行四首（其二）

崔颢

家临九江水，来去九江侧。①
同是长干人，生小不相识。

·释词·

①九江水：泛指长江下游。

·译文·

我家住九江附近，平日里来来往往于九江畔。你和我都是长干人，咱俩竟然从小互不认识。

这是崔颢《长干行》的第二首，写男子的"答"，与第一首遥相呼应。

　　第一句写男子回答家住九江旁。在经过少女的一系列追问和解释之后，被询问的男子终于开口了，他答道自己家在九江附近。没有多余的话语，也没有什么生动的描述，从这简洁的回答当中，一个质朴的男子形象呈现在我们面前。此时，他和少女一样，早就将"男女授受不亲"的封建礼教抛到了九霄云外，自然而又亲切的对话也由此展开。

　　第二句写男子描述平常在九江附近来来回回的场景。一切隔膜都消除了，再加上两人又是同乡，于是彼此间的对话便展开了。这一句依然是质朴平实的语言，但是感觉两人间的距离瞬间拉近了很多，开始述说平日里的生活。男子由于家在九江附近，所以免不了经常在九江附近往来。同时这句诗为下文的"同是长干人，生小不相识"做了铺垫。

　　第三句写两人都是长干人。原来两个人真是同乡——同为长干人。"同"字在这里用得非常巧妙而恰当，这不仅表示两人是同乡，而且也表现出他们同样漂泊的生活经历，从而引发共同的叹息。在交谈了一番之后，可以想见，两人作为同乡，又有着相似的生活经历，两人一时之间不免会产生很多相同的感慨和感情。

　　第四句写男子感叹两人竟然从小互不相识。两人是同乡，都住在九江附近，又有着同样的生活经历，竟然从小就互不认识。从"同"和"不"的对比中，可以看出说话人所流露出的深深遗憾和相识恨晚之情。此外，在说到自己家乡时的无比亲切，也体现了常年流落在外的他们对家乡的思念和爱恋。

　　这首诗是上一首所描绘的场景的继续。经过女子一系列的发问

和解释之后，男子开始回应，通过质朴自然，不加任何修饰的语言表现出了一种相见恨晚之情，含蓄而又不失生动。这两首诗可以看作是男女相悦的问答诗，和民歌中的男女对唱有异曲同工之妙。

行经华阴①

崔颢

岧峣太华俯咸京，天外三峰削不成。②
武帝祠前云欲散，仙人掌上雨初晴。③
河山北枕秦关险，驿路西连汉畤平。④
借问路旁名利客，何如此地学长生。⑤

①华阴：今陕西华阴，位于华山北面。②岧峣：高峻的样子。太华：华山。咸京：秦都咸阳，在长安西约四十里，唐人多以代称长安。三峰：指华山的莲花、玉女、明星三峰。③武帝祠：即巨灵祠。汉武帝登华山山顶后所建。帝王祭天地五帝之祠。仙人掌：峰名，为华山最陡峭的一峰。相传华山为巨灵神所开，其手迹尚存于华山东峰。④河山：谓潼关北靠黄河、华山而为天险。秦关：指函谷关，故址在今河南灵宝。戴延之《西征记》："东自崤山，西至潼津，通名函谷，号曰天险。"畤：秦汉时祭天地和五帝的祭坛。⑤名利客：指追名逐利的人。

高峻的华山俯瞰着古都咸阳城，伸向天外的三峰不是人工所能削成。武帝祠前的乌云将要散去，仙人掌峰顶大雨过后天气刚刚转晴。函谷关北靠黄河、华山，地势多么险要，驿路通过长安往西连着汉畤。敢问路旁那些追名逐利的人们，为何不到此访仙学道求长生。

　　这首诗是诗人行经华阴时所作，诗人目睹华山的雄奇险峻，不禁浮想联翩，但是却没有因观山而壮情，反而生出了淡泊名利的感慨。

　　首联写远观华山之态。高峻的华山俯视着咸阳城，浑然天成的华山三峰不是人工能够削成的。这两句中的"俯""削"二字用得最妙，运用拟人的修辞手法，用人的动作写物，将眼前之景写活了。偌大的咸阳城，却在华山的俯视之下，华山便像一个顶天立地的巨人屹立在眼前。华山三峰形态各异，挺拔陡峭，好像经过了刀削斧劈，但是这样的气势，又绝不是人力所能达到的，所以诗中便用"削不成"。这样写更容易让读者融入诗人所营造的意境中，读起来更加形象、生动。

　　颔联写近观华山之景。武帝祠前的乌云就要消散，仙人掌峰顶大雨过后天气刚刚转晴。"欲""初"是这两句的关键字眼，"欲"是将要的意思，有"要做而未做"之意，如此，便写出了武帝祠前乌云缭绕、欲散未散的景象。"仙人掌上顶雨初晴"写雨后初晴，仙人掌峰顶空气清新，万物亮丽，给人一种沁人心脾之感。这两句极力刻画的是华山的清幽秀丽，让人感觉华山就像是一位仙风道骨的雅士。

颈联写险要的地势。在前两联诗人的远观和近看的基础上写诗人的想象，黄河、华山北依函谷关的险峻，"枕"字亦运用拟人的修辞手法，如"俯""削"的运用。驿路迢迢一直向西延伸，与汉代祭坛相连。这两句所写的景物绝不是视力所能到达的，应为"思接千载，视通万里"的想象，写出了河山的壮阔，驿路的辽远。

尾联写自己淡泊名利，想要寻仙问道的想法。"客"为过客之意，天下的人来来往往，多为名利奔波。诗人借此向旁人劝喻，说明凡争名夺利的人，不妨学道求长生。这两句隐约曲折，潇洒自如，风流蕴藉。

这首诗写诗人行旅华阴时所见的景物，抒发其吊古感今的情感。诗的前六句写景。首联写远景，起句不凡，写华山的险峻和三峰的高耸；颔联写初晴时的景色，是近景；颈联写想象中的景色，描述华阴地势的险要。前三联写景写得气势磅礴，雄奇阔大。尾联反诘，表现出了诗人淡泊名利的感慨。全诗讲究炼字，字字精练，尤其是写景的文字非常灵动，立意别出心裁。此外，这首诗打破了律诗起承转合的格式，别具韵味。

黄鹤楼①

崔颢

昔人已乘黄鹤去，此地空余黄鹤楼。
黄鹤一去不复返，白云千载空悠悠。
晴川历历汉阳树，芳草萋萋鹦鹉洲。②
日暮乡关何处是？烟波江上使人愁。③

①黄鹤楼：三国吴黄武二年（公元 223 年）修建。江南三大名楼之一，旧址在湖北武昌黄鹤山上，今武汉长江大桥武昌桥头处。清光绪十年（1884 年）因附近失火延烧被毁。1985 年重建落成，楼为五层，耸立于蛇山之巅。相传古代仙人子安乘黄鹤经过这里，又传仙人费文伟曾在此驾鹤登仙。②晴川：阳光照耀下的清明江面。历历：清晰分明的样子。汉阳：武汉三镇之一。鹦鹉洲：在湖北省武昌城外，原在江中。此洲在明末逐渐沉没。现今汉阳拦江堤外的鹦鹉洲，是乾隆年间新淤成的洲，即名鹦鹉洲。根据后汉书记载，汉黄祖担任江夏太守时，其长子黄射在此大宴宾客，有人献上鹦鹉，祢衡挥笔写就《鹦鹉赋》。故称此洲为鹦鹉洲。③乡关：故乡。烟波：暮霭沉沉的江面。

　　昔日的仙人已经乘着黄鹤飞走了，这里只留下一座黄鹤楼。黄鹤飞去之后就再也没有回来过，千百年来只看见悠悠的白云。阳光照耀着汉江，汉阳四周的树木历历在目，鹦鹉洲上碧绿的芳草长得非常茂盛。日暮降临，眺望着远方，我的故乡在哪里呢？眼前只见一片雾霭笼罩着烟波，给人带来无限的愁绪。

　　这首诗是诗人登临古迹黄鹤楼，由眼前所见景物，触景生情而作，是一首吊古怀乡的佳作。

　　首联通过传说引出所要写的黄鹤楼。诗人满怀着对黄鹤楼的美好憧憬慕名前来，可是仙人已经驾鹤归去，杳无踪迹。鹤去楼空，眼前就只剩下一座寻常可见的江楼。"昔人已乘黄鹤去，此地空余黄

鹤楼。"美好憧憬与寻常江楼之间的对比与落差,在诗人心中布上了一层怅然若失的淡淡哀愁,为下文乡愁的抒发做了铺垫,起调平稳自然。

　　颔联写江天相接的自然画面在悠悠白云的衬托下显得更加宏伟壮阔。诗人被眼前宏伟的景象感染,心境也逐渐开阔,胸中的情思也随之驰骋:黄鹤楼久远的历史和美丽的传说一幕幕在眼前回放,但最终还是物是人非、鹤去楼空。这里的"黄鹤"除了实体的"仙鹤"之外,还有"一切"的意思。"不复返"更是包含了岁月不待人的无尽感慨。"白云"变幻莫测,寓托着诗人对世事难料的感叹。如果说"白云"和"空悠悠"使人看到了空间的广袤,那么"千载"则使人看到了时间的无限性。这种空间和时间的组合产生了空间的开阔感和历史的纵深感,使诗人所抒发的乡愁更深一层。

　　颈联描写了诗人登上黄鹤楼所见的美丽景色。这两句对仗工整,形象而直观地描绘了:阳光照耀着汉江,汉阳四周的树木显得格外分明;鹦鹉洲上,萋萋芳草如茵。开阔的视野,生机勃勃的明媚风光,作为远景衬托出在黄鹤楼上远眺汉阳、俯瞰长江的挺拔气势。

　　尾联写诗人面对着暮霭沉沉的江面,寄寓自己的思乡之情。此时诗人眼前的美景如画,但是内心的乡愁却难抑。太阳落山,夜幕即将来临,鸟要归巢,船要归航,游子要归乡,然而天下游子的故乡又在何处呢?看着暮霭沉沉的江面,诗人心底生出了无限的愁绪,那是一种隐隐的哀愁和心系天下苍生的广义乡愁,问乡乡不语,思乡不见乡。面对着此情此景,任谁也不能不生乡愁。诗以"愁"收篇,准确地表达了日暮时分诗人登临黄鹤楼的心情,同时又和开篇相照应,表现出了浓浓的乡愁。

　　全诗具有浓郁的民歌风味,景到言到情到,妙语连珠,浑然天成,对仗工整,韵律和谐。诗人将思念亲人的狭义乡愁与心系天下苍生的广义乡愁相结合，把乡愁情怀抒发得波澜壮阔，淋漓尽致。沈德潜说它"意得象先，神行语外，纵笔写去，遂擅千古之奇"。着眼于意境的开阔和运笔的飘逸，也正是此诗艺术魅力之所在。

此诗是黄鹤楼诗的绝唱。《唐诗纪事》卷二载：李白登上黄鹤楼，本拟题咏，因见崔颢诗而搁笔，只题"眼前有景道不得，崔颢题诗在上头"。但李白除了羡慕，更多的是不忿。后来李白写了一首《题金陵凤凰台》："凤凰台上凤凰游，凤去台空江自流……"虽说有异曲同工之妙，但毕竟是仿作。

常　建

【作者简介】

　　常建（生卒年不详），开元十五年（公元727年）进士及第，曾任盱眙（xū yí）县尉，后辞官归隐于武昌樊山（即西山）。他仕途失意，退而寄情山水，过着漫游的生活。尤工五律，以田园山水诗为主，意境清幽，语言清淡秀丽，风格接近王孟一派。有《常建集》。

破山寺后禅院①

常建

清晨入古寺，初日照高林。②
曲径通幽处，禅房花木深。③
山光悦鸟性，潭影空人心。④
万籁此皆寂，惟闻钟磬音。⑤

　　①破山寺：即兴福寺，位于今江苏常熟境内虞山北麓。南朝齐延兴至中兴年间，郴州刺史倪德光舍宅建寺。唐咸通九年（公元

868年），懿宗赐额"破山兴福寺"。②古寺：指兴福寺。自兴建至盛唐时期已有百年以上，所以称古寺。③曲径：一作"竹径"。幽：幽静。④山光：山的景色。悦：用作动词，使……高兴。空：使……空明，形容词用作动词。人心：指人的尘世之心。破山寺里有空心亭。⑤万籁：各种声音。籁，凡是从孔穴中发出的声音都叫"籁"，此指自然界的一切声音。皆：都。惟闻：一作"但余"。钟磬：寺院里诵经、斋供时打击钟磬作为信号。磬（qìng），古代用玉或金属制成的曲尺形的打击乐器。

清晨我缓步进入破山寺，初升的太阳映照着高高的树林。一条竹林小路通向幽静处所，禅房深藏之处花木缤纷。山色秀丽怡悦群鸟性情，潭影使人心中的俗念消除净尽。自然界的声音全然消失，只听到寺院里的钟磬声。

这首诗题咏的是佛寺禅院，是诗人游历虞山兴福寺时所写的一首寄托隐逸情怀的山水诗。诗人欣赏这禅院幽美绝世的居处，领略空门忘却尘俗的意境，表现了诗人寄情山水、宁静淡泊的生活态度。

首联写诗人入寺后见到的景色。"清晨入古寺"点明出游的时间和地点。下句紧扣"清晨"，描绘出这座寺院的全景：它掩藏在大片高树丛林中，旭日照耀下，宁静而安谧。佛家称僧徒聚集的处所为"丛林"，所以"高林"兼有称颂禅院之意，在日照山林的景象中显露着礼赞佛宇之情。"古寺""高林"突出了破山寺的幽雅和宁静。这一联用白描手法描绘了古寺的总体风貌。

颔联描绘后禅院的景观。穿过寺中竹丛小路，走到幽深的后院，发现诵经礼佛的禅房就在后院花丛树林深处。诗人抓住寺中独特的景物——竹林、小路、花木、禅房，渲染出后禅院的幽深静寂，烘

托安详、幽雅的气氛。这一联与陆游的"山重水复疑无路，柳暗花明又一村"有异曲同工之妙。

颈联写诗人观赏的感受。青山明媚的翠色使鸟儿发出欢悦的鸣叫，深潭变幻的波影让人心灵澄澈透明。实际上，鸟儿怡然自乐的鸣唱正是诗人心情愉悦的反映。潭中身影湛然空明，心中的尘世杂念顿时涤除，表达了诗人宁静的内心感受，也隐约流露了对现实的愤慨和反感。这一联紧承上联，因景生情，含蓄隽永，进一步渲染了禅房的幽深、清寂。

尾联是对佛教法力的礼赞。在古老的破山寺，一切声响俱已沉寂，只听见钟磬之音，这悠扬而洪亮的佛音引导人们进入纯净怡悦的境界，诗人的心灵也完全得到了净化。这一联以动显静，映衬山寺万籁俱寂的宁静气氛。

盛唐山水诗大多歌咏隐逸情趣，这首诗中幽深美妙的环境和宁静祥和的氛围都让人产生超然物外的向往。全诗语言质朴明净，意境闲适隽永，层次分明，简洁明净，感染力强。由本诗演化出的成语"曲径通幽""万籁俱寂"沿用至今。

宿王昌龄隐居

常建

清溪深不测，隐处惟孤云。
松际露微月，清光犹为君。
茅亭宿花影，药院滋苔纹。①
余亦谢时去，西山鸾鹤群。②

释词

①宿：比喻夜静时花影如眠。药院：药圃。滋：生长着。②谢时：辞别世俗的牵累，指归隐。鸾鹤：古常视作仙人的禽鸟。喻不受世俗羁绊、志趣高雅的逸士。群：与……为伍。

译文

　　清澈的溪水流向石门山深处，隐居的地方只见一片白云。松林间露出微微的月光，清亮的光辉好像是为了你而发出。茅亭外夜静花影如眠，药圃里滋生出一缕一缕的青苔。我也要离开尘世隐居，到西山与鸾鹤做伴。

鉴赏

　　这是一首山水隐逸诗。王昌龄是诗人的同榜进士和好友，出仕前曾居于今安徽含山境内的石门山，诗中的隐居即指该处。常建在盱眙任县尉一职，与石门山分处于淮河的南北两岸。他辞官回武昌樊山途中，游览了淮河附近的石门山，到王昌龄的住所住了一夜，深为当地清幽优美的环境所吸引。全诗通过对王昌龄隐居地自然风物的赞美，表现了诗人脱离尘世、归隐山林的思想感情。

　　首两句写王昌龄的隐居地。深山密林中，壑深峰耸，清澈的山溪蜿蜒至山林深处，望不见尽头，隐居处只见岭上孤独的云朵。"山中何所有？岭上多白云。只可自怡悦，不堪持赠君。"，这是齐梁隐士陶弘景对齐高帝说的。于是，山中白云成了隐者住处的象征，也是隐者清高品行的象征。

　　中间四句写诗人在王昌龄住处的见闻。入夜，山风袭来，林涛阵阵，从茂密的松树间露出的明月，还为你洒下一地的清辉。"犹为君"是写清冷的月光与王昌龄的心意相通，赞美了王昌龄的清高品

格。屋前有松树，屋边栽花，院里种药，花影摇曳，药草飘香，显示出隐居者对生活的热爱和高雅的生活情趣。而种药的院落里已滋生出了缕缕青苔，不仅增添了深远幽僻之意，也暗示主人已长久不来。

最后两句诗人抒发己志。我也要辞别世俗的羁绊，到西山与鸾鹤为伴。"鸾鹤群"出自江淹《登庐山香炉峰》"此山具鸾鹤，往来尽仙灵"，表示将与鸾鹤仙灵为伴，隐逸终生。这两句从侧面烘托了隐逸生活的高尚情趣，含蓄地表达了诗人对官场生活的厌倦。"亦"字好像是要学王昌龄归隐，实际上是委婉地劝说王昌龄要坚持初衷回来归隐。

全诗描述平实，语言含蓄，形象明朗，诗旨含蓄，引人联想，在平易的写景中蕴含着比兴寄喻。

李　颀

【作者简介】

　　李颀（qí）（生卒年不详），祖籍赵郡（今河北赵县），常年居住于河南颍阳（今河南登封），一说东川（今四川三台）人。少时家本富有，后结识富豪轻薄子弟，倾财破产。后苦读十年，开元年间中进士，做过新乡县尉。任职多年，没有升迁，晚年仍过隐居生活。他一生交游很广，与王昌龄、崔颢、高适、岑参、王维、綦毋潜等著名诗人都有交往，诗名颇著。他的诗以边塞题材为主，风格豪放，慷慨悲凉，最著名的有《古从军行》《古意》《塞下曲》等。李颀还善于用诗歌来描写音乐和塑造人物形象。他以长歌著名，也擅长短诗，他的七言律诗尤为后人推崇。《全唐诗》中录存李颀诗三卷，后人辑有《李颀诗集》。

送陈章甫

李颀

四月南风大麦黄，枣花未落桐叶长。
青山朝别暮还见，嘶马出门思旧乡。

陈侯立身何坦荡，虬须虎眉仍大颡。①
腹中贮书一万卷，不肯低头在草莽。②
东门酤酒饮我曹，心轻万事如鸿毛。③
醉卧不知白日暮，有时空望孤云高。④
长河浪头连天黑，津吏停舟渡不得。⑤
郑国游人未及家，洛阳行子空叹息。⑥
闻道故林相识多，罢官昨日今如何。⑦

·释词·

①陈侯：对陈章甫的尊称，"侯"是尊称。何：副词，多么。虬
（qiú）须：蜷曲的胡须。仍：再加上。大颡（sǎng）：宽脑门。颡，
前额。②贮：积存。③东门：指洛阳东门。酤（gū）酒：买酒。酤，
通"沽"，买。饮（yìn）：使……喝，作动词。我曹：我辈，我们。
④白日暮：指白天黑夜。⑤长河：指黄河。津吏：管渡口的小吏。
⑥郑国游人：指陈章甫。河南春秋时属郑国，陈曾在河南居住了很
久。洛阳行子：作者自指。因李颀曾任新乡县尉，地近洛阳。⑦故
林：故乡。

·译文·

四月的南风暖洋洋的，田野里的麦子开始泛黄，这个季节里枣
花还未凋谢，梧桐叶已经绿油油的长满枝头。故乡的一座座青山，
早晚都相见，你骑着嘶鸣的马儿出门去，是因为无时无刻不思念着
自己的家乡。陈章甫为人正直，胸怀坦荡豪放，脑门宽阔虎眉虬须，
气质非凡。胸怀万卷书，满腹经纶有才干，这样的人怎么能屈居人
后，埋没在草莽中。你从东门买来好酒，邀我们同醉，心中似乎看
淡了一切，万事都像鸿毛一样不足道。于是喝得酩酊大醉，倒头就
睡，不管白天黑夜，有时呆呆地望着天边的流云，放飞内心的寂寞。

64

黄河水涨风急浪涌，天昏地暗，暴风雨就要来临，管渡口的小吏已经叫人停止开船了。你这郑国的游子还未回到家，我这个洛阳的行客就开始失落叹息了。听说你故乡的至交旧友众多，这次罢官回去，他们还会一如既往地待你吗？

李颀擅长写送别诗，尤其善于描写人物的心理特征。朋友陈章甫是个很有才学的人，他原籍江陵，但长期隐居河南嵩山。他曾应制科及第，却因没有登记户籍不予录取。他上书努力争取后，终于破例录用。这件事使他名扬天下，受到天下士子的赞美。然而他的仕途并不如意，所以他无意官事，弃官回家。这首诗大约是李颀为送他而作。

前四句写送别，轻快舒坦。天气和暖，南风阵阵，田野麦黄，枣花未谢，梧桐树已成荫。诗人和陈章甫一同骑马出门，为他送行，一路上青山做伴，使他更加怀念往日隐居旧乡山林的悠闲生活。"青山朝别暮还见"，可见陈章甫已归心似箭。这里有一种旷达的情怀，显出隐士的本色，不介意仕途得失。"旧乡"似指隐居地河南嵩山而非江陵老家。

中间八句写陈章甫光明磊落、清高自重的志节操守。其中前四句写他的品德、容貌、才学和志节。他为人正直，胸怀坦荡；他仪表堂堂：虬须、虎眉、大颡，形象威武雄壮；他满腹经纶，不甘沦落草野，倔强地要出山入仕。"不肯低头在草莽"也指他抗议无籍不被录用一事。后四句写他形迹脱略，轻视世事，借酒隐德，自持清高，概括他仕而实隐的情形，又说他与同僚畅饮，放荡不羁，醉卧避官，寄托孤云，显出他入仕后与官场污浊不合，表明了罢官返乡的情由。不言而喻，这样的思想性格和行为，注定他迟早要离开官场。这八句是全诗的诗魂所在，诗人首先突出陈章甫的人格操守，然后抓住容貌特征表现其性格；写才学强调志节；写行为则点明处

世态度；写遭遇则侧重思想倾向。

最后六句，用比兴手法暗喻仕途险恶，世态炎凉。"长河"两句是比兴手法，既实写了渡口忽遇风浪，暂停摆渡，又暗喻仕途险恶，无路可进。诗中称陈章甫为"郑国游人"，诗人自称"洛阳行子"，可见双方同为天涯沦落人，一个"未及家"，一个"空叹息"，都没有着落，面对这种失意惆怅，诗人在最后两句中用疑问的语气写出世态的炎凉，朋友罢官返乡后的境遇会怎样呢？不过怎样都无所谓吧。诗人笔调轻松，泰然处之，轻松作别。

全诗用艺术的概括、生动的描写，写出陈章甫的性格和遭遇。笔调轻松，风格豪爽，不因离别写愁思，别具一格。

听董大弹胡笳弄兼寄语房给事①

李颀

蔡女昔造胡笳声，一弹一十有八拍。②
胡人落泪沾边草，汉使断肠对归客。③
古戍苍苍烽火寒，大荒阴沉飞雪白。④
先拂商弦后角羽，四郊秋叶惊摵摵。⑤
董夫子，通神明，深松窃听来妖精。⑥
言迟更速皆应手，将往复旋如有情。
空山百鸟散还合，万里浮云阴且晴。
嘶酸雏雁失群夜，断绝胡儿恋母声。⑦
川为静其波，鸟亦罢其鸣。
乌珠部落家乡远，逻娑沙尘哀怨生。⑧
幽音变调忽飘洒，长风吹林雨堕瓦。

迸泉飒飒飞木末，野鹿呦呦走堂下。⑨
长安城连东掖垣，凤凰池对青琐门。⑩
高才脱略名与利，日夕望君抱琴至。⑪

·**释词**·

①董大：董庭兰，唐肃宗宰相房琯的门客，善弹琴。胡笳：用芦叶卷成筒作为哨，安在木管上，管上有孔，可吹出乐弄。这里的"弹胡笳弄"指用琴演奏《胡笳十八拍》这个曲调。房给（jǐ）事：即房琯，因他曾任"给事中"，故称。②蔡女：蔡琰，字文姬，曾作《胡笳十八拍》曲。拍：乐曲的段落。③归客：指蔡文姬。蔡文姬为东汉文学家蔡邕之女，汉末女诗人。初嫁河东卫仲道，夫亡，归母家。董卓之乱时，被董卓部下羌兵掳去，归匈奴左贤王，留匈奴十二年。建安十二年（公元207年），曹操派使节用金璧把她从匈奴赎回。④古戍：古老的戍楼。沉沉：深邃的样子。⑤商弦、角、羽：古时以宫、商、角、徵、羽为五声音阶之名。古琴七弦，配宫、商、角、徵（zhǐ）、羽及变宫、变徵为七音。摵（shè）摵：形容叶落声。⑥董夫子：对董大的尊称。⑦嘶酸：形容琴声有如雏雁失群的嘶鸣声，令人心酸悲痛。胡儿恋母：蔡文姬归汉时，和与左贤王生的孩子诀别。⑧逻娑（luó suō）：唐时吐蕃的都城，即今西藏拉萨市。蔡文姬为羌兵所掳，而吐蕃系出西羌，故称。⑨飒（sà）飒：形容雨声。木末：树梢。呦（yōu）呦：鹿鸣之声。⑩东掖垣：指门下省。房琯任给事中，属门下省。唐时门下省和中书省分处禁中东西掖。门下省在东面称左掖。凤凰池：指中书省。因在禁中西边，亦称右省。又因中书多承宠任，接近皇帝，故又被称为凤凰池或凤池。青琐门：宫门。因刻有连环图案，涂青色而得名。⑪高才：指房琯。脱略：不受拘束。

　　蔡琰当年曾作胡笳琴曲，弹奏起来共有十八个段落。北方边地的人听了常常被感动得落泪，沾湿路边的青草，汉朝的使者也为旅居多年又重返家乡的人而悲喜交集。先前边城苍茫中的烽火早已熄灭，荒原深邃而遥远，下雪的时候白茫茫的一片。先奏轻快曲再弹低沉调，四野的秋叶似受惊纷纷凋零。董先生通神明，琴技高妙，深山鬼神都出来偷听。慢揉快拨十分得心应手，往复回旋的琴声里充满了情意。声如幽谷中的鸟儿飞走了，听了琴声又飞回来，似天边的阴云听了琴声就散了，露出了晴天。有时声声凄楚像失群的雏雁在夜里嘶鸣，有时悲恸欲绝像胡儿思念母亲的痛绝哭声。江河听得平息了波澜，百鸟听得停止了啼鸣。一会儿倾诉乌珠族的部落迁徙他乡远怀故乡，一会儿又演绎吐蕃的尘沙诉说着文成公主的哀怨。幽幽的琴声忽然变调，是那么的轻松自然，像风吹拂着山林的绿叶，又如细雨落瓦。进溅激昂有如清泉的水疾飞又落在树梢上，又仿佛是野鹿呦呦地鸣叫着从堂前走过。长安城紧连着门下省的官署，皇宫门正对中书省衙门。房给事才高又不受名利的约束，昼夜盼望董先生再抱琴来弹给大家听。

　　这是一首七言古体长诗，所谓"胡笳弄"，是指按胡笳声调翻为琴曲，所以董大是弹琴而非吹奏胡笳。全诗通过写董大以琴弹奏《胡笳十八拍》这一历史名曲，赞赏他高超的演奏技艺，同时暗颂房琯，寄托自身的倾慕之情。

　　全诗可分三层。开头至"大荒阴沉飞雪白"为第一层，写东汉末年蔡文姬弹奏《胡笳十八拍》的场景，交代她的身世、经历和她所处的特殊环境。诗人写董大弹琴，却先写"蔡女"，只因蔡文姬归汉时，感笳之音，翻笳调入琴曲，作《胡笳十八拍》。听此曲胡人、汉使都感动得落泪，悲切断肠，反衬此曲感人至深。苍苍古戍、阴沉大荒、烽火、白雪，交织出黯淡悲凉的气氛，点出蔡文姬操琴时荒凉凄寂的环境。文姬归汉的故事包含了很多辛酸无奈的往事，她把吹奏的胡笳曲谱成琴曲后，曲子更有感人的魅力。这一层主要是赞胡笳曲好。

"先拂商弦后角羽"至"野鹿呦呦走堂下"为第二层，写董大弹《胡笳十八拍》琴曲的场景。如此深挚有情的曲调，作为一代名师的董庭兰又弹得如何呢？从这一层转入正面描写。从蔡女到董大，遥隔数百年，一曲琴音，把两者巧妙地联系起来。"先拂"句是写弹琴开始时的动作，也可以理解为调音色。古琴七弦，配宫、商、角、徵、羽及变宫、变徵为七音，相当于现在乐谱中的 do re mi fa sol la si。董大弹琴的曲调开始时迟缓而低沉。琴声起，"四郊秋叶"被惊得簌簌而下。"惊"字出神入化，写出了琴声的高妙。接下来不仅赞美董夫子的琴声惊动了人间，而且能通神灵，连深山中的妖精都出来偷听。"言迟更速""将往复旋"更是形容董大弹琴指法娴熟，得心应手，令人眼花缭乱。

接着诗人通过惊人的想象力描摹了琴声的各种变化，使抽象的琴声变成美妙具体的形象：风云山川，鸟兽进泉，以及人之悲泣。"空山百鸟散还合，万里浮云阴且晴"，琴声忽纵忽收时，就像空旷的山间，群鸟散而复聚。曲调低沉时，就像浮云蔽天；清朗时，又像云开日出。"嘶酸雏雁失群夜，断绝胡儿恋母声"，嘶哑的琴声，仿佛是失群的雏雁，在暗夜里发出辛酸的哀鸣；嘶酸的音调，正是胡儿恋母声的继续。诗人联想蔡文姬与胡儿诀别时悲戚的场景，照应第一层蔡文姬的悲切琴声。琴声回荡，河水为之无波，百鸟为之罢鸣，世间万物都被琴声感动了，实则写琴声感动了听者，耳内唯有琴声而已。琴声不仅动听，它还传递出琴曲的神韵。侧耳细听，那幽咽的声音，一会儿倾诉乌珠族的部落迁徙他乡而远怀故乡，一会儿又演绎吐蕃的尘沙诉说着文成公主的哀怨。这与蔡女的心情、

境地十分相似。

"幽音变调忽飘洒"四句从正面描写琴声，运用许多形象的比喻赞颂董大的琴艺。"幽音"是深沉的音，但一经变调，就忽然"飘洒"起来。琴声时而像"长风吹林"，时而像雨打屋瓦，时而像扫过树梢的泉水飒飒而下，时而像野鹿跑到堂前发出呦呦的鸣声。轻快悠扬，变幻无常，让人听得如痴如醉。董大的琴艺如此高超，诗人描绘得酣畅淋漓。

"长安城连东掖垣"至最后为第三层，写此诗是"兼寄语房给事"的。给事正是门下省的要职。最后赞叹房琯不仅才高，而且不重名利，超逸脱略。他正日夜盼望着董大抱琴而来呢！这里也暗示房琯和董庭兰互遇知音，可幸可羡。

全诗巧妙地把董大的琴艺、琴声，以及历史背景、历史人物结合起来叙述，诗意纵横飘逸，忽天上，忽地下，忽历史，忽眼前，可谓是周全细致又自然浑成。

古意①

李颀

男儿事长征，少小幽燕客。②
赌胜马蹄下，由来轻七尺。③
杀人莫敢前，须如猬毛磔。④
黄云陇底白云飞，未得报恩不得归。⑤
辽东小妇年十五，惯弹琵琶解歌舞。⑥
今为羌笛出塞声，使我三军泪如雨。⑦

释词

①古意：即拟古诗。②事长征：从军远征。幽燕：泛指今辽宁、河北一带，在唐时为边境地区。唐代以前属幽州，战国时期属燕国，故有幽燕之称。客：指奔走他乡的人，或指外乡来的人。③赌胜：逞强争胜。赌，泛指比胜负，争输赢。轻七尺：意谓不惧怕死亡。七尺，七尺之躯。此谓生命。④莫敢前：使敌人不敢接近。须如猬毛磔（zhé）：胡须如刺猬毛一样纷张。形容形貌威猛。磔，张开。⑤黄云：塞外沙漠地区黄沙飞扬，天空常呈黄色。这里指被黄沙覆盖的山地。陇：泛指山，高地。⑥解：亦作"善"。⑦羌笛：边疆少数民族吹奏的一种乐器。

译文

男子汉大丈夫的壮志是从军远征，年纪轻轻就来到幽州燕地戍边了。每当比武练兵的时候都争强好胜，激战在马蹄下比赛胜负，从来没把生死放在心上。杀得敌人没有敢上前的，胡须竖立像刺猬的刺一样张开。黄沙滚滚一望无际，高空白云飘飞，不报效国家誓不返回家园。在辽东有一个少妇年纪只有十五岁，擅长弹琵琶又能轻歌曼舞。她用羌笛演奏一首边塞乐府，竟感动得三军将士泪如雨下。

鉴赏

诗题为"古意"，是指拟古乐府主题而写的。乐府古题如《少年行》《从军行》《游侠篇》《轻薄篇》中都有少年形象，他们少年骠勇、轻生重义、一诺千金但又轻薄放荡、赌博宿妓，是诗人们崇拜和歌颂的对象。他们生活在京城都会和州郡县乡之间，过着无忧无虑的生活。而此诗却将少年放于艰苦的边塞环境中，不仅写出了

少年英勇果敢的品质，还写了他们柔情的一面，写了他们离乡远征之苦、之思。

　　前六句描绘出一个风流潇洒、勇猛刚烈的戍边"男儿"的形象。"长征"一词暗示着远离家乡；"少小"表明战事频繁，军力不足，未成年的男儿都来到战场。第一、二句点出事件和环境，为下文的乡愁埋下伏笔。接下来四句写出了"男儿"的勇猛和强悍。年轻时他在马蹄之下与伙伴们打赌比输赢，从来就不把七尺之躯看得那么重，常置生死于不顾。成年后更是刚勇犷悍，杀得敌人不敢靠前。"须如猬毛磔"抓住"男儿"胡须短、多、硬的特点，把他杀敌时胡须怒张的形象比喻成刺猬的刺张开的样子，突出边塞男儿勇猛刚烈的气概，给人以鲜明生动的印象。

　　第七、八句是全诗的转折。"黄云陇底白云飞"写戍边男儿骑马飞驰，狂沙卷云，云色发黄，可回望故乡方向的天空却是一片白云。黄云、白云看似写景，实则寓情于景。男儿也是热血心肠，他也有想家的时候，可国恩未报又怎能回家？两个"得"字写出他不报国恩誓不回家的决心。

　　最后四句抒写少年的乡愁。诗人不再继续写戍边男儿的凌云壮志，出乎意料的是出现了一位年仅十五岁，且能歌善舞、会吹羌笛的"辽东小妇"。戍边的健儿们勇猛刚烈，在战场上把性命看得不重要，但"辽东小妇"一曲悠长哀怨的出塞笛声却勾起了他们无限的思乡之情，以致泪如雨下。"羌笛"是边疆上的乐器，"出塞"为边疆上的乐调。"羌笛""出塞"又与上文的"幽燕""辽东"呼应。诗人想写戍边男儿思乡欲落泪，但他不直接写，而是把他放在三军将士都落泪的环境中，在这样人人都被感动的情况下，男儿落泪也就顺理成章了。一个有血有肉、内心情感充沛的好男儿形象便跃然纸上了。

　　全诗有人物，有景物，有色彩，有声音，可谓是有声有色。语言含蓄顿挫，气势恢宏，跌宕起伏，情韵并茂。

古从军行

李颀

白日登山望烽火，黄昏饮马傍交河。^①
行人刁斗风沙暗，公主琵琶幽怨多。^②
野云万里无城郭，雨雪纷纷连大漠。
胡雁哀鸣夜夜飞，胡儿眼泪双双落。
闻道玉门犹被遮，应将性命逐轻车。^③
年年战骨埋荒外，空见蒲萄入汉家！^④

·释词·

①烽火：古代边关战事的一种警报。饮（yìn）马：给马喂水。饮，使动词。交河：在今新疆吐鲁番西北，这里泛指所有边疆河流。②刁斗：古代军中的铜制炊具，白天煮饭，晚上则敲击代替更柝（tuò）。公主琵琶：据载，汉武帝时，乌孙国王向汉朝求婚，武帝把江都王的女儿封为公主，嫁给乌孙王。出嫁途中，公主令人在马上弹奏琵琶，以抒思乡之情。③遮：阻拦。轻车：汉代有轻车将军，此处泛指将帅。此句意为边战还在进行，只得随着将军去拼命。④蒲萄：即葡萄，原产西域，汉武帝时随天马一起引入中原。

·译文·

　　白天士兵们登山观察报警的烽火台，黄昏时他们牵马饮水又靠近了交河。在昏天黑地的风沙中他们听到阵阵刁斗声，如同细君公

主琵琶声充满幽怨。万里旷野扎营，广漠荒凉看不见城郭，大雪霏霏弥漫了辽阔无边的沙漠。胡地的大雁哀鸣着夜夜从空中飞过，离母的胡儿眼泪不停地滴落。听说玉门关的交通还被关闭阻断，战士只得豁出性命追随将军去死战。年年征战不知多少尸骨埋于荒野，见到的只是西域葡萄移植汉家！

"从军行"是乐府古题，此诗借汉代的事讽刺当代帝王好大喜功，穷兵黩武的用兵政策。为避嫌所以在题目前加一个"古"字。此诗的主题是反战，借战士的口吻写行军之苦，揭示战争的残酷，表达对边疆战士的同情。

前四句写边塞战士的艰苦生活。"白日""黄昏"点出时间，战士白天爬山观望有无举烽火的边警，黄昏又要带战马到河边饮水，这是他们的一天，单调而艰辛，可能他们的每一天都如此度过。夜晚来临，风沙弥漫，军营中巡夜的打更声，恰似那如泣如诉的幽怨的琵琶声。这声音衬托着边关环境的凄凉和战士们心境的悲凉。

中间四句写边塞的艰苦环境。大雪纷纷，边塞空旷荒芜与大漠相连，军营驻扎的地方没有人烟。"万里"极言其辽阔，如此辽阔荒芜的地方有什么必要让战士不顾性命、战死沙场呢？这体现了诗人的反战思想。胡雁哀啼、胡儿落泪，土生土长之人尚且觉得环境恶劣，更不用说远征到此的战士们了。诗人用反衬法，衬托边塞地域的苦寒。

最后四句讽刺皇帝的穷兵黩武，揭示主题。环境如此恶劣，谁愿意戍边，谁不想班师复员？可是"玉门犹被遮"。据载，汉武帝为取天马（即阿拉伯良种马），命李广利攻大宛，战而不利。李广利请求罢兵班师，武帝大怒，命遮断玉门关，曰："军有敢入辄斩之!"战士们只能跟着自己的将领去和敌军拼命。这里用典故暗讽当朝皇帝为了边战不顾战士性命，穷兵黩武。但是战士们万千尸骨埋于荒野换回来的不过是一种植物——葡萄移种中原。用葡萄的小和牺牲的大做对比，激起人们对战争的厌恶和对帝王的不满。

全诗句句蓄意，直到最后一句才点出主题，具有极强的讽喻力。

送魏万之京①

李颀

朝闻游子唱离歌，昨夜微霜初度河。②
鸿雁不堪愁里听，云山况是客中过。
关城曙色催寒近，御苑砧声向晚多。③
莫见长安行乐处，空令岁月易蹉跎。④

释词

①魏万：又名颢。上元初进士。曾隐居山西阳城西南王屋山，自号王屋山人。之：往，到……去。②游子：指魏万。初度河：刚刚渡过黄河。魏万家住王屋山，在黄河北岸，去长安必须渡河。③关城：指潼关。御苑：皇宫的庭苑。这里借指京城。砧声：捣衣声。④蹉跎：此指虚度年华。说文新附："蹉跎，失时也。"

译文

早晨听到游子唱着离别的歌；昨天晚上刚下薄霜，今天一大早你就要渡过黄河。心中万分惆怅，听不了鸿雁的哀鸣，更何况要经过重重云山。潼关的九月，草木摇落，寒气越来越重，冬天已经近了；长安城中傍晚时分捣衣的声音越来越多。不要把长安看作行乐的地方，以免岁月蹉跎。

　　这首诗是诗人为送魏万西赴长安而作。魏万比李颀晚一辈，然而从此诗看，两人像是情意十分密切的"忘年交"。李颀晚年家居颍阳而常到洛阳，此诗可能就写于洛阳。

　　首联写诗人在深秋的早晨送魏万起程。游子魏万出发时，已是深秋时节，天气萧瑟，昨天晚上还下了一夜的薄霜。"微霜"二字，既是写景，同时也点明了出行的时间——降霜的深秋时节，写出了深秋时节的萧瑟气氛。这两句融叙事与写景为一体，短短数语就将事情的缘由、经过时间、地点交代得清清楚楚，可见诗人造诣之深厚。

　　颔联写诗人设想魏万在途中可能遇到的种种情景以及内心的感触。这两句对仗工整，同时诗意也向前发展了一步。"鸿雁不堪愁里听，云山况是客中过"，秋去冬来，南飞的鸿雁发出一声声响彻长空的哀鸣，远在他乡的游子听到，不禁触景生情，倍感孤独与凄凉，思乡的愁绪更加深切。所以诗人用"不堪"来加重"愁里听"，使读者更能感受到此刻游子的"愁"。"云山"，在许多诗人的笔下是那样葱葱郁郁，充满生机，富有大自然的魅力，是令人向往的风景。但是此时此刻，对一个游子来说，面对云山，却感到前路茫茫。"不堪""况是"两个虚词前后呼应，往复顿挫，情深意切。

　　颈联写诗人想象游子到达潼关时的景象。潼关草木摇落，萧瑟的景象催得寒气越来越重，天气越来越冷。潼关是军事要塞，过了潼关，表明已经走得很远了。诗人在这里使用拟人的修辞手法，点出了季节的变化。傍晚时分，长安城中捣衣的声音越来越多。李白曾有名句"长安一片月，万户捣衣声"，为做冬衣而捣"素"是历来的习俗。月夜里的捣衣声，是异乡游子惆怅的情绪和思念家乡的淡淡哀愁的象征。此联寓情于景，十分感人。

　　尾联是诗人对游子的叮嘱与劝勉。魏万本是诗人的晚辈，这是长辈对晚辈的谆谆叮嘱，同时又是过来人对后来者的劝勉。繁华热闹的长安会使一些意志薄弱的人沉湎其中，急于行乐，到头来一事无成。诗人劝诫魏万：一定要把握住宝贵的时光，成就一番事业，别让岁月白白流逝。此番劝诫情真意切，语重心长。

　　这是一首送别诗，意在抒发离别时的愁绪，但又不乏诗人对远行的游子的谆谆叮咛与劝勉，感情真挚，感人肺腑。全诗善于炼句，为后人所称道，叙事、写景、抒情巧妙地融为一体，由景生情，引人共鸣。

王 翰

【作者简介】

　　王翰（生卒年不详），字子羽，并州晋阳（今山西太原）人。睿宗景云进士，官仙州别驾。年轻时以博戏饮酒为事，并州长史张嘉贞颇礼遇，他感激之余，撰词以进，于席上自唱自舞。张说也善待之。后出为汝州刺史。任侠使酒，恃才不羁。以行为狂放，又贬道州司马，旋卒。

凉州曲^①二首（其一）

王翰

蒲萄美酒夜光杯，欲饮琵琶马上催。^②
醉卧沙场君莫笑，古来征战几人回。^③

　　①凉州曲：一作"凉州词"。是唐代乐府曲名，是凉州地方乐调，开元中西凉都督郭知运所进。凉州治所在今甘肃武威。②夜光

杯：雕琢精致的玉杯。用白玉制成的酒杯，光可照明。它和葡萄酒都是西北地区的特产。③沙场：平坦空旷的沙地。古时多指战场。

　　葡萄美酒倒满了白玉夜光杯，正想畅饮，已经上马的将军弹起了琵琶，仿佛催促我前行。如果我醉倒在沙场上，也请你不要笑话，古往今来，男儿出征奔赴沙场，又有几个人回来呢？

·鉴赏·

　　王翰写的这首《凉州曲》被明代王世贞推为唐代七绝的压卷之作。全诗写艰苦荒凉边塞的一次盛宴，描摹了征人们开怀痛饮、尽情酣醉的场面。从内容看，无厌恶戎马生涯之语，无哀叹生命不保之意，无非难征战痛苦之情，说它悲凉感伤，似乎勉强。"醉卧沙场君莫笑，古来征战几人回"，透露出的豪迈和悲凉有回肠荡气、洗心涤魄的感染力，令人三日犹闻其音。全诗流露出诗人厌战的情绪，也表现了一种豪纵的意兴。

　　第一句的"蒲萄美酒夜光杯"，写出了两件西北地区的特产——香醇的葡萄美酒和精致的白玉雕刻的夜光杯，在人们的眼前展现出五光十色、琳琅满目、酒香四溢的盛大筵席。在苦寒边境，这或许是刚打完一场胜仗，士兵们在为胜利而欢呼。这景象使人惊喜，令人兴奋，为全诗的抒情创造了气氛，定下了基调。

　　第二句写正在大家准备畅饮的时候，传来了琵琶的声音，为画面增添了声音美，渲染了气氛，但是一个"催"字又让人产生了许多猜测，是在催促人们赶快出发，还是在渲染一种欢快宴饮的场面？

　　第三句写到，如果醉倒在沙场上还请大家不要笑话。顺着前两句的诗意来看，这应当是写筵席上的畅饮和劝酒，这样理解的话，全诗无论是在诗意上还是诗境上，就都自然而然地融会贯通了。

　　第四句"古来征战几人回"似乎是回应上一句，为何希望其他

人不要笑自己？只是因为在这沙场上，随时都有可能失去生命。"几人回"显然是一种夸张的说法，但也写出了战场的残酷性。过去曾有人认为这句诗"作旷达语，倍觉悲痛"。还有人说："故作豪饮之词，然悲感已极。"话虽不同，但都离不开一个"悲"字。后来更有用低沉、悲凉、感伤、反战等词语来概括这首诗的思想感情的，依据也是三、四两句，特别是末句。

　　整首诗虽然在写战争，但是并没有宣扬战争的可怕，也没有表现出对戎马生涯的厌恶，更不是对生命不保的哀叹，而是描绘了一幅欢宴的场面：将士们开怀畅饮，周围有琵琶的伴奏，大家不在意是否会喝醉，因为所有的人都已将生死置之度外。因此这首诗可以理解为表达战争的残酷和悲伤之情，但同时也可以理解为表达将士们视死如归的勇气和豪放不羁、开朗兴奋的感情，这和豪华的筵席所显示的热烈气氛是一致的。明快的语言、跳动跌宕的节奏所反映出来的情绪是奔放的、狂热的，它给人带来的是一种激动和令人向往的艺术魅力，这正是盛唐边塞诗的特色。因此千百年来，这首诗一直被誉为打动过无数热血男儿心灵深处最柔软部分的千古绝唱。

王昌龄

【作者简介】

　　王昌龄（约公元694—约757年），字少伯，京兆长安（今陕西西安）人。开元十五年（公元727年）进士及第，初任秘书省校书郎，迁江宁丞，后因事贬谪岭南。安史乱起，为刺史闾丘晓所杀。其诗以七绝见长，尤以边塞诗最为著名。他的边塞诗气势雄浑，格调高昂，充满了积极向上的精神。有"诗家夫子王江宁"之称，存诗一百七十余首，有《王昌龄集》。

出塞二首 (其一)①

王昌龄

秦时明月汉时关，万里长征人未还。②
但使龙城飞将在，不教胡马度阴山。③

　　①出塞：是唐代诗人写边塞生活的诗时经常用到的题目。塞（sài），边关。②秦时明月汉时关：即秦汉时的明月，秦汉时的关

塞。意思是说，在漫长的边防线上，一直没有停止过战争。③龙城：地名。是匈奴圣地，汉朝大将军卫青曾奇袭龙城，后与匈奴作战七战七胜。飞将：指威名赫赫的汉之"飞将军"李广。"龙城飞将"并不指一人，实指卫、李，更是借代众多汉朝抗匈名将。度：越过。阴山：山名。在内蒙古中部，呼和浩特市北，东西走向，西起河套西北的狼山、乌拉山，中段为大青山，东为大马群山，长约一千二百公里。汉时匈奴常常从这里南下侵扰中原地区。

　　依旧是秦汉时的明月，依旧是秦汉时的边关，但是征战万里的征夫还没有归来。倘若卫青和飞将军李广还在的话，绝对不会让匈奴南下度过阴山。

　　这首诗是一首边塞诗，主要描写边疆的军旅生活、军事行动，是王昌龄《出塞》二首中的第一首，被称为唐人七绝的压卷之作。全诗悲壮而不凄凉，慷慨而不浅露，充满了杀敌卫国的热情。诗中描写将士长期征战、怀乡思亲的"边愁"，流露出诗人对统治阶级的不满，间接地表达了战争的残酷和诗人对和平生活的向往。

　　第一句勾勒出了冷月照边关的苍凉景象。"秦时明月汉时关"不是指秦时的明月汉时的关。这里的秦、汉、关、月四字交错使用，在修辞上叫"互文见义"，意思是秦汉时的明月，秦汉时的边关。首句暗示了这里的战事自秦汉以来一直未停歇过，突出了时间的久远。

　　第二句写出征万里的人还没有归来。"万里"指边塞和内地相距万里，属于虚指，重点是为了突出空间辽阔。这里的"人"，既是指已经战死的士卒，也指还在戍守不能回归的士卒。"人未还"，一是说明边防不巩固，二是对士卒表示同情，使人联想到战争给人带来的灾难，表达了诗人悲愤的情感。

第三句写到如果"龙城飞将"还在的话，又该是怎样一番场景。诗人寄希望于有才能的将军，"龙城"和"飞将"分别指袭击匈奴圣地龙城的名将卫青以及威名赫赫的"飞将军"李广。"龙城飞将"并不指一人，而是借代众多汉朝抗匈名将。

第四句紧接上一句，如果那些抗击匈奴的名将还在的话，绝对不会让外族入侵。"不教"二字写出了英勇的将士们勇往直前、无所畏惧的气概，歌颂他们决心奋勇杀敌、不惜为国捐躯的战斗精神。后两句写得含蓄、巧妙，采用以古讽今的手法，通过对历史的回顾和对汉代抗匈名将的怀念，间接指责了诗人所处时代守边将领的无能，表达了诗人盼望出现良将，驱逐敌人，保住边疆的感情。

全诗一气呵成，意境开阔，气势流畅，精神昂扬，意境雄浑，语言流畅，言简意深，明人李攀龙曾推崇它是唐代七绝压卷之作。这首诗以平凡的语言，唱出雄浑豁达的主旨，表现了对敌人的蔑视和对国家的忠诚，前两句写景，描写了皎洁的明月和雄伟的城关，选取了征戍生活中的一个典型画面来揭示士卒的内心世界。后两句描述了汉代的名将和唐代出征守边的英勇将士。整首诗充满了对敌人的蔑视、强烈的爱国精神、豪迈的英雄气概以及人民的和平愿望。

塞上曲①

王昌龄

蝉鸣空桑林，八月萧关道。②
出塞入塞寒，处处黄芦草。③
从来幽并客，皆共尘沙老。④
莫学游侠儿，矜夸紫骝好。⑤

释词

①塞上曲：由汉乐府中《入塞》《出塞》演化而来，内容多写边塞战争。②空桑林：桑林因秋来叶落而变得空旷、稀疏。萧关：宁夏古关塞名，为关中四关之一。③入塞寒：一作"复入塞"。④幽并（bīng）：幽州和并州，今河北、山西和陕西一部分。⑤游侠儿：古称豪爽、好交友、轻财重义、勇于排难解纷的人。矜夸：骄傲自夸。紫骝：泛指骏马。

译文

寒蝉还在鸣唱，桑叶却已经凋零了，八月里的萧关古道秋意袭人。出关又入关天气已转凉，到处都是枯黄的野草。向来那些镇守幽州、并州的英勇军士，都与尘沙做伴到老。千万别学那些自恃勇武的游侠儿，只会骄傲地炫耀自己的骏马。

鉴赏

这首边塞乐府诗是反战诗。写边塞秋景，无限肃杀悲凉；写戍边征人，寄寓深切同情；劝世上少年，声声实在，句句真情。"从来幽并客，皆共尘沙老"与王翰的"醉卧沙场君莫笑，古来征战几人回"可谓有异曲同工之妙。

前四句写边塞秋景。悲鸣的蝉，凋落的桑叶，行进在八月萧关大道上的士兵，无一不流露出悲凉萧瑟之意。塞内塞外处处都是黄芦草，秋风飒飒，苍凉萧索。寒蝉、桑林、萧关、边塞、秋草都是中国古代诗歌意象里悲情的代名词，诗歌开篇刻意描写肃杀的秋景，为后来的反战主题做背景和情感上的铺垫。

后四句写戍边的情境。来自幽州和并州的勇士，青春年华都挥霍在边疆战场上；不要像那些争强好胜之人，只知炫耀自己的骏马来耀武扬威。幽州和并州都是唐代边塞之地，也是许多读书人"功名只向马上取"的逐名之地。然而，诗人从这些满怀宏图大志的年轻人身上看到的却是"皆共尘沙老"的无奈结局。诗人感慨与同情并发，而且通过对自恃勇武，甚至惹是生非而扰民的所谓"游侠儿"的讽刺，深刻地表达了诗人对战争的厌恶，对和平生活的向往。

此诗写边塞秋景，有慷慨悲凉的建安遗韵；写戍边征人，又有汉乐府直抒胸臆的哀怨之情；讽喻市井游侠，又让人看到了唐代锦衣少年的浮夸风气，为"皆共尘沙老"的将士们鸣不平。

塞下曲

王昌龄

饮马度秋水，水寒风似刀。
平沙日未没，黯黯见临洮。①
昔日长城战，咸言意气高。②
黄尘足今古，白骨乱蓬蒿。③

·释词·

①平沙：大沙漠。黯黯：同"暗暗"，昏暗，暗淡无光。临洮：今甘肃岷县一带，是长城起点。②咸：普遍，都。③足：充塞，弥漫。

·译文·

牵马饮水时渡过秋天的河水，河水冰冷刺骨，秋风如剑如刀。一望无际的大漠，天边残日还未落，昏暗中隐约可以看到远处的临

洮。很久以前长城脚下发生过一场激烈的战斗，都说当时将士们士气高昂。从古到今这里黄沙弥漫，遍地白骨零乱，夹杂在蓬蒿间。

这是一首以长城附近边疆为背景的乐府诗，全诗并没有具体写战争，而是通过描写塞外景物和昔日战争的遗迹，来说明多年过去了，战争的印迹依然是那么惨烈凄凉。全诗写得触目惊心，表达了诗人反对战争，向往和平的心情。

前四句写军士饮马渡河的所见所感。塞外深秋的黄昏，平沙日落，黄沙秋水，征人饮马河边，秋水冰凉刺骨。这苦寒之地，这深秋的景色，这无边的黄沙……诗人选景简洁，却收到了让人震撼的艺术效果。首句的"饮马"者就是征人，战争的痕迹还在，活着的人来到这里，想起了这里是古战场，心情沉重，自然生出无限的感慨。诗中的"水"指洮水，临洮城就在洮水畔。"饮马"需牵马入水，所以感觉"水寒"，看似不经意，实则工于匠心。中原或中原以南地区的秋风仅使人感到凉爽，但塞外的秋风，却已然"似刀"。足见其风不但猛烈，而且寒冷，仅用十字，就把地域的特点形象地描绘了出来。

其中三四句写远望临洮的景象。临洮，即今甘肃东部的岷县一带，是长城的起点，唐代为陇右道岷州的治所，这一带是历代经常征战的战场。据新旧《唐书·王晙列传》和《吐蕃（tǔ bō）传》等书载：开元二年（公元714年）十月，吐蕃以精兵十万寇临洮，朔方军总管王晙与摄右羽林将军薛讷等合兵拒之，先后在大来谷口、武阶、长子等处大败吐蕃，前后杀敌数万，获马羊二十万，吐蕃死者枕藉，洮水为之不流。诗中所说的"长城战"指的就是这次战争。

后四句追溯以往长城一带的战事，展现战后的惨烈景象。当年长城一战，大家都说士气高涨，军心振奋。这是众人的说法。对此，诗人不做任何评论，而是写临洮这一带沙漠地区，一年四季，黄尘弥漫，战死者的白骨被杂乱地弃在蓬蒿间，从古到今，都是如此。这里没有分析，没有议论，只用几具白骨就将战争的残酷极其深刻地揭示出来。这里是议论，是说理，但这种议论、说理，却完全是以生动的形象来表现，因而更具有震撼人心的力量，手法极其高妙。

全诗弥漫着悲凉的气氛，诗人用精简的语言将战争的凄惨和严酷展现得淋漓尽致，表达了强烈的反战思想。

芙蓉楼送辛渐①

王昌龄

寒雨连江夜入吴，平明送客楚山孤。②
洛阳亲友如相问，一片冰心在玉壶。③

 ·释词·

①芙蓉楼：遗址在润州（今江苏镇江）西北。辛渐：诗人的一位朋友。②吴：三国时的吴国在长江下游一带，简称这一带为吴，与下文"楚"为互文。楚山：春秋时的楚国在长江中下游一带，所以称这一带的山为楚山。③一片冰心在玉壶：冰在玉壶之中，比喻为人清廉正直。冰心，比喻心的纯洁。鲍照《白头吟》："清如玉壶冰。"唐姚崇《冰壶诫序》："内怀冰清，外涵玉润。"

·译文·

寒雨江天弥漫，连夜洒遍了吴地；天刚亮，我送走了自己的好友，自己就像是楚山一样孤独寂寞。洛阳的亲友若是问起我来，（就请转告他们：）我的心依然像珍藏在玉壶中的冰一般晶莹纯洁。

这首诗大约作于开元二十九年（公元 741 年）以后。王昌龄当时为江宁（今南京）丞，此诗为他当时送朋友辛渐所做的两首诗中的一首。王昌龄陪他从江宁到润州，然后在此分手。这首写的是第二天早晨在江边离别的情景。另一首是头天晚上诗人在芙蓉楼为辛渐饯别时的情景。

第一句用寒雨夜入吴地来衬托自己对朋友的一片深情。雨下了一夜，侧面表明诗人一夜没有入睡，这里不仅道出了对朋友的真情，而且为即将产生的离别平添了无限的悲凉气氛，那寒意不仅弥漫在满江烟雨之中，更沁透在两个离人的心头。

第二句写天亮即将送走友人。"平明"点明送客的时间，"楚山孤"既写出了友人的去向，又寄寓了自己送客时的心情。孤独的楚山正是诗人在朋友离去以后的自我写照，既是写实景，也是王昌龄心灵的外化。诗人对于朋友别离的真挚感情隐于字里行间，细读起来，感人至深。寒冷的夜雨，滔滔的江流，连朦胧的远山也显得孤单，这种景象衬托出诗人对朋友的依依惜别之情。

最后两句为千古传唱的名句，本来是一个再平常不过的问候，在王昌龄的笔下，却有了石破天惊的回答，采用问答的形式，别开生面。

第四句是全诗的诗眼，"清如玉壶冰"本喻高洁清白的品格。联想到当时诗人身遭贬谪的背景，"一片冰心在玉壶"不仅是对亲友问候的回答，同时也是自己屡遭贬谪而志气不改的真情表白。

全诗情景交融，情蕴景中，写了江雨苍茫中，诗人送别了即将回到洛阳的友人，看到的是水天相接的吴江楚山，虽然感到分别的凄寒孤寂之情，但是诗人心中明朗，并无一丝凄风冷雨。这首诗既表达了诗人对友人的不舍，更以其含蓄优美、深厚绵长的诗歌风格描写了苍茫的江雨、独峙的楚山、不染人间杂尘的冰清玉壶，展示了诗人冰清玉洁的品格、开朗的胸怀和坚强的性格。精美的意象和余韵悠长的诗意使这首小诗堪称中国古典诗歌意境美的代表。

闺怨①

王昌龄

闺中少妇不知愁，春日凝妆上翠楼。②
忽见陌头杨柳色，悔教夫婿觅封侯。③

· **释词** ·

①古人"闺怨"之作，一般是写少女的青春寂寞，或少妇的离别相思之情。②不知愁：又作"不曾愁"。③陌头：意谓大路上。觅封侯：指从军远征，谋求建功立业，封官受爵。

· **译文** ·

闺中的少妇不懂得愁，春日到来，打扮妆容，独自登上翠楼。不经意间看到路上的杨柳新绿，有些后悔不该叫夫君去觅封侯。

· **鉴赏** ·

本诗属于闺怨诗，闺怨诗主要抒写古代民间弃妇和思妇（包括征妇、商妇、游子妇等）的忧伤，或者少女怀春、思念情人的感情。这首诗描写唐代前期，民族战争和对外战争频繁，丈夫从军戍边，保家卫国，少妇思念夫君的场景，诗中细腻而含蓄地描写了闺中女子的对丈夫思念的心理状态及其微妙变化。

第一句写闺阁中的少妇生活在不知道忧愁的环境中。诗的首句

与题意相反,诗人写她的"不知愁":天真烂漫,富有幻想。

第二句写闺阁少妇在一个春暖花开的日子,打扮妆容,登楼赏春,诗人将这名女子带有一丝幼稚无知、成熟稍晚的憨态鲜明地刻画了出来。

第三句急转,写少妇忽见柳色而勾起情思。柳谐音"留",在古时有思念挽留之意。少妇登上翠楼看到路边的柳枝新绿,一片美景,但是自己的夫君还未归来,想到时光流逝,春情易失,不禁黯然神伤。"忽见"句中,杨柳色显然只是触发少妇情感变化的一个媒介,一个外因。如果没有她平时感情的积蓄,她的希冀与无奈,她的哀怨与忧愁,杨柳是不会如此强烈地触动她"悔"的情感的。这里少妇的情感变化看似突然,实则并不突然,在情理之中。

第四句写了这位少妇的省悟。悔恨当初怂恿"夫婿觅封侯",与上文的"不知愁"相照应,构思新巧,对比强烈,有相辅相成的艺术效果。全诗虽没有刻意写怨愁,但怨之深,愁之重,已表露无余。结合上一句少妇看到陌头的杨柳返青,不仅勾起了她对丈夫的思念,更后悔不该叫他外出求取功名。不言而喻,在少妇看来,"杨柳色"比"觅封侯"更值得留恋,更有追求的价值。这里不仅包含着诗人对功名富贵的轻视以及对美好时光和青春年华的珍惜,其审美内容也是新颖的。

全诗如同蜿蜒流淌的溪流,描写了上流贵妇赏春时心理的变化,从想要丈夫博取功名到感觉丈夫不在身边的后悔、愁闷之情。本诗以精练的语言、新颖独特的构思、含蓄委婉的笔法,抓住了闺中少妇心理发生微妙变化的刹那,并做了集中的描写,使读者从突变联想到渐进,从一刹那窥见全过程,耐人寻味。此诗流传广泛,具有新意,带给人们悠长的艺术享受。

春宫曲

王昌龄

昨夜风开露井桃，未央前殿月轮高。^①
平阳歌舞新承宠，帘外春寒赐锦袍。^②

释词

①露井：没有井亭覆盖的井。未央：汉宫殿名，为汉武帝的陈皇后所居。②平阳歌舞：汉武帝在其姐平阳公主家见歌伎卫子夫，很喜爱，公主将卫子夫送进宫，武帝极其宠信，陈皇后因而失宠怨恨。

译文

昨夜一阵春风，吹开了露井边的桃花，月亮高高地挂在未央宫的前殿上。平阳公主的歌女新受武帝宠幸，帘外春寒，皇上赐予她华丽的锦袍。

鉴赏

这首诗是诗人以汉喻唐，写汉武帝宠幸卫子夫，遗弃陈皇后的一段情事。这首诗为诗人的讽刺罩上了一层"宫怨"的烟幕。巧妙的是，诗人虽写宫怨，字面上却看不出一点儿怨意，只是从一个失宠者的角度，着力描述新人受宠的情状，这样，"只说他人之承宠，而己之失宠，悠然可会"。

第一句写到主人公一早醒来，发现露井边的桃花在昨晚已经开

放了。通过没有井亭的井，写出了当时环境的简陋，开放的桃花点明了时节，切合题目的"春"字，这句诗淡淡地描绘了一幅春意融融、安详和暖的自然景象。

第二句描写未央宫前的月亮高照，月光撒满了一地，点明了地点，切合题目的"宫"字。这句用了兴和比的手法。月亮，对于大多数人来说，本没有远近、高低之分，这里偏说"未央前殿月轮高"，更加突出地渲染了冷清、孤寂的氛围，饱含了主人公浓浓的情感。

第三句写到新人卫子夫正在受宠，"新承宠"三字，不仅写了卫子夫的风光无限，也让人们不禁联想到那个刚刚失宠的旧人，此时此刻，她可能正站在月光如水的幽宫檐下，耳听新人的歌舞嬉戏之声而黯然神伤，其孤寂、悲惨、怨悱之情状，更是可想而知了。这一句虽只写了他人承宠，对失宠者未着一字，但在与受宠者的比照中，读者却能意识到她的存在，甚至会联想到她的音容形态。

第四句选取了一个典型的细节，虽然已经是春暖花开时节，但宠意正浓的皇帝犹恐帘外春寒，所以特赐锦袍，可以看出其过分的关心。通过这一细节描写，新人受宠的程度是显而易见的。

全诗通过描写卫子夫受天子宠爱和春宫中陈皇后的哀怨，从而讽刺皇帝沉溺声色、喜新厌旧。这首诗虽写春宫之怨，却无怨语怨字。通过"似此实彼、言近旨远"的艺术手法，写新人受宠的情状，暗抒旧人失宠之怨恨，体现出王昌龄七绝诗"深情幽怨，意旨微茫，令人测之无端，玩之不尽"的特色，在虚实形象与意念的比照中，丰富了作品的艺术美感。

长信怨五首（其三）①

王昌龄

奉帚平明金殿开，暂将团扇共徘徊。②
玉颜不及寒鸦色，犹带昭阳日影来。③

·释词·

①长信怨：一作《长信秋词》。长信，汉宫殿名。《长信怨》写汉成帝婕妤班氏失宠后自避长信宫侍奉太后的故事。②"奉帚"句：意为清早殿门一开，就拿着扫帚在打扫。团扇：圆形的扇。③昭阳：昭阳宫。赵飞燕所居，宫在东方。日影：这里也指皇帝的恩宠。

·译文·

清晨时分，金殿刚刚打开，就拿着扫帚打扫殿堂，暂且手执被弃的团扇在空殿徘徊。即使容貌白净通透如玉一般，却还比不上丑陋的乌鸦，乌鸦还能带着君王的恩宠，从昭阳殿飞来。

·鉴赏·

这首诗是诗人《长信怨》的五首之三，是一首宫怨诗。诗人描写了班婕妤失宠自避长信宫的故事：汉成帝时，班婕妤美而善文，最初很受汉成帝宠幸，后来成帝偏爱赵飞燕、赵合德姐妹。班婕妤为避赵氏姐妹妒害，随即求供养太后于长信宫，度过寂寞的一生。全诗以汉喻唐，表现了唐代被遗弃的失宠宫女的幽怨之情。

第一句写班婕妤侍奉太后之事，她每天清晨就开始打扫宫殿，

"金殿"指皇太后的处所，"奉帚"指班婕妤当时的落寞处境。首句重点表现班婕妤拿着扫帚打扫宫殿时的沉思、孤寂无聊的心情和环境的冷清。

第二句描写班婕妤手执团扇消磨时光。"团扇"指圆形的扇子，班婕妤曾作过一首"团扇诗"——《怨歌行》。诗人将班婕妤比作扇子，扇子在夏天用得最多，但是等到秋天凉爽后就会被弃在箧中，诗人哀叹即使是班婕妤也难逃团扇一般的命运。

第三句写班婕妤的美貌。"玉颜"指班婕妤的容颜如同美玉一般，但是班婕妤却认为，即使自己的美貌如同美玉一般净白通透，可是失宠之后，却连丑陋的乌鸦都比不上，暗喻了班婕妤痛苦的心情和对命运的哀伤无奈之感。

第四句紧承上文，说班婕妤的美貌并非真的不如乌鸦，只是暗示就连寒鸦都能从皇帝身边飞过，分享皇帝的恩德宠幸，而自己却只能身处幽冷的深宫之中，每日对着团扇度日，连见皇帝一面的机会也没有，这自然是连乌鸦都比不上的。古代以日喻君王，因此这里的"日影"暗喻君王的恩宠、宠幸。"昭阳"指昭阳宫，是赵飞燕、赵合德姐妹受宠的地方。这句通过对比的艺术手法，以黑比白，以丑比美，以人比动物，更加突出了班婕妤及众多失宠宫女的悲惨命运。以颜色比颜色，虽然两者并不是同类，但是全诗并未显得不恰当，反而使这首诗显得奇特精巧，突出了宫女失宠之后，对受宠妃嫔的嫉羡之情。

这首诗被乐府《相和歌·楚调曲》评为众多宫怨诗中最出色的一首。全诗借咏汉班婕妤而慨叹宫女失宠之怨，借托旧事，用典含蓄，构思奇特，怨意悠远，寓意曲折。诗人对宫中妇女的不幸命运表示了同情，写出了她们的落寞感伤。此诗微妙传神，确实堪称宫怨诗歌的代表作。

高　适

【作者简介】

　　高适（约公元 700—765 年），字达夫，渤海蓨（tiáo）（今河北景县）人。少孤贫，爱交游，有游侠之风。他早年曾游历长安，后到过蓟门、卢龙一带，寻求进身之路，都没有成功。后客游河西，为哥舒翰书记，历任淮南、西川节度使，终散骑常侍，封渤海县侯。他的边塞诗和岑参齐名，并称"高岑"。笔力雄健，气势奔放，洋溢着盛唐时期所特有的奋发进取、蓬勃向上的时代精神。有《高常侍集》。

送李少府贬峡中王少府贬长沙^①

高适

嗟君此别意何如，驻马衔杯问谪居。^②
巫峡啼猿数行泪，衡阳归雁几封书。^③
青枫江上秋帆远，白帝城边古木疏。^④
圣代即今多雨露，暂时分手莫踟蹰。

①峡中：指夔州巫山县（今属重庆）。②谪居：贬官的地方。③巫峡：在今四川省巫山县东。衡阳：今属湖南。相传每年秋天，北方的南飞之雁，至衡阳的回雁峰，便折回北方。这里是由长沙想到衡阳，意思是要王少府至长沙后多写信来。④青枫江：在长沙。

不知道这次分别两位的心情怎么样，停下马来饯别，询问贬谪的地方。（李少府去巫峡，）巫峡有猿猴啼叫，（声音十分凄凉，）听到猿啼落泪数行；（王少府到衡阳，）希望你能多往回寄些书信。青枫江上秋帆远行，白帝城边是树木凋零的景象。圣明的时代，君王多施恩泽，分别是暂时的，不要再犹豫不前。

这首诗可能是高适在任封丘尉期间，送别遭贬的李少府（唐时县尉的别称）、王少府往南方之作。

首联写询问贬谪的地方。此时，李少府、王少府同时被贬，都是满腹的愁怨，诗人据此首先以表示关切的询问开始，表现出对李、王二少府遭受贬谪的同情，以及分别时的怅惜。"嗟"字置于句首，分别的痛苦全都在这一声叹息当中了。另外，"此别""谪居"四字，将题目中的"送"和"贬"点出，一点而过，不着痕迹。诗人停下马来，与李、王二少府饮酒饯别，"意何如""问谪居"等言语当中，其殷切珍重之情显而易见。诗一开始就用强烈的感情，给读者以深刻的印象。

颔联写出了二人被贬的地点。"巫峡啼猿数行泪"写李少府贬到峡中，当时路途遥远，四野荒凉，再加上凄厉的猿啼声，不禁使人感伤落泪，与《巴东三峡歌》中的"巴东三峡巫峡长，猿鸣三声泪沾裳"相契合。"衡阳归雁几封书"写王少府贬至长沙，衡阳在长沙南面，衡山有回雁峰，传说北雁南飞到这里，遇春而回，此处诗人借用苏武雁足系书的故事，希望王少府能够多寄回几封信，进一步表现了诗人对他们的关心与牵挂。

颈联写诗人想象中的长沙和白帝城的自然风光。青枫江指浏水，在长沙与湘江汇合，诗人希望王少府到了长沙，在秋高气爽的季节，望着明净高远的蓝天，可以将烦恼洗尽。下句想象夔州的名胜古迹，写李少府到了峡中，可以去古木参天的白帝城凭吊古迹，使心里得到慰藉。一句写王、一句写李，错综交织，但是井然不乱。诗人针对二人的不同地点，表达出了一致的情意，可见诗人的用心良苦。

尾联写诗人对李少府、王少府二人的劝慰。诗人面对着李、王二少府远贬的愁怨和惜别的忧伤，对两人进行了语重心长的劝慰，并且对前景做了乐观的展望。"圣代""雨露"是古代文人诗中的常用之语，这里用来和贬谪相连，同时还深藏着婉曲的讽刺之意。但重点是最后一句"暂时分手莫踌躇"，表明这次被贬、分别只是暂时的，不要犹豫不前，在不久的以后肯定会有重逢之日。此句与首联照应，而且给读者留下无限的遐想。

这首诗是诗人为送两位被贬官的友人而作，寓有劝慰鼓励之意。一诗同赠两人，内容与情感交错进行，但结构严谨，表达了诗人对两人遭贬的同情以及远行的牵挂。

燕歌行 并序①

高适

开元②二十六年，客有从元戎③出塞而还者，作《燕歌行》以示适。感征戍之事，因而和④焉。

汉家烟尘在东北，汉将辞家破残贼。⑤

男儿本自重横行，天子非常赐颜色。⑥

摐金伐鼓下榆关，旌旆逶迤碣石间。⑦

校尉羽书飞瀚海，单于猎火照狼山。⑧

山川萧条极边土，胡骑凭陵杂风雨。⑨

战士军前半死生，美人帐下犹歌舞。⑩

大漠穷秋塞草衰，孤城落日斗兵稀。⑪

身当恩遇常轻敌，力尽关山未解围。⑫

铁衣远戍辛勤久，玉箸应啼别离后。⑬

少妇城南欲断肠，征人蓟北空回首。⑭

边风飘飘那可度，绝域苍茫更何有。⑮

杀气三时作阵云，寒声一夜传刁斗。⑯

相看白刃血纷纷，死节从来岂顾勋？⑰

君不见沙场争战苦，至今犹忆李将军。⑱

释词

①燕歌行：古乐府旧题，属《相和歌·平调曲》，为曹丕所创，多写边塞苦寒或思妇征夫。②开元：唐玄宗年号。开元二十六年即

公元738年。③元戎：主帅。一作"御史大夫张公"，指河北节度副使张守珪。据《旧唐书·张守珪传》记载，开元二十六年，部将假借张守珪之名进攻叛乱的奚人余部，先胜后败，张却反称大胜。④和：作诗相答。和诗大多用原诗韵，但也有不用原韵的。⑤汉家：唐时人常以汉喻唐，此指唐朝。烟尘：烽火。⑥横行：在疆场纵横驰骋。非常：破格。赐颜色：给予恩惠。⑦扐（chuāng）：击打。金：指钲。一种行军乐器。榆关：指山海关。通往东北的要隘。旌：竿头饰羽的旗。逶迤：连绵不绝的样子。碣石：山名。在今河北昌黎。此泛指东北滨海地区。⑧校尉：武将官名。此指张守珪褊将赵堪、白真陀罗等此战主要将领。羽书：指插羽毛表示万分紧急的文书。瀚海：大沙漠。单于：古代匈奴首领。此泛指敌方首领。猎火：打猎时点燃的火光。古代游牧民族出征前，常举行大规模狩猎作为军事性的演习。狼山：一说在今内蒙古乌拉特旗，一说在河北易县。此泛指敌军活动地区。⑨极边土：直到边境的尽头。凭陵：仗势侵凌。⑩帐下：指领兵将帅的营帐里。⑪穷秋：深秋。⑫身当恩遇：指主将受朝廷的恩宠厚遇。轻敌：蔑视敌军。⑬铁衣：铠甲。此借指远征战士。玉箸（zhù）：眼泪。此借指少妇。⑭城南：泛指少妇的住处。蓟北：在今天津蓟县。此泛指征人所在地。⑮飘飘：这里喻动荡不安。度：过。⑯三时：指一天的早、中、晚，犹言整天，与下文"一夜"相对。阵云：战场上象征杀气的云。刁斗：军中巡夜打更的铜镬，还可用来做饭。⑰死节：为国家而死。岂顾勋：哪里想到因军功而获得功名利禄。⑱李将军：指西汉名将李广。李广号飞将军，镇守边境，与士卒同甘共苦，匈奴数年不敢犯境。

译文

开元二十六年，有客人随从主帅出塞回来，他作了一首《燕歌行》给我看。我有感于出征之事，因而写了这首《燕歌行》相答。

唐朝战乱多发生在东北边境，将士们离家去杀残贼。男子本来

就看重驰骋沙场，何况天子还破格给予恩惠。敲锣打鼓，队伍雄赳赳开向山海关，旌旗在东北方的海边蜿蜒不断。校尉自大沙漠送来紧急文书，匈奴单于举猎火映照狼山。山河荒芜多萧条直到边境的尽头，胡兵入侵来势如狂风暴雨。战士在前线厮杀有大半阵亡，将军帐中美人却还在轻歌曼舞。深秋大沙漠里百草尽凋枯，暮色降临孤城，能战士兵越来越少。边将身受皇恩竟轻敌误国，战士竭力奋战仍难解关山重围。战士们身穿铁甲常年驻守边疆辛苦劳累，家中妻子思念丈夫痛哭流涕。住城南的少妇们恐怕哭断了肠，蓟北的军人望乡空自叹息。边境缥缈遥远怎可轻易来奔赴，边疆除了荒漠无任何东西。整天都杀气腾腾战云弥漫，整夜只听到凄寒的刁斗声。短兵相接，战刀上血迹斑斑，自古为国献身岂能顾及个人功勋？你没看见在沙场拼杀多残酷，现在人们还在怀念有勇有谋的李广将军。

开元十五年（公元 727 年），高适曾北上蓟门。开元二十年春，信安王李祎（yī）率军胜契丹，二十一年春唐五将兵败，六千余唐军战死。同年十二月，张守珪为幽州节度使，胜契丹，次年受封赏。二十四年，张让平卢讨击使安禄山讨奚、契丹，"为虏所败"。二十六年，幽州将赵堪、白真陀罗矫张守珪之命，逼迫平卢军使乌知义出兵攻奚、契丹，先胜后败。高适对开元二十四年以后的两次战败感慨很深，写下此篇。这是一首著名的边塞诗，堪称盛唐边塞诗最杰出的代表。全诗在赞扬士兵保家卫国的英勇精神的同时慨叹征战之苦，遣责讽刺将领骄傲轻敌、荒淫失职、不恤战士，造成战争失败，使战士受到极大痛苦和牺牲。

全诗分四层。开头至"单于猎火照狼山"为第一层，写出师。边境告急，战士奉命出征。"在东北"交代战争的方位，"破残贼"点明战争的性质。"横行"意味着恃勇轻敌，"赐颜色"也为下文将领骄傲轻敌埋下伏笔。将士们辞家出榆关，过碣石，到瀚海、狼山，写了出征的历程。"飞"字写出了军情的紧急，气氛也从缓和渐入紧张。

"山川萧条极边土"至"力尽关山未解围"为第二层，写战败。胡骑入侵如暴风骤雨，战士浴血奋战英勇杀敌，大半战死仍难突围，可见是一场双方力量悬殊的战役。而此时那些不负责任的将军却还在营帐中欣赏美人的歌舞，暗示战争必败的原因。接下来的大漠穷秋、孤城落日、衰草连天的边塞景色描写，处处烘托兵败后战士们的悲凉心境。

"铁衣远戍辛勤久"至"寒声一夜传刁斗"为第三层，写战士的悲惨结局。战士兵败被围困，与家人团聚遥遥无期，只有相思之苦。城南少妇伤心断肠，但是边关旷远，战云密布"那可度"？白天只见"杀气三时作阵云"，晚上只闻"传刁斗"，处境危急，生与死在刹那间，让人发出谁将战士们推向此绝境的质疑，从而深化主题。

"相看白刃血纷纷"至最后为第四层，写战士以身殉国和诗人的感慨。战士们与敌人短兵相接，不惧血染白刃，他们视死如归难道是为了个人功名？他们是何等勇敢，却又是何等可悲呀！诗人的感情包含着悲悯和礼赞，"岂顾勋"有力地讥讽了贪功冒进的将领。最后两句运用"李广难封"的历史典故，八九百年前威镇北边的飞将军李广，处处爱护士卒，与那些骄横的将军形成鲜明的对比。诗人是多么希望这些英勇的战士能遇到爱兵惜兵的李广将军啊！

这首诗形象鲜明，气势奔放、雄健，主旨深刻含蓄。全诗充满怨愤和讽刺、歌颂和同情，处处隐伏着鲜明的对比。从贯串全篇的描写来看，士兵的效命死节与唐将的怙宠贪功，士兵辛苦久战、室家分离与唐将临战失职、纵情声色，都是鲜明的对比。而结尾提出李广，则又是古今对比。全诗四句一韵，流转自然，千古传诵。

王　维

【作者简介】

　　王维（公元701—761 年），字摩诘，盛唐时期的著
名诗人，官至尚书右丞，原籍太原祁县（今山西祁县），
后迁至蒲州（今山西永济），晚年居于蓝田辋川别墅，
擅画人物、丛竹、山水。王维诗现存不满四百首，其中
最能代表其创作特色的是描绘山水田园等自然风景及歌
咏隐居生活的诗篇。苏轼曾说："味摩诘之诗，诗中有
画；观摩诘之画，画中有诗。"王维描绘自然风景的高
度成就，使他在盛唐诗坛独树一帜，成为山水田园诗派
的代表人物。他继承和发展了谢灵运开创的写作山水诗
的传统，对陶渊明田园诗的清新自然也有所吸收，使山
水田园诗的成就达到了一个高峰，因而在中国诗歌史上
占有重要的位置。

送别

王维

下马饮君酒，问君何所之。^①
君言不得意，归卧南山陲。^②
但去莫复问，白云无尽时。

释词

①饮（yìn）君酒：劝君喝酒。饮，使动用法，使……饮。何所之：去哪里。之，去，往。②归卧：隐居。南山陲：终南山边，离长安不远。

译文

请你下马喝一杯酒，我想问问你要去哪里。你说官场生活不得意，要到终南山旁隐居。你只管去吧！我不再问，白云无穷尽足以自娱。

鉴赏

这是一首送友人归隐的诗，表面看来语句平淡无奇，词义很浅，但细细品味，却是词浅情深，含义深刻。

第一句写饮酒饯别，紧扣题意。第二句以问话引起下文，问友人去哪里，引出友人的回答，去归隐。问话虽质朴无华，却表露了诗人对朋友的关切之情。

第三、四句交代友人归隐的原因——"不得意"和归隐的去

向——"南山陲"。这两句看似平淡，但是却隐含着友人失意不满与无奈的情绪，同时也从侧面暗示诗人对友人的同情与对现实的愤懑。

第五、六句写诗人对友人的安慰和自己对隐居的羡慕。友人欲隐居南山，诗人不但不加劝阻，反而持支持的态度。你只管去吧！我不再问了，世间的那些"不得意"又有什么关系呢？不要放在心上，隐居山间的生活足以尽兴，足以自娱。看吧，那白云在山间无穷无尽。这表明诗人自己也厌倦了仕途的起伏纷争，也向往着像白云那样自由自在，也想过无忧无虑的生活，隐隐约约流露出诗人惯有的归隐思想。

整首诗写友人失志归隐，诗人的感情很复杂：既有对友人的安慰，对寄情田园、陶醉白云、自寻其乐的羡慕之情，又有对功名、对荣华富贵的否定，更有一种无可奈何的情绪在其中。前四句看起来很平淡、朴实，后两句作结，诗意顿浓，韵味骤增，含不尽之意于言外。

青溪

王维

言入黄花川，每逐青溪水。①
随山将万转，趣途无百里。②
声喧乱石中，色静深松里。③
漾漾泛菱荇，澄澄映葭苇。④
我心素已闲，清川澹如此。⑤
请留磐石上，垂钓将已矣。⑥

·释词·

①言：发语词，无实意。黄花川：在今陕西凤县东北黄花镇附近。逐：循，沿。青溪：在今陕西沔（miǎn）县之东。②趣途：指走过的路途。趣，同"趋"。③声：溪水声。色：山色。④漾漾：水波荡漾。菱荇（xìng）：泛指水草。葭（jiā）苇：初生的芦苇。⑤素：一向，向来。澹：安静，恬静。⑥磐石：又大又平的石头。将已矣：将以此残其身。

·译文·

每当我进入黄花川漫游，常常沿着青溪悠然前往。流水依随山势千回万转，路途无百里却曲曲幽幽。水流过乱石发出喧哗声，松林深处山色静谧清秀。溪中水草随波荡漾，芦苇的倒影映在澄清碧水中。我的心早已习惯恬静安然，就像这淡泊的青溪更使我忘忧。请让我留在这溪边巨石上，整日悠闲垂钓了此残生。

·鉴赏·

这首诗大约是王维初隐蓝田（今属陕西）南山时所作，诗题一作《过青溪水作》。此诗借颂扬青溪来表达自己的夙愿。

第一、二句交代该诗的描写对象——青溪。"每"字表明诗人常常沿着青溪进入黄花川游玩。三、四句写这一段路程虽不足百里，但溪水随着山势千回百转，使得沿途风景丰富多彩、趣味无穷。这四句总写青溪。

接下来的四句写了青溪的各种景色。青溪穿行于乱石中发出阵阵喧哗，当它流进幽深的松林便又变得非常静谧。第五、六句用动静结合的手法，将诗的意境有声有色地表现了出来。当青溪流出松林，来到了一片开阔地，只见青翠的荇菜、菱叶等随波荡漾，岸边

的芦苇倒映在澄明的波光中，充满诗情画意。第七、八句中，"漾漾"形容水动，"澄澄"形容水静，动静结合，生动形象。诗人很巧妙地捕捉到青溪不同地点的不同姿态，组合成一种清新淡泊的意境。

结尾四句作者由写景转而言志。青溪并没有奇景，反而是清淡素雅，但它为什么如此吸引诗人前往呢？正如近代王国维所说："一切景语皆情语。"诗人将自己闲适、安逸的心境与青溪素淡恬静的景致融合在一起，做到了物境与心境的统一。第九、十句，诗人正是有意借青溪作为自己的写照，同时暗示自己喜欢青溪的原因。最后两句，借用东汉严子陵垂钓富春江的典故，来表明隐居的意愿。诗人喜爱青溪，流露出诗人仕途失意后自甘淡泊的心态，可谓是含而不露。

诗人笔下的青溪是喧闹与沉静的统一，活泼与安详的糅合，幽深与素静的融合。全诗清新雅致，写景、抒情韵味隽永，诗意无穷。

渭川田家

王维

斜阳照墟落，穷巷牛羊归。①
野老念牧童，倚杖候荆扉。②
雉雊麦苗秀，蚕眠桑叶稀。③
田夫荷锄至，相见语依依。
即此羡闲逸，怅然吟式微。④

·释词·

①墟落：村落。此句一作"斜光照墟落"。穷巷：隐僻的里巷。②荆扉：柴门。③雉雊（zhì gòu）：野鸡啼叫。雉，野鸡。④式微：《诗经·邶风》中的篇名，中有"式微，式微，胡不归"句。

·译文·

夕阳余晖映照着安静的小村庄，牛羊沿着深巷纷纷归来。老人惦念着放牧的孙儿，拄杖等候在自家的门口。野鸡啼叫，麦苗即将抽穗，春蚕成眠，桑叶已经稀薄。农夫们扛着锄头回到了村里，相见时欢声笑语说短道长。如此安逸真让我羡慕，我不禁怅然地吟起《式微》。

·鉴赏·

这是一首田园诗，作者用白描手法，描绘了一幅春末夏初渭河流域的田家晚归图。

前四句写田家日暮时的闲逸景象。夕阳斜照村落，暮色茫茫，牛羊沿着深巷纷纷归来，一位慈祥的老人拄着拐杖、倚着柴门，等候放牧归来的孙儿。田家晚景被诗人描绘得生动感人。

下面四句写田间各种生命在黄昏时刻的思归之情。麦地里的野鸡正在动情地啼叫，呼唤配偶回来；桑树上的桑叶已经稀少，蚕儿也开始吐丝结茧。田埂上，农夫们扛着锄头回来了，他们三三两两地聚在一起闲谈。这一切是如此和谐美好，让诗人羡慕至极。

结尾两句写诗人因闲逸而生羡慕之情。面对眼前的一切，诗人想到自身的处境，感慨万千、惆怅万分。诗人为何会油然而生惆怅之情呢？联系诗人写这首诗的背景：王维早年在政治主张上接近张九龄，倾向进步，但自从宰相张九龄被排挤出朝廷后，王维深感在

政治上无依无傍，进退两难。在这种心绪下，他来到田野，看到人皆有所归，而自己在仕途上却是坎坷波折，感到孤单苦闷、无所归依，不由得心中生出羡慕之情、退隐之念。《式微》是《诗经·邶风》中的一篇，诗中反反复复地咏叹"式微，式微，胡不归？"诗人巧妙地化用《式微》篇名入诗来表达自己的"归隐"之念，含蓄蕴藉。

全诗前八句是写景，后两句是抒情。最后以"式微"暗扣第二句的"归"字，首尾呼应，情景交融。

桃源行

王维

渔舟逐水爱山春，两岸桃花夹古津。①
坐看红树不知远，行尽青溪忽值人。②
山口潜行始隈隩，山开旷望旋平陆。③
遥看一处攒云树，近入千家散花竹。④
樵客初传汉姓名，居人未改秦衣服。⑤
居人共住武陵源，还从物外起田园。⑥
月明松下房栊静，日出云中鸡犬喧。⑦
惊闻俗客争来集，竞引还家问都邑。⑧
平明闾巷扫花开，薄暮渔樵乘水入。⑨
初因避地去人间，更问神仙遂不还。⑩
峡里谁知有人事，世中遥望空云山。
不疑灵境难闻见，尘心未尽思乡县。⑪

出洞无论隔山水，辞家终拟长游衍。⑫
自谓经过旧不迷，安知峰壑今来变。⑬
当时只记入山深，青溪几度到云林。⑭
春来遍是桃花水，不辨仙源何处寻。⑮

释词

①逐水：顺着溪水。古津：古渡口。②坐：因。③隈隩（wēi yù）：山、水弯曲的地方。旷望：指视野开阔。旋：不久。④攒云树：云树相连。攒，聚集。⑤樵客：原指打柴人，这里指渔人。⑥武陵源：指桃花源，相传在今湖南桃源县（晋代属武陵郡）西南。武陵，即今湖南常德。物外：世外。⑦房栊：房屋的窗户。喧：叫声嘈杂。⑧俗客：指误入桃花源的渔人。引：领。都邑：指桃源人原来的家乡。⑨平明：天刚亮。闾巷：街巷。开：指开门。薄暮：傍晚。⑩避地：迁居此地以避祸患。去：离开。⑪灵境：指仙境。尘心：普通人的感情。乡县：家乡。⑫游衍：流连不去。⑬自谓：自以为。峰壑：山峰峡谷。⑭云林：云中山林。⑮桃花水：春水。桃花开时河水涨溢。

译文

渔舟顺着溪流追寻那美妙的春景，古老的渡口边夹岸的桃花艳丽缤纷。因花树缤纷而忘记究竟走了多远，行至青溪尽头忽然隐约看到人烟。走入了幽深曲折的山口，往前豁然开朗一片平川。远远望去似有高大的树木攒聚在蓝天白云里，近处却是千家万户的花卉竹林。樵夫首次告诉他们汉以后的朝代，村中的居民都没改变秦代的衣装。他们居住的地方是武陵的桃花源，在这里共建了世外田园。明月朗照，松下房舍窗棂一片寂静，旭日升起，村中便鸡鸣犬吠一片喧闹。听说来了外客大家都集拢来，争相邀请他回家打听家乡近

来情景。天一亮，他们就开门打扫街巷花径，傍晚，渔人和樵夫便乘小船回到山村。当初因为避乱离开人世，来到这神仙境地就不想回还。从此隐居峡谷，不知外界变化，外界看这里也只能看见邈远的云山。渔人不怀疑这是难得的仙境，但从来没见过，没听说过，只是尘心未尽仍然思念家乡。出洞后尽管觉得桃花源隔山隔水，又打算辞家来此仙境长期游历。自认为来过的地方不会迷路，怎知道眼前的峰壑幡然改变。当时只记得进入山中很远很深，沿着青溪几经转折才到桃林。春天已经来到，遍溪都是桃花流水，辨不清桃源仙境该到何处去找寻。

这首诗作于开元七年（公元 719 年），王维当时十九岁。他的诗历来被评为"诗中有画，画中有诗"，这首诗就能很好地体现。诗的题材取自陶渊明的叙事散文《桃花源记》，变文为诗，毫无雕饰，具有独特的艺术价值。诗中为我们展现了一幅幅美丽的画面，寄托了诗人对美好理想的憧憬。

全诗可分三层。前十句为第一层，写渔人赏玩春景继而发现桃源。渔人乘坐一叶小舟在夹岸的桃花林中悠悠行进，这绚烂的春景令渔人陶醉，竟然"不知远"，不知不觉中渔人来到了青溪的尽头。这是事件的开端。"山口潜行始隈隩，山开旷望旋平陆"，是事件的发展。渔人弃舟上岸，进入幽曲的山口，渐行渐远，忽然眼前豁然开朗，发现了桃源。接着桃源的全景也展现在我们眼前：远远望去高大的树木像攒聚在蓝天白云里，近看是家家户户种的花卉竹林。诗人由远及近，写了桃源中相映成趣的美景，烘托出恬静的气氛。桃源中的人也发现了这位外来客，很是惊奇。而渔人所见到的桃源中的人仍使用秦汉时的姓名，所穿衣服也还是秦汉时的式样。

中间十二句为第二层，写渔人在桃花源中的见闻。"居人共住武陵源，还从物外起田园"是过渡句，起承上启下的作用。接着诗人为我们展现了桃源中的景物画面和生活画面。月光，松影，房栊寂静，桃源的夜晚一片静谧；太阳，云彩，鸡鸣犬吠，桃源的早晨一片喧闹。夜晚与白天对比，安静与喧闹对比，展现了桃源中与世无争却又生机勃勃的景象。而渔人的闯入也在桃源中引起轰动，"惊""争""集""引""问"一连串的动词，把桃源中人们的神色和心理刻画得生动形象，表现出他们的淳朴热情和对故乡的关心。"扫花开""乘水入"紧扣桃源景色，进一步写出桃源环境的优美。"初因避地去人间，更问神仙遂不还"交代桃源中人的来历。"峡里谁知有人事，世中遥望空云山"，在叙事中，诗人又夹杂抒情笔墨，文势活跃多姿。

最后十句为第三层，写渔人因思乡离开桃源，继而又怀念桃源，寻觅桃源而不得的怅惘和茫然。"不疑"句对渔人轻易离开桃源流露出惋惜之情。"自谓""安知""只记"等词语，把渔人对桃源的思念与遍寻不着的懊恼心情形象地展现了出来。然而，时过境迁，旧地难寻，桃源在哪里呀？末句"春来遍是桃花水，不辨仙源何处寻"加入抒情成分，给人留下无穷的回味。

这首诗通过形象的画面来开拓诗境，画面生动优美，绚丽多彩，是王维"诗中有画"的特色在早年作品中的反映。全诗笔力舒健，韵脚多变，从容雅致，意境超脱，寓意深长。

洛阳女儿行①

王维

洛阳女儿对门居，才可颜容十五余。②
良人玉勒乘骢马，侍女金盘脍鲤鱼。③
画阁珠楼尽相望，红桃绿柳垂檐向。
罗帏送上七香车，宝扇迎归九华帐。④

狂夫富贵在青春，意气骄奢剧季伦。⑤
自怜碧玉亲教舞，不惜珊瑚持与人。⑥
春窗曙灭九微火，九微片片飞花璈。⑦
戏罢曾无理曲时，妆成只是熏香坐。⑧
城中相识尽繁华，日夜经过赵李家。⑨
谁怜越女颜如玉，贫贱江头自浣纱。⑩

释词

①洛阳女儿：指莫愁。梁武帝萧衍《河中之水歌》："河中之水向东流，洛阳女儿名莫愁。"这里借莫愁泛指唐代贵族妇女。②对门居：语出梁武帝《东飞伯劳歌》："谁家女儿对门居，开颜发艳照里闾。"才可：恰好。③良人：古时妻子对丈夫的尊称。玉勒：饰以美玉的带嚼子的马笼头。骢（cōng）马：青白色的马。金盘脍（kuài）鲤鱼：语出辛延年《羽林郎》："就我求珍肴，金盘脍鲤鱼。"脍，把肉切细叫脍。④罗帏：丝织帘帐。七香车：用多种香木制成的车子。宝扇：古时富贵人家出行时所用遮蔽物，用鸟羽编成。九华帐：装饰鲜艳的花罗帐。⑤狂夫：古时妻子自称其丈夫的谦辞。剧：甚，超过。季伦：晋石崇，字季伦，其家豪富，曾与贵戚王恺、羊琇等比富。⑥怜：爱。碧玉：梁元帝《采莲曲》有"碧玉小家女，来嫁汝南王"。据说碧玉为汝南王妾，深得宠爱。此借指"洛阳女儿"。珊瑚：据《世说新语·汰侈》载：石崇与王恺斗富。王恺把御赐的世所罕见的高二尺的珊瑚树相夸示，被石崇打碎，让人搬来六七株高三四尺的珊瑚树偿还他。此句用此典故，比喻丈夫爱她，不惜一掷千金。⑦九微片片：指灯花。九微，《汉武内传》中有九微灯。此喻灯具之高雅精美。花璈：指雕花的连环形窗格。此二句写通宵娱乐，到天明才灭灯火。⑧曾无：从无。理：温习。熏香：古人把香末放在熏炉中慢慢燃烧，香烟从镂空处散出，即称"熏香"。⑨繁

华：富贵之人。赵李家：汉成帝的皇后赵飞燕、婕妤李平两家。这里泛指贵戚之家。⑩越女：指春秋时期越国美女西施。浣纱：西施原为若耶溪之浣纱女，后被越王勾践献为吴王夫差妃。

洛阳城里有个少女，在我对门居住，容颜十分俏丽，年纪正是十五有余。迎亲时，丈夫骑着玉勒雕鞍的骏马，侍女用金盘端来脍好的鲤鱼。画阁珠楼庭院台榭，座座相连相望，桃红柳绿垂向屋檐，随风摆动飘扬。她打扮好了，被送上有丝绸围帐的香木车子，精美宝扇遮日，迎她回到鲜艳的九华帐。富贵的丈夫正当青春，意气骄奢超过了富豪石季伦。自己怜爱娇妻，亲自教她练习歌舞，把稀世罕有的珊瑚随意赠人也毫不吝惜。彻夜欢娱，春日天亮才吹灭灯火，灯花片片飘落，洒在雕花窗上。嬉游整日，哪有空闲温习曲子，梳妆好了，只坐在香炉边熏透衣裳。洛阳城中认识的人都是豪富贵戚，日夜来往于显赫之家。谁怜惜那洁净美丽的西施，贫贱时她曾经在溪边浣纱。

这首诗是王维青少年时的作品，题下原注"时年十六"。当时王维生活在东都洛阳，洛阳当时之富庶繁华可比京都长安。王维不仅与豪门贵戚有交往，与寒门志士也交谊不错。诗人目睹了贫富悬殊的不合理的社会现实，抨击了东都豪门大户骄奢淫逸的生活，寄托了贫寒志士坎坷困顿、怀才不遇的深沉感慨。

前八句写洛阳女无比娇贵逸乐的生活状况。诗中的"女儿"似是一个小家碧玉而骤然成为贵妇人，接着诗人极尽铺排渲染之能事，细致入微地渲染容颜娇美的"洛阳女儿"成为贵族少妇后，食不厌精、脍不厌细、住所富丽、香车代步、宝扇送归，十分豪华阔绰的生活。诗中辞藻华丽、语言华美，与其所表现的内容高度和谐。

中间八句写洛阳女丈夫行为的骄奢放荡和作为玩物的贵妇的娇媚无聊。从迎娶的排场可看出丈夫生在富贵家，他虽然也"自怜碧玉亲教舞"，但他并不懂得真正的爱情，而只是将"洛阳女儿"当作消遣的玩物。诗中的季伦，指晋代石崇，以骄奢著称。诗人巧妙地使事用典，写出了丈夫的骄恣、戏娱的无度、交际的频繁，谴责了一个花天酒地的青年权贵。而"洛阳女儿"虽嫁入富贵人家，但她的生活并不幸福。她终日除了陪丈夫玩乐之外，就只剩下"妆成只是熏香坐"的空虚，虽一笔带过，却使讽刺揭露的效果更为强烈。

结尾四句写他们交往的尽是贵戚。诗的最后两句猛然转折，以西施出身寒微，虽美丽却无人怜爱，溪边独自浣纱作为反衬，在强烈的反差中突显主题，使前面的华丽描绘一下子变为对贵族生活乃至社会不公的冷峻批判，讽刺了腐朽的上层社会，也隐含诗人对贤者不遇的慨叹，寓意深远。

全诗开头运用工笔重彩，细致入微又带点艺术夸张地渲染"洛阳女儿"和她丈夫骄奢空虚的生活。结尾笔锋犀利，笔力沉厚，犹如异峰突起，振聋发聩，发人深省。

老将行

王维

少年十五二十时，步行夺得胡马骑。①
射杀山中白额虎，肯数邺下黄须儿。②
一身转战三千里，一剑曾当百万师。
汉兵奋迅如霹雳，虏骑奔腾畏蒺藜。③
卫青不败由天幸，李广无功缘数奇。④

自从弃置便衰朽，世事蹉跎成白首。

昔时飞箭无全目，今日垂杨生左肘。⑤

路傍时卖故侯瓜，门前学种先生柳。⑥

苍茫古木连穷巷，寥落寒山对虚牖。

誓令疏勒出飞泉，不似颍川空使酒。⑦

贺兰山下阵如云，羽檄交驰日夕闻。⑧

节使三河募年少，诏书五道出将军。

试拂铁衣如雪色，聊持宝剑动星文。⑨

愿得燕弓射大将，耻令越甲鸣吾君。⑩

莫嫌旧日云中守，犹堪一战立功勋。⑪

释词

①"步行"句：汉名将李广，为匈奴骑兵所擒，广时已受伤，便即装死。后于途中见一胡儿骑着良马，便一跃而上，将胡儿推在地下，疾驰而归，见《史记·李将军列传》。②"射杀"句：用晋名将周处除三害的典故。南山白额虎是三害之一，见《晋书·周处传》。肯数：岂可只推。邺（yè）下黄须儿：指曹彰，曹操第二子，须黄色，性刚猛，曾随征乌丸，颇为曹操爱重，曾持彰须曰："黄须儿竟大奇也。"邺下，曹操封魏王时，都邺（今河北临漳县西）。③霹雳：疾雷。蒺藜：本是有三角刺的植物，这里指铁蒺藜，战地所用障碍物。④卫青：汉代名将，汉武帝皇后卫子夫之弟，以征伐匈奴官至大将军。卫青姐姐的儿子霍去病，也曾远入匈奴境内，军亦有天幸，未尝困绝。"天幸"本霍去病事，然古代常卫、霍并称，这里当因卫青而联想霍去病事。"李广"句：李广曾屡立战功，汉武帝却以他年老而暗示卫青不要让李广遇战单于，因而被看成无功，没有封侯。缘，因为。数，命运。奇（jī），单数。与偶相对，指不吉、

不顺当。《史记·李将军列传》："大将军青亦阴受上戒，以为李广老，数奇，毋令当单于。"⑤飞箭（一作"飞雀"）无全目：鲍照《拟古》诗："惊雀无全目。"李善注引《帝王世纪》：吴贺使羿射雀，贺要羿射雀左目，却误中右目。这里只是强调羿能使雀双目不全，于此见其射艺之精。垂杨生左肘：《庄子·至乐》："支离叔与滑介叔观于冥伯之丘，昆仑之虚，黄帝之所休。俄而柳生其左肘，其意蹶蹶然恶之。"柳，借作"瘤"，且亦称柳。这句意思是说，老将久不习武，肘上肌肉松弛下垂，如长肉瘤一般。⑥故侯瓜：召平，本秦东陵侯，秦亡为平民，贫，种瓜长安城东，瓜味甘美。先生柳：晋陶渊明弃官归隐后，因门前有五株杨柳，遂自号"五柳先生"，并写有《五柳先生传》。⑦"誓令"句：后汉耿恭与匈奴作战，据疏勒城，匈奴于城下绝其涧水，恭于城中穿井，至十五丈犹不得水，他仰叹道："闻昔贰师将军（李广利）拔佩刀刺山，飞泉涌出；今汉德神明，岂有穷哉！"旋向井祈祷，过了一会儿，果然得水。事见《后汉书·耿弇列传》。疏勒，指汉疏勒城，在今新疆疏勒县。颍川：指汉景帝时将军灌夫，家住颍川，为人刚直，失势后颇牢骚不平，后被诛。使酒：恃酒逞意气。⑧贺兰山：又名阿拉善山，在今宁夏西北部。⑨聊持：且持。星文：指剑上所嵌的七星文。⑩燕弓：燕地出产的以坚劲出名的弓。"耻令"句：意谓以敌人甲兵惊动国君为可耻。《说苑·立节》：越国甲兵入齐，雍国子狄请求齐君让他自杀，因为这是越甲在鸣国君，自己应当以身殉之，遂自刎死。鸣，这里是惊动的意思。⑪云中守：指汉文帝时的云中太守魏尚。魏尚深得军心，匈奴不敢犯边，后因事被削职为民，得冯唐鸣不平，始官复原职。

少年十五二十岁青春之时，徒步就能夺取胡人的战马骑。射杀山中的白额猛虎，数英雄岂止邺下的黄须儿？驰骋疆场三千里，一

116

把宝剑可抵挡百万雄师。汉朝的士兵英勇迅速像疾雷闪电，敌人的骑兵奔腾而来却害怕铁蒺藜。卫青不败是由于天神辅助，李广没有功劳是因为命运不好。自从不被任用就衰老了，世事蹉跎已满头白发。从前射箭没有鸟能保全双目，如今老去胳膊好像长了肉瘤。像召平流落为民路旁卖瓜，学陶潜在门前种上垂杨绿柳。苍茫的古树一直延伸到深巷，寥落寒山空对冷寂的窗子。立誓学耿恭让疏勒城中涌出泉水，不能像颍川的灌夫只会借酒使气。贺兰山下战士们列阵如云，告急的军书日夜不停传送。持着符节的使臣在三河招募兵马，皇帝下了诏书令大将军分五路出兵。老将军揩拭铁甲光洁如雪色，手持宝剑闪动剑上七星文。愿得燕地的好弓射杀敌方大将，绝不让敌方兵马惊动国君。不要嫌弃当年云中太守，仍还有能力奋勇一战为国建立功勋。

　　这首诗是诗人前期的代表作品，诗中叙述了一个一心为国、久经沙场、英勇善战的老将的经历。他年轻时英勇无比，东征西战，功勋卓著，结果却因"无功"被弃，只得以躬耕叫卖为生。然而他既没有消沉，也自不服老，仍然心系国事。当战事再次爆发，他不计前嫌，披挂上阵，仍想为国立功。揭露了统治者的赏罚蒙昧，歌颂了老将的高尚节操和爱国热忱。

　　全诗可分三层。开头十句为第一层，写老将青少年时代的智勇、战功和不平遭遇。先说他年少时便有李广将军的智勇双全，曾徒步夺过敌人的战马，引弓射杀过凶猛的白额虎。接着写老将不仅智勇过人，而且有突出的才德，不争名求利，就像曹彰，绰号"黄须儿"，奋勇破敌，却将功劳归于诸将。接着写他南征北战、驰骋疆场的情形："一身转战三千里"，通过写与敌对阵、地域之广说明他征战之劳苦；"一剑曾当百万师"足见其勇武过人、力压群雄，可知其战功显赫；"汉兵奋迅如霹雳"是说他用兵神速，"攻"则势如破

竹;"虏骑奔腾畏蒺藜"是说他"守"则巧妙布阵，克敌制胜。无论攻守都表明老将有勇有谋、功勋卓著。诗人从四个方面一再渲染老将征战之苦，战绩之大，但这样的良将却无寸功之赏。诗人用典曲折地抒发了自己的感慨：汉武帝的贵戚卫青之所以屡战不败，立功受赏，是因为有上天保佑；与他同时的李广将军同样战功显赫，但他不但未得封侯之赏，反而最终获罪自尽，实在是命运不济呀。诗人用卫青、李广的典故，抨击了封建统治者用人唯亲、赏罚不公，突出了老将的不平遭遇。

中间十句为第二层，写老将被遗弃后的生活清苦寂寥，但他仍未改变杀敌报国的赤心。老将被弃置后，身体衰朽，心情不佳，连头发都白了。老将身体今非昔比，以前专射雀眼使其双目不全的箭术，因久不习武，双臂如生肉瘤，很不利索了。此处用对比手法，使人顿生惋惜之情。"路傍时卖故侯瓜，门前学种先生柳"，老将被弃置后生活没有着落，只能躬耕自给，自寻生计，足见生活窘迫，这里用了秦东陵侯召平和陶渊明的典故。接着用"古木""穷巷""寒山""虚牖"四种景物组合成一个清冷萧条的环境，老将门前冷落，无人拜访，足见世态炎凉。但是，在这样的境遇下，老将并没有消沉颓废，仍想着为国家的安宁出力。"誓令疏勒出飞泉，不似颍川空使酒"，想像耿恭一样，与战士们同甘共苦，冲锋陷阵；决不像灌夫一样因个人失势受罚，一味地借酒使气。这两句写出老将的胸怀、气量、美德。

最后十句为第三层，写老将虽被弃，但他时时怀着请缨卫国杀敌的衷肠。先写边关战事又起，告急文书不断送往京城，边防吃紧。接着写朝廷紧急在三河一带招募青年入伍，分五路奔赴边关的紧迫情形，烘托出战争的紧张气氛。而此时，老将再也坐不住了，他再也按捺不住内心跃跃欲试的心情。他"试拂铁衣"，把早年征战的铠甲擦得雪亮，他"聊持宝剑"，又开始练起武功。他还希望得到燕弓"射大将"，消灭敌人的头目，绝不让外敌对朝廷造成威胁。末句

"莫嫌旧日云中守，犹堪一战立功勋"借用汉文帝时云中太守魏尚的典故，表明只要朝廷肯用老将，他一定能再上沙场，杀敌立功，报效祖国。表现了老将在国难当头之时，能以国家大局为重的高尚品德。

　　全诗大量使用典故，不但在一定程度上扩大了诗的容量，而且使全诗显得含蓄典雅；采用铺叙的方法，刻画了老将的形象；诗中对偶工巧自然、结构严谨，语言感人。

辋川闲居赠裴秀才迪①

王维

寒山转苍翠，秋水日潺湲。②
倚杖柴门外，临风听暮蝉。③
渡头余落日，墟里上孤烟。④
复值接舆醉，狂歌五柳前。⑤

释词

　　①辋川：水名，又名辋水、辋谷水，源出终南山辋谷，在今陕西省蓝田县南二十里终南山下。山麓有宋之问的别墅，后归王维。王维《辋川集序》称："余别业在辋川山谷，其游止有孟城坳、华子冈、文杏馆、斤竹涧……"王维晚年在此隐居。裴迪：诗人，王维的好友，与王维唱和较多。②转苍翠：一作"积苍翠"。潺湲（chán yuán）：水流声。这里指水流缓慢的样子。③暮蝉：秋后的蝉。④墟里：村落。孤烟：直升的炊烟。⑤值：遇到。接舆：陆通先生的字，春秋时楚国隐士，装疯不出去做官。在这里代指裴迪。

五柳：即陶潜，陶潜号五柳先生，这里是诗人自比。

寒山变得格外郁郁葱葱，秋水日日缓缓向远方流淌。我拄杖倚在柴门前，迎风细听那暮蝉的鸣声。夕阳的余晖洒在那渡头上，村子里飘起一缕缕炊烟。又碰到狂放的裴迪喝醉了酒，在我的面前发酒狂。

据《旧唐书》本传，王维大约四十岁后就开始过一种亦官亦隐的生活，在蓝田辋川得到宋之问的别墅后，生活十分悠闲自得。《新唐书·王维传》："别墅在辋川，地奇胜……与裴迪游其中，赋诗相酬为乐。"这首诗即是他与裴迪相酬为乐之作。诗中极力描绘辋川的秋景，刻画了以接舆比裴迪、以陶潜自比的两个隐士形象，抒发了诗人的闲居之乐和对友人的真切情谊。

首联写山中秋景。随着天色渐晚，山色变得更加苍翠；山间的泉水日复一日静静地流淌着。"寒山""秋水"点明季节。"转"字极巧妙地写出天色渐晚，通过山色的变浓，赋予山动态感。"日"字写出洞水每时每刻都在流动，赋予水永恒的特征。诗人仅用十个字，就勾勒出一幅动中有静、静中有动的日落山中之景。

颔联塑造了一个隐士的形象。"倚杖"柴门，足见其神态安闲，但诗人尚不足五十，应没有"倚杖"的必要，这又从深层体现诗人消极避世的心态。"柴门"二字，也隐隐透出乡野隐居的意味。诗人倚杖迎风听蝉鸣，神情专注，神态安逸，一名乡间隐士的形象凸显了出来。

颈联写原野暮色。"落日""孤烟"点出黄昏乡村景色。"渡头余落日"的"余"字表明时间是非常短暂的，景色是转瞬即逝的，精准地写出落日与水面相切的一瞬间，给人以无限遐想和美感。"墟

120

里上孤烟"化用了陶渊明《归园田居》中的"暧暧远人村，依依墟里烟"。其中"上"字写出炊烟在空中缥缈浮动直上的形态。这一联描绘了一幅恬然自乐的田野乡村之景，落日是自然景观，孤烟是人为景象，整幅画面体现了和谐美，给人一种宁静的感觉。此句可与王维另一名句"大漠孤烟直"相媲美。

尾联又转而写人。这一联化用典故将裴迪比作沉醉狂歌的接舆。《论语·微子》中载："楚狂接舆歌而过孔子曰：'凤兮凤兮，何德之衰。'"接舆还劝孔子不要做官，以免得祸。诗人不仅形容出裴迪的醉歌之态，还表达了对友人高尚品格的高度赞扬。接着诗人以五柳先生自比。陶渊明是一位忘怀得失、以诗酒自娱的隐士。诗人以五柳先生自况，表达自己一心退隐，蔑视官场的清高心态。两个典故的化用极形象地抓住两个人物的最显著特征，将他们超然物外的心态交汇在一起。

这首诗首联与颈联写景，描绘出一幅和谐幽静而又富有生机的田园山水画；颔联与尾联写诗人与裴迪的闲居之乐。全诗物我一体，风光、人物交替行文，相映成趣，可谓诗中有画，画中有诗。

山居秋暝①

王维

空山新雨后，天气晚来秋。
明月松间照，清泉石上流。
竹喧归浣女，莲动下渔舟。②
随意春芳歇，王孙自可留。③

释词

①暝：日落，夜晚，夜色。②竹喧：竹林中笑语喧哗，也指竹子枝叶相碰发出的声音。喧，喧哗，这里指农家女的欢笑声。浣（huàn）女：洗衣服的农家女。莲动：指溪中莲叶动荡，是因为渔船沿水下行。③随意：尽管，虽然。春芳：春天的芳菲。歇：消歇，逝去。王孙：原指贵族子弟，后来也泛指年轻人，此处指诗人自己。留：居。

译文

山上刚刚下过一场雨，晚上天气清凉带来了秋意。皎洁的月光映照着松林，清清的泉水从（河床的）石头上流过。洗衣的农家女归来，竹林里笑语喧哗；莲叶浮动，那是顺流而下的渔舟。尽管那春天的芳菲已经逝去，我依然向往长久地留居于山中。

鉴赏

这首诗是王维山水田园诗的代表作之一。王维所居辋川别墅在终南山下，故称山居。一场秋雨过后，秋山如洗，诗人诗兴大发而作此诗。诗中描绘秋雨后傍晚时分山村的美丽景色和村民淳朴的生活，抒发了诗人隐居后的怡情惬意。

首联写秋日雨后之景。秋雨过后，万物为之一新，空气清新宜人。"空"字渲染天高云淡的美景，为全诗定下一个空灵澄净的基调。而实际上"空山"不空，只是山中树木繁茂，掩盖了人们的行迹。正如"空山不见人，但闻人语响"（《鹿柴》）。雨后空气的清新，也表达了诗人希望远离尘世的喧嚣，达到一种宁静淡泊的心理境界。

颔联写日落月出后的山中美景。皓月当空，雨洗后的松林一尘不染，在月光的照耀下格外青翠欲滴。而雨后山泉清冽，泉水流泻

122

于乱石之上，发出淙淙的清脆悦耳的欢唱声。月照松林与清泉流溢，动静结合，写出了山村的幽清宁静。这一联抒发了诗人对宁静幽雅生活的无限向往。

颈联由写景转为写人。竹林里先是传来阵阵喧闹声，那是农家女洗衣归来；接着荷叶晃动，那是渔船顺流而下。在这宁静幽美的山林中，生活着一群勤劳善良的人们。诗人对他们无忧无虑的纯朴生活是多么向往，反衬诗人对官场污浊的厌恶之情。诗人先写"竹喧""莲动"，采用"先闻其声、后见其人"的写法，把当时天黑以及竹密莲茂看不见人的情景，写得很真实。这里不仅景美，人更美，为结句诗人对这里的留恋埋下伏笔。

尾联诗人有感而发。山中春光已逝，夏景甚美，可谓四季景色皆佳。在如此称心如意的世外桃源中，诗人当然流连忘返了。王孙指诗人自己，这是诗人反用《楚辞·招隐士》"王孙兮归来，山中兮不可久留"的诗意，认为"山中"比"朝中"纯净质朴。结句写诗人留恋山中美景，想远离官场洁身自好，决意归隐。

这首山水名篇，实际上通篇都是比兴，通过对山水的描绘表现诗人的人格美和一种理想中的社会之美。全诗寄慨言志，含蕴丰富，动静结合，相得益彰。

终南山①

王维

太乙近天都，连山到海隅。②
白云回望合，青霭入看无。③
分野中峰变，阴晴众壑殊。④
欲投人处宿，隔水问樵夫。⑤

· 释词 ·

①终南山：又名中南山或南山，即秦岭，西起甘肃省天水，东至河南省陕县，绵延八百余里，是渭水和汉水的分水岭。②太乙：又名太一，在长安南五十里，秦岭的主峰，亦为终南山别名。天都：天帝所居，这里也指帝都长安。海隅：海边。终南山并不到海边，此为夸张之词。③青霭：淡淡的云气，山中的雾气。入：接近。④"分野"两句：言终南山高大，分隔山南、山北两种景象，各山谷间的阴晴变化也有所不同。分野，我国古代天文学家把天上的星宿和地上的区域联系起来，地上的某一区域都划定在星空的某一范围之内，称为分野。中峰变，指主峰太乙南北两侧分野不同。⑤人处：指有人烟处。

· 译文 ·

巍巍的终南山靠近天都，山势连绵不尽一直延伸到海边。回望只见白云缭绕连成一片，走近山中青绿色的云雾反而看不见了。高高的中峰南北可看到不同的分野，大小山谷间的阴晴变化悬殊。想要在山中找一户人家投宿，隔着溪水问对面打柴的樵夫。

· 鉴赏 ·

开元二十九年（公元 741 年），王维曾隐居终南山，该诗当作于这一时期。终南山东西绵延八百里，其势之大、其峰之高是令无数文人骚客所折服和吟咏的，王维也不例外。王维的诗素被赞为"诗中有画"，这首诗同样为我们描绘了一幅终南山壮美景色的画卷，赞美了祖国的壮丽河山。

首联写远景。"太乙"是终南山的别称。山虽高但距离天却还很遥远，但它又的确高耸入云，这里用夸张的手法，突出山之高。同时也表明了它的地点——接近长安。"到海隅"更是艺术的夸张，它远远未到海边。然而遥望终南山，山势绵延，西边望不到头，东边望不到尾，人们很自然地会想象它一直铺展到大海边上。这样写，突出了终南山延绵之广，视野之开阔，意境之宏大。这一联写终南山远景，虽夸张而愈见真实。

领联写近景。诗人由远及近进入山中，山中云雾弥漫，仿佛再走几步就可以浮游在白云中。可一路走过去，白云分向两边，驻足回首，分向两边的白云又合拢起来，汇成茫茫云海。诗人才走出云海，前面又是蒙蒙青霭，仿佛只要再向前一步就能摸到那迷蒙的烟雾了。然而"入看"后，近山的云雾反而看不见了。诗人匠心独运，把终南山的千岩万壑、苍松古柏、怪石清泉、奇花异草都藏在云烟之中，给人留下了无比广阔的想象空间，令人心驰神往。

颈联写登上峰顶后所见景色。诗人穿过云海，登上了终南山峰顶，纵目四望，四周群峰罗列。阳光透过云霭照射下来，由于众峰高低、方位不同，显得明暗显晦。山南遍布高大的苍松翠柏，山北皆矮小的灌木，形态不一。"变"字写出了终南山的山峦起伏之大，子峰之多。"殊"字意味深长地写出了"同山不同天"的奇异景象。

尾联由写景转向记事。终南山的美景令诗人流连忘返，怕误了下山。恰好此时在人迹罕至的山中传来樵夫砍柴的声音，诗人循声望去，隔着山涧询问可投宿的地方，樵夫口答手指。这丁丁砍柴声、潺潺流水声、一问一答唱和声，为无声的画面增添了不尽的情趣，可谓画龙点睛之笔。这一联通过樵夫的砍柴声，突出了终南山的幽静。

全诗层次分明，诗意明朗。只用了四十个字便描绘出了终南山宏伟壮观的景色，诗中有远景，有近景；有全景，有特写；有画面，有声音。"以少总多""意余于象"是此诗最显著的特点。

归嵩山作①

王维

清川带长薄，车马去闲闲。②
流水如有意，暮禽相与还。③
荒城临古渡，落日满秋山。④
迢递嵩高下，归来且闭关。⑤

·释词·

①嵩山：古称中岳。在今河南登封北，因其居于五岳之中而高，又称嵩高。②清川：当指颍水，颍水在嵩山南。带：围绕。长薄：水边绵延的芳草林木之地。去：行走。闲闲：从容不迫的样子。③相与：相互做伴。④古渡：指古时的渡口遗址。⑤迢递：遥远的样子。闭关：佛家闭门静修。这里有闭门谢客之意。

·译文·

清澈的溪流环绕一片草木，我的车马从容不迫地向前行进。流水好像有意与我同去永不回返，傍晚的归鸟与我一起回来。荒凉的城郭靠着古老的渡口，落日的余晖洒满秋天的山峦。在那遥远的嵩山下面安家落户，决心归隐谢绝来客把门关闭。

·鉴赏·

诗人于开元中期离开济州贬所，暂隐嵩山而作此诗。诗中通过描写绚丽迷人的山水风物，寄托诗人归隐后的悠然闲适之情。

　　首联写归隐出发时的情景。开篇扣题，点明"归"。清澈的山涧萦绕着一片长长的草木丛生的草地，离归的车马缓缓前进，显得那样从容不迫。正因为诗人既不是愤然辞官，也不是被逼出走，所以他的心态才这样平和，眼中的景色才这样娴静。"闲闲"连用写出诗人的从容不迫和顺其自然。诗人原本有理想有抱负，无奈朝野不平，空有才华而不能得以施展，辞官归隐也是无奈之举。但诗人终于摆脱了官场的羁绊，心中自然畅快惬意。这一联写出诗人归隐出发时一种安详闲适的心境。

　　中间四句写归隐路途中的景色。颔联写水写鸟，把"流水"和"暮禽"都拟人化，赋予了它们人的感情。流水的有意和山鸟的相伴都是在召唤自己，早日回归自然的怀抱。这两句表面写"水"和"鸟"有情，实际上还是写诗人归隐时悠然自得的心情。"流水"与"清川"呼应，"暮禽"与"长薄"呼应，用水的一去不返和禽鸟归巢，表明诗人归隐的坚决态度。同时"暮禽"句还包含"鸟倦飞而知还"之意，流露出诗人对官场的厌倦。所以这一联是景中有情，言外有意的。

　　颈联仍然写途中景色。诗人归途中虽有流水和鸟儿相伴，但仍不免孤单。这时他又恰好看到荒城古渡，落日秋山的景象，城是荒城，渡是古渡，日是落日，山是秋山，"荒""古""落""秋"，一片落寞萧条的景象，诗人心中顿时生出凄凉之感。一切景语皆情语，诗人选择带有如此凄凉色彩的景物，可见诗人的心绪也发生了变化，由前面的恬淡闲适转而感到凄清落寞。诗人虽有归隐的惬意，可难免也有壮志未酬的失落。这一联写诗人无法全然超脱地面对这次归隐。

　　尾联点明归隐的地点和归隐后的心情。归隐路途遥远，但嵩山终于到达，此后我要闭门谢客，不问世事。诗人的心态又趋于平和，虽家国之事仍让诗人牵挂，然而归隐之意已决，"闭关"二字更是强调了这样的心情。这一联点明辞官归隐的宗旨。

全诗不加雕琢，平淡自然，真切生动，含蓄隽永。沈德潜说："写人情物性，每在有意无意间。"这正道出了这首诗不工而工，恬淡清新的特点。

酬张少府①

王维

晚年惟好静，万事不关心。②
自顾无长策，空知返旧林。③
松风吹解带，山月照弹琴。④
君问穷通理，渔歌入浦深。⑤

释词

①酬：回赠。张少府：名不详。唐时人称县尉为少府。②惟：只。好（hào）：爱好。③自顾：自念，自视。长策：良策，高见。旧林：故居。④吹解带：吹着诗人宽松的衣带。解，通"懈"。弹琴：犹言鸣琴。⑤穷通：穷困或显达，得意与失意。渔歌：隐士的歌。浦深：河岸的深处。

译文

晚年只图安静，对世事件件都不太关心。自问没有安邦定国的良策，只好归隐到这旧居的山林。清凉的松风吹拂着我松懈的衣带，皎洁的山月照着我这鸣琴。您要问穷通隐显的道理吗？我只是唱着渔歌向河浦的深处去了。

这首诗是诗人晚年居辋川时酬答友人张少府之作。诗人在张九龄被罢相贬官后，面对政局的日趋黑暗，理想也随之破灭，于是辞官归隐山林。从诗题和尾联可知，应是张少府有意让诗人出仕，诗人作此诗表明自己乐于隐居的心意。

　　首联写诗人的晚年生活。诗人说自己老了，只喜欢清静，对世事漠不关心。不是真的不关心，而是出于人生的无奈。表面看有几分消极，但"晚"和"惟"字点出玄机，表明诗人实际上在少年和中年时是非常热衷进取的，他也有效君报国的志向。只是到了晚年，他对朝政完全失望，既不愿同流合污，也没有其他办法，开始过着半官半隐的生活。诗人晚年更是笃志奉佛，蔬食素衣，屏绝尘累，这首诗就明显地体现了出来。

　　颔联写无法实现理想的矛盾苦闷之情。"自顾无长策"，只不过是诗人的自谦之词，不是无长策，而是自己的长策不能为世所用，只能隐居了。这其实隐含着诗人的牢骚，如此一位有志之士无法在官场立足，只能跳出是非圈子，返回"旧林"。这一联写出"万事不关心"的原因。

　　颈联写隐居生活的洒脱。诗人迎着松林吹来的清风宽松一下衣带，在山间明月的伴照下独坐弹琴，自由自在，悠然自得，舒心惬意。"松风""山月"是高洁的象征，也是诗人理想的化身。"吹"和"照"将松风、山月写得似通人意，情与景、人与境于此便非常自然地融为一体。这种摆脱束缚、宽松衣带自适、弹琴自娱的生活，与官场生活相对照，隐含厌恶与否定官场生活的意味。这一联对仗工整，节奏鲜明，情景相生，充分体现了王维的闲适情趣。

　　尾联点题，是诗人对张少府的回赠。形式上是一问一答，诗人没有正面回答，而是以不答作答。"您要问穷通隐显的道理吗？我只是唱着渔歌向河浦的深处去了。"结句含蓄而富有韵味，实际上这里

诗人巧用典故。《楚辞·渔父》云:"渔父莞尔而笑,鼓枻而去,乃歌曰:沧浪之水清兮,可以濯吾缨;沧浪之水浊兮,可以濯我足。遂去,不复与言。"王逸在注《楚辞章句》时说,水浊"喻世昏暗,宜隐遁也"。诗人在隐讽世道昏暗,但又不便明说。他又似乎在说:"世事如此,还问什么'穷通'之理,不如跟我一块儿归隐去吧!"大有劝张少府一同归隐的意味。

全诗着意自述"好静"之志趣,结构安排井然有序。前四句抒情,后四句在写景中记事、答问。全诗写情多于写景,含蓄而富有韵味,洒脱超然、发人深省。

过香积寺

王维

不知香积寺,数里入云峰。①
古木无人径,深山何处钟。
泉声咽危石,日色冷青松。②
薄暮空潭曲,安禅制毒龙。③

释词

①香积寺:唐佛寺名,故址在今陕西西安境内。入云峰:登上入云的高峰。②咽:呜咽。意谓流声不畅。③曲:隐僻之处。安禅:佛家语,指心安于清寂宁静之境。毒龙:佛家语,比喻邪念妄想。

（早闻香积寺盛名），却不知在此山中；入山数里，登上了高入云天的山峰。这里古木参天，根本没有路径；深山里是何处响起隐隐约约的钟声。泉声幽咽，流过峭立的崖石；日色清冷，照着浓荫的青松。傍晚我伫立在空寂的清潭边，有如禅定，身心安然，一切邪念皆空。

诗题"过香积寺"表明这首诗是一首记游之作。"过"即"探访""探望"之意。诗中写诗人游览香积寺，但并不正面描摹，而从侧面写周围景物，突出古寺的幽深静寂。

首联写香积寺隐没山中，不为人知。诗人去探访香积寺，却又不知道香积寺在哪里，尽管如此，诗人依旧进入茫茫山林中寻找。"数里"之后，诗人来到云峰深处。"不知"二字，表现出一种迷惘的心境，也写出了香积寺的幽僻。

中间四句写寻寺途中的山景。颔联写诗人进入山中见古木参天，走在无人的小路上，心头正有所疑惑——山中真有寺院吗？忽然听到深山中隐隐的钟声，才明白香积寺确在山中。从侧面交代了香积寺周围环境的古朴。"何处"既与"无人"对偶，又暗承第一句的"不知"，渲染一种幽远、迷惘、神秘的意境。

颈联写环境的幽冷。诗人以倒装句，进一步借泉声的幽咽和日色的凄冷，渲染山寺远离人间烟火、俗人难以接近的氛围。山中危石耸立，泉水自然不能轻快地流淌，只能在嶙峋的岩石间艰难地穿行，仿佛痛苦地发出幽咽之声。"咽"字用得极生动准确。深山青松树密荫浓，日光照射在松林间，自然不能普照，加上环境的阴暗，现出寒冷的色调。"冷"字用得妙，"日色"是视觉意象，诗人却用触觉感受的"冷"来形容它，采用通感，精妙地表现出山林幽僻的

感受。这一联表现传神，构造出一个远离尘世、深僻冷寂的环境，与尘世的喧嚣和官场的虚伪形成强烈的对比。

尾联是诗人的感想。诗人在傍晚终于到达寺院，面对一潭空阔幽静的潭水，想到寺内修行学佛的僧人，不禁想到《涅槃经》中所说的佛门高僧以无边的佛法制服了其性暴烈的毒龙的故事。这里比喻佛法可以克制人心中的一切世俗杂念和妄想。这两句掺入佛语，反映了诗人一直想要离尘绝世的思想情绪。

全诗构思精妙、炼字精巧，写景技巧高超。这首诗题意在写山寺，但并没有一字写寺，而是通过"云峰""古木""深山""钟声""危石""青松""空潭"的描写从侧面烘托山寺的深幽。近人俞陛云说："常建过破山寺，咏寺中静处；此咏寺外幽景，皆不从本寺落笔。"（《诗境浅说》）

送梓州李使君①

王维

万壑树参天，千山响杜鹃。②
山中一夜雨，树杪百重泉。③
汉女输橦布，巴人讼芋田。④
文翁翻教授，不敢倚先贤。⑤

①梓（zǐ）州：唐东川州名，治所在今四川三台县。李使君：名不详。使君是州刺史的别称。②杜鹃：布谷鸟。南方的一种留鸟，每年都在播种时鸣叫，其声如"播谷，播谷"，又如"不如归去"。

132

③树杪（miǎo）：树梢。④输：交纳。橦（tóng）布：橦木棉织成的布，为梓州特产。巴：古国名，故都在今四川重庆。讼：讼争。芋田：蜀中产芋，当时为主粮之一。这句指巴人常为农田之事发生讼案。⑤文翁：汉景帝时为蜀郡太守，政尚宽宏，见蜀地僻陋，乃建造学宫，培育人才，使巴蜀日渐开化。翻：通"反"，幡然改变。倚：依赖。先贤：已经去世的有才德的人。这里指汉景帝时蜀郡太守。

·译文·

千山万壑古树参天，都是杜鹃啼叫的声音。昨晚下了一夜的雨，百道清泉像是从树梢泻下。蜀汉妇女向官府交纳用橦木棉织成的布匹来纳税，巴郡农民常为农田之事发生讼案。但愿你重振文翁的精神办学教化人民，不可倚仗先贤的政绩清静偷闲。

·鉴赏·

这首诗是王维送李使君入蜀赴任而作的一首送别诗，它的艺术构思新颖奇特。诗中没有一句写送别，而是将送别之情融于对友人的期望和劝勉中。诗人想象友人即将赴任的梓州的山水和风俗民情，期望友人在梓州创造业绩，超过先贤。

前四句写梓州的山川风光。首联互文见义，气势不凡，统写山中景色：万壑千山，到处是参天的大树，到处是杜鹃的啼叫声。这一联从视觉和听觉上让人有身临其境的感觉。

颔联接着写山中景色，选特定景象加以描绘，展现了一幅绝妙画面：昨夜雨一直下，雨水汇成百道清泉从山间泻下，远远望去好似悬挂在树梢上。诗人从细节着墨，写出山势的高峻和山泉的秀美。这一联构思巧妙，第三句对应首联的"山"字，第四句对应首联的"树"字。这两联通过诗人想象巴蜀秀美山色，流露出诗人对友人即将赴任梓州的羡慕之情。

颈联由写景转入写人和事。诗人不仅赞美巴蜀山川景色的秀美，也写了当地的物产和民俗。梓州是少数民族聚居的地方，那里的妇女向官府交纳用橦木棉织成的布匹来纳税；蜀地产芋，那里的人们又常常会因为芋田发生诉讼。这些都是李使君就任梓州刺史以后所掌管的职事，同时表明蜀地偏远落后，人民穷困，治蜀并非易事，李使君担负教化重任，诗人劝勉他要为民谋福利。"汉女""巴人""橦布""芋田"，处处紧扣蜀地特点。这一联也为尾联埋下伏笔。

尾联借治蜀的典故，劝勉友人要在梓州有所建树。"文翁"是汉景帝时的蜀郡太守，他曾兴办学校，教育人才，使蜀郡"由是大化"（《汉书·循吏传》）。诗人希望李使君像文翁一样，在梓州重施教化，有所作为，而不要倚仗文翁等先贤原有的政绩。这一联用典贴切，委婉得体，写出诗人对李使君的殷切期望之情。

这首诗虽是一首送别诗，但不写离愁别恨，诗中所表现的情绪积极开朗，格调高远，爽利明快，是唐代送别诗的佳作。全诗融注着诗人对李使君欣羡、期望、劝勉的一腔真情，构思别开生面，思想境界高远，结构严谨缜密。

汉江临眺①

王维

楚塞三湘接，荆门九派通。②
江流天地外，山色有无中。
郡邑浮前浦，波澜动远空。③
襄阳好风日，留醉与山翁。④

·释词·

①汉江临眺：一本题作《汉江临泛》。汉江，即汉水，是长江最大的支流。上源玉带河出自陕西汉中的宁强县，东流与褒河汇合后称汉江。流经陕西汉中、安康，湖北襄阳、汉川，在武汉市流入长江。临眺，登高远望。②楚塞：指古代楚国地界。战国时，汉江一带为楚地。三湘：湘水合漓水称漓湘，合蒸水称蒸湘，合潇水称潇湘，故称三湘。荆门：山名。荆门山，在今湖北宜都西北的长江南岸，战国时为楚之西塞。九派：九条支流，长江至浔阳分为九支。这里指江西九江。派，江、河的支流。③浦：水边。④襄阳：今属湖北。山翁：指晋代山简，竹林七贤山涛之子，曾镇守襄阳，好酒，每饮必醉。这里借指襄阳地方官。

·译文·

汉水流经楚塞，又接连三湘；至荆门汇合九处支流，与长江连通。汉水浩瀚，仿佛在天地之外奔流；山色朦胧，远在虚无缥缈中。沿江的郡邑，好像浮在水面之上；水天相接的地方，波涛激荡壮阔。襄阳的风景叫人陶醉赞叹；我愿留在此地，陪伴常醉的山翁。

·鉴赏·

开元二十六年（公元738年），王维从塞外回到长安，随后升任殿中侍御史。开元二十八年（公元740年）秋冬之际，诗人赴岭南主持当地官吏选拔，途经襄阳（今湖北襄阳），泛舟汉江，写下此诗。诗中描绘了一幅色彩素雅、格调清新、意境优美的水墨山水画，展现了汉江壮丽浩渺的景色。

首联写汉水雄浑壮阔的景色。诗人泛舟江上，随着小舟在波澜中摇晃，纵目远望，奔涌而来的三湘之水连接荆楚要塞，又在荆门

一带与长江九处支流汇合。诗中虽未提汉江，却让人想象汉江横卧楚塞而接"三湘"、通"九派"的磅礴之势。这一联从大处着笔，为画面创设了气势宏大的背景，为全诗奠定了雄壮的基调。

颔联写汉江的水势和山色的朦胧，从侧面烘托出江势的浩瀚空阔。汉江滔滔远去，看起来好像都流到天地之外去了。这句采用夸张的手法，写出江水的波澜壮阔。江流不断，一直伸向远方，船行中看见两岸重重青山，山色淡到极点，若有若无，时隐时现，不断推移变幻。"天地外""有无中"为诗歌平添了一种迷茫、玄远、无可穷尽的意境。这两句诗是诗人结合自身的印象与感受来写眼前所见之远景，气韵生动，为后世所传诵。

颈联转而写近景。诗人极目远望时风起浪涌，他所坐的小舟也摇晃起来。这时只见江水浩渺，郡城（指襄阳）也好像随着波浪在江水中浮动起来。随着波涛激荡滚动，船身颠簸，诗人觉得远方的天空也好像摇荡起来。明明是船在动，诗人却故意说城郭和远空在"浮""动"。诗人从主观感觉写所见之景的动，不仅写出了汉水的浩渺，也体现了诗人泛舟江上的怡然之态。

尾联直抒胸臆，写出对襄阳风光的喜爱。"山翁"，即晋代山简，竹林七贤中山涛之子。《晋书·山简传》说他曾任征南将军，镇守襄阳。当地习氏有一园林，风景很好，山简常去那里饮酒游乐，大醉方归。诗人想要和山简同醉于山林，写出了诗人对山水的留恋，充满了积极乐观的情绪。

全诗犹如一幅巨大的水墨山水画，气势雄伟，意境开阔，在描绘景色时充满了乐观情绪，给人以美的享受。与王维同时代的殷璠在《河岳英灵集》中说："维诗词秀调雅，意新理惬，在泉为珠，着壁成绘。"此诗很能体现这一特色。

终南别业

王维

中岁颇好道，晚家南山陲。①
兴来每独往，胜事空自知。②
行到水穷处，坐看云起时。
偶然值林叟，谈笑无还期。③

·释词·

①中岁：中年。道：这里指佛理。家：安家。南山陲（chuí）：指辋川别墅所在地。南山，即终南山。陲，边缘，旁边。②胜事：美好的事，快意的事。③值：遇见。林叟（sǒu）：乡村的老人。无还期：没有回还的准确时间。

·译文·

中年以后我信奉佛教，直到晚年才安家于终南山边陲。兴致来时常常独自一人前往，这种美好的事只能自得其乐。走到流水的源头，坐下来观看上升的云雾。偶然在林间遇见一位老者，与他谈笑聊天竟忘了回去的时间。

·鉴赏·

别业，即别墅。终南别业就是辋川别墅，王维的庄园。王维晚年虽官至尚书右丞，但他早已看透仕途的艰难与险恶，迁居到终南山脚下，在这里吃斋念佛，修身养性，过着亦官亦隐的生活。这首

诗便是写其隐居终南山后自得其乐，随遇而安的闲适情趣。

首联写自己中年以后厌倦尘俗，信奉佛教。辋川别墅原是宋之问的别墅，风景秀丽，王维后居此地，极喜爱这里的田园山水。

颔联写诗人的兴致和欣赏美景时的乐趣。诗人兴致来了常常独自一人前往欣赏终南山美丽的景色，这种美好的事不求人知，只能自得其乐。"兴来"写出随意而行；"每"表示经常这样做；"独往"写出诗人的兴致极高；"自知"写出诗人欣赏美景时自得其乐的心态。这一联虽未直接描绘山间美景，但一个陶醉于山中美景而悠然自得的隐者形象已凸显出来。

颈联写诗人寻访的雅兴与意趣。诗人随意而行，走到哪里算哪里，他不知不觉走到了涧水的源头，看到无路可走了，索性坐下来，闲看山间云起云落……白云本来就给人以悠闲的感觉，在诗歌中素来就是一个代表着自由自在、悠闲飘逸的意象。"坐看云起时"，是诗人心境闲适到极点的表示。这两句诗不仅是诗中有画，其中还蕴含生活哲理。近人俞陛云在《诗境浅说》中便说："行至水穷，若已到尽头，而又看云起，见妙境之无穷。可悟处世事变之无穷，求学之义理无穷。此二句有一片化机之妙。"

尾联进一步写出诗人悠闲自得的心情。诗人"偶然"在树林中遇到一两个老年人，在一起谈谈笑笑，忘记了回家。"偶然"是无心的巧合，突出诗人的悠闲。一位不食人间烟火，随时随地都能领略大自然的美好的世外高人形象跃然纸上，表现了诗人淡逸的天性和超然物外的风采。

全诗清淡自然，诗语平白如话，却极具功力，诗味、理趣二者兼备。所以方回称赞此诗"有一唱三叹不可穷之妙"（《瀛奎律髓汇评》），纪昀也说"此诗之妙，由绚烂之极归于平淡"（《瀛奎律髓汇评》），所说极是。

积雨辋川庄作①

王维

积雨空林烟火迟，蒸藜炊黍饷东菑。②
漠漠水田飞白鹭，阴阴夏木啭黄鹂。③
山中习静观朝槿，松下清斋折露葵。④
野老与人争席罢，海鸥何事更相疑。⑤

·释词·

①辋川庄：《陕西通志》卷九引《雍州记》："辋川在（蓝田）县西南二十里……二谷并有细路通上洛。商岭水流至蓝桥，复流至辋谷，如车辋环凑，落叠嶂，入深潭。有千圣洞、茶园、栗岭。唐右丞王维庄在焉，所谓辋川也。"②空林：疏林。烟火迟：因久雨林野湿润，故烟火缓升。藜（lí）：今称灰菜，一种野菜，嫩叶新苗皆可食。黍（shǔ）：黄米，性黏。饷东菑（zī）：给在东边田里干活儿的人送饭。饷，送饭食到田头。菑，已经开垦了一年的田地，这里泛指田亩。③漠漠：形容广阔无际。夏木：高大的树木，犹乔木。夏，大。啭（zhuàn）：鸟的婉转啼声。黄鹂：黄莺。④"山中"句：意谓深居山中，望着槿花的开落以修养宁静之性。朝槿（jǐn）：即木槿。落叶灌木，夏秋之际开花，其花朝开夕谢。古人常以为人生无常的象征。清斋：这里是素食的意思。露葵：即绿葵。一种绿色蔬菜，可以煮来佐餐。⑤野老：指诗人自己。《庄子·寓言》载，阳子居（人名）前往沛地，途遇老子，老子教他去掉傲慢。当他初到旅舍时，旅舍的人见他傲慢的样子，先坐者都"避席"相让，等他受老子之教回来时，很谦卑和气，旅舍

的人也不再拘束，竟和他争席而坐了。"海鸥"句：《列子·黄帝篇》载，古时海上有好鸥者，每日到海上从鸥鸟游。其父曰："吾闻鸥鸟皆从汝游，汝取来，吾玩之。"明日再往海上，鸥鸟飞舞而不下。这里借海鸥喻人事。

因为积雨日久，林中无风而且潮湿，故而做饭的炊烟升得慢；烧好的粗茶淡饭是送给村东耕耘的人。广阔平坦的水田上一只白鹭掠空而飞；夏日幽静清凉的树林中传来黄鹂婉转的啼叫声。我在山中修身养性，观赏朝槿晨开晚谢；在松下吃着素食，采摘露葵不沾荤腥。我已和村里的那些人相处得很随便，没有什么隔阂；海鸥为什么还要猜疑呢？

这首诗是王维隐居辋川蓝田期间所作。全诗意在描写积雨后辋川庄的景色，叙述隐居后闲适恬淡的生活。

首联诗人为我们描绘了一幅农妇做饭炊烟袅袅的田家生活画面，怡然自得。"积雨空林烟火迟"中的"迟"字写出了连日的阴雨天气，使得空气和树木都极为潮湿，这样柴火就很不容易被点燃，同时也形象地表现出了在潮湿的空气中烟气不能直上天空，在半空中迂回的状态。后一句写农妇正忙着做饭给东边劳作的人送去，此处也点出了烟火的由来。寥寥数语，既写出了夏天里常有的阴雨连绵的天气，又很巧妙地把这种天气与当地的农事活动结合起来，让我们有一种身临其境的感觉，真实、自然、惬意。

颔联写白鹭飞落，黄莺啼啭的自然景致。白鹭在广阔的稻田里飞起飞落，悠闲自得；苍翠高大的树林里传来黄鹂婉转的啼叫声。白鹭、黄鹂的自由自在衬托出了田家生活的无忧无虑，同时我们也可以体会到诗人内心的淡泊与恬静。此外，碧绿、雪白、苍翠、金黄，这样错落有致、给人以强烈的视觉冲击的色彩搭配，再一次让我们体会到了"诗中有画，画中有诗"的意境。鲜明的色彩，灵动的生命，给雨中的辋川增添了无限的生机。

颈联写观看木槿花和采摘露葵的闲适生活画面。诗人静静地坐在空山之中，观看木槿花朝开夕谢，体会到人生的短暂和枯荣无常；在松树下采摘露葵，吃着素食来保持身心之净。这里也暗含着诗人正是在这种日积月累的思考中得道入佛，远离了世俗的烦扰。"朝槿""露葵"象征着人生的枯荣无常和诗人晚年的自我生活，意味无穷。

尾联写诗人与村里的人相处融洽，但海鸥仍然疑心。这里运用了《庄子·杂篇·寓言》和《列子·皇帝篇》里的两个典故：阳子居学道归来后客人不再让座，却与之争座；海上好鸥者因心术不正破坏了与鸥的和谐关系。这一正一反，把自己的处世心态和对人世间一些现象的讥讽隐含其中，表达了自己与世无争的淡泊心态。

这首诗是一首典型的田园诗，描写了田园生活的情趣。王维的田园诗常常借助对大自然物象的细腻描写，传达出深邃的宗教体验。这首诗，诗人将幽静淡雅的生活与辋川优美恬静的田园风光密切结合，营造出了一种情景相生、物我交融的意境，表现了隐居山林、脱离尘俗的闲情逸致。全诗形象鲜明，意味深远。

赠郭给事①

王维

洞门高阁霭余晖，桃李阴阴柳絮飞。②
禁里疏钟官舍晚，省中啼鸟吏人稀。③
晨摇玉佩趋金殿，夕奉天书拜琐闱。④
强欲从君无那老，将因卧病解朝衣。⑤

释词

①给事：即给事中，是唐代门下省的要职。②洞门：指重重相对的宫门。霭：暮霭，傍晚时分的云气。桃李：喻指门生。③禁里：指皇宫。④玉佩：佩饰，古时贵族方可佩带。趋：快步疾行，以示恭敬。奉："捧"的本字。拜琐闱：指下朝。⑤无那：无奈。解朝衣：脱去朝服，指辞官。

译文

门庭楼阁沐浴在夕阳的余晖中，桃李盛开，柳絮随风飞扬。禁宫中的钟声疏落，已经到傍晚了，门下省里能够听见鸟的鸣叫声，官吏已经稀少。早晨戴着玉佩快步疾行，恭敬地上早朝，傍晚的时候捧着皇帝的诏书回来。我本想追随您，但无奈我年老体衰，将因卧病的缘故而辞官。

鉴赏

这首酬和诗，是王维晚年酬赠郭给事的。郭给事有诗给王维，所以王维就酬和。王维的后半生，虽然过着半官半隐的生活，然而在官场上却是"昆仲宦游两都，凡诸王驸马豪右贵势之门，无不拂席迎之"（《旧唐书·王维传》）。因此，在他的诗作中，这类应酬的题材甚多。

首联写郭给事的显达。高高的门庭楼阁沐浴在夕阳的余晖中，桃李盛开，柳絮飞扬，一派繁荣的景象。在这里，"洞门高阁"是皇家的写照，"洞门高阁霭余晖"表面上是写门庭楼阁沐浴在夕阳的余晖中，实际上是指皇恩普照。"桃李阴阴柳絮飞"中的"桃李阴阴"暗指郭给事桃李满天下，而"柳絮飞"则说明郭给事的那些门生个个飞扬显达。第一句写皇恩普照；第二句写郭给事桃李满天下，门生显达。诗的前两句着意写郭给事的显达。这样一来，这一联通过对郭给事上承皇恩、下受门生爱戴拥护的描写，突出了他在朝廷中的重要地位。

颔联写郭给事居官清廉闲静。这两句所描绘出来的意境较为恬淡，"疏""稀"二字恰到好处地点染出了这种闲适恬淡的氛围。此外，诗人善于抓住生活中平凡无奇的景或物，来赋予它某种象征意义。官衙内人来人往，政务应该很是繁忙，但是诗人此处却写到"省中啼鸟"，本应一片繁忙的景象，此时却听到鸟的鸣叫声，从侧面表现出了郭给事的为官闲静，同时也暗示着郭给事的政绩卓越。虽然是奉承的话，却说得不露痕迹。

颈联写郭给事早上盛装朝拜，傍晚捧着诏书向下宣达，不辞辛劳。这是直接写郭给事本人的。"趋""拜"二字把郭给事谦恭谨慎的样子生动形象地刻画出来。"晨""夕"二字的对应，说明他时刻跟随在皇帝的身边，足见其地位的举足轻重。从全诗的结构看，这里是极扬一笔，为最后点出全诗主旨做铺垫。

尾联写诗人自己年老多病，无欲跟从，将要辞官。诗人一直在颂扬郭给事，甚至有一些奉承之词，但是最后两句将笔锋一转，从谦恭的语气中表达了自己的意向：虽然我想努力地追随你，无奈我年老多病，最终的愿望是能够辞官归隐。这里，诗人感慨自己年老多病，无法相从，表现出了诗人的出世思想，同时，这也是全诗的主旨。

这是一首唱和诗，而这类应酬性的诗，多半是称赞对方，感慨自身的，该诗亦如此。这首诗既颂扬了郭给事，同时也表现出了诗人想要辞官隐居的思想。写法上，诗人善于捕捉自然景象，状物以达意，使颂扬之情寓于对景物的描绘中，从而彰显了该诗独特的艺术效果。

杂诗①

王维

君自故乡来，应知故乡事。
来日绮窗前，寒梅著花未？②

①杂诗：写随时产生的零星感想和琐事，不定题目的诗。②来日：来的那天。绮窗：雕刻着花纹的窗子。寒梅：冬天里开的梅花。著花未：开花了没有。

译文

您从故乡那边来，应该知道故乡的事吧。您来那天，我家那刻有花纹的窗前的那株蜡梅开花了没有？

鉴赏

这首诗是诗人身处异乡时，看到家乡来人，借由梅花来传达自己的思乡之情，同时也表现出了诗人的情趣。

第一句写诗人看见故人从故乡来的情形。诗人看见有人从家乡来，于是在诗篇的开头用如话家常但又显得迫不及待的话语写道"君自故乡来"，正是这种不加修饰的、贴近生活的自然状态，表现出了诗人对故乡的殷切思念。"故乡"一词点出了诗篇要写的主要内容，并为下文的叙述做铺垫。

第二句写直接问来客故乡的事情。见到故乡的来客，没有寒暄和客套，而是直接问：你从故乡来，一定知道那里的事情吧？足见诗人想要了解故乡消息的急切之情，显现出了诗人孩童般的天真以及与故乡人之间的天然亲切之情。开篇诗人用白描的艺术手法，将自己在特定情形下的心理、神态、语气和感情简洁生动地描绘了出来，可谓是言简义丰。

　　第三句写诗人问来客在自家绮窗前看到的景象。知道客人是从自己的故乡过来的，也料想到了他一定知道家乡的事。接下来不可避免的，诗人会问来客关于家乡的见闻。在这里，诗人并没有彰显自己关心世事的伟大胸襟，而是将焦点集中到自己家的绮窗前，接下来，诗人要问的又是什么呢？

　　第四句写诗人问来客自家窗前的梅花开了没有。关于"故乡事"，可以说的很多很多，初唐诗人王绩在《在京思故园见乡人问》中从旧朋孩童到宗族弟侄到旧园新树再到茅斋宽窄一直问到院子里的果林花，仍然意犹未尽。但是诗人在这里撇开了很多事，只问对方自家窗前的梅花开了没有，从诗人急切地想要从客人那里得知自家窗前梅花的情况，可以看出诗人对故乡亲人深切的牵挂和思念之情。此外，诗人在这里独问"梅花"，说明了诗人唯独钟爱梅花那种清高脱俗的品性。

　　这是一首抒写思念故乡情怀的五言绝句。诗人用平淡质朴的家常话，诉说着对家乡及家乡亲人的思念之情，并且在最后选取自家窗前的梅花来发问，大有深意。诗人想念故乡，在情理之中，喜欢梅花，则溢于言表，将思乡之情和爱梅情趣表现得恰如其分，浑然天成。

鹿柴①

王维

空山不见人，但闻人语响。
返影入深林，复照青苔上。②

释词

①鹿柴："柴"通"寨"，即栅栏，篱障。鹿柴是辋川山庄的一处。王维《辋川集序》称："余别业在辋川山谷，其游止有孟城坳、华子冈、文杏馆、斤竹岭、鹿柴、木兰柴、茱萸沜（pàn）、宫槐陌、临湖亭、南垞、欹湖、柳浪、栾家濑、金屑泉、白石滩、北垞、竹里馆、辛夷坞、漆园、椒园等，与裴迪闲暇各赋绝句云尔。" ②影：指日光。

译文

空荡荡的山中看不见人，只听见人说话的声音。夕阳的余晖穿过枝隙投入深林，照到青苔上。

鉴赏

这首诗是王维隐居陕西蓝田辋川别墅时所作，是王维后期山水诗的代表作——五绝组诗《辋川集》二十首中的第五首。鹿柴是辋川的一处，是王维当年经常游历的地方。

第一句描写空荡荡的山中看不到人的踪迹。诗人王维在他的诗作当中很喜欢用"空山"这个词语，但是在不同的诗篇里，"空山"

所表现出来的意境也不尽相同。如《山居秋暝》中的"空山新雨后，天气晚来秋"侧重于表现秋雨过后山的空明洁净；《鸟鸣涧》中的"人闲桂花落，夜静春山空"侧重于表现春天夜晚山的幽美寂静；而此处的"空山不见人"则侧重于表现山的空旷冷清。也正是因为看不到人的踪影，所以诗人才把这"山"刻画出一种空旷辽远的意境。此外，"不见人"三个字，使得"空山"的意蕴更加具体化。

第二句写在空山之中听到了人的说话声。不曾看到人的踪影的甚至是人迹罕至的空山里，竟然传来了人说话的声音，使得"但闻人语响"的境界顿出。"但闻"二字在这里表示转折，值得玩味。在通常情况下，寂静的空山中虽然看不到人的踪影，但却不应该是一片沉寂的景象，本应有鸟语花香，风声水响等动静，然而，此刻确实是没有一丝的声响，只是偶尔会听到些许的人语声。空谷传音，更见空谷之空，空山人语，更见空山之静，万般寂静之下的"人语响"更反衬出整个山谷的空寂。

第三句写夕阳返照射入山中树林的景象。偶尔能够听见人说话声的寂静山谷，此刻又呈现出这样一幅景象：夕阳的余晖返照进山谷深处的树林。傍晚时刻，金黄的阳光，翠绿的森林，鲜明的色彩给人以强烈的视觉冲击。从上一句的空山传人语的"声"到夕阳照绿树的"色"，转换得非常巧妙。山谷深处的丛林本是幽暗的，这里一抹斜阳的余晖，与无边的幽暗相比，更突出了森林的幽暗。

第四句写斜阳的余晖透过茂密幽深的丛林照在青苔上。斜阳的余晖透过高大茂密的树林，最终落到了树下的青苔上。有青苔说明平时阳光是很少照到这山谷的，一种幽暗之感油然而生。此外，一味的幽暗反倒使人觉得平常，但是当一抹夕阳的余晖射入幽暗的深林，参差斑驳的树影照映在树下的青苔上时，一小片光影和无边的幽暗形成强烈的对比，更衬托出深林的幽暗。而且"返影"一词不仅写出了光照的微弱和短暂，更说明了在这一抹余晖逝去之后，接

下来便是漫无边际的幽暗。诗人用反衬的手法将深林无边的幽暗刻画得淋漓尽致。

这首诗描绘的是傍晚时分鹿柴附近的空山深林的幽静景色。全诗贯串了反衬的写作手法，写出了有声的静寂，有光的幽暗，体现了诗人所特有的"诗中有画，画中有诗"的表现手法，表现出了大自然的奇美和诗人恬淡闲适的心境。在这样充满诗情画意的和谐之中，此诗使人读起来感到非常轻松。

竹里馆①

王维

独坐幽篁里，弹琴复长啸。②
深林人不知，明月来相照。③

释词

①竹里馆：辋川别墅的胜景之一，房屋周围有竹林，故名。②幽篁：幽深的竹林。③深林：指"幽篁"。

译文

独自一人坐在幽深的竹林里，弹弹琴，偶尔还会仰天长啸。在幽深僻静的竹林里没人知道，到了晚上，却有明月来相照。

鉴赏

这首诗选自《辋川集》，是其中的第十七首，是诗人隐居在陕西蓝田辋川别墅时所作。全诗表现了诗人在幽深竹林中的闲适的生活情趣。

　　第一句写出了诗人生活的环境。"幽篁"指幽深的竹林，出自屈原的《山鬼》："余处幽篁兮，终不见天。"自古以来，"竹"这一意象被很多文人墨客看作是品性高雅的象征，苏轼也曾经说过："宁可食无肉，不可居无竹。无肉使人瘦，无竹使人俗。"这说明了人与环境的密切关系，人可以改变环境，环境也可以对人产生影响，诗人在这里借竹子来暗示自己的品性高雅。这一句表面上是在描写自己所处的环境，但通过一个"独"字却隐约显露出了诗人与尘世隔绝的生活状态与对这份清幽深邃之美的享受。所以，诗人对幽深的竹林的描写不仅体现出了自然景观之美，而且为感情的抒发营造了气氛。

　　第二句写诗人抚琴长啸的场景。这一句紧接上句的"独坐幽篁里"，在这与世隔绝的幽深环境里，诗人除了欣赏自然风光之外，偶尔也会抚弄琴弦，情到深处便仰首长啸。这样的生活情致，和魏晋名士阮籍有几分相似，《晋书·阮籍传》中记载阮籍"嗜酒能啸，善弹琴"。阮籍有诗句曰："夜中不能寐，起坐弹鸣琴。"诗人在这里运用典故，表现出了自己"弹琴复长啸"中所隐含的自由豪放的性格和怡然自得、自由自在的心理。

　　第三句写诗人在深林中独处的情景。在上句的"弹琴复长啸"之后，诗人没有直接抒发自己内心的情怀，而是将笔锋一转，写幽深的竹林深处，只有自己一个人，可以自由地抒发自己的感情，不受任何人的约束。"人不知"暗示着诗人远离世俗的喧嚣，全身心地投入到大自然当中，达到了与大自然相融合的境界。在这里我们可以体会到诗人的种种自由之感：弹琴，长啸，自由抒发内心的种种情感。

　　第四句写明月当空照的景象。诗人在描写了自己所居住的环境和怡然自得的情怀之后，以景语作结，将美好的感情寄托在明月之上。这里运用拟人的修辞手法，把月亮拟人化，一个"来"字，赋予了明月以感情，在诗人看来，明月好像懂得诗人的心思，主动来

与诗人为伴，在寂静的夜晚，静静地听着诗人的琴声、长啸声和内心的倾诉。诗人将夜晚幽篁的环境和空中的明月联系起来，表现出了一种开阔的审美境界，同时也表现出了诗人自由放任的情怀。

这是一首描写隐者的闲适生活情趣的诗。诗人通过对竹林幽深环境的描写，展现出了一种独特而悠远的审美意境，寓情于景，融情景为一体，独具匠心。全诗的格调幽远宁静，仿佛诗人的心境与自然的景致全部融为一体了，从而提高了全诗的审美效果。

送别

王维

山中相送罢，日暮掩柴扉。①
春草年年绿，王孙归不归。②

①山：王维辋川别墅所在的蓝田山。柴扉：柴门。②王孙：贵族子孙。这里是对送别的友人的敬称。

·**译文**·

山中送你走之后，黄昏时独自关上柴门。春天的芳草年年都会像今年一样翠绿，但是明年的这个时候你会不会回来呢？

·**鉴赏**·

这是一首写山中送别友人的诗，是诗人在送走友人之后写下的。第一句写送完友人的情景。开篇点明是送别，但是诗人并没有

150

大肆渲染送别时的场景和送别之时依依惜别的情怀，而是用一个看起来无足轻重而又没有多少感情色彩的"罢"字一带而过。在这里不难看出，从"送别"到"送罢"这一段时间，在诗人的笔下跳过去了。

第二句写黄昏柴扉紧掩的情景。从白天的送别，到黄昏时候的紧掩柴扉，诗人又跳跃了更长的一个时间段，我们不禁会想，在送走友人之后的这段时间里，诗人在做些什么，想些什么？诗中虽然没有直接写，但是我们不难体会到离别的黯淡和伤感在日暮时刻会变得更加浓重。诗人从送别之后的场景直接写到"日暮掩柴扉"，便使得"掩柴扉"这一极为平常的举动显得与往日极为不同。夜幕降临之时的黄昏，独自一人关上柴门，其中的孤寂惆怅不言而喻，我们也不难体会到，夜幕降临之后的漫漫长夜诗人又是如何的孤寂惆怅。

第三句预写明年春草绿的景象。诗人在送走友人之后，终于在此处袒露了自己的心声。表面上是在写春草明年还是会绿的，实际上是在暗问，明年春草再绿的时候你会不会回来？"明年"指分别的时间，分别之后不知道会不会再相见，此处以一年为期，既不显得时间太长，又可以减轻当下分别所带来的惆怅和思念的分量。

第四句诗人直接发问会不会回来。这一句连同第三句的"春草年年绿"是从《楚辞·招隐士》"王孙游兮不归，而春草生兮萋萋"句化用而来的，但是寓意又有所不同，原句是说因为游子离去的时间已久而叹其不归，而这两句则是在与友人分别的当天就唯恐其久去不归，可见诗人殷切盼望的心情。"归不归"作为结尾一句问话，本应在与友人分别之际提出，诗人却把它留在了心里，也许诗人知道归期难至吧，只是给自己留下一点儿美好的念想。

这首送别诗没有刻意写分别时的依依不舍，而是把笔墨放在期待盼望别后重聚，这也是本诗作为一首送别诗的独特之处。全诗语言质朴，虽没有直接过多地描写分别时的伤感，但是却字字透露出对友人的牵挂和不舍，意中有意，味中有味，耐人寻味。

相思

王维

红豆生南国，春来发几枝。[①]
愿君多采撷，此物最相思。[②]

①红豆：又名相思子，一种生在岭南地区的植物，木本，叶似槐，花小，白色或淡红色，结出的籽像豌豆而稍扁，呈鲜红色，或有黑斑。②采撷：采摘。

・**译文**・

红豆生在南国，春天到来，有几枝开花了？希望你多采摘一些，来年当作配饰，这红豆最能让人相思。

・**鉴赏**・

这首诗的另一个题目是《江上赠李龟年》，这是一首怀念友人之作。据《云溪友议》记载：安史之乱时，唐官乐师李龟年流落江南，一次于湘中采访使宴席上唱这首诗，满座遥望玄宗所在的蜀中，凄然泪下。由此可见，这首诗在唐代传诵的盛况。

第一句写红豆的生长地。红豆生于南方，结出的果实鲜红浑圆、晶莹透亮，就像珊瑚一样，南方人常用来当作镶嵌的饰物。据李时珍《本草纲目》记载，红豆是一种生长在岭南地区的植物，树高丈余，结出的籽像豌豆而稍扁，半截红色，半截黑色。《广东新语》中记载，传说古代有一位女子，因丈夫死在边地，她整日在树下伤心地啼哭，流下的伤心泪，化为树籽，人们又称其为"相思子"。于是唐诗中常常用它来代表相思之情，而且这种"相思"不限于男女爱情的范围，朋友之间也可以。诗人在此用"红豆生南国"起兴，引出下文对友人的相思之情，用语概括但又形象贴切。

第二句写春天红豆开花的景象。这一句承接上一句的"红豆生南国"而来，春天到来之际，大地复苏，红豆也开花了，表面写春天万物复苏的景象，实际上诗人是想借这美好的春光来表达对朋友的思念之情。因为王维的诗歌注重表现画面美，所以苏轼称"味摩诘之诗，诗中有画"。在这里，诗人再次将画融入诗中：春天万物复苏，大地一片葱茏的景象，但是在这一片葱茏当中却穿插进了一抹红色。这鲜明的色彩对比，突出了诗人所要表现的"红豆"，以此暗示对南国朋友的思念之情。

第三句写诗人希望人们多采些红豆。红豆长成之时，诗人寄意人们"多采撷"，却是言在此而意在彼。用采撷植物来寄托相思的情怀，是古代诗歌中常见的手法，汉代古诗"涉江采芙蓉，兰泽多芳草，采之欲遗谁？所思在远道"即是如此。"愿君多采撷"似乎是说："看见红豆，想起我的一切吧。"暗示远方的友人珍重友谊，语言恳挚动人。诗人在这里用相思嘱人，而自己的相思则见于言外。诗人用诚挚的语言暗示远方的友人要珍重友谊，委婉动人，寄意高远。

第四句点明红豆寄相思。结尾点明主旨，"相思"二字与首句的"红豆"相呼应，既切合"相思子"之名，又蕴含相思之意，具有双关的妙用。"此物最相思"就像在说："只有这红豆才最惹人喜爱，最叫人忘不了。"这也是"愿君多采撷"的原因所在。最让人相思和不能忘怀的其实不是这红豆，而是彼此间的友谊。一个"最"字更增加了其中的意蕴。

这是一首借咏物而寄相思的诗。全诗洋溢着青春的热情和气息，虽然没有直接抒发诗人的相思之情，但是句句不离红豆，把相思之情借由"红豆"表达得入木三分，含蓄委婉，语浅情深。

秋夜曲

王维

桂魄初生秋露微，轻罗已薄未更衣。^①
银筝夜久殷勤弄，心怯空房不忍归。

·**释词**·

①桂魄：即秋月，因传说月中有桂树而得的别称。魄为月初出或将落的微光。

·**译文**·

一轮秋月刚刚升起，秋天的露水刚刚显现，穿着罗衣已嫌太薄了，但却懒得更衣。夜已经深了，可是还在月下拨弄着银筝，只是因为怕空房寂寞不想回去。

·**鉴赏**·

这是一首描写闺怨的婉转含蓄的诗，属乐府《杂曲歌辞》。这首诗写女子在天气转凉的初秋月夜衣着单薄、独自弹琴，表现她独守空房、思念丈夫的怨情。

第一句写秋夜微凉，景物凄清，点明时间、季节。秋月从东方升起，露水虽生，却是淡薄微少，给人一种清凉之感。这一句着意写"桂魄""秋露"，渲染出一种宁静柔美的气氛，暗示在这样一个秋夜里，有一股淡淡的凉意、淡淡的凄清笼罩在周围，烘托出清冷孤寂的氛围，也为后面写思妇之怨埋下了伏笔。同时这一句写环境，为下一句引出诗的主人公做了准备。

第二句写女主人公天凉未换衣。在气候转凉的季节女主人公还穿着轻软细薄的罗衣，没有更换秋衣，暗示了因秋凉需要更衣而思念远方的丈夫。"轻罗"二字暗示了主人公是一名美丽的女子，诗人虽然并未正面对其形貌做一丝一毫的描绘，但是一个美丽女子的形象跃然纸上。同时诗人选用了一个极简单的描写——懒换秋衣，足见其百无聊赖的心态。

第三句写女主人公寂寞难寝，所以殷勤弄筝。主人公拨弄银筝实际上是以乐曲寄情。在寂静的晚上，银筝的声音也越发清脆，声声切切，似在拨动着她自己的心弦，为全诗增加了音乐美。

第四句写明深夜弹筝的原因，只是因为"心怯空房"，这其实是无人相伴的委婉说辞而已。这句点破女主人公懒换秋衣、久弄银筝的原因，她独守空房的怨情便生动地呈现在眼前。

全诗先写景，后写情，写出了思妇的孤寂与隐忧，把羞涩的情感掩蔽得严严实实，语言委婉细腻，表达了诗人对女子的惋惜之情，是一首优秀的闺怨诗。

九月九日忆山东兄弟①

王维

独在异乡为异客，每逢佳节倍思亲。
遥知兄弟登高处，遍插茱萸少一人。②

①九月九日：指农历九月初九重阳节，民间有登高、插茱萸、饮菊花酒等习俗。山东：指华山以东，王维的家乡就在这一带。②登高：农历九月九日重阳节，民间有登高辟邪的习俗。茱萸：落叶小乔木，圆锥花序，夏季开绿白色小花，亦有黄花者。果实红紫色，开裂。青果未熟时入药。古俗重阳节佩茱萸囊驱邪避恶。

· 译文 ·

我独自一人在异乡，成了异乡客，每遇到佳节就格外思念亲人。远处的我知道兄弟们登高望远时，他们都佩戴茱萸，会发现只少了我一人。

· 鉴赏 ·

本诗题下注"十七岁作"。本诗写于王维离开家乡到长安谋取功名之时，虽然繁华的帝都有着巨大的吸引力，但对一个少年游子来说，毕竟是举目无亲的"异乡"，而且越是繁华热闹，在茫茫人海中的游子就越显得孤子无亲。

第一句写诗人自己"独在异乡为异客"，用了一个"独"字，两个"异"字，分量很足。对亲人的思念、对自己孤子处境的感受，都凝聚在这个"独"字里面。"异乡为异客"，不过说他乡作客，但两个"异"字所造成的艺术效果，却比一般地叙说他乡作客要强烈得多。

第二句写在异乡的日子，每逢节日家人团聚的时候，更加思念家乡的人和家乡的美好记忆，所以"倍思亲"就是十分自然的了。一个"倍"字，成为联系上下两句情绪的关键，表现思念家乡的事情有很多，本诗中，诗人用了最朴素无华而又高度概括的诗句成功地表现了客中思乡。前两句几乎不经任何迂回，而是直插核心，看似平静，实则更加深沉，是从抒情主人公的主观感受来表现思亲之情的。

第三句写到重阳佳节，家乡的兄弟们登高，表现了诗人在异乡的孤独寂寞，更以"遥知"使诗意的发展来个急转，转到从亲人的角度来加深表现两地的想念之情。"遥知"以下全是想象，诗人猜想重阳佳节到来之时，亲人们定同往年一样登高饮酒。这紧扣了诗题，也呼应了第二句提到的"佳节"。

第四句写"遍插茱萸少一人"，好像不是他遗憾未能和故乡的兄弟共度佳节，反倒是兄弟们遗憾佳节未能团聚；似乎他独在异乡为异客的处境并不值得诉说，反倒是兄弟们的缺憾更须体贴。诗人料定，当亲人团聚在一起欢度重阳节而"遍插茱萸"之时，会想起他这客处异乡的游子。结句将全诗的情感推向高潮，未再直言思亲，而其情自见，给人留下想象的余地。

这首诗是诗人因身在异乡，重阳节思念家乡的亲人而写下的一首七言绝句。诗的开头直接以思乡之情起笔，而后笔锋一转，将思绪拉向故乡的亲人，遥想亲人按重阳的风俗登高时，也在想念诗人自己。诗意反复跳跃，含蓄深沉，既朴素自然，又曲折有致。诗中的"每逢佳节倍思亲"是千百年来广为流传的名句，打动了无数游子离人的思乡之心。

渭城曲

王维

渭城朝雨浥轻尘，客舍青青柳色新。①
劝君更尽一杯酒，西出阳关无故人。②

·释词·

①渭城：本秦都咸阳县，因南临渭河得名，治所在今咸阳东北二十里，后并入长安县。浥：湿润。②阳关：古关名，在甘肃敦煌西南，由于在玉门关以南，故称阳关，是出塞必经之地。

·译文·

渭城的早晨下了一场雨，一扫空中的浮尘，旅馆周围青青的柳树格外清新。劝君再喝一杯酒，因为出了阳关西路就再也没有故人了。

·鉴赏·

此诗又名《阳关曲》，或名《阳关三叠》。所谓三叠，有几种说法。（一）全诗反复唱三遍。（二）每句反复唱三遍。（三）第一句不重唱，二、三、四句各重唱一遍。（见苏东坡《仇池笔记》）（四）全诗先唱一遍，第二遍唱每句后五个字，第三遍唱每句后三字。诗人的这位友人是奉朝廷之命前往安西的。唐代从长安往西去的，多在渭城送别。这首诗语言朴实，形象生动，道出了人人共有的依依惜别之情，在唐代便被谱成了《阳关三叠》，后来又被编入乐府，成为饯别的名曲，历代广为流传。

第一句点明送别的时间、地点、环境，为送别营造了一个愁郁的氛围。清晨，渭城客舍，自东向西延伸着不见尽头的驿道，客舍周围、驿道两旁都是柳树。这一切，都是极平常的眼前之景，读来却令人感到风光如画，抒情气氛浓郁。"朝雨"在这里扮演了一个重要的角色。早晨的雨下得不长，却一扫空中的浮尘，使空气清新。从长安西去的大道上，平日车马交驰，尘土飞扬，而这次送别时，朝雨乍停，天气清朗，道路显得洁净、清爽。"浥轻尘"的"浥"

字在这里用得很有分寸，恰到好处，仿佛天从人愿，特意为远行的人安排一条轻尘不扬的道路。

第二句描写了旅馆周围的青青柳树。客舍是羁旅者的伴侣，杨柳是离别的象征。选取这两件事物，是诗人有意关合送别。它们通常和羁愁别恨联系在一起，而呈现出黯然销魂的情调。平日路尘飞扬，路旁杨柳常会笼罩着灰蒙蒙的尘雾，但第一句写朝雨洗出了柳树青翠的本色，所以说"新"，又因柳色之新，映照出客舍青青来。

第三句写诗人劝自己的好友喝酒。诗人并没有描写与好友设宴饯别的画面，也没有描写与友人惜别时的不舍，而是只剪取饯行宴席即将结束时主人的劝酒词。这临行之际的一杯酒，就像是浸透了诗人全部深挚情谊的一杯浓郁的感情琼浆，这里面，不仅有依依惜别的情谊，而且包含着对远行者处境、心情的深情体贴，包含着前路珍重的殷勤祝愿。

第四句写诗人劝酒。说道"出了阳关，可就再也见不到老朋友了"，诗人像高明的摄影师，摄下了最富表现力的镜头。这句脱口而出的劝酒词就是此刻强烈、深挚的惜别之情的集中表现。

全诗从清朗的天宇到洁净的道路，从青青的客舍到翠绿的杨柳，构成了一幅色调清新明朗的图景，为这场送别提供了典型的自然环境。这是一场深情的离别，但却不是黯然销魂的离别，正相反，诗句中透露出一种轻快而富于希望的情调。

李白

【作者简介】

李白（公元701—762年），字太白，号青莲居士。祖籍陇西成纪（今甘肃秦安）。五岁时随父迁居绵州彰明（今四川江油）。通诗书，喜纵横术。二十五岁时离开四川，外出游学。他先寓居安陆（今属湖北），继而西入长安，求取功名。不久又离京赴太原，游齐鲁。天宝元年（公元742年）奉诏入京，为供奉翰林，但因与当政者不合，被赐金放还，于是再次漫游各地。安史之乱期间，李白应永王李璘之聘，入佐幕府。永王为肃宗所杀，李白因受牵连，被流放夜郎，流放途中遇赦东归，寓居当涂（今属安徽）县令李阳冰家。代宗宝应二年（公元763年）前后病逝。现存诗九百多首，有《李太白集》。李白是唐代与杜甫并称的伟大诗人，他的诗歌各体俱佳，而其中又以七言歌行与七言绝句最为擅长。

月下独酌

李白

花间一壶酒，独酌无相亲。
举杯邀明月，对影成三人。①
月既不解饮，影徒随我身。②
暂伴月将影，行乐须及春。③
我歌月徘徊，我舞影零乱。
醒时同交欢，醉后各分散。
永结无情游，相期邈云汉。④

释词

①三人：月亮、诗人和诗人的影子。②既：本。不解：不懂。徒：空。③将：偕，和。④无情游：无情，指月亮、影子等没有知觉情感的事物，李白与之交游，故称无情游。相期：相约。邈：遥远。云汉：银河。

译文

我在花丛中备下一壶好酒，自斟自饮没有一个知音。举杯邀请明月同我共饮，对着明月和自己的影子，就有了三个人。月亮本来不会饮酒，影子也不过枉然跟随在我的身前、身后。暂且以明月和影子为伴，在这春暖花开之时及时行乐。我歌唱时月儿为我徘徊倾听，我起舞时影子与我翩翩做伴。清醒时我们共同欢乐，酒醉后各自分散。但愿能与月亮、影子永结为忘情之友，相约重逢在遥远的银河。

《月下独酌》一共四首，这是第一首。李白有抱负，有才能，想做一番事业，但唐朝已开始败落，正值李林甫、杨国忠和皇亲贵宦当权的黑暗时期，他既得不到统治者的赏识和支持，也找不到多少知音和朋友，常常陷入孤独的包围之中。这首诗虽然以饮酒赏月为题材，诗人却运用丰富的想象，表现了由孤独到不孤独，由不孤独到孤独，再由孤独到不孤独的一番复杂感情，抒发了诗人怀才不遇、壮志难酬、无人可与之共语的孤独之情，也表现了他放浪形骸、狂放不羁的性格。

诗开头四句中用"花间一壶酒，独酌无相亲"点出一个"独"字。"独酌"是此篇的诗眼。诗人有酒无亲，只好邀请明月和自己的影子来做伴。明月自然是不会喝酒的，影子也只能默默地跟随着自己。但是有这样两个伴侣终究不至于那么孤独，就暂且在月和影的伴随下及时行乐吧！从一人到"三人"，看似热闹，其实显得更加孤独。

五句至十二句写诗人歌舞行乐的情形。即使"举杯邀明月"，但明月毕竟"不解饮"，同样影子也不能喝酒，诗人又回到孤独之中。但当诗人渐渐有了醉意，酒兴一发，且歌且舞。"月徘徊"意即月儿被诗人的歌声感动了，总在身边徘徊着不肯离去。"影零乱"意即影子也在随着自己的身体做着各种不规范的舞姿。这时，诗人和它们已达到情感交融的地步了。所以诗人希望趁醒着的时候三人结交成好朋友，唯恐醉后要各自分散。

最后两句写孤独的诗人还进一步要求："永结无情游，相期邈云汉"。"无情"既因为月亮、影子是没有知觉情感的事物，也含有不沾染世俗关系的意思，诗人认为这种摆脱了利害关系的交往，才是最纯洁、最真诚的。他在人世间找不到这种友谊，便只好和月亮、影子相约，希望在银河相会。

　　此诗用动写静，用热闹写孤寂。从表面看，邀月对影，及时行乐，似乎有些消极出世的思想，但这却是诗人别具一格的表达手法。透过"我歌月徘徊，我舞影零乱"的诗句，诗人内心深处的极度凄凉孤独之感跃然纸上。

下终南山过斛斯山人宿置酒①

李白

暮从碧山下，山月随人归。②
却顾所来径，苍苍横翠微。③
相携及田家，童稚开荆扉。④
绿竹入幽径，青萝拂行衣。⑤
欢言得所憩，美酒聊共挥。⑥
长歌吟松风，曲尽河星稀。⑦
我醉君复乐，陶然共忘机。⑧

释词

　　①终南山：即秦岭，在今西安市南，唐时士子多隐居于此山。过：拜访。斛（hú）斯山人：复姓斛斯的一位隐士。②碧山：指终南山。下：下山。③却顾：回头望。所来径：下山的小路。苍苍：青黑色，这里指山路因暮色而显得灰暗。横：横斜，指山路延伸之势。翠微：青翠的山坡，此指终南山。④相携：下山时路遇斛斯山人，携手同去其家。及：到。田家：田野山村人家，此指斛斯山人的家。荆扉：荆条编扎的柴门。⑤青萝：攀缠在树枝上下垂的藤蔓。

163

行衣：行人的衣服。⑥挥：举杯。⑦松风：古乐府琴曲名，即《风入松》曲，此处也有歌声随风而入松林的意思。河星稀：银河中的星光稀微，表明天快亮了。⑧陶然：欢乐的样子。忘机：忘记世俗的心机，不谋虚名蝇利。

　　傍晚从终南山上走下来，山月好像随着行人而归。我不时回望来时走的山间小路，苍茫的小路横卧在青翠的山坡上。路遇斛斯山人，相携来到他家，孩儿们听到声音，把柴门打开。穿过竹林进入一条幽静小路，青萝枝叶轻拂我的衣裳。欢声笑语，心灵得到了真正的放松，面对良辰美酒，宾主频频举杯畅饮。慷慨高歌，用古琴弹奏《风入松》的曲调，歌罢曲终，已是月淡星稀，天快亮了。我醉得糊涂，主人也乐得癫狂，大家尽情欢乐陶醉，同把世俗的奸诈遗忘。

　　这是一首田园诗，此诗是诗人在长安供奉翰林时所写。李白一生中曾两入长安，第一次是乘兴而来，扫兴而归。在长安一年，却没人赏识他，饱尝了人情世态的冷暖后，他愤然离开了长安。十年之后第二次入长安，情况就完全不同了，这次是唐玄宗亲自下诏，召他入京为供奉翰林。

　　全诗写诗人月夜到长安南面的终南山去造访一位姓斛斯的隐士。诗篇写了暮色苍茫中的山林美景和田家庭院的恬静，流露出诗人称赞羡慕的感情。

　　整首诗由两部分组成，前四句写"下终南山"。首句"暮从碧山下"中"暮"字引出第二句的"山月"和第四句的"苍苍"，也为"宿"开拓；"碧"字引出第四句的"翠微"；"下"引出第二句的"随人归"，和第三句的"却顾"。第一句虽只有五个字，却无一字虚设。第二句"山月随人归"，将月亮拟人化，把月写得脉脉含情。第三句"却顾所来径"，写出了诗人对终南山的恋恋不舍之情，同时也写出了终南山的景色令人流连忘返。第四句正面描绘出暮色苍苍中的山林美景。

后十句是诗的第二部分，写相携去斛斯山人家。诗人在山路上行走，大概是遇到了斛斯山人，便"相携及田家"，其中"相携"二字点出了两人情谊深厚。而孩子们打开柴门迎接客人更体现了主人的好客。进门后"绿竹""幽径""青萝"点出了景色的优美、田园生活的惬意，令诗人心生羡意。"得所憩"点明诗人在此过夜的同时，也表现出其心情得到了完全的放松。"挥"字写出了李白畅怀豪饮的神情。最后，从美酒"共挥"转到"我醉君复乐，陶然共忘机"，写出酒醉后主客全然忘记尘世一切，淡泊而恬远的心境。

此诗以田家、饮酒为题材，很受陶潜田园诗的影响。然陶诗更平淡恬静，既不着意染色，口气也极和缓，如"暧暧远人村，依依墟里烟""采菊东篱下，悠然见南山"等。而李诗却着意渲染，细吟"绿竹入幽径，青萝拂行衣。欢言得所憩，美酒聊共挥"，就会觉得色彩鲜明，神情飞扬。可见陶、李两位诗人风格迥异。

春思

李白

燕草如碧丝，秦桑低绿枝。①
当君怀归日，是妾断肠时。②
春风不相识，何事入罗帏。③

165

①燕（yān）草：燕地（今河北北部、辽宁西南部一带）的春草。燕，征夫所在之地。秦桑：秦地（今陕西省）的桑树。②怀归：想家。妾：古代妇女的自称。③罗帏：丝织的帘帐。此指女子的闺房。

译文

燕地的春草才嫩得像碧绿的小丝，秦地的桑叶早已茂密得压弯树枝。郎君啊，你在边境想家的日子，正是我在家想你而肝肠寸断的时候。多情的春风啊，我与你素不相识，你为何闯入罗帐，搅乱我的情思？

鉴赏

李白有很多描写思妇的诗篇，《春思》是其中之一。在古诗中，"春"字通常语意双关：既指春天，又可用来比喻男女之间的情思。此诗标题中的"春"就包含这两方面的意思。这首诗中，诗人没有从正面去细致刻画秦中少妇如何思念在燕地戍守的丈夫，而是以春光起兴，又借春光抒情，一语双关，句句含情，委婉地表达了少妇的思念之情。

第一、二句用"兴"的手法。"燕草如碧丝，秦桑低绿枝"，好像就是一般的咏物起兴，但一般诗中起兴的景物是眼前所见，这两句却以相隔遥远的燕、秦两地的春天景物起兴，颇为别致。燕地寒冷，秦地温暖，虽然春来的时间不同，但是春光引起的相思之情却是一样的。看到秦桑低垂，女子不由自主地思念起远在燕地的丈夫，盼望他早日归来。

第三、四句由前两句生发而来。"燕草如碧丝"，想来丈夫看到此情此景，必定想家思归，而此时秦中桑枝低垂，妾在家中早已是相思不尽、肝肠寸断了。这两句进一步描写了思妇对丈夫的相思之苦。

最后两句是："春风不相识，何事入罗帏。"诗人捕捉到了思妇在春风吹入闺房、掀动罗帐的一刹那的心理活动，表现了她忠于所爱、坚贞不贰的高尚情操。已是大好春光，可是丈夫却还未归家，所以当春风吹入她的闺房、掀动罩在床上的罗帐时，思妇看着这随风摇摆的罗帐，更加触动了自己的情怀，于是就有了无理之问：你我素不相识，你为什么要进到我的闺房呢？这一问看似无理，其实却是思妇真实情感的再现，将女子独守春闺、如怨似嗔的情形恰如其分地表现了出来，相思之情，真切可感。

此诗紧紧围绕一个"春"字，以景寄情。春景是刻骨相思的媒介，借春光来表现"人居两地，思同一心"的美好感情，委婉动人，引人遐想。

关山月①

李白

明月出天山，苍茫云海间。②
长风几万里，吹度玉门关。③
汉下白登道，胡窥青海湾。④
由来征战地，不见有人还。⑤
戍客望边邑，思归多苦颜。⑥
高楼当此夜，叹息未应闲。⑦

释词

①关山月：乐府《横吹曲》调名。古乐府诗题，多抒离别哀伤之情。②天山：甘肃祁连山，位于今青海、甘肃两省交界，距长安八千余里。因汉时匈奴称"天"为"祁连"，所以祁连山也叫作天山。③玉门关：古代通向西域的交通要道，故址在今甘肃敦煌西边，距长安三千六百里。④下：出兵。白登：今山西大同市东有白登山，汉高祖刘邦曾亲率大军与匈奴于此交战，被围困七日。胡：此指吐蕃。窥：有所企图。⑤由来：从来。⑥戍客：驻守边疆的士兵。⑦高楼：古诗中多以高楼指闺阁，这里指戍边士兵的妻子。未应闲：是不会停止的。

译文

明月从天山西边冉冉升起，轻轻飘浮在苍茫的云海间。东风浩浩荡荡掠过几万里，伴随着月色直吹过玉门关。汉高祖曾率兵被困白登山，吐蕃觊觎青海大片河山。自古以来这里就是征战的要地，有多少将士出征不见回还。守卫边陲的征夫望着边关凄凉的景象，哪个不愁眉苦脸思念家乡？遥想今夜妻子独坐高楼上，思念亲人哀叹声连连不断。

鉴赏

这是一首反映当时无数戍边将士及其后方思妇愁苦的佳作。唐代虽然国力强盛，但边疆战事却从未停息，全诗从描绘了边塞特有的风光写起，描述了战事的残酷及征夫与思妇两地相思的愁苦，同时也表达了诗人向往国泰民安的美好愿望。

前四句写边塞图景，描绘了一幅辽阔的征战背景，为后边写望月引起的情思做充分的渲染和铺垫。"明月""天山""长风""玉门关"，这些景象都是西北边塞特有的景物，界定了诗人起笔的立足点是在西北边塞，界定了时间是在边关的夜晚。征人戍守在天山，看到的是明月从天山升起的景象。天山虽然不靠海，但横亘在山上的云海却是有的。诗人把人们印象中只有大海上空才能看见的景象，与雄浑磅礴的天山组合到一起，显得独特而壮观。接下来的两句仍然是从征戍者的角度来说的，征人们身在西北边疆，月光下伫立遥望故园时，只觉得长风浩浩，似掠过几万里中原国土，横渡玉门关而来。玉门关以西，历朝历代都是边关要塞，是外邦与中原之间的征战之地，因此那里早已经成了人们意识深处"边关"的代名词了。从表面上看，是戍边战士在凝望和感受边塞的天山明月、玉门长风这一苍茫辽阔的边塞图景，而字里行间则深深地蕴含着戍边战士与其家人无限的愁苦与凄凉。

中间四句写到征战的景象，战场悲惨残酷。当年汉高祖刘邦领兵征讨匈奴，曾被匈奴围困在白登山七天。而青海一带，则是唐军与吐蕃连年征战之地。这种历代无休止的战争，使得出征的战士，几乎无人能回归故乡。"汉下""胡窥"二语，极具概括力，巧妙地点出了自古以来这里就是彼此争夺的征战之地，由此引出"古来征战几人回"的沉痛叹息。这四句在结构上起着承上启下的作用，描写的对象由边塞过渡到战争，由战争过渡到征人。

最后四句写征人思念家乡，他们的妻子月夜高楼思夫。守卫边陲的战士们望着边地的景象，面对着血雨腥风的现实，思念家乡，脸上多现出愁苦的颜色，进而诗人推想今夜高楼上思夫的妻子们，在此苍茫月夜，叹息之声也应是不会停止的。"望边邑"三个字似乎是诗人漫不经心写出的，却把以上那幅万里边塞图和征战的景象，跟"戍客"紧紧联系起来了。这四句诗，从内容上看，写的是"戍客"及妻子两地相思的愁苦；从结构上看，"戍客望边邑"与"高楼当此夜"是对开篇写景的照应，"思归多苦颜"与"叹息未应闲"则深刻地揭示了作品的主题。诗人放眼于古来边塞上漫无休止的民

族冲突，揭示了战争所造成的巨大牺牲和给无数征人及其家属所带来的痛苦。

全诗语言纯朴自然，保持了浓郁的北方民歌韵味，体现了豪放的气概和感怀的情调。诗人没有把征人思妇之情写得纤弱和过于愁苦，而是放在广阔苍茫的边塞背景之中，俯仰古今，气势雄浑悲壮。

长干行①

李白

妾发初覆额，折花门前剧。②
郎骑竹马来，绕床弄青梅。③
同居长干里，两小无嫌猜。④
十四为君妇，羞颜未尝开。
低头向暗壁，千唤不一回。
十五始展眉，愿同尘与灰。⑤
常存抱柱信，岂上望夫台。⑥
十六君远行，瞿塘滟滪堆。⑦
五月不可触，猿声天上哀。
门前迟行迹，一一生绿苔。⑧
苔深不能扫，落叶秋风早。
八月蝴蝶黄，双飞西园草。⑨
感此伤妾心，坐愁红颜老。⑩
早晚下三巴，预将书报家。⑪
相迎不道远，直至长风沙。⑫

释词

①长干行：属乐府《杂曲歌辞》调名。长干，地名。即长干里，又称长干巷，旧址在今南京秦淮河南至雨花台北。②妾：古代妇女自称。初覆额：头发尚短。指儿童时期。剧：游戏。③骑竹马：儿童游戏时以竹竿当马骑。床：庭院中的井床。即井口的护栏。弄青梅：拿着青梅枝互相逗弄。④无嫌猜：指天真烂漫。⑤展眉：眉宇间显露出情感。尘与灰：犹至死不渝，死了化作灰尘也要在一起。⑥抱柱信：化用《庄子·盗跖》中尾生等候相约女子不来，坚守信约，抱桥柱被水淹死的典故。⑦滟滪堆：瞿塘峡口的一块巨大礁石。瞿塘峡口，冬水浅，屹然露百余尺，夏水涨，投数十丈，其状如马，舟人不敢进。谚云："滟滪大如马，瞿塘不可下，滟滪大如襆，瞿塘不可触。"⑧迟行迹：临走时逗留的足迹，站过的地方。迟行，逗留。⑨蝴蝶黄：据说春天多彩蝶，秋天多黄蝶。⑩此：指蝴蝶双飞。坐：因。⑪三巴：指巴郡、巴东、巴西，都在今四川省东部。书：信。⑫不道远：不说远，不会嫌远。即不辞远的意思。长风沙：地名，在今安徽安庆市东长江边上。据陆游《入蜀记》，自金陵（南京）至长风沙有七百里，地极湍险。

译文

那时我的头发刚刚能遮住前额，常常折些花儿在门前嬉戏游玩。郎君你总是骑着竹马来和我玩，我们舞着青梅绕着井栏相互追赶。我们同住在长干里，年纪都小，相互间没有猜忌。十四岁我嫁给你，成婚时因为害羞不敢展露出笑颜。低着头对着没有光亮的墙壁，任你怎么呼唤也不回头。十五岁才高兴地笑开了双眉，誓与你白头偕老到化为尘灰。我经常怀着抱柱的信念，哪想到会到望夫台去等你。我十六岁时你就出家远行，要经过瞿塘峡上可怕的滟滪堆。五月水

涨滟滪堆难辨，担心触礁，猿猴在两岸山头嘶鸣更悲凄。你临行时留在门前的足迹，现在都已经长满了青苔。苔藓长得太厚怎么也扫不了，秋风早到，落叶纷纷把它覆盖。八月里黄蝴蝶纷纷飞来，双双飞向西园的草丛。此情此景怎不叫我伤心欲绝，终日忧愁红颜自然早衰。你何时离开三巴返回家园，一定要先写一封信告诉我。为了迎接你我不怕路途遥远，哪怕要走七百里赶到长风沙。

长干里在今南京市，到了唐代，此地居民多经商。有了商人，自然就有商人妇，最著名的反映商人妇生活的诗歌就是李白的《长干行》。这是一首描写商妇爱情和离别的诗，表达了商妇对外出经商的丈夫的思念之情，同时也写出了商妇对感情的执着。

前六句回忆儿时天真无邪一起游戏的情景。一个小女孩拿着花站在门前玩耍，一个小男孩跨着竹马蹦蹦跳跳，他们一同居住在长干里，一同嬉戏玩耍，可谓是"青梅竹马""两小无猜"。

"十四为君妇"至"千唤不一回"四句写新婚时的情景。虽然是从小一起游戏的童年伙伴，但从伙伴到结为夫妻，新婚期内她仍羞答答地觉得难为情。诗人用真实而细腻的笔法，为我们描画出一个羞涩、天真的少妇形象。

"十五始展眉"至"岂上望夫台"四句写婚后恩爱有加的情形。少妇不再羞涩，夫妻二人感情美满，但愿同生共死。"展眉"呼应上四句中的"未尝开"。"抱柱信"的典故源于《庄子·盗跖》，说的是一位名叫尾生的男子，与他的爱人约定在桥下见面。尾生先到，忽然河水暴涨，他不肯失信，便紧抱桥柱，结果淹死。关于望夫台、望夫山、望夫石的传说很多，都是说妻子如何望眼欲穿地盼着丈夫的归来。"常存"两句是说：丈夫像尾生那样忠诚地爱着她，而她又哪曾想过会登上望夫台，去忍受离别的痛苦呢？然而好景不长，他

172

们不久就尝到了离别的痛苦。

"十六君远行"至"猿声天上哀"四句写少妇对经商远行丈夫的担心。丈夫所去的地方要经过长江三峡那条危险的水道，一想到急流下的暗礁滟滪堆，一想到哀猿长啸的环境，她就不由得为丈夫担惊受怕。

"门前迟行迹"至"坐愁红颜老"八句写少妇对丈夫的相思之情。丈夫在门前逗留时留下的足迹都已长满了青苔，落满了秋叶。少妇触景生情，悲秋思夫。"八月蝴蝶黄，双飞西园草"不仅点出了季节，而且写出了少妇的形单影只、孤独寂寞。正因如此，少妇觉得自己的容貌都在愁苦中憔悴了。

最后四句寄语丈夫，盼望他早日归来。长风沙距离商妇所在的南京长干里有七百里，她不可能去那么远的地方迎接丈夫。这里运用了夸张的手法，把商妇对丈夫的痴情，对丈夫归来的期待写得淋漓尽致。

全诗巧妙地把抒情、写景、叙事糅合在一起，诗的风格缠绵婉转，格调清新隽永，具有柔和深沉的美。同时，此诗描写人物的心理活动细致入微，细腻生动，很有特色，语言含蓄精练，音节和谐自然。

庐山谣寄卢侍御虚舟[①]

李白

我本楚狂人，凤歌笑孔丘。[②]
手持绿玉杖，朝别黄鹤楼。[③]
五岳寻仙不辞远，一生好入名山游。[④]

庐山秀出南斗傍，屏风九叠云锦张，影落明湖青黛光。⑤

金阙前开二峰长，银河倒挂三石梁。⑥

香炉瀑布遥相望，迥崖沓嶂凌苍苍。⑦

翠影红霞映朝日，鸟飞不到吴天长。⑧

登高壮观天地间，大江茫茫去不还。

黄云万里动风色，白波九道流雪山。⑨

好为庐山谣，兴因庐山发。

闲窥石镜清我心，谢公行处苍苔没。⑩

早服还丹无世情，琴心三叠道初成。⑪

遥见仙人彩云里，手把芙蓉朝玉京。⑫

先期汗漫九垓上，愿接卢敖游太清。⑬

释词

①谣：古代指不用乐器伴奏的歌，一种诗体。卢侍御虚舟：卢虚舟，范阳人，唐肃宗时曾任殿中侍御史。②楚狂人：春秋时楚人陆通，字接舆，因不满楚昭王的政治，佯狂不仕，时人谓之"楚狂"。凤歌笑孔丘：孔子适楚，陆通游其门而歌："凤兮凤兮，何德之衰？往者不可谏，来者犹可追。已而已而！今之从政者殆而！"劝孔子不要做官，以免惹祸。这里李白以陆通自比，表现对政治的不满，要像楚狂那样游览名山过隐居的生活。③绿玉杖：镶有绿玉的杖。传为仙人所用。④五岳：即东岳泰山，西岳华山，南岳衡山，北岳恒山，中岳嵩山。此处泛指中国名山。⑤南斗：星宿名，二十八宿中的斗宿。这里指庐山之高，突兀而出。屏风九叠：指庐山五老峰东的九叠云屏。是庐山最陡峭高大的一处悬崖绝壁。这里比喻山峦重重叠叠。青黛：青黑色。指遍山苍翠，树木葱郁。⑥金阙(què)：阙为皇宫门外的左右望楼，金阙指黄金的门楼，这里借指庐

山的石门——庐山西南有铁船峰和天池山，二山对峙，形如石门。银河：指瀑布。此处指九叠云屏左面的三叠泉，水势三折而下，如银河挂于石梁。⑦香炉：香炉峰。瀑布：黄岩瀑布。迥崖沓（tà）嶂：高高的山崖，重叠的山峰。凌：高出。苍苍：青色的天空。⑧吴天：三国时庐山地属吴国，故而庐山一带的天空被称为吴天。⑨黄云：昏暗的云色。白波九道：指长江至浔阳（九江）分为九派。白波、雪山，均喻指江中掀起的白色巨浪。⑩石镜：古代关于石镜有多种说法，诗中的石镜应指庐山东面的"石镜"——圆石，平滑如镜，可见人影。清我心：清涤心中的污浊。谢公：谢灵运。中国文学史上山水诗派的开创者。⑪还丹：道家炼丹，将丹烧成水银，积久又还成丹，故谓"还丹"。琴心三叠：道家修炼术语，一种心神宁静的境界。叠，积的意思。⑫玉京：道教称元始天尊居于天中心之上，名玉京山。⑬先期：预先约好。汗漫：仙人名，一云造物者。九垓（gāi）：九天之外。卢敖：战国时燕国人，周游至蒙谷山，见一古怪之士迎风而舞。卢敖邀他同游，那人笑着说："吾与汗漫期于九垓之外，吾不可以久驻。"遂纵身跳入云中。太清：太空。

译文

我本来就像楚狂人一样，唱着凤歌嘲笑孔夫子。我拿着仙人所用的镶有绿玉的手杖，大清早就辞别了黄鹤楼。走遍名山大川寻仙访道不怕路途遥远，我这一辈子就喜欢到名山圣地游览。秀美的庐山挺拔在南斗星旁，峰峦重重叠叠起伏像锦绣云霞般展开，山影倒映在湖光里依然青翠。金阙岩前矗立着的双峰高耸入云端，三石梁的瀑布恰似银河倒挂飞流。香炉峰和黄岩瀑布遥遥相望，曲折回旋的山崖、层层叠起的峰峦高耸入云霄。青山红霞映照着晨起的太阳，在鸟飞不到的峰顶，俯视吴天真是寥廓无际。登上庐山高峰，放眼纵观，只见长江滚滚东流，一去不回还。万里黄云涌出，天色瞬息

变幻,江流九道波涛如流动的雪山。喜欢作赞美庐山的歌谣,诗兴因为庐山风光而激发。悠闲中观看石镜使我心神清净,谢灵运走过的地方早就被青苔覆盖。早日服下仙丹再也没有人世间的烦恼,修炼琴心三叠可说是学道已初成。远远望见仙人就在彩云中,手捧着芙蓉花去朝拜玉京。先约定和汗漫在九天相会,还邀请卢敖一起遨游太空。

这首诗是李白晚年的作品,是李白流放夜郎途中遇赦回来的次年,从江夏(今湖北武昌)去往浔阳(今江西九江)游庐山时所作。诗中不仅描绘了庐山秀丽雄奇的景色,还表现了李白狂放不羁的性格。那时他已历尽磨难,希望在名山胜景中得到寄托。卢虚舟,字幼真,范阳(今北京大兴)人,肃宗时任殿中侍御史,相传"操持有清廉之誉"(见清王琦注引李华《三贤论》),曾与李白同游庐山。

全诗可分四层。开头至"一生好入名山游"是第一层,诗人以"楚狂"自比,对政治淡漠,透露寻仙访道隐逸之心。李白为表现自己如楚狂人一般的狂态,对孔子直呼其名。古代若非尊长对晚辈,直呼其名是对人极大的不敬。李白通过自比楚狂人,流露对政治前景的失望,暗示要游历名山过隐居的生活。接下来四句写诗人离开黄鹤楼来到庐山,去实践他的愿望,他决定一生游历名山大川,表明归隐的决心。

"庐山秀出南斗傍"至"鸟飞不到吴天长"为第二层,写庐山雄奇秀丽的风光。其中前三句写鸟瞰山景,粗绘了庐山雄奇瑰丽的风光。接下来四句从仰视的角度描写庐山绝景:金阙、三石梁、香炉、瀑布。最后两句描绘全景:旭日东升,满天红霞与苍翠山色交相辉映;山势高峻,连鸟也飞不到,站在峰顶东望吴天,真是寥廓无际。诗人错落有致地写出了庐山的雄奇与瑰丽，可谓是层次分明。

"登高壮观天地间"至"谢公行处苍苔没"为第三层，以俯视角度描绘长江"茫茫东去""九道流雪"的雄壮气势，并借用谢灵运的故事寄托隐居、求仙访道之心，抒发隐逸之情。诗人将长江景色写得境界高远，气象万千。大自然之美激发了诗人无限的诗情。"闲窥石镜清我心，谢公行处苍苔没"，石镜，传说在庐山东面有一圆石悬岩，明净得能照人形。谢公，南朝宋谢灵运，尝入彭蠡湖口，登庐山。《谢康乐集·入彭蠡湖口》中有"攀崖照石镜"的诗句。诗人悠闲地照照石镜，心神为之清净，谢灵运走过的地方，如今已为青苔所覆盖。人生如梦，盛事难再。李白不禁产生归隐之心，希望借寻仙访道来超脱现实。

"早服还丹无世情"至最后为第四层，诗人想象自己能早服仙丹，修炼升仙，到达向往的自由自在的神仙世界，还邀请朋友一同前往。诗人还仿佛远远望见神仙在彩云里，手拿着芙蓉花飞向玉京。可是诗人还不知足。"先期汗漫九垓上，愿接卢敖游太清"典出《淮南子·道应训》，卢敖游北海，遇见一怪仙，想同他做朋友而同游，怪仙笑道："吾与汗漫期于九垓之外，吾不可以久驻。"遂入云中。李白在此反用其意，把自己比作卢敖在北海遇到的那位神仙，卢敖借指卢虚舟，说自己虽然已经与汗漫在九天之上有约，但还是愿意和卢虚舟一起遨游于神仙之境。

这首诗咏叹庐山风景的奇绝，想象丰富，境界开阔，韵律跌宕多姿，感情豪迈开朗。"五岳寻仙不辞远"可借以作为事业追求者的警句。

梦游天姥吟留别①

李白

海客谈瀛洲，烟涛微茫信难求②。
越人语天姥，云霓明灭或可睹③。
天姥连天向天横，势拔五岳掩赤城④。
天台四万八千丈，对此欲倒东南倾⑤。
我欲因之梦吴越，一夜飞度镜湖月⑥。
湖月照我影，送我至剡溪⑦。
谢公宿处今尚在，绿水荡漾清猿啼⑧。
脚著谢公屐，身登青云梯⑨。
半壁见海日，空中闻天鸡⑩。
千岩万壑路不定，迷花倚石忽已暝⑪。
熊咆龙吟殷岩泉，慄深林兮惊层巅⑫。
云青青兮欲雨，水澹澹兮生烟⑬。
列缺霹雳，丘峦崩摧⑭。
洞天石扉，訇然中开⑮。
青冥浩荡不见底，日月照耀金银台⑯。
霓为衣兮风为马，云之君兮纷纷而来下⑰。
虎鼓瑟兮鸾回车，仙之人兮列如麻⑱。
忽魂悸以魄动，怳惊起而长嗟。
惟觉时之枕席，失向来之烟霞⑲。

178

世间行乐亦如此，古来万事东流水。

别君去兮何时还，且放白鹿青崖间，须行即骑访名山。[20]

安能摧眉折腰事权贵，使我不得开心颜。[21]

①天姥（mǔ）：山名，在浙江新昌东。《一统志》："天姥峰，在台州天台县西北，与天台山相对。其峰孤峭，下临嵊（shèng）县，仰望如在天表。"②海客：航海者，浪迹天涯者。瀛（yíng）洲：传说中的东海仙山，是虚构的仙境之地。《十洲记》："瀛洲在东海中，地方四千里。"烟涛微茫：烟波渺茫，远看像烟雾笼罩的样子。信：确实。难求：难以寻访。③越：指今浙江一带。明灭：忽明忽暗。④向天横：遮住天空。横，遮断。拔：超出。五岳：东岳泰山，西岳华山，中岳嵩山，北岳恒山，南岳衡山。赤城：山名，在今浙江天台县北，为天台山的南门，土色皆赤。⑤天台：山名，在浙江天台北，与天姥相对。四万八千丈：形容天台山很高，是一种夸张的说法，并非实指。⑥因之：因，依据。之，代指越人的话。镜湖：在今浙江省绍兴。唐朝最有名的城市湖泊。⑦剡（shàn）溪：水名，在今浙江绍兴嵊州市南，曹娥江上游。⑧谢公：南朝谢灵运。他游天姥山时曾投宿剡溪。绿：清澈。清猿啼：猿啼凄清。清，这里是凄清的意思。⑨谢公屐（jī）：谢灵运为登山特制的木屐。《南史·谢灵运传》："寻山陟岭，必造幽峻，岩障数十重，莫不备尽登蹑。常着木屐，上山则去其前齿，下山则去其后齿。"青云梯：比喻高峻的上山石阶。谢灵运《登石门最高顶》诗："惜无同怀客，共登青云梯。"⑩天鸡：传说桃都山有树名桃都，上有天鸡，日出时则鸣，天下鸡跟随啼鸣。《天中记》："桃都山有大树曰桃都，枝相去三千里，上有天鸡。日初出照此木天鸡即鸣，天下鸡皆随之。"⑪路不定：指山路逶迤崎岖。暝：天黑，夜晚。⑫殷（yǐn）：这里作动词

用，震动。慄：战栗，恐惧。层巅：层叠的山峰。⑬青青：黑沉沉的。澹澹：平静貌。⑭列缺：闪电。电光从云中决裂而出，故称"列缺"。⑮洞天：传说中神仙居住的洞府，意谓洞中别有天地。石扉：即石门。訇（hōng）然：形容声音很大。訇，巨大的响声。⑯青冥：青天。金银台：传说中神仙居住的地方，以金银装饰的楼台。《史记·封禅书》载：据到过蓬莱仙境的人说，那里"黄金银为宫阙"。⑰云之君：云神。此泛指神仙。⑱鸾回车：鸾鸟驾着车。鸾，传说中凤凰一类的鸟。回，驾驭。如麻：形容多。⑲觉（jué）时：醒时。向来：刚才。烟霞：指前面所写的仙境。⑳君：李白作此诗时准备由东鲁下吴越，此君指东鲁友人。白鹿：古人常指仙人、隐士的坐骑。㉑摧眉折腰：低头弯腰，即卑躬屈膝。陶渊明曾叹："我岂能为五斗米向乡里小儿折腰！"摧眉，即低眉。

　　航海的人常谈起神仙居住的瀛洲，在烟波渺茫的大海中实在难以寻求。吴越一带的人都喜欢谈说天姥山，在忽明忽暗的霞光中有时还能看见。天姥山高耸入云仿佛横卧在天外，山势高峻超过五岳，遮蔽了赤城山。天台山虽高有四万八千丈，但对着这天姥山好像要向东南倾斜拜倒一样。

　　我根据越人说的话梦游到了吴越，在一个美丽的夜晚飞渡月光映照下的镜湖。湖上的月光映照着我的身影，一直把我送到剡溪。诗人谢灵运游天姥山时住宿的地方至今还在，清澈的溪流水波荡漾，偶尔可以听见山中凄清的猿啼。我脚上穿着谢公当年特制的木鞋，攀登直上云霄的山路。（上到）半山腰我看见从海上升起的太阳，空中传来天鸡的叫声。山岩重叠，道路曲折盘旋且难辨，由于迷恋奇花的艳丽，倚着山石小憩，不知不觉天已经黑了。岩泉发出的响声，像熊在怒吼，龙在长吟，使幽静的树林战栗，使层层山峦惊恐不安。

180

乌云黑沉沉的，像是要下雨了，水波荡漾升起了烟雾。电光闪闪，雷声轰鸣，山峰好像要崩塌似的。仙府的石门，訇的一声从中间打开。洞中青苍幽远的仙境看不到尽头，日月的光辉照耀着金银筑成的宫殿。云中的仙人用彩虹做衣裳，把清风当坐骑，一个个飘然而下。老虎弹奏着琴瑟，鸾鸟驾着长车，仙人们排成列，密密如麻。忽然间惊悸心动，恍然惊醒起来而长长地叹息。醒来时所见到的只有枕头床榻而已，刚才梦境中所见的烟霞云雾全都消失了。

人世间的欢乐也不过如此，自古以来万事都像东流的水一样一去不复返。告别诸位朋友后不知什么时候才能再回来，暂且把白鹿放牧在青青的山崖间，要想远行时就骑上它去探访名山。怎么能低头弯腰侍奉权贵，使我心中郁郁寡欢，不能开心舒畅。

李白曾于天宝元年（公元 742 年）奉诏进入京城长安，他满怀建功立业的理想，可惜不久就受权贵的谗毁，于天宝三载被唐玄宗赐金放还。之后游历于梁、宋、齐、鲁等地，又在东鲁友人家中住了一段时间，期望唐玄宗再把他召回长安，可等来的只有失望。在不能建功的情况下，他只好去遨游名山了。约在天宝四五载，诗人准备离开东鲁，南下吴越。此诗即作于此时，故又名《别东鲁诸公》。全诗记述了诗人的一个梦，诗人形象地描述了惊心动魄的奇异梦境，抒发了对名山仙境的向往之情，表现了他对权贵的蔑视及对现实处境的不满。

全诗可分为三层。开头至"对此欲倒东南倾"为第一层，写他入梦的缘由。诗一开篇就说瀛洲是传说中的海上仙境，无法寻求，使诗一开始就带有神奇的色彩。而天姥山却是现实中的，跟仙境一样的地方。接下来诗人极力描写天姥山的高大，它高耸入云横卧在天外，它既超过以高峻出名的五岳，又盖过在它附近的赤城山。"天

台四万八千丈","四万八千丈"并非实指,而是运用夸张的手法极言其高。可就是如此高的天台山,在天姥山面前也矮小得简直像要向它朝拜一样。在这里诗人用比较和衬托的手法,把天姥山高耸的样子写得淋漓尽致。诗人对天姥山的向往使他把天姥山写得极富神奇色彩,实际上诗人梦中的天姥山是他一生所看到的所有奇峻山川的再造幻影。

"我欲因之梦吴越"至"仙之人兮列如麻"为第二层,写梦境。诗人梦见自己在湖光月色的照耀下,一夜间飞过镜湖,又飞到谢灵运歇息的剡溪。那里湖水荡漾,猿啼凄清,景色幽雅。谢灵运在登天姥山的时候,曾经在剡溪这个地方住宿过,留下了"暝投剡中宿,明登天姥岑"的诗句。接着诗人穿上谢灵运特制的木屐,登上天姥山直上云霄的山路。上到半山腰看见东海的红日涌出,听见天鸡在空中啼叫。一路上所见所闻,境界开阔。在千回万转的山石之间,道路弯弯曲曲,没有一定的方向。倚靠着岩石,迷恋缤纷的山花,天忽然昏黑了。岩泉发出的响声,像熊在咆哮,像龙在吟啸,震得山石、泉水、深林、峰峦都在发抖。天气也急剧地变化,乌云黑沉沉的像要下雨,蒙蒙的水面升起烟雾。物象变化多姿,可谓有声有色。梦境一步步展开,幻想的色彩也一步步加浓,一直引向幻想的高潮。

突然间景象又起了变化:石门在霹雳闪电的轰鸣声中打开,仙境展现。"列缺霹雳"四个四言句,文辞短促而铿锵有力,以下即从描写山景转移到展示仙境,变换了境界。洞中青苍幽远的仙境看不到尽头,日月的光辉照耀着金银筑成的宫殿。许多神仙纷纷出来,穿着彩虹做的衣裳,骑着风当作马,老虎在奏乐,鸾鸟在拉车。诗人的幻想"天马行空",像是色彩鲜艳、变化莫测的童话影片一样,使读者也宛如置身神仙世界。

"忽魂悸以魄动"至最后为第三层,写梦醒后的感叹。好梦不长,心惊梦醒,一声长叹,枕席依旧,美丽的烟雾云霞消失了。由幻想转到现实，诗人认为，如同这场梦游一样，世间行乐也不过如此，古来万事总是如东流水一去不返，还是骑着白鹿到名山去寻仙访道的好。诗人渴望建功立业，但他也绝不低眉折腰侍奉权贵，在一时找不到政治出路的情况下，他宁可放浪山水之间。诗的结句"安能摧眉折腰事权贵，使我不得开心颜。"哪能够低头弯腰伺候那些有权有势的人，使得我整天不愉快呢！将诗人多年从政失败的郁闷之气一吐而出，有力地表现了诗人的傲岸与高洁，点亮全诗的主题。

诗虽分三层，然而彼此关联，不可分割。每两层之间都以关键性的诗句作为纽带。例如第一、二层之间，用"我欲因之梦吴越"来承接上文；二、三层之间以"失向来之烟霞"结上启下，环环紧扣，表现了诗人高超的结构技巧。全诗想象丰富，着意奇特；构思精密，运用了比喻、对比、衬托、夸张等手法；笔势豪放纵逸，意境雄伟，气势磅礴；句式长短错综，变化多端，读来使人感到淋漓酣畅，跌宕多姿，堪称绝世名作。

金陵酒肆留别[①]

李白

风吹柳花满店香，吴姬压酒劝客尝。[②]
金陵子弟来相送，欲行不行各尽觞。[③]
请君试问东流水，别意与之谁短长。

·**释词**·

①金陵：今江苏省南京市。酒肆：酒店。②吴姬：吴地的女子。这里指酒店中的侍女。压酒：压槽取酒。古时新酒酿熟，临饮时方

压槽取用。③子弟：年轻人，指李白的朋友。欲行：要走的人，指李白自己。不行：送行的人，指金陵子弟。尽觞（shāng）：喝尽杯中酒。觞，古代喝酒用的器物。

风吹柳絮满店飘香，吴地的女子压好了酒请客人品尝。金陵的年轻朋友们都来为我送行，送与被送的人都频频举杯喝尽杯中的酒。请你们问问这东流的江水，离情别意与它相比究竟谁短谁长？

·鉴赏·

开元十四年（公元726年）春，李白离开金陵东游扬州时，金陵的年轻朋友在小酒店为他饯别，诗人写此诗留赠友人。诗中描绘了暮春江南酒店中，诗人满怀离愁别绪与友人畅饮，表现了诗人与金陵友人的深厚友谊及其豪放性格。

第一、二句交代与友人分别的时间、地点和环境。"金陵"点明地属江南，"柳花"说明时当暮春。"风吹柳花满店香"，"柳花"即柳絮，本来是没有香味的，但一个"香"字不仅点出暮春时节杨柳含烟的芳菲，更照应了店里沁人心脾的酒香，将酒店内外连成一片。金陵古属吴地，遂称当地女子为"吴姬"，这里指酒家女。小酒店中她一边压酒，一边满面笑容地招待客人，酒香与随风吹来的柳花的芳香融为一体，让人心情舒畅。

第三、四句写金陵的年轻朋友来为诗人送行。金陵子弟的到来使酒店更加热闹，诗人虽要离别，但心中有万分不舍，无限留恋。年轻朋友们殷勤劝酒，于是要走的、不走的，你斟我饮，个个干杯畅饮。一帮年轻朋友喝酒、话别，少年气盛，兴致盎然，没有丝毫伤别之意。

第五、六句写诗人无限惜别之情。金陵时值暮春三月，是一个美好的季节，在这样一个美好的时节，有这样一群意趣相投的好友，诗人却要离开了。诗人虽依依不舍，但是风华正茂的诗人并没有沉溺在离别的感伤中。他触景生情，深情地写道，请你们问问那东流的江水，离情别意与它相比究竟谁短谁长呢？诗人既像在问送行的友人，更像是情动中的自我表白。情感是抽象的，是看不见摸不着的，而江水是形象的。诗人借滔滔不绝的大江流水来倾吐自己的真挚情感，富有强烈的感染力。诗人以含蓄的笔法，给人以想象的空间，言有尽而意无穷地结束了这一首抒情的短歌。

这首惜别诗清新流畅，自然天成，具有质朴的民歌风味。语虽浅，却清新俊逸，情意深长。沈德潜《唐诗别裁集》说此诗"语不必深，写情已足"。全诗可见诗人的情怀丰采华茂，风流潇洒。

宣州谢朓楼饯别校书叔云①

李白

弃我去者昨日之日不可留，
乱我心者今日之日多烦忧。
长风万里送秋雁，对此可以酣高楼②。
蓬莱文章建安骨，中间小谢又清发③。
俱怀逸兴壮思飞，欲上青天览明月④。
抽刀断水水更流，举杯销愁愁更愁。
人生在世不称意，明朝散发弄扁舟⑤。

·释词·

①宣州：今安徽宣城。谢朓楼：南齐诗人谢朓做宣城太守时修建，在陵阳山上。又称谢公楼、北楼，唐末改名叠嶂楼。饯别：以

酒食送行。校书叔云：李云曾为秘书省校书郎，唐人同姓者常相互攀连亲戚，李云当较李白长一辈，但不一定是近亲。校书，官名，即秘书省校书郎，掌管朝廷的图书整理工作。②此：指上句的长风秋雁的景色。酣高楼：畅饮于高楼。③蓬莱：汉时称中央政府的著述藏书处东观为道家蓬莱山，唐人用以代指秘书省。建安骨：汉献帝建安时代的诗文慷慨多气，史称建安风骨。小谢：即谢朓，字玄晖，南朝齐诗人。与其先辈谢灵运分称大、小谢。这里用以自喻。清发：指清新秀发的诗风。发，秀发，诗文俊逸。④逸兴：飘逸豪放的兴致，多指山水游兴。壮思：雄心壮志，豪壮的意思。览：通"揽"，摘取。⑤称（chèn）意：称心如意。散发：古人束发戴冠，散发表示闲适自在。这里形容狂放不羁。弄扁舟：乘小舟归隐江湖。春秋末年，越灭吴后，范蠡辞别越王勾践，"乘扁舟浮于江湖"，后世就以弄扁舟喻避世隐遁。扁舟，小舟，小船。

离我而去的昨天已经一去不返不可挽留，扰乱我心绪的今天更使我烦恼忧愁。遥望秋空，万里长风吹送鸿雁南飞，面对此景，可以登上高楼开怀畅饮了。你的文章精妙绝伦，有建安时代的风骨，我的诗句像谢朓那样清新秀发。我们都满怀豪情壮志奋然欲飞，恨不得飞上青天去摘取那皎洁的明月。拔出最快的宝刀砍断流水，可是水依旧涌流，举起酒杯痛饮想借酒消愁，反而愁上加愁。人生在世竟然如此不称心如意，还不如明天就披散了头发乘小舟在江湖之上自在地漂流。

此诗是玄宗天宝末年，李白在宣城给秘书省校书郎李云饯行时所作。李云又名李华，故此诗又题作《陪侍御叔华登楼歌》。这是一首饯别抒怀诗，诗的内容为送别，却抒发了诗人心中无限的烦忧，诗人的烦忧不是惜别，而是怀才不遇。

第一、二句破空而来，不写登楼，不写饯别，而直抒心中的烦忧，感慨去日苦多，今日愁闷。重叠复沓的语言，既说"弃我去"，又说"不可留"；既言"乱我心"，又称"多烦忧"。诗人心烦意乱，忧愤难平。这里既有诗人对腐败政治的不满，也有对自身政治遭遇不平的抱怨以及壮志未酬的苦闷。这两句生动形象地写出了诗人郁结极深、心绪极乱、忧愤极强的状态。

第三、四句却又突然转折，从极端苦闷忽然转到眼前朗爽壮阔的景致。寥廓的万里长空，长风送秋雁的壮丽景色，不由得激起了诗人高楼畅饮的豪情。这一突转表明了诗人豪迈阔大的胸襟，他虽生活在腐败黑暗的时代，但这不能抑制他所怀有的远大理想，他一生都在向往施展远大的抱负。

第五、六句写主客双方饯别和纵酒高谈的情景，表达了对对方的赞美。东汉时学者称东观（政府的藏书机构）为道家蓬莱山、唐人又多以蓬山、蓬阁指秘书省，李云是秘书省校书郎，所以这里用"蓬莱文章"来赞美李云的文章有刚健遒劲的"建安风骨"。"小谢"指谢朓，诗人用自己推崇的谢朓自比，形容自己的诗文有清新秀发的风格。这两句自然而然地关照了题目中的"谢朓楼"和"校书"。

第七、八句写主客二人意兴犹发，说双方都怀有雄心壮志，逸兴勃发，酒到浓时更是飘然欲飞，想上青天揽取明月。前面写长风送秋雁，这里却说要"揽明月"，表达了诗人对高尚目标的向往与追求。至此，先前的烦忧在这想象中似已烟消云散。

最后四句又一转，从幻想回到了现实的苦闷中。诗人以"抽刀断水水更流"起兴，抒写自己"举杯销愁愁更愁"的情怀，"酣高楼"并未让诗人摆脱愁思，反而让他愁上加愁。他把烦恼比作水，想"抽刀断水"，斩断一切烦恼，可烦恼更添了几分；他想"举杯销愁"，消掉一切愁苦，却更增添了许多无法排遣的愁思。这一对偶

句可谓神来之笔。理想与现实的矛盾是无法化解的，诗人在"不如意"的苦闷中抗争是徒劳的。他只有在"散发弄扁舟"中寻找出路了。结局虽然有些消极，但依然逍遥闲逸。

全诗一唱三叹，跌宕起伏，抑扬协调，诗思天马行空，豪放不羁，想象奇异，却能以此启彼，一气呵成，脉理不乱，气概凌云，展现了李白博大的胸襟抱负、豪放坦率的性格和驾驭语言的高超能力。

长相思三首（其一）①

李白

长相思，在长安。②
络纬秋啼金井阑，微霜凄凄簟色寒。③
孤灯不明思欲绝，卷帷望月空长叹。④
美人如花隔云端，上有青冥之长天，⑤
下有渌水之波澜。
天长地远魂飞苦，梦魂不到关山难。⑥
长相思，摧心肝。⑦

·释词·

①长相思：属乐府《杂曲歌辞》，常以"长相思"三字开头和结尾。②长安：今陕西西安。③络纬：昆虫名，又名莎鸡，俗称纺织娘，样子像螽斯、蝈蝈，夏秋间振翅作声，"扎织、扎织"，如纺线。金井阑：井的围栏。金，古诗文中常用以装衬，非实指。簟（diàn）色寒：指竹席的凉意。簟，竹席。④帷：窗帘。⑤青冥：青

188

天。⑥关山难：关山难渡。⑦摧：伤。

 译文

日日夜夜地思念啊，我思念的人在长安。秋夜里纺织娘在井栏旁鸣叫，薄霜浸透了竹席已觉出寒意。孤灯昏暗，思念之情无限浓烈，卷起窗帘仰望明月仰天长叹。如花似玉的美人啊，相隔在九天云端，上面有无边无垠的蓝天，下面有清水卷起的万丈波澜。天长地远灵魂飞越多辛苦，梦魂也难飞越这重重关山。日日夜夜地思念啊，相思之情痛断肝肠。

鉴赏

"长相思"属于乐府《杂曲歌辞》，语出汉代诗（如"古诗十九首"中："客从远方来，遗我一书札。上言长相思，下言久离别。"），六朝人多用其作为题目和开头语，流传下来的多为闺怨之作。李白有两首《长相思》，第一首大约是李白被谗言陷害离开长安后所作，诗中描写了诗人的相思之苦，他想念的可能是他的妻子，也可能是他牵挂的女子，也可能别有寄寓。

全诗可分两层。开头至"美人如花隔云端"为第一层，写诗人"在长安"的相思之苦。诗人可能远离家乡来到长安，在长安起了相思之情。秋虫在金井栏边鸣叫，微霜初降，竹席也显出寒意，在这凄凉之夜，诗人更无法入眠了。"孤灯"不仅是写灯，更是人物内心的孤寂。灯光昏暗，而思念之情更加浓烈。于是，诗人卷起窗帘仰望明月空自长叹！"美人如花隔云端"这个被诗人想念的如花美人似乎很近，近在眼前；却又很远，远隔云端。与月儿一样，可望而不可即。古代经常用"美人"比喻所追求的理想，表明此诗目的在于抒发诗人追求政治理想而不能的郁闷心情。

之后诗句为第二层，写诗人梦中的追求。在诗人浪漫的幻想中，

他的梦魂飞去寻找他所思念的心上人。可是"天高地远",上有幽远难及的高天,下有波澜动荡的渌水,更有重重关山阻隔,尽管费尽千辛万苦,梦魂相见也艰难无比。由于这个追求是没有结果的,于是诗以沉重的一叹作结:"长相思,摧心肝。"诗人的情绪在"思欲绝"中进一步发展。结句收束有力,荡气回肠。

全诗想象奇妙,辞清意婉,十分动人。诗意隐而不露,自有一种含蓄的韵味。

长相思三首 (其二)

李白

日色欲尽花含烟,月明如素愁不眠。[①]
赵瑟初停凤凰柱,蜀琴欲奏鸳鸯弦。[②]
此曲有意无人传,愿随春风寄燕然,[③]
忆君迢迢隔青天。
昔时横波目,今作流泪泉。[④]
不信妾肠断,归来看取明镜前。

·释词·

①花含烟:花似烟之朦胧氤氲。素:洁白的绢。②赵瑟:瑟似琴,二十五弦。《史记·廉颇蔺相如列传》载,秦赵会谈,秦请赵王为秦王鼓瑟以辱赵王。凤凰柱:弦乐器用以绞紧线的小木柱,其雕成凤凰形的称凤凰柱。蜀琴:旧注谓蜀琴与司马相如琴挑文君的故事有关。按:鲍照有"蜀琴抽白雪"句。白居易也有"蜀琴安膝上,《周易》在床头"句。李贺"吴丝蜀桐张高秋",王琦注云:

"蜀中桐木宜为乐器，故曰蜀桐。" 蜀桐实即蜀琴，似古人诗中常以蜀琴喻佳琴，恐与司马相如、卓文君事无关。鸳鸯弦：相传蜀人司马相如善鼓琴，有 "鸳鸯弦，以雄雌也"。③燕（yān）然：山名，即杭爱山，在今蒙古人民共和国境内。东汉窦宪远征匈奴，至燕然山刻石记功而还。后泛指塞北。④横波：目斜视如水之横流也。形容眼神流动。

太阳就要落山了，花儿好像含着烟雾一片朦胧，月光明净就似洁白的绢，心中愁闷无法入眠。刚刚停止弹拨带有凤凰柱的赵瑟，又拿起蜀琴想要拨动那鸳鸯弦。这首曲子满含情意，却无人能传达过去，但愿它能随着春风飞到燕然山。思念你却隔着那么遥远的青天不能相见。过去那顾盼含情的眼睛，今天成了泪水奔流的清泉。你要是不相信我相思肝肠寸断，回来时到明镜前看看我憔悴的容颜。

这首诗写女思男。以春花、春风起兴，用夸张、排比、想象、暗喻等手法，从多个角度把一个美丽多情的女子对出征边塞丈夫的思念之情表现得淋漓尽致。

第一、二句交代时间、环境。春日的黄昏，夕阳斜暮，花朵在暮色中也显得朦朦胧胧，如烟似梦的景物渲染了一种愁苦迷蒙的相思气氛。月亮已经升起来了，明如镜、皎如绢，黑夜拉开帷幕，思妇却没有进入梦乡，对丈夫切切的思念使她辗转反侧无法成眠。明月代表团圆，可面对月色如水的良辰美景，思妇只会更加思念远方的丈夫。诗人用一个"愁"字将这种感情表达了出来。

第三、四句用琴瑟之声表达相思之苦。思妇无法入眠，只好在月下用装有凤凰柱的赵瑟弹一曲哀伤凄美的瑟曲。刚停下，她又拿

起蜀琴，准备开始奏起鸳鸯弦。琴瑟合鸣，鸳鸯、凤凰都是用来喻指夫妻美满，诗人在这里互文见义，旨在表达思妇望夫心切而又无法排解的思念之情。

第五、六句写思妇借春风寄托相思。如今琴瑟独鸣，凤凰曲难成，原本以为可以白头到老长相厮守的一对鸳鸯，竟然也天各一方。这相思之曲又弹给谁听呢？她突发奇想，托和煦的春风飞往燕然，将相思带给远方的夫君。"寄燕然"一句告诉我们，原来她的丈夫从征去了。

"忆君迢迢隔青天"承上启下，以青天夸张地比喻两人相隔万里，从而引出下文思妇回到现实，顾影自怜独自凄凉的描写。

"昔时横波目，今作流泪泉"两句想象奇特，大胆夸张地写出了相思成空的思妇的哀伤。旧日那对顾盼灵秀、眼波如流的双目，如今却变成了泪流不止的两眼清泉。可知二人分开之后，女子除了长夜无眠和深深叹息之外，竟是常常以泪洗面。

"不信妾肠断，归来看取明镜前"两句则深得含蓄隽永之妙，以思妇的口吻直抒对丈夫的思念：如果你不相信我因为思念你而肝肠寸断，等你回来时，在明镜前看看我憔悴、疲惫的面容就知道了。思妇只是殷殷地希望丈夫能够早日出现，哪怕他不相信自己切肤入骨的思念也无所谓，只要他早日归来，她也就心满意足了。

全诗通过描写人物的具体活动，利用推想等手法表达出人物的心情，含蓄婉约，缠绵悱恻，令人感动。

行路难三首（其一）①

李白

金樽清酒斗十千，玉盘珍羞直万钱。②
停杯投箸不能食，拔剑四顾心茫然。③
欲渡黄河冰塞川，将登太行雪满天。④
闲来垂钓坐溪上，忽复乘舟梦日边。⑤
行路难，行路难，多歧路，今安在？⑥
长风破浪会有时，直挂云帆济沧海。⑦

释词

①行路难：乐府《杂曲歌辞》调名，内容多写世路艰难和离别悲伤。②金樽（zūn）：古代盛酒的器具，以金为饰。清酒：清醇的美酒。唐代只有米酒和葡萄酒，葡萄酒很昂贵。李白曾有"五花马，千金裘，呼儿将出换美酒"之句。斗十千：一斗酒值钱十千。形容酒美价高。斗，古代量酒饮酒的容器。珍羞：珍美的菜肴。羞，同"馐"，美味的食物。直：通"值"，价值。③投箸：丢下筷子。箸，筷子。不能食：咽不下。顾：望。茫然：无所适从。④太行：即太行山。在今山西、河南、河北三省交界处。⑤"闲来垂钓"两句：这两句暗用典故：姜太公吕尚曾在渭水的磻溪上钓鱼，得遇周文王，助周灭商；伊尹曾梦见自己乘船从日月旁边经过，后被商汤重用，助商灭夏。吕尚和伊尹都曾辅佐帝王建立不朽功业，诗人借此表明自己对从政仍有所期待。忽复，忽然又。⑥歧：岔路。安：哪里。⑦长风破浪：比喻宏大的抱负得以舒展。《南史·宗悫传》载：南朝

宋时，宗悫年少，叔父问他志向，答曰："愿乘长风破万里浪。"会：当。云帆：高高的船帆。济：渡过。

金杯中的美酒一斗价高十千，玉盘里的佳肴则值万钱。盛宴中我放下杯子，停下筷子，不能下咽，抽出宝剑，环顾四周，心中一片茫然。想渡过黄河，冰雪却封冻了河川，想要登上太行山，大雪又堆满了山峦。闲来垂钓向往有姜太公般的机遇，又想像伊尹一样梦见驾船经过太阳的旁边。行路难啊！行路难！岔路又多，今后怎么办呀？总有一天我能乘长风破万里浪，高挂着风帆渡过茫茫大海，到达理想的彼岸。

·鉴赏·

李白《行路难》共三首，这是其中的第一首，大概作于李白入朝被馋，唐玄宗赐金放还，离开长安之时。诗以"行路难"比喻世道艰险，反映了诗人政治上遭遇挫折后，内心强烈的苦闷和抑郁不平的激愤之情，同时，表现了他的倔强、自信和对人生前途乐观豪迈的气概以及不屈不挠的追求精神。

前四句写诗人要离开长安，朋友设宴为他送行。"金樽""玉盘"极言饮食器具的精美；"斗十千""直万钱"极言酒菜的珍贵。朋友不惜金钱，设下盛宴为他饯行。要是在平时，有美酒佳肴，再加上朋友的一片盛情，他肯定会"一饮三百杯"的。然而，这一次诗人面对斟满美酒的金樽和玉盘里摆满的美味佳肴，却放下杯子，停下筷子，起身离座，拔出宝剑，抬头四顾，心中一片茫然。"停""投""拔""顾"四个连续的动作与"金""清""玉""珍"形成鲜明的对比，表现了诗人苦闷、茫然和愤懑的心情。

中间四句写道路险阻，但诗人不甘于消沉。"冰塞川""雪满天"象征人生道路上的艰难险阻。想渡过黄河，却被坚冰阻塞；想登上太行，却被满山的白雪阻拦。诗人内心非常痛苦，点明前面"心茫然"的缘由。但他并未因此消沉，诗人在心境茫然之中，忽然想到两位开始在政治上并不顺利，而最终有大作为的人物：一位是吕尚，八十岁在磻溪钓鱼，得遇文王；一位是伊尹，在受商汤重用前曾梦见自己乘舟绕日月而过。诗人引用吕尚、伊尹的故事表明自己对前途仍然抱有希望，对朝廷尚存幻想，希望自己也能像吕尚、伊尹那样得到重用。

最后六句写现实和理想的距离，诗人仍处于进退两难中。"行路难"四个短句，短促有力，反复咏叹，行路艰难，岔路如此多，今后不知将置身何处。虽然吕尚和伊尹的遭遇给他增添了信心，但回到现实，他心中再次充满无穷的忧虑和焦灼。最后两句，再现了李白豪放洒脱的性格。他又一次从彷徨苦闷中挣脱出来，尽管前路障碍重重，但诗人相信，总有一天他会高挂云帆、乘风破浪、横渡沧海，到达理想的彼岸，他坚信美好的前景终会到来。

全诗蕴意波澜起伏、跌宕多姿、跳荡纵横、气势高昂，使作品具有独特的艺术魅力，成为后人广为称颂的千古名篇。

将进酒①

李白

君不见黄河之水天上来，奔流到海不复回。②
君不见高堂明镜悲白发，朝如青丝暮成雪。③
人生得意须尽欢，莫使金樽空对月。④
天生我材必有用，千金散尽还复来。

烹羊宰牛且为乐，会须一饮三百杯。⑤
岑夫子，丹丘生，将进酒，杯莫停。⑥
与君歌一曲，请君为我倾耳听。⑦
钟鼓馔玉何足贵，但愿长醉不愿醒。⑧
古来圣贤皆寂寞，唯有饮者留其名。
陈王昔时宴平乐，斗酒十千恣欢谑。⑨
主人何为言少钱，径须沽取对君酌。⑩
五花马，千金裘，呼儿将出换美酒，与尔同销万古愁。⑪

·释词·

①将进酒：属汉乐府旧题。将（qiāng），请。②天上来：黄河发源于青海，因那里地势极高，故称。③高堂：指父母。青丝：指黑发。雪：指白发。④得意：适意高兴。⑤会须：正应当。⑥岑（cén）夫子：诗人的一位隐居朋友，一说名勋。丹丘生：元丹丘，与诗人相交甚好，隐居不仕。⑦君：指岑、元二人。⑧钟鼓馔（zhuàn）玉：泛指豪门贵族的奢华生活。钟鼓，指富贵人家钟鸣鼎食。馔玉，精美的饭食。馔，吃喝。玉，像玉一般美好。⑨陈王：曹植于太和六年（公元232年）被封为陈王。平乐：观名。在洛阳西门外，为汉代富豪显贵的娱乐场所。恣（zì）：放纵，无拘无束。谑（xuè）：玩笑。⑩径须：干脆，只管。沽（gū）：通"酤"，买或卖，这里指买。⑪五花马：指名贵的马。

·译文·

你没见那黄河之水天上来，奔流到大海，再不回来。你没见那年迈的父母，对着明镜悲叹自己的白发，年轻时候的满头青丝如今已是雪白一片。人生得意之时应当尽情欢乐，不要让酒杯空对明月。

196

天生我材必有用，千金散尽还能再来。我们烹羊宰牛暂且欢乐快活，
应该一次就痛饮三百杯。岑夫子和丹丘生啊！请喝酒，别停下杯子。
我为你们高歌一曲，请你们都来侧耳倾听。山珍海味的豪华生活并
不值得炫耀，只希望长驻醉乡不愿清醒。自古以来圣贤都寂寞冷落，
只有那喝酒的人才能够留下美名。陈王曹植当年设宴平乐观，斗酒
万钱也豪饮，宾主尽情欢乐。主人你怎么能说钱不多，只管买酒来
让我们一起喝个够。牵来名贵的五花马，取出价钱昂贵的千金裘，
快叫孩子拿去通通用来换美酒，我和你们一同来消释这无穷无尽的
万古长愁！

　　《将进酒》本是汉乐府的曲调之一，为劝酒而唱的歌词。李白第
一次来到长安后（约公元736年），与朋友岑勋在嵩山友人元丹丘的
颖阳山居喝酒，因感叹时光流逝，自己功业无成，悲愤填膺，借
《将进酒》之调把冲天的激愤之情化作豪放的行乐之举，发泄不满，
排遣忧愁，反抗现实，同时展示诗人狂放不羁、乐观自信的精神。

　　全诗可分两层。开头至"会须一饮三百杯"为第一层，写人生
短暂以及适逢知音的快乐。前四句是排比句，感慨年华流逝。你不
见黄河滔滔之水仿佛从高天涌出，一泻千里奔腾到海不再回返。由
水的流逝，想到时间的流逝。"不复回"象征岁月易逝，自然过渡到
人生易老，由写景转入写人世。你不见高堂明镜中照见白发而生悲，
早晨还是满头青丝，傍晚就变成了雪白。人生由少到老的过程被说
成是朝暮间的事，夸张地写出了人生的短暂。人生如此短暂，年华
不应虚度。诗人认为人生得意之时，应尽情欢乐，不要让金杯空对
明月。只要"人生得意"，生命便没有遗憾。既然无法改变客观形
势，朋友相聚，总算是人生一大畅意之事，就应该痛饮极欢。诗人
虽主张及时行乐，但他并不沉沦，他坚信天既生材，必然会有用武

之地，不必为它烦扰不安，金钱是流通的，散尽还会再聚，更不必顾惜。这反映了诗人极度自信和狂放不羁的个性。于是有了一场盛大的宴席，宴席上"烹羊宰牛"，而且要喝"三百杯"才罢休。

"岑夫子"至结尾为第二层，写诗人对朋友高歌自己对人生的见解。"岑夫子，丹丘生，将进酒，杯莫停"四个短句，直呼朋友姓名来劝酒。这几个口语化短句使读者也如闻其声，使诗歌节奏富于变化。酒逢知己，所以诗人要"与君歌一曲，请君为我倾耳听"了，达官显贵的生活我不稀罕，只希望长久沉醉不再醒来。诗至此虽继续写宴乐，但却从狂放转为激愤。自古以来的圣贤至今都不为世人所知，只有饮者的名字才能在世间传扬。这两句好像是诗人的自我安慰，实际上是对贤愚不辨的现实的愤懑之情。接着以陈王曹植为例，抒发了诗人内心的不平，只求一醉方休。曹植在太和六年（公元232年）被封为陈王，诗人化用他的《名都》篇中"归来宴平乐，美酒斗十千"之句。诗人用壮志难酬的曹植为例，表达出自己的不平之气。但诗人刚刚抱有不平，却又马上回到酒上来。主人怎么说钱不够呢？只管去打酒来，与你们同饮。这里既照应"千金散尽"一句，又引起下文。诗人慷慨挥洒千金，甚至用五花马、千金裘拿去换酒。诗人不可一世的神态，不仅说明诗人已醉，更写出了诗人与朋友的深情厚谊。最后一句写诗人要把整个古今志士不遇的愁烦，都用酒消掉。狂放纵酒是为消愁，狂放的程度恰恰表现了愁苦的深度。诗人那旷达乐观和狂放不羁的性格跃然纸上。

全诗句式长短参差，节奏奔放跌宕，情极悲愤狂放，语极豪纵沉着，大起大落，堪称千古佳作。

子夜吴歌①

李白

长安一片月，万户捣衣声。②
秋风吹不尽，总是玉关情。③
何日平胡虏，良人罢远征。④

释词

①子夜：《唐书·乐志》："子夜歌者，晋曲也，晋有女子名子夜造此，声过哀苦。"因产在吴地，所以名《子夜吴歌》。《乐府古题要解》："后人因为四时行乐词，谓之子夜四时歌，吴声也。"②长安：今陕西西安。捣衣：唐时，人们只穿丝绸、绢帛、麻葛的衣饰和皮衣，没有棉花。绢、麻布、葛布质地较硬，必须用砧杵反复春捣，使之柔软，才能缝衣，称为"捣衣"。③玉关情：指对玉门关外征战的夫君的思念之情。④胡：古时泛指北方的少数民族。虏：对敌人的蔑称。良人：古时候，妻子称丈夫为良人。此处指远在玉门关外的丈夫。罢：停止。

译文

长安夜空悬挂一轮明月，家家户户传来捣衣的声音。砧声随着秋风吹也吹不停，声声都是思念征人之情。什么时候才能把胡虏平定，丈夫就可以不再当兵远征。

这首诗也题作《子夜四时歌》，共四首，写春、夏、秋、冬四时，此为第三首——"秋歌"。六朝乐府《清商曲·吴声歌曲》即有《子夜四时歌》，因属吴声曲，故又称《子夜吴歌》。此体一向作四句，内容多写女子思念情人的哀怨，作六句是诗人的创新，而用以写思念征夫的情绪更具有时代的新意。诗人通过对妇女趁月明之夜为远行征人赶制冬衣的描写，表达了她们对亲人的无限思念和对和平生活的迫切期盼，以及诗人对思妇们不幸遭遇的深切同情。

第一、二句借"秋月"写景，为抒情创造环境氛围，点明时间和季节的同时，又紧扣题目。秋天的晚上，一片月光洒满长安的夜空，秋风萧瑟，家家户户传来此起彼伏的捣衣声，人们正在为做冬衣而忙碌。诗人由景入情，由"一片月"连着"万户"，由"万户"引出"捣衣声"。而见月怀人是古诗中常用的表现手法。因此，在这明亮的月光下，在这阵阵捣衣声中，诗人想象这些妇女一面捣衣，一面怀念戍守玉门关的丈夫。

第三、四句承上景而直接抒情。月朗风清，风送砧声，阵阵秋风吹不掉思妇深沉无尽的情思，反而勾起她们对远方亲人的思念。"不尽"既形容秋风阵阵，也形容情思的悠长缠绵。"总是"表明吹不断的情思总是飞向远方，执着且一往情深。诗人将秋月、秋声、秋风织成浑然一体的景象，虽只见景不见人，却人物犹在，思夫情浓。

最后两句直抒思妇心声。什么时候才能扫平胡虏，消除战争，亲人不再远征，结束这动荡分离的生活呢？正如沈德潜所说："本闺情语而忽冀罢征。"（《说诗晬语》）这两句使诗歌思想内容大大深化，表现出古代劳动人民希望过和平生活的善良愿望。

月色如银的京城，表面上一片平静，但捣衣声中却蕴含着千家万户的痛苦；秋风不息，也寄托着对边关亲人的思念之情。结句是闺妇的期待，也是征人的心声。虽未直写爱情，却字字渗透着真挚的情意；虽没有高谈时局，却又不离时局。情调用意，都没有脱离边塞诗的风韵。全诗先景语后情语，语言自然清新，明白如话，流丽婉转。

赠孟浩然

李白

吾爱孟夫子，风流天下闻。^①
红颜弃轩冕，白首卧松云。^②
醉月频中圣，迷花不事君。^③
高山安可仰，徒此揖清芬。^④

①孟夫子：指孟浩然。夫子，古代对男子的敬称。风流：古人以风流赞美文人，主要是指有文采，善词章，风度潇洒，不钻营苟且等。②红颜：指年轻的时候。轩冕：指官职。轩，车子。冕，高官戴的礼帽。卧松云：指退隐山林。③醉月：月下醉酒。中（zhòng）圣："中圣人"的简称，即醉酒。曹魏时徐邈喜欢喝酒，称酒清者为圣人，酒浊者为贤人。中，动词，"中暑""中毒"之"中"，此为饮清酒而醉，故曰中圣。迷花：迷恋花草，此指陶醉于自然美景。事君：伴随在皇帝身边。④高山：言孟品格高尚，令人敬仰。《诗经·小雅·车舝》："高山仰止，景行行止。"意谓高山令人敬仰。安：岂。徒此：唯有在此。清芬：指美德。

我敬重孟夫子,他为人高尚风流倜傥天下闻名。年轻时就鄙视功名不求富贵,老来白头又归隐山林独卧孤松之下。对月饮酒常常醉得非凡高雅,喜爱花草不事君王。品格似高山般不可仰望,只能在此向他高洁的品格拜揖。

此诗大约作于李白寓居湖北安陆时期(公元727—736年)。其间,李白常到周围各处游历,与孟浩然相识并结下深厚友谊。他钦佩孟浩然清高的品行和自然飘逸的诗风。本诗形象地概括了孟浩然隐居不仕的一生,热情赞颂孟浩然不图名利、淡泊清高的品格,表现了诗人对孟浩然的崇敬和两人思想感情上的共鸣。

首联点题,抒发了诗人对孟浩然的钦慕之情。"孟夫子"紧扣题目,点出所钦慕之人。"爱"字是贯串全诗的抒情线索,亲切挚恳,言由心出。"风流"指孟浩然潇洒清远的风度人品和超然不凡的文学才华。诗人敬重孟浩然的潇洒和风流倜傥。这一联提纲挈领,总摄全诗。

中间两联具体刻画儒雅悠闲的"孟夫子"形象。"红颜"对"白首",概括了孟浩然从少壮到晚年的漫长人生。"轩冕"对"松云",象征着仕途与隐遁,孟浩然宁弃仕途而取隐遁,突出了他的高风亮节。"卧"字活画出一位隐士潇洒出尘、寄情山水的神态。这一联从纵的方面写孟浩然的生平。

颈联则是在横的方面写孟浩然的隐居生活。"醉月"对"迷花",写出孟浩然在月光下把酒临风,常常沉醉,迷恋景色,流连忘返的隐居生活。这样高卧林泉,醉月中酒,风流自赏,迷花不仕的高雅生活也正是诗人所向往和追求的。这一联突出了孟浩然的洒脱不拘。

　　尾联直抒对孟浩然的景仰之情。孟浩然不慕名利、自甘淡泊的品格已写得很充分，令诗人很是钦慕。以"高山"喻对方，仰望高山的形象使敬慕之情具体化了。"安可仰"，以己之惭愧不如进行反衬，所以说只能在此向他纯洁芳馨的品格拜揖。诗就在这样的赞语中结束。

　　全诗以情构篇，形成抒情——描写——抒情的结构，语言浪漫洒脱，风格自然飘逸。诗中融入对大自然的热爱，使整首诗超脱世俗、清新雅致，表现出诗人率真的本性。

渡荆门送别

李白

渡远荆门外，来从楚国游。①
山随平野尽，江入大荒流。②
月下飞天镜，云生结海楼。③
仍怜故乡水，万里送行舟。④

·释词·

　　①荆门：即荆门山。在今湖北宜都西北长江南岸，与北岸虎牙山对峙，形势险要，自古就有楚蜀咽喉之称。楚国：楚地。指今湖南、湖北一带，古楚国之地。②平野：平坦广阔的原野。江：长江。大荒：广阔无际的田野。③月下飞天镜：明月映入江水，如同飞下的天镜。海楼：海市蜃楼。这里形容江上云霞的美丽景象。④怜：爱。一本作"连"。故乡水：指从四川流来的长江水。诗人从小生活在四川，因此把四川称作故乡。

出蜀过三峡远渡到荆门山外，来到了楚国境内纵情漫游。崇山峻岭随着平原出现而渐渐消失，江水进入辽阔的原野缓缓而流。月影倒映江中像是天上飞来的明镜，浮云变幻奇景结成海市蜃楼。我依然怜爱这来自故乡的江水，它行程万里继续送我乘舟漂流。

鉴赏

这首诗是李白出蜀时所作。他出了三峡，到达荆门山外，眼望一派辽阔的大好河山，意气风发。这是诗人第一次离开故乡开始漫游全国，准备实现自己的远大抱负。诗中把山水景色和特定的情绪渗透、交融在一起，写出了故乡山水陪伴诗人、万里护送的动人情景，抒发了诗人积极进取的精神。

首联叙写诗人远道而来渡过荆门，登临楚地游览。首先交代到达地点，为下文写思乡之情做铺垫。青年李白才情横溢，朝气蓬勃，不远万里，经巴渝，出三峡，直赴荆门之外的楚国故地。诗人沿途纵情观赏两岸高耸云霄的峻岭，一路看来，眼前景色逐渐变化，船过荆门一带，已是平原旷野，视域顿然开阔，别是一番景色。

颔联写渡过荆门山时所看到的奇妙美景。诗人以游动的视角写出了景物的变化：群山逐渐后移，被小船越抛越远，渐渐消失在身后，眼前突然跃出一望无际、平坦开阔的大平原。这一联给人以流动感与空间感，将静止的山岭摹状出活动的趋向来。"随"字化静为动，青山纷纷退去，大平原出现在眼前，应接不暇。"入"字平中见奇，写出了江流奔腾直泻的气势。这两句诗写得境界雄奇，形象壮观，更体现出诗人初来乍看的心情和青春的朝气蓬勃。

颈联从不同角度描绘了长江的远景和近景。夜晚诗人仰望天空，皓月银辉四射；俯瞰江流，明月倒映，皎洁如镜。白天云彩升起，变幻无穷，结成了海市蜃楼。这两句以水中月明如圆镜反衬江水的平静，以天上云彩构成海市蜃楼衬托江岸的辽阔，天空的高远。"飞"字动感十足，神韵完备。"结"字拟人生情，引人联想。诗人丰富大胆的想象，不仅表现了大自然的壮丽多姿，也反映了诗人从蜀地初到平原的喜悦心情和开阔胸襟。这一联感受新奇，想象天真，意境奇丽。

尾联写思乡之情。诗人没有直接说自己思念故乡，而是在欣赏荆门一带的风光，想到那流经故乡的滔滔江水，说故乡的水怀着深情厚谊，恋恋不舍地一路送自己远行，万里相随，形影不离，体现出自己的思乡深情。这两句采用拟人化手法，曲折含蓄地表现了诗人离乡惜别的情思，余味无穷。

这首诗内容丰富，包含长江中游数万里山势与水流的景色，具有高度集中的艺术概括力。全诗构思巧妙、曲折含蓄、波澜起伏。"山随平野尽，江入大荒流"成为脍炙人口的写景名句。

玉阶怨①

李白

玉阶生白露，夜久侵罗袜。②
却下水精帘，玲珑望秋月。

①玉阶怨：属乐府《相和歌辞·楚调曲》，从所存歌辞来看，主要是写宫怨的。②玉阶：玉石（汉白玉）的台阶。

　　玉石台阶已经盖上了一层露水，（由于在夜里站得太久，）露水把罗袜都浸湿了。回屋放下水晶帘子，（难以入眠，）便独自隔着帘子仰望夜空中那玲珑的秋月。

鉴赏

　　这是诗人按照曲调名的本意而作的一首宫怨诗。

　　第一句写玉石台阶被露水打湿了。露水的出现表现了深秋夜里的凉意。夜已经深了，阵阵凉意袭来，伫立在玉石阶上的女子似乎还没有要回屋的意思，因为要等的人还没有来，心中的无限心事又不知该对谁倾诉，于是久久伫立，不愿离开。从"玉阶"来看，眼前的这位女子应该是一位曾经受到君王宠爱的女子，可是现如今，都已经这么晚了，还不见君王，想是恩宠难再了。

　　第二句写在夜里站得太久，连罗袜都被露水浸湿了。夜深露重，女子又久久不愿离去，以至露水把脚上穿的罗袜都浸湿了。"罗袜"进一步表明了该女子的身份，此外，曹植在《洛神赋》中有"罗袜生尘"句，洛神是一位绝世美人，所以诗人在此用"罗袜"的典故也是在暗示这位女子的容貌姣好。秋天的深夜里，很难说这位女子是站在玉石阶上低头沉思，所以这一句中暗藏了一个"望"字，盼望着君王的身影能够出现，颇有"伊人望穿秋水"之感。

　　第三句写女子回房放下水晶帘的场景。女子期盼落空，不得不回到自己的房间。"却下水精帘"中的"却下"二字，用得非常传神，表示转折，看似是女子回房后无意间放下水晶帘，其实这一简单的动作里面却暗含着无限的幽怨。女子是害怕明亮的月光照到室内的幽独，心内更觉凄凉，便把帘幕放了下来，也借此来掩盖心中的幽怨。

第四句写女子隔帘望月的情景。"玲珑"在这里指月光皎洁。女子回房后放下水晶帘，就是为了避免看到皎洁的月光而无法入眠，但是无奈，这样还是无法入眠，于是干脆直接隔帘望月。也许女子心中还在期许着君王能够像这皎洁的月光一样"照"到房中。

这是一首宫怨诗。虽是写宫怨，但全诗却不露"怨"字，通过对生活场景的描写与刻画，运用情景交融、虚实相生的写作技巧，将妇人的"怨"刻画得淋漓尽致，让人意犹未尽。

送友人

李白

青山横北郭，白水绕东城。①
此地一为别，孤蓬万里征。②
浮云游子意，落日故人情。
挥手自兹去，萧萧班马鸣。③

释词

①郭：古时的城有内城、外城，内城称为"城"，外城称为"郭"。②一：助词，加强语气。蓬：古书上说的一种植物，干枯后根易折，遇风飞旋，也称"飞蓬"。诗人用"孤蓬"喻指远行的朋友。征：行。③兹：此，现在。萧萧：马嘶叫声。班马：离群的马。这里指载人远行的马。

译文

巍峨的青山横卧在城郭的北面，白亮亮的流水紧紧地环绕着东城。今天在此我与你挥手言别，你将像孤零零的蓬草一样踏上万里

征程。游子心思恰似天上浮云飘忽不定，落日迟迟犹如我对你的依恋之情。我们挥手告别你便从此离去，马儿也不忍离别声声嘶鸣。

这是一首充满诗情画意的送别诗。诗中写了送别的情景，诗人与友人策马辞行，情意绵绵，表达了诗人对朋友的深情厚谊。

首联写送别的环境。首先点出告别的地点，诗人已经送友人来到了城外，但两人仍不愿分离。只见远处青翠的山峦横亘在外城的北面，波光粼粼的流水绕东城潺潺而过。这两句以"青山"对"白水"，"北郭"对"东城"，对偶工整。"青""白"相间，色彩明丽。"横"字勾勒出山之静态，"绕"字描画出水之动态。这一联用词准确传神，挥洒自如，秀丽清新。

颔联写分别时的离愁。诗人与友人即将分别，友人就要像孤飞的蓬草一样随风飞转，到万里之外去了。"孤"字写出对朋友孤身漂泊生涯的深切关怀，惜别之情，溢于言外，充分表现了诗人对友人孤寂旅途生活的顾念。

颈联写离别时的深情。空中的白云飘浮不定，仿佛你行无定踪的心绪，即将落山的太阳不忍沉没，也似我对你的依恋之情。这两句以"浮云"对"落日"，"游子意"对"故人情"，对仗工整。句中巧妙地以"浮云""落日"作比，表明心意，隐喻诗人对朋友的依依惜别之情。这一联有景有情，情景交融，扣人心弦。

尾联更进一层，抒发难舍难分的情绪。送君千里，终须一别，诗人和友人在马上挥手告别，从此各奔前程。接着诗人化用《诗经·小雅·车攻》"萧萧马鸣"句，嵌入"班"字，以马的悲鸣写出马犹不愿离群的动人场景，进一步渲染离别的气氛。诗人化用古典诗句，用一个"班"字翻出新意，真是鬼斧神工的手笔。

全诗语言自然流畅，情意婉转含蓄，对仗工整，自然流畅。青山、白水、浮云、落日，构成高朗阔远的意境。全诗感情真挚而又豁达乐观，毫无缠绵悱恻的哀伤情调，这正是李白送别诗的特色。

听蜀僧濬弹琴①

李白

蜀僧抱绿绮，西下峨嵋峰。②
为我一挥手，如听万壑松。③
客心洗流水，余响入霜钟。④
不觉碧山暮，秋云暗几重。

释词

①蜀僧濬（jùn）：蜀地僧人名濬。有人认为"蜀僧濬"即李白诗《赠宣州灵源寺仲濬公》中的仲濬公。②绿绮：琴名。峨嵋：即峨眉，山名，在今四川省峨眉山市西南，因有山峰相对如蛾眉，故名。有大峨、二峨、三峨之分。一般所说的峨眉山指大峨山。③一：助词，用以加强语气。挥手：这里指弹琴。嵇康《琴赋》："伯牙挥手，钟期听声。"万壑松：指万壑松声。这里以万壑松声比喻琴声。琴曲有《风入松》。④客：诗人自称。流水：语意双关，既是对濬琴声的实指，又暗用了伯牙善弹的典故。余响：指琴的余音。霜钟：指钟声。这句诗是说琴音与钟声交响，也兼寓有知音的意思。

译文

四川僧人濬怀抱一张绿绮琴，他来自西面的峨眉峰。他为我挥手弹奏了名曲，好像听到万壑松涛雄风。听了蜀僧濬弹的美妙琴声，

209

我的心灵像被流水洗涤，袅袅余音融入秋日霜钟。不知不觉青山已披暮色，秋云也似乎暗淡了几重！

这首五律写的是听琴，听蜀地一位法名叫濬的和尚弹琴，极写琴声入神。这首诗在赞美琴声美妙的同时，也寓有遇知音的感慨和对故乡的眷恋。

首联交代弹琴者的身份和来历。"蜀僧"即诗题中名"濬"的僧人。"绿绮"本是琴名，汉代出生于蜀地的大辞赋家司马相如有一琴，名叫绿绮，司马相如是弹琴高手，绿绮是天下闻名的好琴。这里用来说明蜀僧之琴的名贵。这一典故写出了蜀僧非凡的来历和技艺的超群。峨眉代川，指琴师是从四川峨眉山下来的，和诗人是同乡（有考证说李白是四川人），暗含"他乡遇故知"的亲切喜悦与钦慕之情。

颔联写蜀僧弹琴。"挥手"出自嵇康《琴赋》："伯牙挥手，钟期听声。"这一典故不仅写出了蜀僧弹琴时潇洒的动作和气定神闲的从容姿态，而且写出了诗人与蜀僧的知遇之情。据谢庄《雅琴名录》，"万壑松"为古琴名，诗人把琴声比作大自然的万壑松涛声，写出了琴声的宏伟、浩荡和铿锵悦耳，令人感到琴声的不凡。

颈联写琴声感人。"流水"出自《列子·汤问》："伯牙鼓琴，志在高山，钟子期曰：'善哉，峨峨兮若泰山！'志在流水，钟子期曰：'善哉，洋洋兮若江河！'"诗人借助这个典故委婉含蓄地写出自己是琴师的知音，他们通过音乐达到了心灵相通。"霜钟"指秋日的钟声。当音乐终止以后，余音久久不绝，和薄暮时分寺庙的钟声融合在一起。据《山海经·中山经》："丰山……有九钟焉，是知霜鸣。"郭璞注："霜降则钟鸣，故言知也。物有自然感应而不可为也。"这里化用典故表现了琴声有感应天地自然的魅力，同时与末句的"秋云"照应，点明时令。

尾联写听琴达到了忘我之境。清脆悠扬的琴声渐弱，和薄暮的钟声共鸣着，不知不觉青山已罩上一层暮色，灰暗的秋云重重叠叠，布满天空。表现诗人因痴迷于听琴，而不知时间的流逝，反衬弹琴者技艺的高超。尾联融情于景，琴韵余音袅袅，让人回味无穷。

这首诗写听琴，并没有着重写弹奏技巧和琴声，而是把重点放在描写听者的感受上，从侧面表现了音乐的高妙。全诗一气呵成，如行云流水，明快畅达。诗中巧妙用典，无雕琢痕迹，具有"清水出芙蓉，天然去雕饰"的自然艺术美。

登金陵凤凰台①

李白

凤凰台上凤凰游，凤去台空江自流。
吴宫花草埋幽径，晋代衣冠成古丘②。
三山半落青天外，二水中分白鹭洲③。
总为浮云能蔽日，长安不见使人愁④。

·释词·

①凤凰台：南朝宋元嘉十四年（公元437年）筑，在今江苏南京市南凤凰山上。②吴宫：三国时孙吴曾于金陵建都筑宫。晋代：指东晋，南渡后也建都于金陵。衣冠：指当时的名门望族。③三山：山名。在南京西南长江边上。因三峰并列，南北相连，故名。半落青天外：形容远，看不太清楚。二水：一作"一水"。指秦淮河流经南京后，西入长江，被横截其间的白鹭洲分为二支。白鹭洲：古白鹭洲，原在城西三里长江中，后江水北移，洲陆相连，约在今莫愁

湖西岸至上新河一带。洲上多聚集白鹭，故名。④浮云能蔽日：喻指奸邪之障蔽贤良。浮云，陆贾《新语·察征》："邪臣之蔽贤，犹浮云之障日月也。"

凤凰台上曾有凤凰来这里翔集遨游，如今凤凰已经飞走，只留下了这座空台，江水空自奔流。东吴的故宫花草掩覆了小径，晋代的名门望族只剩下一堆古墓了。三山有半截耸立在青天之外，白鹭洲把秦淮河分成了两条支流。只因为浮云有时把太阳遮住，使我看不见长安城，为此我不禁感到非常忧愁。

李白很少写七言律诗，但是《登金陵凤凰台》却是唐代律诗中脍炙人口的杰作。（参见前崔颢《黄鹤楼》"赏析"末段。）这首诗是天宝（唐玄宗年号，公元742—756年）年间，诗人被排挤离开长安，南游金陵时所作。

首联写凤凰台的传说。开头以凤凰台的传说起笔，借此来表达对时空变幻的感慨。"凤凰台上凤凰游，凤去台空江自流"十四个字中连用了三个"凤"字，但丝毫不显得重复生硬，反而顺畅自然，能够使人从中读出一种隐隐的气势。凤凰本是美好祥和的象征，人们对它也多是称颂，然而李白在这里首先点出凤凰，却意不在此。诗人用"凤凰台"也不是一般意义的登临抒怀，而是抒发繁华易逝，圣时难在，唯有山水长存的无限感慨。

颔联写昔日的繁华与今日的荒凉破败的对比。诗人从"凤去台空"的时空变化入手，继续挖掘更深层次的启示意义。"生子当如孙仲谋"的吴大帝，风流倜傥的六朝人物，众多的达官显贵，一时的煊赫与繁华并没有给历史和后人留下太多值得纪念的东西，如今看来，只是一堆古墓和一些荒芜破败的宫殿，当时的繁盛难再。这里蕴含着诗人面对历史、面对千古兴亡的独特喟叹。

颈联写诗人所见到的气势磅礴的自然景色。诗人并没有让自己的思绪完全沉浸在对历史的凭吊与感怀当中，而是把那深邃的具有深刻洞察力的目光转向大自然。远处的三山，有半截耸立在青天之外，白鹭洲把秦淮河分隔成了两条支流。寥寥数语便勾勒出了一幅气势恢宏的画面，同时，大自然的巨大、雄阔，赋予了人以强健的气势和宽广的胸怀，也把人从历史的遐想中拉回现实，重新感受大自然的永恒无限。

尾联写皇帝被奸邪包围和自己报国无门的感慨。诗人毕竟是关心现实的，所以从六朝帝都的无限思绪中联想到如今的长安。长安是朝廷的所在，更是帝王的象征，可现在却是"浮云蔽日"，此处运用了比喻的修辞手法，把"浮云"比作奸佞小人，"日"比作皇帝。"总为浮云能蔽日"暗示着皇帝已经被奸佞之臣包围；"长安不见使人愁"则表达了诗人报国无门的愁苦之情。

这首诗是诗人登金陵凤凰台而创作的怀古抒情之作，虽属咏古迹，然而字里行间却隐含着诗人伤时的感慨。全诗以登临凤凰台时的所见所感而起兴唱叹，把沧海桑田的历史变迁与飘忽悠远的传说相结合，表现出了诗人深沉的历史感喟与清醒的现实思索。此诗气韵高昂，格调悠远，体现了一种以气夺人的艺术特色。

静夜思

李白

床前明月光，疑是地上霜。①
举头望明月，低头思故乡。

①床：唐代床有两种。一种是卧具，有四足或六足，足矮。一种是坐具，似现今的大方凳，可随时搬动。韩熙载《夜宴图》中，人们都坐在大方凳上。这里的床是大方凳，放置在院中月下。

明亮皎洁的月光洒到床前，朦胧中还以为是一层白霜。抬头望着那一轮明月，低下头来更加思念自己的故乡。

鉴赏

这首诗是诗人独处异乡，因看到空中的明月思乡而作。

第一句写月光洒在床前的景象。夜深人静的时刻，万籁俱寂，屋内屋外没有任何的声响，只有那皎洁宁静的月光照在了终夜不眠的诗人的床前空地上，洒下了淡淡的银光。一个身在异乡的人，在白天，可以接触到人，而且奔波忙碌，离愁反倒可以被冲淡一些，但是一旦到了夜深人静的晚上，思念故乡、思念亲人的愁绪就会从心底油然而生。

第二句写诗人误把皎洁的月光看成是霜。独处异乡，夜不成眠，看到床前洒了一地的银色月光，还以为是秋天的霜，月白霜清，是清秋的夜景，也是常常出现在古代诗歌中的意象。夜深人静，异乡的游子难免会思念家乡，又赶上月色如霜的秋夜，思乡的情怀被强烈地唤醒。"疑是地上霜"的"疑"字用得非常传神，形象而具体地刻画出了诗人当时似睡非睡、似醒非醒的恍惚状态，诗人之所以把月光看成是秋霜，隐含着这样一个原因：秋霜是感伤的象征。于是，人们不难体会到诗人此刻心中因思念故乡而涌现出来的伤感。

第三句写诗人抬头看天上的明月。因看到床头的银色月光，诗人很自然地将目光望向夜空中的明月。此刻，诗人已经睡意全无，从朦胧恍惚的状态中清醒过来，才发现自己现在仍身处异乡，与家人分离。虽然现在月光普照着整个大地，全天下的人共赏着这同一轮明月，但是又有谁能理解自己此刻的思乡之情呢？诗人不禁思绪万千。

第四句诗人抒发思乡的情怀。看到空中挂着的明月，诗人的思乡之情被勾起。秋天，一个容易让人伤感的季节，夜晚容易让人的惆怅之情倍增，明月也引人思乡。这时诗人在秋天的晚上，抬头望着高挂在空中的明月，又怎能不伤感、不倍加思念家乡呢？举头望月，低头沉思，这一仰一俯之间，包含了诗人多少的感情在里面，不言而喻。

这是一首描写远离家乡的游子思乡之情的诗。全诗用平白质朴的语言描绘出了一幅明静醉人的秋夜图景。在这清新明静的意境当中，抒发了诗人深切的思乡之情。这首诗语言简练概括，感情却丰富深曲，令人回味无穷。

蜀道难

李白

噫吁嚱，危乎高哉！
蜀道之难，难于上青天！①
蚕丛及鱼凫，开国何茫然。②
尔来四万八千岁，不与秦塞通人烟。③
西当太白有鸟道，可以横绝峨嵋巅。④
地崩山摧壮士死，然后天梯石栈方钩连。⑤
上有六龙回日之高标，下有冲波逆折之回川。⑥

黄鹤之飞尚不得过，猿猱欲度愁攀缘。⑦

青泥何盘盘，百步九折萦岩峦。⑧

扪参历井仰胁息，以手抚膺坐长叹。⑨

问君西游何时还，畏途巉岩不可攀。⑩

但见悲鸟号古木，雄飞从雌绕林间。⑪

又闻子规啼夜月，愁空山。⑫

蜀道之难，难于上青天，使人听此凋朱颜。⑬

连峰去天不盈尺，枯松倒挂倚绝壁。⑭

飞湍瀑流争喧豗，砯崖转石万壑雷。⑮

其险也若此，嗟尔远道之人胡为乎来哉！⑯

剑阁峥嵘而崔嵬，一夫当关，万夫莫开。⑰

所守或匪亲，化为狼与豺，⑱

朝避猛虎，夕避长蛇，

磨牙吮血，杀人如麻。

锦城虽云乐，不如早还家。⑲

蜀道之难，难于上青天，侧身西望长咨嗟。⑳

·释词·

①噫吁嚱（yī xū xī）：惊叹声，蜀方言。宋景文《笔记》："蜀人见物惊异，辄曰：'噫吁嚱！'李白作《蜀道难》因用之。"蜀道：一般指自陕西进入四川的褒斜道。自今陕西眉县沿斜水及上源石头河，经今太白县，循褒水及其上源白云河至汉中。通道山、谷险峻历代凿山架木，于绝壁修成栈道，旧时为川陕交通要道。②蚕丛、鱼凫（fú）：传说中古蜀国的两个国王。扬雄《蜀王本纪》："蜀王之先，名蚕丛、柏灌、鱼凫、蒲泽、开明……从开明上至蚕丛，积三

万四千岁。"何茫然：难以考证。指古史传说悠远难详，茫昧杳然。何，多么。茫然，渺茫遥远的样子。③尔来：从那时以来。四万八千岁：极言时间久远。秦塞：秦地，四周有山川险阻，故称"四塞之地"。通人烟：人员往来。④西当：西对。在秦都咸阳之西，故云"西当太白"。太白：山名，秦岭主峰，在今陕西周至一带。鸟道：高险仄迫的小径。横绝：横越。峨嵋巅：峨眉顶峰。⑤地崩山摧壮士死：《蜀王本记》载，秦惠王嫁五女于蜀，蜀王遣五壮士往迎。归至梓潼（今四川梓潼），见一大蛇钻入山穴，壮士大呼拽蛇，山崩塌，压死五壮士及秦五女，自此山分五岭，入蜀之路遂通。这便是有名的"五丁开山"的故事。摧，倒塌。天梯：非常陡峭的山路。石栈：栈道。⑥六龙：相传太阳神坐由六条龙拉的车而行，被高标山所阻而回车。高标：指蜀山中可做一方之标识的最高峰。冲波逆折：激浪逆流。回川：有漩涡的河流。⑦黄鹤：即黄鹄，一种高飞的鸟。猿猱（náo）：蜀山中最善攀缘的猿类。⑧青泥：岭名，在今陕西略阳。盘盘：曲折回旋的样子。百步九折：百步之内拐九道弯。萦岩峦：缭绕在山峰间。⑨扪（mén）：按，摸。历：经过。参（shēn）、井：星宿名，参为蜀之分星（分野），井为秦之分星。胁息：屏气不敢呼吸。抚膺：捶胸。坐：徒，空。⑩君：入蜀的友人。畏途：使人望而生畏的路途。巉（chán）岩：险峭的山岩。⑪号古木：在古木林中大声啼鸣。雄飞雌从：《雉子班》古辞："雉子高飞止，黄鹄高飞已千里，雄来飞，从雌视。"⑫子规：杜鹃鸟，蜀地最多，鸣声悲哀，若云"不如归去"。⑬凋朱颜：容颜为之衰老。⑭去：距离。⑮飞湍（tuān）：飞奔而下的急流。喧豗（huī）：水流轰响声。砯（pīng）崖：水撞石之声。转石：滚石。壑：山谷。⑯胡为乎：为什么。来：指入蜀。⑰剑阁：亦称剑门关，在今四川剑阁东北，以群峰似剑，两山（大、小剑山）相对如门得名，为历代军事要地。峥嵘、崔嵬：高峻的样子。一夫：一人。当关：守关。莫开：不能打开。⑱所守：指把守关口的人。或匪亲：倘若不是可信

赖的人。匪，同"非"。⑲锦城：锦官城，今四川成都。《元和郡县志》："锦城在成都县南十里，故锦官城也。"⑳咨嗟：叹息。

嘻，哎呀，山势好高好险啊！蜀道之难，难于上青天！蚕丛和鱼凫开国的年代实在久远无法详谈。从那以后约有四万八千年，秦、蜀二地从不沟通往返。西面太白山上只有鸟道，可以通往峨眉山顶端。多少壮士在山崩地裂中死去，然后才有一条天梯似的栈道相连。上有驾着六龙的日车也要回头的高峰，下有激流也要倒退的奔腾澎湃的大川。善于高飞的黄鹤尚且无法飞过，猿猴擅长登山也愁于攀缘。青泥岭是多么迂回曲折，百步之内萦绕岩峦转九个弯。抬头不敢出大气，伸手似可摸星辰，用手抚摩胸口坐下长叹。西行的人啊，你什么时候回来呢？这可怕的蜀道，实在难以攀登。只听见悲鸟在古树上哀鸣啼叫，雄飞雌随在林间往还。月夜听到的是杜鹃悲惨的啼声，哀切的叫声回荡愁满空山。蜀道之难，难于上青天！叫人听到这些怎么不脸色突变？山峰连着山峰离天还不到一尺远，枯松老树倒挂倚靠着悬崖绝壁。激流和瀑布争着奔泻喧响，撞崖滚石好似雷霆回响在这万壑千山。蜀道是这样的艰险啊！可叹你这个远方的人为何还要来？剑阁那地方崇峻巍峨高入云端，一人把守，万人难攻开。守关的人若是不亲近可靠，难免要化为豺狼盘踞此地为非造反。行人来到这里，早上要防备猛虎的袭击，晚上要警惕毒蛇的暗算，它们磨牙吸血，杀人如麻。锦城虽说是个好地方，倒不如早早回家！蜀道之难，难于上青天！侧身西望，连声空长叹。

这首诗大约作于唐玄宗天宝初年，是李白第一次到长安时写的。该诗是他袭用乐府古题，把想象、夸张和神话传说融为一体，再现了蜀道险峻、奇绝、峥嵘、强悍和不可凌越的磅礴气势，着力描绘了秦蜀道路上奇丽惊险的山川和旖旎风光，显示出了祖国山河的雄伟壮丽。同时诗人将人间险恶与蜀道难进行对比，并从中流露出对国事的担忧与关切，隐含着对唐王朝前途的忧虑。

全诗根据从古至今、从秦入蜀的顺序可分三层。开头至"然后天梯石栈方钩连"为第一层，写蜀道的来历。诗一开篇就以悲壮的咏叹点明蜀道难的主题，接着诗人用神话传说写开辟蜀道的艰难。古代蜀国国王蚕丛、鱼凫开国后蜀秦隔绝、不相交通。只因为秦、蜀两地自古就被高山阻隔，由秦入蜀，太白峰首当其冲，只有高飞的鸟儿能从低缺处飞过。五壮士付出了生命的代价，才在不见人迹的崇山峻岭中开辟出一条崎岖险峻的栈道。诗人融会了"五丁开山"的神话，增加了神奇色彩，强调了蜀道的来之不易。

"上有六龙回日之高标"至"使人听此凋朱颜"为第二层，写山势的高危、"回川"的险绝和跋涉攀登的艰难。诗人先用神话传说引入主题，那突兀而立的高标山能挡住太阳神的龙车，山下则是冲波激浪、曲折回旋的河川。诗人不但把夸张和神话融为一体，直写山高，而且衬以"回川"之险。接着诗人又用黄鹤、猿猱这些善于飞腾攀缘的鸟兽面对蜀道尚且无可奈何的情况，以映衬人行走是难上加难。青泥岭是秦地突出的高山，诗人夸张地描绘了行人在岭上曲折盘桓、手扪星辰、呼吸紧张、抚胸长叹等艰难情状和畏惧心理，突出蜀道高耸入云，无法通行。随后，诗人借"问君"引出旅愁，用"悲鸟号古木""子规啼夜月"等感情色彩浓厚的自然景象，渲染蜀道上空旷可怕、惨淡悲凉的环境氛围，进一步烘托蜀道之难。

"连峰去天不盈尺"至结尾为第三层，从山川之险来揭示蜀道之难，进而联想到当时社会形势的险恶，寄寓对人世的隐忧。"连峰去天不盈尺"夸饰山峰之高，"枯松倒挂倚绝壁"衬托绝壁之险。然后由静而动，写深涧中飞瀑激荡，山谷雷鸣的惊恐场面。在这种氛围中，诗人写到蜀中要塞剑阁，化用西晋张载《剑阁铭》"一夫荷

载，万夫趑趄。形胜之地，匪亲勿居"语句，突出剑阁关隘险要，并联系当时的社会背景，揭露了蜀中豺狼的"磨牙吮血，杀人如麻"，暗喻当地军阀如凭险叛乱则将危害百姓，规劝"远道"之人及早还家。最后再一次发出了"蜀道之难，难于上青天"的深沉叹息，与前面相呼应，深化《蜀道难》的主题，把对险山恶水的描写与对国事的忧虑紧密地结合起来。

全诗结构严谨，层次分明而又变幻莫测。诗中不断地变换句式和韵律，运用了大量散文化诗句，参差错落，长短不齐，形成极为奔放的语言风格。诗中三次出现"蜀道之难，难于上青天"，使全诗首尾呼应，回旋往复。诗人把想象、夸张和神话传说融为一体，艺术地展现了一幅色彩绚丽的山水画卷，充满了浪漫主义色彩。

送孟浩然之广陵①

李白

故人西辞黄鹤楼，烟花三月下扬州。②
孤帆远影碧空尽，惟见长江天际流。③

①广陵：扬州的旧名。②故人：指孟浩然。其年龄比李白大，在诗坛上享有盛名。李白对他很敬佩，彼此感情深厚，因此称之为"故人"。黄鹤楼：中国著名的名胜古迹，故址在今湖北武汉市武昌蛇山的黄鹄矶上，背靠蛇山，俯临长江，雄伟壮观。传说三国时期的费祎于此登仙乘黄鹤而去，故称黄鹤楼。烟花：指柳如烟、花似锦的明媚春光。③碧空：一作"碧山"。陆游的《入蜀记》云："八

月二十八日访黄鹤楼故址，太白登此楼送孟浩然诗云：'孤帆远映碧山尽，惟见长江天际流。'盖帆樯映远，山尤可观，非江行久不能知也。"

故人就要辞别黄鹤楼，在阳春三月烟花如海的时候去游历扬州。一叶孤舟远远地消失在碧空尽头，只见浩浩荡荡的长江向天际奔流。

这首诗写于唐玄宗开元年间，当时李白得知孟浩然要去扬州时，便托人带信，约孟浩然在江夏相会。这天，他们在江夏的黄鹤楼愉快地重逢，各诉思念之情，几天后，孟浩然乘船东下，李白亲自送到江边。船开走了，李白伫立江岸，望着那孤帆渐渐远去，惆怅之情油然而生，于是作此诗。

第一句写到好友就要离开黄鹤楼了。首先点明送别之地是黄鹤楼；其次，黄鹤楼本身就是天下名胜，是传说中仙人升天的地方，富有诗意，和李白心中这次孟浩然愉快地去扬州一事又构成一种联想，增加了愉快的气氛。

第二句点明送别的时间是花开似锦的暮春三月，也暗示了这烟花美景将伴随友人一路直到扬州。李白是一个浪漫、爱好游览美景的人，因此这次在一片美景中送别志同道合的好友，并没有过多的伤感，反而十分愉悦。这一句写出李白胸中有无穷的诗意随着江水荡漾，美景令人悦目，送别有些令人伤怀，以景见情，含蓄深厚，达到使人神往、低回遐想的艺术效果。此句意境优美，文字绮丽，被清人孙洙誉为"千古丽句"。

第三句描写了一幅景色，故人乘船而去，诗人望着帆影，一直到帆影逐渐模糊，消失在碧空的尽头。明丽的天空下顺流行进的

"孤帆远影"，本身就具有一丝孤独感和苍凉感，此处通过对自然景物和送别情景的描写很巧妙地表达了依依惜别的情感。别情如流水，诗人凝望着天际江流，这时只有一江汹涌的波涛，奔向碧空尽处，仿佛依依不舍去追赶远行的朋友。整幅画面情景交融，给人苍茫空阔的感觉。诗人对朋友远行的惜别之情，对不能同游的惋惜，以及对扬州胜景的无限神往，尽在江边送别的形象之中了。

第四句写眼前之景，诗人看着远处逐渐模糊的帆影和眼前滚滚东去的一江春水，这绵延不绝的江水又何尝不是诗人对好友的一片深情呢？后两句传情达意，诗人将离别之情寄托在碧空与江水之间，言虽尽而意未尽，令人回味无穷。

这首诗是送别诗，但它有着特殊的感情色调。它不同于王勃《送杜少府之任蜀州》那种泪沾巾的离别，也不同于王维《渭城曲》那种深情体贴的离别。这首诗，表现的是一种充满诗意的离别。之所以如此，不仅是因为这是两位风流潇洒的诗人的离别，还因为这次离别跟一个繁华的时代、繁华的季节、繁华的地区相联系，在愉快的分手中还带着诗人李白的向往，这就使得这次离别有着无比的诗意。

清平调三首（其一）①

李白

云想衣裳花想容，春风拂槛露华浓。②
若非群玉山头见，会向瑶台月下逢。③

222

·释词·

①清平调：一种歌的曲调，"平调""清调""瑟调"皆周房中之遗声。《松窗杂录》记载，开元中（应是天宝二年），禁中初垂木芍药，即牡丹花，得四株：红、紫、浅红、纯白。玄宗移植于兴庆池东沉香亭前，花盛开，召贵妃同赏。乐工欲歌，玄宗说："赏名花，对妃子，焉用旧乐为？"便命李龟年持金花笺宣翰林待诏李白进《清平乐》三章，李白酒醉，奉诏援笔立成。玄宗命梨园弟子配乐，命李龟年歌之，自己调玉笛以和曲。"每曲遍将换，则迟其声以媚之。"李白由此而得宠信。②槛：有格子的门窗。③群玉山：神话中的仙山，传说是西王母住的地方。会：应。瑶台：传说是西王母之宫。王嘉《拾遗记》谓碧海中有昆仑山，山在北斗七星之下，上有九层，第九层有芝田蕙圃，皆数百顷，旁有十二瑶台，各广千步，皆以五色玉为台基，群仙居此。

·译文·

天上的云霞是她的衣裳，美丽盛开的花朵是她的容颜，春风吹拂着栏杆，美丽的牡丹花在晶莹的露水中花色更浓。若不是在群玉山见到你，那么也只有在西王母的瑶台月下才能相逢。

·鉴赏·

《清平调》是李白奉诏写的新乐章，共有三首。三首诗时而写花，时而写人，言在此而意在彼，语似浅而寓意深。第一首赞美杨贵妃的美丽。

第一句描写杨贵妃的美貌。诗人连用了两个比喻，以天上的云霞和华丽的牡丹比喻杨贵妃的服饰华贵、容貌美艳动人。天上那多姿的彩云，犹如贵妃翩翩的霓裳，而眼前娇艳无比的牡丹，恰似贵

妃的花容月貌。两个"想"字不仅写出了杨贵妃的美貌，也把唐玄宗此时最为得意的"名花"与"爱妃"巧妙地联系起来。诗人虽未直写杨贵妃的容颜，但字里行间已留下了足够的空间让读者想象。

第二句描写窗外的春风吹拂着门窗，庭院中的鲜花正受到春风露华的润泽，暗示杨贵妃受到君王的宠幸。"浓"字写出了杨贵妃的无限受宠，在明媚的春风中，亭中的亭槛下，牡丹风华正茂、光彩照人，展示着造物者的绝妙手笔。唐玄宗心驰神往的到底是怒放的牡丹，还是貌若天仙的美人呢？又或者是牡丹、美人两者相得益彰、互相媲美呢？

第三句写这样的美景美色可能只会在群玉山上的仙境里才能见到。诗人将杨贵妃比作娇艳的牡丹，又说她似天女下凡，想象巧妙，信手拈来，不露造作之痕。

第四句写这样美若天仙的女子，如果不是在群玉山上见到，也只应在瑶台仙境碰上。言外之意，这是难得的盛事，既欣赏牡丹花，又有美若天仙的妃子给唐明皇带来极大的感官享受与心灵美感。诗人将杨贵妃比作娇艳的牡丹，又比作瑶池天女下凡，雍容华贵，巧夺天工。

全诗虽然吟咏的是牡丹，事实上是将花比人。诗人通过反复作比，用云、花、露、玉山、瑶台、月等字眼，塑造了艳丽有如牡丹的美人形象，赞美了杨贵妃的丰满姿容，却不露痕迹。全诗语语浓艳，字字流葩，读这首诗，如觉春风满纸，花光满眼，人面迷离，无须刻画，自然使人觉得这是牡丹，是美人，而不是别的。

清平调三首（其二）

李白

一枝红艳露凝香，云雨巫山枉断肠。①
借问汉宫谁得似，可怜飞燕倚新妆。②

释词

①红艳：指牡丹花的艳丽。云雨巫山：用宋玉《高唐赋》中典故，楚王与巫山神女欢会事。枉：虚枉，徒然。断肠：此指羡爱欲死。②可怜：可爱。飞燕：赵飞燕，西汉皇后。妆：修饰打扮。

译文

你如同那艳红的牡丹花，叶满浓露，花凝清香，与楚王幽会的巫山神女，也白白地羡慕你的爱情而断肠。请问昔日汉宫之中谁能和你这样美艳无双得到皇帝宠幸的人相比？就连那位赵飞燕也只能依仗新妆。

鉴赏

《清平调》共三首，是唐明皇与杨贵妃在沉香亭观赏牡丹，命李白所做的乐章，本诗是第二首，主要写杨贵妃因貌美而备受恩宠。

第一句写带着露水的牡丹花芳香四溢，美艳无比。"红艳"是指美丽的盛开的牡丹花，人们常用美丽的花朵比喻女子美丽的容颜。诗人用香艳美丽的牡丹花来比喻杨贵妃，写出了杨贵妃的美貌，露水则是暗示皇帝的恩宠，承露的花朵无比娇羞，就如同深受唐玄宗宠幸的杨贵妃一样。

第二句写即使是传说中在巫山与楚王相会的神女，和杨贵妃相比，也大为逊色。诗人用巫山神女与楚王相会的梦境，来反衬杨贵妃被唐玄宗宠爱之深。"枉"字写出了杨贵妃受宠程度之深。巫山神女和楚王只是梦中欢会，而现实中的杨贵妃则是集三千宠爱于一身，所以连神女也不如杨贵妃得宠。

第三句和第四句则是选取了赵飞燕的历史来突出杨贵妃的美貌。诗人提出疑问，汉宫中有哪位女子和杨贵妃相似，拥有美丽的容颜

并受君王的无限宠爱呢？这里指的是居住在汉宫可做掌上舞的、堪称绝代佳人的赵飞燕。

第四句写即使是当年的赵飞燕和杨贵妃相比，也要依靠化妆修饰。本句写杨贵妃的美貌无人可比，而在恩宠方面，将赵飞燕受宠于汉成帝和杨贵妃的恩宠相比，指出赵飞燕的美貌和恩宠得依靠浓妆淡抹，哪里比得了杨贵妃不施粉黛天生丽质、天然国色呢？第二句和第四句用巫山神女和汉宫的赵飞燕与杨贵妃做比较，她们仍稍显逊色。诗人采用了抑扬的艺术手法，抑神女和赵飞燕，扬杨贵妃的花容月貌。

这首诗着重从传说与历史两方面，抑古尊今，既赞美了杨贵妃的非凡气度，又突出了她在嫔妃中至高无上的地位。全诗描写的另两位绝色女子，是诗人借古喻今，用对比的方式来突出杨贵妃的美貌和受帝王宠爱的程度。

清平调三首（其三）

李白

名花倾国两相欢，常得君王带笑看。①
解释春风无限恨，沉香亭北倚阑干。②

①名花：指牡丹花。倾国：指绝代佳人。得：使。②解释：消除。这句是说，对着牡丹花和美人，即使有无限的春愁春恨，都可以消散。沉香亭：在兴庆宫龙池东。

名贵的牡丹花和倾国的美人两相映照，更赢得了君王面带笑容时时瞻看。能消除天子的春恨的，正是在沉香亭北一同倚栏赏花之人。

李白在长安做供奉翰林时，一次，唐明皇与杨贵妃在沉香亭观赏牡丹，命李白作乐词，共三首，这是第三首。全诗意在刻画杨贵妃的美貌和唐玄宗对杨贵妃的无限宠爱。

第一句直写杨贵妃的美貌。诗人并没有和其他诗篇一样，运用大量的比喻、传说、神话等艺术手法描写女子的容颜，而是放笔直书，将名贵鲜艳的花朵与倾国的佳人相融合，用牡丹花形容杨贵妃的倾城容貌。中国自古以来就有以美丽的花朵比作美丽的女子这一惯例，而牡丹花又被称为是国色天香的花，而杨贵妃则有倾城倾国之貌。诗人用"两相欢"将杨贵妃与盛开的牡丹相提并论，写出了杨贵妃的美丽。

第二句写君王带着笑看"名花"和"倾国"的美人。"带笑看"三字写出了唐玄宗愉悦的心情，更将唐玄宗融入了这幅鲜花美人的画面之中，使得名花、美女与君王三者合一，缺一不可。从另一个方面来想，如果没有君王的关爱与恩泽，花草也罢，姣好的面容也罢，又怎么会有如此的风光和体面呢？这一句也暗示了唐玄宗对杨贵妃的宠爱。

第三句写这幅美景似乎能消散春风的仇怨，这里的"春风"一词也常常作为君王的代名词，所以这里是一个双关语，指君王即使心中有再多的烦恼和忧愁，只要和贵妃一起来到这沉香亭畔的牡丹园中，烦忧就会被化解得无影无踪了。这句运用了比拟的艺术手法，

用牡丹花与春风的和美比拟杨贵妃与唐玄宗的恩爱，十分新颖。

第四句写君王倚靠在沉香亭的栏杆上同杨贵妃一起赏花。一个"倚"字写出了君王此时心情的放松与安逸，看着庭院中美丽的花朵，倚靠着自己宠爱的妃子，真可谓"人倚阑干、花在栏外"，整幅画面是如此的优雅风流，写出君王的闲逸与愉悦的心情。

本诗总承第一、二首诗，把牡丹和杨贵妃与君王糅合，融为一体，语言艳丽，句句金玉，字字流葩，人花交映，迷离恍惚。诗人写花又是在写人，物我交融，言在此而意在彼。全诗给人春风满纸，花光满眼的直接感受，美景无须特意刻画，十分新颖。

早发白帝城①

李白

朝辞白帝彩云间，千里江陵一日还。②
两岸猿声啼不住，轻舟已过万重山。

①白帝城：在今重庆市奉节县城东白帝山上。②彩云间：因白帝城在白帝山上，地势高耸，从山下江中仰望，仿佛耸入云间。江陵：《新唐书·地理志》："荆州江陵府，隋为南郡，天宝元年改为江陵郡。"

清晨，朝霞满天，我告别高入云霄的白帝城，千里之遥的江陵，只要一天之内就可以到达。两岸猿声还回荡在耳边时，轻快的小船已驶过连绵不绝的万重山峦。

228

这首诗写于唐肃宗乾元二年（公元759年）的春天，李白因永王李璘案，被流放夜郎，取道四川赶赴被贬谪的地方。行至白帝城的时候，忽然收到赦免的消息，惊喜交加，随即乘舟东下江陵，所以此诗也叫《下江陵》。全诗写景抒情，写的是轻捷明快之景，抒的是轻快愉悦之情，达到了情景交融的地步。

第一句写诗人在早上离开白帝城时，高高的白帝城矗立在白云霞光中。一个"辞"字将白帝城拟人化，也隐含诗人一贯将山水作为知己的态度，表现了诗人欣喜的情态。"彩云间"三个字，描写白帝城地势之高，为全篇描写船行得快这一动态蓄势。同时"彩云间"也是写早晨景色，显示出由晦暗转为光明的大好气象。诗人正是在这曙光中，怀着兴奋的心情匆匆告别白帝城的。

第二句写千里的路程一天便可抵达。"千里"和"一日"，以空间之远与时间之短做悬殊对比，使用了夸张的艺术手法，说船行得极快，同时也反映了诗人舒畅自由的心情。"还"，归来的意思，它不仅表现出诗人"一日"而行"千里"的痛快，也隐隐透露出遇赦的喜悦。

第三句写诗人坐在船上的时候，只听到耳旁回荡着的猿声，只是此时的猿声并不是悲啼，而是诗人出峡时所感受的猿声山影的真实情景。诗人身在这如脱弦之箭、顺流直下的船上，感到十分畅快和兴奋。这一句融情于景，情景浑然一体。

第四句同样用了夸张的艺术手法，为了形容船快，更为了写诗人心情之轻松，一幅"轻舟"顺流直下，轻飘飘地越过"万重山"的动态画面展现在我们眼前，让人无比轻松。最后两句，既是个人心情的表达，又是人生经验的总结，既是写景，又是比兴，精妙绝伦。

全诗描写了诗人坐船离开时所看到的景色，给人一种空灵飞动之感。虽无一处写情，又处处含情。全诗洋溢的是一种诗人经历艰难岁月之后突然迸发的激情，所以在雄峻和迅疾中，又有豪情和欢悦。全诗用了夸张的手法和通俗的语言，以体现诗人遇赦之后，海阔天空的爽快心情，全诗不但气势豪迈，而且节奏感强，读起来朗朗上口。

夜泊牛渚怀古

李白

牛渚西江夜，青天无片云。①
登舟望秋月，空忆谢将军。②
余亦能高咏，斯人不可闻。③
明朝挂帆去，枫叶落纷纷。④

释词

①牛渚：在今安徽当涂，与采石矶相邻。西江：古称南京至今江西一段长江为西江，牛渚也在西江这一段中。②谢将军：东晋谢尚，今河南太康县人，官镇西将军。③高咏：谢尚赏月时，曾闻诗人袁宏在船中高咏，大加赞赏，袁宏由此名声大振。斯人：指谢尚。④挂帆：扬帆。

译文

秋夜行舟停泊在西江牛渚山，天空湛蓝没有一片游云。我登上小船仰望天空明朗的秋月，徒然地想起了东晋的谢尚将军。我也是一个善于吟唱的高手，可惜没有那识贤的将军倾听。明早我将挂帆离开牛渚，前景宛若深秋枫叶飘落纷纷。

这是诗人夜泊牛渚，望月怀古，抒发诗人不遇知音、怀才不遇的沉郁悲愤之情的诗作。牛渚是安徽当涂西北紧靠长江的一座山，原诗题下有注说："此地即谢尚闻袁宏咏史处。"据《晋书·文苑传》记载：少时孤贫的袁宏，以运租为业。一个秋夜，镇西将军谢尚镇守牛渚时，月夜泛舟，刚好听到袁宏在运租船上吟诵自作《咏史》诗，大加赞赏，于是邀他上船谈论，直到天明。袁宏得到谢尚的赞誉，从此名声大振，后官至东阳太守。题中所谓"怀古"，就是指这件事。

首联直接点明"牛渚夜泊"及其夜景。诗人夜泊西江牛渚，于舟中仰望长空，一片碧海青天、万里无云。诗人文笔大气，将广阔的天空与浩瀚的西江融为一体，境界高渺。

颔联由望月引发怀古之情。在清夜无云中，诗人自然而然地想起同样秋月舟中，袁宏见知于谢尚的典故。诗中只写了对谢将军的回忆，虽未提及袁宏，但诗人却羡慕袁宏，也渴望遇到谢尚那样的伯乐赏识自己。"望"字表明诗人由今及古的联想。"空"字指出了自己现在不得志的处境，暗示了诗人怀才不遇的沉郁惆怅之情。

颈联由怀古回到现实，抒发不遇知音的感慨。诗人虽然有满腹经纶、旷世才华，而像谢尚那样的伯乐却不可遇了，自己的政治理想也只能是像这西江之水，付诸东流了。"亦""不"二字衔接上下文，将诗人的失意之情表现得淋漓尽致。"不可闻"回应"空忆"，寓含着世无知音的深沉感喟。

尾联想象明朝挂帆离去的情景。诗人没有展示才华的机会，只有挂起风帆继续起航，两岸枫叶纷纷飘落，像是无言地送着寂寞离

去的行舟。一幅极具动感的秋意图，进一步烘托出诗人因不遇知音而引起的寂寞凄凉情怀。自古有悲秋的主题，这纷纷飘落的秋叶正是人生不如意的叹息，惆怅之情，不可名状。

这首诗是一首五律，却不讲究律诗的对偶，信笔写来，妙笔天成，写景疏朗有致，写情含蓄不露，用语自然清新，力避雕琢。寓情于景，以景结情的手法形成一种悠然不尽的神韵。

杜 甫

【作者简介】

杜甫（公元 712 — 770 年），字子美，原籍湖北襄阳，生于河南巩县（今河南巩义）。世称"诗圣"，现实主义诗人。肃宗时，官至左拾遗，入蜀后，曾加检校工部员外郎，所以又称"杜拾遗""杜工部"。杜甫是中国古代最伟大的现实主义诗人，他的诗反映了唐代安史之乱前后广阔的社会生活，称为"诗史"。他善于用诗歌叙事，他的五言、七言长篇古诗标志着我国古代诗歌叙事艺术的高超成就。

登高①

杜甫

风急天高猿啸哀，渚清沙白鸟飞回。②
无边落木萧萧下，不尽长江滚滚来。③
万里悲秋常作客，百年多病独登台。④
艰难苦恨繁霜鬓，潦倒新停浊酒杯。⑤

·释词·

①诗题一作《九日登高》。古代农历九月九日有登高的习俗。②
啸哀：形容猿的叫声凄厉。渚（zhǔ）：水中小洲。回：回旋。③萧
萧：叶落的声音。④作客：客居他乡。百年：这里指晚年。⑤艰难：
指时世艰难。苦恨：极其遗憾。潦倒：失意，困顿。这里指诗人年
老多病，不得志。

·译文·

风急天高，猿的啼叫声异常凄凉；水中的青色小洲映着白色的
沙岸，水鸟在低空回旋。无边无际的落叶萧萧而下，看不到尽头的
长江滚滚奔腾而来。在这个悲凉的秋天，我在万里之外的异乡漂泊；
到了晚年疾病缠身，今日独自登上高台。时世的艰难，生活的困苦
不如意，使我两鬓的白发越来越多；困顿潦倒精神颓废，我暂且先
停下手中的浊酒杯。

·鉴赏·

唐代宗大历二年（公元 767 年）秋，安史之乱已经结束四年了，
但地方军阀又乘时而起，相互争夺地盘。杜甫本来入了严武幕府，
但是不久严武因病去世，使他失去了依靠，不得已只好离开经营了
五六年的成都草堂，去了夔州。这首诗是诗人五十六岁时独自登上
夔州白帝城外的高台，登高远眺，有感而作。

首联写秋天肃杀的气氛。诗人登高看到的是悲凉的秋景图：秋
风吹得正急，天在此时也显得很高很空旷，当地有民谣："巴东三峡
巫峡长，猿鸣三声泪沾裳。"猿的啼叫声异常的凄凉；水中青色的小
洲映着白色的沙岸，水鸟在低空回旋。原本开阔的天与江，在诗人
笔下，却使人感到一种肃杀、悲凉的氛围，同时也为全诗定下了

基调。

　　颔联写落叶飘零，长江奔腾的景象。这两句为千古名句，一句写仰视，一句写俯视。在这一俯一仰之间，我们看到了秋天无边无际的落叶随风飘零，萧萧而下；一眼望不到头的长江汹涌澎湃，像是从天边滚滚奔腾而来。这两句不仅写出了秋天肃穆萧瑟、空旷辽远的景色，其中更含一种跌宕回肠之气。诗人在写景的同时，也抒发了自己的情怀，传达出时光易逝，壮志难酬的感慨。这两句的意境之开阔给人以极大的触动——在永恒无穷的宇宙面前，人的生命更显得有限。

　　颈联写诗人常年漂泊在外，疾病缠身，独自登台，用极为简练的语言，概括出了诗人颠沛流离的一生。诗人现在已经是晚年了，却依然在外漂泊着，而且此时是疾病缠身。诗人从时间和空间两方面，将自己的感情融入眼前所见的景象之中，情景交融，我们可以从中感受到诗人那沉重而又沉痛的感情。

　　尾联写时世的艰难和生活的困苦使诗人的两鬓斑白。这两句进一步抒发了诗人内心的苦闷。"艰难"一词既指诗人自己身世的坎坷艰难，又指国事和民生的艰难，诗人此时的感情，并不只是局限于个人的愁苦上，而是由自己想到国家，想到更多的人。用"繁"字来修饰斑白的双鬓，可见白发是由心中的郁结导致的，也可以看出诗人苦恨的繁多。诗人本已年老多病，又加上客居他乡，恰逢重阳，想要登高消愁，没想到看到满目的秋色，却是愁上加愁，愁苦之情更添一层。万般无奈之下，诗人想到借酒消愁，可是又因病刚刚戒酒。诗人寓情于景，使人更能体会到诗人愁苦复杂的感情。

　　这首诗是杜甫具有代表性的气象苍凉壮阔、气势恢宏的七言律诗。全诗景物描写生动形象，传达出了秋天的神韵，由景及情，表现出了诗人的漂泊潦倒，并最终将这种境遇归为时世的艰难，表现手法错综复杂，同时也展现出了诗人沉郁苍凉的写作风格。

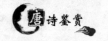

梦李白二首 (其一)

杜甫

死别已吞声，生别常恻恻。①
江南瘴疠地，逐客无消息。②
故人入我梦，明我长相忆。③
恐非平生魂，路远不可测。④
魂来枫林青，魂返关塞黑。⑤
君今在罗网，何以有羽翼？⑥
落月满屋梁，犹疑照颜色。⑦
水深波浪阔，无使蛟龙得。⑧

释词

①吞声：泣不成声。恻恻：悲凄悲痛的样子。②江南：大江以南之地，包括李白系狱的浔阳（今江西九江）及流放的夜郎。瘴疠：南方湿热，多瘟疫。逐客：被朝廷放逐之人。③故人：指李白。明：表明。④平生魂：往日的生魂。测：推测。⑤枫林：指李白被放逐的江南之地，那里多枫林。关塞：此时杜甫居于秦陇地带，此处关塞较多。青黑：李白的魂来往于夜间，所以称为"青""黑"。⑥罗网：法网。有羽翼：喻来往自由。⑦落月：天晓之时。疑：仿佛。颜色：指李白容貌。⑧波浪阔：喻路途艰险。蛟龙：古代传说中的能兴风作浪、发洪水的龙，这里喻欲置李白于死地的人。

死别往往使人泣不成声，而生离却常常令人更加伤悲。在江南瘟疫流行的地方，得不到放逐人一点儿消息。老朋友终于来到我梦中，表明我常把你记起。梦中的你恐不会是鬼魂吧，路途遥远生与死实难估计。灵魂来时经过青青枫林，灵魂去时关山一片漆黑。你现今被贬官身陷罗网，怎么还能够有一双飞翼？梦中醒来满屋一片月光，好像照着你的憔悴容颜。江湖水深而且波浪险恶，多加小心勿遭蛟龙袭击。

鉴赏

天宝三载（公元744年），李、杜初会于洛阳，即成为深交。乾元元年（公元758年），李白因参加永王李璘的幕府而受牵连，被流放夜郎（今贵州桐梓一带），二年春至巫山遇赦放还。此时杜甫客居秦州，只知李白流放，不知赦还，天涯苦忆，积想成梦，遂写下了两首记梦诗。这两首诗均是按梦前、梦中、梦后叙写。此诗是第一首，写初次梦见李白时的心理，表现对老友吉凶生死的关切，并对那些迫害李白的恶势力进行了有力的鞭挞。

前四句写梦前。第一、二句"死别已吞声，生别常恻恻"便奠定了整首诗的感情基调——悲怆。诗因梦而起，梦因别而来，故一开始即写别。古时官员被流放，往往前途莫测，生别如同死别。以"死别"与"生别"对比，极言"生别"比"死别"还痛苦，写出了李白流放后给诗人内心带来的痛苦。李白流放之地是"江南瘴疠地"，又长久无消息，相思之苦更是与日俱增。

五至十二句写梦中。不说梦见故人，而说故人入我梦，这正是诗人在得知李白被流放后，对他担心忧虑、长久思念，日积月累，终而成梦。李白的幻影倏忽而现带给诗人的是惊喜和欣慰。诗人手

法巧妙，感情真挚。随后，诗人由乍见之喜转而生疑：眼前的李白莫非是鬼魂？而后又产生了忧虑和恐惧，因为路远实在难测。诗人复杂的心理变化就这样逼真地展现了出来。而后，诗人便觉不对了，"君今在罗网，何以有羽翼？"写诗人梦中恍惚之感：你流放在江南"瘴疠"之乡，怎么会千里迢迢来到我身边呢？

最后四句写梦后。"落月满屋梁，犹疑照颜色"，残月满屋，诗人梦醒，仍觉李白憔悴容颜依稀还在，凝神细辨，才知是错觉。想到故友魂魄一路归去，夜深路远，江湖险恶，诗人只能告诫、祝愿故友"水深波浪阔，无使蛟龙得"，长江水深浪阔，水中多蛟龙，但愿李白的魂能安然归去，不要被蛟龙攫去。这里比喻李白不要再被恶人残害，表现诗人对李白命运的担忧。

诗中引用了两处与屈原有关的典故。其一，"魂来枫林青"出自《楚辞·招魂》："湛湛江水兮上有枫，目极千里兮伤春心，魂兮归来哀江南！"相传是宋玉为招屈原之魂而作。其二，"蛟龙"一语出自梁吴均的《续齐谐记》：东汉初年，有人在长沙见到一个自称屈原的人，听他说："吾尝见祭甚盛，然为蛟龙所苦。"这两处用典把李白与屈原联系起来，突出了李白命运中的悲剧色彩，表达了诗人对李白的崇敬之情。

梦李白二首（其二）

杜甫

浮云终日行，游子久不至。①
三夜频梦君，情亲见君意。②
告归常局促，苦道来不易。③
江湖多风波，舟楫恐失坠。④

238

出门搔白首，若负平生志。⑤
冠盖满京华，斯人独憔悴。⑥
孰云网恢恢，将老身反累。⑦
千秋万岁名，寂寞身后事。⑧

释词

①浮云：飘荡无定之云。游子：指李白。②频：指多次。③告归：辞别。倏促：时间匆促，不舍得的样子。苦道：再三表示。④失坠：出现差错或过失。⑤搔：挠。负：辜负。平生志：一生的志气。⑥冠盖：冠冕和车盖，指代达官贵人。斯人：此人，指李白。憔悴：困苦不得意的样子。⑦网恢恢：网，法网。恢恢，宽广，广大。语出《老子》："天网恢恢，疏而不漏。"意思是说天道无边（宽大），作恶者必受惩，无人能逃脱。将老：指李白时年五十九岁。反累，反而遭受苦累。指李白获罪被流放夜郎。累：同"缧"，被大绳捆绑，表示被牵连受累。⑧寂寞：冷落的意思。

译文

天上的浮云终日飞来飘去，远方游子为何久久不归。一连三夜我多次梦见你，足见你对我多么情深意厚。每次梦里你都匆匆离去，还常诉说来路艰险不易。江湖风波多么险恶，担心船只失事葬身水里。出门时你总是挠着满头白发，好像是辜负了平生的凌云壮志。京城达官贵人到处都是，只有你不能显达落得如此憔悴。谁说天网恢恢疏而不漏？你已年高反被牵连受罪。你的声名将千秋万代流传，可是生前却这般悲凉孤寂。

第一首写初次梦见李白的情景，此后又接连数次梦见李白，于是诗人又作第二首。第二首写梦中所见李白的形象，抒写对老友悲惨遭遇的同情。

此诗紧接前诗，前四句写三夜频梦李白。第一、二句以比兴领起，见浮云而念游子，李白也有"浮云游子意，落日故人情"（《送友人》）的诗句。天上浮云可见，而游子（李白）却不可见。好在李白重情义，魂魄连续来探望，使得诗人聊以释怀。"三夜频梦君，情亲见君意"与前诗的"故人入我梦，明我长相忆"相呼应，体现了两人形离神合、肝胆相照的深挚友情。

五至十句写梦中李白魂魄返回前的幻影。每当辞别之时，李白总是局促不安，不愿离去，并且再三苦苦诉说："来一趟多么不易啊！江湖上风波险恶，我真怕沉船落水呢！"他出门离去，总是挠着头上的白发，仿佛是为辜负平生壮志而怅恨！第五、六句从依依不舍的神态写李白不愿"告归"；第七、八句是从李白告白的角度写他忧路险、伤坎坷的苦情；第九、十句从他"出门"时"搔"头的动作，以及"白首"的外貌展现他壮志未酬的心理状态。虽只有区区三十字，却是形可见，声可闻，情可触，李白枯槁惨淡之状，历历在目，令人潸然泪下！"江湖多风波，舟楫恐失坠"同第一首"水深波浪阔，无使蛟龙得"意思一样，写出李白魂魄来去的艰险和他现实处境的恶劣。

最后六句写诗人梦醒后为李白的遭遇坎坷表示不平之意。你看，在京都长安城里，到处是高冠华盖的达官权贵，唯有李白这样一个大诗人"独憔悴"，困顿不堪，无路可走，甚至在临近晚年，还被放逐夜郎，连自由也失掉了！李白生前遭遇如此凄惨，即使名留千古，又能怎么样呢？鲜明的对比，深情的斥责，在这沉重的嗟叹之中，寄托了诗人对李白深切的同情和对恶势力的强烈愤恨！同时这也是诗人自身遭遇的真实告白。

此诗与前诗同为梦李白，处处关联呼应，如"逐客无消息"与"游子久不至"，"明我长相忆"与"情亲见君意"，"君今在罗网"与"孰云网恢恢"等。但两篇题材同而表现不一：前诗写初梦，此诗写频梦；前诗疑幻疑真，此诗形象清晰；前诗重在对李白当时处境的关注，此诗则表达对他生平遭遇的同情；前诗忧惧之情独为李白而发，此诗不平之意兼含诗人的感慨。总之，前诗以"死别"发端，此诗以"身后"作结，浑然一体，语言精练，感情真挚。

望岳①

杜甫

岱宗夫如何，齐鲁青未了。②
造化钟神秀，阴阳割昏晓。③
荡胸生层云，决眦入归鸟。④
会当凌绝顶，一览众山小。⑤

释词

①岳：古代对高大之山的尊称。此指泰山（今山东泰安市北），又称东岳。②岱宗：泰山别名岱。宗，长之意。因泰山居五岳（东岳泰山、南岳衡山、西岳华山、北岳恒山、中岳嵩山）之首，故又名岱宗。夫（fú）：句首发语词，无实义，强调疑问语气。齐鲁：春秋时两个国名，齐在泰山之北，鲁在泰山之南，皆在今山东省境内。③造化：大自然。钟：聚集。神秀：指山势景象奇异超众。阴阳：

241

阴指山北，阳指山南。割：分割，区分。④决眦（zì）：指睁大眼睛极目远望。决，裂开。眦，眼眶。⑤会当：应当，定要。凌：登临，登上。绝顶：最高峰。众山小：化用《孟子·尽心上》句："孔子登东山而小鲁，登泰山而小天下。"表现了诗人开阔的心胸和气魄。

　　五岳之首泰山的景象怎么样？在齐鲁大地上连绵不断，看不尽它的青色。大自然把山岳的奇异景象全都赋予了泰山，它把山南山北分成一面明亮一面昏暗。山间层层叠叠的云雾让人心胸荡漾，极力睁大眼睛才能看到归巢的鸟儿。我一定要登上那泰山的峰顶，那时眺望，四周重重山峦看起来定会显得渺小。

　　玄宗开元二十四年（公元736年），杜甫赴长安参加贡举考试，结果落榜，于是就在齐、赵一带（今山东、河北、河南等地）四处漫游，《望岳》大约就写于这一年，这是杜甫现存诗作中最早的一首。这首诗赞美了泰山的雄伟气象，同时抒发了自己的豪情和抱负。

　　第一、二句写远望之貌。第一句以设问提起，写出了初见泰山时那种惊喜、仰慕之情。第二句并没有抽象地说泰山之高，而是以距离之远来烘托泰山之高。在泰山南北两面的齐鲁两国境内都能远远望见它，足见其高。这两句既包含着酝酿已久的神往之情，更写出了泰山耸立于齐鲁大地的雄姿。

　　第三、四句写近望中的泰山，神奇秀丽、巍峨高大。"造化钟神秀"，仿佛大自然把灵动和秀丽全给了它。"钟"字将大自然拟人化，写得格外有情。"阴阳割昏晓"表明泰山极高，使山的两面判若晨昏。"割"字用得好，形象地表现出泰山的险峻。

　　第五、六句写细望泰山。见泰山的云气层层叠叠，诗人不禁心胸激荡，极目远眺，睁得眼眶几乎要裂开了，才看到茫茫泰山间的小小归鸟。诗人抓住层云生、归鸟入这两个细节，写自己望岳时的苍茫感受，很真切。其中"归鸟"为回巢的鸟，可见已是黄昏时刻，诗人还在望，从侧面写出泰山的美。

最后两句，由望岳而生"凌绝顶"之志，给读者以磅礴、大气之感，让人如身临其境。末句不但令全诗有含蓄不尽之味，更可看成是杜甫的自我期许，表示他总有一天要在科举考试上名列前茅，在仕途上有所作为，从而成就自己的梦想，也表现了杜甫坚毅的性格。

诗篇描绘了泰山雄伟磅礴的气势，也抒发了诗人向往登上绝顶的凌云壮志，表现出一种敢于进取、积极向上的人生态度。诗篇气势壮阔，用词精练，充分显示了青年杜甫卓越的创作才华。

赠卫八处士①

杜甫

人生不相见，动如参与商。②
今夕复何夕，共此灯烛光。③
少壮能几时，鬓发各已苍。④
访旧半为鬼，惊呼热中肠。⑤
焉知二十载，重上君子堂。⑥
昔别君未婚，儿女忽成行。
怡然敬父执，问我来何方。⑦
问答未及已，儿女罗酒浆。
夜雨剪春韭，新炊间黄粱。⑧

主称会面难，一举累十觞。⑨
十觞亦不醉，感子故意长。⑩
明日隔山岳，世事两茫茫。

· 释词 ·

①处士：指隐居不仕的人。卫八处士：姓卫，行八，名不详。
②动如：动不动就像。动，动辄，往往。参（shēn）与商：即参星
与商星。参星居西方，商星居东方，天各一方，一星升起，一星落
下，永不能相见。③今夕复何夕：语出《诗经·唐风·绸缪》："今
夕何夕，见此良人？"言宾主意外相逢的惊喜。④苍：灰白色。⑤访
旧：打听老朋友的消息。半为鬼：多半人已死去。热中肠：内心非
常难过。⑥焉知：哪知。君子：指卫八处士。⑦怡然：和悦的样子。
父执：父亲的好友。⑧新炊：新做的饭。间（jiàn）：掺和，杂有。
黄粱：黄米。性黏，非常好吃。⑨累：接连。觞：酒杯。⑩感子：
感子是说为你的深情厚谊所感动。子，指卫八处士。故意：老友的
情意。

· 译文 ·

　　世上的挚友难得相见，好比此起彼落的参星和商星。今晚是什
么日子如此幸运，能和你相聚挑灯共叙衷情。少壮的青春年华能有
几时，如今你我都已鬓发苍苍。打听故友大半已经谢世，禁不住惊
呼心中无限悲伤。真没想到阔别二十年之后，能有机会再次来登门
拜访。当年离别时你还没有成亲，今日见到你已经儿女成群。他们
个个含笑迎接父亲的挚友，热情地问我来自哪个地方。问答交谈的
话还没有说完，你已吩咐儿女张罗家常酒筵。雨夜割来的春韭嫩嫩
长长，刚煮好的掺有黄米的米饭可口喷香。你说难得有这个机会见
面，一举杯我们就接连喝了十杯。十杯酒我也难得一醉呵，谢谢你

对故友的情深意长。明日别后你我又要相隔千山万水，人情世事竟
然如此渺茫！

此诗是杜甫被贬为华州司功参军之后写下的作品。乾元二年
（公元 759 年）春天，杜甫在探望洛阳旧居之后，启程回华州途经奉
先时，探访了隐居在此的少年好友卫八处士，不久后写下这首诗赠
予卫八处士。两人相见时，安史之乱已进入第三年。虽然唐军收复
了两京，但局势仍动荡不安。在这种情况下，老友相逢，格外亲切，
诗歌由人生聚散不定和世事沧桑引出了无限感慨。

全诗分四层。一至四句为第一层，写久别重逢，从离别说到聚
首，亦悲亦喜，悲喜交集。起句说"人生不相见，动如参与商"。
参、商二星在星空中交相出没，不得相遇。因此常用来比喻人的分
离，会面之难，同时也暗示了时局的不稳定。"今夕复何夕，共此灯
烛光"，以反诘句写暂聚的喜悦，说的是今夜在灯光下共叙离别
之情。

五至十句为第二层，从生离说到死别，透露了干戈离乱、人命
危浅的现实。时光若白驹过隙，匆忙间，诗人和他的朋友都老了，
"少壮能几时"既是在问对方，更是在问自己，显然诗人对自己的少
壮时候并不满意，没有建立不朽的功勋，转瞬之间，已苍老了。久
别重逢，首先注意到的便是对方容貌的变化，年轻时候两个人的印
象还残留在彼此的脑海之中，对照现实中的人物，自然是心生感慨，
尤其是两个人都已经老了。双方坐定后探询起亲朋故旧的下落，竟
有大半已不在人世了，剩下的人能不心惊吗？

十一至十八句为第三层，写卫八儿女成群以及盛情款待他的情
景。"昔别君未婚，儿女忽成行"是说二十年岁月匆匆，此番重来，
少年时的伙伴现在已儿女成群，表达了倏忽之间迟暮已至的喟叹。

"怡然敬父执，问我来何方"是说孩子们俱知诗书，皆懂礼仪，对远来的陌生客人嘘寒问暖，这个温馨的场景想必深深地感动了诗人。问答未完之时，卫八又吩咐儿女摆酒，冒着夜雨割来春韭做菜，煮了掺杂黄米的香喷喷的米饭。虽是家常饭菜，亦体现出老朋友间不拘泥于酒菜是否丰盛的真挚情谊。宾主落座，开怀畅饮自不必言说。

十九至二十四句为第四层，写主客畅饮及对世事的感叹。主人说难得见面，唯有饮酒，连着干了十杯。诗人作为客人，有感于友情的深厚，也是十杯不醉。末尾二句由对"明日"未知的恐惧反衬对"今夕"美好的无限眷恋，自然令人心生留恋。虽用语朴实，但低回深婉，耐人寻味。尾句自然流露出对今晚相聚的依依不舍和对不确定的未来的难以把握。少年一别，尚有今日之会；今日一别，恐就后会无期了，何况是在这烽火岁月、离乱之时呢？

这首古体诗与其他作品的不同之处在于它融叙事与抒情于一体，用语平实，情意真切。全诗通过明快的语言，自然率真的描述，剪裁得当的场景衬托，抒发了真挚厚重的情感，将一种悲喜交集的复杂情感刻画得具体入微，使人如临其境。

韦讽录事宅观曹将军画马图①

杜甫

国初已来画鞍马，神妙独数江都王。②
将军得名三十载，人间又见真乘黄。③
曾貌先帝照夜白，龙池十日飞霹雳。④
内府殷红马脑盘，婕妤传诏才人索。⑤
盘赐将军拜舞归，轻纨细绮相追飞。⑥

贵戚权门得笔迹，始觉屏障生光辉。

昔日太宗拳毛𬴂，近日郭家狮子花。⑦

今之新图有二马，复令识者久叹嗟。

此皆骑战一敌万，缟素漠漠开风沙。

其余七匹亦殊绝，迥若寒空动烟雪。⑧

霜蹄蹴踏长楸间，马官厮养森成列。⑨

可怜九马争神骏，顾视清高气深稳。⑩

借问苦心爱者谁，后有韦讽前支遁。⑪

忆昔巡幸新丰宫，翠华拂天来向东。⑫

腾骧磊落三万匹，皆与此图筋骨同。

自从献宝朝河宗，无复射蛟江水中。⑬

君不见金粟堆前松柏里，龙媒去尽鸟呼风。⑭

释词

①韦讽：阆州（今属四川）录事参军，家居成都。录事：官名。曹将军：曹霸，曹操后裔，为高贵乡公曹髦一系。善画马，开元中已成名，天宝末年，常奉诏画御马及功臣，官至左武卫将军，安史之乱后流落蜀中。②江都王：李绪，唐太宗的侄子，也善画鞍马。江都王是他的封号。江都，即今江苏扬州。③乘黄：一为传说中的异兽名，二为传说中的神马名。后用以指御马。《管子·小匡》篇："河出图，洛出书，地出乘黄。"④貌：写真。照夜白：马名，是唐玄宗李隆基最喜爱的一匹坐骑。龙池：唐宫南内兴庆宫为玄宗未登基时发祥之地，宅东有井，忽一日涌为小池，常有云气，有黄龙出没其间，因此得名。⑤殷（yān）红：深红。婕妤、才人：宫中女官名。历代于皇后之外，宫人设官品。如初唐，婕妤九人，正三品；才人九人，正五品。这里泛指宫人。⑥轻纨细绮：轻纨，轻薄洁白

的绢衣。细绮，精细有花纹的丝织品。⑦拳毛䯄（guā）：昭陵六骏之一的"拳毛䯄"是李世民武德四年十二月至次年三月平定河北，与刘黑闼在洺水作战时所乘的一匹战马，列于祭坛西侧三骏石刻中间。马黑嘴头，周身旋毛呈黄色，原名"洺仁䯄"，是代州（今河北代县）刺史许洛仁在武牢关前进献给李世民的坐骑，故曾以许洛仁的名字作为马名。许洛仁死后陪葬昭陵，其墓碑上就记载着武牢关进马之事，后人或因马周身旋毛卷曲，又称"拳毛䯄"。郭家：指名臣郭子仪家。平定安史之乱，郭子仪功勋卓著，官至太尉、中书令，封汾阳郡王，号尚父。狮子花：骏马名，又名"九花虬"。唐代宗赐予郭子仪。此马为范阳节度使李德山所贡。额高九寸，毛卷曲如麒麟，颈鬃直竖如鬣，身披九花纹。⑧迥：这里指迥拔，形容各马昂首挺拔，意态高远。⑨蹴踏：踩踏，践踏。长楸：高大的楸树。古代常种于道旁。厮养：厮养卒，即马倌下的马夫。⑩可怜：可爱。⑪支遁：东晋名僧，养马数匹，有人说僧人养马不清高，答："贫道爱其神骏。"此处比喻韦讽极爱曹霸画的马。⑫新丰：汉代的新丰，即唐代临潼骊山，唐建有华清宫，唐玄宗常于十月、十一月巡幸华清宫，来年春返回长安。翠华：皇帝仪仗中用翠鸟羽毛作为装饰的旗帜。⑬"自从"句：婉言玄宗驾崩。肃宗上元二年（公元761年）四月，楚州刺史崔侁向玄宗献宝。次日，玄宗驾崩，事与周穆王相近。《穆天子传》卷一载，穆天子西巡，河宗伯夭在燕然山迎接他，又一起参观图书宝器，后穆天子归天。诗用此典。"无复"句：言玄宗死后，本朝无复当年盛事英风。《汉书·武帝纪》载，元封五年，汉武帝从浔阳渡江，亲自射获蛟龙。⑭金粟堆：玄宗的陵墓，在今陕西省蒲城县东。有碎石如金粟。龙媒：《汉书·礼乐志》："天马来，龙之媒。"后称骏马为"龙媒"。

大唐开国以来，在善画马的画家中，画技最精妙传神的要数江都王李绪。曹将军画马出名已经三十年了，他的画使人间又再现古代神马"乘黄"的雄姿。他曾描绘玄宗先帝的坐骑"照夜白"，形象逼真感动龙池里的龙，连日挟带风雷飞舞。皇宫内库珍藏的殷红玛瑙盘，婕妤传下旨意才人将它取来。将军接受赏赐的礼物叩拜皇恩回归，于是身着锦绣华服的纨绔子弟争相来访。贵戚权门谁能得到曹将军亲笔所画，谁就觉得府第门楣增加光辉。当年唐太宗有宝马"拳毛䯄"，最近听说郭子仪家中又得良驹"狮子花"。如今的新画之中就这两匹马，使得识马的人久久感慨称赞。这些战骑都是以一胜万的好马，展开画绢如见奔马扬起风沙。其余七匹也都是特殊而奇绝的，远远看去像寒空中飘动着一团烟雪。马奔驰在长楸古道间，践踏霜雪，专职养马的马倌和役卒肃立排成列。可爱的九匹马神姿争骏竞雄，昂首阔视更显得高壮沉稳。请问真心喜爱马的人能有几个，后世的韦讽和前朝的支遁都名传天下。想当年玄宗皇帝巡幸新丰宫，天子的仪仗铺天盖地，浩浩荡荡向东去。奔腾飞驰仪态骏伟的精良好马有三万多匹，匹匹都与画中马的筋骨差不多。自从崔佽献宝以后，唐玄宗再也没有获得过好马。你没看见玄宗陵墓金粟堆前的松柏林里，骏马都走光了，只剩下一些鸟儿叽叽喳喳地叫唤。

闅州录事参军韦讽收藏有曹霸所画的"九马图"，广德二年（公元764年）杜甫在其家中看此画后作此题画诗。因曹霸官至左武卫将军，故世人皆称之为"将军"。诗中描绘九马匹匹神骏，昂首顾视，神采飞扬，气度稳健，惹人喜爱，称赞曹将军画技的高超，赞

誉韦讽风韵不凡的品格和酷爱绘画艺术的高深素养。

全诗可分四层。开头至"人间又见真乘黄"为第一层，赞曹将军画技高超。唐朝初年，江都王李绪善画马。到开元、天宝，曹霸画马出神入化，声名鹊起。诗人先引江都王善画来衬托曹霸，说曹霸"得名三十载"，人们才又能见到神骏之马。乘黄，马名，其状如狐，背上有两角，出自《山海经》，本诗特借以形容马的神奇骏健。

"曾貌先帝照夜白"至"始觉屏障生光辉"为第二层，追叙曹将军应诏画马时所得恩宠和名声大振的往事。曹将军所画照夜白，形象逼真，感动龙池里的龙，连日挟带风雷飞舞，此谓"龙池十日飞霹雳"。玄宗极其喜爱曹将军所画的骏马图，命婕妤传达诏书，才人手捧"内府殷红马脑盘"，向曹将军索取并盛放"照夜白"图。玛瑙盘极为名贵，足见恩宠之重。自此后曹将军名声大振，于是身着锦绣华服的纨绔子弟争相上门求画，连达官贵戚也以求得曹将军画作而感到府第门楣增加光辉。这八句诗为描写九马图铺叙。

"昔日太宗拳毛𬴁"至"后有韦讽前支遁"为第三层，写九马图的神妙及各马姿态。其中前六句写拳毛𬴁和狮子花"二马"。拳毛𬴁是太宗平定刘黑闼时所乘的战骑；郭家狮子花，即九花虬，是唐代宗赐给郭子仪的御马。二马都是战骑，以一当万，所以一打开画卷，就见到二马在广邈的战场风沙中飞驰。诗人从逼真的角度，称誉图上二马画艺高超。"其余七匹"分别从七马的形貌、奔驰、驯养三个方面，再现画上七马"殊绝"的神态。七马毛色或红或白，奔驰在长楸古道上，践踏霜雪，如烟雪在飘动；马倌、役卒肃立成列，悉心饲养那些骏马。这九匹马昂首顾视，神采飞扬，气度稳健，惹人喜爱。诗人分写二马、七马后对九匹马做了总的评价，这是正面描摹，鲜活生动。这么神骏的马，谁才是真正喜爱它的人呢？以前有支遁，现在有韦讽，突显收藏"九马图"的韦讽酷爱绘画艺术并有很高的鉴赏能力，遥扣题意。

"忆昔巡幸新丰宫"至最后为第四层，写玄宗巡幸骊山的盛况以及玄宗入葬泰陵后的萧瑟景况，让人产生今昔迥异之感。想当年玄宗皇帝巡幸新丰官，旌旗拂天，数万骏马随从，这些马与图上的马形貌相似，足见它们均为良马。"自从献宝朝河宗"，此句借周穆王的归天比喻唐玄宗驾崩。"无复射蛟江水中"，玄宗已卒，无人再来江边射蛟，借指玄宗再也没有获得过良马。唐玄宗喜爱马图，宠幸曹霸，巡幸新丰官，数万骏马随从，一旦归命，群马都离去，只剩下鸟儿在风中鸣叫，松柏也含悲。最后两句盛衰之叹，俯仰感慨，尽在其中。

这首题画诗写骏马极为传神，从画马说到真马，从真马说到时事，正如陆时雍所论："画中见真，真中带画，尤难。"全诗感慨深沉，淋漓尽致，变幻莫测，脉络细密，章法纵横跌宕，气势雄浑激荡，情韵极尽沉郁顿挫，实为古今长篇题画诗中的杰作。

丹青引赠曹将军霸①

杜甫

将军魏武之子孙，于今为庶为清门。②
英雄割据虽已矣，文采风流今尚存。
学书初学卫夫人，但恨无过王右军。③
丹青不知老将至，富贵于我如浮云。
开元之中常引见，承恩数上南薰殿。④
凌烟功臣少颜色，将军下笔开生面。⑤
良相头上进贤冠，猛将腰间大羽箭。⑥
褒公鄂公毛发动，英姿飒爽来酣战。⑦
先帝御马玉花骢，画工如山貌不同。⑧

251

是日牵来赤墀下，迥立阊阖生长风。⑨
诏谓将军拂绢素，意匠惨淡经营中。⑩
斯须九重真龙出，一洗万古凡马空。⑪
玉花却在御榻上，榻上庭前屹相向。⑫
至尊含笑催赐金，圉人太仆皆惆怅。⑬
弟子韩干早入室，亦能画马穷殊相。⑭
干惟画肉不画骨，忍使骅骝气凋丧。
将军画善盖有神，必逢佳士亦写真。⑮
即今飘泊干戈际，屡貌寻常行路人。⑯
途穷反遭俗眼白，世上未有如公贫。
但看古来盛名下，终日坎壈缠其身。⑰

①丹青：丹砂、靛青是古代绘画的主要颜料，因以代指绘画。
引：唐代乐曲的一种，也是一种乐府诗体的名称，相当于长篇歌行。
曹将军霸：即曹霸，唐代名画家，以画人物及马著称，得唐玄宗的
宠幸，官至左武卫将军，故称他曹将军。②魏武：指魏武帝曹操。
庶：即庶人、平民。清门：即寒门。玄宗末年，曹霸获罪，削籍为
庶人。③卫夫人：河东安邑（今山西夏县）人，名铄，字茂漪。晋
代有名的女书法家，尤擅隶书。王右军：晋代书法家王羲之，曾官
至右军将军。④开元：唐玄宗的年号（公元 713—741 年）。引见：
皇帝召见臣属。承恩：获得皇帝的恩宠。南薰殿：长安城内兴庆宫
中之一殿。⑤凌烟：凌烟阁，唐太宗为了褒奖文武开国功臣，于贞
观十七年命阎立本等在凌烟阁画二十四功臣图，开元中，玄宗命曹
霸重画一次。少颜色：指功臣图像因年久而褪色。开生面：展现人
物生动的面貌。⑥进贤冠：古代儒生之帽，唐时作为文官朝服帽，

即黑布冠。大羽箭：大杆长箭。⑦褒公：段志玄。齐州临淄（今山东济南）人，唐代名将。封樊国公，后改封褒国公。画像列第十。鄂公：尉迟恭，字敬德，今山西朔州善阳（今朔县）人，唐初名将。封鄂国公，凌烟阁画像列第七。⑧先帝：指唐玄宗。死于公元762年。玉花骢：玄宗所骑的骏马，骢是青白色的马。如山：众多的意思。貌不同：画得不—样，即画得不像。貌，在这里作动词用。⑨赤墀（chí）：也叫丹墀。宫殿前的台阶。阊（chāng）阖（hé）：天门，此指宫门。生长风：给人虎虎生风之感。⑩绢素：用作画布的生绢。意匠：指画家的立意和构思。惨淡：费心良苦。经营：即绘画的经营。反复构思，反复研究它的画面布局。⑪九重：代指皇宫，因天子有九重门。真龙：古人称马高八尺为龙，这里喻所画的玉花骢。⑫"玉花"二句：谓榻上张挂的画马似与庭前真马相屹立。⑬圉（yǔ）人：管理御马的官吏。太仆：管理皇帝车马的官吏。⑭韩幹：唐代名画家。善画人物，更擅长画鞍马。他初师曹霸，注重写生，后来自成一家。入室：指弟子深得师父真传。用"升堂入室"的典。穷殊相：极尽各种不同的形姿变化。⑮盖有神：大概有神明之助，极言曹霸画艺高超。写真：指画肖像。⑯干戈：战争，指安史之乱。貌：即写真。⑰坎壈（lǎn）：贫困潦倒，不得志。

曹霸曹将军是魏武帝曹操的后代子孙，而今却沦为平民百姓并且也穷困潦倒了。英雄割据的时代一去不复返了，曹家的文采风流却由你继承下来。学书法你最早拜卫夫人为师，可惜无法超过王羲之。于是你专攻绘画不知不觉就老了，荣华富贵对于你如空中浮云。开元年间你常常被唐玄宗召见，蒙受恩泽的你曾多次登上南薰殿。凌烟阁的功臣画像年久失色了，曹将军挥笔重画之后显得更有生气。文官良相们的头顶都戴上了进贤冠，猛将们的腰间都佩戴着大羽箭。

褒公、鄂公的头发胡子似乎都在抖动，他们意气风发好像正在激战中。那时先帝玄宗的御马名叫玉花骢，多少画家画它但都与原貌不同。有一天玉花骢被牵到殿前红色的台阶下，昂首屹立宫门前虎虎生风。皇上命你展开丝绢准备作画，你匠心独运下笔如神。片刻间九天龙马就在绢上显现，一下子就将之前见过的马比得失去了光彩。玉花骢的画挂在皇帝的御榻上，榻上的马图和阶前的御马一般无二。皇上带笑催促左右赏赐黄金，太仆和马倌们个个都迷惘怎么画得如此相像啊。弟子韩幹早年就拜在将军门下，他也擅长画马且能画出许多不凡的形象。但是韩幹的画只画肥马而不注重马的骨架，总让许多骅骝马显不出威风神气。将军的画好就好在画出了马的神韵，偶尔遇见真名士才肯为他动笔作画。而今你漂泊沦落在战乱的年代，也要靠给普通的行路人画像糊口了。你到晚年反而遭受世俗的白眼，世间还没有人像你这般贫困。只要看看历来那些久负盛名的人，有谁不一生坎坷穷愁纠缠其身？

代宗广德二年（公元 764 年），杜甫同曹霸在成都相识。曹霸是盛唐时期著名画马大师，唐玄宗末年因获罪被贬为庶民，潦倒漂泊。诗人有感于曹霸的不幸遭遇而作此诗。诗人通过写曹将军学画、作画的过程，展示了曹将军或盛或衰的人生遭遇。

全诗可分四层。开头至"富贵于我如浮云"为第一层，写曹霸的家世及其学书画时勤奋刻苦的进取精神。开篇首先介绍曹霸为魏武帝曹操之后，如今却沦为庶民。先辈的丰功伟业虽已过去，但曹霸却继承了先辈的文采风流。接着写曹霸在书画上的师承渊源，因其书法成就无法超越先人，便改学丹青，沉浸其中达到忘我的程度，不知不觉就快老了。他还看轻利禄富贵，具有高尚的情操。"学书"引出"学丹青"，点明主题。

　　"开元之中常引见"至"英姿飒爽来酣战"为第二层,写曹霸人物画高超的艺术成就。开元年间,曹霸有幸数次受到玄宗皇帝的召见。凌烟阁上的功臣像因年久褪色,曹霸奉命重画。他重画的功臣像,个个栩栩如生。尤其是褒国公和鄂国公毛发抖动,像要奔赴战场一般。这几句主要赞曹霸画人物画的技艺精湛,深得玄宗赏识,为下文画马做铺垫。

　　"先帝御马玉花骢"至"忍使骅骝气凋丧"为第三层,写曹霸画马的技巧神妙超群。诗人首先细腻地描写了曹霸画玉花骢的过程。玉花骢是唐玄宗的御马,很多画师都为它画过像,但都不够逼真。一天,玉花骢扬首卓立,神气轩昂地站在阊阖宫的赤色台阶前,玄宗命曹霸当场作画。只见他费心良苦,巧思布局,下笔如神,一气呵成。画卷上的马如飞龙一般腾跃而出,所有凡马都黯然失色。这里用对比的手法,突出曹霸画马的高超技艺。接着,用榻上挂着的玉花骢的画像,与殿前真马做比较,两两相对,真假难辨。玄宗皇帝见马画得如此逼真,含笑催促赏金。负责掌管车马的官员和养马的人都怅然惊叹。诗人以玄宗、太仆和圉人的不同态度反应渲染出曹霸画技的高妙超群。随后又用他的弟子,也以画马有名的韩干来做反衬,说作画时仅是逼真还远远不够,最主要是传神,画出其神韵来,才是最高境界。

　　"将军画善盖有神"至最后为第四层,写曹霸流落民间坎坷潦倒的落魄景况。"将军画善盖有神"句,总收上文,点明曹霸画艺的精湛绝伦。他不轻易为人画像。可是,在战乱动荡的岁月里,精湛绝伦的画师流落漂泊,竟不得不靠为路人画画为生。曹霸走投无路,遭到流俗的轻视,生活如此穷苦,世上没有比他更贫困的了。画家的辛酸境遇和杜甫的坎坷又何其相似!诗人不禁发出世态炎凉之感慨,抒发自身晚年失意之怅惘:自古负有盛名、成就杰出的艺术家,往往时运不济,困顿缠身,郁郁不得志!诗的结句,推开一层讲,以此宽解曹霸,同时也聊以自慰,饱含对封建社会世态炎凉的愤慨。

　　全诗采用倒叙法，先从曹霸的破落着笔，转而追写往昔，最后又归结到他的晚年不幸，主次分明，抑扬顿挫，错落有致，对比强烈，富有艺术感染力。诗的结句更为历代诗人所赞赏。清代翁方纲曾称此诗为"古今七言诗第一压卷之作"。

寄韩谏议注①

杜甫

今我不乐思岳阳，身欲奋飞病在床。②
美人娟娟隔秋水，濯足洞庭望八荒。③
鸿飞冥冥日月白，青枫叶赤天雨霜。④
玉京群帝集北斗，或骑麒麟翳凤凰。⑤
芙蓉旌旗烟雾落，影动倒景摇潇湘。⑥
星宫之君醉琼浆，羽人稀少不在旁。⑦
似闻昨者赤松子，恐是汉代韩张良。⑧
昔随刘氏定长安，帷幄未改神惨伤。⑨
国家成败吾岂敢，色难腥腐餐枫香。⑩
周南留滞古所惜，南极老人应寿昌。⑪
美人胡为隔秋水，焉得置之贡玉堂。⑫

释词

　　①谏议：官名。谏议大夫，正五品上，掌侍从赞相，谏诤议论。
②岳阳：岳阳古称巴陵，又名岳州。奋飞：振翅飞翔，比喻人奋发有为。③美人：多指女子。亦指相貌俊逸、才德出众的男子。娟娟

256

神采飘逸。洞庭：洞庭湖古称"云梦泽"，洞庭湖南纳湘、资、沅、澧四水，北由东面的岳阳城陵矶注入长江，号称"八百里洞庭"。洞庭湖据传为"神仙洞府"的意思，可见其风光之绮丽迷人。八荒：也叫八方，即四方四隅，后泛指周围、各地。④冥冥：高远，渺茫。⑤玉京：天外仙境。道家传说元始天尊居玉京山，山在天中心之上，山上宫殿都用金、玉装饰。群帝：道家谓五方之帝。北斗：又称"北斗七星"，指在北方天空排列成斗形（或勺形）的七颗亮星。北斗是人君之象，号令之主（《晋书·天文志》）。"或骑"句：《集仙录》载，群仙毕集，位高者乘鸾，次乘麒麟，次乘龙。翳（yì）：语助词。⑥倒景（yǐng）：即"倒影"。潇湘：潇湘是湖南的代称，潇，指湖南省境内的潇水河。湘，湘江。⑦星宫之君：当指北斗星君。琼浆：传说中神仙饮的仙水，后代指好酒。羽人：飞仙。⑧赤松子：号左圣南极南岳真人左仙太虚真人，秦汉传说中的上古仙人。相传为神农时雨师。韩张良：字子房，汉高祖刘邦的谋臣。以出色的智谋，协助汉高祖刘邦最终在楚汉之争中夺得天下。关于张良的籍贯，史学界说法不一。《史记》只称"其先韩人也"。⑨帷幄未改：帷幄本指帐幕，此指谋国之心。⑩色难：面有难色，不愿之意。腥腐：《庄子·秋水》载一寓言，说鹓雏非梧桐不止，非练实不食，非醴泉不饮。有一猫头鹰得一腐鼠，见鹓雏飞来，大喊一声"吓！"驱赶鹓雏，不知鹓雏根本无意于此。鲍照《升天行》："何时与尔曹，逐腐共吞腥。"这是激愤之辞。枫香：生于山地常绿阔叶林中，果实落地后常收集为中药。⑪周南留滞：汉武帝去泰山封禅，随行官员都很荣耀，司马迁的父亲司马谈为太史令"留滞周南，不得从事"（《史记·太史公自序》）。此用其事，谓韩注有才不得施展。南极老人应寿昌：《晋书》："老人一星在弧南。一曰南极，常以秋分之旦见于丙，秋分之夕没于丁。见则治平，主寿昌。"⑫玉堂：汉未央宫有玉堂，这里指朝廷。

今天我心情不好是因为思念岳阳，一直想要奋发有为却奈何卧病在床。远隔着澄碧清澈的秋水，我怀念的人啊品行美好，你在洞庭湖里洗着脚放眼望八方。鸿鹄已高飞远去在日月之间，绿色的枫叶已变成红色，秋霜已下降。玉京山的众仙们聚集追随着北斗，有的骑着麒麟，有的驾着凤凰。绘绣莲花的面面旌旗，在轻烟雾霭中飞扬，这天上的胜景啊，倒映在波光摇曳的潇湘。星宫中的仙君沉醉于玉液琼浆，羽衣飞仙很少见况且不在近旁。好像听说昔日的赤松子，恐怕是转世为汉初韩国的张良。当年他追随刘邦建功立业定都长安，运筹决胜的初衷未改，位高禄厚却让他黯然神伤。国家兴亡成败我岂敢坐视不管，厌恶腥腐世道宁可餐食枫香。当年太史公周南留滞的故事，自古以来为人们所痛惜，都希望天空出现南极老人之星，让世间一片太平安康。你有着美好的品行和功业，却为何要远隔秋水避世隐居，怎样才能重返朝廷，为君王贡献肝胆，治国安邦？

此诗是一首寄赠诗。这位韩姓友人曾做过谏议大夫，后来受到排挤归隐了。诗人对他的遭遇深表同情，对他归隐不仕感到惋惜，对当时的权臣排挤贤才表示愤懑，同时也是诗人自己心怀的表露。本诗的写法别具一格，多用游仙诗语做比喻，朦胧缥缈，隐约见意。

全诗可分四层。开头至"青枫叶赤天雨霜"为第一层，写对韩谏议的思念之情。诗开篇感情就热烈而直接：这会儿我不高兴了，想起远在岳阳的故人。为什么不高兴呢？因为我想要奋发有为却无奈卧病在床。故人远隔秋水，正在洞庭湖洗脚远望八方，把风光尽收眼底。鸿鹄已高飞远去，日月浩渺明亮，绿色的枫叶已变成红色，风霜翩翩下降，也就是说秋天到了。这几句严谨微妙，句句衔接，没有赘字。

"玉京群帝集北斗"至"羽人稀少不在旁"为第二层，写朝廷小人得势，而贤臣远去，点出韩某已罢官归隐。此处"北斗"是皇帝的象征，"玉京群帝"似乎是指朝中重臣显贵。用玉京暗喻朝廷，写朝廷小人得势，而君王纸醉金迷，旌旗隐没，"影动倒景"也指是非颠倒，用人不明。"羽人稀少"指贤臣远去，这里的"羽人"当暗喻韩谏议已罢官归隐远离人君了。

"似闻昨者赤松子"至"色难腥腐餐枫香"为第三层，写韩谏议罢官的原因，以张良比之，颂其高洁有才。诗人写"赤松子"，为下句韩张良做铺垫。张良之前加上一个韩，只是为了陪衬韩谏议。诗人说韩谏议也是张良这样的栋梁之材，能运筹于帷幄之中，决胜于千里之外，虽然有功于国家，但却被奸臣排挤。当然，不论是谁，想做一番事业，没有一帆风顺的。诗人劝韩谏议要以国家社稷为重，对国家成败兴衰不应坐视不管，面对腐朽丑陋的世道虽很难心平气和，但是人活着还得有所作为，不应一味地逃避。诗人的态度很诚恳，对韩谏议的为人给予了充分的肯定。

最后四句为第四层，抒写自己的感想，为韩谏议的归隐感到惋惜，希望他重新出山为国效力。"周南留滞古所惜"用太史公司马迁之父的典故，是说皇帝封禅泰山，司马谈滞留洛阳不得亲与其事，引为毕生的遗憾，认为是天命。南极老人是喻指韩谏议，说他应当出来匡济天下，为民造福。"美人胡为隔秋水"是对前面"美人娟娟隔秋水"的呼应，回环咏叹，更显得情意深绵，使人有一种悠然不尽的怅惘。最后，更以疑问的方式来表达诗人的惜才之情，怎么才能让他再入朝堂呢？

此诗虽是寄赠诗，但诗人却把对友人的深情厚谊和怜惜之情放在国家天下的背景下，表现了诗人一贯的忧国忧民的思想。此诗亦属于游仙诗一类，诗思严谨细致周密，写得隐约含蓄，充满了离奇幻想、华丽婉约、朦胧含蓄的格调。

佳人

杜甫

绝代有佳人，幽居在空谷。^①
自云良家子，零落依草木。^②
关中昔丧乱，兄弟遭杀戮。^③
官高何足论，不得收骨肉。^④
世情恶衰歇，万事随转烛。^⑤
夫婿轻薄儿，新人美如玉。
合昏尚知时，鸳鸯不独宿。^⑥
但见新人笑，那闻旧人哭。
在山泉水清，出山泉水浊。
侍婢卖珠回，牵萝补茅屋。^⑦
摘花不插发，采柏动盈掬。^⑧
天寒翠袖薄，日暮倚修竹。^⑨

· 释词 ·

①绝代有佳人：语出汉乐府《李延年歌》："北方有佳人，绝世而独立。"绝代，即绝世，举世无双。幽居：隐居。②良家子：出身清白、好人家的儿女。零落：飘零沦落之意。依草木：指居住在林中。③关中：函谷关以西古称关中。丧（sāng）乱：战乱。此指天宝十五载（公元756年），安禄山攻陷长安之事。④收骨肉：指收葬兄弟的尸骨。⑤世情：世俗风情，指一般人趋奉势利。恶（wù）：

260

厌恶。衰歇：衰败，指母家衰败失势。转烛：烛光随风而转动，飘摇不定。比喻人情世故反复无常。⑥合昏：即夜合花，又称合欢树，其叶朝开夜合，故名。常用它比喻夫妻恩爱。⑦侍婢（bì）：丫鬟。萝：女萝，松萝。树状植物，直立或悬垂，长达一米以上，呈灰白色或灰绿色。⑧柏：柏树为常绿不凋之木，此处比喻佳人坚贞不变之心。动：动辄，常常。盈掬：一满捧。掬，双手捧，此指一捧。⑨翠袖：绿色的衣服，这里泛指衣衫。修竹：长竹，比喻佳人高尚的节操。

有位举世无双的美好女子，隐居在僻静的深山野谷。她说自己本是清白人家的女子，零落漂泊才与草木共处。想当年长安丧乱的时候，兄弟遭到了残酷的杀戮。官高显赫又有什么用处，亲人死后尸骨都不能收葬。世上的人情本来就是嫌贫爱富，万事变迁像随风摆动的烛光。没想到丈夫是个轻薄浮浪子，又娶了美颜如玉的新妇。合欢花尚知道朝舒昏合有时节，鸳鸯鸟双飞双栖不独宿。丈夫朝朝暮暮只与新人调笑，哪管旧人悲哭。要像在山的泉水清澈又透明，不像出山的泉水浑杂污浊。变卖首饰的侍女刚回来，牵拉萝藤修补破漏茅屋。摘来野花不爱插头打扮，独喜爱柏枝采来满满一大捧。天气寒冷美人衣衫单薄，黄昏时她还倚着长长青竹。

唐肃宗乾元二年（公元759年），杜甫辞掉华州司功参军后，迫于生计，带着家眷来到了边远的秦州。杜甫可以说对大唐朝廷忠心耿耿、竭忠尽力，但却落得弃官漂泊。虽如此，他依然心系朝廷，不忘国家民族的命运。此诗即写于秦州，诗中写一位妇女在安史之乱中的不幸遭遇和她的坚贞气节，同时也寄寓了诗人怀才不遇之感。

第一、二句"绝代有佳人,幽居在空谷"照应题目,引出这位幽居空谷的绝代佳人。"空谷""幽居"写出佳人生活的地点及状态,交代佳人孤独寂寞的处境,更加突出佳人命运的悲惨。

三至十八句,诗人借佳人的口吻,以"自云"领起,由佳人诉说自己的遭遇:她出身良家,然而生不逢时,在安史战乱中,原来官居高位的兄弟惨遭杀戮。她的丈夫见她娘家败落,就抛弃了她,在她的痛哭声中与新妇寻欢作乐去了。佳人诉说到此,悲愤欲绝。她以"合昏"花和"鸳鸯"鸟作比,说明花鸟都守信有情,而她的丈夫却喜新厌旧,真是可悲可叹!接着用"新人笑""旧人哭"对比,更是把女子遭到遗弃的悲惨遭遇摆在人们眼前。然而,她没有被不幸压倒,没有向命运屈服;她咽下生活的苦水,幽居空谷,与草木为邻。诗人用"在山泉水清,出山泉水浊"作比,把佳人比喻为泉水,独居深山空谷,是没有什么能把它变混浊的,写出了佳人高洁的情操。

最后六句主要写佳人山中生活的情景,境况虽凄凉,但更衬托出佳人高洁的品格。幽居深谷的佳人要靠卖以前的首饰度日,所住的茅屋需要修补,可见生活的窘迫。佳人"摘花不插发",纯洁朴素。但"采柏动盈掬"和"日暮倚修竹"的描写,却将佳人的形象与"柏""竹"这些崇高品质的象征联系起来,她虽是一位命运多舛的女子,但她更像那经寒不凋的翠柏和挺拔劲节的绿竹。她的这种贫贱不移、贞节自守的精神,实在值得讴歌。全诗文笔委婉,缠绵悱恻,绘声如泣如诉,绘影楚楚动人。

哀江头^①

杜甫

少陵野老吞声哭，春日潜行曲江曲。^②
江头宫殿锁千门，细柳新蒲为谁绿。^③
忆昔霓旌下南苑，苑中万物生颜色。^④
昭阳殿里第一人，同辇随君侍君侧。^⑤
辇前才人带弓箭，白马嚼啮黄金勒。^⑥
翻身向天仰射云，一箭正坠双飞翼。^⑦
明眸皓齿今何在，血污游魂归不得。
清渭东流剑阁深，去住彼此无消息。^⑧
人生有情泪沾臆，江水江花岂终极。^⑨
黄昏胡骑尘满城，欲往城南望城北。^⑩

释词

①江：指曲江。是长安的风景区，皇帝后妃的游乐地。在今西安东南。②少陵：在长安城东南，杜甫曾在这一带住过，故自称"少陵野老"。吞声哭：哭时不敢出声。潜行：因在叛军管辖之下，只好偷偷地走。曲：河水弯曲之处。③江头宫殿：指建在曲江岸边的宫殿，专供皇帝游幸曲江。为谁绿：意思是国家破亡，连草木都失去了故主。④霓旌：皇帝仪仗中的一种旗，缀有五色羽毛。此处代指皇帝。南苑：即位于曲江东南的芙蓉苑。因在曲江之南，故称。生颜色：生辉，发光彩。⑤昭阳殿：汉成帝时宫殿。据《汉书·外

263

戚传》记载，汉成帝时，赵飞燕为皇后，其妹合德大受宠幸，居昭阳宫。但后来诗人都以为昭阳宫为赵飞燕所居。第一人：指最受宠爱的人。此喻杨贵妃。唐代诗人常以飞燕喻杨贵妃。辇（niǎn）：皇帝乘坐的车子。古代君臣不同辇，此句指杨贵妃的受宠超出常规。⑥才人：宫中女官。啮（niè）：咬，衔。黄金勒：黄金制的马嚼口。⑦仰射云：仰射云间飞鸟。正坠双飞翼：或亦暗喻杨贵妃已魂归马嵬坡了。⑧清渭：清澈的渭水。马嵬坡在渭水之滨。剑阁：在今四川剑阁县东北，是由长安入蜀必经之道，地势极险。去住：去，指去蜀的玄宗，住，指葬马嵬坡的杨贵妃。即活着的和死去的。⑨臆：胸口。岂终极：哪有终极之日。⑩胡骑（jì）：指叛军的骑兵。望城北：走向城北。北方口语，说"向"为"望"。此句写极度悲哀中的迷惘。

　　少陵野老忍不住低声抽泣，春日里偷偷地来到曲江弯曲处。江岸的宫殿都紧锁宫门，细细的柳丝和娇嫩翠绿的水蒲为谁而生？回忆当年皇帝的彩旗仪仗到了芙蓉苑，苑里的万物都焕发异样的光彩。昭阳殿杨贵妃是最受皇宠的人，她也同车出游随侍在皇帝身旁。车前的宫中女官带着弓箭，白马套着带嚼子的黄金马勒。女官翻身朝天上的云层射去，一箭之间两只飞鸟便坠落在地。明眸皓齿的杨贵妃现在在哪里呢？鲜血玷污了她的游魂，再也不能归来！清清渭水向东流，剑阁西去相隔遥远，死者和生者彼此隔绝没有消息。人生有情，有谁不泪落沾襟，江水流江花飘，悲伤哪里会有尽头呢？黄昏时胡骑乱窜尘埃满天，想往南逃却走向城北，方向无法辨清。

264

唐肃宗至德元载（公元 756 年），长安沦陷，杜甫离开鄜（fū）州前往灵武（在今宁夏）投奔刚即位的唐肃宗，不巧，途中被安史叛军抓获，押回长安。第二年春天，诗人来到昔日繁华的曲江边，抚今追昔，感慨万千，哀恸欲绝，于是写下此诗。诗中感叹李唐王朝的盛衰巨变，充满了国破家亡的巨大悲痛。

　　全诗可分三层。前四句为第一层，写长安沦陷后曲江的萧条景象。曲江原来是繁华的游览胜地，这里亭台楼阁参差，奇花异卉争芳，车马川流不息。如今这里宫门紧锁，萧条寥落，只有一位低声抽噎的老人偷偷地行走在这曲江边。"潜行"写出了诗人的狼狈与不幸。"曲"字点出了诗人的愁肠百结。接着写诗人曲江所见。岸上依然是袅袅细柳，水中的新蒲也抽芽返青，可是万千宫门却紧锁不开。"锁千门"三字将昔日的繁华与今日的萧条形成了鲜明的对比。"为谁绿"这一问句体现了诗人忧思惶恐、压抑沉痛的心情。这四句既点出了时间——"春日"，地点——"曲江曲"，又写出了诗人的情态——"吞声哭"，突出了诗题中的"哀"。

　　"忆昔霓旌下南苑"至"一箭正坠双飞翼"为第二层，追忆贵妃生前游幸曲江的盛事。"忆昔"二字一转，回忆当年唐玄宗和宫妃们御驾游芙蓉苑，彩旗飘飞，万物生辉，繁华热闹至极，也从侧面写出了皇帝游园的豪华奢侈。接着是对唐明皇与杨贵妃游苑的具体描写。"同辇随君"出自《汉书·外戚传》。汉成帝游于后宫，曾想与班婕妤同辇。班婕妤拒绝说："观古图画，圣贤之君，皆有名臣在侧，三代末主，乃有嬖女。今欲同辇，得无近似之乎？"这里用此典故，暗喻唐玄宗不是"贤君"，而是"末主"。"才人"本是宫中的女官，她们身骑以黄金为嚼口笼头的白马，那皇帝与宠妃的排场又是何等豪华呀，足见他们的豪奢。才人仰射高空，一箭便射中比翼

双飞的鸟，博得杨贵妃的嫣然一笑。昔日的放纵豪奢也正是他们后来悲剧的根源。

"明眸皓齿今何在"至最后为第三层，写唐玄宗与杨贵妃的悲剧以及诗人在曲江边所生发的感慨。"一箭正坠双飞翼"，笑得"明眸皓齿"的杨贵妃，如今在哪里？"血污游魂"点出了杨贵妃遭变横死。长安失陷，身为游魂亦"归不得"，只能埋葬在马嵬坡。唐玄宗也只能深入山路崎岖的蜀道。遥想当日"同辇随君"，如今却生死两茫茫，这正是他们逸乐无度的结果啊！最后四句抒发了诗人对世事沧桑变化的感慨。人是有情的，触景伤怀，泪洒胸襟；大自然是无情的，花自开谢水自流，永无止境。以无情反衬有情，更显情深。黄昏来临，为防备人民的反抗，叛军纷纷出动，以致尘土飞扬，笼罩了整个长安城。在恐怖气氛中，诗人悲愤交迫，本想回到城南家中，反而向城北的皇家宫阙走去。他虽内心悲痛，可依然心系朝廷，北望王师，盼望早日收复京师。

全诗以"哀"笼罩全篇，这种"哀"情是复杂的、深沉的，此诗在表达出真诚的爱国激情的同时，也流露出对蒙难君王的伤悼，更是李唐从盛世走向衰微的挽歌。诗的结构波折跌宕，由眼前到回忆，由回忆到现实的不断转换，给人造成一种纡曲有致、波澜起伏的感觉。

古柏行

杜甫

孔明庙前有老柏，柯如青铜根如石。①
霜皮溜雨四十围，黛色参天二千尺。②
君臣已与时际会，树木犹为人爱惜。③

云来气接巫峡长，月出寒通雪山白。
忆昨路绕锦亭东，先主武侯同閟宫。④
崔嵬枝干郊原古，窈窕丹青户牖空。⑤
落落盘踞虽得地，冥冥孤高多烈风。⑥
扶持自是神明力，正直原因造化功。⑦
大厦如倾要梁栋，万牛回首丘山重。⑧
不露文章世已惊，未辞翦伐谁能送。⑨
苦心岂免容蝼蚁，香叶曾经宿鸾凤。⑩
志士仁人莫怨嗟，古来材大难为用。⑪

释词

①老柏：古柏，指夔州武侯庙前的古柏。柯：枝干。②霜皮溜雨：树皮灰白色而润泽，如雨洗过一般。围：用作量词有多种说法。这里当指径尺为围。四十围，夸张之说。黛色：言树色苍青。③际会：遇合。比喻有能力的人遇上好机会。④锦亭：锦水旁之亭。锦水在成都。先主：指刘备。閟（bì）宫：即祠庙。此二句由夔州武侯庙联想到成都武侯祠，唐时与先主庙合一，刘备像在正殿，孔明像附后。⑤崔嵬：高大、高耸的样子。古：有古致。窈窕：深邃、幽深的样子。户牖：门户。⑥落落：挺拔耸立。盘踞：占据。此指古柏雄壮。孤高：孤立高耸。⑦造化：指自然界自身发展繁衍的功能。⑧大厦如倾：大厦将倒，喻国家危急。万牛回首：言木重如山，万牛不能拉动而回首看，暗指贤才难以任用。丘山：比喻重、大或多。⑨不露文章：指柏树无花叶之美。文章，指古柏华美的花纹。未辞翦伐：不避砍伐。⑩苦心：柏心味苦，意双关，说孔明一片苦心。蝼蚁：即蝼蛄和蚂蚁，比喻力量薄弱或地位低微的小人。香叶：柏叶有香气。鸾凤：鸾和凤的合称，比喻贤人。⑪志士：有志有为之人。怨嗟：怨恨叹息。

　　蜀汉丞相孔明先生的庙前有一株老柏树，枝干的颜色如青铜一般，裸露的树根坚如磐石。日久沧桑的树皮，滑溜的树干外围足有四十尺；青苍色的枝叶繁茂朝天耸立，足有二千多尺那么高。刘备与孔明君臣当年应时而遇合于此，至今这棵树仍然被人们爱惜关注。柏树高耸入云，云气直接巫峡云雨，月亮的寒光高照，寒气仿佛通向岷山白雪。想当年小路环绕着锦江亭向东而去，先主像与武侯像同在幽静的阁宫。柏树枝干高耸在原野上苍翠生古致，幽深长廊的彩绘依然，门窗开敞，却空无一人。古柏挺拔高耸盘根错节，得到适宜生长之地，但是命中注定孤高必定招致猛烈的风。它得到扶持自然是神明的力量，它正直伟岸源于造物者的功劳。大厦如若倾倒必须要有栋梁来支撑，古柏可做栋梁，但重如丘山一万头牛也拉不动。它不露华美的花纹默默无闻已然惊世骇俗，它不怕砍伐，可是谁来举荐。它虽有苦心也难免遭蝼蚁侵蚀，但树叶的芳香也曾招来留宿的鸾凤。天下豪杰仁人请你不要怨叹，自古以来大材都难得重用。

　　这首诗大概作于大历元年（公元766年）。诗人通过对久经风霜、挺立寒空、孤高坚定的古柏形象的描写，称赞了雄才大略、忠心耿耿的孔明，同时也抒发了诗人宏图不展的怨愤和大材不为用的感慨。

　　全诗分三层。前八句为第一层，写孔明庙前古柏的高大形象。这棵古柏枝干如青铜、根如磐石，异常坚固。它粗"四十围"，高"二千尺"，足见其挺拔高大。自从蜀汉先主刘备三顾茅庐请孔明出山，孔明感其诚意，辅佐先帝成就帝业。之后又辅佐后主刘禅，直

268

至病死军中。人们因感其忠心，以及对其雄才大略的景仰，使这棵老柏树也受到了后人的爱惜。"云来"二句神话了树的精神，柏树高耸入云，云气直接巫峡云雨，月亮的寒光可通岷山白雪。这里运用了夸张的手法，明赞古柏的高大气势，暗喻孔明的雄才大略和出类拔萃的才能，如古柏般坚韧、沧桑、孤傲、伟岸。

中间八句为第二层，由夔州古柏想到成都先主庙的古柏，进一步描绘古柏的神韵气概。一条小路绕过成都的锦江亭东，成都的武侯像与先主像同在幽静的闷宫。庙中的古柏植根于古老郊原，枝干高耸、历史悠久；庙内昏暗，长廊幽深，空无一人，十分幽静。而夔州庙的古柏生在高山，虽苦于烈风，但不为烈风所撼，正直生长，似有神灵呵护一般。柏之正直，本出于自然，故称"造化功"。虽写的是古柏的正直，实际上进一步写孔明的高风亮节，神人共仰。

最后八句为第三层，借古柏的孤高正直抒发怀才不遇的感慨。前面写孔明与先主"与时际会"，得以施展抱负。而今大厦将倾，国难危急时刻，急需栋梁之材。这些栋梁之材虽默默无闻，但只要国家有需要就会万死不辞。它们虽可供鸾凤留宿，却也难免被蝼蚁侵蚀。最后两句点题，天下豪杰志士请你不要怨叹，自古以来大材都难得重用。诗中含有诗人身世之感，诗人也借此抒发仕途不如意的感慨。

全诗既写树，又喻人，有兴有比，有景有情，树人相融，情景交融。诗中对偶句多，读起来朗朗上口。

观公孙大娘①弟子舞剑器②行并序

杜甫

大历二年十月十九日，夔府③别驾④元持宅，见临颍⑤李十二娘舞剑器，壮其蔚跂⑥。问其所师，曰："余公孙大娘弟子也。"

开元三载，余尚童稚，记于郾城观公孙氏舞剑器浑脱[7]，浏漓[8]顿挫[9]，独出冠时[10]。自高头[11]宜春、梨园[12]二伎坊[13]内人，洎[14]外供奉[15]，晓是舞者，圣文神武皇帝[16]初，公孙一人而已。玉貌锦衣，况余白首，今兹[17]弟子，亦匪[18]盛颜。既辨其由来，知波澜莫二[19]。抚事慷慨，聊为《剑器行》。往者吴人张旭，善草书书帖，数常于邺县见公孙大娘舞西河剑器，自此草书长进，豪荡感激，即公孙可知矣。

　　昔有佳人公孙氏，一舞剑器动四方。
　　观者如山色沮丧，天地为之久低昂[20]。
　　㸌如羿射九日落，矫如群帝骖龙翔[21]。
　　来如雷霆收震怒，罢如江海凝清光。
　　绛唇珠袖两寂寞，晚有弟子传芬芳[22]。
　　临颍美人在白帝，妙舞此曲神扬扬[23]。
　　与余问答既有以，感时抚事增惋伤。
　　先帝侍女八千人，公孙剑器初第一[24]。
　　五十年间似反掌，风尘澒洞昏王室[25]。
　　梨园子弟散如烟，女乐余姿映寒日[26]。
　　金粟堆前木已拱，瞿塘石城草萧瑟[27]。
　　玳弦急管曲复终，乐极哀来月东出[28]。
　　老夫不知其所往，足茧荒山转愁疾[29]。

释词

　　①公孙大娘："大娘"，大是排行，娘是女儿，公孙大娘就是公孙家排行第一的女儿。唐玄宗时的舞蹈家。②剑器：剑舞曲名，是由西域传入，流行于唐代的武舞，扮成男子戎装执剑模样的女子，

执剑而舞。③夔府：地名。唐置夔州，州治在奉节，为督府所在，故称。④别驾：官职名，全称为别驾从事史，也叫别驾从事。⑤临颍：地名。河南省临颍县地处中原腹地，因濒临颍水而得名。⑥蔚跂：雄浑多姿，舞姿矫健。⑦郾城：今河南郾城。剑器浑脱：剑器舞与浑脱舞相结合的舞蹈。《通鉴》二〇九卷胡三省注："长孙无忌以乌羊毛为浑脱毡帽，人多效之，谓之赵公（长孙无忌封赵国公）浑脱，因演以为舞。"⑧浏漓：流畅飘逸貌。⑨顿挫：指诗文、绘画、书法、舞蹈的跌宕起伏、回旋转折。⑩独出冠时：出类拔萃，为一时之冠。⑪高头：唐崔令钦《教坊记》载："妓女入宜春苑，谓之内人，亦曰前头人，常在上（皇上）前头也。"高头即前头人，内庭供奉的乐伎、舞伎。⑫宜春、梨园：唐梨园与宜春院是盛唐时期音乐歌舞的教演场所。⑬伎坊：教坊。⑭洎（jì）：到，及。⑮外供奉：玄宗时又在京都设左右教坊于延正坊、光宅坊。右善歌，左工舞。外供奉即指京城左右教坊的歌舞伎。⑯圣文神武皇帝：指唐玄宗。⑰兹：现在，此时。⑱匪：假借为"非"，表示否定。⑲波澜莫二：师徒舞技相仿，一脉相承。⑳色沮丧：指因剑舞的凌厉飞扬感到震惊而惘然若失。低昂：起伏，言天地也为之感染，随舞姿高下。㉑燿：闪动的样子。羿射九日：《淮南子·本经训》高诱注：尧时十日并出，大地枯焦，后羿射落九日，天地又恢复正常。矫：飞腾貌。群帝：众神。骖龙翔：驾龙飞翔。㉒绛唇：指公孙大娘其人。珠袖：指公孙大娘的舞蹈。㉓临颍美人：指李十二娘。白帝：白帝城，这里指夔州。㉔先帝：指唐玄宗。侍女：这里指侍奉玄宗的女艺人。㉕五十年间：自唐玄宗开元三年（公元715年）杜甫在郾城见公孙大娘舞剑器浑脱，到唐代宗大历二年（公元767年）杜甫写此诗时，有是五十余年。似反掌：极言五十年时间逝去之速像是一反掌之间。风尘澒（hòng）洞：喻指安史之乱的巨大灾难。澒洞，弥漫无际。昏王室：使唐朝国运衰落。㉖女乐：原指女歌舞艺人，这里指李十二娘。余姿：指李十二娘的剑器舞犹存开元盛世的风姿。

寒日：因此诗作于十月，故称寒日，也含有流落他乡、日暮途穷的意思。㉗金粟堆：即金粟山，在今陕西省蒲城县东北，是唐玄宗的陵墓所在地。拱：两手合抱。唐玄宗死于代宗宝应元年（公元762年），至此已六年多了，所以说"木已拱"。㉘珉弦：以珉瑶制的琴瑟。急管：指管乐吹奏的急促的音乐声。㉙茧：脚掌上增生的老茧，这里作动词用。转：反，倒。疾：快。

　　唐大历二年十月十九日，我在夔府别驾元持家里，观看临颍李十二娘跳剑器舞，觉得她的舞姿雄浑矫健，非常壮观。问她是向谁学习的，她说："我是公孙大娘的弟子。"玄宗开元三年，当时我还年幼，记得在郾城看过公孙大娘跳《剑器》和《浑脱》舞，舞姿流畅飘逸而且节奏明朗，超群出众，举世无人可及。从皇宫内的宜春、梨园弟子，到宫外供奉的舞女中，懂得此舞的，在唐玄宗初年，只有公孙大娘一人而已。当年她服饰华美，容貌漂亮，岁月沧桑，如今我已是白首老翁，眼前她的弟子李十二娘，也已经不是年轻女子了。既然知道了她舞技的渊源，看她们师徒的舞技也确实一脉相承。追思往事，心中无限感慨，姑且写下这首《剑器行》。听说过去吴州人张旭，他擅长书写草书字帖，在郾县经常观看公孙大娘跳一种叫《西河剑器》的舞蹈，从此草书书法大有长进。豪放激扬、淋漓尽致，由此可见公孙大娘舞技确实非比寻常。

　　从前有个漂亮女人，名叫公孙大娘，每当她跳起剑舞来，就会轰动四方。观看人群多如山，看完都觉得惊心动魄、惘然若失，天地也被她的舞姿感染，起伏震荡。剑光闪烁夺目，有时如后羿射落九日，舞姿矫健敏捷，有时似天神驾龙飞翔。起舞时剑势如雷霆万钧，令人屏息无声，收舞时平静不惊好像江海凝聚的波光，真是美极了。鲜红的嘴唇和绰约的舞姿如今都已逝去，幸好晚年有弟子把

272

她的绝技继承发扬。临颖的美人李十二娘在白帝城表演剑舞，曼妙的舞姿和飞扬的舞曲都精妙无比、神采飞扬。她和我谈论好久关于剑舞的来由，我忆昔抚今，更增添无限惋惜和哀伤。当年玄宗皇上的侍女大约有八千人，剑器舞姿数第一的，当属公孙大娘。五十年的光阴，真好比翻了一下手掌，连年战乱，烽烟弥漫，朝政昏暗无常。那些梨园子弟一个个烟消云散，只留李氏的舞姿在寒日里犹映着开元盛世的风姿。金粟山玄宗墓前的树木已经能合抱了，瞿塘峡白帝城一带也已秋草萧瑟荒凉。玳弦琴瑟发出急促的乐曲，一曲终了，竟让人乐极生悲，月上东山，难免心中惶惶。我这老头子不知哪儿是要去的地方，荒山野地里举步艰难，越走越觉得凄伤。

　　这首诗的序交代了诗人于大历二年（公元767年）在夔州看公孙大娘弟子李十二娘表演的剑器舞，然后回忆了开元三年（公元715年）自己童年时在郾城观看公孙大娘的剑舞。诗人触景生情，抚今思昔，旨在赞叹公孙大娘舞技的高超。序的结尾讲善写狂草的张旭曾经看过公孙大娘的剑器舞，感受到凛冽气势后草书大有长进的故事，更见其舞姿之精妙和剑器舞在当时的影响之广。

　　全诗可分四层。开头至"罢如江海凝清光"为第一层，回忆公孙大娘的舞姿。公孙大娘因剑器舞名动四方，接着用观者的表现"如山""色沮丧"和天地的状态"久低昂"，侧面烘托公孙大娘舞技的高超。她翻滚跳跃，好像一个个火球从天而降；她翩翩起舞，腾空飞翔。她舞时如雷霆发怒，舞罢似江水恢复平静。

　　"绛唇珠袖两寂寞"至"感时抚事增惋伤"为第二层，写公孙大娘舞技的传承。公孙大娘死后，剑器舞从此沉寂，幸好晚年还有弟子继承了她的才艺。临颖李十二娘作为她的弟子继承了她的舞艺，重现了当年公孙大娘的风采。诗人与李十二娘一番谈话后，知道其

师承公孙大娘，不禁感慨万千。

"先帝侍女八千人"至"女乐余姿映寒日"为第三层，回忆唐玄宗初年唐代歌舞艺术的空前繁荣。开元初年，国力强盛，当时宫廷内外教坊的歌女就有八千人，可见歌舞艺术的繁荣，而公孙大娘又在这八千人中首屈一指。可是五十年的光阴，世事变化如此巨大。一场安史之乱把大唐天下闹得荣光难再，当年成千上万的梨园子弟在这场战乱中烟消云散。如今只有李十二娘的舞姿在这寒冷的冬日里映出昔日盛唐时的影子。诗人纵观大唐文艺由繁荣到衰败的过程，自己风烛残年在这寒冷冬日，还能观看公孙大娘弟子的剑器舞，得到的不仅是安慰，更多的是世事的悲凉。

"金粟堆前木已拱"至最后为第四层，感慨自己身世的凄凉。诗人继续大发感慨，玄宗皇帝已死了六年了，他金粟山陵墓上的树已能双手合抱了，瞿塘峡白帝城一带的草木也都已萧条了。别驾府宅里的盛宴，在一曲急管繁弦的歌舞后结束了。而此时月已东出，一种乐极悲来的情绪从诗人心中生出，他茫然四顾，不知自己将要何去何从，长满老茧的双足拖着久病的身躯在山中踽踽独行，真是万般凄凉。

全诗虽叙公孙大娘及其弟子的舞技，但诗人的史诗之笔却依然力透纸背，"五十年间似反掌，风尘澒洞昏王室"点出当时的历史背景。善于用最简短的话集中概括巨大的历史变化和广阔的社会内容，正是杜诗"沉郁顿挫"的表现。全诗气势雄浑，沉郁悲壮，抚事感慨，人事蹉跎，语言富丽而不浮艳，音节顿挫而多变。

兵车行①

杜甫

车辚辚，马萧萧，行人弓箭各在腰。②
爷娘妻子走相送，尘埃不见咸阳桥。③
牵衣顿足拦道哭，哭声直上干云霄。④
道傍过者问行人，行人但云点行频。⑤
或从十五北防河，便至四十西营田。⑥
去时里正与裹头，归来头白还戍边。⑦
边庭流血成海水，武皇开边意未已。⑧
君不闻汉家山东二百州，千村万落生荆杞。⑨
纵有健妇把锄犁，禾生陇亩无东西。⑩
况复秦兵耐苦战，被驱不异犬与鸡。⑪
长者虽有问，役夫敢申恨？⑫
且如今年冬，未休关西卒。⑬
县官急索租，租税从何出？⑭
信知生男恶，反是生女好。⑮
生女犹得嫁比邻，生男埋没随百草。
君不见青海头，古来白骨无人收，⑯
新鬼烦冤旧鬼哭，天阴雨湿声啾啾！⑰

①这是一首乐府诗。题目是诗人自拟的。②辚（lín）辚：车轮声。萧萧：马嘶叫声。行人：指被征出发的士兵。③爷：父亲。走：奔跑。妻子：妻子和儿女。咸阳桥：指便桥，汉武帝所建，故址在今陕西咸阳市西南，唐代称咸阳桥，是当时长安通往西北的必经之路。④干（gān）：冲。⑤点行（háng）：按户籍依次点名，强行征调。⑥或：不定指代词。有的，有的人。防河：亦称防秋，即调集军队守御河西，以防吐蕃于秋季侵犯骚扰。西营田：古时实行屯田制，军队无战事即种田，有战事即作战。"西营田"也是为了防备吐蕃。⑦里正：唐时每百户为一里，设里正一人，管理农桑、赋役、户籍等事。裹头：古时人以皂罗三尺裹头做头巾。因应征者还未成年，尚垂髫，故里正替他裹头，算是成年，征召入伍。⑧武皇：指汉武帝。此隐喻唐玄宗。唐人诗歌中好以"汉"代"唐"，下文"汉家"也是指唐王朝。开边：开拓边境。⑨山东：华山以东。古代秦居西方，秦地以外，统称山东。二百州：唐于潼关以东凡设二百一十七州。荆杞：荆棘等灌木丛。⑩陇（lǒng）亩：田地。陇，通"垄"，在耕地上培成行的土埂、田埂，中间种植农作物。无东西：指庄稼长得不成行列，难辨东西。⑪况复：更何况。秦兵：即关中之兵，最善勇战。⑫敢：岂敢，怎么敢。⑬关西卒：《资治通鉴》卷二一六："关西游弈，使王（忠嗣）难得击吐蕃、克石桥、拔树敦城。"时在天宝九载（公元750年）十二月。"未休关西卒"指此。⑭县官：此指朝廷。汉、唐两代，称皇帝为"县官""大家"。⑮信知：真的明白。⑯青海头：青海边。这里是自汉代以来，汉族经常与西北少数民族发生战争的地方。唐时也曾在这一带与突厥、吐蕃发生大规模的战争。⑰烦冤：愁烦冤屈。天阴：古人以为天阴则能闻鬼哭。啾（jiū）啾：象声词，形容凄厉的哭叫声。

兵车作响，战马嘶叫，出征士兵的弓箭各自挎在腰上。爹娘、妻子、儿女奔跑着来送行，行军时扬起的尘土遮天蔽日导致看不见横跨渭水的咸阳桥。亲人拦在路上扯着士兵的衣服跺脚哭，哭声悲惨，直冲上九天云霄。路旁经过的人问出征士兵送别怎么如此凄惨，出征士兵只说按名册征兵很频繁。有的人十五岁就去黄河以北戍守，四十岁还要去西部边疆屯田。去时年少，里长给他们裹上头巾算是成年，他们归来已经白头，又要征调去边疆。边疆士兵流血如海水，皇帝开拓边疆的念头还没停止。你没听说唐朝华山以东二百多个州，万千村落全长满了野草荆杞。即使有健壮的妇女犁田锄地耕种，可田里的庄稼也长得杂乱无章。况且秦地的士兵能够苦战，被驱使去作战与鸡犬没有分别。你老人家问起了这些情况，服役的人们怎敢申诉心中的怨恨？就像今年冬天，对吐蕃作战的士兵一直未得到休整。朝廷紧急地催逼百姓交租税，可租税从哪里出？确实知道生男孩是招灾受害，还不如生个女孩好。生下女孩还能够嫁给近邻，生下男孩死于沙场只能埋没在荒草间。你还没有看见青海边上，自古以来战死士兵的白骨没人掩埋。新鬼愁烦冤屈旧鬼也一起哭，天阴雨湿时众鬼的哭声凄厉悲惨。

"行"是乐府歌曲的一种体裁，"兵车行"是诗人自创的新乐府辞。这首诗大约作于天宝十载（公元751年）杜甫旅居长安时。当时唐王朝对西南的吐蕃不断发动战争，频繁的战争不仅让边疆的少数民族受到了巨大的损失，而且给百姓带来了深重的灾难。抽丁拉夫、索租征税，让百姓生活在水深火热之中；战争更让士兵与家人生离死别、埋骨荒野。这首诗讽刺了唐玄宗穷兵黩武给人民带来了

灾难，体现了对百姓被征役的同情，充满反战色彩。

全诗可分三层。开头至"哭声直上干云霄"为第一层，写亲人送别家属出征的悲惨情景。诗一开始就展现了一幅震人心魄的送别画面：兵车响声隆隆，战马昂首嘶鸣；被抓来的穷苦百姓挂着弓箭，夹杂在车马中，在官吏的押送下奔赴前线；征夫的亲人奔跑哭送，捶胸顿足；车马行人扬起的尘土遮天蔽日，就连近在咫尺、横跨渭水的咸阳桥都看不清了。灰尘弥漫、车马人流、哭声震天，真是一幅生死离别的悲惨画面。其中"走"（跑的意思）字用得出神入化，它既将亲人难舍难分的感情写得细致入微，又准确地反衬出了送行者的衰弱不堪。"牵衣""顿足""拦道""哭"四个动作，更将送行者的悲怒、愤恨、绝望的感情与神态写得活灵活现。

"道傍过者问行人"至"被驱不异犬与鸡"为第二层，通过设问，征夫直诉战争给百姓带来的灾难。诗人以"道傍过者"的身份向征夫询问，怎么送别会如此凄惨？征夫回答"点行频"，这三个字一针见血地点出造成妻离子散、无辜牺牲、田地荒芜的根本原因。接着举一个具体的例子：一个征夫从十五岁就去"防河"，到四十岁仍要去军队里"营田"；去的时候是里正给"裹头"的小孩子，回来时已白发苍苍了还要被拉去"戍边"。这究竟是谁造成的呢？原来是唐王朝最高统治者为开拓疆土，不惜用人民"成海水"的鲜血频繁地发动侵略战争。胸怀正义的诗人直接将矛头指向最高统治者，表达他怒不可遏的悲愤之情。接下来诗人又从流血成河的边庭转到"千村万落"的中原。由于连年战争，只剩下老幼妇孺，人烟稀少，田地虽有一些妇女耕种，却依旧满目凋残。秦兵，指被征调的陕西一带的兵丁，据说这里的兵丁比较耐战，因而不断被征调去前线。被征调去作战就像驱使鸡与狗，征夫们的命运是多么凄惨呀！

"长者虽有问"至结尾为第三层，诗人再次以问答的方式揭露战争带来的灾难。"长者虽有问，役夫敢申恨？"是反问句，征夫心中的悲愤之情终于喷涌而出，他们开始虽敢怒却不敢言，但现在终于要一吐为快了。因为"开边意未已",所以"未休关西卒"。壮年劳力都出征了,无人耕田,可是官府还要强征租税,租税又从哪里来呢?这也是一句反问,它一下子就击中了统治者那无人耕作还要缴纳租税的荒谬逻辑。紧接着诗人感慨:现在这世道,生男不如生女呀。生女孩可以嫁给近邻,生男孩只能送去沙场战死。在封建社会,一直都是"重男轻女",如今人们却一反常态"重女轻男",可见无休止的战争对人们心灵的摧残是多么严重,这有力地揭露了封建社会兵役的繁重及其罪恶。最后四句是全诗的高潮,描写了战场的悲惨景象:青海边的古战场上,遍地白骨露荒野,阴风阵阵,哭声凄厉。这真是令人心惊胆寒、毛骨悚然的恐怖场面,再次揭示了统治者穷兵黩武的恶行。

全诗寓情于叙事之中,在叙述中翕张有序,前后呼应,逻辑严谨缜密。诗的句式有三言的、五言的、七言的,错杂运用,声调抑扬顿挫,情意低昂起伏,既井井有条,又曲折多变,真可谓"新乐府"诗的典范。

丽人行

杜甫

三月三日天气新,长安水边多丽人。①
态浓意远淑且真,肌理细腻骨肉匀。②
绣罗衣裳照暮春,蹙金孔雀银麒麟。③
头上何所有,翠微匐叶垂鬓唇。④
背后何所见,珠压腰衱稳称身。⑤
就中云幕椒房亲,赐名大国虢与秦。⑥

紫驼之峰出翠釜，水精之盘行素鳞。⑦

犀箸厌饫久未下，鸾刀缕切空纷纶。⑧

黄门飞鞚不动尘，御厨络绎送八珍。⑨

箫鼓哀吟感鬼神，宾从杂遝实要津。⑩

后来鞍马何逡巡，当轩下马入锦茵。⑪

杨花雪落覆白蘋，青鸟飞去衔红巾。⑫

炙手可热势绝伦，慎莫近前丞相嗔。⑬

释词

①三月三日：此日为上巳日，古时人们到水边被（fú）除不祥，称"修禊（xì）"。后演变为春日郊游的一个节日。长安水边：此指曲江，在长安城东南，为唐时京都人们的游赏之地。②态浓：梳妆浓艳。意远：神情高雅。淑且真：娴静而端庄。肌理细腻：即皮肤细嫩光滑。骨肉匀：体态匀称。③蹙（cù）金孔雀：用金线绣成的孔雀。蹙，一种刺绣方法。银麒麟：用银线绣成的麒麟。此句指衣裙上用金丝线、银丝线绣的孔雀、麒麟等各种图案。④匐（è）叶：匐彩花叶。指的是妇女的头饰。鬓唇：鬓边。⑤珠压腰衱（jié）：即裙带上缀有珠子，下垂而压住后襟，不被风掀动，使之称身合体。腰衱，裙带。衱，衣服后襟。稳称身：十分贴切合身。⑥就中：唐人习语，即其中。云幕：指宫殿中的云状帷幕。椒房：汉代皇后居室，以椒和泥涂壁，取其温暖而有香气。后以椒房代称皇后，皇后家属为椒房亲。椒房亲：本指皇后亲戚，此指杨家亲戚。时杨贵妃位同皇后，故称。赐名：指赐封号。《旧唐书·杨贵妃传》："太真有姊三人，皆有才貌，玄宗并封国夫人之号：长曰大姨，封韩国，三姨封虢国，八姨封秦国，并承恩泽，出入宫掖，势倾天下。"⑦紫驼之峰：即驼背隆起的肉。唐时贵族有道名菜，称"驼峰炙"。翠

釜：精致华美的锅。釜，古代的一种锅。水精：即水晶。行：传送。素鳞：指白色的鱼。⑧犀箸：犀牛角制的筷子。厌饫（yù）：饱食生腻。鸾刀：切肉用的带小铃的刀。缕切：细细地切肉。空纷纶：白忙一场。⑨黄门：指宦官。飞鞚（kòng）：飞马。不动尘：形容马快如飞，尘土不扬。八珍：指各种珍贵菜肴。⑩宾从：宾客侍从。此指杨氏的门下人。杂遝（tà）：众多，杂乱。实要津：指杨国忠兄妹占满了各个重要的职位。⑪后来鞍马：最后来到的那匹马。此指丞相杨国忠。逡巡：原为徘徊缓行之意，此为趾高气扬、旁若无人之态。锦茵：锦织的地毯。⑫杨花雪落覆白蘋：古有杨花入水化为萍的说法，萍之大者为蘋。杨花、萍和蘋虽为三物，实出一体。故以杨花覆蘋影射杨国忠与虢国夫人兄妹私通的丑行。按：北魏胡太后与杨白花私通，杨白花惧怕，率兵投靠南朝，胡太后思念，作《杨白花》歌，中有"杨花飘荡落南家"，又有"愿随杨花入窠里"之句。青鸟：古代神话传说中能为西王母传递信息的神鸟。后世即以青鸟代指情人的信使。飞去衔红巾：指杨氏兄妹传情达意。红巾，妇人所用的手帕。⑬炙手可热：形容气焰灼人。丞相：指杨国忠。天宝十一载，杨国忠为右丞相，兼领四十余使。嗔：恼怒。

 · **译文** ·

　　三月三日天气晴朗、空气清新，长安曲江畔有许多丽人。她们姿态浓丽、神情高远、文静自然，肌肤细腻、胖瘦适中、身材匀称。绣罗衣裳映衬暮春风光，罗衣上有金丝绣的孔雀、银丝刺的麒麟。她们头上戴的是什么，翡翠做的花饰直贴到鬓角边。在背后看见的是什么，珠宝镶嵌的裙腰十分贴切合身。其中有几位杨贵妃家的亲戚，皇上封为虢国和秦国的二位夫人。翡翠蒸锅端出香喷喷的驼峰炙，水晶盘中盛着雪白似银的鲜鱼。平时吃腻了，犀牛角制的筷子久久不动，厨师们快刀细切空忙了一场。宦官骑马飞来却不扬起灰

尘，御膳房络绎不绝地送来海味山珍。笙箫鼓乐缠绵婉转，感动鬼神，宾客随从都是达官贵人。姗姗来迟的骑马人非常骄横，旁若无人地从绣毯走进帐门。白雪似的杨花飘落覆盖浮萍，青鸟飞去衔起红手帕。杨家现在气焰熏天、无与伦比，这时千万不要近前，以免丞相恼怒！

这首诗大约作于天宝十二载（公元753年）春，此前一年，杨国忠官拜右丞相兼文部尚书，势倾朝野。全诗通过描写杨氏兄妹曲江春游的情景，讽刺杨氏国戚之奢侈淫乱，反映了玄宗的昏庸和朝政的腐败，也从另一个角度反映了安史之乱前夕的社会现实。

全诗可分三层。前十句为第一层，写上巳日曲江水边游春丽人的体态之美和服饰之盛，引出主角杨氏姐妹的娇艳姿色。开篇即点出时间、地点。在上巳日这天，曲江池边多有"丽人"赏游于此。诗人用细腻的笔法、富丽的辞采描绘出丽人娴雅的体态、娇美的姿色，从中可以看出她们与众不同的高贵身份，不是皇亲就是贵族。接着又写其衣着的华丽，可谓是光彩奕奕，无论是头上戴的翠玉花饰，还是背后缀满珠宝的腰带，都足见其身份的高贵。这是为下文杨氏兄妹的出场做铺垫。

中间十句为第二层，具体写宴饮的豪华及虢、秦二夫人所得的宠幸。一般丽人的容貌服饰之华美足以惊人，可她们还只是陪衬，真正的主角则是杨贵妃的姐姐们。你看，江边有几座轻柔飘逸如云雾的帐幕，里面就是那被皇上封为"虢国""秦国"的夫人。接着写饮食车马的豪华，体现她们生活的豪奢。她们的餐具是"水晶盘""犀箸"，她们吃的是"紫驼之峰""素鳞"。可这些她们都已经吃腻了，迟迟不夹菜。只可怜那些手拿菜刀精切细做的厨师，他们可是白白地忙活了一场。这都源于唐玄宗对杨贵妃的娇宠，不断派人送来海味和山珍。她们春游时萧鼓齐鸣，缠绵婉转，宾客众多，实际上暗写趋炎附势者极多。这是对杨氏姐妹骄奢豪侈生活的描写。

最后六句为第三层，写杨国忠意气骄横、势焰熏灼。最后骑着马姗姗来迟的是杨丞相，他大模大样，旁若无人，当轩下马，直接进入贵妇休息的帐篷，不顾兄妹之嫌，与虢国夫人眉来眼去。诗人巧用北魏胡太后私通杨白花的故事和青鸟传书的典故，含蓄而又尖锐地揭露了杨氏兄妹淫乱无耻的丑行。诗的最后两句点题，指出"丞相"即杨国忠，他的权势正天下绝伦、炙手可热，游人请小心，那座帐篷千万别去靠近，他的隐私若暴露，他一定会嗔怪责罚你的！这是对杨国忠骄恣和淫乱生活的揭露。

全诗场面宏大、鲜艳富丽，笔调细腻生动，同时又含蓄不露。虽然字面上不见讽刺的语言，但在惟妙惟肖的描摹中隐含着犀利的匕首，讥讽入木三分，是一首绝妙的讽刺诗。正如清人浦起龙《读杜心解》所评："无一刺讥语，描摹处，语语刺讥；无一慨叹声，点逗处声声慨叹。"

哀王孙①

杜甫

长安城头头白乌，夜飞延秋门上呼。②
又向人家啄大屋，屋底达官走避胡。③
金鞭断折九马死，骨肉不得同驰驱。④
腰下宝玦青珊瑚，可怜王孙泣路隅！⑤
问之不肯道姓名，但道困苦乞为奴。
已经百日窜荆棘，身上无有完肌肤。⑥

高帝子孙尽隆准，龙种自与常人殊。⑦
豺狼在邑龙在野，王孙善保千金躯。⑧
不敢长语临交衢，且为王孙立斯须。⑨
昨夜东风吹血腥，东来橐驼满旧都。⑩
朔方健儿好身手，昔何勇锐今何愚？⑪
窃闻天子已传位，圣德北服南单于。⑫
花门劙面请雪耻，慎勿出口他人狙！⑬
哀哉王孙慎勿疏，五陵佳气无时无！⑭

释词

①王孙：皇帝后代。此指李唐宗室子弟。②头白乌：白头乌鸦，不祥之物。南朝梁末侯景作乱，有白头乌万计集于朱雀楼。延秋门：唐宫苑西门。玄宗即从此门出宫奔蜀。③胡：指安禄山军队。④金鞭断折：指唐玄宗以金鞭鞭马快跑而致金鞭断折。金鞭，皇帝所用马鞭。九马：指御用骏马。⑤宝玦（jué）：玉佩。青珊瑚：青色的珊瑚制成的饰物。路隅：路边角落。⑥窜荆棘：在外流浪。⑦高帝子孙：汉高祖刘邦的子孙。这里是以汉代唐。隆准：高鼻。据《史记》记载，汉高祖"隆准而龙颜"。龙种：指王孙。⑧豺狼在邑：指安禄山在洛阳称帝。邑，京城。龙在野：指唐玄宗出奔蜀地。⑨临交衢（qú）：靠近交通要道。衢，大路。斯须：一会儿。⑩东风吹血腥：指安史叛军到处屠杀。橐（tuó）驼：骆驼。旧都：指长安。因此时肃宗已即位于灵武，故称。⑪朔方健儿：指哥舒翰所率河陇、朔方军队。"朔方"句：指唐将哥舒翰守潼关的河陇、朔方军二十万，为安禄山叛军大败的事。⑫圣德：皇帝之德。单于：北方匈奴的首领称单于。东汉光武帝时，匈奴分南北二部，南匈奴首领率部降汉称臣。此句指肃宗与回纥结好，共同平乱。⑬花门：花门山堡

为回纥骑兵驻地，此借指回纥。剺（lí）面：即"梨面"，匈奴古俗在宣誓仪式上割面流血，以表诚意。狙（jū）：猕猴。因狙捕食，善于伺伏候之，故比喻有人暗中侦探。⑭五陵佳气：原指陵墓间葱郁之气，此指皇家之气。五陵，长安有汉五陵，称长陵、安陵、阳陵、茂陵、平陵。唐玄宗以前也有唐五陵，称献陵、昭陵、乾陵、定陵、桥陵。无时无：时时存在。

译文

长安城头伫立着白头乌鸦，夜晚飞进延秋门鸣叫。又向大官邸宅啄个不停，可达官们为避胡人早已逃离了家。玄宗出奔，折断金鞭又累死九马，皇亲国戚来不及和他一同出逃。有个少年腰间佩带玉玦和珊瑚，可怜啊，他在路旁哭泣！千问万问总不肯说出自己的姓名，只说生活困苦，求人收他做奴仆。流浪在外已经有一百多天了，身上无完肤，遍体是裂痕和伤疤。凡是高帝子孙，大都是鼻梁高直，龙种与布衣相比自然有所不同。豺狼在城称帝，龙种却流落荒野，王孙啊，你一定要珍重自己的身体。在这交通要道上不敢与你长时间交谈，只能站立片刻。昨天夜里东风吹来阵阵血腥味，长安东边来了很多骆驼和车马。朔方军队一贯是交战的好身手，往日勇猛，如今何以一战就流水落花？私下听说皇上已把皇位传给太子，皇上的德行征服了南单于。他们个个割面，请求为大唐雪耻，你要守口如瓶以防暗探的缉拿！可怜的王孙，你万万不要疏忽，五陵之气葱郁，大唐中兴有望呀！

鉴赏

本诗作于唐天宝十五载（公元756年）安禄山犯长安后几个月，诗人当时还没有从长安逃出，因而其景其情能写得这样逼真。自六月九日潼关失守，十二日凌晨玄宗奔蜀，仅带着杨贵妃姐妹几人，

其余妃嫔、皇孙、公主都来不及逃走。七月，安禄山部将孙孝哲攻陷长安，先后杀戮霍国长公主以下百余人，诗里所哀的王孙是侥幸逃出来的。诗人在长安城中看到往日娇生惯养的王公贵族的子孙们在安史叛军占领长安城之后的凄惨遭遇，有所感慨，写下此诗。诗中情感十分复杂，既有庸俗的忠君思想，又有对弱者的悲悯之情。

全诗可分三层。前六句为第一层，写祸乱发生，玄宗委弃王孙匆促出奔。诗开篇追忆安史祸乱发生前的征兆，白头乌鸦伫立城墙上不断大叫。这里用"南朝梁末侯景作乱，有白头乌万计集于朱雀楼"的典故暗示长安城将大祸临头，安禄山的叛军攻至长安，居住在华堂高殿中的王孙贵族们纷纷逃出长安。"金鞭断折九马死"，皇帝慌忙逃命，以致把金子装饰的马鞭都打断了。这是夸张手法，写出唐玄宗奔逃时的急与快，更写出为保命仓皇出逃的狼狈相。

"腰下宝玦青珊瑚"至"身上无有完肌肤"为第二层，写王孙流落的痛苦。皇帝自身难保，出逃仓促，以致他自己的孩子都没有能够完全带走，所以他的孩子们遭到了杀戮，只有一些幸运的"王孙"侥幸逃出来。这些逃出来的"王孙"命运又如何呢？他们被父母遗弃在长安城内，有家不能回，只能在路边哭泣。诗人从他们佩戴的玉玦和珊瑚看出他们是"王孙"，可问他们姓名，这些昔日的王公贵族的子孙却不敢说，生怕被胡兵知道后抓去做俘虏。他们只告诉诗人他们现在困苦交加，连日流落在外，身上到处都是伤。他们想只要能够活命，哪怕做别人家的奴仆也心甘情愿。

"高帝子孙尽隆准"至最后为第三层，写诗人密告王孙内外的形势，叮咛王孙自己珍重，等待河山光复。这些"王孙"如今只能苟且偷生，诗人安慰这些孩子，因为他们是龙裔，与普通百姓不同。诗人让他们保重自己的千金之躯，并且悄悄地告诉他们，皇上已经把皇位传给了太子，回纥士兵们个个割面，请求上前线雪耻，相信唐兵一定会打回来的，长安城里的王气依然存在，国家不会亡。诗人虽然身处动乱中，仍然心系国家，充满了必胜的信心。

全诗写景写情都是诗人所目睹耳闻，亲身感受，因而情真意切，荡人胸怀。诗中叙事明净利索，语气真实亲切，写同情处见其神，写对话处见其情，写议论处见其真，写希望处见其切。杜甫的诗歌之所以被称为"诗史"，与这样的艺术特点是分不开的。

春望

杜甫

国破山河在，城春草木深。①
感时花溅泪，恨别鸟惊心。②
烽火连三月，家书抵万金。③
白头搔更短，浑欲不胜簪。④

·释词·

①国破：指长安沦陷。国，国都，即京城长安（今陕西西安）。山河在：山河依旧。②感时：感伤时局。恨别：悲恨离别。③烽火：这里借指战争。连三月：是说战争从去年直到现在，已经一个春天过去了。连，连续。三，泛指多数。抵万金：一封家书可值几万两黄金，极言家信难得。抵，值。④白头搔更短：白头发越抓越少了。短，少。浑欲不胜（shèng）簪：简直连簪子也插不上了。浑，简直。胜，能承受。簪，用来绾住头发的一种针形首饰。古代男子束发，所以用簪。

·译文·

国都已残破，但山河依旧，春天来了，满城荒草丛生。感伤国事，面对繁花反而涕泪四溅，怨恨别离，听到鸟鸣反而惊心。战火

连绵已经过去了一个春天，一封家信可以抵得上万两黄金。头上的白发越来越稀少，简直连簪子也插不上了。

·鉴赏·

此诗作于至德二载（公元757年）春，是杜甫"安史之乱"期间在长安所做的。唐肃宗至德元载（公元756年）八月，安禄山叛军占领长安，肃宗在灵武即位，改元至德。杜甫从鄜（fū）州（现在陕西富县）前往灵武（现属宁夏）投奔肃宗，途中被叛军所俘后困居长安，因官卑职微，未被囚禁，所以能亲眼看见被安史叛军焚掠一空、满目凄凉的长安城。诗中通过描写诗人眺望长安沦陷后的破败景象，表达了深重的忧伤和感慨，抒发了诗人忧国伤时、念家悲己的感情。

这首诗围绕"望"字展开。前四句借眼前的景物抒发内心愁苦之情。首联即写春望所见。国都沦陷，城池残破河山依旧，但景象却大异：荒草遍地，林木苍苍。诗人通过写长安城里草木丛生、人烟稀少来衬托国家残破。"破"字写出战争对大好河山的破坏程度，使人触目惊心。"深"字写出荒凉的景象，令人满目凄然。颔联中的花鸟本是供人娱乐消遣的，但在感伤恨别之时，反而让人落泪惊心。这四句明为写景，实为抒情。

前两联仿佛可见诗人由翘首望景，逐步地转入了低头沉思——思念亲人。后四句写心念亲人境况，充溢离情。颈联写战乱中百姓妻离子散，亲人音讯全无，这时候收到家书尤为难能可贵。"抵万金"写出了家书的珍贵，以及消息隔绝、久盼音讯不至的迫切心情。这从侧面反映了战争给人民带来的巨大痛苦和人民在动乱时期想知道亲人平安与否的心情。尾联以诗人望后的情态作结，写出了诗人的忧国思家之情。诗人愁得头发都快掉光了，头发稀少得连簪子都插不住了。"白发"缘于"国破"和"恨别"，"更短"可见愁的程度。在国破家亡、离乱伤痛之外，又叹息衰老，更增一层悲哀。

　　诗歌押韵是追求声音的循环美；还要讲究双声叠韵，这是追求声音的共鸣美。此诗首联的"国破"古音是一入声一去声，今人读之，依然叠韵；二句的"城春"是双声。一叠韵一双声出现在一联中相对应的位置，给人以听觉上的享受，是运用双声叠韵的典范。

　　全诗借眼前的景物含蓄地传达出诗人感叹忧愤的感情，用词自然，表现力极强。今人徐应佩、周溶泉等评此诗曰："意脉贯通而平直，情景兼备而不游离，感情强烈而不浅露，内容丰富而不芜杂，格律严谨而不板滞。"此论很是恰切。

春宿左省①

杜甫

花隐掖垣暮，啾啾栖鸟过②。
星临万户动，月傍九霄多③。
不寝听金钥，因风想玉珂④。
明朝有封事，数问夜如何？⑤

　　①宿：值夜。唐代有官员轮流在官署值夜的习俗。左省：即左拾遗所属的门下省，和中书省同为掌机要的中央政府机构，因在殿庑之东，故称"左省"。②掖垣：宫门两边的墙。门下省和中书省位于宫墙的两边，像人的两腋，故名。栖鸟：日暮投宿之鸟。过（guō）：读平声。③九霄：九重天，即天之最高处。此指朝廷。④金钥：金锁。指开宫门的锁钥声。玉珂：马笼头上的装饰品，马行则

响，谓之"鸣珂"。此句是想象百官骑马鸣珂入朝的情景。⑤封事：因上奏用袋密封，以防泄漏，故称。数（shuò）：多次。

左偏殿的矮墙遮隐着朦胧的花影，（日已将暮）啾啾鸣叫的归鸟飞过。星空灿烂，宫中的千门万户似乎流光闪烁，皓月当空，高入云霄的楼殿像得到了更多的清辉。夜不敢寝，一直听着宫门开启的锁钥声响，晚风飒飒，似乎听到上朝的马铃声响。心中想着明晨上朝要上奏的奏章，几次起身询问夜已有多深。

·鉴赏·

唐肃宗至德二载（公元757年）安史叛军被平复，长安被收复。诗人仍任左拾遗，负责讽谏进言。这首诗作于诗人左拾遗任上，写上朝前夜的不安和焦盼的心情，塑造了一个端肃谨慎、居官勤勉、忠于职守、殷勤为国的官员形象。

首联写值夜时看到"左省"的景色。暮色至，花影隐，鸟归巢，声啾啾，衬托出傍晚"左省"周围的静谧无声。花、鸟点题目中的"春"。"花隐"和"栖鸟过"是诗人值夜开始时看到的傍晚景致，与题目中的"宿"相关。可见诗人的匠心独运。

颔联写夜景。由暮至夜，星光璀璨，照耀得宫中的千门万户也似乎在闪动；皓月当空，辉映着高耸入云的宫殿，显得如此的庄严气派，一片宏丽豪华的气象。这两句对仗工整，貌似状物，实则寓含着帝居高远的颂圣味道。"动"字写出宫中夜景充满了生气，"多"字作为"诗眼"，十分精妙传神。这两句既写景，又含情，在结构上是由写景到写情的过渡。

颈联写诗人夜中值宿时焦急而又兴奋的心理。诗人一生忧国忧民、勤于国事，唯恐耽误第二天上朝，于是夜不敢寐。他仿佛听到了有人开宫门的锁钥声，又好像听到了百官骑马上朝的马铃响。诗人想象新奇，恰当地表现了他值夜时睡不着的心理活动。这两句紧贴诗题中的"宿"字，宿而不寐，构思新巧。

尾联交代"不寐"的原因。诗人惦记明天的封事密奏，心绪不宁，所以几次询问时辰几何。"有封事"是诗人无法成眠的原因。后半句诗化用《诗经·小雅·庭燎》中的词句："夜如何其？夜未央。"《诗经》本就与国家雅政有关，所以活用此典非常贴切自然。"数问"二字，则写出了诗人寝卧不安的程度。最后两句不难看出诗人勤于国事、尽忠职守的精神品格，可谓是封建官吏品行的标尺。

这首诗前两联写景，后两联写情。全诗章法严谨，情景交融，含蓄细腻，平正妥帖，工于法度，在杜甫的五律中很有特色。

天末怀李白①

杜甫

凉风起天末，君子意如何。②
鸿雁几时到，江湖秋水多。③
文章憎命达，魑魅喜人过。④
应共冤魂语，投诗赠汨罗。⑤

释词

①天末：天边。当时杜甫在秦州，地处边塞，所以说天末。②君子：指李白。③鸿雁：比喻音信。④"文章"句：好文章都是在命运艰难时才写出来的。命：命运，时运。文章：这里泛指文学。**魑魅**（chī mèi）：传说中的妖魔鬼怪，它喜欢有人经过，以便吞食。

这里比喻李白行程凶险，要提防小人陷害。⑤冤魂：指屈原。屈原无罪被放逐，投汨罗江而死。李白被流放，与屈原相似，所以说应和屈原一起诉说冤屈。汨（mì）罗：汨罗江，屈原自沉处，在今湖南湘阴县。

凉风习习来自天边的秦州，老朋友啊你心情还舒畅吗？鸿雁何时能捎来你的音信，江湖水深总有不平的风浪。有文才的人往往文章好了命运就不好，鬼怪正欢喜有人经过作为食粮。你与屈原有共冤共语之处，请别忘了在汨罗江投诗祭奠他。

李白于至德二载（公元 757 年），因永王之罪受牵连，流放夜郎，行至巫山遇赦还至湖南。杜甫客居秦州不知李白已遇赦，以为他依旧在流放途中，因凉风起，顾念旧友而作此诗。诗中设想李白于深秋时节，在流放途中，从长江经过洞庭湖一带的情景，表达了诗人对李白的深切怀念和同情。

首联因景生情，写出对故友的问候。季换时移，秋风乍起，无限悲凉，给全诗定下一片悲愁基调。接着反问远行的故人："你最近怎么样呀？"言浅情深，看似不经意的寒暄，却表现出最关切的心情。诗人恰逢沦落，但他不担心自己，却牵挂远行之人，更见诗人对故友的想念之情。

颔联写盼望得到挚友的音讯。挚友现在境况如何，急盼音讯，故问"鸿雁几时到"，诗人多么希望传书的鸿雁能捎来李白的音讯。"几时到"体现诗人盼望的殷切。然而潇湘洞庭，风波险阻，秋水荡荡，连鸿雁也难以飞越，引起诗人茫茫的忧思。这一联写出诗人对故友的关切之情。

颈联写对友人的怀念和对其身世的同情。文才出众者总是命运多舛。文才极好，本应为造物所喜，却反而被"憎"，诗人语极悲愤。下句暗喻李白遭人诬陷，流放夜郎。"喜"人经过的魑魅，影射伺机谗人的小人。"憎""喜"二字用语极深刻。高步瀛引邵长蘅评："一憎一喜，遂令文人无置身地。"这一联道出了自古以来才智之士的共同命运，蕴含哲理，意味深长。

尾联写诗人想象李白过汨罗江。李白流放途经汨罗江，诗人自然地想到被谗放逐、自沉汨罗的爱国诗人屈原，李白同他的遭遇相似，同是才士不遇，志士遭谗。屈原流放湘南时，曾因悲愤不可遏，作《天问》以自抒。诗人遥想李白定会向屈原的冤魂倾诉内心的愤懑。他和李白千载同冤，斗酒诗百篇的李白，一定会作诗相赠以寄情。"应共冤魂语"一句，生动真实地表现了诗人想象中李白的内心活动。"赠"字用得妙，正如黄生所说："不曰吊而曰赠，说得冤魂活现。"（《读杜诗说》）

这首因秋风感兴而怀念友人的抒情诗，感情十分强烈，低回婉转，沉郁深微，天涯沦落之感跃然纸上，至今读之仍令人潸然泪下，实为古代抒情名作。

奉济驿重送严公四韵[1]

杜甫

远送从此别，青山空复情。[2]
几时杯重把，昨夜月同行。[3]
列郡讴歌惜，三朝出入荣。[4]
江村独归处，寂寞养残生。[5]

·释词·

①奉济驿：在今四川绵阳。严公：严武，字季鹰，华阴（今陕西华阴）人，曾两度为剑南节度使。唐肃宗死，唐代宗即位，六月，召严武入朝，杜甫送别赠诗，由成都送至绵州，写过《送严侍郎到绵州同登杜使君江楼宴》，又于绵州作此诗，故称"重送"。四韵：律诗双句押韵，八句诗四个韵脚，故称"四韵"。这首诗中押韵的四字为：情、行、荣、生。所谓"四韵"就是指这四个字。②空复情：枉自多情。③此二句意谓想起昨夜在月光下举杯送别的深情，不知几时能重逢共饮。担心与严武后会无期，旧欢难再。按诗意应上句在后，下句在前，诗人为使语意曲折不板直而倒置。④列郡：指东川、西川属邑。讴歌：歌颂。惜：因严武离任而惋惜。三朝：指玄宗、肃宗、代宗三朝。出入荣：指严武历任重位，出入荣耀。⑤江村：指杜甫在浣花溪边的草堂。

·译文·

远送你从这里就要分别了，人去山空只有离情绵绵依依。我们什么时候能够再举杯共饮，昨天夜里我们还在月色中同行。巴蜀各郡的百姓都讴歌你，可惜你要离任了，你在三朝为官，多么光荣啊。送走你，我独自回到浣花溪边的草堂，越发觉得我这残生淡泊孤寂。

·鉴赏·

此诗作于代宗宝应元年（公元762年），杜甫送严武奉召离任入朝。二人少小时即有通家之谊，但人生睽隔，直至杜甫晚年，严武镇蜀，方才重聚。杜甫在蜀，严武曾亲自到草堂看望他，并在经济上接济他，杜甫深受感动，入严武幕府。期间，杜甫深受严武照顾。两人品行相投，相互敬重，结下深厚友谊。诗中依依离别之情，自不待言。

　　首联写远送严公。诗人不忍与严公分别，于是送了一程又一程，一直送到了奉济驿。诗人的"远送"足见情深意长。接着写青山也好似含情脉脉、依依不舍地送别行人。这一联借山言人，表现诗人不忍分手伤别而又无可奈何的心情。

　　颔联回想昨夜饯别情景：昨天夜里，我们还在月光下同行。在月下我们举杯共饮，行吟叙情，把酒言别。如今一别，不知何时才能重逢。"杯重把"形象具体地写出重逢后把酒言欢的场景，可这样的场景何时才能再出现呀？当时社会动荡不安，人们分别后能否再相遇是不可预料的事情。诗人不仅在问自己，也是在问友人，他心情复杂，却也无可奈何。

　　以上这四句是倒装句，运用倒装结构给诗增添了情趣。首联若"青山"句在前，就会显得感情突兀，使人不知所云；颔联若"昨夜"句在前，就会直而少致，采用倒装，就奇曲多趣了。这是此诗平中见奇之处。

　　颈联讴歌严武的为官功绩。严武对杜甫有知遇之恩，这样情投意合的官员恐难再遇，于是诗人倍感伤心。伤心的不仅是诗人，还有各郡百姓。严武于玄、肃、代三朝或出守外郡或入处朝廷，都荣居高位，百姓们对于这样一位贤官的离任更是依依不舍。

　　尾联写诗人送别后的心境。送别友人后，诗人独自回到西郊的浣花溪边，顿觉孤独无依。"独"字写离别后的孤单无依；"残"字渲染风烛余年的悲凉凄切；"寂寞"则流露出友人远去的冷落和惆怅。诗人对友人离去后的心境写得悲切不堪，可见诗人对友人的深挚情意。

　　全诗语言质朴，章法严谨，情真意挚，浅易中抒发沉郁的情意，凄楚感人。

别房太尉墓①

杜甫

他乡复行役，驻马别孤坟。②
近泪无干土，低空有断云。③
对棋陪谢傅，把剑觅徐君。④
唯见林花落，莺啼送客闻。

①房太尉：房琯，字次律，河南（今河南洛阳）人。②复行役：指一再奔走求职。③"近泪"句：眼泪落处，地上的土都湿了，形容极度悲痛。断云：一片片不连缀的云彩，象征离别。④对棋：对弈，下棋。谢傅：晋名将谢安，拜太傅，酷爱围棋。徐君：指徐国国君。据《史记·吴太伯世家》记载，春秋时吴国公子季札聘晋，路经徐国，知徐君爱其宝剑，季札决定出使返回时即送给他。及归，徐君已死，便解剑挂于坟树上而去。意即早已心许。

· 译文 ·

身在他乡还在四处奔波，在孤坟面前停下马来向你告别。泪水沾湿了泥土，低暗的天空中飘浮着不连缀的片云。你下棋像谢安一样镇定儒雅，而今在你的墓前，我像季札把剑挂在坟旁树上拜别徐君一样来拜别你。只看见林花纷纷落下，黄莺啼叫着送我远行。

这是一首悼亡诗。房太尉即房琯，他在唐玄宗幸蜀时拜相，为人正直，颇有政绩。肃宗时因陈涛斜（在今陕西咸阳）之败，于乾元元年（公元758年）被贬为邠州刺史。宝应二年（公元763年），房琯又进为刑部尚书，在入朝路上遇疾，卒于阆州（今四川阆中市）僧舍，葬于阆州城外。死后赠太尉。杜甫送严武入朝不久，西川兵马使徐知道反，杜甫避居东川梓州，路经阆州，便去了房琯墓地。诗中叙述了诗人与房太尉生前的交往和坟前的哀悼，抒发了自己对友人的敬佩之情。

　　首联交代来老友坟前告别。开篇写自己四处漂泊，奔走求职，生活困顿。如今又要上路，特到老友的坟前告别。先前堂堂宰相之墓，如今已变成一座"孤坟"，体现了房琯身后的凄凉。房琯与杜甫为世交，他曾推荐杜甫为官。而杜甫也在房琯被贬时，极力上书为其争辩。这一联写出了杜甫告别时的特殊心情，可见二人情意的深厚。

　　颔联写杜甫在墓前的悲痛之状。诗人想起死者生前以及自己坎坷不平的遭遇，倍感悲伤，在坟前痛哭流涕，以致把坟前的干土都湿透了。诗人哭墓的哀情似乎让上天也为之动容，片片残云飘浮在空中，和诗人共同哀悼。"无干土"的缘由是"近泪"。"低空""断云"也溢出哀伤之情。

　　颈联借用两个典故，写出诗人与房琯的生死交情。先借谢安之典，据《晋书·谢安传》：谢玄破苻坚于淝水，有檄书至，谢安方对客围棋。客人问他，答曰："小儿辈遂已破贼！"诗人以谢安比喻房琯讨贼时的从容镇定。接着借吴季札之典，据《史记·吴太伯世家》载：吴国公子季札出使晋国过徐地，心知徐君爱其剑。及还，徐君已死，遂解剑挂于徐君墓上而去。诗人自比季札，虽死不忘亡友，体现出二人之间的深情厚谊。这一联引典寄情，委婉含蓄。

尾联写房琯"孤坟"冷落，寂寞凄凉。诗人前来拜祭亡灵，只看见林花纷纷落下似泪珠，只听见声声莺啼似哀乐凄凄。这凄惨哀伤之景，极力衬托出诗人孤零零哀悼的悲哀。这一联移情于物，写出诗人对亡友的深情厚谊和深切的哀思之情。

全诗感情真挚，写情写人得体恰当，含蓄委婉地叙说二人生前死后的交情，知遇深情，渗透字里行间。

旅夜书怀

杜甫

细草微风岸，危樯独夜舟。①
星垂平野阔，月涌大江流。②
名岂文章著，官应老病休。③
飘飘何所似，天地一沙鸥。④

①岸：指江岸边。危樯（qiáng）：高耸的桅杆。②星垂：群星低垂如挂，指星光灿烂。平野阔：原野显得格外广阔。"月涌"句：银色的月光映着奔流汹涌的长江。③"名岂"句：自己的名气难道是因文章而昭著的吗？著，著名。"官应"句：自己的官职想必因老病而罢了。④飘飘：形容漂泊不定，无依无靠。沙鸥：水鸟名。

·译文·

微风轻轻地吹拂着江边的细草，那立着高高桅杆的小船夜里孤独地停泊着。星星垂挂在天边，平野显得更加辽阔；月光随波涌动，大江滚滚东流。有点儿名声，哪里是因为我的文章好呢？但官职的确是因老且多病而不得不永远休止了。自己到处漂泊像什么呢？就像天地间的一只孤零零的沙鸥。

所谓"旅夜书怀"，就是在行旅的夜里抒写自己的胸怀或抱负。公元764年春天，杜甫再次给严武做节度参谋，一家人生活暂时安定下来。永泰元年（公元765年）正月，杜甫辞去节度参谋职务，返居成都草堂。四月，严武去世，杜甫在成都失去了依靠，便决意携家小离蜀东下，在岷江、长江一带漂泊。这首诗约是杜甫乘舟行经渝州（今重庆）、忠州（今忠县）时写下的。诗中前半部分极力渲染、描绘旅夜江上壮伟之景，后半部分抒发自己内心漂泊无依的伤感情怀。

首联写"旅夜"时看到的近景。微风吹拂岸边绵延的细草，竖着高高桅杆的小船在月夜孤独地停泊着。当时杜甫离开成都是迫于无奈，所以他看到的景正是他孤独感伤之情的外化。诗人寓情于景，羁旅之怀油然而生，表现自己凄孤无依之境。

颔联写远景。遥望原野，远处天与地似乎相接了，天边的星宿也仿佛下垂得接近地面。大江之中，江水浩浩荡荡东流，一轮明月映照在江水中，随着江水的流动而浮荡着。这两句以乐景写哀情，通过景色的雄浑阔大、苍茫无穷之感，反衬出诗人孤苦无依的凄怆心境。"垂"字，反衬出原野的广阔；"涌"字，烘托出大江澎湃向前、浪起千叠的气派。《四溟诗话》评价说"句法森严，'涌'字尤奇"。这一联与李白"山随平野尽，江入大荒流"有异曲同工之妙。

颈联写身世之悲。有点儿名声，哪里是因为我的文章好呢？但官职的确是因老且多病而不得不永远休止了。这两句是用"反言以见意"的手法，他的确因文章而出名，却说不是，这实际是诗人的

自谦。而他休官是因为被排挤，而非"老且病"，这实际是诗人的自解。诗人一心想施展抱负，无奈长期被压抑而不能得以施展。这一联表现诗人内心的不平，抒发诗人内心怀才不遇的愤懑与无奈。

尾联写诗人自叹身世飘零。水天空阔，在这静夜孤舟的境界中，自己恰如天地间无所依存的一只沙鸥。诗人以沙鸥自比，自伤漂泊，以抒悲怀。诗人自问自答，更加突出诗人飘零不遇的身世的可悲与可叹。这一联把诗人晚年飘零、孤独、寂寥的形象凸显了出来。

全诗意境雄浑，寓情于景，景中见情，字字是泪，声声哀叹，感人至深。正如《瀛奎律髓汇评》引纪昀语："通首神完气足，气象万千，可当雄浑之品。"

登岳阳楼①

杜甫

昔闻洞庭水，今上岳阳楼。②
吴楚东南坼，乾坤日夜浮。③
亲朋无一字，老病有孤舟。④
戎马关山北，凭轩涕泗流。⑤

·释词·

①岳阳楼：湖南岳阳城西门城楼，下临洞庭湖，为登临胜地。②洞庭水：即洞庭湖。在今湖南北部，长江南岸，在岳阳城陵矶汇入长江，是我国第二大淡水湖。③吴楚：春秋时二国名，其地约在今湖南、湖北、江西、安徽、江苏、浙江一带。坼（chè）：分裂。这里引申为划分。这句是说：吴在湖之东，楚在湖之南，两地以洞

300

庭湖为分界。乾坤（qián kūn）日夜浮：日月星辰、大地和昼夜都漂浮在洞庭湖上。据《水经注·湘水》卷三十八："洞庭湖水广圆五百余里，日月若出没其中。"乾坤，原指天地，此指日月。④字：这里指书信。老病：杜甫此时五十七岁，身患多种疾病。⑤戎马关山北：本年郭子仪率兵五万屯奉天（今陕西乾县），防吐蕃。涕泗流：眼泪止不住地流淌。涕泗，眼泪和鼻涕，偏义复指，即眼泪。

·译文·

以前就听说过洞庭湖，今日才登上了岳阳楼。洞庭湖好像在楚国东南把吴国隔开，天地日月仿佛在湖面日夜交替，出没沉浮。亲戚朋友没有一点儿消息，如今年老体弱，陪伴我的只有这一叶孤舟。关山以北的战火仍然没有停息，倚在窗前，不禁涕泪横流。

·鉴赏·

唐代宗大历三年（公元768年），杜甫偕妻子由夔州出三峡，岁暮漂泊至岳州。诗人登上神往已久的岳阳楼，凭轩远眺，触景伤怀，写下此诗。诗中由衷礼赞岳阳楼的壮观景象，抒发了诗人忧国忧民的情怀，反映了诗人晚年漂泊不定的不幸生活。

首联写登楼愿望终于得以实现。因为过去就听说过水势浩瀚的洞庭湖，如今终于登上了湖边的岳阳楼，昔日的心愿得以实现。诗人到晚年才实现目睹名湖的愿望，表面看是写登楼后的喜悦心情，实际上是在抒发早年的抱负至今仍未实现的遗憾之情。"昔闻"为"今上"蓄势，今昔对照，扩大时空领域，为全诗浩大的气势奠定了基础。

领联写登上岳阳楼看到的景象。只见洞庭湖浩瀚无边，好像把东边的吴地和西面的楚地一下子劈开了似的，天地日月也宛若昼夜都浮在水面之上。诗人在地理位置和空间两方面描写洞庭湖开阔、

宏伟壮观的气象，意境阔大。"坼""浮"两个动词将洞庭湖波浪掀天、浩茫无际的壮阔景象写得生动形象。这两句被王士禛赞为"雄跨今古"的名句。

颈联写诗人漂泊无依的处境。洞庭湖的景色引人入胜，可想到自己如今漂泊流徙，亲朋故旧没有一点儿消息，衰老多病的诗人只有一叶孤舟载着他随处漂流。诗人至此已由喜转悲，洞庭湖的汪洋浩渺更加重了他政治上不得志的凄凉感。诗人时年五十七岁，疾病缠身，以舟为家，流落在外，得不到亲朋在精神和物质方面的任何援助，其凄凉之境、哀痛之心、愤怨之情，不言自明。这一联是诗人现实处境的真实写照。

尾联写国家动荡不安，自己报国无门的哀伤。虽然"安史之乱"已经平定，但国家仍不安宁，吐蕃重兵屡次侵犯西北，京师戒严，朝廷派郭子仪率兵五万在奉天防守。站在岳阳楼上，遥望关山以北，想到国家现在依旧兵荒马乱，人民还处在水深火热之中，忧国忧民的诗人禁不住凭轩倚栏、涕泪横流。结句诗人把身世之悲和国家之忧联系在一起，抒写了诗人的家国之痛，深化了主题。

全诗意境开阔宏伟，悲伤而不消沉，沉郁而不压抑。宋代胡仔《苕溪渔隐丛话》引蔡绦《西清诗话》说："不知少陵胸中吞几云梦也。"这首诗是杜甫诗中的五律名篇，前人称之为盛唐五律第一。

蜀相①

杜甫

丞相祠堂何处寻？锦官城外柏森森。②
映阶碧草自春色，隔叶黄鹂空好音。

三顾频烦天下计，两朝开济老臣心。③
出师未捷身先死，长使英雄泪满襟！④

① 蜀相：指三国时期蜀国丞相诸葛亮。② 锦官城：《元和郡县志》卷三十二："锦城在（成都）县南十里，故锦官城也。"森森：树木茂盛的样子。③ 三顾：指刘备三顾茅庐。顾，拜访。频烦：屡次劳烦。两朝：指刘备、刘禅两朝。开济：开创大业，匡危济时。④ 出师：蜀汉刘禅建兴十二年（公元234年），诸葛亮率师伐魏，由斜谷出，驻扎在武功五丈原（今陕西岐山县西南），不幸病死军中。英雄：指后代的仁人志士。

　　蜀国丞相诸葛亮的祠堂去哪里寻找呢？在锦官城外柏树高耸茂密的地方。碧草掩映着台阶，自现一片春色；隔着柏树的叶子，传出了黄鹂婉转的鸣叫声。刘备三顾茅庐频频向您请教天下大计，您竭尽全力辅佐两朝开创大业，足见老臣之忠心。可惜出师伐魏还没有取得胜利就病死军中，这常常使得后代英雄为之落泪沾襟。

·鉴赏·

　　唐肃宗乾元二年（公元759年）十二月，杜甫结束了长达四年的颠沛流离的生活，到了成都，在朋友的帮助下，定居在浣花溪畔。第二年春天，他到成都南郊的诸葛武侯祠时，写下了这首感人肺腑的千古绝唱。

　　首联写诸葛亮的祠堂在城外茂密的柏树林中。诗的开篇，诗人自问"丞相祠堂何处寻"，引出所要写的内容。这里称诸葛亮为"丞相"而不是"蜀相"，仿佛跨越了时空的阻隔，拉近了彼此的距

离，使人感到非常亲切。其中的"寻"字，说明诗人此行的目的是专程来造访的，这是诗人渴望已久的地方，蕴含着诗人对诸葛亮强烈的缅怀之情；又因为诗人是初到成都，对这里的地理环境比较生疏，所以才用了一个"寻"字。接下来一句诗人自答"锦官城外柏森森"，这是诗人所看到的景象，"柏森森"三个字渲染了一种静谧而又肃穆的气氛。

颔联写丞相祠堂碧草掩映台阶，黄鹂鸣叫的情景。这两句由远及近，从祠堂的外部写到祠堂的内部。"映阶碧草自春色"是承接第一句的丞相祠堂。碧草掩映着台阶，说明祠堂内缺少人管理和修葺，游人也很少到这里来。茂密的柏树林里传来了黄鹂的啼叫声，但是一个"空"字却蕴含着无限的感慨。武侯呕心沥血所缔造的，已被后人遗忘。这两句同时还含有碧草和黄鹂并不理解人事变迁和朝代更替的意思，从而更添一份惆怅。

颈联讲述诸葛亮的生平功绩。这两句描述了刘备三顾茅庐，诸葛亮为此不遗余力，倾心报国。"三顾""两朝"并没有多大重量的数字，但其中蕴含的内容与含义却格外的厚重，既表现了诸葛亮的雄才伟略和生平功绩，同时也生动地表现了他忠贞不渝、坚忍不拔的精神品格。此处不难看出诗人对诸葛亮的景仰之情。

尾联写诸葛亮的献身精神常常会使人感到痛惜。这两句是叙事兼抒情。诸葛亮一生抱着"兴复汉室，还于旧都"的宏伟志向，所以他曾经多次北伐，试图统一天下。然而不幸的是，在他最后一次出师的时候，病逝军中，留下了无尽的遗憾，使之后的无数仁人志士为之流泪痛惜。但是充满"英雄泪"的惋惜之中并没有消极颓丧的气息，反而是一种令人奋发向上的积极的正能量。

诗人借游览诸葛武侯祠，赞颂诸葛武侯辅佐两朝的功绩，叹惜他"出师未捷身先死"，充分表达了诗人对诸葛亮的景仰和惋惜之情。全诗措辞严谨，肃穆沉郁，催人泪下。

八阵图①

杜甫

功盖三分国，名成八阵图。②
江流石不转，遗恨失吞吴。③

·**释词**·

①八阵图：在夔州西南永安宫前平沙上所布的石阵，为天、地、风、云、飞龙、翔鸟、虎翼、蛇盘八形，聚石为八八六十四堆，各高五尺，星罗棋布，相生相克，用于军事操练和作战，是诸葛亮所创。②盖：超过。三分国：指三国时魏、蜀、吴三国。③遗恨：遗憾。按：古代的"怨"程度最深，相当于现代的"恨"。古代的"恨""憾"程度较浅，相当于现代的"遗憾""埋怨"。失吞吴：吞吴失策。

·**译文**·

三国鼎立局面的出现，诸葛亮的功绩最为卓越，他所创制的八阵图更是名扬千古。任凭江水如何冲击，石头却依然如故，刘备失策想要吞并吴国，破坏了诸葛亮联吴抗曹的大计，留下了千年的遗憾。

·**鉴赏**·

这是诗人于大历元年（公元761年），初到夔州时所做的一首咏怀诸葛亮的诗。

第一句写诸葛亮在三国鼎立过程中功绩卓越。东汉末年，魏、

蜀、吴三分天下、鼎足而立的局面的形成，虽说是大势所趋，是诸多因素共同促合而成的，但是最为突出的一方面便是诸葛亮辅助刘备，帮助其建立并巩固蜀国的基业。诸葛亮在茅庐时，就已经预料到了今后的局势，出山之后，通过施展自己的聪明才智，对当时局面的形成产生了重要的影响，就像诗人所说的功绩最为卓越。这虽然是在称颂诸葛亮，同时也是对三国时期的历史的真实反映。

第二句写诸葛亮创制的八阵图使他名扬千古。历来也有不少人对此大加称颂，成都武侯祠中的碑刻上就有"一统经纶志未酬，布阵有图诚妙略""江上阵图犹布列，蜀中相业有辉光"等称颂语。诗人在这里用了更为集中和凝练的语言赞颂了诸葛亮在军事上的丰功伟绩。这句和上一句对仗工整，"三分国"对"八阵图"，以全局性的笔触突出了诸葛亮在军事上的卓越贡献，精巧工整，自然妥帖。

第三句写石头在江流的冲击中依然不动摇。这句表面上是写水中的石头任凭江流如何冲击都依然如故、毫不动摇，实际上这是诗人在称颂诸葛亮对蜀汉政权和蜀汉统一大业的忠贞不贰、矢志不渝，就像那水中的磐石一般。此外，在世人看来，诸葛亮所取得的丰功伟绩和他的名扬千古，与他这种忠贞的精神有着极为密切的联系，这也为下面诗人抒发内心的感慨做了铺垫。

第四句写刘备失策于想要吞并吴国。刘备失策，想要吞并吴国，不料失败，破坏了诸葛亮联吴抗曹的大计，葬送了统一中原的大业，成了千古遗憾。诗人在此深表遗憾和惋惜。这样，前面所描写的常年不变的八阵图又像是在为诸葛亮叹惋。诗人在为诸葛亮表示惋惜的同时，也渗透了自己"垂暮无成"的抑郁情怀。

这是一首咏怀诗。诗人赞颂了诸葛亮的丰功伟绩和他卓绝的军事才能，同时也表现出了由于刘备的失策而没有完成恢复汉室大业的遗憾。诗人既是在怀古，议论性的语言生动形象；又是在抒怀，抒情色彩浓郁。

月夜忆舍弟①

杜甫

戍鼓断人行，秋边一雁声。②
露从今夜白，月是故乡明。③
有弟皆分散，无家问死生。④
寄书长不达，况乃未休兵。⑤

释词

①舍弟：对他人称呼自己的弟弟。杜甫有四个弟弟：杜颖、杜观、杜丰、杜占。此时仅杜占和他在一起，其余三人分散在河南、山东。②戍鼓：戍楼上的更鼓，即军鼓。杜甫当时在秦州，城楼上有戍兵守夜，定时击鼓。断人行：指鼓声响起后，就开始宵禁。秋边：指秋天边远的地区。秦州远离长安，故言"秋边"。③露从今夜白：指白露节的夜晚。④无家：家园无存。⑤长：一直，总是。未休兵：战争还没有结束。指安禄山已死，史思明从范阳引兵南下，再次攻陷汴州、洛阳等地，战事激烈。

译文

戍楼响过更鼓，鼓声阻止人们来往，秋夜里边塞传来孤雁悲切的鸣声。今夜就进入了白露节气，还是觉得家乡的月亮最明亮。有兄弟却都分散了，家园无存，我何处去打听生死。寄往洛阳城的家书常常不能送到，何况战乱频繁至今没有停止。

　　乾元二年（公元759年）七月，华州发生饥荒，杜甫无力救灾，弃官西去前往秦州。九月，诗人因思念离散亲人而作此诗。当时史思明起兵作乱，山东、河南都处于战乱之中。诗人的几个弟弟正逃亡离散在这一带，由于战乱，音信不通，引起诗人的无限担忧。诗中写兄弟因战乱而离散，音信全无，在异乡诗人更加思念亲人，同时抒发了诗人对国家山河破碎的感慨。

　　首联写战时边地秋天的凄凉景色。诗人不从月夜写起，而是写戍鼓声响，实行宵禁，行人断绝，点出了"深夜"和"战时"那种戒备森严、冷清的样子。接着写孤雁之声，使本来就荒凉的边塞显得更加凄凉，渲染了浓重悲凉的气氛。"断人行"点明社会环境，说明战事频仍，道路阻隔，烘托出战争气氛。"雁声"点明季节，又让人想到古人称兄弟为"雁行"的典故，联想起兄弟失散，流露出忆弟的情怀。在章法上，这一句与后面的"有弟皆分散""况乃未休兵"相互照应，也使全诗脉络连贯、条理清楚。

　　颔联写思乡之情。在白露节的夜晚，霜繁露重，望月思乡，觉得只有故乡的月亮最明亮。普天下只有一轮明月，诗人偏要说故乡的月亮最明亮。这一联中运用"移情"的修辞手法，在自然景物描写中融入了自己的主观感情，借景生情，景随情变。突出了诗人对故乡、对亲人的思念之情。在这一联中，诗人将"白露"和"明月"拆开倒用，增添了诗意的峻健和深稳。

　　颈联由月夜思乡过渡到"忆舍弟"。适逢离乱之际，在这清冷月夜，诗人又想到兄弟分散在河南、山东战乱之地，与他们天各一方，痛不堪言。接着说家已不存，亲人生死难料，写得伤心断肠。这一联写出了安史战乱中百姓亲人离散的痛苦遭遇。

　　尾联进一步抒写内心忧虑之情。兄弟离散，所以想写封信打听

308

一下分散在各地的弟弟们的"死生",却因"无家"而没法做到。现在战事频仍,生死茫茫,更难有骨肉消息,写出对兄弟的无限担心。这一联既是写深沉的"忆",更是对"未休兵"的"愤"。

全诗层次井然,结构严谨,沉郁顿挫,亲切感人。正如喻守真在《唐诗三百详析》中所云:"句句不离'忆'字,如因闻雁而'忆',因寒露而'忆',因望月而'忆'。'分散'则生死不明,'无家'则寄书不达。'未休兵'故'断人行',句句都可连贯在一起。"这首诗一句一转,一气呵成,是不可多得之作。

客至①

杜甫

舍南舍北皆春水,但见群鸥日日来。
花径不曾缘客扫,蓬门今始为君开。②
盘飧市远无兼味,樽酒家贫只旧醅。③
肯与邻翁相对饮,隔篱呼取尽余杯。④

释词

①客:指崔明府。唐人称县令为明府。原诗自注:"喜崔明府相过。"②缘:因为。蓬门:用蓬草编成的门,表明房子简陋。③盘飧(sūn):泛指菜肴。飧,熟菜。无兼味:指菜少。旧醅(pēi):隔年的陈酒。④肯:能否。呼取:呼来。余杯:一同干杯。

译文

草堂的南北都涨满了春水,每天只见成群的沙鸥飞来。长满花草的小路不曾因为有客人的到来而打扫,这简陋的房门是专门为您

的到来而打开的。因为这里距离集市太远，没有什么好的菜肴，就用这自家酿的陈年老酒来招待您吧。如果您愿意邀请邻居家的老翁过来一起喝酒，那我就隔着篱笆叫他一声，来和我们一同开怀畅饮。

这首诗是杜甫在上元二年（公元 761 年）春天，入蜀之初，历尽颠沛流离，终于结束了长期的漂泊生涯后，在成都西郊浣花溪头的草堂，客人来访时所作。

首联描写草堂周围清幽的环境。这两句先从草堂周围的景色写起，并借此点明客人来访的时间、地点和来访前夕诗人悠闲恬适的心境。"舍南舍北皆春水"一句写出草堂四周被春水围绕、春意荡漾的环境，"皆"字暗示春水涨溢的情景，给人一种雾气蒙蒙、烟波浩渺的感觉。"群鸥"自古以来常常被看作是水边隐士的伴侣，这里环境幽静，群鸥的到来，为诗人的生活增添了一层隐逸的色彩。"但见"一词隐隐表现出了诗人内心的寂寞，这也自然而然地为下面有客造访的欣喜之情做了铺垫。

颔联写院中的情景，从描写户外的景色转移到院中的情景。开满花草的小径，还没有因为客人的到来而打扫过；用蓬草编成的门因为客人的到来才打开，足见诗人与客人之间的友情之深厚，同时也表现出了诗人发自心底的欢欣之情。这两句，相互映衬，情韵深厚。

颈联写诗人没有丰盛的菜肴，只能用自酿的陈酒来招待客人。此处开始转入实写待客。因为诗人居住在比较偏远的地方，距离集市比较远，交通又不便利，所以没有丰盛的菜肴，只能用自家酿的陈酒来招待客人，这也暗示了诗人家境的贫寒。诗人没有展开叙述其他的情节，而是选取了一个生活中常见而又真实的场景来铺排。虽然菜肴不是很丰盛，但我们却能看出主人的盛情招待。"只旧醅"

表现了诗人的力不从心与对客人的歉意。

　　尾联写诗人招呼邻家老翁一同饮酒。结尾处笔锋一转，邀邻家老翁喝酒助兴，出人意料。诗人已经把"客至"之情写得非常详尽了，如果接着写主客之间的欢悦场面就会落入俗套、索然无味，诗人巧妙地以"肯与邻翁相对饮，隔篱呼取尽余杯"作结，把气氛烘托得更加热烈。这一细节描写，细腻而真实，同时也说明了诗人与邻里相处得和谐融洽，诗人很享受这种率真纯朴的人际关系。

　　这是一首洋溢着浓郁的生活气息的纪事诗。这首诗写景清丽疏淡，显示出诗人闲适恬淡的心境；对会客场景的描绘则体现出了诗人对有客来访的欣喜以及诚恳待客与淳朴的人际关系。全诗浑然天成，意境悠远。

江南逢李龟年①

杜甫

岐王宅里寻常见，崔九堂前几度闻。②
正是江南好风景，落花时节又逢君。③

　　①李龟年：唐玄宗时的著名乐师，善歌，又善奏羯、觱篥，曾进入内廷歌舞团体——梨园。②岐王：即唐睿宗第四子李范，唐玄宗之弟，封岐王，以好学爱才著称，雅善音律。杜甫少年时曾于洛阳闻其歌，大历五年（公元770年）又遇于潭州（今湖南长沙），感旧而作此诗。寻常：平常。崔九：崔涤，在兄弟中排行第九，中书令崔湜之弟。他与玄宗关系密切，用为秘书监。③江南：这里指

今湖南省一带。落花时节：春末。落花的寓意很多，人衰老飘零、社会的凋敝丧乱都在其中。君：指李龟年。

当年在岐王的家宅里，常常可以见到你的演出，在崔九的堂前，也曾多次欣赏到你的艺术。在这风景大好的江南落花时节，又巧遇你这位老相识。

这首诗写于安史之乱后，杜甫漂泊到江南一带，在潭州和流落的宫廷乐师李龟年重逢，回忆起在岐王和崔九的府第频繁相见和听歌的情景而感慨万千作此诗。该诗是杜甫绝句中最有情韵、最含蕴深意的一篇，虽只有二十八个字，却包含着丰富的时代生活内容。在杜甫心目中，李龟年是和鼎盛的开元时代、自己充满浪漫情调的青少年时期的生活紧紧联结在一起的。几十年之后，他们又在江南重逢。这时，遭受了八年动乱的唐王朝业已从繁荣昌盛的顶峰跌落下来，陷入重重矛盾之中；杜甫辗转漂泊到潭州，晚境极为凄凉；李龟年也流落江南。这种会见，自然很容易触发杜甫胸中本就郁积着的无限沧桑之感。

第一、二句写诗人追忆当年与李龟年的接触。杜甫出身于官宦家庭，加上他才华早著，故在青少年时期就能出入岐王李范和秘书监崔涤的宅第，欣赏李龟年的歌唱。这两句既写出了杜甫与李龟年在"岐王宅里"和"崔九堂前"频繁接触的情景，又暗示出盛唐时期"开元盛世"的繁华景象：笙箫不断、歌舞升平，流露出对"开元盛世"的深情怀念。这两句下语似乎很轻，蕴含的感情却深沉而凝重。"岐王宅里""崔九堂前"，仿佛信口道出，但在当事者心中，这两个文艺名流经常聚集之处，无疑是鼎盛的开元时期丰富多彩的精神文化的发源地，它们的名字就足以勾起对"开元盛世"的美好回忆。

第三句写江南的美景。风景秀丽的江南原是诗人们所向往的作快意之游的所在，如今自己真正置身其间，所面对的竟是满眼凋零的"落花时节"和幡然白首的流落艺人。

第四句的"落花时节"是即景书事，也是别有寓托，寄兴在有意无意之间，让人联想起时运的衰颓、社会的动乱和诗人的衰病漂泊，却又丝毫不觉得诗人在刻意设喻。第三句的"正是"和第四句的"又"两个虚词一转一跌，更在字里行间蕴藏着无限感慨。江南好风景，恰恰成了乱离时代和沉沦身世的有力反衬。一位老歌唱家与一位老诗人在颠沛流离中重逢了，落花流水的风光，点缀着两位形容憔悴的老人，成了时代沧桑的一幅典型图画。它无情地证实了"开元盛世"已经成为历史陈迹，一场翻天覆地的大动乱使杜甫和李龟年这些经历过盛世的人，沦落到了不幸的地步，感慨无疑是很深的，时代的沧桑巨变留给人们的只有无穷的慨叹与悲哀！但诗人的高明之处在于：在正面描写中未着"悲"情，而"悲"情自露。

全诗从岐王宅里、崔九堂前的"闻"歌，到落花江南的重"逢"，连接着四十年的时代沧桑、人生巨变。尽管诗中没有一笔正面涉及时世、身世，但透过诗人的追忆感喟，读者却不难感受到给唐代社会物质财富和文化繁荣带来浩劫的那场大动乱的阴影，以及它给人们造成的巨大灾难和心灵创伤。全诗抒发了动荡时代有着不平凡经历的故人重逢时的深痛感触，暗寓着对往昔的无限眷恋、对现实的深沉慨叹，以及对昔盛今衰、人情聚散的万般感触。

野望

杜甫

西山白雪三城戍，南浦清江万里桥。①
海内风尘诸弟隔，天涯涕泪一身遥。②
惟将迟暮供多病，未有涓埃答圣朝。③
跨马出郊时极目，不堪人事日萧条。④

①西山：即雪岭，在成都西面，终年积雪。三城：指松（今四川松潘）、维（故城在今四川理县）、保（故城在理县新保关西北）三城。此三城为蜀边要镇，为防吐蕃侵犯，有兵戍守。戍：防守。南浦：南郊外的水边地。清江：锦江，在城外南郊。万里桥：在成都城南，相传诸葛亮送费祎（yī）访吴时说："万里之行，始于此桥。"故名。②风尘：指战乱不息。诸弟隔：与诸弟分隔。杜甫有四弟，此时唯杜占随他入蜀，另三弟散在各地。③迟暮：这时杜甫五十岁，所以称迟暮。涓埃：细滴之水曰涓，轻微尘土曰埃。涓埃，一点点，喻微薄之意。④极目：放眼远望。

·译文·

西面雪岭上的积雪终年不化，三城都有重兵驻守，南郊外的万里桥横跨在锦江之上。海内常年战乱不息，导致我和几个弟弟隔绝，只有我一个人远在天涯独自流泪。只是在迟暮之年被多种疾病缠身，没有丝毫的贡献和功德报答贤明的圣上。我独自骑马来到郊外，极目远眺，世事一天天萧条下去，让人不堪想象啊。

这首诗是诗人于唐肃宗上元二年（公元 761 年）作于成都草堂。当时吐蕃在四川边境作乱，诗人身居草堂，以"野望"为题作诗，表现出了感伤时局、怀念诸弟、忧国忧民的沉痛感情。

首联写野望时所见到的西山和锦江的景色。远望苍茫的雪岭，终年积雪不化，松、维、保三城也都有重兵驻防；南郊外的万里桥横跨在波涛滚滚的锦江上。诗人描述了从高低两处看到的景象，由景及情，面对眼前的景象，展开了对内心情感的抒发。

颔联写诗人浪迹天涯，与兄弟离散的凄楚。杜甫的四个弟弟：杜颖、杜观、杜丰、杜占，由于安史之乱引发的战火常年不息，只有杜占随他入蜀，其他三个弟弟都散居各地，远离家乡，没有音信。此时此刻，诗人怀念诸弟，只能独自伤感落泪。覆巢之下无完卵，受战争的影响，诗人与亲人失散，也体现出了诗人对战争无声的控诉。

颈联写诗人因是迟暮之年而无力报效国家之感。由颔联的"天涯""一身"引出迟暮之年的"多病""未有涓埃答圣朝"。诗人虽流落西蜀，但是报效唐王朝的心却始终没有改变过，杜甫当时已经五十了，在国家处于危难之际，他也只能无奈地叹息：迟暮之年的我多病交加，对于国家没有丝毫的功德与贡献，甚是惭愧。

尾联写诗人独自骑马到郊外，看到世事萧条，黯然神伤。此处点出了"野望"的方式以及"野望"过后的深深忧虑。诗人"跨马出郊"极目远眺，原本是为了排遣心中的忧愁，但是眼前之景却使诗人想到了战乱不息、亲人离散、无力报国，看到世事每况愈下，诗人心上的忧愁不觉又添一层，同时也表现了诗人忧国忧民的爱国情怀。

这首诗写的是诗人在郊外野望时的感触。前三联写野望时思想

感情由向外观察转为向内审视的变化过程，尾联才指出其中的原因。全诗语言质朴，由景入题，忧时忧国，感情真挚。

闻官军收河南河北①

杜甫

剑外忽传收蓟北，初闻涕泪满衣裳。②
却看妻子愁何在？漫卷诗书喜欲狂。③
白日放歌须纵酒，青春作伴好还乡。④
即从巴峡穿巫峡，便下襄阳向洛阳。⑤

释词

①河南河北：指当时黄河以南和黄河以北的地区。唐代安史之乱时，叛军的根据地于公元763年被官军收复。延续七年多的安史之乱终于结束。②剑外：剑门关以南的地区，这里指蜀地。蓟北：河北北部地区。③却看：回头看。妻子：妻子儿女。漫卷：胡乱地卷起。④青春：明媚的春色。⑤巴峡：指在今重庆嘉陵江之巴峡，俗称"小三峡"。巫峡：三峡之一，在今重庆巫山。襄阳：今湖北襄阳。

译文

剑门关外忽然传来军队收复了蓟北的消息，刚刚听到这个消息的时候，忍不住泪水沾满了衣裳。回头看看妻子和孩子，他们的脸上哪里还有一点儿忧愁？我胡乱地卷起诗稿和书籍，高兴地简直快要发狂了。在明媚的春天里我要放声高歌、纵情饮酒，和家人做伴，一起返回家乡。我们立即动身，从巴峡启程穿过巫峡，一路顺流而下，很快就到了襄阳，接着又奔向洛阳。

唐代宗广德元年（公元 763 年）正月，史思明之子史朝义兵败自缢，其部将田承嗣、李怀仙归降，河南、河北地区相继收复，安史之乱终于结束。此时，寓居在梓州（今四川三台）的杜甫，时年五十二岁，听到这个消息，以饱含激情的笔墨，写下了这篇脍炙人口的佳作。

　　首联写诗人听闻收复蓟北，喜极而泣。首句"剑外忽传收蓟北"，起势迅猛，恰当地表现出了捷报传来的突然。由于一直以来蓟北未收，安史之乱未平，诗人不得已在外漂泊多年，尝尽各种艰难困苦。当他忽然听到这个消息的时候，竟惊喜地流下了饱含酸楚和欢喜的眼泪，心中久久不能平静。"初闻"紧接"忽传"，"忽传"说明喜讯来得太过突然，而"初闻"则把诗人听闻喜讯那一瞬间的感情集中凝结，"涕泪满衣裳"则是诗人喜极而泣、悲喜交集的真实感情的自然流露。

　　颔联写听闻捷报后诗人及其家人的表现。诗人此刻的欢喜之情溢于言表。"却看"这个动作极富意蕴，诗人想要对家人说些什么，但又因过分兴奋而不知从何说起。实际上，此时此刻也无须再多说什么，看着多年来跟着自己一直受苦受难的妻子儿女脸上的愁容瞬间也都消失了，取而代之的是喜上眉梢，笑逐颜开。再看看诗人，他更是欢喜得快要发疯了。"漫卷"一词形象而具体地体现了诗人内心的欣喜。那些诗、书可能是诗人最为宝贵的东西，此刻也不再重要，只是胡乱地卷了起来。我们也不禁被一种喜气洋洋的氛围所感染，并为之欣喜。

　　颈联写诗人放歌纵酒，准备还乡的情景。这是对"喜欲狂"所表现出来的狂态的进一步描写，又是"放歌"又是"纵酒"，这正是对"喜欲狂"的具体描写。这时正值春天来临，在一片春意和鸟

语花香中诗人将与妻子儿女们结伴还乡，想到这里，他不禁"喜欲狂"。接下来自然而然地引出对归乡路线的计划和旅途的想象。

尾联描写归乡路线。即刻启程从巴峡顺水穿过巫峡，一路顺流而下直接到达襄阳，接着又直奔陪都洛阳。这两句一气贯注，是对归乡路的具体描绘，想象中的旅程美好而又顺畅，就像此时诗人的心情。实际上，巴峡、巫峡、襄阳、洛阳这四个地方相距并不近，但是由于诗人此时归心似箭，所以想象中的旅程也就变得比实际的要近、要顺畅。"即从""便下""穿""向"传达出一种一泻千里的气势。

这是一首叙事抒情诗，除了开篇第一句叙事点题外，其余都是在抒发诗人听闻军队收复河南河北的捷报的喜悦之情。诗人一改过去沉郁苍凉的诗风，用轻快爽朗的语言来表达内心的喜悦。仇兆鳌在《杜少陵集详注》中引王嗣的话说："此诗句句有喜跃意，一气流注，而曲折尽情，绝无妆点，愈朴愈真，他人决不能道。"后代诗论家都极为推崇此诗，赞其为杜甫"生平第一首快诗也。"

登楼

杜甫

花近高楼伤客心，万方多难此登临。
锦江春色来天地，玉垒浮云变古今。①
北极朝廷终不改，西山寇盗莫相侵。②
可怜后主还祠庙，日暮聊为《梁甫吟》。③

·释词·

①锦江：即濯锦江，一称"浣花溪"，岷江的支流，流经成都。杜甫的草堂临近锦江。来天地：与天地俱来。玉垒：玉垒山，在今四川灌县西。为吐蕃入扰必经之地。变古今：与古今一同变幻。②北极：北极星。比喻朝廷的中枢。广德元年十月，吐蕃攻陷长安，立广武王李承宏为帝，不久郭子仪收复长安，代宗回京。本句写此事。西山寇盗：指吐蕃。③后主：刘备的儿子刘禅，三国时蜀国的后主。曹魏灭蜀，他辞庙北上，成为亡国之君。还祠庙：还有祠庙。还，仍然。聊为：不甘心这样做但姑且这样做。《梁甫吟》：乐府曲名。诸葛亮躬耕南阳时，好为《梁甫吟》。

·译文·

繁花靠近高楼使远离家乡的我看了更加伤心，在万方多难的时候我来此登临远望。锦江两岸的春色从天地交接处迎面扑来，玉垒山上的浮云，古往今来一向是变幻莫测。大唐的朝廷就像北极星一样不可动摇，吐蕃夷狄不要再来侵扰。虽然后主成了亡国之君，但他还有祠庙，天色已近黄昏，我姑且也像孔明一样吟诵《梁甫吟》吧。

·鉴赏·

这首诗是杜甫于广德二年（公元764年）春在成都所作。当时已经是诗人客居四川的第五个年头。上一年正月，官军刚收复河南河北，平定了安史之乱；十月便发生了吐蕃攻陷长安之事，不久郭子仪收复京师；年底，吐蕃再次攻陷剑南、西山诸州。

首联写在万方多难之际，登上高楼看繁花的伤心之情。按常规的话，这两句应该颠倒一下顺序，先是登上高楼看到繁花，才勾起

了诗人的伤心。此外，"伤客心"也颠倒了主体的关系。花开，见之则喜，花落，见之则悲，是正常现象，但是诗人在这里却说是因看到繁花而伤心。两处的颠倒也正体现了诗人的高明之处。乱世之中，诗人一直过的是颠沛流离的生活，用乐景写哀情，乐景更乐，哀情更哀。开篇我们便感受到了诗人的伤感与忧愁。

颔联写诗人登楼所见到的壮观的自然景色。"锦江"和"玉垒"都是诗人登楼远眺所见，锦江两岸充满生机的春色从天地的交接处汹涌而来，玉垒山上的浮云飘忽不定，正像古今世势的风云变幻一样令人捉摸不透，诗人由此联想到了国家动荡不安的局势。这里既饱含着诗人对祖国壮丽河山的赞美，同时也透露出了诗人忧国忧民的情怀。

颈联是对天下形势的概括。上联写诗人登楼所见，接着便写诗人的登楼所想。北极星居于北天正中，在这里象征大唐王朝。上句的"终不改"，反承第四句的"变古今"，是从前一年吐蕃攻陷京城、代宗不久回京一事来说的，意思是说大唐朝廷就像北极星一样不可动摇；下句的"寇盗""相侵"则进一步说明第二句的"万方多难"，也暗含着对吐蕃的警告。在"西山寇盗莫相侵"那浩气凛然的义正词严当中透着坚定的信念。

尾联诗人感叹连蜀汉后主都有祠庙，并寄托个人的抱负。这里提到蜀汉后主刘禅，是说其虽昏庸无能、宠信宦官，最终亡国，但是却保有祠庙；而提到诸葛亮的《梁甫吟》，则含有诗人对诸葛亮的仰慕之情。此处诗人巧妙地提到这两个人，是用刘禅比喻唐代宗李豫。李豫重用宦官，结果造成国事艰难、吐蕃入侵的局面，这与刘禅宠信宦官而亡国极其相似，但朝廷中却没有诸葛亮那样的忠贤之臣，担心代宗身后之事，其命运可能连可怜的后主刘禅都比不上。诗人是想讽喻当朝昏君，寄托个人抱负。

全诗借景抒情，通过对祖国壮丽河山的描写，联系到古往今来社会的变化，抒发自己的情怀。诗人借助自然界的景物来谈论人事，互相渗透，把自然景物、国家的灾难和个人的情怀融为一体。全诗语境开阔，寓意深远，体现出了杜甫所特有的沉郁顿挫的艺术风格。

阁夜

杜甫

岁暮阴阳催短景，天涯霜雪霁寒宵。^①
五更鼓角声悲壮，三峡星河影动摇。^②
野哭几家闻战伐，夷歌数处起渔樵。^③
卧龙跃马终黄土，人事音书漫寂寥。^④

释词

①阴阳：指日月。短景：指冬季日短。霁：雨过天晴曰"霁"，此处指雪停。②三峡：指瞿塘峡、巫峡、西陵峡。星河：银河。③野哭：战乱的消息传来，几户人家的哭声响彻四野。几家：一作"千家"。战伐：杜甫作此诗的前一年（公元765年）十月，成都尹郭英乂被兵马使崔旰攻杀。邛州、泸州、剑南三牙将柏茂林、杨子琳、李昌夔起兵讨崔，大战连年。夷歌：指四川境内少数民族的歌谣。夷，指当地少数民族。④卧龙：指诸葛亮。《蜀书·诸葛亮传》："徐庶……谓先主曰：'诸葛孔明者，卧龙也。'"跃马：指公孙述。字子阳，扶风人。西汉末年，天下大乱，他凭蜀地险要，自立为天子，号"白帝"。这里用晋代左思《蜀都赋》中"公孙跃马而称帝"之意。二人在夔州都有祠庙。人事音书：指仕途生涯与亲朋消息。

冬天到了，白天的时间越来越短，夔州的霜雪在这个寒冷的夜晚也停了。五更时听到戍地战鼓号角声非常悲壮，天上的银河倒映在三峡中，随着江流摇曳不定。战乱的消息传来，几户人家的哭声响彻四野，渔人、樵夫在好几个地方唱起了悲伤的民歌。诸葛亮和公孙述这样的历史人物，都终归了黄土，仕途坎坷、书信断绝这点儿寂寥又算得了什么。

这首诗是杜甫在大历元年（公元 766 年）冬，寓居夔州西阁时所作的。当时西南军阀混战，战事频繁，杜甫只身流落夔州，过着颠沛流离的生活，家国之悲萦绕心头。这首诗正好表现了诗人此时的沉重心情。

首联写冬天夜里的雪。开头两句点明时间，是在冬季，"短景"已指冬天日短，一个"催"字更使人深刻地体会到时光荏苒、岁月流逝，诗人也体会到人生苦短，而自己却无所作为的苦痛抑郁之情。"天涯霜雪霁寒宵"指出诗人在夔州，长期流落异乡，颇有沦落天涯之感。寒冬的夜晚，霜雪刚停，雪光映衬着夜色明朗如昼，诗人面对这凄凉的夜景，不由得生出万千感慨。

颔联写五更天军营戍地号角声悲壮，银河倒映在三峡水中随波动摇的情景。这两句承接首联写诗人在寒夜中的所见所闻。五更天快亮的时候，诗人难以入眠，这时听到号角声更觉悲壮感人，同时也传达出了战争频繁、兵戈未息的紧张气氛。诗人抬头望向晴朗的夜空，天上的银河也显得格外的清澈，群星斑斓，倒映在三峡中，随着湍急的江流摇曳不定。此处的景物描写气势恢宏，一静一动，一悲一壮，营造出了一种独特的艺术氛围。

颈联写人们听闻战乱的消息后的凄惨景象。一听到战乱的消息就立刻传来了几户人家的痛哭声，好多地方的渔民、樵夫都唱起了悲伤的民歌。这两句形象而真实地写出了战乱给人们带来的不安与痛苦，并且把偏远的夔州的典型环境刻画得非常真实："野哭"具有时代感，"夷歌"则具有鲜明的地方特征。眼前的景象和悲戚而又绝望的哭声，使这位忧国忧民的伟大诗人倍感悲伤与凄凉。

尾联写诗人想到"卧龙""跃马"所发出的感慨。听着悲壮的声音，看着满目的疮痍，诗人不禁感慨：像诸葛亮、公孙述这样有着伟大建树的历史人物都归入黄土了，我眼前的这点儿困苦又算得了什么呢，就顺其自然吧！卧龙，指诸葛亮。跃马，化用左思《蜀都赋》的"公孙跃马而称帝"，意指公孙述在西汉末年趁乱据蜀称帝。诗人提到历史上的诸葛亮、公孙述，对照现实生活中的种种不幸与灾难，觉得这些都不算什么，这样的自遣之词，实际上却充分反映出诗人感情上的矛盾与苦恼。这两句用典自然，浑然天成，抒发了诗人忧愤感伤的情绪。

这首诗向来被誉为杜甫律诗中的典范作品。诗人通过描写夜宿西阁时的所见、所闻、所感——从寒宵雪霁到五更鼓角，从天空星河到江上洪波，从山川形胜到战乱人事，从当前现实到千年往迹，全诗气象开阔，有上天下地、俯仰古今之概。明代胡应麟称赞此诗："气象雄盖宇宙，法律细入毫芒"，并说它是七言律诗的"千秋鼻祖"。

咏怀古迹五首（其一）①

杜甫

支离东北风尘际，飘泊西南天地间。②
三峡楼台淹日月，五溪衣服共云山。③

羯胡事主终无赖，词客哀时且未还。④
庾信平生最萧瑟，暮年诗赋动江关。⑤

①这是杜甫作于大历元年（公元 766 年）的一组七律连章诗，五首分咏五处古迹：一指江陵的庾信宅，二指归州（今湖北秭归）的宋玉宅，三指归州的昭君村，四、五分指夔州的先主庙和武侯祠。杜甫由古迹而追怀古人，又由古人而抒发一己之怀。②支离：流离之意。东北风尘际：指安史之乱时期。③楼台：指房屋。淹日月：指滞留多日。五溪：指雄溪、樠（mán）溪、酉溪、沅溪、辰溪，在今鄂贵交界处，为古代少数民族所居住。《后汉书·南蛮传》："武陵五溪蛮，皆槃瓠之后。……织绩木皮，好五色衣服。"④羯（jié）胡：指安禄山，也指反叛南朝梁的侯景。词客：指庾信，也指自己。哀时：感伤时事。未还：指漂泊异乡，不能回家。⑤"庾信"二句：梁朝诗人庾信，字子山，新野（今属河南）人，梁元帝时出使北周，被留，常怀乡思国。作《哀江南赋》，曰："将军一去，大树飘零；壮士不还，寒风萧瑟。提挈老幼，关河累年。"有《伤心赋》："对玉关而羁旅，坐长河而暮年。"此处作者把安禄山叛唐比作梁朝侯景叛梁，把自己的乡国之思比作庾信之哀思故乡。

・**译文**・

战乱期间我在东北一带颠沛流离，一直漂泊到西南天地间。在三峡的房屋中滞留了很久，风俗、衣饰与五溪蛮族云山相连。羯胡为臣，终究不可信赖，词客忧乱伤时，今尚未还。庾信的一生最为萧瑟凄凉，他晚年的诗作向南惊动了江关。

《咏怀古迹》是杜甫大历元年在夔州写成的一组诗，共五首，这首诗是组诗的第一首，咏庾信在江陵的遗迹。庾信，字子山，河南新野人，父庾肩吾，齐梁时著名的宫廷诗人，出入梁朝宫廷，深受东宫萧纲的宠信。侯景之乱，庾信任建康令，兵败溃退，奔走江陵。梁元帝在江陵即位，他任右卫将军加散骑侍郎。不久，奉命出使西魏，被羁留长安，屈仕敌国，后又仕北周。北周静帝大象元年（公元580年），以疾去职。隋文帝开皇元年（公元581年）卒于长安。诗人借庾信的生平，通过怀念古人来抒发自己的身世之感。

　　首联描写了诗人在战乱不止、山河破碎的年代过着颠沛流离的生活。"支离东北风尘际"一句形象地写出了当时藩镇割据、山河破碎、战乱不息、生灵涂炭的社会现实。"飘泊西南天地间"则写出了诗人在西蜀夔州过着颠沛流离的痛苦生活，"天地间"三字是对诗人入蜀八年以来辗转于成都、夔州等地漂泊的形象概括。开头两句，从"东北"写到"西南"，从国家的社会现实写到个人遭遇，其笔触苍劲，意境开阔，体现了诗人忧国忧民的情怀和对自身漂泊的感慨。

　　颔联写诗人漂泊西南的具体境况。这两句紧承上两句，具体描写漂泊西南时的境况。"三峡楼台淹日月"写诗人滞留在三峡，想要回去却不能，只能在这里一天天的浪费光阴。"五溪衣服共云山"写诗人在夔州以南，少数民族的居住地时对故国的思念。这时东北地区正在经受战乱，不得已，诗人漂泊至西南，这是诗人漂泊西南遭际的具体写照。

　　颈联写安禄山做节度使不可依赖，自己仍然流落在外。五、六两句转笔写庾信，同时又兼写自己。"羯胡"指梁朝叛将侯景，在这里指叛乱的安禄山；"词客"指庾信，同时也指诗人自己。安禄山和

侯景一样，都是不忠于主的无赖小人，至今未能归乡的词客是庾信也是自己。庾信出使被留，由于家破人亡，羁留异地，所以内心十分痛苦。"词客哀时且未还"实际上是在说自己和庾信有共同的遭遇，这也正是这首诗咏怀的主旨所在。

尾联写庾信一生萧瑟，晚年的诗赋惊动南朝。庾信一生的经历坎坷萧条，但是他晚年的诗作却惊动了江关。"萧瑟"一词写出了庾信被北朝羁留长达二十七年失去故国的处境和心情，表现了庾信对故国深沉的怀念，同时也抒发了诗人晚年漂泊异乡、心怀故国的沉痛哀婉的情思。

这首诗主要通过诗人自身的遭遇来咏怀，从"支离""漂泊"里写出自己遭遇的不幸，从"淹日月""且未还"里写出思乡之情，又结合"羯胡事主"来感慨时事。诗人从庾信的身世联想到自己，庾信因侯景之乱羁留北魏，自己因安史之乱漂泊西南，心中愁苦，更加思念故乡，感情深沉，诚挚感人。全诗总体风格沉郁苍凉，工丽浑厚。

咏怀古迹五首 （其二）

杜甫

摇落深知宋玉悲，风流儒雅亦吾师。①
怅望千秋一洒泪，萧条异代不同时。②
江山故宅空文藻，云雨荒台岂梦思。③
最是楚宫俱泯灭，舟人指点到今疑。④

①此首诗咏宋玉宅。宋玉：战国楚人，其所作《楚辞·九辩》："悲哉，秋之为气也，萧瑟兮草木摇落而变衰。"风流儒雅：指宋玉

的气度和才学。②"小长望"两句：感慨虽与宋玉相隔近千年，但是萧条之感却是相同的，因而怅然落泪。③故宅：指宋玉宅。秭归、江陵（今属湖北）都有宋玉故宅。这里当指秭归宅。云雨荒台：宋玉曾作《高唐赋》：昔先王尝游高唐，梦见一妇人曰："妾巫山之女也。"王因幸之。去而辞曰："妾在巫山之阳，高丘之岨，朝为行云，暮为行雨；朝朝暮暮，阳台之下。"阳台山，在今重庆巫山。岂梦思：意谓宋玉作《高唐赋》，难道只是说梦，并无讽谏之意？④"最是"两句：最叫人感慨的是，当年的楚宫现如今已经泯灭了，船夫们驾船经过这里，还带着不确定的口吻指点着这些古迹。

草木摇落，我才深深地体会到宋玉悲秋的原因，他文采风流、温文儒雅可以做我的老师。相隔千年，追怀怅望，不免叫人流下泪水，虽然生在不同的朝代，但是萧条之感却相同。江山故居都还在，只空留下文采，云雨荒台难道只是在说梦而没有讽谏之意吗？最让人感慨的是当年的楚宫早已泯灭，现在船夫们经过时都带着不确定的口吻指点着这些古迹。

这首诗是组诗中的第二首，是杜甫自蜀出峡时，经过宋玉的旧宅凭吊而作的。诗人通过对战国时楚国文学家宋玉的怀念，来寄寓自己的身世之感。

首联写宋玉学识渊博可以做自己老师。在这个草木摇落的秋天，诗人深深地体会到了宋玉悲秋的原因，认为他学问渊博、文辞精彩可以做自己的老师。宋玉的名篇《九辩》中"悲哉，秋之为气也，萧瑟兮草木摇落而变衰"以悲秋发端，旨在抒写"贫士失职而志不平"，与诗人当时的情怀产生了共鸣，所以诗人借此兴起本诗，同时

327

又点出了时节天气。"风流儒雅"是庾信《枯树赋》中形容东晋名士兼志士殷仲文的成语，这里是想表明宋玉是一位政治上有抱负的志士。诗篇一开头就对吟咏的对象注入了浓烈的感情，同时也为全篇的抒情定下了基调。

颔联诗人感慨自己没能和宋玉处于同一时代。这是诗人思接千载的心灵自述，诗人感慨自己和宋玉生活的时代时隔千秋，没能同处一个时代，但是却有着相似的人生经历和思想感情上的共鸣，表明了诗人若有所失。"怅望""洒泪"使得抒情主人公的形象呼之欲出，"萧条"一词则体现出了诗人的悲哀与感慨，诗人在此处哀宋玉生不逢时，同时更是在感慨自己一直以来的漂泊落魄。

颈联诗人感慨宋玉生前身后并没有被人真正地理解。在这片大好江山里，虽然还保存着宋玉故宅，表明世人没有遗忘他，但人们也只欣赏他的文采辞藻，并不了解他的文章中的意蕴与价值，这不禁令人感到惋惜，所以用了一个"空"字。下句中的"云雨荒台"指宋玉《高唐赋》序中所写的神女故事，其意也被后人曲解了。这些感慨之词，体现了诗人对宋玉作为一个文学家的理解，以及对其地位和价值的充分肯定。

尾联写楚宫的遗址已经泯灭，就连渔夫指点时也不能确定无疑。最让人感慨的是当年的楚宫早已泯灭，至今船夫们驾船经过这里，指点旧址时还有所怀疑。相比之下，宋玉的境遇就让人稍感慰藉了，宋玉毕竟留下了千年不灭的文名，这比那身死国灭、遗迹荡然无存的楚王要强多了。诗人借以安慰宋玉，同时也安慰与宋玉一同从事文学事业的自己。

这首诗是诗人亲临实地凭吊后写成的，诗的前半部分感慨宋玉生前的怀才不遇，后半部分则为其死后不被人理解鸣不平，通过对景物的描写，来抒发自己的感慨。全诗通篇用叙述，讲究遣词造句，清丽自然。

咏怀古迹五首（其三）

杜甫

群山万壑赴荆门，生长明妃尚有村。①
一去紫台连朔漠，独留青冢向黄昏。②
画图省识春风面，环珮空归月夜魂。③
千载琵琶作胡语，分明怨恨曲中论。④

·释词·

①此首诗咏昭君村。荆门：荆门山。《水经注·江水》："江水东历荆门虎才之间。荆门山在南，上合下开，其状似门。"明妃：王昭君，汉元帝时宫人。晋时为避司马昭名讳而改称"明妃"。尚有村：昭君村在归州东北四十里，处夔州与湖北荆门之间，一路峡壁相连。唐时还留有昭君故居遗址，故说"尚有村"。②紫台：帝王之宫。朔漠：北方沙漠。青冢（zhǒng）：即昭君墓。在呼和浩特市西南二十里。③省（xǐng）识：认识。春风面：指美貌。环珮：指妇女的装饰品。这里借指昭君。④"千载"两句：相传王昭君在匈奴曾作怨思之歌，后人名为《昭君怨》。作胡语，琵琶为西域胡人乐器，所奏皆为胡音。曲中论，曲中所倾诉的幽怨怅恨之意。

·译文·

千山万壑随着江流奔赴荆门，昭君生长的地方现在还有村落。一离开汉宫就嫁到北方的荒漠中了，现在只留下一座长着青草的坟墓独自对着黄昏。汉元帝只凭着图画怎么能识别宫女的容貌，环珮

声响，昭君的魂魄只有乘着月夜才能归来。千百年来流传着她作的胡音琵琶曲，分明是在倾诉着她的幽怨怅恨之情。

·鉴赏·

这首诗是组诗的第三首。杜甫写这首诗的时候，正住在夔州白帝城，这里是三峡的西头，地势较高。他站在白帝城高处，远眺三峡东口外的荆门山及其附近的昭君村写下此诗。

首联写荆门还留存着王昭君生长的村落。诗人站在白帝城的高处，向东望三峡东口外的荆门山及其附近的昭君村，实际上此地距离昭君村数百里，原本是望不到的，但是诗人发挥自己的想象力，由近及远，想象着群山万壑随着江流奔赴荆门的壮丽图景，最终将笔触落在了昭君村上，通过高山大川的雄伟气象的烘托，引出所要歌咏的对象——王昭君。诗人用开阔伟岸的背景，使诗的意境更深一层。

颔联写黄昏时刻大漠中独留青冢。前两句写昭君村，这两句写到昭君本人，诗人用简短而雄浑有力的诗句写出了昭君充满悲剧色彩的一生。这里诗人借用了南朝江淹《恨赋》里的话："明妃去时，仰天太息。紫台稍远，关山无极。望君王兮何期，终芜绝兮异域。"但是，这两句诗所蕴含的丰富而深刻的思想内容远远超过借用之词。此处诗人把大漠和黄昏连用，意境变得无限开阔与荒芜，透露出了一种强烈的悲剧色彩。这两句给人一种"天地无情，青冢有恨"的无比广大而沉重之感。

颈联写汉元帝靠图画不识昭君美貌，使得昭君只有魂魄乘着月夜归来。这是紧接着前两句，进一步写昭君的悲剧命运与身世。"画图省识春风面"说明由于汉元帝的昏庸，对后妃的宫人们只看图画不看人，她们的命运也就完全交给了画工来摆布，这也是昭君悲剧命运的根源。"环珮空归月夜魂"体现了昭君对故国的怀恋，一个

330

"空"字，表现了昭君的遗恨之深，同时也寄寓着诗人深深的同情。

尾联写昭君借着琵琶曲来抒发心中的怨恨。千百年来琵琶弹奏的异乡的哀怨乐曲，分明是昭君在诉说内心的怨恨情怀。"千载"点出了乐曲流传时间之长，以见昭君怨恨之深，且与首联"尚"字遥相对应。"分明"一词则表明乐曲所表现出来的怨恨之情，溢于言表。宋人欧阳修的《明妃曲》："身行不遇中国人，马上自作思归曲。推手为琵却手琶，胡人共听亦咨嗟。玉颜流落死天涯，琵琶却传来汉家。汉家争按新声谱，遗恨已深声更苦"是对这两句诗最好的解释。在这里，诗人借"琵琶之怨"来表明对朝廷的不满，所以昭君的怨，也正是诗人的怨，点明全诗主旨。

这首诗是咏怀昭君村的。清人李子德说："只叙明妃，始终无一语涉议论，而意无不包。后来诸家，总不能及。"诗人借咏昭君村、怀念王昭君来抒发自己的情怀。诗人有感于王昭君的遭遇，并寄予了自己深切的同情。这首诗在表现昭君对故国的思念时，也从中寄托了诗人自己的身世及爱国之情。全诗叙事明确，形象突出，意味深刻，耐人寻味。

咏怀古迹五首（其四）

杜甫

蜀主窥吴幸三峡，崩年亦在永安宫。①
翠华想像空山里，玉殿虚无野寺中。②
古庙杉松巢水鹤，岁时伏腊走村翁。③
武侯祠屋常邻近，一体君臣祭祀同。④

①蜀主：指刘备。窥吴：对东吴有企图。幸：旧时称帝王驾临曰"幸"。永安宫：三国蜀汉章武二年（公元222年），刘备率蜀军经三峡攻东吴，被陆逊击溃，退至鱼复（今重庆奉节）白帝城，改"鱼复"为"永安"，建永安宫居之。②翠华：皇帝仪仗中用翠鸟羽毛做装饰的旗帜。玉殿：指永安宫。此句下原有注："殿今为卧龙寺，庙在宫东。"唐时永安宫已变成荒凉的寺庙了。③古庙：指夔州的刘备庙。岁时伏腊：岁时，犹言年节。伏腊，古代伏祭、腊祭之日。伏祭在夏六月，腊祭在冬十二月。这句说每到年节伏祭、腊祭日，村民祭祀不废。④武侯祠：诸葛亮封武乡侯，其武侯祠与先主庙相邻。一体君臣：刘备与诸葛亮君臣关系和谐。祭祀同：一同接受后人的祭祀。

当年刘备意图进攻东吴的时候曾经到达过三峡，后来也是在白帝城的永安宫驾崩的。想象皇帝仪仗中用翠鸟羽毛做装饰的旗帜仍然在空山中飘扬，如今在荒凉的寺中却很难再找到当年的永安宫。夔州刘备祠庙里的松杉树上水鹤筑巢，每逢年节伏祭、腊祭都会有村民前来祭祀。诸葛武侯的祠庙常年与之为邻，生前他们的君臣关系非常和谐，死后一同接受后人的祭祀。

鉴赏

这是组诗的第四首。这首诗是杜甫于大历元年（公元766年）在夔州游先主庙时所作。诗人借刘备与诸葛亮和谐的君臣关系来寄托理想，抒发感慨。

首联写刘备意图进攻东吴，后在永安宫驾崩。刘备攻打东吴时曾到过三峡，驾崩时也是在白帝城的永安宫。"蜀主"指三国时期的刘备，"窥吴"是说刘备曾经对东吴有所企图。三国蜀汉章武二年（公元222年），刘备率领蜀军经过三峡进攻东吴，被陆逊击溃，退到鱼复（今重庆奉节）白帝城，改"鱼复"为"永安"，建永安宫居住，次年四月病死。诗篇的开端通过刘备引出所咏对象——永安宫。

颔联写以前可能出现过的场景现在却难寻影踪。诗人想象皇帝仪仗中用翠鸟羽毛做装饰的旗帜仍然在空山里飘扬，而在荒凉的寺里很难再寻找到当年的永安宫。"玉殿"在这里指的是永安宫，其字下原有注："殿今为卧龙寺，庙在宫东。"诗人想象着当年蜀汉大军进攻东吴时皇帝的仪仗在空山里随风招展的情景，一定非常的壮观，但是现在，当时盛极一时的永安宫也被湮没在了荒郊野外，难以寻找到关于过去的一点儿影踪。这种今昔对比，不禁流露出一种世事变迁、情随世迁的感慨。

颈联写古庙有水鹤筑巢栖息，这里每逢年节伏祭、腊祭都会有村翁来祭祀。"古庙"指夔州刘备的庙。时过境迁，当时称霸一方的刘备，现如今，他庙宇里的杉树、松树上却是水鹤在树上营巢，颇有一种"旧时王谢堂前燕，飞入寻常百姓家"的感觉。不过，令人欣慰的是，每年的伏祭、腊祭都会有村翁前来祭祀。这两句说明村民的祭祀之俗一直没有废除。

尾联写刘备与诸葛亮君臣情分深厚。刘备的庙宇和诸葛武侯的祠庙长年在附近为邻，生前是君臣一体、情分深厚，死后的祭祀也相同。诸葛亮曾被封为武乡侯，他的祠庙在先主庙的西边。就像顾宸所说的"平日抱一体之诚，千秋享一体之报"，诗人借诸葛亮与刘备生前一体的亲密关系，寄予了自己境遇的苦闷，同时也体现出了诗人对那种君臣相得、共同治理天下的体式的羡慕之情。

这首诗凭吊蜀汉先主庙而咏叹刘备，推崇刘备与诸葛亮和谐的君臣关系，可见诗人羡慕那种君臣相得、共同治理天下的政治体式。

但是对于古迹的消逝，诗人抒发了无限的感慨，寄予了自己境遇的苦闷。全诗平淡自然，写景状物形象鲜明。浦起龙《读杜心解》说它："一显一隐，空山殿宇，神理如是。"

咏怀古迹五首（其五）

杜甫

诸葛大名垂宇宙，宗臣遗像肃清高。①
三分割据纡筹策，万古云霄一羽毛。②
伯仲之间见伊吕，指挥若定失萧曹。③
运移汉祚终难复，志决身歼军务劳。④

释词

①此首咏武侯祠。宗臣：为后世所尊崇的重臣。肃清高：为其清高而肃然起敬。②三分割据：指魏、蜀、吴三国鼎立。纡筹策：周密的筹划谋略。云霄一羽毛：凌霄的鸾凤。比喻诸葛亮绝世独立的智慧和品德。③伯仲之间：意谓不相上下。伊吕：指商之伊尹和周之吕尚，皆为辅佐贤主开基立国的名相。失萧曹：萧曹有所不及。萧曹，指辅佐汉高祖的萧何、曹参，皆一代名臣。④运：指气运。汉祚（zuò）：指汉朝的国统。祚，帝位。身歼：死亡。

译文

诸葛亮的大名永远留在天地间，就连后世所尊崇的重臣的遗像，其清高也让人肃然起敬。他周密的筹划谋略使天下呈现出三足鼎立的局面，千百年来他的才能就像鸾凤振羽云霄。他辅佐刘备，与伊尹、吕尚不相上下；指挥镇定从容，让萧何、曹参都为之失色。由于时运不好，汉朝的伟业诸葛亮也难以复兴，但他意志坚决，最终因军务繁忙积劳成疾，病死军中。

 鉴赏

这是组诗中的最后一首。武侯，即诸葛亮。这是诗人瞻仰了武侯祠之后，衷心敬慕，发而为诗。全诗赞颂了诸葛亮一生的丰功伟绩和他崇高的人品及其鞠躬尽瘁的精神。

首联写诸葛亮的名声以及遗像永垂不朽。诸葛亮的名声永留天地间，就连世人所尊崇的重臣的遗像，也显得肃穆清高，让人心生敬意。"诸葛大名垂宇宙"一句，上下四方为宇，古往今来为宙，这里将诸葛亮的大名放到无限的时间和空间中，给人以"名满寰宇，万世不朽"的具体形象之感。首句如异峰突起，笔力雄奇。下句"宗臣遗像肃清高"，写诗人进入祠堂后，瞻仰诸葛亮的遗像，不由得肃然起敬，遥想到一代宗臣的高风亮节，更添敬慕之情。

颔联写诸葛亮的才能和功绩。诸葛亮初出茅庐，运用周密的谋略，使天下形成了一分为三的局面；接着他施展自己的才华，平步青云，建立了奇功伟业，为后人所景仰。一个"纡"字言简意赅地概括出了诸葛亮委屈地处在偏僻的地方，经世怀抱只能算"百施其一"而已，三分功业也只不过是"云霄一羽毛"罢了。"万古云霄"一句形象有力，议论达情，情托于形，是其议论的高明之处。

颈联用其他人来衬托诸葛亮辅佐君主与作战时的雄才伟略。诸葛亮辅佐刘备，与伊尹、吕尚不相上下；指挥军队作战从容镇定，让萧何和曹参都为之失色。诗人想起诸葛亮超人的才智和胆略，就好像见到了他那羽扇纶巾、一扫千军万马的潇洒风姿，于是，诗人不禁呼出"伯仲之间见伊吕，指挥若定失萧曹"的颂词。伊尹是商代开国君主商汤的大臣，吕尚辅佐周文王、武王灭商有功，萧何和曹参都是汉高祖刘邦的谋臣，汉初的名相。诗人用这些人来陪衬诸

葛亮，表现出了对诸葛亮的景仰之情，同时也表现了诗人不以事业的成败来评价高人之见。

尾联写诸葛亮因时运不好，汉朝的气数已尽，最终因军务繁杂死于积劳。诗人写到汉朝"运移"，感叹尽管有武侯这样稀世杰出的人才下定决心恢复汉朝的大业，最终都没有成功，武侯反因军务繁忙积劳成疾，在征途中病逝。这一联中包含着对诸葛亮"鞠躬尽瘁，死而后已"的高贵品质的赞赏，也饱含着对英雄未遂平生志的深切惋惜。

全诗以议论为主，赞颂诸葛亮卓越的才能和智慧，以历代伟人与之相比，来称颂他的丰功伟业，惋惜其心愿最终没能达成。诗议论但不空洞，句句含情，层层深入，体现出了诗人坦荡的胸襟和动人的情怀。

宿府①

杜甫

清秋幕府井梧寒，独宿江城蜡炬残。②
永夜角声悲自语，中庭月色好谁看。③
风尘荏苒音书断，关塞萧条行路难。④
已忍伶俜十年事，强移栖息一枝安。⑤

·释词·

①宿府：宿于幕府。府，幕府。军队出征时将领以幕帐为府署，后指地方长官、节度使的府署。杜甫当时在严武幕府中。此诗作于广德二年（公元764年），时杜甫在成都严武幕府中为节度使参谋、检校工部员外郎。②井梧：井边的梧桐。③永夜：长夜，整夜。④风尘荏苒（rěn rǎn）：指战乱不息。荏苒，时光不断流逝。⑤伶俜：飘零困苦。十年：指自天宝十四载（公元755年）安禄山乱起至今已十年。

强移：勉强移就。栖息一枝：语出《庄子·逍遥游》"鹪鹩巢于深林，不过一枝"句，比喻自己入严幕，是勉强以求暂时的安居。

在冷清的深秋时节，幕府井边的梧桐已带寒意，独自夜宿在江城，夜深了残烛暗淡。漫漫长夜里的号角声甚是悲凉，但也只是在自言自语地倾诉着乱世的悲凉，没有人去听；中庭明月的月色很美，但是又有谁去看呢？战乱中四处漂泊，亲朋的音书都被阻断了；关塞萧条零落，行路十分艰难。我已经艰难困苦、颠沛流离地过了十年，如今勉强栖息一枝，暂入幕府来求得安居。

这首诗作于"安史之乱"后，诗人一家人为躲避战乱，过着颠沛流离的生活。唐代宗广德二年（公元764年），他在成都得到了节度使严武的赏识，做了严武的参谋，被封为检校工部员外郎。但是诗人受到其他幕僚的忌妒、排挤，生活并不舒心。他在成都的将军府工作，却把家安在城外的浣花溪畔，晚上不便归家，就经常独自寄宿于幕府，这些都使他抑郁烦闷。这首诗便抒写了这样的情绪。

首联写深秋时节诗人独宿幕府的情景。凄冷的清秋时节，诗人独自一人夜宿幕府。诗人在此处选择"井梧"和"蜡烛"这两种极具代表性的事物。"梧桐"在古时常常代表孤苦忧愁的意象，"蜡烛"则常常象征着人生苦短，从中可以看出诗人所寄寓的感情。此外，其中的几个形容词也用意颇深。用"清"修饰"秋"，用"独"修饰"宿"，可以想见当时诗人在凄清秋天的孤独寂寞。用"寒""残"二字修饰"井梧"和"蜡烛"，孤独寂寞、夜不能寐的情景便跃然纸上。深秋时节，萧瑟的秋风吹得梧桐瑟瑟作响，更显秋意寒凉；独宿幕府，夜不能眠，看着蜡烛的残影跳动，更让不得志的诗

人想到人生苦短而倍感凄凉。

颔联写长夜里的号角声和月色。长夜里的号角声只是自言自语地倾诉着乱世的悲凉，没有人去听；中庭明月的月色很美，但是又有谁去看呢？这是诗人夜不能寐，在漫漫长夜里的所见所闻，而这所见所闻中也加上了诗人自己的主观感情色彩。从号角声中听出了无限的悲凉，是因为诗人因听到号角声而想到给人们带来苦难的战争；此时高挂在空中美好而又皎洁的月亮则使诗人想到与家人的分离，于是发出了"好谁看"的感慨，再次表现了诗人的孤独寂寞之情。这两句诗寓情于景，情景交融，诗人将感情寄托于景物，感情借景物很好地表现了出来。

颈联描写路途的艰难。诗人长时间身处风尘乱世，随着时光流逝，与家人失去了联系，彼此之间连音信都被断绝了。自己漂泊在外，战乱频发，战争经久不息，关塞零落萧条，行路十分艰难。"萧条"一词，再一次点出了一种萧瑟之感。"断""难"二字更是体现了诗人的心路历程与路途的艰难。

尾联写诗人寓居幕府的勉强之意。这两句和首联两句相照应，正是因为诗人的不情愿与勉强，才会产生悲伤的情绪。一个"强"字点出了诗人的勉强之意。"栖息一枝安"用的是《庄子·逍遥游》中"鹪鹩巢于深林，不过一枝"的典故。自安史之乱起至今已有十年，战乱中，诗人一直在外过着颠沛流离的生活，虽被严武任命为参谋，却不过和"鹪鹩"一样暂寻"一枝安"，充分表达了诗人虽重入仕途，但是其政治目标仍然难以实现的无奈心情。

这首诗写出了诗人身在幕府的心境和困境，字字透着哀怨。全诗寓情于景，诗人借眼前之景表现出了悲凉深沉的情感和怀才不遇的心绪，表达出诗人对于当前国家形势的忧虑和自己漂泊流离的愁苦。全诗仍然是以往的"沉郁顿挫"的风格，传达出的仍然是自己辗转流离的苦闷之情。总之，诗人当时境遇凄凉，十年漂泊辗转，诗风沉郁。

岑 参

【作者简介】

岑参（公元717—770年），唐代诗人，原籍南阳（今属河南），迁居江陵（今属湖北）。曾祖岑文本、伯祖岑长倩、伯父岑羲都以文墨致位宰相。父岑植，仕至晋州刺史。岑参十岁左右，父亲去世，家境日趋困顿。他刻苦学习，遍读经史。二十岁至长安，献书求仕无成，奔走京洛，漫游河朔。天宝三载（公元744年）进士及第，担任兵曹参军。天宝八载，任安西四镇节度使高仙芝幕府掌书记，初次出塞，满怀报国壮志，想在戎马中开拓前程，但未得意。天宝十三载，又任安西北庭节度使封常清幕为节度判官，再次出塞，报国立功之情更切，边塞诗名作大多成于此时。安史之乱后，他于至德二载回到朝廷，经杜甫等人推荐为右补阙。乾元二年（公元759年）改任起居舍人。不满一月，贬谪虢州长史。后又任太子中允，虞部、库部郎中，出为嘉州刺史，因此人称"岑嘉州"。罢官后，东归不成，作《招北客文》自悼。客死成都旅舍。

白雪歌送武判官归京①

岑参

北风卷地白草折，胡天八月即飞雪。②
忽如一夜春风来，千树万树梨花开。
散入珠帘湿罗幕，狐裘不暖锦衾薄。③
将军角弓不得控，都护铁衣冷犹着。④
瀚海阑干百丈冰，愁云惨淡万里凝。⑤
中军置酒饮归客，胡琴琵琶与羌笛。⑥
纷纷暮雪下辕门，风掣红旗冻不翻。⑦
轮台东门送君去，去时雪满天山路。⑧
山回路转不见君，雪上空留马行处。

·释词·

①武判官：名不详。判官，官职名。唐代节度使等朝廷派出的持节大使，可委任幕僚协助判处公事，称判官，是节度使、观察使一类的僚属。②白草：西北的一种牧草名，秋天变白。胡天：指西域的气候。③珠帘：并非用珍珠串成或饰有珍珠的帘子，仅形容帘子的华美。罗幕：并非用丝织品做成的帐幕，仅形容帐幕的华美。狐裘：狐皮袍子。锦衾（qīn）薄：盖了华美的织锦被子还觉得薄。形容天气很冷。④角弓：两端用兽角装饰的硬弓。不得控：（天太冷而冻得）拉不开（弓）。控，拉开。都护：镇守边镇的长官。此为泛指，与上文的"将军"是文字对仗。铁衣：铠甲。⑤瀚海：沙漠。

阑干：纵横交错的样子。惨淡：昏暗无光。⑥中军：古时分兵为中、左、右三军，中军为主帅的营帐。饮归客：宴饮归京的人，指武判官。饮，动词，请……饮。胡琴琵琶与羌笛：当时西域地区少数民族的乐器。⑦辕门：军营的门。古代军队扎营，用车环围，出入处以两车车辕相向竖立，状如门。这里指将帅衙署的外军营的门。掣：拉，扯。冻不翻：旗被冰雪冻住，风也不能吹动。⑧轮台：唐轮台在今新疆维吾尔自治区乌鲁木齐市境内，与汉轮台不是同一地方。

　　北风席卷大地把白草都刮断了，西域八月就开始满天飞雪。忽然好像一夜春风吹来，千树万树洁白的梨花骤然开放。雪花飘散进入珠帘，沾湿了罗幕；穿上狐皮袍子也感觉不到温暖，盖上织锦的棉被也觉得很单薄。将军和都护都拉不开用兽角装饰的铁弓了，都觉得铠甲太冰凉难以穿上。在大沙漠上纵横交错着百丈厚的坚冰，万里长空布满暗淡的阴云。军中主帅在营帐中摆设酒宴，给回京的人饯行，胡琴琵琶与羌笛一起合奏。傍晚在辕门外，纷纷扬扬的又下雪了，红旗被冰雪冻硬，凛冽的寒风也不能把它吹动。在轮台的东门外送您离去，离去的时候大雪铺满了天山的道路。山路迂回，道路曲折，霎时已看不见您的身影了，雪地上只留下一行马蹄印迹。

　　这是一首送别诗，也是一首歌咏边地雪景的诗。天宝十三载（公元754年），岑参任安西北庭节度使封常清的判官，他到达边塞后给前任判官送行时作了此诗。诗虽写离别，但句句写的是边地奇绝的雪景，写出天山的奇寒。

　　全诗可分三层。前八句为第一层，写奇绝的雪景和边塞的奇寒。诗开篇即写雪景，北风呼啸，天气骤然变冷，早晨起来一看，边塞

八月就下起雪来了。不过，雪还不是很厚，被风吹折的白草还没有被雪覆盖。而令人称奇的是，那挂在枝头的积雪，在诗人的眼中变成一夜盛开的梨花，就像美丽的春天突然到来。诗人把边地冬景比作是南国春景，可谓妙手回春。"一夜春风"很写实，同时也暗含惊喜之意。接下来四句从帐外写到帐内，通过人的感受，写雪后奇寒。片片飞舞的雪花飘入帘内打湿军帐，以致"狐裘不暖"，连裹着软和的"锦衾"也觉得很单薄。"将军角弓不得控，都护铁衣冷犹着"两句是互文，都护（镇边都护府的长官）和将军都武力过人，但他们都拉不开角弓，都觉得铠甲冰凉得难以穿上。诗人选取居住、睡眠、穿衣、拉弓等日常活动来表现寒冷，写出边地将士苦寒的生活。

中间四句为第二层，写雪景的壮阔和饯别宴会。场景再次移到帐外，"瀚海"指沙漠的广阔，"百丈冰"形容沙漠上冰川的高峻。"瀚海阑干百丈冰，愁云惨淡万里凝"两句不仅气势磅礴地勾画出广袤无垠、瑰奇壮丽的塞外雪景，也为前任武判官的离别设定了送别的环境。"愁"字又为即将到来的送行做了情感的铺垫。这两句在全篇中起过渡作用。"中军置酒饮归客，胡琴琵琶与羌笛"两句写军中置酒饯别的场面，这两句是诗中唯一正面描写宴饮送别的。"胡琴""琵琶""羌笛"是非常典型的西域乐器，这些边地乐器渲染出了送别的场景和气氛，对于送别者也能触动乡愁。

最后六句为第三层，写傍晚送友人踏上归途。时已黄昏，大雪又纷纷扬扬飘落，送客出营门，发现营门上的红旗在狂风中一动不动，原来被冻住了。这一奇妙的景象再次传神地写出天气奇寒。一动一静，一白一红，相互映衬，画面生动，色彩鲜明。虽然雪越下越大，诗人还是送客送到了轮台东门。峰回路转，行人消失在雪地里，诗人还在深情地目送，凝视着雪地上的马蹄印，惜别之情极为动人。从壮丽的雪景里回到送行的主旨，感情真切，韵味深长。

这首边塞诗运用了大量的笔墨描绘壮丽的塞外雪景，虽写塞外送别，但并不令人感到伤感。全诗充满奇情妙思，意境独特，立意新颖，气势磅礴，堪称大唐盛世边塞诗的压卷之作。"忽如一夜春风来，千树万树梨花开"早已成为流传千古的名句。

走马川行奉送封大夫出师西征①

岑参

君不见走马川行雪海边，平沙莽莽黄入天。②

轮台九月风夜吼，一川碎石大如斗，随风满地石乱走。③

匈奴草黄马正肥，金山西见烟尘飞，汉家大将西出师。④

将军金甲夜不脱，半夜军行戈相拨，风头如刀面如割。⑤

马毛带雪汗气蒸，五花连钱旋作冰，幕中草檄砚水凝。⑥

虏骑闻之应胆慑，料知短兵不敢接，车师西门伫献捷。⑦

·释词·

①走马川：又名左末河，即今新疆境内的车尔成河。奉：表敬称。行：古诗的一种体裁。②雪海：《新唐书·西域传》："出安西西北千里所，得勃达岭，……北三日行，度雪海，春夏常雨雪。"即今新疆吉木萨尔南之天山。③轮台：地名，在今新疆库车东。石乱走：石乱跑。走，小跑，与今义不同。④金山：指阿尔泰山。汉家：

唐代诗人多以汉代唐。⑤戈相拨：兵器互相撞击。⑥五花：指五花
马。连钱：指马斑驳如钱的花纹。草檄（xí）：起草讨伐敌军的文
告。⑦短兵：指刀剑一类武器。车师：为唐安西都护府所在地，今
新疆吐鲁番境内。蘅塘退士本作"军师"。伫：久立。此处是等待的
意思。献捷：胜利后献上所得的战果。

你没有看见那走马川和雪海的附近，茫茫无际的沙漠，黄沙弥漫
直贯云天。刚到九月，天山南麓的轮台狂风日夜怒吼，走马川的碎石
块块大如斗，被暴风吹得满地乱滚。正是匈奴牧场草黄马肥之时，匈
奴纵马犯边，金山西面烟尘飞滚，汉朝的大将军正挥师西出。征战中
将军的铠甲日夜不脱，半夜行军战士戈矛互相碰撞；凛冽的寒风吹来，
脸上如刀割一般。雪花落在马身上又被出汗的热气蒸化，转瞬间又在
斑驳的马毛上凝结成冰，军帐中起草檄文的砚墨也已冻住了。敌人的
骑兵听到我朝大军出征的消息一定心惊胆战，料想他们也不敢和我军
短兵相接，我一定在车师城西门等待你拿着战利品凯旋。

此诗是一首雄奇豪壮的边塞诗。诗人任安西北庭节度判官时，
安西副大都护封常清出兵去征播仙，于是诗人写下此诗为其送行。
诗虽写征战，但却描写了大量景物，极力渲染环境的恶劣，衬托士
卒们大无畏的英雄气概。

前六句写自然和地理环境，突出环境的险恶。这次出征的路线
将经过走马川、雪海边，穿越戈壁沙漠。走马川一到冬天就干涸，
所以有"一川碎石"之语。狂风怒卷，黄沙飞扬，遮天蔽日，这是
典型的西域风沙的景色，开头三句捕捉了风"色"，把风的猛烈写得
如在眼前。接着由白天进入黑夜，虽看不到风"色"，却能听见风

声，狂风在怒吼咆哮，"吼"字形象地显示了风的猛烈。接着又通过写外物来写风：斗大的石头，居然被风吹得满地滚动，"乱"字更表现出风的狂躁。这几句极力渲染这场即将开始的恶战，同时暗示了将士们深入险地生死难料。

中间六句写匈奴犯边，唐军不畏严寒天气与之作战。匈奴在草黄马肥之时发动了进攻，"金山西见烟尘飞"中"烟尘飞"既指报警的烽烟，说明唐军早有戒备；又指匈奴铁骑卷起的尘土飞扬，表明其来势凶猛。接着唐军将士出征了。将军重任在肩，以身作则夜不脱甲；士兵纪律严明、军容整肃，丝毫不敢懈怠，以致夜行军时"戈相拨"。"风头如刀面如割"写边疆的寒冷，照应前面对风的描写，再现了大漠夜行军时艰苦卓绝的真切感受。

最后六句写战前紧张的气氛并预祝凯旋。战马在寒风中奔驰，雪花落在马身上，雪水混合着汗水即刻在马毛上凝结成冰。军帐中要起草檄文时，发现砚台里的墨都结冰了。诗人通过细节描写，极力渲染环境的恶劣。可就是如此险恶的环境，将士一点儿也不惧怕，雄赳赳地出征了。这样的军队必定所向披靡、无人能敌。匈奴定会闻风丧胆，不敢与之短兵相接，自然引出诗人对战争结果的预测——带着战利品凯旋。

全诗雄奇豪壮，节奏铿锵有力。诗中运用了比喻、夸张等艺术手法，写得惊心动魄、气势昂扬。

逢入京使[①]

岑参

**故园东望路漫漫，双袖龙钟泪不干。[②]
马上相逢无纸笔，凭君传语报平安。[③]**

①入京使：回京的使者。②故园：指长安和自己在长安的家园。龙钟：形容流泪的样子。这里是沾湿的意思。③凭：托。传语：捎口信。

回头向东望着自己的家乡，路途遥远，两只袖子已经沾满了泪水。途中和回京的使者相遇（想要捎封家信），无奈身边没有纸笔，只好托使者捎一个口信，告诉家人自己平安无事。

鉴赏

这首诗写于天宝八载（公元749年），岑参第一次远赴西域，告别了在长安的妻子，任安西节度使高仙芝幕府书记。当一个战士踏上征途之后，他们不可能没有思乡之情，也不可能不思念父母妻子，就在通向西域的大路上，他迎面碰见一个回京之人。于是，诗人立马而谈，互叙寒温，知道对方要返京述职，顿时想到请他捎封家信回长安去。此诗就描写了这一情景。

第一句写诗人回头望着自己家乡的方向。"漫漫"指遥远的样子，"路漫漫"不但说明离家之远，而且表现出望乡时的沉重心情。这一句通过方位的变化表现出了诗歌的空间，情蕴其中，营造出了高远的审美境界。

第二句写两只袖子都已经被泪水浸湿了，突出内心情感的深厚与激烈。诗人写内心的伤痛，不是直接表达，而是借助外在的描写，特别是"龙钟"这一细节描写，并运用了"泪不干"这一夸张的修辞手法，形象而生动地表现了思乡念亲之情，而且所描写的形象，最易引发读者的想象和思考，从而产生情感共鸣。

第三句紧扣题目，写与回京之人相遇。"马上相逢"说明了诗人在赴安西的途中遇到入京使者，彼此都是戎马倥偬。"无纸笔"，这里要纸笔干什么？设置了一个悬念。相逢互不问候，却说"无纸笔"，让人有所不解。其实，这是因为入京使者要回长安，西行去安西的诗人马上就想到了给在长安的家人写信，因此，"无纸笔"看似出人意料，实则在情理之中。

第四句写想让故人捎个口信报平安。"君"指入京使者。这一句顺势而下，紧承上句马上相逢故人，想给家人写信而无纸笔，无奈诗人只好托故人带个口信，向家人报平安。这个结尾看似明白晓畅，实则意味深长，不但表现出诗人远离故园和亲人，用"传语报平安"来表明自己对亲人的思念，同时，也暗含着唐代边塞诗人所具有的"功名只向马上取"的理想与壮志豪情。

总体来看，全诗主要表现了诗人对故园和家人的思念之情，也暗示了诗人想要建功立业的雄心壮志。诗歌语言虽然简练，但在简练中却蕴含着深刻的思想和复杂的内在情感，因而这首诗成为岑参传世的代表作之一。

轮台歌奉送封大夫出师西征

岑参

轮台城头夜吹角，轮台城北旄头落。①
羽书昨夜过渠黎，单于已在金山西。②
戍楼西望烟尘黑，汉军屯在轮台北。③
上将拥旄西出征，平明吹笛大军行。④
四边伐鼓雪海涌，三军大呼阴山动。⑤

虏塞兵气连云屯，战场白骨缠草根。⑥
剑河风急云片阔，沙口石冻马蹄脱。⑦
亚相勤王甘苦辛，誓将报主静边尘。⑧
古来青史谁不见，今见功名胜古人。

释词

①角：古时军中的乐器。旄头落：为胡人败亡之兆。旄（máo）头，星名。指二十八宿中的"昴"星，古人认为它主胡人兴衰。②羽书：即羽檄。军中的紧急文书，上插羽毛，以表示加急。渠黎：汉代西域地名，在今新疆尉犁县。此处以汉代唐，不必实指。单（chán）于：汉代匈奴君长的称号。③戍楼：军队驻防的城楼。④上将：即大将，指封常清。旄：古代用牦牛尾装饰的旗子。平明：犹黎明，天刚亮的时候。⑤阴山：在今内蒙古自治区中部。西起狼山、乌拉山，中为大青山，东为大马群山，长约一千二百公里。此处代指塞外的天山。⑥虏塞：敌方军事要塞。兵气：战斗的气场。⑦剑河：唐时西域水名。在今新疆境内。沙口：地名。在西北边塞外。⑧亚相：封常清于天宝十三载（公元754年）为节度使摄御史大夫，御史大夫在汉时位次宰相，因此岑参美其为"亚相"。勤王：勤劳王事，为国效力。

译文

轮台城头夜里吹起阵阵号角，轮台城北预兆胡人的旄头星忽然坠落。军中的紧急文书连夜送过渠黎，报告匈奴单于的军队已开到了金山以西。从哨楼上西望只见烟尘弥漫，汉家军队驻扎在轮台城北。大将军拥着帅旗率兵西征，黎明时笛声响起，大军起程。四方的战鼓擂动宛如雪海汹涌，三军齐呼，阴山发出共鸣。敌营上空杀气腾腾直冲云天，战场上凌乱的白骨还缠着草根。剑河上的狂风刮

348

起大片的雪花，沙口的石头寒冷得简直能把马蹄铁冻掉。亚相封大夫勤于王政不辞劳苦，发誓报答君主平息边境的战火。自古以来名垂青史的人谁没见过，而今我看你的功名将会胜过古人。

　　这是一首边塞诗，诗人创作此诗的背景同《走马川行奉送封大夫出师西征》，同是为封常清出征送行所作。这首诗虽题为送行，却重在叙述战事。全诗通过直接描写紧张激烈的战争场面，讴歌将士奋不顾身抗敌的精神。

　　全诗可分三层。开头六句为第一层，写战前两军对垒的紧张状态。诗一开始便开门见山直接描写战争状态：军营驻地的城头，号角声划破夜空，部队已进入紧张的备战状态。一、二句连用两个"轮台城"，节奏紧凑，渲染战前紧张的气氛。用"旄头落"来预言胡军必败。三、四句解释战事紧张的原因。加急的文书把敌方的消息传达："单于已在金山西"。从哨楼上西望只见烟尘弥漫，我军也已到达"轮台北"，敌我双方距离很近，局势紧张，大战一触即发。

　　中间八句为第二层，写出征情形与战场环境。"吹笛""伐鼓"，声势浩大，上将在帅旗下指挥三军出征。"雪海涌""阴山动"都是以虚写实，突出唐军所向披靡的气概。"虏塞兵气连云屯"突出敌军人数众多，暗示战争打得异常艰苦，胜利来之不易。"战场白骨缠草根"写出这里是古战场，曾发生过无数战争，无数将士为保家卫国在这里抛头颅洒热血，如今又将有无数战士牺牲在这里。"剑河""沙口"两句写风大雪急，极言边地气候的奇寒，而恶劣的环境又会加重部队的伤亡。"石冻马蹄脱"一语更见体验：石头本硬，马立久了汗气和石头就冻在了一起，竟能使马蹄铁冻得脱落掉，战争之艰苦就可想而知了。

　　最后四句为第三层，点送行之题，预祝大军凯旋，以颂扬作结。

亚相，即指封常清，封常清为节度使摄御史大夫，此官在汉时位次宰相，故诗中美称为"亚相"。最后用"青史谁不见"和"功名胜古人"来赞颂封将军的神勇和无敌。

全诗层次清晰，结构严谨，抑扬顿挫，有张有弛，既有正面描绘，又有充满夸张的想象，是岑参边塞诗中直接描写战争的代表作。

张　继

【作者简介】

张继，字懿孙，襄州（今湖北襄阳）人。天宝进士。曾任检校祠部员外郎，分掌财赋于洪州。诗多登临纪行之作，不事雕琢。有《张祠部诗集》。

枫桥夜泊①

张继

月落乌啼霜满天，江枫渔火对愁眠。②
姑苏城外寒山寺，夜半钟声到客船。③

释词

①枫桥：位于今苏州市城西。②江枫：一般都解释成江边的枫树。又有人认为"江枫"指寒山寺旁边的两座桥"江村桥"和"枫桥"。渔火：渔船上的灯火。③姑苏城：苏州的别称。寒山寺：因名僧寒山、拾得而得名，亦位于苏州市城西，距枫桥约三里。今为苏州著名旅游景点。或谓"寒山"乃泛指肃寒之山，非寺名。夜半钟

声：欧阳修认为"三更不是打钟时"。吴聿《观林诗话》驳之曰："《南史》：邱仲孚喜读书，常以中宵钟鸣为限，乃知夜半钟声，不独见唐人诗句。"可知夜半钟是佛寺三更的报时钟。

月落，乌鸦啼叫，秋霜满天，渔船的灯火映着红色的枫树，愁绪使我无法安眠。苏州城外寒山寺的夜半钟声，慢悠悠地飘到了我的船边。

·鉴赏·

这首诗讲述了一位游子从停泊在枫桥边的舟中醒来，四顾旷野茫茫，天霜水寒，耳畔钟声余音缭绕，凄清、惆怅、感动……诸般思绪涌上心头。

第一句从视觉、听觉、感觉三方面写了午夜时分三种有密切关联的景象：月落、乌啼、霜满天。月落夜深，繁霜暗凝。在幽暗静谧的环境中，人对夜凉的感觉变得格外敏锐。三个主谓短语并列，以简洁而鲜明的形象、细致入微的感受，静中有动地渲染出秋天夜幕下江南水乡的深邃、萧瑟、清远和夜宿客船的游子的孤寂。月落写所见，乌啼写所闻，霜满天写所感，层次分明地表现出一个先后承接的时间过程和感觉过程。而这一切，又都和谐地统一于水乡秋夜的幽寂清冷氛围和羁旅者的孤子清寥感受中。

第二句描绘"枫桥夜泊"的景象特征和旅人的感受。在朦胧夜色中，江边的树只能看到一个模糊的轮廓，透过雾气茫茫的江面，可以看到星星点点的几处"渔火"，由于周围昏暗迷蒙背景的衬托，显得特别引人注目。"江枫"与"渔火"，一静一动，一暗一明，景物的搭配组合颇见用心，至此才正面点出泊舟枫桥的旅人。"愁眠"，指怀着旅愁躺在船上的旅人。"对"字包含了"伴"的意蕴，不过不像"伴"字外露。这里确有孤子的旅人面对霜夜江枫渔火时萦绕的缕缕轻愁，但同时又隐含着对旅途幽美风物的新鲜感受。在"对"字中，我们似乎可以感觉到舟中的旅人和舟外的景物之间一种无言的交融和契合。

第三句写寒山寺。寒山寺在枫桥西三里，初建于梁代，唐初诗僧寒山、拾得曾住于此，因而得名。在这里点明寒山寺，给人以一种古雅庄严之感，也点明尾联钟声的来源。枫桥的诗意美，有了这所古刹，便带上了历史文化的色泽，显得更加丰富，引人遐想。

第四句只写了一件事：卧闻山寺夜钟。诗人在枫桥夜泊中所得到的最鲜明深刻、最具诗意美的感觉印象，就是这寒山寺的夜半钟声。在暗夜中，人的听觉成为对外界事物景象感受的首要感觉。而静夜钟声，给予人的印象又特别强烈。这样，"夜半钟声"不但衬托出了夜的静谧，而且揭示了夜的清寥，而诗人卧听悠远钟声时的种种难以言传的感受也就尽在不言中了。有了寒山寺的夜半钟声这一笔，"枫桥夜泊"之神韵才得到最完美的表现，这首诗便不再停留在单纯的枫桥秋夜景物画的水平上，而是创造出了情景交融的典型化艺术意境。

全诗语言明白晓畅，优美简洁，短短四句诗中包蕴了六景一事，用最具诗意的语言构造出一个清幽寂远的意境，所有景物的挑选都独具慧眼：一静一动、一明一暗、江边岸上，景物的搭配与人物的心情达到了高度的默契与交融。这首诗结构上对仗工整，照应严谨，情景交融，塑造了一个幽远的夜泊愁眠的艺术意境，极富韵味，表达了诗人旅途中孤寂忧愁的感情。

刘长卿

【作者简介】

刘长卿（？—约公元 790 年），字文房，郡望河间（今属河北），宣城（今属安徽）人。天宝进士，曾任长洲县尉，因事下狱，两遭贬谪，官终随州刺史。诗多写政治失意之感，也有反映离乱之作，善于描绘自然景物。擅五律，工五言，自诩"五言长城"，与诗仙李白交厚，有《刘随州诗集》。

寻南溪常道士①

刘长卿

一路经行处，莓苔见屐痕。②
白云依静渚，芳草闭闲门。③
过雨看松色，随山到水源。
溪花与禅意，相对亦忘言。④

释词

①南溪：地名，今四川南溪县。常道士：《全唐诗》题作《寻南溪常山道人隐居》，注：一作《寻常山南溪道士隐居》。按："道

士""道人"皆可指道教徒、佛教徒。这里指和尚。②屐痕：足迹。③渚（zhǔ）：水中小洲。闭：指芳草遮没了。④禅意：禅理。佛教指清寂凝定的思想境界。忘言：《庄子·外物》："言者所以在意，得意而忘言。"这里是说，彼此相对已会意，就不必言传了。

·译文·

一路上经过的地方，青苔上可以看见留下的足迹。白云依傍着水中清静的小洲，芳草遮住了静静的柴门。山雨过后欣赏山中苍松的翠色，沿着山势来到小溪源头。见到溪花悟到了禅意，如果见到常道士也会默然相对而忘言。

·鉴赏·

这是一首写寻南溪道士不遇的诗。诗中写诗人闲来无事，兴冲冲上山想和南溪道士一起打发时光，可道士家门紧闭。尽管如此诗人却没有失望惆怅，只因沿途风光已让诗人神清气爽，十分满足。

首联写一路有迹可"寻"。"寻"是诗眼，全诗围绕"寻"字展开。诗人一路漫步行走在山间小路上，这条路人迹罕至，只有道士出入往来。只见莓苔上有清晰的足迹，道士是刚回来还是出门远游去了？莓苔屐痕给诗人带来无尽的猜想和希望。这一联语言质朴，写诗人一路"寻"来，曲径通幽，景色宜人。

颔联写"寻"到道士的居处。诗人快到道士住处时，放眼望去，只见白云缭绕在水中的小洲上，朦朦胧胧似人间仙境。近看山花烂漫，芳草菲菲，遮住门扉，原来道士不在家。"白云""静渚""芳草""闲门"这些静景给人幽静闲适的感觉，让人觉得一切都是那么恬淡自然、和谐默契。虽然诗人所访的道士不在家，但他怅然失望的心境似乎被这清幽、宁静的环境冲淡了。这一联写景中已带有禅意。

颈联看松寻源，别有情趣。恰逢雨后，山中的青松翠柏变得更加苍翠欲滴，雨水汇成小溪沿着山坡潺潺流下，诗人沿着山路迂转找到了水源。诗人没有立即下山，而是在山中继续寻找道人，希望能够偶遇，却被雨后山中秀丽景色吸引。"过"字写出突遇阵雨，雨过之后，空气清新，山色翠绿，一切都清新宜人。"随"字写出山路萦绕，诗人随性看景，身心已完全融于大自然中。这一联景中带叙，写出诗人漫步山中悠闲自在的感觉。

尾联写因"溪花"而悟"禅意"。诗人来到水源，看到"溪花"自放，不求人赏，诗人似乎从中悟出禅意。即使寻到了常道士，也只能相对忘言了。诗人在这恬静悠逸的环境中，已然忘却了尘世的喧嚣，达到了一种静寂而澄澈的境界。这一联虽有逃避现实的思想，但也写出了诗人乘兴而来、尽兴而返的惬意心情。

这首诗写寻隐者不遇，却得到别的情趣，领悟到"禅意"的妙处。"言者所以在意，得意而忘言。"全诗之意在于情与景，情由景生，相对忘言。全诗结构严谨，紧扣主题，情景交融，浑然天成。

送李中丞归汉阳别业①

刘长卿

流落征南将，曾驱十万师。
罢归无旧业，老去恋明时。②
独立三边静，轻生一剑知。③
茫茫江汉上，日暮欲何之？④

释词

①此题又作《送李中丞之襄州》。中丞：官名，御史中丞，御史台副官。唐时地方将领常加御史中丞、御史大夫等虚衔，人们照例以此敬称之。李中丞：其人不详。汉阳：今属湖北。别业：别墅。②旧业：在家乡的产业。明时：当初辉煌的时代。③三边：唐代称地处边境的幽、并、凉三州，其地皆在边疆。此处泛指边疆。④江汉：汉阳在长江与汉水交汇处。

译文

漂泊流落的征南将军，当年曾统领十万雄师。罢职返乡后没有任何产业，到老还留恋当初辉煌的时代。你曾独自镇守三边的疆土，以身许国，只有常携的佩剑深知你的一片心意。面对滔滔江水，日头已到黄昏，你想到哪里去？

鉴赏

这首诗作于安史之乱平息不久，是诗人为久经战场、忠勇为国、功勋卓著的老将军李中丞写的送别诗。诗中通过写将军盛年时的英勇，颂扬将军英勇无畏、精忠报国的英雄气概，同时对他晚年被斥罢归的悲惨境遇表示无限惋惜和同情，并对统治者的冷酷无情给予批判。

首联写李将军战场的神勇，老来却流落他乡。这个孤苦无依的流浪老人，谁能想到他曾是率领过十万大军，在战场上英勇神武、奋勇杀敌的英雄。"征南将"点明他参与的战争以及他以前的身份。"流落"写出老将军被罢斥后的落魄。"驱十万师"写出将军曾经军职显要、叱咤风云。这一联今昔对比，使人感慨万千。

颔联写李将军罢官后困顿坎坷，却仍眷念以前的光辉荣耀。将

军回乡后没有家业，题目中的"汉阳别业"仅是家徒四壁，表明他为官时的正直和廉洁奉公。而即使老无所依，将军依旧怀恋着清明的时代。"明时"应是反语，将军为国征战一生，不但未被重用，老来反而被罢官，朝廷实在是"不明"。这一联写老将军"流落"的原因，表达对老将军的同情。

颈联追忆将军昔日战场上的辉煌成就。将军能独镇"三边"，夸张地写出将军的魄力，可谓是震慑敌寇，有功于朝廷。然而在战场上为了保家卫国，他可以付出自己的生命。"一剑知"写自己在疆场舍身为国、英勇奋战，这些事迹和决心只有自己的佩剑知道，表明将军的赤胆忠心。这一联写出将军的功业和忠心。

尾联写老将军不知何去何从。天色将晚，汉水茫茫，年迈的老将军站在水边，不知道要去哪里。正因为将军年老又旧业无存，才发出了"欲何之"的疑问。这一问既关合"罢归"句，又与"流落"语意连成一片，引发惋惜之情。这一联写老将军"流落"之状，寓情于景，以景衬情，委婉地写出老将军日暮途穷的不幸遭遇。

全诗形象生动，用语豪壮，情调悲怆，含蓄深沉，感人至深。

自夏口至鹦鹉洲夕望岳阳寄源中丞①

刘长卿

汀洲无浪复无烟，楚客相思益渺然。②
汉口夕阳斜渡鸟，洞庭秋水远连天。
孤城背岭寒吹角，独树临江夜泊船。③
贾谊上书忧汉室，长沙谪去古今怜。④

358

释词

①夏口：唐鄂州治（今属湖北武汉）。鹦鹉洲：在长江中，正对黄鹤矶。唐以后渐渐西移，今与汉阳陆地相接。岳阳：今属湖南，濒临洞庭湖。源中丞：源休，曾任御史中丞，后流放岳州。大历元年（公元770年）至九年间，刘长卿为鄂岳转运留后，巡行岳州，与源休往还。②汀洲：水中沙洲。指鹦鹉洲。楚客：客居楚地之人。这里是诗人自指，也暗指屈原。渺然：遥远的样子。③孤城：指汉阳城。城后有山。④贾谊上书：贾谊曾向汉文帝上《治安策》。长沙谪去：指贾谊被贬为长沙王太傅。谪去，一作"迁谪"。

译文

鹦鹉洲无浪也无烟，只有我这楚客思念中丞，心绪渺然。在汉口的残阳斜晖中有渡江的飞鸟，洞庭湖的秋水在远处与蓝天相连。汉阳城后的山岭传来悲凉的号角声，夜里在濒临江边的独树旁停着我的小船。当年贾谊忧心汉室，上书文帝却无辜地被贬谪到长沙，古今有多少人为之哀怜。

鉴赏

这首诗是诗人被贬后，途经夏口一带时所作。诗人借沿途的风景寄托自己的情怀，寓情于景，情景交融。

首联写诗人看到汀洲景色引发对友人的思念之情。这里的"汀洲"指鹦鹉洲。鹦鹉洲在长江中浮沉，无浪也无烟。"楚客"在这里是诗人自指。看着眼前无浪也无烟的鹦鹉洲在长江中沉浮，"我"这个楚地的客人因思念中丞，心绪变得更加惆怅。这里是诗人被身边的景物所触动，从而想到了被贬于洞庭湖畔岳阳城的友人，诗人在这里借眼前所见之景来寄托对友人的思念之情。开篇写诗人由夏

口到鹦鹉洲所见景色并即景抒情。

颔联写诗人黄昏时眺望汉口想象到的洞庭湖的景色。夕阳西下，诗人眺望汉口，在汉口的残阳斜晖中，还时不时地能看到渡江的飞鸟；由近及远，由自己看到的景色，诗人联想到了友人源中丞所在的洞庭湖畔的景象——洞庭湖的秋水溢出湖面，烟波浩渺，在远处与蓝天相接。"夕阳斜渡鸟"说明时间已晚，"秋水远连天"说明彼此之间相隔很远，只能远远地相思，却不能相见。

颈联写号角声中诗人在江边独自泊船。背山的孤城那边传来了悲凉凄寒的号角声。这里的"孤城"指汉阳城，城后有山，在萧瑟的秋风中听到号角声，更显凄凉悲伤；在濒临江边的独树旁，夜里停着我的小船。诗人从眼前所见的景物写到自身的处境，可以想见当时诗人独宿江边的凄凉景象。

尾联写贾谊上书却遭贬谪。当年贾谊忧心汉室，上书文帝，来表达自己的忧患，却无辜地被贬谪到长沙，古今有多少人为之哀怜。最后这两句实际上是在劝慰源中丞，忧愤之词最终也倾泻而出，以同情友人在政治上所遭受打击的境遇作结。这其实也是诗人自己人生遭际的真实写照，表现出了自己的忧愤之情。

这首诗中诗人遭贬后借描写旅途的景色来抒发自己内心的凄苦之情，同时也对和自己有着同样遭遇的源中丞表示同情和安慰。全诗情景交融，诗人借秋江、夕阳、孤舟、独树、孤城等沿途风景，来表现旅途的凄凉，寄寓自己的悲愤，抒发被贬的感慨。

饯别王十一南游①

刘长卿

望君烟水阔，挥手泪沾巾。
飞鸟没何处，青山空向人。
长江一帆远，落日五湖春。②
谁见汀洲上，相思愁白蘋。③

释词

①饯别：设宴送行。王十一：其人不详。②"落日"句：指王十一到南方后，当可看到夕照下的五湖春色。五湖，这里指太湖。③汀洲：水边或水中的平地。这里指江岸。白蘋：一种水草，花白色，故名。

译文

望着你的船驶入浩渺的江中，与你挥手告别后泪水沾湿了衣襟。你像飞鸟一样飞到哪里才是归宿，只有青山空对着我（徒使送行人伤心）。长江上一叶孤帆渐行渐远，在落日的余晖中可欣赏五湖的春色。谁能看见汀洲上的我，对着白蘋花心中充满无限愁思。

鉴赏

这是一首送别诗，写诗人与友人依依惜别时的情景。此诗虽写饯别，但诗中却无饯别场面，而是通过写眼前景物，借助遥望和凝

思，表达离情别绪，新颖别致。

首联写洒泪挥手送别友人。友人所乘的船已行驶在烟水迷茫的长江中，船已远去，诗人还在岸边频频挥手，不觉泪水已沾湿了衣襟，表达了诗人与友人的深情厚谊。"望""挥手""泪沾巾"渲染了诗人送别友人时依依不舍的心情。这一联诗人通过"望"江中烟水，写出与友人分别时的惆怅心情。

颔联写友人未知的行程。友人已像飞鸟一般远行，看也看不见了。远远望去，眼前只有水边的青山与诗人相伴。"飞鸟"比喻友人南行，前程难料。"何处"写出诗人担心友人的归宿。上句寄寓诗人对友人深切的关注和忧虑。"空"字不仅写出友人远去看不见了，还传达出诗人空虚寂寥的心情。这一联承接上联的"望"，诗人借天上飞鸟、岸边青山，烘托诗人对友人的关切之情以及友人走后自己孤寂的心情。

颈联想象朋友抵达五湖（当指太湖）赏春色。友人的船已远去，夕阳下诗人想象友人所乘的船已到达五湖，诗人的心也追随友人一起到达目的地，他也好像看到了那里美丽的春色。这一联诗人借助想象，盼望友人早日到达目的地。

尾联从驰骋的想象中回到渡口送别的现实中。诗人徘徊汀洲，水中的白蘋花在风中摇曳生姿。诗人看着白蘋花出神，心中充满了不尽的愁思，久久不愿离去。颈联和尾联化用梁朝柳恽《江南曲》诗意，诗曰："汀洲采白蘋，落日江南春。洞庭有归客，潇湘逢故人。故人何不返，春花复应晚。不道新知乐，只言行路远。"这两联隐含着友人不返之意，抒发诗人悠然不尽的思念之情。

这首诗虽无"别离"的话语，只写别后的秋景，然而诗人已把浓浓的离情别意融于景中，可谓情景交融。全诗首尾呼应，化用诗句，以景衬情，独具匠心。

江州重别薛六柳八二员外①

刘长卿

生涯岂料承优诏，世事空知学醉歌。②
江上月明胡雁过，淮南木落楚山多。③
寄身且喜沧洲近，顾影无如白发何。④
今日龙钟人共老，愧君犹遣慎风波。⑤

·释词·

①江州：即江西省九江市。员外：员外郎，官名。②优诏：优待的诏书。这里是正话反说。③胡雁：鸿雁。从北方向南飞的大雁。④沧洲近：临近海滨。沧洲，依山傍水的地方，常用以称隐士的居处。顾影：看自己的身影。无如……何：无奈。⑤龙钟：衰老的样子，行动迟钝。慎风波：小心风浪，也指小心宦海风波。

·译文·

我这一生中哪里料到还会承受优待的诏书；世事茫然，我却只知学唱沉醉的歌。江上的明月高照，看着一行行的鸿雁向南飞过；淮南的树叶凋零飘落，楚山的落叶想必更多。寄身沧洲，我喜欢这里距离海滨较近；顾影自怜无可奈何，白发丛生。如今我辈已是老态龙钟，还仍要你教我当心风波，真是惭愧。

这首诗是诗人刘长卿从贬所南巴（属广东）回归，经过江州与薛、柳两位友人话别时所作。（或说刘在江州被聘为淮南节度使幕僚，行前所作。）诗人因生性耿直、说话直率，两度被贬。这首诗突出了诗人自己的性格，同时也表现了朋友之间的真情。

首联写诗人蒙受冤屈的愤慨之词。没有想到一生中还会承受这样优待的诏书；世事茫然，我却只知道学唱沉醉的歌。诗人用貌似温和的语气和平静的语言来写眼前之事，其实这是诗人的愤激之词。在这有些玩世不恭的语气和话语里，我们不难看出诗人心中的冤屈与苦楚：本来就已经沦落多年了，如今竟又得到天子这样的"厚爱"。

颔联写鸿雁飞过，淮南叶落的景象。江上的明月高照，看着一行行的鸿雁飞过；淮南的树叶凋零飘落，楚山的落叶想必更多。"鸿雁"是一种候鸟，每年的秋天都会南飞，常常会引起游子的思乡怀亲之情与羁旅的伤感；秋天自古以来被看成是一个伤感的季节，因此秋天的落叶更是能引起人无限的伤感与愁思。在诗人创作此诗之时，正是鸿雁南飞、淮南树叶凋落飘零的时节，心中本已无限感伤，眼前之景，更增加了诗人被贬的伤感之情。

颈联写诗人虽喜寄身沧洲，但无奈白发丛生。"寄身且喜沧洲近"写诗人寄身的沧洲离海滨较近，并且写出自己很喜欢，但真是这样吗？"顾影无如白发何"，顾影自怜，白发丛生也无可奈何，这是对上一句的所"喜"之情的否定。虽然身处自己比较喜欢的海滨地区，但是鉴于当前自己的处境，怎会是真的"喜"，这不过是诗人在万般苦难中寻出来的为数不多的可喜之处。

尾联写诗人对两位友人关怀的感谢。如今我已是老态龙钟，不免被人们所弃，可还要劳你们担心，真让我惭愧。由于诗人生性耿直、语言直率，所以此处两位朋友一再地劝他注意。"慎风波"这三个字，语意双关，既指旅途的风波，又暗指政治环境的险恶，意味深长。

这首诗是诗人与两位友人话别并表示感谢而作。全诗诗人都在感叹身世，笔调低沉，委婉地抒发心中的不满情绪，但却不敢直面当权，诗人的矛盾心理溢于言表。

送灵澈①

刘长卿

苍苍竹林寺，杳杳钟声晚。②
荷笠带斜阳，青山独归远。③

· **释词** ·

①灵澈：中唐著名的诗僧。本姓汤，字源澄，生于会稽，与刘长卿、皎然友善。他自幼出家为僧，早年从严维学诗，颇有诗名，诗僧皎然荐之为官，后因获罪权贵而遭贬，归隐云门寺。②苍苍：深青色。这里指树色苍翠。竹林寺：一称"鹤林寺"，在今江苏省镇江市南黄鹤山上，是灵澈此次游方歇宿的寺院。杳杳：隐约的样子。③荷：背。笠：斗笠。青山独归：即独归青山。

· **译文** ·

傍晚天色幽暗，树色苍翠的竹林寺院中，传来了隐隐约约的晚钟声。（灵澈）背着斗笠行走在夕阳的余晖中，独自归向远处的青山。

　　灵澈是中唐时期的一位著名诗僧，和刘长卿是忘年交，他们大约在唐代宗大历四、五年间（公元769—770年）在润州相遇又分别。诗人自从上元二年（公元761年）从贬谪地南巴（今广东茂名南）归来，一直失意待官，心情郁闷。灵澈此时诗名未著，正云游江南，也不大得意，在润州逗留之后，将返回浙江。这首诗便表现了两人都怀才不遇的体验和境况。

　　第一句写古寺在苍翠的竹林深处。古寺，即灵澈归宿的地方，在竹林的深处。"苍苍"是深青色，写出了竹林苍翠的样子。用"苍苍"形容竹林，进而引出在竹林深处的古寺，一片绿意环绕的古寺仿佛顿时出现在我们面前，苍翠欲滴，充满生机与希望。"竹"自古以来便是高洁品质的象征，透过这一片竹林，我们仿佛看到了灵澈身上所具备的高洁品质和凛然正气。

　　第二句写傍晚时分古寺中传来钟磬声。"杳杳"指远处钟声隐隐约约。远处传来的寺庙里的钟声，也表明了傍晚黄昏时刻的来临，此外，这钟声又好像是在有意催促着灵澈快些归山。诗人在这里刻意描绘黄昏时刻的钟声，寓意丰富。

　　第三句写黄昏时分灵澈披戴斗笠的样子。夜幕开始降临，寺庙里的钟声也响了，灵澈该归山了。灵澈披戴着斗笠走在斜阳的余晖中。"带"字用得非常巧妙，明明是灵澈行走在斜阳的余晖中，诗人却偏偏写"荷笠带斜阳"，用语奇特。

　　第四句写灵澈在夕阳的余晖中独自向青山走去的情形。灵澈戴着斗笠，在斜阳的余晖中，独自向青山走去，越走越远。"青山独归远"中的"青山"和第一句"苍苍竹林寺"中的"苍苍"相互照应；"独归远"写出了诗人伫立目送，依依不舍的情怀。同时也表现出了诗人与灵澈的真挚情谊。诗人在描写灵澈归去时所营造的意境也显得清新而高远。

这是一首送别诗，全诗表现出了诗人和灵澈之间深挚的情谊，同时也表现出了灵澈归山时清寂的风度。送别往往都是黯然伤感的，但这首诗却体现出了一种恬淡的意境。全诗构思精致，语言质朴简练，是中唐诗中的名篇。

长沙过贾谊宅①

刘长卿

三年谪宦此栖迟，万古惟留楚客悲。②
秋草独寻人去后，寒林空见日斜时。
汉文有道恩犹薄，湘水无情吊岂知。③
寂寂江山摇落处，怜君何事到天涯。

释词

①贾谊宅：在长沙城西北。贾谊，西汉文帝时的政治家、思想家、文学家。后被贬为长沙王太傅，长沙有其故址。②谪宦：贬官。官吏被贬职流放。栖迟：淹留，居留。楚客：指贾谊，长沙旧属楚地，故有此称。③汉文：指汉文帝。吊：贾谊被贬为长沙王太傅，路过湘江支流汨罗江，曾撰《吊屈原赋》，投水祭之。

译文

贾谊被贬至此三年，这可悲的遭遇给贾谊留下无尽的伤悲。古人去后，我独自在秋草中寻觅古宅，只看见寒林披着余晖。汉文帝虽是明主，但是对贾谊的皇恩还是太薄，湘水无情，凭吊屈原又有谁知道呢？沉寂的江山草木摇落，可怜你都不知道为何要飘零天涯。

诗人有过两次被贬的经历，第一次迁谪在唐肃宗至德三载（公元758年）春天，由苏州长洲县尉被贬为潘州南巴县尉；第二次在唐代宗大历八年（公元773年）至十二年间的一个深秋，因被诬陷，由淮西鄂岳转运留后被贬为睦州司马。从这首诗所描写的深秋景象来看，诗当作于第二次迁谪之时。

首联写贾谊谪官三年，落得个万古留悲。明写贾谊，暗喻自身迁谪。"楚客"最先是指屈原，后来泛指贬谪或羁旅于楚地的迁客骚人，这里主要是指贾谊，同时也包括被贬楚地、内心无限悲凉的自己。贾谊被贬在此地居住三年，这可悲的遭遇令后世之人为之悲伤，这里明写贾谊，实际上是暗喻自身的迁谪。一个"悲"字，奠定了全诗凄怆的基调。

颔联写秋天傍晚古宅萧条冷落的景象。这两句围绕题中的"过"字展开描写，"秋草""寒林""人去""日斜"一派黯淡的气象，渲染出故宅一片萧条冷落的氛围。而在这样的氛围中，诗人还要去"独寻"，一种仰慕、寂寞兴叹的心情便油然而生。此时，"寒林""日斜"，古宅里的寒林披着斜晖，这不仅是诗人眼前所见，也是贾谊当时的真实处境，还是对唐王朝当前危急形势的写照。

颈联写贾谊当年被疏远，凭吊屈原。这里写到贾谊的被疏远，诗人隐约联系到了自己，而写贾谊凭吊屈原，则隐约联系到自己如今凭吊贾谊。这里的"有道"和"犹"寓意深刻，号称"有道"的汉文帝对贾谊尚且如此薄恩，那么，当时昏聩无能的唐代宗，对诗人当然更谈不上有什么恩泽了。此处，诗人将暗讽的笔触曲折地指向当今皇上，手法相当高超。接着，诗人笔锋一转，写湘水无情，我们可以从中体会到诗人无处诉说的愁苦心境。

尾联写诗人在古宅前徘徊，抒发心中的感慨。我们仿佛看到了

368

这样一幅日暮图景：诗人在古宅前徘徊，暮色更浓了，秋色也更深了，此时，江山更趋寂静。一阵秋风吹过，黄叶纷纷飘落，在枯草上乱舞。诗人所刻画出来的典型环境，象征着当前国家形势的衰败，与第四句的"日斜时"相照应，加重了诗篇的时代气息和感情色彩。"怜君"不仅是怜贾谊，更是怜自己。"何事到天涯"可见二人本不应被贬的。在诗人这最后一句的哀叹声中，我们仿佛看到了诗人抑制不住的泪水，听到了诗人伤心哀婉的喟叹。

这是一篇堪称唐诗精品的七律。诗的内容与诗人的迁谪经历有关。这首怀古诗表面上咏的是古人古事，实际上还是与今人今事有着密切的联系，诗人把自己的身世遭际、悲秋感怀，巧妙地结合到诗歌的形象中去，同时借自己与贾谊共同的遭遇来抒发内心的感慨。

送上人①

刘长卿

孤云将野鹤，岂向人间住。②
莫买沃洲山，时人已知处。③

释词

①上人：对僧人的敬称。这里指灵澈。②孤云、野鹤：都用来比喻方外上人。将：与，和。③沃洲山：在今浙江新昌县东，上有支遁岭、放鹤峰、养马坡，相传为晋代名僧支遁放鹤、养马之地。时人：指世俗之人。

　　您就像那孤云与野鹤一样（远离尘世的喧嚣），怎么能在人世间居住呢？（要归隐的话）请不要到沃洲山去，那里已经是世俗之人早就知道的地方了。

　　这首诗是一首送别诗。

　　第一句写上人就像是孤云野鹤一样。此处的"孤云""野鹤"都是用来喻指灵澈。"孤云"是用来形容灵澈云游四方、来去无踪的行迹。"野鹤"二字则寓意更丰。"鹤"在古代往往被看成是仙人的陪伴之物，关于仙人王子乔的故事中就有他乘鹤飞行的情节。因此，鹤前面也常常被加上"仙""野"等字，称为"仙鹤""野鹤"，从而成为仙人的亲密伴侣。这里暗示着灵澈乃一介高僧，可以和仙人并驾齐驱。此外，现在的"孤云野鹤"这一成语也来源于此。

　　第二句写灵澈不能居住在人间。第一句极力渲染灵澈的道行高深，不食人间烟火，可以和天上的仙人相提并论。所以，这一句得出结论，上人不能居住在普通的民间，而是应该另有更适合其身份的地方居住，一个距离仙境最近、距尘世最远的地方，很自然地引出下文所要叙述的内容。"岂"字有一种理所应当的语气暗含其中，道行高深，已经修炼成正果，当然不应该向往凡夫俗子居住的地方；"向"字暗含着灵澈有想要住在民间的愿望和向往，隐含着灵澈的入山不深。

　　第三句写归隐不要到沃洲山去。承接上一句的"岂向人间住"，在这里，"沃洲山"便是"人间地"的一种代称，并不一定具体指沃洲山这个地方，而是用它来代指任何一个接近人间的地方。"沃洲山"相传是晋代的名僧支遁放鹤、养马的地方。"莫"字直接表明了诗人所要表达的规劝之意，直接而诚挚。

第四句写沃洲山早已是人们知道的地方。诗人规劝灵澈不要到沃洲山去归隐，在这里点明了原因——"时人已知处"，即那里已经是一个世人都知道的地方了。"时人"与"孤云野鹤"般的灵澈的对比，"人间"与隐含的"仙境"的对比，更衬托出了灵澈的超脱，另一方面，也表达出了诗人对于世俗生活的厌倦。

这是一首送行诗。诗人劝勉灵澈若意在归隐，就不要向往世俗的喧嚣之地，表面上的规劝，实则隐含揶揄灵澈之入山不深。

秋日登吴公台上寺远眺①

刘长卿

古台摇落后，秋入望乡心。②
野寺来人少，云峰隔水深。③
夕阳依旧垒，寒磬满空林。④
惆怅南朝事，长江独自今。⑤

释词

①吴公台：在今江苏江都城外。此台本为刘宋时大将沈庆之攻竟陵王刘诞时所筑之弩台，后陈朝大将吴明彻又增筑之，故称吴公台。②摇落：零落，凋残。这里指台已倾废。③野寺：指吴公上寺。④依：靠。这里含有"依恋"之意。旧垒：旧的堡垒，包括吴公台在内的当年的防御工事。寒磬（qìng）：清冷的磬声。磬，寺院中敲击以召集众僧的鸣器。这里指寺中报时拜神的一种器具。因是秋天，故云"寒磬"。空林：因秋天树叶脱落，更觉林空。⑤惆怅：失意。南朝：因吴公台关乎南朝的宋和陈两代事，故称。

译文

　　吴公古弩台已倾颓，秋天来临引起我的思乡之情。偏僻的寺院来往的人很少，隔水眺望云峰更显幽深。夕阳的余晖照在古台上，空荡的山林中回响着清冷的磬声。由吴公台而联想到南朝史事，令人惆怅，只有长江从古到今独自奔流。

鉴赏

　　这是一首咏怀古迹的吊古诗。诗人仕途坎坷，所任官职不高，却遭人陷害被流放，后遇赦被召回。这首诗就是这次被召回来的一个秋天的傍晚登上吴公台游览时所写。古迹零落，景色萧瑟凄凉，使诗人不禁想起南朝史事，颇多感慨，心生惆怅，表现了诗人忧国忧民的情怀。

　　首联写因观赏南朝古迹吴公台引发的感慨。在一个秋风萧瑟的傍晚，诗人登上吴公台，只见古台在多年风雨的侵蚀下已出现颓圮倾向，这里草木凋零、万物萧条，诗人触景伤情，遥望故乡的方向，想到家乡与此地相隔千里，不觉悲从中来，思乡之情跃然纸上。

　　颔联写景。天气转凉，木叶凋零，景色荒凉，出游观赏景物的人也少了，来吴公台上寺的游人更是稀少。登台眺望远处云雾缭绕的山峰，只见隔着一条很深的河水。"云"和"隔"写出景物的朦胧。这一联通过写游人罕至古台的悲凉和景色的荒凉，写出诗人内心的空虚和寂寞。

　　颈联继续写景。人迹罕至、孤寂荒凉的旧垒在残阳的映照下更觉凄凉，寺院的钟磬声在空寂的秋山中传得很远，随处都能听见。"寒"字点题中的"秋"，磬音的清幽似乎也带有寒意。这一联写昔日辉煌的场所如今已是衰草连天，诗人感慨唐王朝由盛转衰，含有讽今之意。

尾联写物是人非的感叹。诗人站在吴公台上凭吊古迹，南朝的古台、青山与钟磬依旧，而那时的英豪却已不在，只有长江之水，在秋日的夕阳中独自奔涌。这一联有"大江东去，浪淘尽，千古风流人物"之气韵。

这首诗是刘长卿的代表作。全诗意境悲壮苍凉，幽寂冷清。诗人抚今追昔，写景寄情，深沉惆怅。宋代大文学家范仲淹在《岁床夜话》中云："李，杜之后，五言学刘长卿，郎士元，下次则十才子。"

听弹琴①

刘长卿

泠泠七弦上，静听松风寒。②
古调虽自爱，今人多不弹。

· **释词** ·

①诗题一作《弹琴》。②泠泠：此处形容琴声清幽。七弦：古琴有七条弦，所以称七弦琴。松风：琴曲名《风入松》曲。寒：凄清。

· **译文** ·

清幽的琴声从七弦琴上发出，静静地聆听原来是《风入松》的曲子，非常凄清。虽然我十分喜爱这种古老的曲调，只可惜现在的人弹奏的不多了。

· **鉴赏** ·

这首诗是诗人在听到七弦琴弹奏的古调后，有所感而作。

第一句写七弦古琴发出的清幽琴声。琴是我国古代传统的民族

乐器之一，琴本来是五条弦，象征着五行，配宫、商、角、徵、羽五音。但是，后来周文王加上一弦，武王又加上一弦，便成了七弦。"泠泠七弦上"中的"七弦"代指琴，形象而具体。"泠泠"形容琴声清幽。诗人听着清幽的琴声从七弦琴上发出，一种幽怨之情也由此隐隐传出。

第二句写《风入松》的曲调凄清寒冷。"松风"是当时的一个琴曲名，指《风入松》曲；"寒"有凄清寒冷的意思在里面；"松风寒"指诗人听到的《风入松》的曲调伤感凄清。因为诗人自己内心的独特感受，所以听到的曲子也自然有自己的感情注入在其中，心境不佳，听到的曲子也觉得是凄清的。"静听"一词描绘出了听琴人专注的神态，可见琴声悠扬，引人入胜。

第三句写诗人自己喜爱古老的曲调。听着当下这蕴含着无限情志在其中的古调，甚是喜爱。"自爱"说明了只有自己喜爱，没有人与同，自然自己心中所感所想、所要抒发的感情也无人来和，体现出了诗人内心的孤寂。"虽"字表示转折，引出下文。

第四句写现在弹奏古调的人越来越少了。"今人多不弹"反映出了当时音乐变革的背景。汉魏六朝时期，南方的清乐还以琴瑟为主，但是到了唐代，音乐发生了变革，"燕乐"逐渐成为一代新声，以前流行的琴瑟也以从西域传入的琵琶取而代之，公众的趣味变了，曲调优美的琴声自然也就变成了古调，弹奏古调的人也就越来越少。一个"多"字，更反衬出琴客知音的稀少。这一句字里行间中流露出了一种曲高和寡的孤独感，也意在表现诗人的生不逢时。

这是一首借咏古调而抒发诗人感慨的诗。全诗从对琴声的赞美，转向对自身的感慨，古调受冷落和自身的生不逢时暗暗相合，表现出了诗人孤高自赏、曲孤和寡、难得知音的情操。

韦应物

【作者简介】

韦应物（约公元 737 年—约 792 年），京兆万年（今陕西西安）人。少年时以三卫郎事唐玄宗，个性狂放不羁、横行乡里。安史之乱后，流落失职，开始立志读书。后中进士，历任洛阳丞、京兆府功曹、比部员外郎、滁州刺史、江州刺史、左司郎中、苏州刺史等，故世称"韦江州""韦左司"或"韦苏州"。韦应物是山水田园诗派著名诗人，后人每以"王孟韦柳"并称。诗风恬淡高远，其诗以写田园风物著名，涉及时政和民生疾苦之作，亦颇有佳篇。

长安遇冯著①

韦应物

客从东方来，衣上灞陵雨。②
问客何为来？采山因买斧。③
冥冥花正开，飏飏燕新乳。④
昨别今已春，鬓丝生几缕？⑤

·释词·

①冯著：河间（今河北河间）人，曾任洛阳尉、左补阙。②客：指冯著。灞陵：即霸陵，汉文帝陵墓，在今西安市东，因地处霸上而得名。③采山：进山采樵。④冥冥：形容下雨。飏（yáng）飏：轻快飞翔的样子。燕新乳：此指初生之燕。⑤昨别：上一年冬，冯著到过长安，故言。今已春：指今日相逢，已是一年后的春天。鬓丝：鬓间白发。

·译文·

客人从关东回到长安，衣服上还带着霸陵的春雨。问客人为什么来？客人说为了上山砍柴来买斧头。百花在丝丝细雨中悄悄地盛开，飞翔的燕子正在哺乳雏燕。去年一别如今已是春天，两鬓的白发生出了多少呢？

·鉴赏·

此诗是诗人与好友冯著于长安相遇时所作。冯著是韦应物的朋友，其事失传，今存诗四首。韦应物赠冯著诗，也存四首。据韦诗所写，冯著是一位有才有德而矢志不渝的名士。他先在家乡隐居，清贫守真，后来到长安谋仕，颇有文名，但仕途失意，约在大历四年（公元769年）应征赴幕到广州。十年过去，他仍未获官职，后又来到长安。韦应物对这样一位朋友是深为同情的。这首赠诗，诗人以亲切诙谐的笔调，对失意沉沦的冯著深表理解、同情、体贴和慰勉。

第一、二句交代冯著刚从关东到长安。"灞陵"是长安东郊的山区，但这里并非实指，而是用事作比。汉代霸陵山是长安附近著名隐逸之地。冯著从著名的隐逸之地来，一定还是一派名士兼隐士的风度。诗以汉文帝的霸陵风雨起兴，隐含对有才有德却不得志的冯著的同情。

第三、四句自问自答，猜想冯著来长安的目的。"采山"句是俏皮话、打趣语，大意是说，要问冯著为何而来？大概是想来长安采铜铸钱以谋发财的，但只得到一片荆棘，还得买斧研除。"采山"化用左思《吴都赋》："煮海为盐，采山铸钱。"，"买斧"化用《易经·旅卦》："旅于处，得其资斧，我心不快。"这里意思是旅居此处作客，但不获平坦之地，尚须用斧研除荆棘，故心中不快。表明冯著的确谋仕不遇，心情不畅。诗人自为问答，诙谐打趣，显然是为了以轻快的情绪冲淡友人的不快。

第五、六句写诗人劝导冯著对前途要有信心。丝丝细雨中繁花正在开放，燕子飞得那么欢快是因为它们刚哺育了雏燕。诗人选取春天的典型形象进行描写，正是为了意味深长地劝导冯著不要为暂时的失意而不快，勉励他相信大自然造化万物时是公正的，要对自己的未来充满信心。

最后两句诗人生发感慨。你看，我们好像昨天才分别，如今已经又是春天了，你的鬓发并没有白几缕，你还不算老呀！这"今已春"正是承上两句而来的，结句以反问勉励友人，盛年未逾，大有可为。

全诗情意深长，生动活泼，叙事中抒情写景，以问答的方式渲染气氛。它的感人，首先在于诗人心胸坦荡，思想开朗，对生活充满信心，对前途有展望，对朋友充满热情。因此诗人能对一位不期而遇的失意朋友充分理解，深表同情，体贴入微而又积极勉励。

东郊

韦应物

吏舍跼终年，出郊旷清曙。①
杨柳散和风，清山澹吾虑。②
依丛适自憩，缘涧还复去。③
微雨霭芳原，春鸠鸣何处。④
乐幽心屡止，遵事迹犹遽。⑤
终罢斯结庐，慕陶直可庶。⑥

释词

①跼（jú）：拘束。旷清曙：在清幽的曙色中得以精神舒畅。②
澹：消弭，澄净。虑：思绪。③丛：树林。憩（qì）：休息。缘：沿
着。还复去：徘徊往来。④霭：迷蒙貌。鸠：古代指斑鸠和布谷。
⑤遽（jù）：匆忙。⑥终罢：终将辞官去职。斯结庐：在此地造屋。
语自陶渊明《饮酒》："结庐在人境，而无车马喧。"慕陶：追慕陶
渊明之志，指归隐田园。庶：庶几，差不多。

译文

一年到头被拘束在官府中，清晨出门去郊外顿觉精神欢愉。嫩
绿的杨柳伴随着春风荡漾，苍翠的山峰淡化了我的思绪。来到树林
舒服地休息一会儿，然后沿着山中的小溪流连徘徊。芳香的原野落
着迷蒙的细雨，春天的小鸟叽叽喳喳地在里鸣唱？喜欢清静，但每

378

次都是想想就算了，只因公务缠身而十分匆忙。终有一日我会罢官归隐，盖一间茅草屋，那时羡慕陶公的愿望差不多就能实现了。

这是写春日郊游情景的诗。诗以真情实感诉说了官场生活的繁忙乏味，抒发了回归自然的清静快乐。

前两句写诗人常年拘束于公务，所以想去郊外。诗人身为官职人员，身不由己，每日案牍劳形，但他不想在局促的官署里度日，终于在春日的一天得空来到清旷的郊外，呼吸着郊外清新的空气，自然心旷神怡、身心愉悦。

接下来六句写郊游看到的美景。只见春风吹拂柳条，青山能荡涤自己的俗虑，又有微雨芳原、春鸠鸣野，于是心中为之清爽。走倦了歇歇，歇完了再沿溪边散漫行走。诗人所写春天的山野之景很清新，显示出诗人写景的才能。韦应物晚年对陶渊明极为向往，不但作诗"效陶体"，而且生活上也"慕陶""等陶"。这首诗就是韦应物羡慕陶渊明生活和诗歌创作的证明。但韦应物不是陶渊明，陶渊明"复得返自然"后能躬耕田里，兴来作诗，田园风景、农村景象处处可入诗中，处处写得自然生动。韦应物则是公余赏景，是想以清旷之景涤荡尘累，对自然之美体味得没有陶渊明那样深刻细致。陶渊明之诗自然舒卷，而韦应物则不免锤炼，如此诗中的"霭"字。但平心而论，韦应物写景，在唐朝还是能卓然自成一家的。

最后两句由景而发感慨。诗人喜欢此地的清幽，好几次想住下来，但他毕竟是个做官的人，心中时时要冒出公务之念。因此想以后能摆脱官职，结庐此地，过上像陶渊明一样的田园生活。这两句表现出诗人对官场生活的厌倦和对大自然的热爱。

人世哲，经验谈，话真情真，读之受益匪浅。"杨柳散和风，清山澹吾虑"，可谓风景陶冶情怀的绝唱。

滁州西涧①

韦应物

独怜幽草涧边生，上有黄鹂深树鸣。②
春潮带雨晚来急，野渡无人舟自横。③

·释词·

①滁（chú）州：今安徽滁州，诗人曾任州刺史。西涧：滁州城西郊的一条小溪，有人称上马河。即今天的城西水库。②独怜：独爱。黄鹂：黄莺。③春潮：春天的潮汐。野渡：荒郊野外无人管理的渡口。横：指随意漂浮。

·译文·

我喜爱生长在涧边的小草，黄鹂在深林中啼叫。傍晚下了春雨，河水像涨潮一样流得更急了，在那暮色苍茫的荒野渡口，小船随着波浪随意地横漂着。

·鉴赏·

这首诗写于唐德宗建中四年，是诗人任滁州刺史时所作。因诗人生性高洁，爱幽静，好诗文，所以他时常独步郊外，滁州西涧便是他经常光顾的地方。诗人最喜爱西涧清幽的景色，一天游览至滁州西涧，写下了这首诗情浓郁的小诗，后来成为他的代表作之一。这首诗描写了山涧水边的幽静景象以及诗人春游滁州西涧和野渡所见。

第一句写诗人独独喜爱涧边生长的幽草，"独怜"是偏爱的意思，偏爱幽草，流露出诗人恬淡的胸怀。

第二句写涧边的茂密树林中有黄莺在啼鸣，这是清丽的色彩与动听的音乐交织成的幽雅景致。前两句诗以"幽草""深树"写出了环境的清幽寂静，而"生"和"鸣"两个字，又在静中透出动感。

第三句写傍晚下雨潮水涨得急，水势也急，与尾联的渡口和船只形成了一幅动中有静的画面，表现了一种荒凉寂静的意境。

第四句写在野渡旁，一只渡船横泊河中。这雨中渡口扁舟闲横的画面，蕴含着诗人对自己无所作为的感慨，引人思索。诗人以情写景，借景述意，写自己喜爱和不喜爱的景物，说自己合意和不合意的情事，恬淡的胸襟，忧伤的情怀，便自然地流露出来，表现了诗人对生活的热爱。后两句在水急舟横的悠闲景象中，蕴含着一种不在其位、不得其用的无奈、忧虑和悲伤的情怀。

全诗写诗人春游滁州西涧所赏之景和晚潮带雨的野渡所见，诗中写的虽然是平常的景物，但经诗人的点染，却构成了一幅意境幽深的有韵之画。前两句写春景、爱幽草而轻黄鹂，以喻安贫守节之志；后两句写带雨春潮之急，和水急舟横的景象，蕴含一种不在其位、不得其用的无可奈何之忧伤。韦应物先后做过"三卫郎"和滁州、江州、苏州等地刺史。他深为中唐政治腐败而忧虑，也十分关心民生疾苦，但他无能为力。全诗情如景，景融情，令千古读者读之似入画境。

寄全椒山中道士①

韦应物

今朝郡斋冷，忽念山中客。②
涧底束荆薪，归来煮白石。③
欲持一瓢酒，远慰风雨夕。④
落叶满空山，何处寻行迹。⑤

释词

①全椒：今安徽全椒，唐时属滁州。山：指全椒县西三十里的神山。②郡斋：滁州郡守起居之处。山中客：指全椒县西三十里神山上的道士。③荆薪：柴草。煮白石：旧传方士煮白石为粮，久而食之，可以长寿。白石即石英，道家有"煮五石英法"，在斋戒后的农历九月九日，将薤白、黑芝麻、白蜜、山泉水和白石英放进锅里煮。另外，又有五石散，配方中有：紫石英、白石英、赤石脂、钟乳石、硫黄石。其方始于汉代，盛行于魏晋，说不但治病，亦让人神清气爽。服五石散的人全身发热，必须"行散"，即外出散步，至热散尽为安。④瓢：将干的葫芦挖空，分成两瓣，叫作瓢，用来作盛酒浆的器具。风雨夕：风雨之夜。⑤空山：空寂的深山。行迹：来去的踪迹。

译文

　　今天早上感觉官邸斋舍中很冷，忽然想起隐居全椒山的友人。他或许正在山涧底打柴，或者是已经回到家里正在煮白石。我很想捧持一瓢醇香的美酒，在这风雨之夜前去慰藉他。然而满山遍野尽是落叶，我不知到何处去找寻老朋友的踪迹。

此诗作于韦应物滁州刺史任上，是一首寄赠诗，诗中透露出对山中道士的忆念之情。

前四句写由"冷"想起山中道士以及想象山中道士隔绝人世的幽独清苦。首句既写出郡斋气候的冷，更写出诗人在郡斋中的寂寞，而由此忽然想到山中的道士。"冷"字也为下文做铺垫，诗人在郡斋都感到冷，更映衬山中友人的处境，由此引起诗人对山中道士的思念。"束荆薪""煮白石"是一种形象，这里面有山中道人的种种活动。山中的道士在这寒冷气候中还要到涧底去打柴，打柴回来却是"煮白石"。葛洪《神仙传》中说有个白石先生，"尝煮白石为粮，因就白石山居。"还有道家修炼，要服食"石英"。这表明山中道士在追求体健、长生不老。

最后四句写诗人想送酒慰问道士但终未能去。诗人怀念老友，想在这秋风冷雨之夜给他送去一瓢酒，使他得到一点儿友情的安慰。但风雨中的神山满是落叶，不知到何处去寻他的踪迹。"落叶满空山，何处寻行迹"，诗人写尽秋意，却在"空"字上着力，有意无意间，禅意十足。秋天来了，叶子飘落了满满一地，可枝头却是空的，远远看去，山已经光秃秃的，空无一叶。诗人的想象力和写作的技巧都非常人能比。

诗虽淡淡写来，但诗人情感上的种种跳跃与反复，竟是那样强烈。由郡斋的冷而想到山中的道士，再想到送酒去安慰他。但他们都是逢山住山、见水止水的人。更何况秋天来了，满山落叶，全无人迹的深山连路也不容易找，他们走过的脚印自然也被落叶淹没了。诗人因找不着他而无可奈何，而自己心中百无聊赖的寂寞之情，更

是无从排解。

全诗语言平淡中见深挚，形象鲜明自然，情韵深长，耐人寻味。"落叶满空山，何处寻行迹"句也确是诗中绝唱。宋苏东坡颇爱此诗，并刻意学之，步其韵为之"寄语庵中人，飞空本无迹"，然终不如韦应物之句。《许彦周诗话》评："此非才不逮，盖绝唱之不当和也。"

送杨氏女①

韦应物

永日方戚戚，出行复悠悠。②
女子今有行，大江溯轻舟。③
尔辈苦无恃，抚念益慈柔。④
幼为长所育，两别泣不休。⑤
对此结中肠，义往难复留。⑥
自小阙内训，事姑贻我忧。⑦
赖兹托令门，任恤庶无尤。⑧
贫俭诚所尚，资从岂待周。⑨
孝恭遵妇道，容止顺其猷。⑩
别离在今晨，见尔当何秋。⑪
居闲始自遣，临感忽难收。⑫
归来视幼女，零泪缘缨流。⑬

释词

①杨氏女：指嫁到杨家的女儿。此女为韦应物的长女。②永日：整天。戚戚：悲伤忧愁的样子。悠悠：形容路途遥远。③女子今有行：语自《诗经·邶风·泉水》："女子有行，远父母兄弟。"行：指出嫁。溯：逆流而上。④尔辈：你们。指韦应物的两个女儿。无恃：指幼时无母。韦应物妻于大历十二年（公元777年）去世。恃，依靠。⑤"幼为"句下作者自注曰："幼女为杨氏所抚育。"指小女是姐姐带大的。⑥结中肠：心中哀伤之情郁结。义往：指长女到了婚嫁年龄，应该出嫁。⑦阙：通"缺"，缺少。内训：指自幼丧母，缺乏闺中妇德的教诲。事姑：侍奉婆婆。贻我忧：意谓我担心她侍婆婆不周。⑧托：托付。令门：有名望的好人家。这里指女儿的夫家。任恤：信任和体恤、关怀。庶：庶几，差不多。无尤：没有过失。⑨尚：推崇，崇尚。资从：嫁妆。周：周全，完备。⑩容止：指仪容、行为举止。这里是一举一动的意思。猷（yóu）：规矩礼节。⑪尔：你，指长女。何秋：哪一年。⑫居闲：闲暇时日。自遣：自我排解。临感：临别时的伤感。难收：不能控制。⑬零泪：流泪。缘：沿。缨：系在下巴下的帽带。

译文

我整日忧郁而悲悲戚戚，女儿出嫁远行路途悠悠。今天她要远行去做新娘，乘坐轻舟沿江逆流而上。你们姐妹自幼失去母亲，抚育你时越发倾注了我心中的慈爱。妹妹从小全靠姐姐抚养，今日两人作别哭泣不止。面对此情此景我内心郁结，但女大当嫁自不能把你挽留。你自幼无母，因此缺少妇德的教诲，侍奉婆婆的事令我担忧。幸好依仗你夫家门第好，信任怜恤不挑剔你的过失。安贫乐俭是我一贯崇尚的，因此嫁妆不能备办得周全丰厚。望你孝敬长辈、

遵守妇道，仪容举止都要合乎礼节要求。今晨我们父女就要离别，以后相见却不知要等到什么时候。闲暇时日还能自我解遣悲愁，临别时的伤感情绪一发难收。回来看到留在身边的幼女，悲伤的泪水沿着帽带长流。

诗人的大女儿要出嫁，他的心情异常复杂，于是写了这首诗。可怜天下父母心，诗人在女儿即将出嫁时也不例外，送女出行，万千叮咛。此诗是父女情的白描，流露的是真性情，读来令人感伤不已。

诗一开头便点明女儿将要出嫁之事。诗人早年丧妻，留下两个女儿从小相依为命，诗中说幼女与长女"两别泣不休"，可见姐妹俩的感情是多么深厚。因为二女自幼丧母，诗人一身兼父爱和母爱，对两个女儿自然更加怜爱。长女嫁往夫家的路途很遥远，父亲心中纵有万千不舍，但女大当嫁是天经地义的事。在此离别之际，诗人忍痛告诫女儿到了夫家，要遵从礼仪孝道、勤俭持家，这是对女儿的一片殷殷期望。

临行时的反复叮嘱，正是诗人在尽做"母亲"的责任，因为母亲已不在，只有父亲来嘱咐远嫁的女儿了。诗人没有多写自己的直观感受，而是把笔墨集中在谆谆教导和万般叮咛上——"自小阙内训，事姑贻我忧。赖兹托令门，任恤庶无尤。贫俭诚所尚，资从岂待周。孝恭遵妇道，容止顺其猷。"诗人强忍着泪水说完这些话，送走了女儿，可眼泪还是忍不住，只能与小女儿相拥而泣。一个情感复杂却又无可奈何的慈父形象顿时鲜明、高大起来。这首诗虽读来絮絮叨叨，似老婆婆在讲家常事，但正是这些真性情的流露，令人读来伤怀不已。

全诗朴实无华、情真语挚、至性至诚、诚挚感人。慈父爱，骨肉情，令人感动。

淮上喜会梁州故人

韦应物

江汉曾为客，相逢每醉还。
浮云一别后，流水十年间。[①]
欢笑情如旧，萧疏鬓已斑。
何因不归去，淮上有秋山。[②]

释词

①流水：喻岁月如流，又暗合江汉。②归去：特指归隐。陶渊明有《归去来兮辞》。

译文

我们曾一同在江汉客游，每次相逢都要尽醉而还。自从离别后，你我如浮云般四处漂泊，时光如流水，不觉已过了十年。今日相逢欢笑依旧、友情如故，只是双鬓已斑白。你问我为何至今不回故里，只因贪恋淮上秀美的秋山。

鉴赏

这首诗写诗人在滁州与久别十年的老朋友偶遇的情景，抒发喜悦之情，感慨光阴飞逝。诗题虽是"喜会"，但包含的不仅是久别重逢的欣喜，更有漂泊流转、岁月蹉跎的伤感情怀。

首联回忆江汉作客期间的交谊。以前与老朋友同在江汉作客，

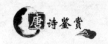

每次相聚必定痛饮，并且不醉不归。诗人的回忆是甜蜜和欣慰的，然而时光荏苒，岁月蹉跎，分离的时光如此漫长，让人不觉悲从中来。

颔联直接抒发阔别十年的感慨。十年时间很长，所要说的事很多，而诗人仅用十个字就把分别十年繁复的世事人情表现了出来。"浮云"本就漂泊不定，在这里喻人的漂泊迁徙。"流水"指岁月如流，人生易逝。诗中"浮云""流水"都是虚拟的景物，借以抒发诗人与友人分别十年的感伤情怀。这一联诗人用了疏朗的笔墨，用"一别""十年"对比，表现了别后的人世沧桑、时光飞逝之感，意境空灵，意蕴悠长。

颈联写久别重逢的情景。今日的重逢必定像十年前那样，举杯痛饮，欢笑叙旧。但两人都已鬓发斑白，形象衰老，不言悲而悲情溢于言表，漂泊之感也就尽在不言之中。这一联写了重逢的环境，两人的形貌和诗人的心思，突出了两人的情深意厚。

尾联写景抒怀。运用问句：为什么还不回去？只因为留恋"淮上秋山"。诗人《登楼》诗云："坐厌淮南守，秋山红树多。"秋日满山的红树让人流连忘返，不愿归去。然而秋景又是萧条败落的，转眼就会花黄叶落，诗人的这一回答，也透出悲凉之感，意味深长。

这首诗描写了诗人遇见梁州故人的情况和感慨，表现"此日相逢思旧日，一杯成喜亦成悲"这样一种悲喜交集的感情。全诗的结构细密，情意曲折，疏密相间，重点突出。

赋得暮雨送李胄[①]

韦应物

楚江微雨里，建业暮钟时。[②]
漠漠帆来重，冥冥鸟去迟。[③]

海门深不见，浦树远含滋。④
相送情无限，沾襟比散丝。⑤

释词

①赋得：分题赋诗，分到的题目称为"赋得"。这里分得的题目是"暮雨"，故称"赋得暮雨"。②楚江：长江在故楚境内的一段称楚江。建业：今江苏南京。③漠漠：水气迷茫的样子。冥冥：天色昏暗的样子。④海门：长江入海处。在今江苏省海门市。浦：近岸的水面，水边。⑤沾襟：打湿衣襟。此处为双关语，兼指雨、泪。散丝：指细雨，这里喻流泪。

译文

长江笼罩在霏霏细雨里，建业城的暮钟声回荡在天际。雨丝繁密船帆显得沉重，天色昏暗鸟儿飞得迟缓。长江流入海门隐没了影迹，江边树木饱含雨滴滋润。送别老朋友我别情无限，沾襟泪水像落在江面的雨丝。

鉴赏

这是一首送别诗。李胄其人其事，以及他与韦应物的关系，似已无考，但从诗中看，二人交谊颇深。友人将要远行，诗人送别友人，恰逢暮雨霏霏，诗中描绘的就是一幅薄暮烟雨送客图，通过写景抒发了离情别意。

首联写送别之地，紧扣诗题。傍晚时分佛寺的钟声响起，细雨迷蒙中诗人伫立在江边。这里暗示诗人前来送行。"楚江""建业"，交代送别之地。起句"雨"，次句"暮"，紧扣诗题中的"暮雨"。雨虽不大，却下得细密，为后面的船帆沉重、鸟飞缓慢做铺垫。这一联写细雨笼罩下诗人临江送别的情景。

　　颔联和颈联描绘江上景色。江上船帆被细雨打湿，帆湿而变重；飞鸟的翅膀也因沾雨而无法轻巧飞翔。其中"重"和"迟"用得好，既写出了船帆、鸟羽被雨打湿而显得滞重，又写出了诗人与友人惜别时的沉重心情。接着写海门，海门是长江的入海处，诗人看不见海门，只是想象海门似有波涛涌动，暗示李冑的东去。然而人去帆远，暮色苍苍，目不能及，远处江岸的树被水雾缭绕，不乏空寂之意。其中"深"和"远"用得好，写出迷蒙暗淡的景色，渲染出阴沉压抑的氛围，衬托诗人怅惘凄戚的心境。

　　这四句写景，动静结合，情景交融。舟行江上和鸟飞空中是动，但下雨导致船帆重而行不动，鸟羽湿而飞不动，又显出相对的静；海门、浦树为静，但海门水流奔涌，浦树水雾缭绕，又显出相对的动。中间两联写出了景物的寥廓旷远和昏暗深邃，渲染出一种离别时伤感的气氛。

　　尾联直抒离愁无限，让人潸然泪下。友人已远去，诗人离别的泪水和雨水交融在一起。"比"字将别泪和雨丝融成一体，离别之情与暮雨之景相比拟，恰到好处。"散丝"，即雨丝，晋张协《杂诗》有"密雨如散丝"句。这一联直抒胸臆，使情更具形象性，也使景更富有情感，达到情景相融之境。

　　这首诗紧扣暮雨，描写暮雨中的景象，以"微雨"起，用"散丝"结，前后呼应，浑然一体。全诗虽写送别，却重在写景，描写景物，动静结合，近景与远景互相映衬。诗人写景抒情皆是信手拈来，佳句天成，足见其大家风范。

寄李儋元锡^①

韦应物

去年花里逢君别，今日花开又一年。
世事茫茫难自料，春愁黯黯独成眠。^②
身多疾病思田里，邑有流亡愧俸钱。
闻道欲来相问讯，西楼望月几回圆。

①李儋（dān）：曾任殿中侍御史，是诗人的诗交好友。元锡：字君贶，曾任淄王傅。②黯黯：低沉暗淡，心情沮丧的样子。

去年花开时节正赶上与君分别，今春花开，又是一年。世事茫茫难以预料，春愁使我心神黯淡，独自一人难以入睡。因身体多病越发思念田园乡里，城邑中有百姓流离失所，真是愧对自己领的俸禄。听说你们想来探望我，我就经常在西楼盼望，已经有好几个月了。

鉴赏

这首诗大约写于唐德宗兴元元年（公元784年）春天。唐德宗建中四年（公元783年）暮春入夏时节，韦应物从尚书比部员外郎调任滁州刺史，离开长安，秋天到达滁州任所。在韦应物赴滁州任

职的一年里，他亲身接触到人民的生活情况，对朝政紊乱、军阀嚣张、国家衰弱、民生凋敝，有了更具体的认识，深为感慨，严重忧虑。就在这年冬天，长安发生了朱泚叛乱，称帝号秦，唐德宗仓皇出逃，直到第二年五月才收复长安。在此期间，诗人曾派人北上探听消息。写此诗时，探者还没有回滁州，可以想见诗人的心情是焦急忧虑的。这就是此诗的政治背景。

首联写到又一年的花开而思念友人。去年的花开时节与君分别，今年再见花开而怀念友人，这既是睹物思人，顺理成章，又暗含着时光易逝的感慨，表现出了分别后境况的萧索，与"年年岁岁花相似，岁岁年年人不同"有着共通的感伤意味。诗篇的开头紧扣主题，由去年说到今年，由与友人分别写到又逢花开时节思念友人，用春花来关联前后，自然而又顺畅。

颔联写诗人因世事难料而心神暗淡。这分别的一年来，国家境况处于异常混乱的局面，"世事茫茫""春愁黯黯"并不是诗人主观的泛泛之论，而是包含着实实在在的社会内容和真实的社会生活。国乱民不安，自己有志难酬，想要弃官归隐，但又不忍漠视家国和百姓的苦难。因此，诗人就不禁将内心的重重矛盾推心置腹地向朋友倾诉。"世事茫茫"给人以看不见前景、难以捉摸之感，这正是对当时特定的政治局势的真实写照。"春愁黯黯"添上了一层阴沉黯淡、纷扰纠结的色彩，恰到好处地展示了诗人此时的心绪，情愫如此，诗人因而只好独卧在床，但又难以成眠。

颈联写诗人想要弃官归隐但又觉得有愧。国家政局动荡不安，又加上自己被疾病缠身，于是想到弃官归隐，回乡过田园生活。但是看到城邑中有百姓流亡失所，觉得有愧于自己每年所领的俸禄。此时，国家时局困难，人们生活在水深火热之中，诗人关心人民疾苦但有志难酬，此处可以体会到诗人深深的无奈。虽然自身处境艰难，加剧归隐之念，但人民疾苦却唤回济时之心，这说明诗人志在有为，不甘窃位苟禄，这是诗人思想的主导因素。

尾联写诗人热切盼望友人来访。诗人听说友人要来探访，在西楼盼望，已经有好几个月了。结尾归结全诗，与首联相照应。"闻道欲来"写出了对方关怀想念自己，而"西楼望月"则写出了诗人自己对友人的热切盼望。怀人望月，由来已久，就本诗来说，诗人不仅想借月光来传递彼此之间的关照之情，更是要用月亮的缺而复圆来寄托盼望与朋友团聚的心意。"几回"又说明了诗人盼望友人为时之久、心情之切。至此，招请速来之意，不言自明，耐人寻味。

这是一首投赠诗。全诗始于感叹分别，终于盼望团聚，表达了诗人感怀时事、思念友人的情怀。开篇两句即景生情，花开花落，引起对茫茫世事的感慨，接着直抒情怀，反映内心的矛盾，结尾道出寄诗的用意——盼望友人来访。

夕次盱眙县①

韦应物

落帆逗淮镇，停舫临孤驿。②
浩浩风起波，冥冥日沉夕。
人归山郭暗，雁下芦洲白。③
独夜忆秦关，听钟未眠客。④

释词

①次：留宿，止宿。盱眙（xū yí）：今属江苏，地处淮河南岸。②逗：停留。淮镇：淮水旁的市镇，指盱眙。舫：船。临：靠近。驿：供邮差和官员旅宿的水陆交通站。③山郭暗：指远山和城郭都被暮色笼罩。芦洲白：指芦苇丛生的水泽一片灰白。④秦关：今陕

西省关中地区为古秦地，多关隘，此指长安。韦应物是长安人。秦，今陕西的别称。客：诗人自称。

　　落下船帆留宿在淮水岸边的小镇，小船停靠在孤零零的驿站。大风突起，浩渺的江面上掀起了波浪，天色昏暗，太阳就要落山了。人们陆续回到家中，远山和城郭也逐渐暗了下来，大雁也栖息进了芦苇丛中，静悄悄的只见一片白色的芦花。夜晚孤独的我想起了我的家乡秦川，听着远处的钟声，彻夜不眠的恐怕唯有我这个游子了。

　　这是一首写羁旅风波，泊岸停宿，客居不眠，顿生乡思的诗。诗人因路遇风波而夕停孤驿，在孤驿中所见全是秋日傍晚的一片萧索景象，夜听寒钟思念故乡，彻夜未眠。一片思乡之情和愁绪全在景物的描写之中。诗的妙处在寓情于景、情景交融。本诗对旷野苍凉凄清的夜景极尽渲染，把风尘漂泊、羁旅愁思烘托得强烈感人。

　　前六句是写傍晚因路途风波，不得不停船孤驿以及所见的夜景。诗为景起，而前六句皆为景语，诗人眼光一直停留在景物上，极力渲染。帆、小镇、舫、孤驿、山郭、芦洲，从这些具体的描述中，我们了解了地点、季节，甚至是逗留的原因等。诗人因"浩浩风起波"而"夕次盱眙"，又因"芦洲白"起了苍凉之心，因此动了思乡之念。

　　最后两句写自夜到晓不能入眠而生乡思客愁。旷野苍凉凄清的夜景，把风尘漂泊、羁旅愁思烘托得强烈感人。作者满怀的思乡之情和愁绪全是在景物感染之下而兴起的，这是诗的妙处，见景生情，寓情于景，情景交融。

　　全诗生活气息极浓，言为心声，由此诗又可见诗人气定神闲、

394

处事不惊的风度。诗人对江湖风波早已是司空见惯，故等闲视之。娓娓抒情的背后，应是焦躁不安的等待，作者竟是只字未提。韦应物是唐代花间派的代表人物，其诗风委婉含蓄，多借物抒情。全诗侃侃诉说，淡淡抒情，景中寓情，情由景生，读来颇为动人。

秋夜寄丘员外①

韦应物

怀君属秋夜，散步咏凉天。②
空山松子落，幽人应未眠。③

·**释词**·

①丘员外：指丘丹，当时隐居临平山，与韦应物常有唱和。②属（zhǔ）：适逢。③幽人：隐居之人。指丘丹。

·**译文**·

怀念你的时候正在秋天的夜里，独自出来散步咏叹这凉爽的天气。寂静的空山之中能够听到松子落地的声音，你这时应该也难以入眠吧。

·**鉴赏**·

诗人与丘丹在苏州时交往甚密。这首诗写于丘丹在临平山学道时，诗人在秋天的夜里因怀念友人难以入眠而作。

第一句写诗人秋夜怀念友人。诗篇开头，诗人就将自己对友人的思念之情倾泻而出。"秋夜"点明了季节是在秋天，时间是在夜

晚，而这"秋夜"之景与"怀君"之情又是相互映衬的。"属"意为"适逢"，用得非常巧妙。秋天，天气逐渐变凉，万物凋零，一片凄凉破败的景象，所以，适逢在秋天的夜晚怀念友人的心情可想而知，凄凉而伤感。

第二句写诗人在凉秋之夜散步。紧接上一句，诗人因为怀念友人，夜不成寐，便起身出来走走。此处的"怀君"与"散步"相照应，因为思念友人不能入眠，只好出来散步，来释放自己的思念之情；"秋夜"与"凉天"相对应，秋天的夜晚是有些凉意的，夜越深，凉意越浓。"凉"既指秋天晚上的天气凉爽，又指此刻诗人因思念而在心底生出的凉意。

第三句写空山之中松子落地的场景。诗人在写完自己此时此地的感受之后，又将思绪飞驰到了所怀念的远方友人身边。诗人由自己的眼前之景推向了友人所在地方的景色，好像听到了他那里空山之中松子落地的声音，给寂静的夜带来了一丝响动。而"空山松子落"是承接诗人所感受到的"秋夜""天凉"而想象出来的，虽是想象之词，但又不失真切。

第四句诗人猜测友人应该也在因为思念而难以入眠。诗人首先想象友人所在地的景物，接下来，便不由自主地想到自己怀念的人。诗人想到自己因为思念友人而夜不成眠，猜测此刻的友人应该也像自己一样，因为怀念远在他方的自己而在深夜里徘徊，不能入眠吧！

这是一首怀人诗。诗人在倾诉自己思念的衷肠时，运用写实与虚构相结合的手法，使眼前之景与意中之景相融合，使得怀人之人与所怀之人两地相连，从而表达了异地相思的深情。全诗语浅情深，言简义丰，令人回味无穷。此外，这首诗所体现出来的古雅恬淡的风格，给人以无尽的艺术享受。

孟　郊

【作者简介】

孟郊（公元751—814年），字东野，湖州武康（今浙江德清）人。孟郊早年生活贫困，屡试不第，曾周游湖北、湖南、广西等地，近五十岁才中进士，任为溧阳县尉。在任不事曹务，常以作诗为乐，被罚半俸。六十岁时，因母死去官。孟郊在阌乡（今河南灵宝）暴病去世。张籍私谥为‘贞曜先生’。现存诗歌五百多首，以短篇的五言古诗最多，代表作有《游子吟》。有"诗囚"之称，又与贾岛齐名，人称"郊寒岛瘦"。有《孟东野诗集》。

游子吟①

孟郊

慈母手中线，游子身上衣。
临行密密缝，意恐迟迟归。
谁言寸草心，报得三春晖。②

①游子吟：题下原注："迎母溧上作。"可知此诗是作者居官溧阳县尉时所作。游子：出门远游的人，即作者自己。②言：说。寸草：小草，喻游子。三春晖：指春天的阳光，也象征慈母之恩。三春，即春天，因春季有三个月而得名。晖，阳光，这里喻慈母之爱。

译文

仁爱和善的母亲手中拿着针线，为将要远行的儿子赶制新衣。临行前缝得密密实实，总是担心孩子很久很久才能归来。谁敢说像小草似的那点儿孝心，能报答春天阳光般的慈母之爱呢？

鉴赏

孟郊一生宦途失意，饱尝世态炎凉，穷愁终身，直到五十岁才得到溧阳县尉的卑微职位，结束了长年漂泊流离的生活，将母亲接来同住。诗人捕捉到生活中的一瞬，用简洁的语言勾勒出慈母为游子缝制衣裳的场景，抒发了游子思乡念亲的至深情感。这是一首母爱的颂歌。诗中亲切真挚地吟诵了伟大的母爱。

第一、二句是关联紧密的对仗句，所写的人是母与子，所写的物是线与衣，通过"线"和"衣"，把母亲对儿子难以割舍的爱紧密联系在了一起，点出母子相依为命的骨肉之情。无论儿子远行多远，母亲缝制的衣服总会穿在身上。也就是说，母亲无时无地不在遮护着孩子的身、温暖着孩子的心。"游子"也指离乡远游的举子。自唐以来，开科取士，游子不绝于途，辗转流徙，饥寒相侵，倍受艰辛。诗人以其亲身体验和感受，把游子的悲苦和哀愁加以浓缩和转嫁，曲折地反映了当时知识分子的生活实况，赋予诗以社会意义。

第三、四句写慈母的动作和意态，表现了母亲对儿子的深笃之情。

临行前慈祥的母亲手拿衣服，针针线线，细密缝补，唯恐儿子迟迟不归，所以把衣衫缝制得更结实一点儿，更暖和一点儿，甚至是更光鲜一点儿。但做母亲的心里又何尝不盼望儿子早日平安回家呢？诗人就是通过母亲所做与所想的矛盾，非常细致地表现了慈母的一片深爱之情，揭示了慈母情的含蕴：原来临行缝制的游子衣上那密密匝匝的针线，竟是慈母丝丝缕缕的情思。可怜天下慈母心，家家莫不是如此。虽无言语，也无泪水，却充溢着爱的纯情，扣人心弦，催人泪下。

最后两句是前四句的升华，通过形象的比兴，寄托了赤子情怀，把自己比作小草，把母亲的爱比作春天的光辉，无处不在。小草似的儿女，怎能报答得了呢？在这里诗人想要说的是：回报母亲的孝行莫要因为事小而不为。

全诗用朴素自然、明白如话的语言，细致而真切地突出了一个"情"字——慈母的爱子之情和儿子的感恩之情。全诗情真意切，拨动了多少读者的心弦，引起万千游子的共鸣，尤其是"谁言寸草心，报得三春晖"两句已成为千古流传的名言佳句。

烈女操①

孟郊

梧桐相待老，鸳鸯会双死。②
贞妇贵殉夫，舍生亦如此。③
波澜誓不起，妾心古井水。

· **释词** ·

①烈女操：属乐府中《琴曲》歌辞。烈女，贞洁女子。操，琴曲中的一种体裁。②梧桐：传说梧为雄树，桐为雌树，其实梧桐树

是雌雄同株。待：等，等候。③贵：看重，重视，崇尚。殉：以死相从。

雄梧雌桐枝叶覆盖相守到终老，水里的鸳鸯成双成对至死相随。贞洁的妇女贵在为丈夫殉节，为此放弃生命才称得上至善至美。对天发誓我心永远忠贞不渝，因为我的心已经如井中的死水。

题目中的"操"是琴曲的一种体裁，也是诗题的一种。这是一首颂扬贞妇烈女的诗。这样的说教诗是为了维护封建礼教道德，属于封建糟粕，应当予以批判。在封建社会里，女子出嫁后必须"从夫"，丈夫死后女子必须守节，终身不嫁或以身相殉。可这些女子为了所谓的"贞节"付出了很多代价。但据考证，唐朝对女子的贞操并不看重，诗人可能醉翁之意不在酒，或另有寄托，借赞颂贞妇烈女表达自己坚守节操、不肯与权贵同流合污的品行。

前两句以物起兴，用"梧桐""鸳鸯"两个独特的意象来比喻烈女对爱情的忠贞。古老的梧桐彼此相守，直到枯死；美丽的鸳鸯鸟成双成对，同生共死。植物和动物都有坚贞之心，何况人呢？

后四句写女子的丈夫死后，她在孤独寂寞中坐等生命的终结。这四句以丧夫之妇的口吻，直抒胸臆，喊出对爱情忠贞不渝的誓言，同时将烈女以古井水作比，称颂其对丈夫的忠贞不贰。结句"波澜誓不起，妾心古井水"，表达了烈女的一片忠贞。成语"心如古井"源于此。刘禹锡《竹枝词》名句"长恨人心不如水，等闲平地起波澜"也道出了烈女心肠。

全诗多用以物比人的比兴手法，比喻贴切自然。

韩　愈

【作者简介】

韩愈（公元 768—824 年），字退之，汉族，河南河阳（今河南孟县）人，自谓郡望昌黎，世称"韩昌黎"。贞元八年（公元 792 年）进士，曾任国子博士、刑部侍郎等职，因谏阻宪宗迎佛骨，贬为潮州刺史，后官至吏部侍郎，卒谥文。唐代古文运动的倡导者，其散文被列为"唐宋八大家"之首，与柳宗元并称"韩柳"。其诗力求新奇，对宋诗影响颇大。有《昌黎先生集》。

石鼓歌

韩愈

张生手持石鼓文，劝我试作石鼓歌。①
少陵无人谪仙死，才薄将奈石鼓何。②
周纲陵迟四海沸，宣王愤起挥天戈。③
大开明堂受朝贺，诸侯剑佩鸣相磨。④
蒐于岐阳骋雄俊，万里禽兽皆遮罗。⑤
镌功勒成告万世，凿石作鼓隳嵯峨。⑥

从臣才艺咸第一，拣选撰刻留山阿。⑦

雨淋日炙野火燎，鬼物守护烦撝呵。⑧

公从何处得纸本，毫发尽备无差讹。⑨

辞严义密读难晓，字体不类隶与蝌。⑩

年深岂免有缺画，快剑斫断生蛟鼍。⑪

鸾翔凤翥众仙下，珊瑚碧树交枝柯。⑫

金绳铁索锁钮壮，古鼎跃水龙腾梭。⑬

陋儒编诗不收入，二雅褊迫无委蛇。⑭

孔子西行不到秦，掎摭星宿遗羲娥。⑮

嗟余好古生苦晚，对此涕泪双滂沱。⑯

忆昔初蒙博士征，其年始改称元和。⑰

故人从军在右辅，为我度量掘臼科。⑱

濯冠沐浴告祭酒，如此至宝存岂多。⑲

毡包席裹可立致，十鼓只载数骆驼。

荐诸太庙比郜鼎，光价岂止百倍过。⑳

圣恩若许留太学，诸生讲解得切磋。㉑

观经鸿都尚填咽，坐见举国来奔波。㉒

剜苔剔藓露节角，安置妥帖平不颇。㉓

大厦深檐与盖覆，经历久远期无佗。㉔

中朝大官老于事，讵肯感激徒媕婀。㉕

牧童敲火牛砺角，谁复着手为摩挲。㉖

日销月铄就埋没，六年西顾空吟哦。㉗

羲之俗书趁姿媚，数纸尚可博白鹅。㉘

继周八代争战罢，无人收拾理则那。㉙

402

方今太平日无事，柄任儒术崇丘轲。㉚
安能以此上论列，愿借辩口如悬河。㉛
石鼓之歌止于此，呜呼吾意其蹉跎。㉜

释词

①张生：指张彻，韩愈的学生。石鼓文：指从石鼓上拓印下来
的文字。②少陵：指杜甫。谪仙：指李白。才薄：是说自己的才力
薄弱，不能像杜甫、李白他们那样，有纵横驰骋的诗笔。将奈石鼓
何：是说像我这样才力薄弱的人，怎能作好这石鼓歌呢？③周纲：
周朝的纲纪法度，亦即政治秩序。陵迟：衰落，衰败。四海沸：指
天下动荡不安。宣王：周宣王，姓姬名靖，周厉王的儿子，旧时被
认为是周朝的中兴之主。挥天戈：指周宣王北征猃狁（xiǎn yǔn），
南讨淮夷。④明堂：天子颁布政教、朝见诸侯、举行祭祀的地方。
剑佩鸣相磨：到天子明堂来朝贺的诸侯很多，以至彼此佩带的刀剑
上的玉佩互相摩擦而发出声响。⑤蒐（sōu）：春天打猎。岐阳：指
岐山的南面。山南为阳。遮罗：拦捕。⑥镌功勒成：将功业刻在石
鼓上。镌、勒，都是刻的意思。成，成就，与"功"同义。隳
（huī）：毁坏。嵯峨（cuó é）：山势高峻的样子。这里指高山。⑦撰
刻：指撰写文字刻于石鼓之上。⑧日炙：日晒。烦：劳。扬（huī）：
同"挥"。呵：呵斥。⑨公：张生，指张彻。纸本：指从石鼓上拓
下来的文字纸本。讹：错误。⑩辞严义密：指拓本的文字庄严、义
理精密。不类：不像。隶：隶书，古代的一种书写文字。蝌：蝌蚪
文，战国时所用文字，因头大尾小，形似蝌蚪而得名。石鼓文的文
字当为籀文，即大篆。⑪缺画：缺少笔画。蛟：蛟龙。古代传说中
的一种神异动物。鼍（tuó）：鼍龙，俗称猪婆龙，是鳄鱼的一种。
这里的蛟鼍即蛟龙，因押韵，故改蛟鼍。⑫翔、翥（zhù）：都是飞
的意思。珊瑚碧树：因珊瑚形状像树枝，故称珊瑚碧树。⑬金绳铁

索：比喻石鼓文的笔锋遒劲如金绳铁索一般。钮：扣结。古鼎跃水：相传周显王四十二年，九鼎没于泗水，秦始皇时，派人入水求之，未得。龙腾梭：《晋书·陶侃传》："侃少时，渔于雷泽，网得一织梭，以挂于壁。有顷雷雨自化为龙而去。"这句是形容石鼓文字体的变化莫测。⑭陋儒：见识短浅的儒生，指当时采风编诗者。诗：指《诗经》。二雅：指《诗经》的《大雅》和《小雅》。委蛇：从容的样子。⑮秦：秦国，今陕西一带，即石鼓所在的地方。石鼓于唐初在天兴（今陕西省宝鸡市）三畤原出土。掎摭（jǐ zhí）：采取。遗：丢了。羲：羲和，为太阳驾车的人，这里代指太阳。娥：嫦娥。这里指月。⑯好古：爱好古代文化。涕：鼻涕。双滂沱：指眼泪和鼻涕一同流出。意即令人无限感伤而泪如雨下了。⑰蒙：蒙受。博士：官名。唐时有太学、国子诸博士，并为教授之官。其年：那一年，即韩愈自江陵法曹参军被召回长安任国子监博士的元和元年（公元806年）。⑱故人：不详。从军在右辅：《三辅黄图》："太初元年（公元前104年）以渭城以西属右扶风，长安以东属京兆尹，长陵以北属左冯翊，以辅京师，谓之三辅。"右辅，即右扶风，为凤翔府。韩愈故人为凤翔节度府从事，所以说"从军在右辅"。度（duó）量：计划。掘：挖。臼科：坑穴，指安放石鼓的地方。⑲濯冠：洗帽子。沐：洗头。浴：洗澡。祭酒：学官名。唐时为国子监的主管官。⑳荐：进献。诸：是"之于"二字的合音，用意亦同。太庙：皇家的祠堂。郜（gào）鼎：郜国所造的鼎。《左传·桓公二年》："四月，取郜大鼎于宋，戊申，纳于太庙。"郜国在今山东省成武县。㉑太学：指国子监。诸生：指在太学进修的学生。切磋：指对学问的钻研。这里是指对石鼓的钻研。㉒观经鸿都：汉灵帝光和元年（公元178年），置鸿都门学士。鸿都门为藏书的处所。又灵帝熹平四年（公元175年），蔡邕奏请正定六经文字，并刻石碑，立于太学门外，即熹平石经。从此，每天前来观看和摹写的人很多，十分拥挤，阻塞街道。填咽（yè）：阻塞，形容人多拥挤。坐见：即将看

404

到。坐，即将。㉓剜（wān）：刀挖。剔：剔除。节角：指石鼓文字笔画的棱角。安置妥帖：安放妥当。不颇（pō）：不偏斜。㉔深檐：也是"大厦"的意思。檐，屋檐。覆：遮盖。期无佗（tuó）：希望石鼓没有任何的损坏。无佗，同"无他"。㉕中朝：即朝中，朝廷里。老于事：实指老于世故，即办事拖沓、保守的意思。肯：岂肯。感激：感动激发。徒：只。媕婀（ān ē）：无主见的意思。㉖敲火：指牧童无知，在石鼓上敲击取火，有损石鼓。砺：摩擦。着手：即用手。摩挲：常指对文物古玩的抚摩，表示爱惜的意思。㉗销：熔化金属。铄（shuò）：指金属熔毁。就：趋向，归于。六年：韩愈元和元年为博士时就提议，至作此诗时已经过去六年了。西顾：指西望石鼓所在地岐阳。岐阳即岐山南面，在长安、洛阳西，故称"西顾"。空吟哦：空费心思。㉘羲之：王羲之，著名书法家。俗书：沈德潜《唐诗别裁》："隶书风俗通行，别于古篆，故云俗书，无贬右军意。"他认为俗书是对古书而言，是时俗之俗，非俚俗之俗，不是贬义。但就韩愈对石鼓文字的无比推崇来看，王羲之的书法自然会被他认为是俗的了，实含贬义。趁姿媚：追求柔媚的姿态。博白鹅：换白鹅。据《晋书·王羲之传》载，他很喜欢鹅，曾用"数纸"自己所写的《道德经》去换取山阴道士的鹅。㉙八代：所指不明。一说是秦、汉、魏、晋、元魏、齐、周、隋；又说是东汉、魏、晋、宋、齐、梁、陈、隋。收拾：这里指把石鼓收集起来加以保存。则那：奈何。㉚柄任儒术：即重用儒学之士的意思。柄，权柄。任，任用。崇丘轲：尊崇孔丘、孟轲。㉛论列：议论，建议。悬河：比喻有辩才，即善于辞令。㉜止于此：到此为止。其：将。蹉跎：本指岁月虚度，这里作失意解，即白费了心思。与前文的"空吟哦"意同，且相照应。

　　学生张彻手拿石鼓文的拓本，劝我写一首石鼓歌。杜甫、李白才华盖世但都作古，我这个薄才的人恐怕也写不好这篇石鼓歌。当年周朝政治衰败全国动荡不安，周宣王中兴大业奋起挥戈。功成之日大开明堂接受朝贺，各路诸侯接踵而至，剑上的佩玉叮当撞磨。宣王驰骋岐阳射猎多么威武雄壮，四方禽兽无处躲藏全都落入网罗。为把英雄的功业镌刻下来传扬万代，凿山石雕成石鼓，高山也被削破。随从之臣的才艺都是世上一流的，挑选其中优秀的来撰写文辞刻成石鼓放在山坳里。任凭长年日晒雨淋、野火焚烧，全靠那鬼神出力严加守护，才能这样安然无恙。你从哪里得来的这些拓本？拓得字画清晰，丝毫没有差错。石鼓文言辞严谨内容深奥难于理解，古老的字体不像隶书、蝌蚪文那样自成一格。天长日久难免笔画缺损，看起来像是快剑把活生生的蛟龙斫断了一样。石鼓上的文字像是仙人乘着鸾凤翩翩而下，又像是珊瑚碧树似的枝柯交错。笔力雄健如金绳铁索般强劲勾连，笔势的飞动似神龙掠影、古鼎沉波。那些浅陋的儒士编纂《诗经》却不收入这些石鼓文，《大雅》《小雅》的篇章难免狭窄不壮阔。孔子周游也没到过秦国，编诗未收石鼓文，就像是摘了星星却遗漏了太阳和月亮。可叹我虽好古却苦于生得太晚，对着石鼓文我哭得涕泪滂沱。想当年我初任国子监博士，那时的年号刚改为元和。我的朋友在凤翔节度府任职从事，曾经为我计划挖掘石鼓坑窝。我沐浴更衣禀告国子监祭酒，如此至宝文物世间不多。只要包毡裹席就能立即运到，十个石鼓运载只需几匹骆驼。这石鼓进献太庙可比郜鼎，那身价何止超过百倍呢？如果皇恩浩荡准许它留在太学，更便于诸生解读切磋。汉朝时鸿都门观摩石经尚且填塞街巷，如今观光"石鼓"的更将举国奔波。剔除苔藓露出文字棱角，把它放得平平稳稳、不偏不颇。高楼大厦、深檐厚瓦把它覆盖，岁月悠长，望它以免灾祸。想不到朝中的大官个个都老于世故，他们唯唯诺诺、空无主见岂肯感奋奔波。任凭牧童在鼓上取火，牛用它磨角，谁还愿将石鼓珍重抚摩。就这样日销月蚀让它湮没，六年来向西遥望我空自号呼。王羲之书法风行流俗不过追求精美，书写数张还可换回一群白鹅。继周之后八代争战已经结束，奈何至今无人收拾整理。如今天下太平国泰民安，皇上重视儒术推崇孔子、孟轲。怎么才能把此事向皇帝建议，但愿借助各位辩才的口若悬河。石鼓歌写到这里就算结束吧，哎呀我的陋见恐怕只是空费笔墨。

　　这首诗作于元和六年（公元 811 年），诗中所写的石鼓文是刻在十块鼓形石上的秦代刻石，是我国最早的石刻文字，为我国珍贵的古代文物。初唐时石鼓出土于凤翔府天兴县（今陕西宝鸡）三畤原。内容为记叙狩猎情状，书体为秦始皇统一文字前的大篆。诗人以为是周宣王时所为，其物今藏于北京故宫博物院。全诗记述了石鼓文的起源、经历和价值，诗人奔走呼号，力谏当局保护石鼓而不被采纳，因而大发牢骚。此诗表达了诗人对古代文物的珍视与保护之情，其中对官场陋习的讽刺也很深刻。

　　全诗可分六层。开头四句为第一层，点出作诗原因。张彻拿着石鼓文拓片来劝诗人试写一首题咏诗，诗人自谦没有李杜之才，不敢作歌。"劝"字写出诗人作诗的犹豫与推诿，石鼓文的深奥难懂也就不言而喻了。

　　"周纲陵迟四海沸"至"鬼物守护烦㧑呵"为第二层，追叙石鼓来历久远。诗人想象周宣王中兴王室、驱逐异族入侵、平定国内叛乱以及驰逐围猎、勒石铭功的图景。用了"大""万里""万世"等词，极言场面的壮阔和气势的雄伟。"雨淋日炙野火燎，鬼物守护烦㧑呵"两句，起承上启下的作用。石鼓流传千年，历尽劫难却保存

完好，诗人认为是有鬼神呵护。仅此而言，石鼓本身就已是稀世珍宝，更何况它的文物价值呢！寥寥两笔便为下文的切入阐发做好了铺垫。

"公从何处得纸本"至"古鼎跃水龙腾梭"为第三层，写石鼓文的文字、字体及其保留的价值。石鼓文文辞深奥，字体朴茂，即使剥蚀斑驳，诗人也忍不住赞叹一番：石鼓上的文字线条流畅优美，像是仙人乘着鸾凤翩翩而下，又像是珊瑚碧树似的枝柯交错。笔力的雄健使他想到金绳铁索的劲挺；笔势的飞动，以神龙掠影、古鼎沉波才能传其神韵。诗人在描绘石鼓文书法的妙处时，运用多种比喻，进行淋漓尽致的渲染，颇有感染力。

"陋儒编诗不收入"至"掎摭星宿遗羲娥"为第四层，怀疑《诗经》不收石鼓文，乃是孔子的粗心。诗人不满足正面写石鼓文，他痛斥陋儒，说孔子"西行不到秦"，没有把石鼓文编入《诗经》，就像是摘了星星，却遗漏了太阳和月亮。诗人如此写无非是想获得烘云托月的效果。

"嗟余好古生苦晚"至"无人收拾理则那"为第五层，建议石鼓留置太学不被采纳，叹惜石鼓文物的废弃。诗人主张崇古，身居博士，把保护石鼓看作是应负的责任。为此，他托故人度量坎坑，为安置做好了准备，希望尽快把"至宝"从那荒郊野地运回，留在太学，以供"诸生讲解得切磋"。他又斋戒沐浴郑重其事地报告上司，本以为安置"至宝"是瞬息可办的举手之劳。然而无情的现实把他美好的愿望击得粉碎——那些老爷关心的只是升官发财，他们对区区石鼓是丝毫不会"感激"（激动）的。"老"字生动地勾画出那种老于世故、麻木不仁的神情。眼看石鼓仍继续其日销月蚀的厄运，诗人心急如焚，却又无可奈何。诗人结合自己的身世之感，写得苍凉沉郁，使人觉得诗人不仅在哀叹石鼓的不幸，简直是在嗟叹寒儒的卑微，从中流露出隐隐的惆怅和深深的愧惜。

这一层中诗人为了反衬现实的荒诞，还运用了两个典故。第一

408

个是蔡邕。后汉熹平四年，汉灵帝不满于当时文字使用的混乱，特命蔡邕与堂溪典等正定六经文字，由蔡书丹上石，刻成后置于鸿都门前，每日前来观看的车辆，使街道为之阻塞。第二个是王羲之。东晋王羲之喜鹅颈之婉转，见山阴道士所养群鹅而爱之，道士因索写《道德经》一部，举群相赠。蔡、王二人都是书圣，但前者擅隶书而后者工楷书，这两种比石鼓文晚得多的书体尚且如此风光，那么当局冷落石鼓，到底于心何忍？这两处用典格外深刻而有力，起到了振聋发聩的效果。

最后六句为第六层，希望在尊崇儒学的时代，能把石鼓移置太学。在当今国泰民安之际，诗人作歌大声呼吁，希望朝廷重视，圣恩荣准，尽快使这些"至宝"得以妥善安置。

此诗是韩愈的七古名篇，章法整齐，辞严义密，音韵铿锵，气势雄浑。

山石

韩愈

山石荦确行径微，黄昏到寺蝙蝠飞。①
升堂坐阶新雨足，芭蕉叶大支子肥。②
僧言古壁佛画好，以火来照所见稀。③
铺床拂席置羹饭，疏粝亦足饱我饥。④
夜深静卧百虫绝，清月出岭光入扉。⑤
天明独去无道路，出入高下穷烟霏。⑥
山红涧碧纷烂漫，时见松枥皆十围。⑦
当流赤足踏涧石，水声激激风生衣。

人生如此自可乐，岂必侷促为人靰。⑧
嗟哉吾党二三子，安得至老不更归。⑨

① 荦（luò）确：险峻不平的样子。行径微：山路狭窄。亦含天色昏暗依稀不清之意。② 升堂：指进入寺中厅堂。阶：厅堂前的台阶。芭蕉：多年生草本植物，叶长一丈或七八尺，宽尺余至二尺。支子：一作"栀子"。常绿灌木，叶对生，革质，长圆状披针形或倒卵形。春夏开白花，极香。③ 佛画：佛像绘画。所见稀：即少见的好画。稀，依稀，模糊，看不清楚。一作"稀少"解。④ 置：供。羹（gēng）：菜汤。这里泛指菜蔬。疏粝：糙米饭。这里指简单的饭食。疏，同"蔬"，指菜蔬。粝，即糙米。⑤ 百虫绝：一切虫鸣声都没有了。扉：指柴门。⑥ 去：离开。无道路：指随处闲走，不择道路。穷烟霏：尽在流云轻雾中行走。穷，尽。⑦ 山红涧碧：即山花红艳、涧水清碧。纷：繁盛。烂漫：光彩四射的样子。枥：同"栎"，壳斗科落叶乔木。⑧ 人生如此：指上面所说的山中赏心乐事。侷促：拘束。靰（jī）：马络头。比喻受人牵制、束缚。⑨ 吾党二三子：指和自己志趣相合的几个朋友。不更归：不再回去了，表示对官场的厌弃。

山石峭立险峻，山路狭窄难行，我黄昏时分到了寺院看见蝙蝠疾速飞翔。登上厅堂坐在台阶上，刚下过一场透雨，芭蕉叶子很大，栀子树更加茂盛。僧人说古壁上的佛画画得很好，用火把照着看果然稀奇。僧人为我铺好床席，又准备了米饭菜汤，饭菜虽粗糙，我却吃得很饱。夜深了静卧在床上，听得百虫鸣声渐渐停息，明月从山岭后面升起，清辉从门缝隙中透了进来。天明我独自离去，无法

410

辨清道路方向，我上下摸索着行走在如烟的云雾里。山花鲜红，涧水碧绿，缤纷斑斓，时时见到的松树、栎树树干都有十围那么粗。遇到流水便赤脚踩着涧里的石头过去，水声激越，山风吹动了我的衣襟。人生能够像这个样子就会自有乐趣，何必拘束自己被别人控制呢。哎，我和这几个情投意合的伙伴，怎么才能做到年老还不回去呢？

　　诗人于贞元八年（公元 792 年）登进士第后，一直没有官职。他曾三次上书宰相，希望被任用，但都无果，几年后仅任观察推官和节度推官，后辞职回洛阳。这是诗人在贞元十七年（公元 801 年）七月二十二日，从徐州到洛阳，途中留宿洛阳北面的惠林寺而作的一首记游山寺的诗。诗题《山石》，是用全篇开始二字为题。全诗用素描的手法有序地描写了从雨后的黄昏到山寺漫游至第二天早晨的所见、所闻和所感，表达了诗人对大自然的热爱和对自由宁静生活的向往，抒发了对仕途坎坷的愤懑与不平。

　　全诗可分四层。开头至"疏粝亦足饱我饥"为第一层，写入寺至就寝之前的所见、所闻和所感。诗一开头便写记游山寺，用"山石荦确行径微"一句记述了山路崎岖难行，"蝙蝠飞"点明了到寺的时间是黄昏，使"黄昏"变成了可见可感的清晰画面。"坐阶"表明主人公不是来烧香拜佛的，而是来游览的，且游兴很浓。诗人坐在堂前的台阶上，欣赏那院子里的花木。因为下过一场透雨，新雨后的"芭蕉叶大支子肥"，"大"和"肥"准确地突出了客观事物的特征，增强了形象性。接着热情的僧人夸耀寺里的"古壁佛画好"，并拿来灯烛，领客人去观看。随后殷勤的寺僧为诗人准备好了饭菜，铺好床铺。"疏粝亦足饱我饥"一句，写诗人走了一天路，感觉很疲劳和饥饿，僧人虽然准备的是粗茶淡饭，但诗人却吃得很饱。

　　"夜深静卧百虫绝，清月出岭光入扉"两句为第二层，写诗人夜宿寺中。山寺之夜，百虫合奏夜鸣曲，比万籁俱寂还显得幽静。诗人静卧细听，不知不觉夜深了，虫鸣声已"绝"，可诗人还未睡着。诗人游寺的时间是农历七月二十二日，农谚有云："二十一、二、三，月出鸡叫唤。"可见是下弦月，月亮爬出山岭，照进窗扉，已经鸡叫头遍了。诗人再欣赏一阵，就快天明了，表明诗人应是彻夜未眠。

　　"天明独去无道路"至"水声激激风生衣"为第三层，写离寺早行出游。"无道路"指天刚破晓，雾气很浓，看不清道路，眼前只是一片"烟霏"的世界，诗人在浓雾中摸索前进，所择之道时高时低。直至烟霏散尽，朝阳升空，画面顿时清晰起来，"山红涧碧纷烂漫"的奇景顿时映入眼帘。他继续穿行于松树、栎树丛中，清风拂衣，泉声淙淙，遇到清浅的涧水，就赤脚踏石而过。诗人的整个身心都被大自然陶醉了。

　　最后四句为第四层，概括这次游览的全部经历，总结全诗，发出感慨。这次游惠林寺多么惬意，像这样的生活，自有乐趣，何必要被别人拘束，不得自在呢？就我们这两三个人，怎么才能在这里游山玩水，到老不用再回去呢？这一层表达了对自然美、人情美的热爱和无限向往。

　　初、盛唐诗人作七言古体，往往喜欢用一些对偶句法。只有韩愈的七古，绝对不用对偶句。但他的诗中却处处有照应："无道路"呼应了上文的"行径微"；"出入高下"呼应了上文的"山石荦确"；"赤足踏涧石"呼应了上文的"新雨足"。在一句之中，也有呼应："蝙蝠飞"，是"黄昏"时；"百虫绝"，所以"静卧"。

　　全诗汲取了散文的写作手法，按照行程的顺序，从"黄昏到寺""夜深静卧"到"天明独去"，游踪写得详尽却又诗意盎然，表现出了山野的自然美。全诗语言朴素自然，读来酣畅淋漓，气势雄劲，自然舒畅。

谒衡岳庙遂宿岳寺题门楼①

韩愈

五岳祭秩皆三公，四方环镇嵩当中。②
火维地荒足妖怪，天假神柄专其雄。③
喷云泄雾藏半腹，虽有绝顶谁能穷。④
我来正逢秋雨节，阴气晦昧无清风。⑤
潜心默祷若有应，岂非正直能感通。⑥
须臾静扫众峰出，仰见突兀撑青空。⑦
紫盖连延接天柱，石廪腾掷堆祝融。⑧
森然魄动下马拜，松柏一径趋灵宫。⑨
粉墙丹柱动光彩，鬼物图画填青红。⑩
升阶伛偻荐脯酒，欲以菲薄明其衷。⑪
庙令老人识神意，睢盱侦伺能鞠躬，⑫
手持杯珓导我掷，云此最吉余难同。⑬
窜逐蛮荒幸不死，衣食才足甘长终。⑭
侯王将相望久绝，神纵欲福难为功。⑮
夜投佛寺上高阁，星月掩映云曈昽。⑯
猿鸣钟动不知曙，杲杲寒日生于东。⑰

释词

①谒：朝拜，拜见。衡岳：南岳衡山，在今湖南省中部，有大小山峰七十二座，以祝融、天柱、芙蓉、紫盖、石廪五峰为最著。

主峰祝融峰历来为游览胜地。衡岳庙：在今湖南衡山县西三十里南岳镇。②五岳：中岳嵩山、西岳华山、北岳恒山、东岳泰山、南岳衡山。祭秩：祭祀礼仪的等级次序。三公：周朝的太师、太傅、太保称三公，是最高的官位。《礼记·王制》："天子祭名山大川，五岳视三公。"唐代五岳之神都封王号，衡岳神封司天王。③火维：古代五行学说以木、火、水、金、土分属五方，南方属火，故火维属南方。维，角落。假：授予。专其雄：专断一方称雄。④泄：吐出。穷：尽。此指到达山顶。⑤秋雨节：韩愈登衡山，正是南方秋雨季节。阴气：指山间潮湿阴冷的云气。晦昧：阴暗无光。⑥若有应：好像有了感应。感通：指自己的祷祝感通神明。⑦静扫：形容清风吹来，驱散阴云。众峰：衡山有七十二峰。突兀：高峰耸立的样子。青空：天空。⑧紫盖、石廪：山峰名。腾掷：形容山势起伏。⑨森然魄动：指人们仰望衡山诸峰的高峻，敬畏心惊的样子。拜：拜谢神灵应验。松柏一径：一路两旁都是松柏。灵宫：指衡岳庙。⑩粉墙丹柱：白墙红柱。动光彩：光彩闪耀。⑪伛偻（yǔ lǚ）：弯腰鞠躬，以示恭敬。荐：进献。脯（fǔ）酒：祭神的供品。脯，肉干。菲薄：微薄的祭品。明其衷：向神明诉说内心的诚意。⑫庙令：官职名。唐代五岳诸庙各设庙令一人，掌握祭神及祠庙事务。睢盱（suī xū）：指睁大眼睛看。睢，张眼。盱，闭眼。侦伺：形容注意察言观色。⑬杯珓（jiào）：古时的一种占卜工具，用玉、蚌壳、竹头、木结制成，形状似蚌壳，共两片，可分合。占卜时合起掷地，以半俯半仰是吉。余难同：其他的卦象都不能相比。⑭窜逐蛮荒：流放到南方边荒地区。指贞元十九年（公元803年）因上疏论天旱民饥被贬阳山县令一事。甘长终：甘愿如此度过余生。⑮望久绝：愿望早已断绝。纵：即使。难为功：很难做成功。⑯高阁：即诗题中的"门楼"。曈曚：似明不明的样子。⑰钟动：古代寺庙打钟报时，以便作息。杲（gǎo）杲：形容日光明亮。寒日：因是秋天，故称。

414

对五岳的祭祀如同祭祀三公，东、西、南、北四岳各镇中国一方，环绕在中央的是中岳嵩山。南方属火，地处荒远，多妖魔鬼怪，上天授权让南岳神一方称雄。云雾遮蔽了衡山的山腰，谁能攀登到最高峰。我来此地正值秋雨绵绵的季节，天气阴暗没有一丝清风。我心里默默祈祷天气转晴，居然有所应验，难道不是行为正直能感动神灵。转眼间风吹云散显现峰峦，仰望高峰耸立直插云天。紫盖峰绵延不断连着天柱峰，石廪峰山势腾跃似将山石远扔堆起祝融峰。景象森然令人敬畏，下马拜神灵，沿着松柏夹道的小路走向神宫。神宫前的白墙红柱在阳光下光彩夺目，画着鬼神故事的壁画有青有红。登上台阶进庙堂弯腰献上祭祀的酒肉，想以微薄的祭品来表明我的诚意。主管神庙的老人能领会神意，凝神窥察连连地致敬鞠躬，手拿杯珓教我投掷方法，说我此卦最吉利，其他卦象都不能比。流放到南方荒蛮之地侥幸没有死，衣食只勉强度过余生。封王拜相的愿望早已断绝，即使神灵赐福也难奏效。夜晚就宿在寺庙中的高阁上，山中星月交辉掩映一片朦胧。猿猴啼叫钟声响而不觉天亮，日光明亮带着寒意正从东方升起。

这首诗是永贞元年（公元 805 年）诗人在被贬地获赦，由待命郴州赴江陵任法曹参军，上任途中游衡山时写的记游诗。诗人通过仰望衡岳诸峰、谒祭衡岳庙神、占卜仕途吉凶和投宿庙寺高阁等情况的叙写，一方面为自己的北归而庆幸，一方面对仕途坎坷表示愤懑不平。

全诗可分四层。前六句为第一层，写望岳。先总写五岳，再突出南岳衡山的雄壮。衡岳在炎热荒僻的南方，相传这里多妖魔鬼怪，

上天授权于衡岳神，让它雄镇一方。接着写衡山的险峻，云雾不时从半山腰喷泻而出，虽有山顶又怎能攀登上去呢？

"我来正逢秋雨节"至"石廪腾掷堆祝融"为第二层，写登山。诗人来时正逢秋雨连绵、阴晦迷蒙，以为没有机会欣赏衡岳山峰的雄伟高峻了，诗人真心祈祷后真的云开雾散了，诗人的"正直"感动了神灵。天气由阴转晴，众山峰呈现在诗人眼前，它们突兀环立，高峻陡峭，雄奇壮观，望之使人惊心动魄。"潜心默祷若有应"句，借衡岳有灵引起下文祭神问天的心愿。

"森然魄动下马拜"至"神纵欲福难为功"为第三层，写谒庙。诗人游南岳，虽为赏玩名山景色，但他更主要的是想通过祭神问天，申诉坎坷命运，抒发愤懑情怀。险峻的山峰使人惊心动魄，诗人到达寺庙，不由得下马揖拜。沿着松柏古径快步走进了寺庙，只见红柱白墙，鬼神图画满墙。接着写诗人行祭，向衡岳神表明自己的虔诚，直到诗人占卜为"最吉"后，他才产生怀疑：自己有心治世却屡遭贬谪，在荒芜之地没有被折磨死已算是侥幸了，哪还敢存封官入侯的愿望。即使有神明保佑，这愿望恐怕也难以实现。诗人大发牢骚，反映了诗人内心的极度不满。

最后四句为第四层，写夜宿寺庙。诗人登上高阁，只见月色星光因云气掩映而变得朦朦胧胧。接着写猿啼钟鸣天已亮，可他竟然酣睡不知。其实这是以旷达写郁闷，流露出诗人对现实的无奈。"寒日"照应"秋雨""阴气"。

全诗写景、叙事、抒情，融为一体，语言古朴苍劲，笔调灵活自如，章法井然，笔力遒劲，境界开阔。

八月十五夜赠张功曹①

韩愈

纤云四卷天无河，清风吹空月舒波。②
沙平水息声影绝，一杯相属君当歌。③
君歌声酸辞正苦，不能听终泪如雨。④
洞庭连天九疑高，蛟龙出没猩鼯号。⑤
十生九死到官所，幽居默默如藏逃。⑥
下床畏蛇食畏药，海气湿蛰熏腥臊。⑦
昨者州前捶大鼓，嗣皇继圣登夔皋。⑧
赦书一日行千里，罪从大辟皆除死。⑨
迁者追回流者还，涤瑕荡垢清朝班。⑩
州家申名使家抑，坎轲只得移荆蛮。⑪
判司卑官不堪说，未免捶楚尘埃间。⑫
同时流辈多上道，天路幽险难追攀。⑬
君歌且休听我歌，我歌今与君殊科。⑭
一年明月今宵多，人生由命非由他，⑮
有酒不饮奈明何。⑯

释词

①张功曹：指张署。贞元十五年（公元799年）湖南临武令。功曹，指功曹参军，官名。②纤云：微云。天无河：天空中银河不

显。河,银河。月舒波:月光四射。③相属(zhǔ):敬酒。④听终:
听完。⑤洞庭:洞庭湖。九疑:九疑山,即苍梧山,在今湖南省宁
远县境内。鼯(wú):鼠类的一种,形似松鼠,前后肢间与尾间有
膜,能滑翔。又名"大飞鼠"。"洞庭连天"以下二十句皆张署所
歌。⑥到官所:到达张署的贬地临武。⑦海气:指潮湿之气。湿蛰:
小湿曰蛰。熏腥臊:散发出腥臊难闻的气味。⑧嗣皇:继承皇位的
新皇帝。此指唐宪宗。登夔(kuí)皋:起用夔和皋那样的贤臣。此
比喻新皇帝选贤任能。登,起用。夔、皋,分别指尧时、舜时的贤
臣。⑨赦书:皇帝发布的大赦令。大辟:指死刑。除死:免去死刑。
⑩迁者:贬谪的官吏。流者:流放在外的人。涤瑕荡垢:指大赦后
的迁者和流者都能因此而洗清污名,立身于清明的朝廷班位之中。
瑕,玉石的杂质。⑪州家:刺史。申名:上报名字。使家:观察使,
为刺史的上级。抑:压制,阻抑。坎轲:低陷不平的地方。这里指
命运不好。移荆蛮:调往江陵任职。⑫判司:评判一司事务之官,
是对诸曹参军的统称。捶楚尘埃间:指伏在地上受鞭打之刑。唐制,
参军、簿尉有过即受笞杖之刑。⑬上道:指上路回京。⑭殊科:不
一样,不同类。⑮多:指月光最明亮。他:别的。⑯奈明何:怎么
对得起明亮的月色啊。

　　飘浮的云丝已经收卷,天上的银河已经隐没,夜风徐徐,轻柔
的月光向四面舒展。沙岸平坦湖水宁静,万物静悄悄的没有声影,
斟一杯美酒,举杯相劝,值此良宵放声高歌吧。你的歌声怎么这样
辛酸悲切,还没有听完,我就已经泪如雨下。洞庭湖上波浪滔天,
九疑山高峻无比,蛟龙在水中出没,猩猩、鼯鼠在山间啼鸣。历尽
千辛万苦我才到达被贬谪的地方,居处荒僻,默默受苦与被流放的
逃犯没有分别。下床常常怕被蛇咬着,吃饭时总怕吃不对而中毒,

418

近海地湿蛇虫非常多，到处散发着腥臊味。昨日郴州府门前的鼓声响震天，原来是新皇帝继位，初登大宝任用尧舜时夔和皋陶一样的贤臣。大赦的文书，一日万里传送四面八方，所有罪犯都递减一等，死罪一律免死改为流放。贬职的召回，流放的也被召还回朝洗刷了罪名，可以重新立身于朝廷的班位之中了。刺史为我申报上去，却被观察使扣压了，命运坎坷实在没有办法啊，只得改调到那偏僻的荆蛮之地。判司的职位卑微，根本不值一提，奔走劳累，一有过错还少不了要跪伏在地挨打。当初一起贬谪的人大都已经启程回京了，唯独我们俩，进身朝廷之路实在艰险难行。请你不要唱了，暂且停一停，听我也来唱一唱，我的歌不比你的歌，情调一定不一样。一年中的月色只有今夜最美，人生全由天命注定，不是其他原因，今朝有酒不饮，怎对得起天上的明月。

　　唐贞元十九年（公元 803 年）韩愈与张署皆任监察御史，他们目睹天旱民饥，进谏唐德宗，得罪权贵，同时被贬，韩愈被贬为阳山（今广东境内）令，张署被贬为临武（今湖南境内）令。贞元二十一年（公元 805 年）正月，顺宗即位，大赦天下。同年八月顺宗禅位于宪宗，又大赦天下。他二人同时获赦，但两次大赦因湖南观察使杨凭从中作梗，他们均未能调回京都，而是被就近安置，共同在郴州待命。于是两人共度中秋之夜，举头望月，共忆往事，诗人心中感触万分，遂写下此诗。这首诗通过主客互相倾诉，诗人以一种无可奈何的心情，用"人生由命"的宿命观慰藉友人，抒发了诗人仕途坎坷的悲苦心情与自我解嘲的无奈之情。

　　前四句诗主要写中秋夜饮的环境。中秋夜月明星稀，凉风阵阵，月色清朗，万籁俱寂。诗人和张署二人遭遇相同，此时此刻又怎会有雅兴赏月，只会是举杯痛饮，慷慨悲歌。于是"一杯相属君当歌"

引出了张署的悲戚。

"君歌声酸辞正苦"至"天路幽险难追攀"写张署从被贬到获赦期间所受的困苦艰难。诗人先写自己对张署"作歌"的感受：说他声音酸楚，言辞凄凄，因而"不能听终泪如雨"，说明了二人心境相同，感触也极深。张署的歌，首先叙述其南迁途中的种种苦难。山高水阔，路途遥远，行水路遇蛟龙，走山路遇猛兽，真是九死一生。"幽居默默如藏逃"说这次贬谪和押解处罚逃犯一样。而到达任所后所居的条件更是艰苦，南方偏远之地多毒蛇，"下床"就有可能踩到，吃饭时总怕吃不对而中毒，空气中弥漫着腥臊臭气，环境实在恶劣。虽有对自然环境描写的夸张，但这也是诗人当时政治境遇的真实写照。接着交代获赦的原因，因新皇帝继位，天下大赦，真是一件大快人心的事。和二人同时被贬的人都纷纷回朝，而且新皇帝也是一位任用贤臣的明君，这些都使他们感到回京有望。但由于"使家"的阻挠，他们仍然不能回朝廷任职。只能在"荆蛮"之地任"判司"一职，官职卑微到要常受长官"捶楚"的地步，"只得"二字，把那种既心有不满又无可奈何的心情淋漓尽致地表现出来。于是他发出了深深的慨叹："同时流辈多上道，天路幽险难追攀。""天路幽险"说明政治形势还是相当险恶的。

"君歌且休听我歌"至最后写诗人对友人、对自己的劝解。诗人用"君歌且休听我歌，我歌今与君殊科"一接一转，写出了自己的议论。在这中秋月圆之夜，我们理应举杯邀明月，开怀痛饮，忘掉一切，只求一醉，如此也不辜负了此夜的明月。"人生由命非由他"，命运由天，我们的力量很渺小，无法抗争，只有顺其自然，充分表达了诗人对宦海浮沉、自己不能掌握自己命运的深切感慨。"明月"和"酒"照应诗的开头。

这首诗精心选用"对歌"的形式结构，虽为赠诗，却以"君歌"为主，借张署之口抒写自己的内心。这种借他人之酒杯浇自己胸中之愁绪的写法，更能收到一唱三叹的艺术效果。全诗结构完整，语言古朴，直陈其事，既雄浑恣肆，又婉转流畅。

刘禹锡

【作者简介】

　　刘禹锡（公元772—842年），字梦得，洛阳（今属河南）人，自言系出中山（今河北定州市）。他的家庭是一个世代以儒学相传的书香门第。贞元进士，登博学宏辞科，曾任监察御史，因参加王叔文政治改革集团左迁连州刺史，贬朗州司马。后以裴度力荐，任太子宾客，加检校礼部尚书，世称"刘宾客"。与柳宗元并称"刘柳"，又与白居易合称"刘白"。其诗通俗清新，善于用比兴手法寄托政治内容。《竹枝词》《杨柳枝词》等诗作富有民歌特色，为唐诗中别开生面之作。有《刘梦得文集》。

乌衣巷①

刘禹锡

朱雀桥边野草花，乌衣巷口夕阳斜②。
旧时王谢堂前燕，飞入寻常百姓家③。

释词

①乌衣巷：在今南京东南，文德桥南岸，是三国东吴时的禁军驻地。由于当时禁军身着黑色军服，故此地俗语称乌衣巷。又因东晋时王导、谢安两大家族都居住在此地，其弟子都穿乌衣，因此得名。现为民间工艺品的汇集之地。②朱雀桥：横跨南京秦淮河上，是由城中心通往乌衣巷的必经之路。旧日桥上装饰着两只铜雀的重楼，就是谢安所建。字面上，朱雀桥又与乌衣巷偶对天成。③王谢：王导、谢安，晋相，世家大族，贤才众多，皆居巷中，冠盖簪缨，为六朝（吴、东晋、宋、齐、梁、陈先后建都于建康，即今之南京）巨室。至唐时，则皆衰落不知其处。

译文

朱雀桥边长满了野草野花，乌衣巷口的夕阳正在西落。晋代时王导、谢安两家堂前的燕子，如今已飞入了寻常百姓之家。

鉴赏

这首诗是刘禹锡怀古组诗《金陵五题》中的第二首，是一首怀古诗。诗人通过对夕阳野草、燕子易主的描述，深刻地表现了今昔沧桑的巨变，隐含着对豪门大族的嘲讽和警告，语虽极浅，味却无限。

第一句写朱雀桥边荒凉的野花野草。朱雀桥在乌衣巷附近，是旧时的交通要道，可以想见当年这里车水马龙的盛况。但而今桥边却只有"野草花"，一个"野"字，揭示了景象的衰败荒凉。在字面上，朱雀桥又同乌衣巷偶对天成。用朱雀桥来勾画乌衣巷的环境，既符合地理的真实，又能形成对仗的美感，还可以唤起有关的历史联想，是"一石三鸟"的选择。

　　第二句写乌衣巷口的夕阳。东晋时王导、谢安等豪门世族就居住在乌衣巷，而如今的乌衣巷不仅映衬在败落凄凉的古桥的背景之下，而且还呈现在斜阳的残照之中。"夕阳"之下，再加一个"斜"字，有力地渲染出日薄西山的惨淡情景。前两句用了工整的对偶句，写今日乌衣巷的衰败景象，与它昔日的繁荣盛况形成强烈对照，为后两句烘托渲染了气氛。

　　第三句借助对景象的描绘进行抒情。这句写到了从前燕子飞来，总是在王、谢等豪门世族宽敞的宅子里筑巢。用"旧时"两字加以强调，巧妙地赋予燕子以历史见证人的身份。

　　第四句写昔日的楼台亭阁荡然无存。因这里住着的都是普通的百姓，这些燕子便飞入了平常人家中。诗人抓住了燕子作为候鸟有栖息旧巢的特点，暗示出乌衣巷昔日的繁荣，起到了今昔对比的作用。此句以"寻常"两字，强调今昔居民截然不同，从而有力地展现了世事的沧桑巨变。诗人写晋代豪门世族的覆灭，暗示当代的新贵若不吸取教训，也必将蹈此覆辙。

　　全诗通篇写景，不加一字议论。诗人从侧面落笔，采用以小见大的艺术手法加以表现，语言含蓄，耐人寻味，将感慨寄寓在景物描写之中。因此诗中的景物虽然寻常，语言虽然浅显，却蕴藉含蓄，表达了诗人对世事沧桑、盛衰变化的慨叹，使人读起来余味无穷。

春词①

刘禹锡

新妆宜面下朱楼，深锁春光一院愁。②
行到中庭数花朵，蜻蜓飞上玉搔头。③

①春词：春怨之词。诗题一作《和乐天春词》。②新妆宜面：指调脂匀粉，和面庞相宜。③蜻蜓：暗指头上之香。玉搔头：指玉簪。

装扮好自己，走下红楼，春光虽好却独锁深院，怎不怨愁。来到庭中点数花朵，想要排愁消忧，几只蜻蜓飞来，停在了我的玉簪上。

鉴赏

这首诗属于宫怨诗，诗人用极为细腻的笔触写了一位深宫之中貌美女子深锁春园的境遇，自然而含蓄地引出了人愁花愁一院愁的主题。

第一句写一位女子梳妆好后，走下红楼。"新妆""宜面"写了她在闺中的细致打扮。如此精心修饰，自然是心里暗怀期待，首句用几个动作把女子潜意识里有所期望的心态形象地传达了出来。

第二句写一片美好的春光。院中本是美景，可是这春光却被"锁"在院子中，女子忽然发觉自己与这院中盛开的鲜花的境遇十分相似，因此更显落寞。从诗的发展看，这是承上启下的一句。"锁""愁"表面上是写花，其实也是写人。"一院愁"尤为形象，化虚为实，意即"愁"充满了整座院子，言女子与花均被"愁"笼罩，无处逃遁。

第三句写女子到院中数花朵。"数花朵"既是宽慰花，也是宽怀自己，相当于一种倾诉，只不过是用动作而非语言罢了。数着数着，情难自禁，逐渐花人难辨。"行到中庭数花朵"承上句"深锁春光一院愁"而来，一"锁"字已点明"愁"之所在，再则女子下朱楼看到鲜花的瞬间已经完成了向"愁"的转换，而且这"愁"并不是一般意义上的闲愁，而是一种发乎命运感的哀愁，因而不会有"大好春光"之感。

第四句写女子数花朵之时，蜻蜓落在了自己的玉簪上。女子本为排遣伤情而数花，数着数着，不料越发触动了自己的悲伤之情。由此也可见女子的悲伤积蓄已久，越数伤情越深，以至形神痴呆，一动不动，也成了哀伤的众花中的一朵。女子精心打扮、"下朱楼""数花朵"是动，花的盛开是潜在的动，至此均化为这一呆立的静，而这呆立的静又蕴含着愁的涌动，动静相形十分巧妙。蜻蜓的飞入，转换了读者的视角，强化了主客融合、花人同一的画面。

全诗通过写一位精心梳妆、脂粉与脸色相宜的年轻女子，由希望变为失望的情态，暗喻了女子极大的悲哀。全诗有形象，有内心世界，有人物行动，几种描写自然流畅，尤其景中、外形衬出女子的内心由期待到幽怨的心理活动，艺术表现极为突出，成为此类诗歌中的佳作。

西塞山怀古①

刘禹锡

王濬楼船下益州，金陵王气黯然收。②
千寻铁锁沉江底，一片降幡出石头。③
人世几回伤往事，山形依旧枕寒流。
从今四海为家日，故垒萧萧芦荻秋。④

释词

①西塞山：在今湖北大冶。②王濬（jùn）：字士治，弘农湖县（今河南灵宝）人，晋益州刺史。益州：晋时郡治在今成都。晋武帝谋伐吴，派王濬造大船，出巴蜀，船上以木为城，起楼。每船可容两千余人。金陵：今南京，当时是吴国的都城。③千寻铁锁沉江底：东吴末帝孙皓命人在江中悬铁锥，又用大铁索横于江面，拦截晋船，王濬用油罐船将手臂粗的铁索烧化而断。寻：长度单位，八尺为一寻。石头：指石头城，故址在今江苏江宁。太康元年（公元280年）正月，王濬率船队从益州顺流而下，直到金陵，攻破石头城，吴主孙皓到营门投降。④故垒：指西塞山，也包括六朝以来的战争遗迹。

译文

晋代的王濬乘楼船从益州而下，金陵的帝王之气全都黯然。吴国的千寻铁链也早已沉入江底，只见一片投降的白旗在石头城的上空飘起。人世间有多少兴亡成败的伤心往事，可高山依旧枕着寒流没有什么变化。从今以后四海一家过着太平日子，自古以来的战争遗迹在秋风萧瑟中长满了芦荻。

鉴赏

唐穆宗长庆四年（公元824年），刘禹锡自夔州调往和州（今安徽和县）任刺史。在他赴任的途中，沿江东下，经过西塞山，即景抒怀，抚今追昔，写下了这首感叹历史兴亡的诗。

首联写对历史的回顾。此处诗人没有直接描写他所看到的具体景物，而是用简练概括的笔墨写到发生在西塞山一带的一场叱咤风云的战役，开篇展示了一幅壮阔的历史图景，气势非凡。公元

280 年，晋武帝司马炎命益州刺史王濬率领精锐水军从长江上游顺流而下，直取吴国都城金陵，以完成统一大业。"下益州"是指从益州而下，一个"下"将一种居高临下、浩浩荡荡的气势烘托得恰到好处，同时也暗含着吴国的败亡，为下文做铺垫。此外，"黯然收"也预示着吴国命运的终结。

领联写吴国溃败与投降的场景，有垂死挣扎的徒劳和被迫投降的丑态。"千寻铁锁"几乎封锁了整个江面，表明吴国的军事防御也非常坚固，但是由于王濬足智多谋，很快就攻破了吴军坚固的防守。一个"沉"字有两种寓意：一是千寻铁链的沉没，另一方面也象征着吴国的气数已尽，并且将沉没在历史的长河之中。上句写出了吴国在气数将近时的垂死挣扎，下句"一片降幡出石头"则写出了吴国投降时的丑态，"降幡"一词含有嘲讽的意味。诗人在此是想说明，一个国家政权的巩固，靠的不是坚固的防守和地势的险要，而是人心，如果失去人心，任何的外在条件都只是形同虚设。

颈联写出了历史的更替和西塞山的超然物外。上句的"人世几回伤往事"承接上文，概括了南朝三百余年间政权频繁更替的历史，表明了失去人心的必然后果。同时引起下文，把读者的思绪从对历史的追忆中拉回到现实，"山形依旧枕寒流"用拟人的修辞手法写出了西塞山的超然物外。"依旧"表明了在政权更替频繁的三百年中，西塞山岿然不动。一些英雄霸主一心想要凭借地势来取胜，却忽略了人心这个最为核心的因素，不免有些可悲。

尾联写诗人的慨叹和对当世的规劝。这两句是诗人的感慨和对唐朝统治者的婉言规劝。上句的"从今四海为家日"，通过时下与往昔的对比，感到大唐基业的坚实统一，用饱含褒奖的口吻赞美当世。另外，"四海为家"也表现了诗人拥护国家统一的坚定立场。"故垒萧萧芦荻秋"是说：往日的军事堡垒，如今在一片秋风芦荻之中早已变得荒芜，这破败荒凉的遗迹成了六朝覆亡的见证

与象征。

　　这首诗吊古抚今，表面上是写历史的变迁、世事的无常，实际上与唐朝当局有着密切的联系。当世藩镇割据，各藩镇已各自拥兵自重多年，此诗表现出了诗人深深的隐忧。全诗寓意深刻，发人深省。

白居易

【作者简介】

　　白居易（公元 772—846 年），字乐天，号香山居士，祖籍太原（今属山西），后迁居下邽（今陕西渭南）。贞元进士，曾官校书郎、江州司马、杭州刺史、苏州刺史、刑部尚书。在文学上，主张"文章合为时而著，诗歌合为事而作"，是唐代新乐府运动的倡导者。其诗语言通俗，相传老妪也能听得懂。与元稹常唱和，世称"元白"。有《白氏长庆集》。

草

白居易

离离原上草，一岁一枯荣。①
野火烧不尽，春风吹又生。②
远芳侵古道，晴翠接荒城。③
又送王孙去，萋萋满别情。④

·释词·

①离离：历历，分明的样子。这里指草木茂盛的样子。②烧不尽：指草根没被烧死。③远芳：伸展到远处的草。侵：蔓延。晴翠：芳草在阳光照射下呈现一片翠绿的颜色，此处指晴空下的青山。④"又送"两句：化自《楚辞·招隐士》"王孙游兮不归，春草生兮萋萋"句。王孙，本指贵族子弟，这里指诗人的朋友。萋萋，茂盛的样子。

·译文·

古原上的野草繁密茂盛，每年春来繁荣秋来枯萎。任凭野火焚烧也烧不尽，春风一吹依旧蓬勃生长。远处的芳草淹没了古驿道，阳光下的青山延至荒城。春绿草长又送游子远去，萋萋芳草也充满别情。

·鉴赏·

这是一首咏物诗，又题《赋得古草原送别》，约作于贞元三年（公元787年）。相传白居易十六岁那年，由江南到长安，准备考进士。他拿着自己的诗作去拜访当时有名的诗人顾况，顾况看到他的名字开玩笑说："长安米贵，'居'住不'易'呀！"等到他看到此诗时，则正言道："有才如此，'居'亦容'易'。"这段逸事虽未必属实，但却广为流传，可见这首诗在当时已得好评。诗中虽是对自然界中草的描写，却含义深刻，不仅以草木茂盛表达友人间依依惜别的绵绵情意，而且以草的"韧劲"比喻进步的东西具有顽强的生命力。

首联开篇点题，写草有顽强的生命力。冬去春来，在一望无际的原野上，青草已从枯萎变得茂盛繁密，揭示了草木一年年枯荣交替、岁岁循环不息的自然规律。《诗经·王风·黍离》："彼黍离离，彼稷之苗。""离离"在这里写出春草繁茂的样子。"枯荣"的重点在"荣"，表明是春草。这一联为下联的描绘做了铺垫。

领联接"枯荣"而来，上句写草"枯"，下句写草"荣"。秋季干燥，野火燎原，枯草成灰；冬去春来，春风吹拂，草势茂盛。"枯""荣"对照，不仅写出草的生命力极其顽强，而且揭示了大自然生生不息的规律，更象征着人要有顽强拼搏的精神。这一联对仗工整、含义深刻，是千古流传的名句。

颈联写芳草遍地的古原。春风中芳草蔓延，遮掩了通向远方的古道，春天和煦的阳光下青山连接荒城。"古道""荒城"紧扣题目中的"古原"，给人凝重荒凉的感觉。"远芳"体现出草的生命力极其顽强。"侵""接"渲染春草蔓延、绿野广阔，充满无限生机的景象。这一联为尾联的送别创设了意境。

尾联揭示送别主题。又要送你远去，繁茂的青草仿佛也充满了离情别意。这两句诗化自《楚辞·招隐士》"王孙游兮不归，春草生兮萋萋"句，本来说的是看见繁盛的芳草而思念远行的游子。这里变其意而用之，说的是好像这萋萋芳草也平添了送别的忧愁，将抽象的惜别之情化为具体可感的形象，繁茂的青草也像在列队送别友人。

全诗借景写情，语意简洁流畅，意境浑然完整，对仗自然巧妙，情深意切，蕴含哲理。正如清代屈复编选的《唐诗成法》所云："不必定有深意，一种宽然有余地气象，便不同啾啾细声，此大小家之别。"此诗不愧为白居易的成名作。

长恨歌

白居易

汉皇重色思倾国，御宇多年求不得。①
杨家有女初长成，养在深闺人未识。
天生丽质难自弃，一朝选在君王侧。②
回眸一笑百媚生，六宫粉黛无颜色。③
春寒赐浴华清池，温泉水滑洗凝脂。④
侍儿扶起娇无力，始是新承恩泽时。⑤
云鬓花颜金步摇，芙蓉帐暖度春宵。⑥
春宵苦短日高起，从此君王不早朝。
承欢侍宴无闲暇，春从春游夜专夜。⑦
后宫佳丽三千人，三千宠爱在一身。
金屋妆成娇侍夜，玉楼宴罢醉和春。⑧
姊妹弟兄皆列土，可怜光彩生门户。⑨
遂令天下父母心，不重生男重生女。
骊宫高处入青云，仙乐风飘处处闻。⑩
缓歌慢舞凝丝竹，尽日君王看不足。⑪
渔阳鼙鼓动地来，惊破《霓裳羽衣曲》。⑫
九重城阙烟尘生，千乘万骑西南行。⑬
翠华摇摇行复止，西出都门百余里。⑭
六军不发无奈何，宛转蛾眉马前死。⑮

花钿委地无人收，翠翘金雀玉搔头。⑯
君王掩面救不得，回看血泪相和流。
黄埃散漫风萧索，云栈萦纡登剑阁。⑰
峨嵋山下少人行，旌旗无光日色薄。⑱
蜀江水碧蜀山青，圣主朝朝暮暮情。
行宫见月伤心色，夜雨闻铃肠断声。⑲
天旋地转回龙驭，到此踌躇不能去。⑳
马嵬坡下泥土中，不见玉颜空死处。
君臣相顾尽沾衣，东望都门信马归。㉑
归来池苑皆依旧，太液芙蓉未央柳。㉒
芙蓉如面柳如眉，对此如何不泪垂？
春风桃李花开日，秋雨梧桐叶落时。
西宫南内多秋草，落叶满阶红不扫。㉓
梨园弟子白发新，椒房阿监青娥老。㉔
夕殿萤飞思悄然，孤灯挑尽未成眠。㉕
迟迟钟鼓初长夜，耿耿星河欲曙天。㉖
鸳鸯瓦冷霜华重，翡翠衾寒谁与共？㉗
悠悠生死别经年，魂魄不曾来入梦。
临邛道士鸿都客，能以精诚致魂魄。㉘
为感君王辗转思，遂教方士殷勤觅。㉙
排空驭气奔如电，升天入地求之遍。㉚
上穷碧落下黄泉，两处茫茫皆不见。㉛
忽闻海上有仙山，山在虚无缥渺间。
楼阁玲珑五云起，其中绰约多仙子。㉜

中有一人字太真，雪肤花貌参差是。③

金阙西厢叩玉扃，转教小玉报双成。④

闻道汉家天子使，九华帐里梦魂惊。⑤

揽衣推枕起徘徊，珠箔银屏迤逦开。⑥

云髻半偏新睡觉，花冠不整下堂来。⑤

风吹仙袂飘飘举，犹似霓裳羽衣舞。⑧

玉容寂寞泪阑干，梨花一枝春带雨。⑨

含情凝睇谢君王，一别音容两渺茫。⑩

昭阳殿里恩爱绝，蓬莱宫中日月长。⑪

回头下望人寰处，不见长安见尘雾。⑫

惟将旧物表深情，钿合金钗寄将去。⑬

钗留一股合一扇，钗擘黄金合分钿。⑭

但教心似金钿坚，天上人间会相见。

临别殷勤重寄词，词中有誓两心知：⑮

七月七日长生殿，夜半无人私语时。

在天愿作比翼鸟，在地愿为连理枝。⑯

天长地久有时尽，此恨绵绵无尽期！⑰

·释词·

①汉皇：原指汉武帝。此处借指唐玄宗李隆基。唐人文学创作常以汉称唐。倾国：绝色女子。御宇：驾御宇内，即统治天下。②难自弃：不能辜负自己。③六宫：泛指后妃的住处。粉黛：粉黛本为女性化妆用品，粉以抹脸，黛以描眉。此代指六宫中的嫔（pín）妃。④华清池：即华清池温泉，在今西安市临潼区南的骊山下。唐贞观十八年（公元644年）建汤泉宫。咸亨二年（公元671年）改

434

名温泉宫。天宝六年（公元747年）扩建后改名华清宫，辟浴池十余处。唐玄宗每年冬、春季都到此避寒。凝脂：形容皮肤白嫩滋润，犹如凝固的脂肪。⑤新承恩泽：刚得到皇帝的宠爱。⑥金步摇：一种金首饰，用金银丝盘成花的形状，上面缀着垂珠之类，插于发鬓，走路时摇曳生姿。芙蓉帐：绣着莲花的帐子。⑦夜专夜：指每夜都得专宠。⑧金屋：指华丽的宫室。醉和春：醉意中又含着春情。⑨姊妹弟兄：指杨贵妃一家。列土：本指分封土地，此处指得到封官晋爵的奖赏。据《新唐书·杨贵妃传》载：杨玉环立为贵妃，追赠其父杨玄琰太尉、齐国公，提拔其叔杨玄珪为光禄卿，宗兄杨铦为鸿胪卿，杨锜为侍御史，尚太华公主，其堂兄杨国忠为丞相。贵妃的三个姐姐皆美，玄宗称阿姨，封韩国夫人、虢（guó）国夫人、秦国夫人，皆可骑马入宫门，恩宠声威震天下。可怜：可羡。⑩骊宫：即华清宫，因在骊山下，故称。⑪凝丝竹：指弦乐器和管乐器伴奏出舒缓的旋律。⑫渔阳：郡名，在今河北蓟县一带。这里指安禄山叛军起兵之处。鼙（pí）鼓：古代军用鼓。此借指战争。《霓裳（cháng）羽衣曲》：舞曲名。据说为唐开元年间西凉节度使杨敬述所献，经唐玄宗润色并制作歌词，改用此名。乐曲着意表现虚无缥缈的仙境和仙女形象。天宝后曲调失传。⑬九重城阙（què）：九重门的京城。此指长安。烟尘生：指发生战事。千乘（shèng）万骑西南行：天宝十五载（公元756年）六月，安禄山破潼关，逼近长安。玄宗带领杨贵妃等出延秋门向西南方向逃走。当时随行护卫并不多，"千乘万骑"是夸大之词。乘（shèng），马车。⑭翠华：用翠鸟羽毛装饰的旗帜，皇帝仪仗队专用。百余里：指到了距长安一百多里的马嵬（wéi）坡。⑮六军：泛指朝廷的军队。不发：不肯继续前进。宛转：指杨贵妃临死前哀怨委屈的样子。蛾眉：古代美女的代称，此指杨贵妃。⑯花钿（diàn）：用金银珠宝做成的花朵状首饰。委地：抛弃在地上。翠翘金雀：形如翠鸟、金雀的金钗。玉搔头：指玉簪。⑰云栈：高入云霄的栈道。萦纡（yíng yū）：萦回盘绕。剑

阁：又称剑门关，在今四川剑阁东北，是由秦入蜀的要道。⑱峨眉山：在今四川峨眉。玄宗奔蜀途中，并未经过峨眉山。这里泛指蜀中高山。⑲行宫：皇帝离京出行在外的临时住所。⑳天旋地转：指时局好转。肃宗至德二载（公元757年），郭子仪军收复长安。回龙驭（yù）：皇帝的车驾归来。此：指杨贵妃的死处马嵬坡。㉑信马：听任马往前走。㉒太液：汉宫中有太液池。未央：汉有未央宫。此借指唐长安皇宫。㉓西宫南内：皇宫之内称为大内。西宫即太极宫，南内为兴庆宫。玄宗返京后，初居南内。㉔梨园弟子：玄宗通晓音律爱歌舞，曾选教坊乐伎三百人，教习于梨园；又有宫女数百，习艺于宜春苑，称"皇帝梨园弟子"。椒房：指后妃居住之所。因以花椒和泥抹墙，故称。阿监：宫中女官。青娥：指少年宫女。㉕孤灯挑尽：古时用油灯照明，为使灯火明亮，过一会儿就要把浸在油中的灯草往上挑一点儿。挑尽，说明夜已深。㉖迟迟：迟缓。耿耿：明亮的样子。星河：银河。欲曙天：长夜将晓之时。㉗鸳鸯瓦：屋顶上俯仰相对合在一起的瓦。霜华：霜花。翡翠衾（qīn）：布面绣有翡翠鸟的被子。谁与共：与谁共。㉘临邛（qióng）：今四川邛崃市。鸿都：东汉都城洛阳的宫门名。这里借指长安。致魂魄：招来杨贵妃的亡魂。㉙方士：有法术的人。这里指道士。殷勤：尽力。㉚排空驭气：即腾云驾雾。㉛穷：穷尽，找遍。碧落：道家称东方第一层天为"碧落"。黄泉：指地下。㉜玲珑：华美精巧。五云：五彩云霞。绰约：体态轻盈柔美。㉝参差：仿佛，差不多。㉞金阙：金碧辉煌的宫门门楼。玉扃（jiōng）：玉制的门。小玉：吴王夫差之女。双成：传说中西王母的侍女。这里皆借指杨贵妃在仙山的侍女。㉟九华帐：绣饰华美的帐子。九华，重重花饰的图案。㊱揽衣：披起衣服。珠箔：珠帘。银屏：饰银的屏风。迤逦（yǐ lǐ）：形容曲折连绵的样子。㊲新睡觉（jué）：刚睡醒。觉，醒。㊳袂（mèi）：衣袖。㊴玉容寂寞：此指神色黯淡凄楚。阑干：纵横交错的样子。这里形容泪痕满面。㊵凝睇（dì）：凝视。㊶昭阳殿：汉成帝宠妃赵飞

436

燕的寝宫。此借指杨贵妃住过的宫殿。蓬莱：传说中的海上仙山。
这里指贵妃在仙山的居所。㊷人寰（huán）：人间。㊸旧物：指生前
与玄宗定情的信物。寄将去：托道士带回。㊹擘（bò）：分开。合分
钿：将钿盒上的盖拿下来。㊺重：多次。两心知：只有玄宗、贵妃
二人心里明白。㊻比翼鸟：传说中的鸟名，据说只有一目一翼，雌
雄并在一起才能飞。连理枝：两棵不同根的树枝干交叉生长在一起。
比喻情侣相爱、永不分离。㊼恨：遗憾。绵绵：长久不断绝。无尽
期：没有结束的时间。

译文

　　唐明皇重美色，思恋倾城倾国的绝代佳人，多年在全国一直求
之而未得。杨家有个女儿刚刚长成，养在深闺里没人见过她的容颜。
天生丽质、倾国倾城让她很难埋没世间，终于有一天被选到皇上身
边，成为一个妃嫔。她回眸一笑时百般娇媚同时显现出来，六宫嫔
妃一个个立刻黯然失色。春寒料峭时皇上赐她到华清池沐浴，温泉
水洗涤她那滑如凝脂的肌肤。侍女搀扶她出浴，如出水芙蓉般娇弱
娉婷，由此开始得到皇帝的恩宠。乌云一样的鬓发，花一般的美貌，
金步摇在头上颤，在暖融融的芙蓉帐里与皇上共度春宵。春宵苦短，
太阳已经高高升起，君王深恋温柔乡，从此他再不上早朝。为讨欢
心陪侍伺候，各种宴席让她忙得没有闲暇，春天陪皇上一起出游，
晚上夜夜侍寝。后宫中嫔妃有三千人，皇上对三千人的宠爱全都集
中在她一人身上。精心装饰的华丽宫殿里夜夜不离君王，玉楼上酒
酣宴罢，皇上带醉含着春情。兄弟姐妹都因她列土封侯，杨家门楣
光耀令人羡慕。于是，天下父母都改变了心意，觉得生男儿还不如
生个女儿。骊宫高耸入云，仙乐随风飘散，四面八方都可听到。轻
歌曼舞，丝竹乐声萦绕不绝，皇上成天看也看不够。渔阳叛军的战
鼓惊天动地，把《霓裳羽衣曲》都惊断了。皇家城阙霎时烟尘滚滚，

成千上万的车辆马骑逃往西南。以翠羽装饰的旌旗飘荡，车队走了一段又停了下来，才走出城门百余里。六军不肯再前行，君王无可奈何，只得在马嵬坡赐死杨玉环。她的首饰丢在地上没人收取，其中有翡翠翘、金雀、玉搔头。皇上掩面而泣，想救救不了，回头看贵妃惨死的场景，眼泪和血一起流。黄尘弥漫风萧萧，车队顺着高入云端的栈道曲曲折折地登上剑门关。峨眉山下行人稀少，天子旌旗也没了光彩，日色暗淡无光。蜀地山清水秀，皇上日夜难断思念之情。行宫的月色让人伤心，夜里听雨打栈铃也是声声使人肠断。叛乱平息后圣驾回京，经过贵妃自尽处徘徊不忍离去。马嵬坡下泥土中找不着美人，只有当年她死去的那块坡地。君臣面面相觑泪眼婆娑湿衣衫，向东望京城的门，信马由缰而回。回来看宫苑园林，太液池的芙蓉、未央宫的翠柳依旧媚人。芙蓉就像贵妃的脸，柳叶就像她的眉，此情此景叫人如何不落泪？在这春风吹开桃李花的日子，在这秋雨打落梧桐叶的时辰。西宫南苑内长满秋草，台阶上尽是红叶，长久不见有人扫。梨园弟子的头上新生白发，当年椒房内的年轻美貌的宫女也渐渐变老。晚上殿里萤火虫飞舞，太上皇悄然思忆，夜深了还没有睡意。长夜里报时的钟鼓敲响，银河已不太明亮，天将破晓。霜花这么重，房上鸳鸯瓦这么冰，翡翠被子这么冷，谁与君王同眠？阴阳相隔已一年，从不见你的灵魂进入我的梦。有位临邛道士正在长安作客，据说能靠精诚招致魂魄。太上皇辗转不眠、昼夜思念令他感动，他接受皇命，殷勤地去把她寻觅。他驾驭云气像一道电光飞行，上九天入地府寻了个遍。升天直出九霄外，入地直至黄泉下，天地茫茫皆不见她的踪影。忽然听说海上有座仙山，山在虚无缥缈之间。玲珑精巧的楼阁，五色彩云飘浮，上面住着许多风姿美妙的仙子。其中有一人字太真，雪样肌肤花样容貌，好像是要找的那个人。道士来到了黄金门楼，进西厢叩问玉制的门，报消息的是侍女小玉和双成。听说天子派来了使臣，九华帐里的她从睡梦中惊醒。推开枕头穿上衣服下床时还有些迟疑，依次打开银

屏挑起珠帘。只见她乌黑的发髻偏在一边，刚刚睡醒，衣冠还没整
理好就走下堂来。轻柔的仙风吹拂着仙衣飘然欲举，就像当年霓裳
羽衣的舞姿一样。面容寂寞，泪眼婆娑，好似春天带雨的梨花。她
含情凝视天子的使臣，托他感谢君王，自从马嵬坡生离死别后，音
信两茫茫。昭阳殿里的恩爱早已断绝，蓬莱宫里的日子何其漫长。
从蓬莱宫往下看人间，只看见云雾缭绕却不见长安。只有用当年旧
物来表我的深情，把金钗、钿盒两样东西带回去。把金钗、钿盒分
成两半，自己每样留下一半。只要我们的心像金钗和钿盒一样坚硬，
即使天上人间也终能相见。临走叮咛又捎话，话里的誓言只有君王
与我知道：当年七月七日同在长生殿，半夜里静寂无人我们共起山
盟海誓。在天上愿做比翼双飞的鸟，在地上愿做枝干相缠的树。天
长地久也有穷尽的一天，但这生死遗恨却连绵不绝无尽期。

　　这首诗是白居易的代表作品，是我国优秀的长篇叙事诗。唐宪
宗元和元年（公元 806 元）诗人任盩厔（zhōu zhì）县（今陕西周
至）县尉，一日和友人陈鸿、王质夫同游仙游寺，听到唐明皇和杨
贵妃的爱情故事，引发大家感慨，于是诗人借助历史并参照民间逸
闻创作了此诗。诗歌以叙事为主，通过对唐明皇和杨贵妃曲折爱情
故事的叙述，歌颂了爱情的真诚、专一，表达了对爱情悲剧的深切
同情。诗人突破传统观念，把安禄山反叛的祸根和爱情悲剧的原因
都归咎于唐明皇的"重色"，唐明皇作为爱情的追求者和破坏者铸就
了两个主人公的"长恨"。

　　全诗分为四层。诗开篇至"尽日君王看不足"为第一层，写唐
玄宗重色，终求得"回眸一笑百媚生"的杨玉环以及对杨的宠爱。
只因唐玄宗"重色"，才使天生丽质、姿色绰约的杨玉环受到宠爱。
杨贵妃宫廷生活非常奢侈豪华，集"三千宠爱在一身"，连她的兄弟

姐妹都"列土封侯"。而得到杨贵妃的唐玄宗,过上了纵欲行乐、不理朝政的荒淫生活,终日沉湎于歌舞酒色。皇帝的迷色误国,杨家的权势逼人,招惹得百官羡慕、人民仇恨。这便是爱情悲剧的根源、"长恨"的内因,更为变乱埋下了祸根。

"渔阳鼙鼓动地来"至"回看血泪相和流"为第二层,写安史之乱,玄宗逃难,被迫赐死杨贵妃。叛乱起,皇帝率兵马仓皇逃向西南,"六军"愤于唐玄宗迷恋女色、祸国殃民而哗变,要求处死杨贵妃。杨贵妃的死在整个故事中是一个关键性的情节,在这之后,他们的爱情才成为一场悲剧。诗人以马嵬坡兵变的史实为背景,有意将因玄宗荒淫误国所造成的安史之乱进行了淡化处理,对二人的生离死别则着重形容。"花钿委地无人收""君王掩面救不得"的确让人感动。

"黄埃散漫风萧索"至"魂魄不曾来入梦"为第三层,写唐玄宗在蜀中的寂寞悲伤、还都路上的追怀忆旧,以及回长安后对杨玉环无尽的思念。杨贵妃死后,诗人借"旌旗无光日色薄"衬托明皇的寂寞悲思,又借"蜀江水碧蜀山青"的美景来写哀情,又写行宫见月、夜雨闻铃,皆是"伤心色"和"断肠声",以层层递进的方式渲染人物的悲情。长安收复以后回朝时,唐玄宗重过马嵬坡,更是触景伤情。回宫后,池苑依旧,物是人非,白天睹物伤情,夜晚"孤灯挑尽未成眠",日思夜想都不能了却缠绵悱恻的相思之情。于是诗人寄希望于梦境,可惜"魂魄不曾来入梦"。

"临邛道士鸿都客"至诗结束为第四层,写唐玄宗托道士寻找杨贵妃的魂魄。诗人运用浪漫主义手法,说道士上天入地后,终在虚无缥缈的仙山找到杨贵妃。杨贵妃在仙山也是"玉容寂寞泪阑干,梨花一枝春带雨"的孤寂形象。她托道士带旧物,重申永生永世愿做夫妻的誓言,照应唐玄宗对她的思念。结尾"天长地久有时尽,此恨绵绵无尽期"二句,是爱情的叹息与呼声,是对爱情受命运捉弄和爱情被政治伦理摧残的痛惜。诗人于是以"长恨"表现了爱情的长存，点明全诗的主题。

全诗将叙事、写景和抒情和谐地结合在一起，形成诗歌抒情上回环往复的特点；将史实和传说有机结合；描写之中融进大胆的想象，充满浪漫主义色彩，婉转动人，缠绵悱恻，具有极大的感染力。

琵琶行①并序

白居易

　　元和十年，余左迁②九江郡司马③。明年④秋，送客湓浦口⑤，闻舟中夜弹琵琶者。听其音，铮铮然⑥有京都声⑦。问其人，本长安倡女⑧，尝学琵琶于穆、曹二善才⑨。年长色衰，委身⑩为贾人⑪妇。遂命酒⑫使快弹⑬数曲，曲罢悯然⑭。自叙少小时欢乐事，今漂沦⑮憔悴，转徙⑯于江湖间。余出官⑰二年⑱，恬然⑲自安；感斯人⑳言，是夕㉑始觉有迁谪意。因为㉒长歌㉓以赠之，凡㉔六百一十二言㉕，命㉖曰《琵琶行》。

> 浔阳江头夜送客，枫叶荻花秋瑟瑟㉗。
> 主人下马客在船，举酒欲饮无管弦㉘。
> 醉不成欢惨将别，别时茫茫江浸月㉙。
> 忽闻水上琵琶声，主人忘归客不发。
> 寻声暗问弹者谁，琵琶声停欲语迟㉚。
> 移船相近邀相见，添酒回灯重开宴㉛。
> 千呼万唤始出来，犹抱琵琶半遮面。
> 转轴拨弦三两声，未成曲调先有情㉜。
> 弦弦掩抑声声思，似诉平生不得志㉝。

低眉信手续续弹，说尽心中无限事。[34]
轻拢慢捻抹复挑，初为霓裳后六幺。[35]
大弦嘈嘈如急雨，小弦切切如私语。[36]
嘈嘈切切错杂弹，大珠小珠落玉盘。
间关莺语花底滑，幽咽流泉水下滩。[37]
冰泉冷涩弦凝绝，凝绝不通声渐歇。[38]
别有幽愁暗恨生，此时无声胜有声。[39]
银瓶乍破水浆迸，铁骑突出刀枪鸣。[40]
曲终收拨当心画，四弦一声如裂帛。[41]
东船西舫悄无言，唯见江心秋月白。[42]
沉吟放拨插弦中，整顿衣裳起敛容。[43]
自言本是京城女，家在虾蟆陵下住。[44]
十三学得琵琶成，名属教坊第一部。[45]
曲罢常教善才服，妆成每被秋娘妒。[46]
五陵年少争缠头，一曲红绡不知数。[47]
钿头银篦击节碎，血色罗裙翻酒污。[48]
今年欢笑复明年，秋月春风等闲度。[49]
弟走从军阿姨死，暮去朝来颜色故。[50]
门前冷落车马稀，老大嫁作商人妇。[51]
商人重利轻别离，前月浮梁买茶去。[52]
去来江口守空船，绕船明月江水寒。[53]
夜深忽梦少年事，梦啼妆泪红阑干。[54]
我闻琵琶已叹息，又闻此语重唧唧。[55]
同是天涯沦落人，相逢何必曾相识。[56]

我从去年辞帝京，谪居卧病浔阳城。
浔阳地僻无音乐，终岁不闻丝竹声。⑤⑦
住近湓城地低湿，黄芦苦竹绕宅生。
其间旦暮闻何物，杜鹃啼血猿哀鸣。⑤⑧
春江花朝秋月夜，往往取酒还独倾。⑤⑨
岂无山歌与村笛，呕哑嘲哳难为听。⑥⑩
今夜闻君琵琶语，如听仙乐耳暂明。
莫辞更坐弹一曲，为君翻作琵琶行。⑥①
感我此言良久立，却坐促弦弦转急。⑥②
凄凄不似向前声，满座重闻皆掩泣。⑥③
座中泣下谁最多，江州司马青衫湿。⑥④

释词

①行：乐府古诗的一种体裁，与"歌"略同，常连称"歌行体"。②左迁：指降职、贬官。古时以右为尊，左为卑，所以把贬官称为左迁。③司马：州刺史的副职，有职无权。④明年：第二年。⑤湓（pén）浦口：又名湓口，湓水与长江的交汇处，湓水由此进入长江，在今江西九江市西。⑥铮铮然：形容声音铿锵清脆。⑦京都声：指唐代京城流行的乐曲声调。⑧倡女：倡，古时歌舞艺人。⑨善才：当时对琵琶师或曲师的尊称，是"能手"的意思。穆善才，不详。曹善才，《乐府杂录》载，贞元中，有王芬、曹保保。曹保保之子曹善才，其孙曹纲，皆精琵琶。⑩委身：将自身托付给别人，即出嫁。⑪贾（gǔ）人：商人。⑫命酒：吩咐摆酒。⑬快弹：尽情地演奏。⑭悯然：忧郁的样子。⑮漂沦：漂泊沦落。⑯转徙：转换地方，四处流浪。⑰出官：出京城改做地方官。⑱二年：白居易于元和十年八月被贬，十月到达江州，此诗作于元和十一年秋，前后

跨两个年头。⑲恬然：心境平和的样子。⑳斯人：此人，指倡女。㉑是夕：这天晚上。㉒因为：于是作。㉓长歌：指七言诗，唐人的习惯说法。㉔凡：总共。㉕六百一十二言：全诗实为六百一十六言。㉖命：取名。㉗浔阳江：指浔阳境内的长江。在今江西九江市北。荻（dí）花：即芦荻花，轴上密生长长的白绒毛，像一把笤帚。荻，芦荻同类。瑟瑟：形容秋风中草木摇动的声音。㉘主人：诗人自称。此句错综成文。说主客一同上了船。管弦：此指音乐。可知古代官僚酒宴，常有音乐助兴。㉙醉不成欢：虽有酒可醉，却无管弦乐助兴，难以尽兴。江浸月：月影映入江中。㉚暗问：低声问。迟：迟疑不语。㉛回灯：添油拨芯，使灯光重又发亮。㉜转轴拨弦：指校正音调试弹。㉝声声思：声声都饱含着情思。㉞信手：随手。㉟拢、捻（niǎn）、抹、挑：弹奏琵琶的几种指法。霓裳：即《霓裳羽衣曲》。传说为开元时西凉节度使杨敬述所献，本名《婆罗门曲》，经玄宗修订后用此名。六幺：又名《录要》，是当时流行的琵琶曲。㊱大弦：指琵琶上的粗弦。嘈嘈：低音弦声，沉重雄壮。小弦：指琵琶上的细弦。切切：高音弦声，微细急促。㊲间关：鸟鸣声。花底：花下。滑：形容鸟声婉转流畅。幽咽：流水声轻而不畅。水下滩：一作"冰下难"。冰下泉水流动，时受梗阻。㊳凝绝：完全凝结。㊴幽愁暗恨：埋藏在内心的怨恨。㊵乍破：突然破裂。形容琵琶声尖厉。迸：形容水花四溅。铁骑（jì）：戴盔甲的骑兵。㊶拨：今称拨子，状如铲，用以拨弦。当心画：用弹琵琶的拨片在琵琶四根弦的中心用力一划，四弦齐鸣，为琵琶弹奏结束时的动作，叫作"收拨"。㊷舫（fǎng）：小船。㊸沉吟：沉思默想。敛容：庄重而有礼貌的神态。㊹虾蟆陵：在长安东南的曲江附近，是当时著名游乐区。相传为汉代董仲舒墓地所在，董氏门人过此，必下马致敬，遂名"下马陵"，后讹为"虾蟆陵"。㊺教坊：唐宫廷教习歌舞技艺的官署。㊻服：敬佩。秋娘：唐时歌舞伎、乐伎多以秋娘为名，如杜秋娘。㊼五陵年少：泛指当时长安的富家子弟。五陵，长安城北，汉代五个皇帝的陵墓，是当时贵族豪门聚居之地。缠头：赏赠给歌舞伎的丝织品。红绡（xiāo）：细薄的红色绸缎。㊽钿（diàn）头：用金玉珠宝镶嵌成花形的首饰。银篦（bì）：银子做的梳发工具。击节碎：用钿头银篦打拍子，常因激动狂欢而被击碎。血色：喻裙色红艳如血。㊾秋月春风：良辰美景，指美好的青春。等闲度：随便不经意地度过。㊿阿姨：教坊中的女教师。(51)老大：年纪大。(52)浮梁：唐县名，是当时茶叶贸易中心。在今江西景德镇。(53)去来：去后。(54)妆泪：脂粉和眼泪混在一起。红：指脸上的胭脂色。阑干：泪水纵横的样子。(55)唧唧：叹息声。(56)沦落：沉沦流落。(57)丝竹：泛指乐器。(58)杜鹃：又名子规，传说啼声凄厉，直到吐血而死。古代诗文常用来描写旅客思家的心情。(59)倾：斟酒，饮酒。(60)呕哑（ōu yǎ）：吐字不清的山歌声。嘲哳（zhāo zhā）：形容嘈杂细碎难听的声音。(61)翻作：按曲作辞。(62)却坐：退回坐下。促弦：将弦拧紧。(63)向前声：刚才演奏的曲调。(64)江州司马：指诗人自己。青衫：唐代八、九品文官所穿的官服。按诗人当时职位是江州司马，而官阶是将仕郎，从九品，着青衫。

·译文·

唐宪宗元和十年，我被贬为九江郡司马。第二年秋天，我送客人到湓浦口，夜里听到船上有人弹琵琶。听那声音，铮铮铿铿竟有京都流行的乐曲声韵。询问那个人，原来是长安的歌女，曾经向穆、曹两位著名乐师学弹琵琶。后来年纪大了容颜衰老，嫁给一个商人做妻子。我于是命人摆酒叫她畅快地弹几曲，她弹完后显得十分忧郁默然。自己说起了年少时欢乐的往事，而今漂泊沦落、面容憔悴，在江湖间辗转流浪。我离京调外任职两年来，随遇而安，自得其乐，而今却被这个歌女的话触动了，这天晚上才感觉到被贬官外放的失意之情。于是写了这首长诗赠送给她，共六百一十二字，取名叫

《琵琶行》。

　　晚上我到浔阳江边送客，枫叶、荻花在秋风中瑟瑟作响。我下马到客人所在的船中为客人饯别，举起酒杯想畅饮，却没有音乐助兴。虽然喝醉了，心情却并不愉快，因为将与朋友离别而心里悲伤，分别时茫茫江水映着一轮明月。忽然听到水面上传来琵琶声，我听得忘了回去，客人也不开船出发。随着声音寻找，悄悄地问弹琵琶的是谁，琵琶声停下来，弹奏的人似乎想说却又迟疑了。我把船移过去，邀请她出来相见，添了酒，把船灯拨亮，重开宴席。千呼万唤她才出来，还抱着琵琶遮着半边脸。她转好了轴，拨弄琴弦试弹了两三声，还没有奏成曲调，就流露出了情意。声声弦音都低沉抑郁，充满了愁思，好像在诉说自己一生的不幸遭遇。她低头随手连续弹下去，说尽了心中无限伤心的往事。轻拢慢捻，一抹一挑，起初弹《霓裳羽衣曲》，后弹《六幺》。大弦的声音雄壮像疾风暴雨，小弦的声音细细似窃窃私语。雄壮的声音和轻细的声音错杂在一起弹，就好像大大小小的珠子一起落在玉盘上。像黄莺在花下鸣叫一样婉转流利，又像泉水在冰下流动时发出的时断时续的声音。乐声此时就像冰下泉水那样滞涩，弦像要冻断了似的，声音阻塞住了，渐渐停歇下来。停歇中隐藏在心底的哀愁和怨恨油然而生，这时无声却胜过有声。忽然间像是银瓶破裂水溅射出来，又像铁甲骑兵突然出现，刀枪碰撞轰鸣作响。曲子终了时收起拨子在琵琶中心划了一下，四根弦像撕裂的丝绸般发出声响。东船西舫静悄悄地没有声音，只看见倒映在江心的秋月一片皎洁。琵琶女迟疑了一下放下拨子插进弦里，然后整理好衣裳，站起来神态庄重恭敬。说自己本是京城的女子，家住在虾蟆陵下。十三岁就学会弹琵琶，名字编在教坊第一部。一曲弹罢曾教乐师佩服，梳妆起来貌美更被其他女子忌妒。京城的富家子弟争相赠送锦帛，弹完一曲不知道要赏给多少红绡。打拍子击碎了钿头银篦，饮酒作乐弄脏了红裙。一年年地寻欢作乐，美好的岁月就这样虚度了。弟弟从军去了，鸨母也去世了，随着时光的流逝容颜渐渐衰老。门前冷清下来，车马稀少了，年龄大了只好嫁给商人做妻子。商人重利而轻视离别，上个月去浮梁买茶去了。他走了只留下自己在江口独守空船，围绕着船的只有明月和寒冷的江水。深夜忽然梦见年轻时候的事，梦中啼哭，脂粉和眼泪一起流下来，红色泪痕纵横交错。我听了琵琶声早已深为叹息，又听她这些话更加叹息不已。我们都是遭遇不幸沦落天涯的人，既然相逢又何必以前要认识呢。我从去年离开京城，被贬官来到浔阳城，一直卧病。浔阳地处偏僻没有什么音乐，长年听不到管弦乐声。住地靠近湓江，又低又湿，只有黄芦、苦竹绕着宅院而生。在这期间早晚听些什么呢？只有杜鹃悲啼、猿猴哀鸣。无论是春江之滨花开的早晨还是秋天的月夜，我常常是拿了酒独自饮。难道没有山歌或村笛吗？可是声音嘈杂单调实在难听。今晚听到你弹奏的琵琶曲，好像听到仙乐一样，耳朵顿时清朗明净。请你不要推辞，坐下来再弹一曲，为你依照曲调写成歌词《琵琶行》。她被我的话感动，站立了很久，退回到原座调紧弦，弦声急促。凄凄切切不像刚才的乐音，在座的人重新听了都掩面哭泣。在座的谁流得眼泪最多？江州司马的青衫湿透了。

唐宪宗元和十年（公元 815 年）诗人因得罪权贵被贬为江州司马，在他被贬官的第二年秋天的一个晚上，诗人在浔阳江边送友人，在客船上对饮时，被一个琵琶女的弹奏深深地打动了，写下了这首千古绝唱《琵琶行》。诗中借琵琶女凄凉的身世，抒发诗人自己政治上的失意坎坷、遭贬斥的伤感情怀和天涯沦落的痛苦心境。

诗前的小序交代诗人写作缘由，介绍了长诗所述故事发生的时间、地点以及琵琶女其人。因同情其不幸遭遇，引发"同是天涯沦落人"的感慨，寓自己的身世之感于琵琶女的不幸遭遇中，借琵琶

女以抒幽愤。序中"感斯人言，是夕始觉有迁谪意"等语，分明蕴含着诗人遭谗被贬的不平之感。

全诗可分为四层。开头至"犹抱琵琶半遮面"为第一层，写深秋月夜，送客江边，偶遇琵琶女。开篇六句首先交代时间、地点、人物、背景及送别的环境。枫叶红、荻花白、瑟瑟秋风渲染出一个充满离愁别恨的环境。离别的酒宴上，只有主客二人，虽醉心情却很悲伤，为全诗定下低沉、凄婉的基调。"忽闻"二字，引出江面传来的琵琶声。"主人忘归客不发"从侧面虚写琵琶女的高超技艺，正是"未见其人，先闻其声"。"寻声""暗问""移船""邀相见"，这一系列动作，表明是诗人主动结识琵琶女。

"转轴拨弦三两声"至"唯见江心秋月白"为第二层，细致描写琵琶女弹奏琵琶的声调，表现琵琶女的高超弹技。琵琶女只因"平生不得志"，她所弹奏的曲子中流露的自然是"生不得意"的忧愁暗恨。"拢""捻""抹""挑"动作娴熟自然。接着运用各种生动的比喻描摹乐音：粗弦沉重雄壮"如急雨"；细弦细碎如"私语"；清脆圆润如大小珠子落玉盘；又如花底莺语；"幽咽"之声，悲抑哽塞，如"流泉水下"。琵琶声由"冷涩"到"凝绝"，是一个"声渐歇"的过程。"此时无声胜有声"，余音袅袅，余意无穷。弹奏至此，以为结束，谁知又如疾风暴雨般突然而起，"银瓶乍破"，刀枪轰鸣，高潮迭起，却收拨一划，弹奏结束。"东船西舫悄无言"从侧面衬托琵琶声的感染力。

"沉吟放拨插弦中"至"梦啼妆泪红阑干"为第三层，写琵琶女诉说自己的身世遭遇。首两句完成过渡，面对询问，琵琶女欲说还休，"沉吟""整顿衣裳""起""敛容"，说明她克服了内心的矛盾，决定一吐为快。原来，琵琶女曾是"名属教坊第一部"的京都女，无数贵族子弟争相向她献媚，使她成为他们寻欢作乐时的玩物。如今年老色衰，委身为商人妇，独守空船，相伴的只有一轮冷月、一江寒水。世态炎凉、今衰昔盛的深沉感慨，激起了诗人的深切同情，而且也触发了他深藏于内心的"迁谪意"，引发了诗人的慨叹。这段文字照应上文"说尽心中无限事"，完成琵琶女形象的塑造。

"我闻琵琶已叹息"至最后为第四层，写诗人联系自身的际遇，抒发感慨。诗人的经历与琵琶女有某种相似，都是从繁华的京城沦落到这偏僻之处，这使得诗人对琵琶女的身世寄予无比深切的同情，对琵琶曲的内涵有无比深切的体会，也使得诗人能够借琵琶声诉说心中不平，抒发自己的政治沦落之情。"同是天涯沦落人，相逢何必曾相识"两句具有点题作用，诗篇也由叙写琵琶女过渡到诗人的自述，诗人对被贬之事只字未提，只说现在的孤寂，表现他的天涯沦落之感。最后诗人提出再弹一曲，愿为她作一首诗。有感于诗人的话，琵琶女的琴声更加凄苦感人，以至诗人热泪湿透青衫。在琵琶声与悲泣声的交织中，把彼此交融契合的情感推向高潮，全诗也在悲人而又自悲的悲剧气氛中戛然而止。

全诗刻画人物性格鲜明真切，借助景物烘托气氛，结构严谨，语言清丽婉转，比喻贴切，层次分明，行文如流水。《琵琶行》堪称唐代长篇叙事诗的名篇。

柳宗元

【作者简介】

柳宗元（公元 773—819 年），唐代文学家、哲学家和政治家，是唐宋八大家之一，字子厚，祖籍河东解（今山西运城西）人，世称"柳河东"。少有才名，早有大志。贞元间中进士，授校书郎，调蓝田尉，后入朝为官，积极参与王叔文集团政治革新，迁礼部员外郎。革新失败后贬邵州刺史，再贬永州司马。后回京师，又迁为柳州刺史，政绩卓著。卒于柳州任所。因官终柳州刺史，又称"柳柳州"。他与韩愈共同倡导古文运动，并称"韩柳"，与刘禹锡并称"刘柳"，王维、孟浩然、韦应物与之并称"王孟韦柳"。他一生留诗文作品达六百余篇，其文成就大于诗。其作品由刘禹锡保存并编成集。有《河东先生集》。

江雪

柳宗元

千山鸟飞绝，万径人踪灭。①
孤舟蓑笠翁，独钓寒江雪。②

450

①绝：没有。②蓑笠：蓑衣和斗笠。蓑，用蓑衣草或其他长而韧的草，用特殊方法编成，披在身上，即防雨又保暖。笠，指古代用来防雨的帽子。

译文

所有山上的鸟都飞走了，千万条小径都看不见人的足迹。孤零零的一条小船上坐着一位披蓑戴笠的渔翁，不顾风雪严寒，独自在雪中的寒江上垂钓。

鉴赏

这首诗是"永贞革新"失败后，诗人柳宗元被贬到永州之后所作的诗。诗中借寒江独钓的渔翁，抒发自己孤独郁闷的心情。

第一句写所有山上的鸟都飞走了。"千山"在这里是虚指，诗人想要表达的意思是眼前所能看到的每一座山上，都不见飞鸟的影子。漫天飘雪，诗人极目远眺，看到的只有一座座被白雪覆盖的山峰，看不到一点儿生命的迹象，天是灰暗的，此刻诗人的心情也是灰暗的，一个"绝"字便将这种情绪很好地传达了出来。

第二句写路上人的踪迹全都被雪覆盖了。鸟都飞尽了，想要回头寻找一点儿人的踪迹，可是万条小路也看不到一个人的足迹，这里的"万径"也是虚指；"灭"与上句的"绝"相照应。此外，这一句和上一句"千山鸟飞绝"都极力刻画出了一幅凄冷灰暗的画面，渲染出一种凄绝的氛围，给人一种很压抑的感觉。

第三句描写了一位孤舟上披蓑戴笠的渔翁。将所有的有关动物、人的踪迹在这幅画面当中抹去之后，诗人为我们描绘了一个在舟上披蓑戴笠的渔翁。在一个偌大而空旷的背景当中，只有孤舟相伴，

"孤舟""孤人",一种寂寞孤独之感无边地袭来。若不是诗人自己内心的孤独达到了一定的程度,又怎么会将此处的"孤"写尽、写绝呢?

第四句写渔翁在雪中独自垂钓的情景。漫天的大雪之中,看不到任何生命存在的迹象,却有一位披蓑戴笠的渔翁,在一条孤舟上独自垂钓。"独"字与上一句的"孤"字遥相呼应,诗人内心的孤独在此显露出来。其实,这个渔翁的形象显然是诗人自身的写照,曲折地表达出了诗人在政治改革失败后处境的孤独,以及在绝境中还存有一丝希望。

这首诗描绘了一幅没有生命迹象出现的雪景中,一位渔翁在江边独自垂钓的图景。"千山鸟飞绝,万径人踪灭"给人一种非常压抑的感觉,一位在江边独自垂钓的渔翁更是使一种无边的寒冷与孤独之感冲击而来。

晨诣超师院读禅经①

柳宗元

汲井漱寒齿,清心拂尘服。②
闲持贝叶书,步出东斋读。③
真源了无取,妄迹世所逐。④
遗言冀可冥,缮性何由熟?⑤
道人庭宇静,苔色连深竹。
日出雾露余,青松如膏沐。⑥
澹然离言说,悟悦心自足。⑦

452

①诣：到，往。超师院：指龙兴寺净土院。超师，指住持僧人重巽。禅经：佛教经典。②汲：从井里取水。③贝叶书：指佛经。因古代印度用贝叶书写佛经而得名，也称贝叶经。东斋：指道观东面的禅房。④真源：犹真谛。指佛经中真正的道理。了：懂得，明白。妄迹：迷信荒诞、没有根据的事。⑤遗言：指佛经所言，或犹古训。冀：希望。冥：领悟极深刻。缮性：修养本性。缮，修持。熟：精通而有成。⑥膏沐：本指润发的油脂，这里作动词用，涂脂膏的意思。⑦澹（dàn）然：恬静，宁静状。悟：醒悟。

打来井水漱口刷牙，井水冰凉寒彻牙齿，心无旁骛地拂去衣服上的尘土。悠闲地拿着一卷经书，走出东面的屋舍吟咏诵读。佛学的真谛很少有人领悟，而许多没有根据的传言却常常为世人所追捧。那些流传下来的道理和说法希望都能多思考一下，为什么自身的修养还没有得到提高？重巽法师的佛寺很清静，长着绿色苍苔的小径通往一片竹林。太阳出来照着晨雾余露，苍翠的松树宛如沐后涂脂。恬静、安然的心情难以言说，明白了道理才能使自己内心畅快满足。

鉴赏

这是一首抒写感想的抒情诗，是诗人被贬永州时所作。诗人生活在一个走向衰败的时代，作为官员的他终身遭贬，受到无数打击，一生壮志未酬。他主观上受儒、释、道三教"调和"思想的限制，同时又在佛教盛行的唐代信奉佛教。在他遭贬永州之后，政治上的失意让他感到前途无望，更加促使他到佛教中去寻求宁静与解脱，而佛教对他的影响却是消极悲观的。此诗写诗人晨读禅经的情景和

诗鉴赏

感受，表达了他壮志未酬而遭到贬谪，想在佛经中寻求超脱的心境。

一至四句总说晨起到超师禅院读经。"汲井漱寒齿，清心拂尘服"，清晨早起，空气清新，以冰冷的井水漱口刷牙可以清心醒神。诗人把研读佛经安排在一天中最宝贵的时刻，可见其"闲"。他弹冠整衣拂去灰尘，身心内外俱净才读经，可见其"诚"，充分表现了诗人对佛教的倾心和信仰。"闲持贝叶书，步出东斋读"，一个"闲"字是全诗抒情的主调。空闲时即信步走出房间，手持佛经读起来，可见诗人贬居永州，是个"闲官"。

五至八句正面写读经的感想。"真源了无取，妄迹世所逐"是说世俗的人们往往不能领悟佛经的真正含义，反而去追逐那些虚无荒诞的事情。言下之意是说自己学习佛经的思想正确，指责世人的无知。"遗言冀可冥，缮性何由熟"中的"冀可"是希望能够的意思，意思是说佛教教义深奥难懂，必须深入钻研思考，如果只求提高自身修养而去研究它，是不可能达到圆满境界的。言下之意是说大家不要愚妄地佞佛，要真正领会它对变革社会有益的内容。诗人认为自己进步了，想到了以前没有想到的问题。这是诗人对佛教教义及其社会作用的主观的特殊理解。

九至十二句写诗人对寺院景物的流连赏玩。超师寺院非常幽静，苔色青青，翠竹森森，从色调上渲染了这里环境的幽静，是清修参禅的好地方。诗人大概也由此想到了观音菩萨的紫竹林，觉得这里禅意隐隐。旭日冉冉升起，晨雾滋润万物，青松经雾露滋润后仿佛像人经过梳洗、上过油脂一样。这里用了拟人的手法写青松，同时也进一步写出环境的清新。"道人"实指"超师"，"庭宇"呼应"东斋"，"步出"后寺院景色尽收眼底。一个"静"字总括了它的幽静无声，这不仅是景物之静，也是诗人向往的内心之静。

末二句写诗人自己主观"禅悟"的感受。一个"悟"字，是全诗的主题。诗人触景生情，从庭院的美景中感受到了一种"悟"的快乐，"闲人"欣赏美景虽欣喜愉悦却又多少带点落寞孤寂的韵味。

诗人自认为是通悟了禅经真理，其悟道之乐自然心满意足了。这间接表达了诗人鄙视尘俗的孤傲之情。这两句直抒胸臆，看似直白，但一经道破，又觉意味更深一层。

全诗自晨起读经始，以日出赏景禅悟终，诗意连贯通畅。诗人在逆境中依然读经养性而又超脱尘俗、寄情山水、怡然自适，可见诗人已进入那种"淡泊以明志，宁静以致远"的幽深境界了。诗中有禅味而又托情于景，情趣浓郁。

渔翁

柳宗元

渔翁夜傍西岩宿，晓汲清湘燃楚竹。①
烟销日出不见人，欸乃一声山水绿。②
回看天际下中流，岩上无心云相逐。③

①西岩：永州（今湖南零陵）之西山，在湘水之滨。楚：永州战国时属楚。②欸（ǎi）乃：摇橹声，或称舟子摇船时应橹的歌声。唐时民间渔歌有《欸乃曲》。③下中流：由中流而下。无心：指白云自由自在地飞动。

·译文·

渔翁晚上把船停泊在西山下歇宿，早上汲取清澈的湘水，以楚竹为柴做饭。太阳出来炊烟散尽不见他的人影，只听见摇橹的声音

从碧绿的山水中传出。回头望去渔舟已在天边向下漂流，山上的白云正在随意飘浮、相互追逐。

唐宪宗元和元年（公元806年），柳宗元因参与"永贞革新"而被贬永州，这首山水诗便是此时所作。诗人在政治上遭受沉重打击，内心十分苦闷，于是，他便寄情于异乡山水。这首诗描绘了日出前后湘江上景色的神奇变化，塑造了一个远离尘嚣的喧哗，脱离俗世的牵绊，独自一人徜徉于山水之间，悠然自得、独来独往的渔翁形象。这位渔翁看似悠闲，其实却含有几分诗人自嘲、自况的意味，表现了诗人不愿同流合污，坚守自己耿介人格的意志，同时流露出几分孤寂情怀。诗中写了一个在山青水绿间自遣自歌、独往独来的"渔翁"，借以透露诗人寄情山水的思想和政治失意的孤愤。

第一、二句写渔翁的生活。夜晚渔翁住在西山旁边，清晨起来打水烧火煮饭。一个"夜"字和一个"晓"字，形成了时间的跨越度，增强了诗歌的时空感。"汲"与"燃"为诗句增添了几分动感与活力。这里诗人不说汲"水"燃"薪"，而以"汲清湘""燃楚竹"取代，出语不凡，造语新奇，带给我们一种超凡脱俗的感觉，同时增添了诗的广阔度和纵深感，为诗歌奠定了活跃而又清逸的基调。

第三、四句写景。因为"燃楚竹"而产生了缭绕炊烟，加之清晨水面常有的水雾之气，因而渔翁的身影是隐在这烟雾之中的。一个"销"字用得很妙，云开雾散，日出光照，一下就把诗歌的境界提升起来。烟消日出了，应该见到渔翁了，可是却"不见人"，人到哪里去了呢？突然"欸乃"一声，响彻在青山绿水之间。"欸乃"本是摇船发出的声响，因为上句写"不见人"，诗人用一声"欸乃"，不但间接表现了人的行为动作，而且运用声响吸引了诗人的视线。这种"闻其声而不见人"的写法，实属高妙奇趣，表现出悦耳怡情的神秘境界，从而可以透视诗人宦途坎坷的孤寂心境。

最后两句写诗人的观感。回看天边，水天相接，茫茫一片，"欸乃"之声犹在，但小舟已在江上顺流远逝，只见岩上缭绕舒展的白云仿佛尾随他的渔舟。这里化用了陶潜《归去来兮辞》"云无心以出岫"句意，不仅表现出渔翁自由自在的劳作生活，也表现出诗人那豁达的心境与对自由自在生活的向往，从而暗示了诗人对官场尔虞我诈的厌恶之情。

这首诗既写出了永州山水深邃缥缈之美，也表现了诗人对自由闲适生活的向往，实际也是诗人政治上遭受打击后在以乐写悲抒发苦闷情绪。全诗造语平实、情景相融、情致悠闲、奇趣荡胸，的确是一首淡泊入妙的好诗！

登柳州城楼寄漳汀封连四州刺史①

柳宗元

城上高楼接大荒，海天愁思正茫茫。②
惊风乱飐芙蓉水，密雨斜侵薜荔墙。③
岭树重遮千里目，江流曲似九回肠。
共来百越文身地，犹自音书滞一乡。④

释词

①柳州：今属广西。漳、汀：今属福建。封、连：今属广东。刺史：州的行政长官，相当于后世的知府。②接：目接，看到。一说，连接。大荒：旷远的荒野。③惊风：狂风。乱飐：吹动。芙蓉：

指荷花。薜荔：一种蔓生植物，也称"木莲"。④百越：指当时五岭以南的各少数民族地区。文身：古代南方少数民族有在身上刺花纹的风俗。

从柳州城上的高楼向远处眺望空旷无际的荒野，愁绪就像茫茫的海天涌了出来。狂风吹动着水中的荷花，密雨斜打着长满薜荔的墙。山上的树木重重遮住了远眺的视线，柳江弯弯曲曲像九转的愁肠。我们同时遭贬，一起来到百越文身的地方，虽然同处一地，却至今音书难通。

公元 805 年，唐德宗李适驾崩，太子李诵（顺宗）即位，改元永贞，重用王叔文、柳宗元等革新派人物，但是仅五个月，"永贞革新"就遭到保守派的残酷镇压，以失败告终。王叔文、王伾被贬斥而死，柳宗元、刘禹锡等八人分别谪降为远州司马。这就是历史上的"二王八司马"事件。直到唐宪宗元和十年（公元 815 年）年初，柳宗元与韩泰、韩晔、陈谏、刘禹锡等五人才奉诏进京，但终因有人从中阻挠，再度分别被贬到更荒远的柳州、漳州、汀州、封州和连州为刺史。这首诗就是柳宗元初到柳州时写的。

首联写诗人登上高楼远眺，愁绪茫茫。诗篇开头从"登柳州城楼"写起，首句"城上高楼"中的"高"字，给人一种人站在高处、视野开阔的感觉。诗人经过长途跋涉到达柳州之后，先是登上高楼，眺望远处朋友的处所，来抒发心中的感怀。"接大荒"的"接"字，是说诗人在极目远眺的时候与空旷的原野相连接。看着海天相连，诗人的愁思也飘然而至，充斥在这广阔的空间里。开篇诗人便用恢宏的笔墨描绘了一幅开阔的画卷，并将自己的愁思也融入其中。

领联写疾风骤雨中的景象。极目远眺之后，诗人将目光收回，描写近处所见到的景色。此处对疾风骤雨的描写是"赋"笔，而且赋中又兼有比兴。屈原《离骚》有云："制芰荷以为衣兮，集芙蓉以为裳。不吾知其亦已兮，苟余情其信芳。"又云："擥木根以结茝兮，贯薜荔之落蕊。矫菌桂以纫蕙兮，索胡绳之纚纚。謇吾法夫前修兮，非世俗之所服。"屈原笔下的"芙蓉"与"薜荔"是人格的美好与芳洁的象征。诗人在此处细致地刻画风雨中的芙蓉与薜荔，它们所处的境况使人心惊胆战，这是由于诗人在其中投注了自己的主观感受。

颈联写远处的树木与江流。诗人由眼前的近景触发联想，想到远方的友人，又不禁眺望远方。"岭树"和"江流"写的都是远眺所见到的景象，但是在这一仰一俯中，给人一种空间的开阔感，视野各异，皆充满情趣。山上的树木重重遮住了远眺的视线，柳江弯弯曲曲像九转的愁肠。"岭树重遮千里目，江流曲似九回肠"，寓情于景，愁思无限。

尾联写诗人与友人各滞一方，音书不通。诗人与友人同时被贬到这个边远荒凉的地方，彼此相隔，无论是从水路还是陆路都十分不便，无法互通音书，心中甚是苦闷。上句"共来百越文身地"与首句中的"大荒"相照应，又与题目中的柳州、漳州、汀州、封州、连州相关联，甚是巧妙。此外，题目中的"寄"字所寄托的感情也隐隐传达了出来，意味无穷。

这首抒情诗，诗人托物寓意，有对自身的喟叹，更有对与自己命运相同的几位友人的牵挂与怀念，流露出了对压制势力的愤懑之情。此外，诗歌中壮阔的景色与沉郁的感情互相交织，深刻而隽永。

溪居

柳宗元

久为簪组束，幸此南夷谪。①
闲依农圃邻，偶似山林客。②
晓耕翻露草，夜傍响溪石。③
来往不逢人，长歌楚天碧。④

·释词·

①簪（zān）组：古代官吏的服饰。此指官职。簪，古代官吏帽子上的装饰。组，丝带，用来系缚官印的绶带。束：羁束。意思是为官职所羁绊。南夷：古代对南方少数民族的称呼。此指诗人贬官的永州。谪：被降职或调往边远地区。②农圃：田园。偶似：有时好像。山林客：山林间的隐士。③夜傍（bàng）：夜里行船。傍，行船。响溪石：触着溪石而发出声响。④长歌：放歌。楚：永州古代属楚地。

·译文·

长久以来为公务所束缚，整日里忙忙碌碌，有幸被贬谪到南方少数民族地区。有闲暇的机会与农田菜圃为邻，有时候觉得自己就像个山林中的隐士一样。早晨耕田，翻锄带着露水的野草，晚上撑船回来的时候，船触到溪石发出很大的声响。独来独往碰不到那庸俗之辈，仰望楚地的碧空放声高歌。

唐宪宗元和五年（公元810年），诗人被贬永州后，发现冉氏以前所居的冉溪，风景秀丽，诗人特别喜爱，便迁居于此，并更名为愚溪。此诗是他迁居愚溪之后所作。全诗写诗人谪居佳境，偷安自幸，苟得自由，独来独往，无拘无束，难得自由放歌的生活。全诗虽极度渲染溪居之乐，实则采用以乐写悲的手法，表达身屈志辱的无穷之愤。

　　前两句写诗人来愚溪的原因。久为做官所羁束，有幸被贬谪到这南方少数民族地区来，得以免除许多烦恼。诗人曾任礼部员外郎，也算是身居高位，现在却被贬到这荒芜的南夷之地。被贬本为不幸的事，诗人却说是"幸事"，装出一副不在意的样子，其实诗人心中有强烈的不满和不适。什么久为做官所"束"，为这次贬谪南夷而"幸"，只是解嘲罢了，实际上他的内心是痛苦的。这些在接下来的诗意中，明显可见。

　　中间四句写在愚溪的生活。闲时，与农田菜圃为邻，有时又觉得自己像是山林隐逸之士。清晨，踏着露水去耕地除草；白天，有时荡着小船去游山玩水，直到天黑才回来，船触溪石发出砰砰声响。但"闲依"暗含着被流放的孤独无聊，"偶似"说明他并不真正具有隐士的淡泊、闲适。在"闲依""偶似""晓耕""夜傍"的背后，一种远离亲故、抱负不能实现的无奈之情自然流出。

　　最后两句写诗人的慨叹。在这种无奈的情况下，诗人只好独自仰望碧空蓝天，长歌骋怀，排遣胸中悲愤难抑之感！古代文人往往内心都有这种矛盾，身在仕途，向往山林之境，而身在山林之中，又追惜往日高官之时。诗人正处于此种境地，内心的矛盾实在难免，虽时时强作欢乐，把贬居生活过得有滋有味，但面对这

"来往不逢人"的日子，回想往日"谈笑有鸿儒"的岁月，心中必有无限感慨。

诗的最后两句最有韵味。沈德潜说："愚溪诸咏，处连蹇困厄之境，发清夷淡泊之音，不怨而怨，怨而不怨，行间言外，时或遇之。"（《唐诗别裁集》卷四）这是很有见地的。

元　稹

【作者简介】

元稹（公元779—831年），字微之，河南河内（今河南洛阳附近）人，居京兆万年（今陕西西安）。八岁丧父，家贫，由其母教读。贞元九年明经科十五岁及第，十八年举书判拔萃科，曾任监察御史。因得罪宦官及守旧官僚，贬江陵府士曹参军。穆宗长庆初，又受宦官崔潭峻优遇，以其《连昌宫词》等向穆宗进奏，大被赏识，即知制诰，后又拜相。以暴疾卒于武昌节度使任所。与白居易友善，常相唱和，世人常把他和白居易并称"元白"。有《元氏长庆集》。

遣悲怀三首（其一）

元稹

谢公最小偏怜女，自嫁黔娄百事乖。①
顾我无衣搜荩箧，泥他沽酒拔金钗。②
野蔬充膳甘长藿，落叶添薪仰古槐。③
今日俸钱过十万，与君营奠复营斋。④

·释词·

①"谢公"句：东晋宰相谢安，最爱其侄女谢道韫。韦丛的父亲韦夏卿，官至太子少保，死后赠左仆射，也是宰相之位。韦丛是其幼女，故以谢道韫比之。偏怜女：最疼爱的小女儿。黔娄：春秋时齐国贫士，其妻也颇贤明。诗人幼孤贫，故以自喻。乖：韦丛嫁元稹时，元稹为校书郎，后迁左拾遗，因直谏失官。后为河南尉，官品皆低下，所以说百事乖。②荩（jìn）箧：草编的箱子。荩，草。泥（nì）：软缠。③藿：豆叶。④俸：韦丛去世时，元稹官监察御史，月俸三万。当时六部尚书以上月俸过十万，知此诗为做了"同中书门下平章事"（宰相）后作。斋：指请僧人超度。斋，原义为施僧。

·译文·

你就像谢安最宠爱的侄女一样，自从嫁给了穷困的我，事事都不顺遂。看到我没有合身的衣服可穿，你就翻箱倒柜地找布料给我做衣服，没有买酒的钱，我常缠着你，拔下你的金钗去换钱买酒。你甘心和我一起吃野菜豆叶充饥，就靠着这棵古槐以落叶当柴。如今我月俸也超过了十万，我只能准备祭品斋饭为你超度。

·鉴赏·

元稹的《遣悲怀》三首是为悼念他早逝的妻子而作的"悼亡"诗。元稹的原配妻子韦丛是太子少保韦夏卿的幼女，于唐德宗贞元十八年（公元802年）和元稹结婚，当时她二十岁，元稹二十五岁。婚后的生活比较贫困，但韦丛很贤惠，毫无怨言，夫妻感情很好。过了七年，元稹任监察御史时韦丛病死了，年仅二十七岁。元稹悲痛万分，写了不少悼亡诗，其中最有名的是这三首《遣悲怀》。这首诗写于他的妻子逝世一年之后的元和五年（公元810年），追忆妻子生前的艰苦处境和夫妻之间的恩爱感情，并抒发自己的抱憾之情。

首联总写婚后生活的不顺遂。这两句用典，以东晋宰相谢安最宠爱的侄女谢道韫借指韦丛，以战国时齐国的贫士黔娄自比，其中暗含着对方屈身下嫁的意思。接着说妻子自从下嫁之后，"百事"皆"乖"，这里的"乖"字除了指生活中诸事不顺遂外，更多的是指诗人的仕途不顺，多年担任薪低职微的小官，还与王叔文等有权势的人政见不合，仕途坎坷。这是对韦氏婚后七年间艰苦生活的简单概括，其中充满了辛酸。

颔联写穷困的生活中妻子对自己无微不至的关怀与照顾。她看见我没有合身的衣服，就翻箱倒柜地搜寻，想找点儿衣料为我缝制衣服；我缠着她买酒的时候，她就拔下头上的金钗为我买酒。这是对当时的穷困生活的真实写照，是实写，当时诗人作为一个薪低职微的小吏，婚后的生活不富裕可想而知，"顾我无衣""泥他沽酒"中的"顾""泥"二字，生动形象地刻画出了夫妻清贫，但又情深意厚的婚后生活。

颈联写妻子的吃苦耐劳和勤劳持家。这两句仍然是对"百事乖"的艰难处境的续写：平常家里只能用豆叶之类的野菜来充饥，她却没有抱怨；没有柴烧，她便靠老槐树飘落的枯叶来当柴烧。短短数语，便传神地刻画出了一位贤妻的形象。"野蔬充膳""落叶添薪"与以往韦氏所过的锦衣玉食的生活形成了鲜明的对比，但是她却心甘情愿地与诗人过着这样清贫的生活而毫无怨言，非常难能可贵，也体现出了夫妻之间感情的深厚。

尾联写诗人现在生活改观，但却不能与妻子共享的遗憾。最后两句从对婚后生活的回忆中回到现实：如今我的官位升高了，俸钱也超过了十万，你不能和我一起分享，我只得准备好祭品斋饭为你超度。眼前的荣华富贵不能与自己共患难的妻子同享，只得设斋祭奠来表示自己对亡妻的悼念和报答。这两句虽然语出平和，但是我

们仍能体会到诗人内心深处的痛苦与遗憾。

这首诗中诗人追忆了妻子生前的事，诗中先竭尽笔墨描写自己与妻子婚后生活的清贫，然后写如今的荣华富贵不能与妻同享，道出"悲怀"二字，至情至性，非常感人。诗人如话家常地把有着严格格律的律诗写得平易浅近，实属悼亡诗中的佳作。

遣悲怀三首（其二）

元稹

昔日戏言身后意，今朝都到眼前来。
衣裳已施行看尽，针线犹存未忍开。[①]
尚想旧情怜婢仆，也曾因梦送钱财。[②]
诚知此恨人人有，贫贱夫妻百事哀。

·释词·

①施：施舍与人。旧俗，死者遗留的衣裳要施舍与人。行：快要。针线：指针线盒。②怜婢仆：哀怜妻子生前的婢仆。

·译文·

当年咱俩开玩笑随口讲着身后的事情，如今都变成沉痛的回忆向我袭来。你生前穿的衣服眼看着都快被施舍完了，针线盒还保存着不忍打开。我因为怀念旧情而更加怜爱你生前的婢仆，也曾经因为梦见你而为你烧去一些纸钱。我知道死别之恨世间人人都有，但咱们贫贱夫妻事事更觉得悲哀。

《遣悲怀》第二首主要写妻子过世后的"百事哀"，与第一首结尾处的悲凄情调相衔接，表现了诗人对逝去妻子的深切怀念。

　　首联写诗人以前和妻子的玩笑话如今都变成了现实。过去和妻子两个人随口玩笑说的话，不想如今竟然真的都应验成真了，成为悼念时的回忆，因而倍感真切沉痛。读到这里，我们可以想象到，诗人曾经与妻子不经意开玩笑的场景，虽然说的是悲伤的事情，但是"戏言"二字足见当时两人多么欢欣，如今"戏言"成真，剩下诗人独自一人回忆着过去的种种，看着眼前的物是人非，总能感到一种无以言表的悲凉从字里行间向我们袭来。

　　颔联写诗人想念妻子但又不忍去触动怀念之情的矛盾心理。心爱的人已经逝去，但是遗物犹存，诗人不免睹物思人，哀痛不已。为了尽可能地避免睹物思人，稍减内心的伤痛，便依俗将妻子生前穿过的衣服都施舍出去，现在已所剩无几；而妻子生前用过的针线盒原封不动地保存下来，不忍打开，以免勾起自己无限的哀痛。这一"施"一"存"体现了诗人心中的矛盾，同时，这种看起来有些消极的做法却又恰恰证明了诗人根本无法摆脱对亡妻的无尽思念。

　　颈联写诗人因思念妻子所做的一些事。因为怀念旧情，思念过深，所以诗人看到生前服侍妻子的婢仆时，也不禁引起哀思，对她们也产生一种哀怜之情。因为念念不忘，还曾经在梦中见到你，为此还给你烧了些纸钱。这看起来似乎有些荒唐难信，但是诗人的感情却是真挚不容怀疑的。简洁质朴的语言，表明诗人竭尽自己的全力想要为逝去的妻子做些什么，一片痴情，感人至深。

　　尾联直抒胸臆，表达自己的凄苦之情。诗人知道死别之恨世间人人都有，但是想到妻子与自己以前所过的贫苦的生活，便觉悲哀，久久不能释怀。上句先从"诚知此恨人人有"说起，最后落到"贫

贱夫妻百事哀"的特指上，夫妻死别是自然规律，世间人人都在所难免，但是对于同贫贱共患难却又未能同享富贵的夫妻来说，一旦永诀，是更为悲哀的。到此，我们便不难体会到诗人所强调的非同一般的丧妻之痛。

这首诗主要描写妻子逝去之后的"百事哀"，同第一首一样如话家常，但正是对这如数家珍的生活细节的描写与刻画，更能让我们真实、真切地体会到诗人对亡妻的刻骨铭心的怀念。

遣悲怀三首（其三）

元稹

闲坐悲君亦自悲，百年多是几多时。①
邓攸无子寻知命，潘岳悼亡犹费词。②
同穴窅冥何所望，他生缘会更难期。③
唯将终夜长开眼，报答平生未展眉。④

释词

①"闲坐"句：实即曹丕"既痛逝者，行自念也"之意。②"邓攸"句：晋代河东太守邓攸，字伯道，战乱中舍子保侄，后终身无子。时人乃有"天道无知，使伯道无儿！"之语。寻知命：即将到知命之年。寻，将。知命，五十岁。《论语》："五十而知天命。""潘岳"句：晋代潘岳，字安仁，妻死，作《悼亡》诗三首，为世传诵。犹费词：意为潘岳即使写了那么悲痛的诗，对死者也等于白说。实际上是在说自己。③同穴：指夫妻合葬。窅：深远渺茫。④"唯将"句：指不能安眠。传说鳏鱼眼睛终夜不闭，旧时男子无妻曰

468

"鳏"。此处用此意，表示今后将长鳏不娶。事实上，元和十年春，诗人续弦裴氏，五十岁裴氏生一子，此诗当作于五十岁前。未展眉：指韦丛生前一直过着清贫的生活，从未开心过。

闲坐时经常想你，为你悲伤也为自己悲伤，就算能活到一百岁，所剩的时间也不多了。晋朝的邓攸终身没有儿子，这是命中注定的，潘岳写了三首《悼亡》，可写得再好也只是枉费言辞。即使我死后会和你埋葬在一起，可是地府幽深又有什么指望，想要来生有缘再相见，更觉虚妄难期。我只有整夜睁着眼睛怀念你，来报答你曾经为我受的苦。

·鉴赏·

这是《遣悲怀》的第三首，写自悲，是这三首悼亡诗中的重要部分。诗人从现在写到将来，字里行间透露出了诗人的哀痛之情，感人肺腑。

首联写闲来无事，自己悲伤。"闲坐悲君亦自悲"承上启下，"悲君"总括前两首诗所写的内容，"自悲"引出下文。与自己同患难的妻子过早地离自己而去，闲下来的时候诗人不免会想到自己的人生问题，人的生命有限，诗人现在已经老了，即使能活到一百岁，那剩下的时间也不多了。此处悲伤之情满溢。

颔联用邓攸和潘岳两人的故事自比。这里诗人用了两个典故，晋人邓攸战乱中舍子保侄，心地如此善良，最后却终身无子，这难道是命运的安排吗？潘岳的《悼亡》写得再好，但是对于已经逝去的人来说又有什么用呢？就像现在的自己一样。这些诗人也都明白，但是自己心中的悲痛仍然无法释怀。

颈联写诗人的美好愿望，但细细想来终难实现。前面诗人一直

在诉说着心中的苦闷与悲伤，此处笔锋一转，想到死后能够和妻子合葬，来生有缘还可以再做夫妻，但是冷静思量一下，这只不过是自己在极度悲伤当中幻想出来的美好理想罢了，于是有了"何所望""更难期"之词。

尾联写诗人用终夜"开眼"来报答妻子生平陪自己所受的苦。既然那些美好的理想与寄托都没有办法实现，诗情越转越悲，不能自已，于是自然引出诗人想要整夜睁着眼睛来怀念妻子。因为鳏鱼眼睛终夜不闭，旧时男子无妻称为"鳏"，诗人在这里是想表示今后将长鳏不娶，以此来报答妻子曾陪自己所受的苦难。这一联痴情绵绵，悲痛欲绝，给人以强烈的感情冲击。

这首诗中诗人自伤身世不幸，运用两个典故抒发自己丧偶无子的悲痛，进而要用长鳏来报答妻子生前与之共患难的恩情。全诗像叙家常一样，对妻子诉说着自己的思念之情，言浅意深，情真意切，虽无强烈的抒情，亦能触动人的心灵，催人泪下。

贾　岛

【作者简介】

　　贾岛（公元779—843年），字阆仙，一作浪仙，范阳幽都（今北京）人。初落拓为僧，名无本，后还俗，屡举进士不第。曾任长江主簿，人称"贾长江"。后改普州司仓参军。卒于普州官舍。其诗喜写荒凉枯寂之境，颇多寒苦之词。以五律见长，注重字句锤炼，刻意求工，缺少强烈的感染力。与孟郊齐名，有"郊寒岛瘦"之称。有《长江集》。

寻隐者不遇①

贾岛

松下问童子，言师采药去。
只在此山中，云深不知处。

·释词·

　　①一说孙革作，名为《访羊尊师》诗。孙革历宪宗、穆宗、文宗三朝，官至太子左庶子。贾岛《长江集》原不载此诗。此诗首见

于宋初《文苑英华》，题作孙革。南宋洪迈《万首唐人绝句》题作"无本"，无本是贾岛的法名。后入《贾岛集》。

在一棵古松下询问童子他的师父去哪儿了，他说师父去山中采药了。就在这座山中，可是云密林深，不知道他具体在哪里。

这首诗是诗人到深山之中拜访隐士不遇而作。

第一句写诗人在松树下问童子隐者的去向。诗人到深山之中去拜访隐者，但是没有遇见，只是看见了隐者的学童，于是，急切地上前问隐者去了哪里。开篇诗人为我们呈现了一幅一大一小或者说是一老一少在一棵古松下对话的画面，而且在这幅画面中我们还可以看出是老者在问童子，看到此景，我们不禁会联想到他们之间的对话内容。诗篇开头写"松"，从题目看又和"隐者"有联系，"松"是坚贞高洁的象征，这样隐者的形象也就豁然开朗了。

第二句写童子回答师父去采药了。第一句虽然没有直接写诗人究竟问了童子什么问题，但是从这一句的回答当中也可推知。听到所要找的人去深山采药去了，可以想见诗人心中小小的失落。诗人在这里突出"采药"二字，暗含隐者以采药为生，济世救人之意，其高洁的品质、伟岸的形象再次突显。

第三句写师父就在这座山中采药。承接上一句的"言师采药去"，这一句又是一句回答之语，可见，诗人在此处省略了一问——你的师父到哪里去采药了？童子回答：师父就在这座山中采药。不得不说，这样的回答，给一心想要拜访隐者的诗人带来了一丝希望：原来就在这座山中，也许会见到。

第四句写因为云深并不知道具体的去向。这又是童子的一答——虽然师父是在这座山中采药，但是云深林密，具体去了哪里，什么时候回来便不得而知了。从这一答当中，我们仿佛又看到了诗人带着那一点儿希望继续追问：那你的师父现在在哪儿呢？得知拜访的人不在，一般人便会折身返回，比如陆游在《游园不值》中所表现出来的情形。但是诗人在这里一再地追问着，可见诗人想要拜访这位世外高人的迫切心情，从侧面衬托出了这位隐者品质的高洁。此外，隐者来去觅不到踪影，更显现出了隐者的处世高洁和高深莫测。

　　这是一首问答诗。诗人采用了寓问于答的手法，在"一问三答"中，把寻访不遇的焦急心情刻画得淋漓尽致。此外，用白云象征隐者的高洁，用苍松象征隐者的风骨，言简义丰，情真意切，表现出了诗人对隐者的景仰之情。

杜　牧

【作者简介】

　　杜牧（公元 803—853 年），字牧之，号樊川居士，京兆万年（今陕西西安）人，宰相杜佑之孙，杜荀鹤之父。唐文宗大和二年进士，曾为江西观察使幕僚，转淮南节度使幕，又入观察使幕。历任监察御史，黄州、池州、睦州刺史等职，后入为司勋员外郎，最终官至中书舍人。以济世之才自负。后人称杜甫为"老杜"，称其为"小杜"，又与李商隐并称"小李杜"。其诗在晚唐成就颇高，诗文中多指陈时政之作。他的写景抒情小诗，多清丽生动。擅长文赋，其《阿房宫赋》为后世传诵。注重军事，写下了不少军事论文，还曾注释《孙子》。有《樊川文集》。

赤壁①

杜牧

折戟沉沙铁未销，自将磨洗认前朝。②
东风不与周郎便，铜雀春深锁二乔。③

释词

①赤壁：在今湖北武昌赤矶山，一说在湖北蒲圻西北、长江南岸。汉献帝建安十三年（公元208年）吴蜀联军在此大败曹操。②戟：一种可直刺横击的兵器。将：拿起。认前朝：认出戟是东吴破曹时的遗物。③东风：指火烧赤壁之事，当时周瑜采用部将黄盖火攻之计，适值东南风起，火乘风愈烈，尽烧北船，曹军大败。周郎：指周瑜，字公瑾。年轻时即有才名，人呼周郎。后任吴军大都督。铜雀：即铜雀台。为曹操于建安十五年（公元210年）在邺城所筑，因楼顶有大铜雀而得名。曹操晚年拥其姬妾在台中享乐。二乔：即大乔、小乔。江东乔公之女，分别嫁给孙策、周瑜。乔，本作"桥"。其实赤壁之战时铜雀台尚未修建。

译文

一把折断了的戟沉没在泥沙之中还没有腐烂销尽，拿来磨光洗净，认出是赤壁之战所用之物。假使东风不给周瑜的火攻计以方便，那么如今大乔和小乔就要被曹操锁闭在铜雀台中（春恨无限）了。

鉴赏

这首诗是诗人于武宗会昌（公元841—845年）任黄州刺史时，有感于三国时代的英雄成败而写下的。赤壁之战发生于汉献帝建安十三年十月，是对三国鼎立的历史形势起着决定性作用的一次重大战役。其结果是孙、刘联军击败了曹军，而三十四岁的孙吴军统帅周瑜，乃是这次战役中的头号风云人物。诗人观赏了古战场的遗物，对赤壁之战发表了独特的看法，认为周瑜的胜利存在侥幸，同时也抒发了诗人对国家兴亡的慨叹。

第一句借一件古物来兴起对前朝人物和事迹的慨叹。通过一杆

与古代战争有联系的折戟，自然地引起后文对历史的咏叹，那些在历史上留下过踪迹的人物、事件，就像这铁戟一样，常会被无情的时光销蚀掉，从人们的记忆中消逝，但又会因偶然的机会被人记起，引起深思。诗人发现了这杆未被销蚀的折戟，发出了感慨。

第二句写诗人磨洗辨认后，发现是"前朝"——三国赤壁之战时的遗物。这一场决定了三国鼎立局面的重大战役，英雄云集，何等壮观。"认前朝"又进一步激发了诗人浮想联翩的思绪，为后两句论史抒怀做了铺垫。杜牧在写史方面，既表现出了非凡的见识，又曲折地反映出他的抑郁不平和豪爽胸襟，同时慨叹历史上英雄成名的机遇。诗人慨叹自己生不逢时，有政治军事才能而不得一展。这句似乎还有一层意思：只要有机遇，相信自己总会有所作为。这显示出一种逼人的英气。

第三句是议论部分，"东风不与周郎便"源自赤壁战役中，周瑜用火攻战胜了数量上远远超过己方的敌人一事，而其能用火攻制胜则是因为在决战的时刻恰好刮起了强劲的东风，所以诗人评论这次战争成败的原因时，只选择当时的胜利者——周郎和让他胜利的关键因素——东风来写。但他并不从正面来描摹东风如何帮助周郎取得了胜利，却从反面落笔：假使这次东风不给周郎以方便，那么，胜败双方就要易位，历史形势将完全改观。

第四句紧承上句，写如果"东风不与周郎便"的后果，诗人并不直接铺叙政治军事情势的变迁，而是间接地描绘两个东吴著名美女将要承受的命运。如果曹操成了胜利者，那么，大乔和小乔就必然要被抢去，关在铜雀台上，以供他享受了。

全诗创新性地通过一杆折戟引发对历史的感慨。诗人之所以写这首诗，是因为想借史事以吐其胸中抑郁不平之气。诗中也暗含有阮籍登广武战场时所发出的"时无英雄，使竖子成名"的慨叹在内。

旅宿

杜牧

旅馆无良伴，凝情自悄然。①
寒灯思旧事，断雁警愁眠。②
远梦归侵晓，家书到隔年。③
沧江好烟月，门系钓鱼船。④

· **释词** ·

①凝情：凝神沉思。悄然：静静地。这里是忧郁的意思。②断雁：孤雁，失群之雁。这里指失群孤雁的鸣叫声。③"远梦"句：意谓做梦做到接近天明时，才是归家之梦。④沧江：不少诗中亦作"湘江"。这里泛指江。门：门前。

· **译文** ·

旅馆中没有好伙伴，一个人凝神沉思，心绪茫然。对着一盏寒灯回忆起往事，那孤雁的哀鸣搅起了不眠人的离群愁思。远归的梦直做到破晓时分，寄往家里的书信到家时已是隔年的事了。沧江上月色朦胧、烟波浩渺，渔人船只就系在自家门前。

· **鉴赏** ·

这是一首抒发羁旅怀乡之情的诗。诗人寄居异乡旅馆，无良友为伴，孤独中倍加思乡。诗中借对孤灯、听断雁、梦难成、书遥寄，抒发诗人思乡怀亲之情。

　　首联写寄居异乡旅馆，思乡之情油然而生。诗人独自一人远在异乡，没有知心朋友相伴，独坐凝思，黯然伤神，不禁忧郁愁闷。"凝"写离愁之忧郁，凝固不动，突出愁绪的沉重。这一联直抒胸臆，将诗人浓厚深沉的思念之情写到极致，为全诗奠定了哀怨的感情基调。

　　颔联写独对寒灯，思旧难眠。诗人独自一人坐在旅馆中，寒夜里只有孤灯相伴，触景生情，不禁想起了往昔在家与亲人相处的往事。失群孤雁声声鸣叫，诗人觉得自己也如那失群孤雁一般，因惊惧而睡不安稳，十分警醒；因思念而辗转反侧，不得入睡。"寒"字，写尽客中凄凉孤独的况味。这一联融情于景，将"旧事"之欢与眼前之悲对比，是首联"凝情自悄然"的具体化。

　　颈联写梦中归家，家书难见。故乡远在千里之外，而今归家无望，只能梦中相见，做梦直到破晓之时才是归家的梦，而梦归故乡的时间却是如此短暂，字里行间流露出梦短情长的幽怨。"远梦归侵晓"，想象奇特，家远梦亦远。诗人思家心切，把很晚梦到亲人归罪于路途遥远，这种写法就是无理而妙！在这个地方寄信更是难上加难，书信只能来年才能寄到。这一联由写景向抒情过渡，虚中写实，以实衬虚。

　　尾联写羡慕系于家门外的渔船。门外沧江的明月是美好的，江上的渔船是悠闲的。诗人由于离家久远，看到门外停泊的渔船也很羡慕，因为人家的渔船就停在家门口。最后两句似乎跳出了乡愁，艳羡门外沧江渔船的清闲自在，其实是借他乡之物更曲折地表达出诗人的思乡之情。这一联用乐景反衬哀情，诗人久客异乡，漂泊无依，幽恨乡愁，委实凄绝。

　　这首诗明媚流转，富有特色。全诗层层推进，写景抒情都有独到之处。其中"寒灯""断雁""烟月"意象鲜明，抒情含蓄，具有强大的感染力。颈联"远梦归侵晓，家书到隔年"意思曲折多层，实乃千锤百炼的佳句。

秋夕

杜牧

银烛秋光冷画屏，轻罗小扇扑流萤。①
天阶夜色凉如水，卧看牵牛织女星。②

释词

①银烛：白蜡烛。轻罗小扇：轻巧的丝织团扇。②天阶：一作
"天街"，露天的石阶。卧看：有的选本作"坐看"。牵牛织女星：
两个星座的名字。

译文

秋天的夜晚，白色的烛光映着冷清的屏风，我手执着团扇轻轻
地扑打着正在飞舞的萤火虫。露天石阶上的夜色犹如井水般清凉透
彻，我抬头仰望星空看着相对的牵牛织女星。

鉴赏

这首诗是杜牧所作的一首脍炙人口的七言绝句，诗中描写了一
位失意宫女的孤独生活和凄凉心情，表现她生活的孤寂幽怨。

第一句描绘深宫生活。在一个秋天的晚上，白色的蜡烛发出微
弱的光，给屏风上的图画添了几分暗淡而幽冷的色调。"冷"字是将
形容词当动词用，渲染气氛，把深宫秋夜的景物十分逼真地呈现在
读者眼前。

第二句写主人公这时正在用小扇扑打着飞来飞去的萤火虫。古

人认为萤火虫总是生在荒凉的地方。如今在宫女居住的庭院里竟然有流萤飞动，间接说明宫女生活的凄凉。其次，从宫女扑萤的动作可以看出她的寂寞与无聊。无事可做的她只能以扑萤来消遣她那孤独的岁月，同时也是在驱赶包围着她的孤冷与寂寞。最后，扇子本是夏天用来扇风取凉的，秋天就很少有人用了，所以古诗里常以"秋扇"比喻弃妇，这首诗中的"轻罗小扇"也象征着持扇宫女被遗弃的命运。

第三句写石阶上的夜色如水一般冰冷。"夜色凉如水"暗示夜已深，寒意袭人，这个比喻不仅有色感，更有温度感。夜色已晚，应该进屋去睡了，可是宫女却依旧坐在冰冷的石阶上。

第四句写宫女仰视着天河两旁的牵牛星和织女星。牛郎织女的故事是民间的传说，织女每年七夕才能与牛郎相会一次。宫女久久地眺望着牛郎织女星，夜深了还不想睡，这是因为牛郎织女的故事触动了她的心，使她想起自己不幸的身世，也使她产生了对于真挚爱情的向往。可以说，满怀心事都在这举首仰望中了，从侧面反映了封建时代妇女的悲惨命运。

全诗虽然没有一句抒情，但是通过环境描写、冷色调词语的使用、人物动作的细致描写，将寒冷时节，宫女内心的孤独凄凉、哀怨与期盼相交织的复杂情感，封建制度下妇女的凄苦命运，最后甚至对天上牛郎织女的羡慕之情都表现了出来。正如蘅塘退士点评："层层布景，是一幅着色人物画。只'卧看'两字，逗出情思，便通身灵动。"

将赴吴兴登乐游原①

杜牧

清时有味是无能，闲爱孤云静爱僧。②
欲把一麾江海去，乐游原上望昭陵。③

·释词·

①吴兴：郡名，治所在今浙江湖州。乐游原：在长安（今西安）城南，是唐代长安城内地势最高之地。汉宣帝立乐游庙，又名乐游苑、乐游原，唐时为游乐胜地，登上它可望见长安城。②清时：清平时世。③把：持。麾：旌旗。古时称出守州郡为"建麾"，诗人当时将出任湖州刺史，故云。江海：吴兴因临太湖而得名，诗中指太湖。昭陵：唐太宗李世民的陵墓，在今陕西礼泉东北。

·译文·

太平盛世时当有所作为，而我却如此清闲，实在无能，喜欢如孤云般悠闲，也喜欢如和尚般清静。我将手持旌旗远去江海的吴兴，在此之前登上乐游原遥望一下太宗的昭陵。

·鉴赏·

这首诗是杜牧于大中四年（公元 850 年）秋，从吏部员外郎出任湖州刺史前登乐游原时所作。

第一句称当时为"清时"，杜牧在此运用了反话正说的笔法，以此作为障眼法。虽说当今是"清时"，其实心里认为是浊世，说自己

对登临闲游一类事"有味",其实是认为国家大事难以干预,因此对之有"无味之感"。"清时"二字也进一步指出,既然如此,没有才能的自己反而可以借此藏拙,这是很有意趣的。

第二句承上,点明"闲"与"静"就是上句所指之"味",而以爱孤云之闲见自己之闲,爱和尚之静见自己之静,这就把闲静之味这样一种抽象的感情形象地显示了出来。诗人写自己爱"孤云"和"僧",正是因为对朝政失望故转而留恋山水和佛道。

第三句写诗人要去"江海"。诗人当时的职位十分清闲,难有作为。他不想年华虚度,因此主动请求外放。汉代制度,郡太守一车两幡,幡即旌麾之类,这句是说:由于在京城赋闲无聊,所以想手持旌麾,远去江海镇守一方,施展抱负。这一句是全诗的核心,点明诗人的博大胸怀,展示了自己的愿望,立志到吴兴施展自己的才华。

第四句,诗人说自己"望昭陵"。昭陵是唐太宗李世民的陵墓,诗人独望昭陵则是别有深意的。唐太宗是唐代,也是我国封建社会中杰出的皇帝,知人善任,唯贤是举。诗人登高远望昭陵,进而想到当前国家衰败的局势和自己娴静的处境,对自己生不逢时深感可悲可叹。

全诗采用了"托事于物"的兴体写法,称得上是一首"言在此而意在彼""言已尽而意有余"的名篇。诗句虽然只是以登乐游原起兴,畅谈超凡脱俗的雅趣,一个"闲",一个"静"恰如其分地抒发自己的情感。说到望昭陵,戛然而止,不再多写一字,但其对祖国的热爱、对盛世的追怀、对自己才能无所施展的悲愤,无不包括在内。这首诗写得既深刻,又简练,既沉郁,又含蓄,追怀往昔盛世,悲从中来,形成全诗沉郁含蓄,一咏三叹的艺术风格和别具一格的文风韵致,真所谓"称名也小,取类也大"。

寄扬州韩绰判官①

杜牧

青山隐隐水迢迢，秋尽江南草未凋。②
二十四桥明月夜，玉人何处教吹箫。③

释词

①韩绰：生平不详。判官：节度使、观察使下面的佐官。②迢迢：一作遥遥。草未凋：一作"草木凋"。③二十四桥：一说隋置，以城门坊市为名；一说因古有二十四美人吹箫于此故名。"玉人"句：意谓美人是否仍然在吹箫。玉人，美人。一解指扬州的歌女；一解为杜牧戏称韩绰为玉人。

译文

青山隐隐起伏着，江水不停地流向远方，虽然已经是深秋了，可是江南的草木都还未枯凋。扬州的二十四桥上月色格外娇娆，不知老友你在何处听取美人吹箫呢？

鉴赏

这首诗是杜牧离开扬州以后，在江南怀念昔日同僚韩绰判官而作。杜牧在韩绰死后作过《哭韩绰》诗，可见他与韩绰有深厚的友谊。

第一句是远镜头写景。扬州一带隐隐约约青翠的山峦，给人以迷离恍惚之感；江水东流悠长遥远，给人以流动轻快的感受。"隐

隐"和"迢迢"这两对叠字,不但描画出了山清水秀、绰约多姿的江南风貌,而且隐约暗示着诗人与友人之间山遥水长的空间距离,那悠扬的声调中仿佛还荡漾着诗人思念江南的似水柔情。

第二句是诗人的想象。此时的时令已过了深秋,诗人所在的江北早已是草木凋零,一派晚秋的萧条冷落景象。江南虽在秋天,但草木尚未完全凋零枯黄,还是青山绿水,风光依旧旖旎秀美。这两句是从山川物候来写扬州。

第三句写到了夜晚的二十四桥。在被明月照着的扬州名胜二十四桥上,景色如诗如画、如梦如幻,引人遐想。这样的月色、这样的夜色是多么浪漫而又令人眷念啊!

第四句写你处在东南形胜的扬州,当此深秋之际,在何处教玉人吹箫取乐呢?"玉人"既可借以形容美丽洁白的女子,又可比喻风流倜傥的才郎。从寄赠诗的做法及末句中的"教"字看来,此处玉人当指韩绰。诗人本是问候友人近况,却故意用玩笑的口吻调侃韩绰。不但韩绰风流倜傥的才貌依稀可见,两人亲昵深厚的友情得以重温,而且调笑之中还微微流露了诗人对自己经历和遭遇的感叹。诗人以调侃的语气问韩绰,实际上是对江南风光和与友人欢聚的无限向往。

这首诗从勾勒青山秀水,到借扬州二十四桥的典故与友人韩绰调侃,意境优美,清丽俊爽,情趣盎然。全诗寄情于"可言与不可言之间""可解与不可解之会",是这首诗成功的奥妙所在,故千百年来,传诵不衰。

金谷园①

杜牧

繁华事散逐香尘，流水无情草自春。②
日暮东风怨啼鸟，落花犹似堕楼人。③

 ·**释词**·

①金谷园：遗址在洛阳西北，为西晋富豪石崇所建，园极奢丽。②香尘：石崇为教家中舞伎步法，将沉香屑铺在象牙床上，使她们践踏，无迹者赐以珍珠。③堕楼人：指石崇爱妾绿珠，为石崇坠楼而死。

·**译文**·

繁华往事都已随沉香的烟尘而飘荡无存，流水无情，野草却年年以碧绿迎春。啼鸟悲鸣，傍晚随着东风声声传来，落花纷纷恰似那坠楼的美人绿珠。

·**鉴赏**·

这是一首写景抒情的诗。写诗人经过西晋富豪石崇的金谷园遗址而兴吊古情思。金谷园故址在今河南洛阳西北，是西晋富豪石崇的别墅，繁荣华丽，极一时之盛。唐时园已荒废，成为供人凭吊的古迹。据《晋书·石崇传》记载，石崇有妓曰绿珠，美而艳。孙秀使人求之，不得，矫诏收崇。崇正宴于楼上，谓绿珠曰："我今为尔得罪。"绿珠泣曰："当效死于君前。"因自投于楼下而死。杜牧过

金谷园，即景生情，写下了这首吊古之作。

第一句写金谷园昔日的繁华已消逝。"香尘"细微飘忽，去之迅速而无影无踪，写出了当年的奢靡生活。金谷园的繁华、石崇的豪富、绿珠的香消玉殒，亦如香尘飘去，如过眼云烟，这一句蕴藏了诗人的无限感慨。

第二句写人事虽非，风景不变。"水"指东南流经金谷园的金水。不管人世间如何沧桑变化，流水照样潺湲，春草依然碧绿，它们对人事的种种变迁似乎毫无感触。这是写景，更是写情，尤其是"草自春"的"自"字，与杜甫《蜀相》中"映阶碧草自春色"的"自"字用法相似。

第三句即景生情，啼鸟声声似在哀怨。傍晚，正当诗人对着流水和春草遐想的时候，忽然东风送来鸟儿的叫声。春日鸟鸣，本是令人心旷神怡的赏心乐事，但是此时——红日西斜，夜色降临，此地——荒芜的名园，再加上傍晚时分略带凉意的春风，在沉溺于吊古之情的诗人耳中，鸟鸣就显得凄哀悲切、如怨如诉。日暮、东风、啼鸟，本是春天的一般景象，着一"怨"字，就蒙上了一层凄凉感伤的色彩。此时此刻，一片片惹人感伤的落花又映入诗人的眼帘。

第四句写诗人看到落花满地，想起当年坠楼自尽的石崇爱妾绿珠，寄寓了无限情思。一个"犹"字渗透着诗人多少追念、怜惜之情！绿珠作为权贵们的玩物，她为石崇而死是毫无价值的，但她不能自主的命运不是同落花一样令人可怜吗？诗人的这一联想，不仅是"堕楼"与"落花"外观上有可比之处，而且揭示了绿珠这个人和"花"在命运上也有相通之处，比喻贴切自然，意味隽永。

全诗句句写景，层层深入，景中寓情，写景意味隽永，抒情凄切哀婉，四句连贯而下，浑然一体。

泊秦淮①

杜牧

烟笼寒水月笼沙，夜泊秦淮近酒家。②
商女不知亡国恨，隔江犹唱《后庭花》。③

释词

①秦淮：秦淮河，长江下游支流，上游有二源，在江宁西北村汇合，过上方门入南京市区，至通济门分为二支，一支绕城西南侧向北流，一支入城在城南西东穿行，至水西门外合流北上，到三汊河注入长江。明清两代，秦淮河的一侧妓院鳞次栉比，名妓辈出；河对岸则是孔庙、贡院（考举人的地方），虽给才子佳人提供了方便，但孔庙对面就是妓院，实则是莫大讽刺。因传秦时凿钟山以疏淮水，故名。②烟：指像烟一样的雾气。这句运用的是"互文见义"的写法：烟雾、月色笼罩着水和沙。③商女：歌女。刘禹锡诗"扬州市里商人女"，即在秦淮商人舟中之扬州歌女。不知：不能理解，不懂。亡国恨：国家灭亡的悔恨或遗恨。江：这里指秦淮河。长江以南，无论水的大小，口语都称为江。《后庭花》：即《吴声歌曲》之《玉树后庭花》，南朝陈后主所作新歌，内有"玉树后庭花，花开不复久"之语，后人说它是亡国之音。

译文

烟雾弥漫着江水，月光笼罩着白沙，小船在夜晚停靠于秦淮岸边的酒家。歌女为人作乐，不懂国家灭亡的悔恨，仍然在岸那边唱着《后庭花》。

487

　　此诗是一首写羁旅之情的诗。诗人赴扬州刺史任上，路过六朝古都建康，京都虽不在此，而秦淮河两岸纸醉金迷的繁华景象却胜过京都。

　　第一句用了两个"笼"字，烟、水、月、沙均因两个"笼"字融会贯通，描绘出一幅雅致的水边夜景图，创设出一种柔媚静寂而又清漪微浮，笔墨轻淡而又朦胧冷谧的气氛。"水""月"与次句"夜泊秦淮"紧密联系，十分自然。

　　第二句写"夜泊秦淮"而"近酒家"，说明时间、地点，且照应诗题。因为"近酒家"才引出了"商女""亡国恨"和《后庭花》，才触动了诗人的情思。此句承上启下，统领全章，构思精细不落俗套。

　　第三句写酒家的商女。"商女"本为侍候他人的歌女，全凭听者情趣而定所唱曲目，可见诗人第三句乃为一种曲笔，是说"不知亡国恨"的其实是在座的把玩者——贵族官绅们，因为商女所唱歌曲正是由他们决定的。

　　第四句写商女隔着江水唱《后庭花》。"隔江"二字承上"亡国恨"，指当年隋兵陈师江北，一江之隔的南朝小朝廷危在旦夕，而陈后主依然沉湎声色。"犹唱"二字，微妙而自然地把历史、现实和想象串成一线，意味深长。《后庭花》据传是陈后主制作的亡国之乐《玉树后庭花》，这首歌早就随着陈后主寿终正寝了，然而现今却又有人在这颓世之际，不以国事为重，反用亡国之乐来寻乐找趣。这委婉轻盈的曲调不仅显现出风趣的讽刺，更表达了较为清醒的封建知识分子对国事的隐忧，同时反映了官僚贵族声色歌舞、纸醉金迷的生活，而这正是衰败的晚唐现实生活中两个不同侧面的写照。

　　这首诗是千古名篇，情景交融，朦胧的景色与诗人心中淡淡的哀愁非常和谐。诗人从亡国之音而产生感慨，表达出辛辣的讽刺和深沉的悲痛，也表现了对国家命运的无比关怀和深切忧虑。

遣怀①

杜牧

落魄江湖载酒行，楚腰纤细掌中轻。②
十年一觉扬州梦，赢得青楼薄幸名。③

·**释词**·

①遣怀：犹遣兴。②落魄：放浪不羁。楚腰：传说楚灵王好细腰美女。诗中指细腰的江南女子。掌中轻：相传汉赵飞燕体轻，能为掌上舞。诗中指扬州妓女。③十年：一作"三年"。一觉：指醒悟。青楼：旧指精丽的楼房，也指妓女居处。薄幸：薄情，负心。

·**译文**·

漂泊江湖生活潦倒，常常放浪形骸携酒而行于五湖，欣赏那细腰楚女的轻盈舞姿。十年扬州不堪回首，竟是一场春梦，流连青楼却只落得薄情郎的声名。

·**鉴赏**·

这首诗是诗人追忆扬州岁月所作。诗人于文宗大和七年至九年（公元833—835年）在淮南节度使牛僧孺幕府任职，居住在扬州。当时他三十岁出头，与青楼女子多有来往，诗酒风流，放浪形骸，故日后追忆，发一事无成之叹。这是诗人感慨人生，自伤怀才不遇

之作。

第一、二句是对昔日扬州生活的回忆：潦倒江湖，以酒为伴；秦楼楚馆，美女娇娘，过着放浪形骸的浪漫生活。这两句借"楚王好细腰"和"赵飞燕体轻能为掌上舞"两个典故，从字面看都是夸赞扬州妓女之美，但仔细品味"落魄"两字，可以看出，诗人很不满于自己委身幕府、寄人篱下的境遇，因而他追忆昔日放荡生涯时，并没有惬意的感觉。

第三句写诗人留恋美色太久。十年纸醉金迷的生活现如今才省悟。这是发自诗人内心的慨叹，好像很突兀，实则和上面两句诗意是连贯的。"十年"和"一觉"在一句中相对，给人以"很久"与"极快"的鲜明对比感，愈加显示出诗人感慨情绪之深。而这感慨又完全归结在"扬州梦"的"梦"字上：往日的放浪形骸，沉湎酒色；表面上的繁华热闹，骨子里烦闷抑郁，是痛苦的回忆，又有醒悟后的感伤。这就是诗人所"遣"之"怀"。匆匆十年过去，扬州往事不过是一场梦而已。

第四句写诗人觉醒后的感伤。诗人一生名声丧失殆尽，最后竟连自己曾经迷恋的青楼也责怪自己薄情负心。"赢得"二字，调侃之中含有辛酸、自嘲和悔恨的感情，更是对"扬州梦"的进一步否定，这里写得貌似轻松而又诙谐，实际上诗人的精神是很抑郁的。十年，在人的一生中不能算短暂，自己却一事无成，丝毫没有留下什么。这是诗人带着苦痛吐露出来的诗句，自嘲自责，抑郁诙谐。

这首诗从追忆的方法入手，前两句叙事，后两句抒情。诗人的"扬州梦"生活，与他政治上不得志有关。因此这首诗大有前尘恍惚如梦，不堪回首之意，表面上是诗人抒发自己对往昔扬州幕僚生活的追忆与感慨，实际上是发泄自己对现实的满腹牢骚和对自己处境的不满。

李商隐

【作者简介】

　　李商隐（公元813—858年），字义山，号玉谿（xī）生，祖籍怀州河内（今河南沁阳），生于河南荥阳（今郑州荥阳）。开成进士，曾任县尉、秘书郎和东川节度使判官等职。因处于牛李党争的夹缝之中，被人排挤，一生不得志，潦倒终身。其诗构思新奇，风格浓丽，尤其是一些爱情诗写得缠绵悱恻，为人传诵。他所作咏史诗多托古以讽，用典太多，过于隐晦迷离，难于索解。杜牧与他齐名，两人并称"小李杜"，与李贺、李白合称"三李"。有《李义山诗集》。

锦瑟

李商隐

锦瑟无端五十弦，一弦一柱思华年。①
庄生晓梦迷蝴蝶，望帝春心托杜鹃。②
沧海月明珠有泪，蓝田日暖玉生烟。③
此情可待成追忆，只是当时已惘然。④

释词

①瑟：古乐器。古瑟五十弦，唐代的瑟一般二十五弦。用花纹雕饰者称为锦瑟。柱：瑟上扣弦的支柱。华年：美好的青春年华。②庄生：庄周。《庄子·齐物论》："庄周梦为蝴蝶，栩栩然蝴蝶也。……不知周之梦为蝴蝶欤？蝴蝶之梦为周欤？"望帝：《华阳国志》载，传说中周朝末年蜀地的君主，名杜宇，号望帝，后禅让退位，不幸国亡身死，死后灵魂化为杜鹃鸟，春天夜啼达旦，口中出血。历代用作悲冤的典故。③月明珠有泪：晋张华《博物志》："南海外有鲛人，水居如鱼，不废绩织，其眼泣则能出珠。"蓝田：蓝田山，在今陕西省蓝田县东南，产美玉。玉生烟：古人认为美玉在阳光的照耀下，会升腾起一种晶莹之气。④惘然：迷惘，不知所措。

译文

锦瑟没有来由的有五十条弦，它的每一弦每一柱都会让我想起那美好的青春年华。我像庄周梦蝶一样梦到了你，又像望帝一样化作杜鹃。沧海之上的月光很明亮，鲛人泣泪都变成了珍珠；蓝田太阳和暖，可以看到良玉生烟。这种悲欢离合之情没有想到会等到今日来追忆，只是当年漫不经心，早已惘然。

鉴赏

这首诗是李商隐的代表作，但是自宋元以来一直莫衷一是。有人认为是悼亡之作，有人认为是爱国之篇，还有人认为是自比文才之论。但认为是悼亡之作的最多。这就是如今所说的朦胧诗。

首联写诗人因看到锦瑟而想到伤心往事。锦瑟没有来由的有五十条弦，"无端"意为没有来由，此处诗人想要强调的不是锦瑟有多少条弦，而是用带有埋怨又有些质问的口气诉说心中的哀愁。锦瑟中有关于过去的回忆，有自己感情的寄托，以至于它的每一条弦都能勾起诗人对过去美好年华的追忆，足见往事在诗人心中的分量，久久挥之不去。这两句起意明确，紧承下文。

领联化用典故表明心意。"庄生晓梦迷蝴蝶"是《庄子·齐物论》里的一则寓言典故："庄周梦为蝴蝶，栩栩然蝴蝶也；自喻适志欤！不知周也。俄然觉，则蘧蘧然周也。不知周之梦为蝴蝶欤？蝴蝶之梦为周欤？"这里包含着美好的情境，但同时又是虚无缥缈的梦境，诗人在此引庄周梦蝶的故事，是想表明人生如梦、往事如烟的迷惘与惆怅。"望帝春心托杜鹃"是来自《华阳国志·蜀志》的记载：传说蜀国的杜宇帝因为水灾而让位于自己的臣子，自己归隐山林，国亡身死后化为杜鹃，日夜悲鸣直到嘴角都啼出血来。一个"托"字，把诗人的心思全都表露了出来。

颈联写鲛人泣泪、良玉生烟的美好意境。"沧海月明珠有泪"，浩瀚的沧海之上，月光很皎洁，鲛人泣泪都变成了珍珠。这句塑造了一种空旷、明净、辽远的意境，给人一种清冷寂寥的感觉。"蓝田日暖玉生烟"，在和煦而又温暖的阳光的照耀下，能够看到蓝田的美玉生出的烟霭。这是一种温馨和暖的意境，给人一种缥缈但又不失美好的感觉。在诗人所构造的美好而不带一点儿尘埃的意境当中，我们可以体会到诗人把曾经的那份感情看得非常高洁神圣，不可亵渎。

尾联写出了诗人无限的惆怅和迷惘。最后诗人从美好的意境中抽离，回到现实中来，"此情可待成追忆"中的"此情"二字与首联"一弦一柱思华年"中的"华年"相互照应。从中间的叙述中我们体会到了"此情"中包含了梦、血、泪、迷惘等太多东西，而在"只是当时已惘然"一句中，我们仿佛可以体会到诗人对于过去有着无限的感伤和遗憾，读来不禁让人有一种怅然若失的感觉。

这首诗中诗人借用庄生梦蝶、杜鹃啼血、沧海珠泪、良玉生烟

等典故，采用比兴手法，运用联想与想象，营造出朦胧而又美好的意境。全诗感情细腻婉转，语言清丽典雅，对仗工整，蕴藉深厚。

蝉

李商隐

本以高难饱，徒劳恨费声。①
五更疏欲断，一树碧无情。②
薄宦梗犹泛，故园芜已平。③
烦君最相警，我亦举家清。

·释词·

①"本以"两句：古人误以为蝉是餐风饮露的。这里是指既欲栖高处，自难以饱腹，虽带恨声，实也徒然。②"一树"句：意谓蝉虽哀鸣，树却自呈苍润，像是无情相待。③薄宦：官卑职微。梗犹泛：指还在四处漂泊，有自伤沦落意。《说苑》："土偶（泥人）谓桃梗（桃木人）曰：'子东园之桃也。刻子为梗，遇天大雨，水潦并至，必浮子泛泛乎不知所止。'"梗，树枝。泛，漂泊。芜已平：荒芜到了没胫的地步。指野草都已连成片了。陶渊明《归去来兮辞》："田园将芜胡不归。"芜，荒芜。

·译文·

蝉栖身在高树上，本来就很难饱腹，又何必哀婉地发出恨怨的声音。蝉的鸣声到五更时已经稀疏得几近断绝了，可是大树依然苍翠，没有丝毫的同情。我官职卑微，像桃木偶那样四处漂泊不定，故乡的田园却已荒芜，杂草没胫。劳烦你给我敲响警钟，我家人的生活也和你一样清寒。

在动荡的晚唐时代，诗人遭遇坎坷，四处漂泊流浪，居无定所。此诗通过咏蝉来倾诉自己的身世与不幸遭遇，寄寓了诗人诸多的人生感慨，表现出诗人的失意与苍凉。

首联写蝉鸣虽带恨声也是徒然，闻蝉鸣而起兴。"高"字表面上指蝉栖身高树，实际上是暗指诗人自己清高。蝉在高树上餐风饮露，所以"难饱"，即使是蝉鸣之中带着恨声也是徒劳，这与诗人的身世与经历感受暗暗相合。诗人用蝉自喻，借此表明了自己高洁的生活态度，同时也透露出一丝无奈。

颔联写蝉鸣欲断但碧树无情。蝉的鸣叫声到五更时已经稀疏得几乎要断绝了，可是大树依然苍翠，充满生机，没有丝毫的同情之意。树本来就是没有感情的植物，此处诗人却说树无情，不难看出无情是诗人自己的主观感受，无情的不是树，诗人是以树比人，怨艾人情的冷暖。实质上这也表明了诗人在自我激励，告诉自己不要对他人的帮助寄予太大的希望。

颈联写自己的平生经历。"我"只是个小官，官职卑微，而且此时还在四处漂泊流浪，可是故乡的田园已经荒芜，荒草都连成一片了。"故园芜已平"是从陶渊明的《归去来兮辞》的"田园将芜胡不归"化用而来。陶渊明在官场失意，想到自家的田地已经荒芜了，便辞官归隐。此时的诗人也正仕途不顺，现实生活不如意，表现出了他对现实的失望，并且起了归隐之意。

尾联写由于蝉的警告，诗人才想到他的家人还过着清贫的生活。此处的蝉已不再是主体象征物，蝉的叫声引起了诗人的共鸣，令诗人想到了自己生活的不如意，这使诗人感到有些厌烦，但同时蝉声

又在提醒他，让他意识到他的家人还过着清苦的生活，和首句"高难饱"相呼应。这里对蝉描写的变化也表现了诗人感情上的复杂变化，体现了诗人高超的艺术功力。

李商隐是唐代咏物诗的大家，他的咏物诗多通过咏物来寄托自己的情怀。咏物诗贵在"体物为妙，功在密附"。诗人通过咏蝉来诉说平生的经历与自己内心的深刻感受，非常贴切。全诗首尾圆合，物我合一，表现角度多元，实属咏物诗中的佳作。这首咏蝉诗，"传神空际，超超玄著"，被朱彝尊誉为"咏物最上乘"。

风雨

李商隐

凄凉《宝剑篇》，羁泊欲穷年。①
黄叶仍风雨，青楼自管弦。②
新知遭薄俗，旧好隔良缘。③
心断新丰酒，销愁斗几千？④

释词

①《宝剑篇》：初唐名将郭震所作，借宝剑埋尘喻才士沦落飘零，抒发抑郁不平之气。郭震少有大志，武则天闻其名，征见，令录旧文，震献《宝剑篇》，得以升擢。羁泊：羁旅漂泊。②仍：更。青楼：指富家高楼。③遭薄俗：遇上浅薄蠢陋的世俗。隔良缘：隔绝良好的机缘，即无缘再见。④心断：犹绝望。新丰酒：典出《新唐书·马周传》：马周游长安，宿新丰旅店，遭店主慢待，便独酌自若。后马周得唐太宗赏识，授监察御史。后来人们以"新丰酒"为

先穷后达的典故。此句是说，自己再不会有马周那样的幸遇了。斗几千：一作"又几千"。

· 译文 ·

我读了《宝剑篇》后觉得心里凄楚悲凉，羁旅漂泊的日子眼看一年了。黄叶已经飘落，却还要受到风雨的摧残，青楼里的豪门公子正享受着轻歌曼舞、急管繁弦。新交的朋友遭到浅薄世俗的诋毁，旧日的知交也无缘再见。我不期望喝新丰酒能有新际遇，为了消愁又何必在意酒钱几千？

· 鉴赏 ·

这是诗人自伤身世、感叹自己无所建树所作的诗，慨叹沦落异乡，怀才不遇之情。这首诗大约作于大中十一年（公元857年）游江东时。诗作以"风雨"为题，全诗意境悲凉，充溢着风雨飘摇之感，意味深长，抒发了诗人凄凉孤苦的心境。

首联写出了诗人的理想抱负与现实之间的矛盾。《宝剑篇》是唐代名将郭震（字元振）落魄未遇时所作，诗篇表现出积极的用世热情。诗人在这里借用这个典故，是想表明他也像郭元振那样有宏大的抱负，但是却没有他那样的际遇，只能将自己的抱负和羁旅漂泊的凄凉寄托在诗歌当中。

颔联进一步描写漂泊异乡的凄楚的人生感受。诗人首先用风雨中飘零满地的黄叶象征自己的身世遭遇，黄叶本来就已经凋零，如今又加上风雨摧残，这种凄清的景象更令人触目神伤。而此时的诗人正像这黄叶一样，自己本已身世飘零，却还要受到风雨的打击。与下句的"青楼自管弦"形成鲜明的对比。其中"仍""自"二字极富意味。"自"写出了青楼豪贵自顾享乐，无视人间忧苦的情况。诗人的愤懑不平也借此表达了出来。

颈联写到了诗人对新知旧友的忆念。新交的朋友遭到浅薄世俗的诋毁，旧日的知交也因层层阻隔而无缘见面。此时诗人独自漂泊异乡，新知旧友都不在自己身边，独自一人孤立无援。"遭""隔"二字写出了诗人孑然孤立的处境，表现了诗人在现实生活中的孤立无援，同时也蕴含着诗人对"浅薄世俗"的强烈不满。

尾联写诗人借酒消愁。此时的诗人时运不济，羁旅异乡，只能用酒来温暖那颗在风雨中飘摇的凄凉的心。"新丰酒"同样暗含着一个典故：唐初马周不得志时在新丰旅店受到冷遇，后来却得到皇帝的赏识，拔居高位。诗人想到自己只有当时马周的落魄和不得志，却没有他的幸遇，无人赏识，只能借新丰酒来消愁，即使酒价昂贵，也不惜沽饮几杯。

这是诗人自伤沦落漂泊、无所建树的诗，是一曲慷慨不平的悲歌。诗人对自己身世与心境的描写，两次用典，恰到好处。诗歌以"风雨"为题，开头凄凉之感便奠定了全诗的基调。全诗意境悲凉，抒发了诗人漂泊异乡的凄凉孤苦的心境。

落花

李商隐

高阁客竟去，小园花乱飞。
参差连曲陌，迢递送斜晖。①
肠断未忍扫，眼穿仍欲归。②
芳心向春尽，所得是沾衣。③

①参差（cēn cī）：高低不齐，花瓣乱飞。形容花影错落迷离。曲陌：弯曲的小路。迢递：遥远的样子。②"眼穿"句：望眼欲穿盼来了春天，可春天仍要归去。③芳心：指花，也指看花人的惜花之心。沾衣：泪水沾湿衣衫。

译文

高阁上的客人们终于都散去了，小园里的落花随风漫天飞舞。落花错落迷离，与弯曲的小路相连接，远远望去落花在斜阳的余晖里飘得很远。我肝肠欲断不忍心把落花扫去，望眼欲穿盼来了春天，可春天却又匆匆归去。赏花惜花的心意也随着春天的归去而消失，春尽花谢，只留下我的泪湿衣衫。

鉴赏

这首诗写于会昌六年（公元846年），诗人正闲居永乐。当时，李商隐正陷入牛李党争之中，境况不佳，心情郁闷，所以本诗流露出了诗人的幽恨怨愤之情。这是一首咏落花的诗，诗人借落花来寄寓自己的身世与情感。

首联写高阁宾客散去，小园落花飞舞的景象。这两句直接点出落花，上句叙事，下句写景。落花虽然早就有，宾客却浑然不觉，等到人去楼空，一切归于寂静，诗人的孤寂惆怅之情才涌上心头。诗人注意到满园纷纷飘落的花瓣，心生同病相怜的情思，用语巧妙，将落花与自己的心情同写，含蓄蕴藉，耐人寻味。

颔联写落花与曲折的小路相连接、在斜阳里飞舞的情景，与上一句的"乱飞"意相承接。落花错落迷离，与弯曲的小路相连接，远远望去在斜阳的余晖里飞舞。从空间和时间的角度来写落花的具

体情状。第一句从空间的角度着眼，写落花错落迷离与弯曲的小路相连接。第二句从时间的角度写落花在斜阳的余晖里飘飞。"斜晖"一词将整个画面置于沉重黯淡的色调中，显示出诗人内心的伤感与悲哀。

颈联写诗人不忍扫落花但又无计留住春天的伤感。肝肠寸断也不肯将落花扫去，"肠断未忍扫"所表达的并不是一般的惜花之情，而是一个断肠之人恰逢落花的伤感之情。诗人望眼欲穿地盼来了春天，可春天却又要匆匆离去，写出了诗人面对落花的痴情与执着。这两句直接抒发了诗人内心的情感，希望花不再落，春不再走。

尾联写诗人因惜花而落泪。花朵倾其一生装点了春天，最后却只落得个凋残的结局。诗人平生胸怀壮志，却屡遭挫折，最后落得个悲苦失望、泪湿衣衫的境况。这一联抒发了诗人的无尽凄凉与无限感慨，语意双关，意味深长。

隋宫

李商隐

紫泉宫殿锁烟霞，欲取芜城作帝家。①
玉玺不缘归日角，锦帆应是到天涯。②
于今腐草无萤火，终古垂杨有暮鸦。③
地下若逢陈后主，岂宜重问《后庭花》！④

释词

①紫泉：即紫渊，因唐高祖名李渊，为避讳而改。司马相如《上林赋》描写皇帝的上林苑"丹水更其南""紫渊径其北"。这里用紫泉宫殿代指隋朝京都长安的宫殿。锁烟霞：空中烟云缭绕，比喻冷清。芜城：即江都（今扬州）。②玉玺：皇帝的玉印。日角：指人的额骨突出饱满，如日的样子。古人迷信骨相之术，认为人一生的贵贱存乎骨相。诗中以"日角"称李渊。锦帆：指隋炀帝的龙舟，其帆皆锦制，所过之处，香闻十里。《开河记》中有详细记载。天涯：这里指天下。③腐草无萤火：萤火虫在水边草根处产卵，化蛹，次年春后化为萤。古人以为萤火虫是腐草变化出来的。《隋书·炀帝纪》："大业十二年，上于景华宫征求萤火，得数斛，夜出游山放之，光遍岩谷。"这句采取夸张的手法，说隋炀帝已经把萤火虫搜光了。垂杨：《开河记》："诏民间有柳一株赏一缣，百姓争献之。又令亲种，帝自种一株，群臣次第种栽毕，帝御笔写赐垂杨柳姓杨，曰杨柳也。"这句说隋亡后，隋堤上只有杨柳依旧，暮鸦哀鸣。④"地下"两句：陈后主（陈叔宝）为陈朝国君，为隋所灭。据《隋遗录》，隋炀帝在扬州时，恍惚间曾梦见陈后主与其宠妃张丽华。后主即以酒相进，隋炀帝因请张丽华舞《玉树后庭花》，后主便趁此讥讽隋炀帝贪图享乐。《玉树后庭花》是乐府《吴声歌曲》名，陈后主所作新歌，后人看作亡国之音。

译文

长安的隋宫被迷蒙的烟霞锁闭，想要把扬州作为帝业的根基。如果不是因为玉玺落到了唐高祖手中，隋炀帝的锦帆龙舟应该会行到天边。如今的腐草中早就没有了萤火虫，隋堤上的杨柳现在也只剩下了暮鸦。如果地下遇见了陈后主，难道能再赏那亡国之音《后庭花》！

这首诗是诗人游历江淮时，目睹南朝和隋宫的故址有感而作，对隋炀帝的荒淫腐朽、劳民伤财，最终亡国的行为大加讽刺。

首联写长安城中帝王宫殿巍峨壮丽的景象。"紫泉宫殿锁烟霞，欲取芜城作帝家"点题。诗人在此处用"紫泉宫"代指长安，用"芜城"别名取代了人们耳熟能详的江都，给人一种非常鲜明的对立的联想。醒目的紫色在唐代的官阶制度中是一品到三品官服的颜色，所以这里的紫色体现了一种华贵的政治色彩。这里用"紫泉宫"代指长安，使得京畿之地变得具体化了，"锁烟霞"为这块京畿之地增添了一层迷蒙的色彩，与之相映衬。

颔联从反面写隋炀帝的荒淫无度。"玉玺"是皇帝专用的玉印，被视为政权的象征。"归日角"表明了皇帝的玉印，也即政权落到了李渊的手里。在这里，诗人用假设口吻写道：若不是由于皇帝的玉印落到了李渊的手中，杨广的锦帆大概会一直行到天边去。《开河记》中记载："帝自洛阳迁驾大梁，诏江淮诸舟大船五百只，龙舟既成，泛江沿淮而下，时舳舻相继，连接千里，自大梁至淮口，连绵不绝，锦帆过处，香闻百里。"极言隋炀帝杨广的荒淫无度。

颈联写杨广放萤、栽柳的故事。"于今腐草无萤火，终古垂杨有暮鸦"这两句当中包含着杨广两个故事。《隋书·炀帝纪》所载："大业十二年五月，上于景华宫征求萤火，得数斛，夜出游山，放之，光偏岩谷。"在这里诗人是在讽刺隋炀帝的作恶多端和肆意践踏祖国的大好河山。此外，《隋书·食货志》中记载："炀帝开渠，引谷、洛水，自苑西入，而东注于洛。又自板渚引河，达于淮海，谓之御河。河畔筑御道，树以柳。"昔日隋炀帝倾全民之力种了一千三百里的杨柳，如今在这杨柳荫中只能听到乌鸦的聒噪声。此句在今昔对比中，渲染了亡国后的凄凉景象。

尾联想象隋炀帝和陈后主相遇时的场景。据《隋遗录》记载，隋炀帝曾夜梦陈后主及其宠妃张丽华，后主以酒相进，隋炀帝请张丽华舞了一曲《玉树后庭花》，后主便趁此讥讽隋炀帝贪图享乐。《玉树后庭花》是乐府《吴声歌曲》名，陈后主所作，后人看作是亡国之音。诗人用杨广和陈后主梦中相遇的故事，以假设的语气，把批判荒淫亡国的主题深刻地揭示了出来。最后一句"岂宜重问《后庭花》！"问而不答，余味无穷。

这首诗以隋朝灭亡为训，对隋炀帝的荒淫无度、劳民伤财大加讽刺。全诗主要描写了隋炀帝寻欢作乐，昏庸奢侈，最终像陈后主一样亡国的事情。诗人讽古喻今，以此来告诫晚唐荒淫腐朽的统治者。

无题四首 (其一)

李商隐

来是空言去绝踪，月斜楼上五更钟。
梦为远别啼难唤，书被催成墨未浓。
蜡照半笼金翡翠，麝熏微度绣芙蓉。[①]
刘郎已恨蓬山远，更隔蓬山一万重。[②]

释词

①半笼：半映，指烛光隐约。金翡翠：锦被上用金丝线绣翡翠双鸟。《长恨歌》："翡翠衾寒谁与共。"麝：本指动物名，即香獐，其体内的分泌物可做香料。这里即指香气。度：透过。绣芙蓉：指绣芙蓉花的帐子。②刘郎：相传东汉时刘晨、阮肇一同入山采药，

遇二女子，邀至家，留半年乃还乡。后以此典喻"艳遇"。蓬山：蓬莱山，指仙境。

你说要来相会，其实是空话，自从上次分别之后就再也没见过你的踪影；我在楼上一直等待，直到月上西楼，五更的钟声响起。因在梦里梦见远别而痛哭不已，醒来之后立刻提笔写信，由于心情急切，墨还没有研浓就写成了。烛光笼罩着半边绣有金翡翠的被褥，绣有芙蓉花的帷帐还留有麝香熏过的香气。刘郎因为不能复还仙境，早已怨恨那蓬山遥远；你现在所在的地方，比那蓬山还要远隔万重。

这是晚唐诗人李商隐所作的一首七言律诗，是《无题》四首的第一首，这首诗抒发了诗人对远方情人的思念之情。

首联写诗人等待他人赴约的场景。"来是空言去绝踪"，说要来相会却是句空话，自从上次分别后你就没有了踪影。起句看起来有些突兀，一"来"一"去"写出了诗人从期待到期待落空的心理变化，同时也有一些怨气在里面。即使期待一再落空，有怨气，但还是会在楼上苦苦等待，直到月上西楼，五更钟响，不难体会出诗人等待他人赴约时的惆怅与焦灼之情。

颔联写因梦中远别，醒来之后立刻修书远寄。由于长时间等不到，便有了夜来入梦的场景。在梦中虽有短暂的相会，但最终还是免不了要分别，又引起了难以抑制的梦啼。在梦中因为分别而啼哭，正是由现实中的长期分别引发的，强化了相思之苦。梦醒之后立刻提笔写信，由于心情急切，连墨还没研浓就写成了，可见相思之深。

颈联写梦醒之后所看到的景象。书信写完之后，看到蜡烛的余光照亮了半边用金线绣成翡翠鸟图案的被子，绣有芙蓉花的帷帐上还依稀飘浮着麝香熏过的幽香。这是对室内环境的描绘，刚刚消失的梦境与笼罩在朦胧光影中的室内景象混为一体，很难分清是梦境还是现实。此外，在诗人的描绘中，我们可以看出生活还算富丽豪华，但也更能反映出他心绪的孤寂。"金翡翠"和"绣芙蓉"在古代诗词中都是爱情的象征，诗人想要传达的感情不言而喻。

尾联用神话故事表明不能与恋人相见的惆怅。一旦从梦中清醒过来，面对着空房，思念之情又不免从心底泛起。刘郎指东汉时的刘晨，传说刘晨和阮肇于永平中同入天台山采药，遇见两位仙女，成为眷属，居留半年。回家之后，子孙已历七世，重返仙境，已不可复至。诗人借刘晨重寻仙侣不遇的故事来喻指与恋人不能相见，表现了诗人凄凉孤寂的心绪。

全诗围绕"梦"来写离愁别恨，但不是通篇写"梦"，而是先从梦醒时的情景写起，然后将梦中与梦外、梦境与现实一起写，给人一种亦梦亦真的虚幻之感，表现出思念者孤寂的心绪。

无题四首 (其二)

李商隐

飒飒东风细雨来，芙蓉塘外有轻雷。
金蟾啮锁烧香入，玉虎牵丝汲井回。①
贾氏窥帘韩掾少，宓妃留枕魏王才。②
春心莫共花争发，一寸相思一寸灰。

 释词

①金蟾：旧注说是"蟾善闭气，古人用以饰锁"。金蟾，锁的美称。玉虎：井上的辘轳。丝：井索。②"贾氏"句：掾，僚属。少，年轻。晋韩寿貌美，司空贾充招为掾，贾女于窗格中见韩寿而悦之，遂通情。贾女又以晋帝赐贾充之西域异香赠寿，故有"韩寿偷香"之说。宓（fú）妃：指洛神，传说为伏羲之女。留枕：这里指幽会。魏王：曹植封东阿王，后改陈王。曹植曾作《洛神赋》，赋中叙述他和洛河女神宓妃相遇之事。才：才华。谢灵运称天下之才共一石，曹植独得八斗，自己得斗半，天下人共得半斗。

 译文

蒙蒙细雨随着飒飒的东风飘洒下来，芙蓉塘外传来了阵阵轻雷。任凭金蟾锁把门锁上，香烟还是从门缝中飘进来；不论井下清水有多深，形状像玉虎的辘轳也能将它汲上来。贾女从帘缝窥见韩寿，是爱他年轻貌美；魏王梦见甄氏留枕，于是赋诗将其比作宓妃。我的心已经不再与春天的花朵争相萌发，以免使我的相思把一切都烧成灰烬。

鉴赏

李商隐写得好的爱情诗几乎写的都是失意的爱情，诗人也常将自己的一些身世之感融入到这种失意的爱情当中。这首无题诗写的便是一位深锁幽闺的女子追求爱情幻灭的绝望之情。

首联写东风带来了细雨和春雷。蒙蒙细雨随着飒飒东风飘洒而来，芙蓉塘外传来了阵阵的轻雷声。此处的环境描写，既传达出充满生机的春天的气息，同时又带有一些暗淡的色彩，表现了女主人公的春心萌动和难以言说的惆怅。"东风细雨"容易使人想到"梦雨"的典故；而芙蓉塘，在南朝乐府和唐代人的诗作中，常代指男女相悦传情的地方；"轻雷"则又暗用司马相如《长门赋》中的"雷殷殷而响起兮，声象君之车音"。这一系列与爱情密切相关的词语，用得生动传神，给读者提供了丰富的想象空间。

颔联写女子独处的幽寂情景。金蟾锁锁上了门，香烟还是从门缝飘了进来，形状像玉虎的辘轳还是将深深的井水汲了上来。屋里屋外，所见到的只有金蟾锁、汲水的辘轳，这些没有生命并且死气沉沉的景物衬托出了女子独处的孤寂情景和深锁春光的惆怅。"金蟾"和"辘轳"在诗词中也常和男女的爱情联系在一起，在这里又是牵动女主人相思之情的东西。此外，这两句中的"香""丝"分别是"相""思"的谐音，用法非常巧妙。

颈联描写两个爱情故事。上句"贾氏窥帘韩掾少"描写的是贾充之女和韩寿的爱情故事。《世说新语》中记载：晋韩寿貌美，大臣贾充辟他为掾（僚属）。一次充女在帘后窥见韩寿，私相慕悦，遂私通。女以皇帝赐充之西域异香赠寿，为充所发觉，遂以女妻寿。下句"宓妃留枕魏王才"写的是甄后与曹植的爱情故事。《文选·洛神赋》李善注说：魏东阿王曹植曾求娶甄氏为妃，曹操却将她许给曹丕。甄后被谮死后，曹丕将她的遗物玉带金镂枕送给曹植。曹植离京归国途经洛水，梦见甄后对他说："我本托心君王，其心不遂。此枕是我在家时从嫁，前与五官中郎将（曹丕），今与君王。"此处引用这两个爱情故事，是想表现年轻女子追求爱情的强烈愿望。

尾联写对美好爱情的向往。诗人用"春心"指对爱情的向往，把"春心"与"花争发"联系起来，不仅赋予了"春心"以美好的形象，而且还显示了它的合理性。"相思"本是抽象的概念，诗人由香销成灰联想出"一寸相思一寸灰"，化抽象为具体，用强烈对照的手法显示了美好事物的毁灭，使全诗具有了一种动人心弦的悲剧美。

这是一首回忆前情的爱情诗，描写的是一位深锁幽闺的女子追

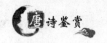

求爱情而不得的失望。全诗运用比喻、典故和对照的手法来抒发相
思成灰的爱情感慨，在这感慨当中，也寄寓了诗人仕途失意的坎坷
遭遇。

无题①

李商隐

相见时难别亦难，东风无力百花残。②
春蚕到死丝方尽，蜡炬成灰泪始干。③
晓镜但愁云鬓改，夜吟应觉月光寒。④
蓬山此去无多路，青鸟殷勤为探看。⑤

释词

①无题：诗以"无题"命名，是李商隐的创造。这类诗作并非
成于一时一地，多数描写爱情，其内容或因不便明言，或因难用一
个恰当的题目表现，所以用"无题"。②东风：春风。残：凋零。③
丝：与"思"是谐音字，有相思之意；"丝方尽"意思是说只有到
死的时候，思念才会结束。蜡炬：蜡烛。泪：指蜡烛燃烧时的烛油。
这里取双关义，也指恨别的眼泪。④云鬓：青年女子乌黑的鬓发，
代指青春年华。⑤蓬山：指海上仙山蓬莱山，传说中的海上仙山，
比喻被怀念者住的地方。青鸟：传说中西王母的使者，有意为情人
传递消息。殷勤：情深意厚。看（kān）：探望。此处指传递消息。

相见时不容易，分离时更难，春风不再吹了，（到了暮春时节，）百花凋残。春蚕直到死才把它的丝吐尽，蜡烛燃烧殆尽烛泪才流干。早上对着镜子梳妆，因为相思头发都变白了，夜晚吟诗作对时觉得月光都是寒冷的。这里距离蓬莱仙境也没有很远的路，那就劳烦青鸟为我传递消息吧。

鉴赏

这是诗人以"无题"为题目的许多诗歌中最有名的一首寄情诗。整首诗围绕"别亦难"展开，所抒发的感情真挚委婉，竭力表现离别之恨与相思之苦，意境新奇，诗味隽永。

首联写聚散两依依的离愁别绪。相见实属不易，分别就更难分难舍了。两个"难"字蕴含着不同的含义，第一个"难"字是写两人相聚不易，是在经过了百般思念之后才得以相见；第二个"难"字，写出离别时的难舍难分和离别之后双方又要经受相思之苦。"东风无力百花残"既是描写自然环境，也是抒情主人公心境的真实反映，寓情于景，情景交融。这种寓情于景的抒情方式在李商隐笔下是常见的，把感情赋予可以感知的具体的外在形态，将写实与象征融为一体。"东风"点明了时节，在群芳凋谢的暮春之际离别，更觉伤感、凄凉。

颔联中诗人以象征的手法写出自己的相思之情以及对爱情至死不悔的追求。"春蚕到死丝方尽"中的"丝"字与"思"谐音，也就是说，自己对于对方的思念，就像春蚕吐丝到死才能停止，用"蜡炬成灰泪始干"来比喻自己对爱情的执着追求。在这两句当中能够体会到诗人近乎绝望的悲伤与痛苦，也能体会到一种灼热的追求，表明了此刻诗人的心理状态很复杂。后来，这两句也经常用来比喻

人默默奉献、不求回报的大公无私的精神。

颈联写愁绪使青丝变成了白发。诗人的思绪开始从自己身上转移到被思念者的身上，想象着对方也应该和自己一样，为深深的思念愁绪所困扰。早上起来对镜梳妆，发现两鬓因为相思的折磨而变得斑白；下句"夜吟应觉月光寒"，夜晚吟诗作对都感觉月光是寒冷的，身冷心更冷，凄凉之感油然而生。此外，"应"字是揣测、料想的语气，表明了这一切都是诗人自己的想象。想象得如此生动贴切，可见诗人对对方的了解与感情的真挚。

尾联写诗人将自己的美好愿望寄托于青鸟。诗人一再诉说着自己的相思之苦，不免会萌生想要相见的念头。蓬莱山指传说中的海上仙山，这里指自己思念的人的住处；青鸟指传说中西王母的信使，可以为情人传递消息。诗人将自己美好的愿望寄托在结尾，既是安慰自己，同时也是在安慰对方，给彼此留下一点儿念想，同时也暗示着诗人的相思之苦还将继续下去。

就诗而论，这是一首表明两情至死不渝的爱情诗。全诗充满了痛苦失望但又执着缠绵的感情，每一联都是这种复杂的感情状态的反映，但是各联的具体意境又彼此有别，总的看来，便有一种跌宕起伏、极尽曲婉之妙。这首诗情真意切，连绵往复，颔联用象征的手法抒发自己的感情，成为千古传诵的佳句。

夜雨寄北①

李商隐

君问归期未有期，巴山夜雨涨秋池。②
何当共剪西窗烛，却话巴山夜雨时。

·

①诗题一作《夜雨寄内》。寄北：寄赠给住在北方的妻子。一说是友人。②君：你。指诗人的妻子王氏。一说是友人。巴山：在今四川省南江县，因其境内有大巴山、小巴山，故常用巴山代指巴渝地区。

 ·

你问我回家的日子，我尚未定下归期；今晚巴山下着大雨，秋季的雨水涨满了池塘。你我什么时候才能够（重新聚首）共同剪去西窗下的烛花，细细地互诉你我那痛苦的情思。

 ·

本诗写于唐宣宗大中二年（公元 848 年），当时诗人滞留巴蜀，妻子从家中寄来书信询问归期，诗人因此写下这首脍炙人口的诗作，寄给在北方的妻子（一说是友人），倾诉了思乡的情怀。

第一句写诗人尚未定下回归的日期。这句似乎只是平常地在回答远方的询问，细细品味之下，不难体会出故乡亲人的殷切期盼，以及诗人自己羁旅异乡的无可奈何和归期未定的抑郁惆怅之情。句中两个"期"字，一为妻问，一为己答，"期"字的重复使用不但没有使本句显得累赘，反而显得自然巧妙。

第二句描写了诗人所处的周边环境。巴渝地区处于四川盆地，所以多夜雨，因而巴山夜雨也成了当地秋季独特的景观。在万籁俱寂时，飘洒在巴山夜空的细雨触动了无数多愁善感的心灵，也唤起漂泊在外的游子的思乡愁绪。诗人正是抓住了当地景物的特点，以秋雨涨满秋天的池塘来抒发羁旅的凄清孤寂。

第三句是诗人对未来相聚情形的想象。"共剪西窗烛"是诗人想

象自己已经返回故乡，同妻子在西屋的窗下私语，情深意长，彻夜不眠，以致烛芯早已燃焦。他们一起剪去烛芯，仍有叙不完的离情、言不尽的喜悦。本句平淡而又温馨，使用了白描的手法，语气亲切自然，感情真挚，十分动人。

第四句仍是想象。在"共剪西窗烛"的同时，谈论今晚的巴山夜雨。这句又出现了"巴山夜雨"，只是此时的巴山夜雨并不是诗人眼前的实景，而是未来相逢时要谈论的话题，以想象中美好的场景来反衬今日的相思之苦，构思奇巧，妙趣横生。虽然"巴山夜雨"重复出现，但一个写实景，一个是虚拟情怀，使全诗不觉累赘，反觉精辟，技法之妙，常人难以企及。

全诗描写了诗人在巴山的夜晚看着细细的秋雨，想象着未来和妻子重逢的情景。全诗思绪回环往复、曲折缠绵，语言朴素而简练，以白描的方式叙事、写景、抒情，情景交融，虚实相间。诗中营造了优美自然的意境，巴山的夜雨融合了山的旷远、夜的宁静、雨的缠绵和悠悠的相思，可谓清新隽永，别有风情，令人回味无穷。

春雨

李商隐

怅卧新春白袷衣，白门寥落意多违。①
红楼隔雨相望冷，珠箔飘灯独自归。②
远路应悲春晼晚，残宵犹得梦依稀。③
玉珰缄札何由达，万里云罗一雁飞。④

·**释词**·

①白裌（jiá）衣：即白夹衣。唐人以白衫为闲居便服。白门：指今江苏南京市。②红楼：华美的楼房，多指女子的住处。珠箔：珠帘。此处比喻春雨细密。③晼晚：日落黄昏。此处还蕴含着年复一年、人老珠黄的意思。④玉珰：耳环。云罗：像罗纹一样的云。

·**译文**·

新春时节我穿着白夹衣怅然地卧在床上，白门寂寥冷落，我心中万分感伤。隔着雨丝凝视那座红楼，倍觉凄冷孤寂；细密的春雨像珠帘一样敲打着灯笼，在暗淡的灯光中我独自回来。她住的太远再出发去找她已不可能，到黄昏时更觉悲凄伤感，只好在残宵梦中依稀与你相见。有耳环作为信物，但是怎样才能送达，我只有寄希望于万里长空上云中的那只孤雁了。

·**鉴赏**·

这是一篇怀人之作。诗人在一个飘雨、尚未入夜的晚上，回想起自己曾经去一个地方寻找一名引起自己许多情思的女子，结果却是鹤去楼空、佳人不在。

首联写诗人在新春时节独卧伤感的情景。新春时节，诗人穿着白夹衣怅然若失地躺在床上，白门寂寥冷落，心中更觉万分感伤。"新春"本应是一派生机勃发的景象，充满着理想与力量，但是开头的一个"怅"字却来了一个大逆转，奠定了全诗异样的基调——怅惘哀伤。下句中的"寥落"更是将心中的苦闷与孤寂袒露无遗。

颔联写雨中独归的凄凉景象。前去寻访的时候正赶上空中飘雨，诗人伫立在雨中，隔着细密的雨丝遥望红楼，此时诗人的思绪就像这绵绵的雨丝，密而乱。要找的人不在，诗人在雨中伫立良久，才

在暗淡的灯光中独自归来。我们仿佛看到了雨中诗人那孤寂的背影。雨中凄迷气氛的感染力倍增。

颈联写日近黄昏更觉路途遥远和梦中依稀相见的情景。"远路应悲春晼晚"是说想到她所居住的地方路途遥远，再出发的话天色已晚，所以便有了接下来的在残宵的梦中相见的场景。诗人所"悲"的不是到达后心爱的女子容颜已改，"悲"的是路途遥远，难以到达，于是引出下边的托孤雁来传达信物。

尾联写诗人将希望寄托于天空中的一只孤雁。"玉珰缄札何由达"，有耳环作为信物，但是怎样才能送达？只有寄希望于万里长空上云中的那只孤雁了。虽说在最后算是有了寄托，但是细想一下，我们就会发现这种寄托和希望是渺茫的，也许诗人都觉得这种寄托是虚无缥缈的，但是至少还是有希望的，不至于绝望得看不到一丝曙光，而且也不会显得过于悲痛。

这首诗借春雨来抒发对远方恋人的思恋。开头先表明自己的怅惘之情，接着写旧地重寻，写隔雨望楼时，用十分明丽的色调勾勒出了一幅色彩明丽的画卷，最后将自己的相思之情寄托于长空中的一只孤雁，给读者留下无限遐想的空间。

无题

李商隐

昨夜星辰昨夜风，画楼西畔桂堂东。①
身无彩凤双飞翼，心有灵犀一点通。②
隔座送钩春酒暖，分曹射覆蜡灯红。③
嗟余听鼓应官去，走马兰台类转蓬。④

·释词·

①画楼：装饰彩绘的楼阁。桂堂：用桂木构造的厅堂。都用来比喻富贵人家的屋舍。②灵犀：犀牛角。古代当作灵物，中央色白，有角髓贯通两头，因其一孔如线相通，故称。③送钩：也称藏钩，行酒时的一种游戏。参加者分为两队，一方把钩藏到手里，相互传送，另一方应猜出钩在谁手，不中者则罚酒。分曹：分队。射覆：行酒时的游戏，唐时亦是酒令。在覆盖的器具下放置物件，让人猜测，以决输赢。射，猜。④听鼓：唐代制度规定，五更二点击鼓召集官员。这里表示天亮。应官：上朝站班。兰台：指秘书省，掌管图书秘籍。此时诗人在此任职。转蓬：飘荡不定的蓬草。

·译文·

昨天晚上满天星辰，半夜的时候吹来习习的凉风，你我在画楼的西面、桂堂的东面相会。我们身上虽然没有彩凤的双翼，不能比翼齐飞，但是我们的心却如灵犀一般息息相通。我们相隔而坐，一起玩藏钩的游戏，饮春酒来暖心，分组在泛红的烛光下猜谜射覆。可恨那晨鼓声响起，我不得不去上朝点卯；骑马赶到兰台，行色匆匆，就好像飘荡不定的蓬草。

·鉴赏·

这首《无题》诗是诗人写于秘书省任职期间，这是一首表现爱情的诗歌，表达了诗人深深的思念之情。

首联写出了相会的时间和地点。昨天晚上满天星辰，半夜的时候又吹来习习凉风，我们在画楼的西面、桂堂的东面相会。"昨夜星辰昨夜风"中的"星辰"和"风"这两种意象表明了相会是在一个满天星辰、凉风习习的夜晚，不仅点明了相会的时间，也营造出一

种美妙气氛。下句的"画楼西畔桂堂东"点明了相会的地点富丽堂皇。良辰美景中诉说着心中的苦闷,美景更美,哀情更哀,在对场景的描述中更能反衬出诗人内心的苦闷。

领联写虽然分离,但是彼此之间心灵相通。昨晚相聚,今日分离不能相见,遗憾的是我们没有像五彩凤凰一样的双翅,不能比翼双飞,抒发了不能与心爱的人相聚的苦恼。但是转念一想,虽然我们不能时时刻刻在一起,但是我们的心灵却是相通的。"灵犀",《汉书·西域传》中记载:"通犀,谓中央白色,通两头。"诗人运用了比喻的修辞手法抒发了自己的情怀,并且从中找到一丝慰藉。"身无"和"心有"形成了鲜明的对照,将此刻矛盾复杂的心理刻画得真实具体、细致入微。

颈联写昨夜欢乐游戏的场景。"送钩"又称藏钩,出自《汉武故事》,是说"钩弋夫人少时手拳,帝分其手,得一玉钩,手得展,后因有藏钩之戏"。后人根据这个传说改编,在酒席上藏钩行酒令让人猜玩。"射覆"也是唐代酒席上的一种游戏,众人猜测器具下的物品为何。这两个游戏都是需要多人配合才能完成的,可以想见当时热闹游戏的场景,而现在只剩下了诗人一人在此回忆,热闹与孤寂,欢乐与惆怅的鲜明对比,反衬出诗人内心的孤寂与惆怅。

尾联写无奈离去的情景。"嗟余听鼓应官去,走马兰台类转蓬",诗人感叹还没有尽兴就听见晨鼓声响起,不得不去上朝点卯,骑马赶到兰台,行色匆匆,就好像飘荡不定的蓬草。"应官去"是唐时的一种制度,官吏于卯时去供职之处等候点名。"兰台"即秘书省,当时诗人正在秘书省任职。这里,诗人写"昨夜"欢娱后更鼓响了,不得不离开去兰台应付差事。这一联前后句相承,不仅表明了诗人的不舍和良宵苦短,而且还表明了诗人的思念之情与为官的矛盾心理。

这是一首表现爱情的诗,全诗感情丰富,情真意切,用新颖的比喻形象生动地抒发了诗人哀婉的相思之情。这首诗所用意象新奇,营造出了曲折幽婉的意境。

无题二首（其一）

李商隐

凤尾香罗薄几重，碧文圆顶夜深缝。①
扇裁月魄羞难掩，车走雷声语未通。②
曾是寂寥金烬暗，断无消息石榴红。③
斑骓只系垂杨岸，何处西南待好风。④

释词

①凤尾香罗：一种织有凤纹的薄罗。罗，绫的一种。碧文圆顶：指有碧青花纹或其他花纹的圆顶罗帐。顶，指帐顶。②"扇裁"句：谓举扇难遮羞颜。月魄，指月亮。③金烬：灯盏或蜡烛残烬之美称。徐坚《孤烛叹》："玉盘红泪滴，金烬彩光圆。"石榴红：石榴花开的季节。④斑骓：毛色青白相间的马。这里暗用乐府《清商曲辞·神弦歌·明下童曲》"陈孔骄赭白，陆郎乘斑骓。徘徊射堂头，望门不欲归"的句意，暗示她的意中人其实和她相隔并不遥远，也许此刻正系马杨柳岸边呢！"何处西南待好风"：化用了曹植的《七哀诗》中"愿为西南风，长逝入君怀"的诗意，希望一阵清风把自己吹送到意中人的身边。

译文

我织的有凤尾纹的绫罗，薄薄的，裁剪成带有青碧花纹的圆顶罗帐，夜深人静的时候赶着缝制。第一次和你相遇的时候，因为害羞，用团扇遮住了自己的面容，但是却难掩心中的羞涩；你驱车在

我面前隆隆驶过，我们连一句话也没来得及说。曾经因为寂寥而难以入眠，想你想到更残烛尽；又到了石榴花开的季节，但是却仍然没有你的消息。也许你就在不远处，正在那杨柳岸边系马呢，哪里能来一阵清风把我吹到你的身边呢？

这是一首借一个年轻女子爱情失意和相思无望的幽怨与苦闷，抒发诗人对流光易逝的感慨以及抱负难以实现的怅惘伤感之情的诗。

首联写女主人公裁剪凤尾香罗，深夜缝制罗帐的情景。李商隐写诗特别讲求暗示，有时即使是起联，也不会写得过于明显直接，而是让读者自己去玩味。如此诗开端，就只写主人公裁剪凤尾香罗，深夜缝制罗帐的场景，虽然没有直接点出主人公的身份与性别，但是我们大概可以推知主人公是一位幽居独处的闺中女子。而"罗帐"在古代诗歌中常常被看作是男女好合的象征，此时，女主人公正在彻夜不眠地缝制罗帐，我们从中可以体会出她也许正沉浸在对美好往事的追忆和对以后相见的期待中。

颔联写女主人公和意中人第一次相遇时的场景。第一次相遇，因为害羞，所以用团扇遮住了自己的面容，但是却难掩心中的羞涩，当你驱车在我面前隆隆驶过时，我们连一句话也没来得及说。这虽然描绘的只是女主人公爱情生活中一个记忆深刻的片断，但却婉转地表达出了她在追忆往事时的怅惘而又深情的复杂心理。

颈联写分别之后的相思寂寥。自从上次匆匆相遇之后，便再也没有了对方的音信，不知已经有多少次在残灯的陪伴下度过不眠之夜，眼下又到了石榴花开的季节，仍然没有你的消息。此处所描绘的情景不同于上联所截取的一个生活片断，而是通过情景交融的艺术手法概括地描写女主人公在一个较长时期中的感情和生活，更具有浓郁的抒情气氛和象征暗示的色彩。"金烬暗""石榴红"表面上看似是不经意地点染景物，实际上却蕴含了丰富的感情内涵。又一次的石榴花开的时节，暗含着时光易逝的怅惘与伤感。由此可以看出，诗人运用象征暗示手法的娴熟与自然。

尾联写女主人公的希冀。"斑骓只系垂杨岸"暗用乐府《清商曲辞·神弦歌·明下童曲》"陈孔骄赭白，陆郎乘斑骓。徘徊射堂头，望门不欲归"的句意，暗示她的意中人其实和她相隔并不遥远，也许此刻正系马杨柳岸边呢！"何处西南待好风"化用了曹植《七哀诗》中的"愿为西南风，长逝入君怀"的诗意，希望一阵清风把自己吹送到意中人的身边。这一联无处不透露着女主人公的深情期待。

李商隐的优秀的爱情诗，多是写相思的痛苦与会合的难期，这首诗也是一样，主要描写了年轻女子爱情失意和相思无望的幽怨与苦闷。本诗的心理刻画细腻，感情真挚，其象征、暗示等手法的纯熟运用，使主题更显得含蓄蕴藉、寓意深远。

无题二首（其二）

李商隐

重帷深下莫愁堂，卧后清宵细细长。①
神女生涯原是梦，小姑居处本无郎。②
风波不信菱枝弱，月露谁教桂叶香。
直道相思了无益，未妨惆怅是清狂。③

·**释词**·

①重帷：重重帐幕。莫愁：古乐府有《莫愁乐》，出自《石城乐》，有句云："石城女子名莫愁。"石城在今湖北钟祥。梁武帝

《河中之水歌》有句："洛阳女子名莫愁。"后便以莫愁为女子的代称。②神女：指宋玉《神女赋》中的巫山神女。传说战国时楚怀王游高唐，梦中与女神相遇。小姑：南朝乐府民歌《清溪小姑曲》："开门白水，侧近桥梁。小姑所居，独处无郎。"③直道：即使。了：完全。清狂：痴情。

重重的帷幕低垂遮掩着女子的闺房，醒来后才觉得夜晚的时光细长。巫山神女的艳情原来只是一个梦，可怜青溪小姑的居所没有心爱的情郎。菱枝虽然柔弱，又何惧风浪，清香的桂叶若是没有雨露怎么能够飘香？即使深知沉溺于相思之中没有什么好处，也不妨痴情到底，惆怅终身。

唐朝中期以来，以爱情为题材的诗歌逐渐增多，这类诗歌的共同特点是叙事的成分比较多、情节性比较强、人物和场景的描绘非常细致。但是李商隐的爱情诗却以抒情为主体，着力刻画主人公的内心世界，值得玩味。这首诗所描绘的便是女主人公在不幸的遭遇和对爱情的执着追求下的相思心理。

首联写女主人公居住的地方的环境氛围。重重的帷幕低垂遮掩着女子的闺房，一个人独自醒来后久久不能入眠，更觉得长夜漫漫。诗篇刚开始并没有描述具体的事情，而是从女主人公居住地的环境氛围写起。重重的帷幕低垂，使幽邃的房间中笼罩着一层深夜里静寂的色彩。独处幽室的女主人公梦醒后想到自己现在的身世和处境，辗转反侧，难以成眠，更觉得寂静夜晚无比漫长。这两句虽然没有直接从正面描写女主人公的心理状态，但是透过诗人营造出的这种寂静孤清的氛围，我们似乎可以体会到女主人公此刻内心的孤寂冷清和那帷幕低垂的房间中弥漫的幽怨。

颔联写女主人公对自己爱情遇合的回顾。上句"神女生涯原是梦"，用巫山神女梦遇楚怀王的故事，下句"小姑居处本无郎"，用乐府《清溪小姑曲》"小姑所居，独处无郎"的典故。这两句是说，回忆往事，在爱情上尽管像巫山神女那样对爱情有过自己的幻想与追求，但到头来不过只是一场梦而已，所以直到现在还像清溪小姑那样独自一人，没有心爱的情郎来寄托终身。这一联虽然连用了两个典故，但是却不着痕迹，语言简练概括，却也不抽象，而是具体形象，并且所引用的神话故事能够引起读者丰富的联想。此外，"原"字不仅暗示着女主人公对爱情有过追求，而且还暗示着曾经有过短暂的遇合，但终究成了一场幻梦，所以说"原是梦"；"本"字则暗含着某种自我辩解的意味，这两层意思诗人写得都非常隐晦，需要细细体味。

颈联写自身的不幸遭遇。菱枝孱弱，却偏偏不惧风浪的洗礼；清香的桂叶若是没有雨露的滋润又怎么能够飘香四溢？诗人在这里用了两个比喻：把自己比作柔弱的菱枝，不惧遭受风波的摧残；又像是具有芳香的桂叶，却没有雨露的滋润使之飘香四溢。这一联含意比较隐晦，似乎是在暗示女主人公在生活中一方面受到恶势力的摧残，另一方面又得不到应有的帮助，措辞委婉，但是其含意极为沉痛。

尾联写女主人公的一片痴心。爱情遇合到头来也只是一场幻梦，虽遭遇如此的不幸，但女主人公仍然没有放弃自己在爱情上的追求——即便深知苦涩的相思全然无益，但是这深深的思念又不能改变，于是甘愿把这痴情化作终身的惆怅。恰如"屋漏偏逢连夜雨"，在如此艰难的处境中女主人公仍然坚持不渝地追求爱情，这"相思"的铭心刻骨便可想而知了。

这首诗描写的是一位女子的相思之苦。通过深夜追忆往事，独自相思，体现出了女主人公不幸的爱情遭遇，同时也表现出了女主

人公在爱情上的执着追求。诗篇在描写女主人公的遭遇时用典用喻，措辞委婉，含蓄蕴藉，感人至深。

登乐游原①

李商隐

向晚意不适，驱车登古原。②
夕阳无限好，只是近黄昏。

·**释词**·

①乐游原：在西安城南大雁塔东北，地势较高。唐时为长安游赏胜地。《长安志》："升平坊东北隅，汉乐游庙。"②意不适：心情不舒畅。

·**译文**·

临近傍晚的时候感觉心情不太舒畅，于是驾车登上乐游原。看见夕阳无限美好，只是黄昏将近（再美好的景象也会转瞬即逝）。

·**鉴赏**·

这首诗是诗人傍晚时因心绪不佳，前往乐游原，看到美景近黄昏，心生感慨而作。

第一句写诗人傍晚时刻心情不舒畅。诗人开篇即点出傍晚时分心情不舒畅，"意"在这里指心情，"不适"指（心情）不舒畅。一天过去之后，人的忧愁总是会在傍晚的时候堆积得更浓，怎样才能排遣此刻心中的忧愁呢？诗人想到了要去登乐游原。这样就写出了

522

登乐游原的原因，此外，这里的时间描写也为下面的叙事和抒情做了铺垫。

第二句写诗人乘车去乐游原。乐游原在长安城的南面，地势较高。《长安志》中记载："升平坊东北隅，汉乐游庙。"注云："汉宣帝所立，因乐游苑为名。在曲江北面高原上，余址尚有。……其地居京城之最高，四望宽敞。京城之内，俯视指掌。"自古以来的词客诗人多思善感，每当登高望远的时候很容易引发家国之悲、身世之感等无穷的思绪，可是，诗人在这里只是为了抒发自己"向晚意不适"的个人情怀。此外，乐游原中的"乐"字与诗人此刻心中的不舒畅、不快乐形成了对比，诗人到这里是想释放心中的不快，在这里找到快乐，也不枉对"乐游"一词。

第三句写黄昏时刻夕阳无限美好的场景。诗人来到乐游原，看到了黄昏时刻夕阳发出的耀眼光芒普照着大地，这种无边的美好令诗人陶醉其中，他不禁发出"夕阳无限好"的感慨。"夕阳"的美历来为很多人所称道，例如郑谷的《夕阳》中写道："夕阳秋更好，潋潋蕙兰中。"王之涣的《登鹳雀楼》中也有言："白日依山尽，黄河入海流。""无限"一词，将诗人的赞美之情全部融入其中。

第四句写诗人感慨黄昏夕阳的美好不能久留。傍晚夕阳的美景令诗人沉醉其中，但是诗人转念又想到眼前的景象是如此的美好，可是现在正值黄昏，太阳马上就要落山，太阳落山之后眼前的美景就会随之消失，黄昏时间短暂，眼前所能感受到的美景也很短暂，心中又不免生出一重感慨。

这是一首登高望远、即景抒怀的诗篇。诗人通过傍晚时分看到的夕阳美景，触景生情，生发出了晚景虽好但不能久留的感慨。全诗含蓄隽永，意味深刻，耐人寻味。

寄令狐郎中①

李商隐

嵩云秦树久离居，双鲤迢迢一纸书。②
休问梁园旧宾客，茂陵秋雨病相如。③

释词

①令狐郎中：令狐，指令狐绹，当时在长安任右司郎中。会昌五年（公元845年）秋，李商隐闲居洛阳，身体多病，旧友令狐绹从长安来信问候，李商隐作诗寄答。②嵩云：嵩山之云。秦树：秦中之树。这里分别借指洛阳、长安两地。双鲤：指书信。典出古乐府《饮马长城窟行》："客从远方来，遗我双鲤鱼。呼儿烹鲤鱼，中有尺素书。"③梁园：汉梁孝王的宫苑，遗址在今河南商丘。大文学家司马相如曾为梁孝王的宾客，在梁园住过。旧宾客：诗人自称。李商隐曾先后三次在令狐绹之父令狐楚的幕府中为幕僚，与令狐楚诸子游。茂陵：汉武帝陵墓，在今陕西兴平。司马相如晚年曾因患病，被免去孝文园令，住于茂陵。李商隐在会昌二年丁母忧而罢官闲居，且多病缠身。

译文

我们一个在洛阳，一个在长安，长久离居，你千里迢迢寄来了一封慰问的书信。请不要问我这个梁园旧客生活的甘苦，因为我就像那茂陵秋雨中多病的司马相如。

大和、开成年间，李商隐三入天平军节度使令狐楚幕府，受到恩遇，从学骈文，与令狐绹共笔砚。开成二年，李商隐进士及第，这和令狐楚的举荐有关。次年，李商隐转入泾原节度使王茂元幕府，并入赘为婿。晚唐"牛李党争"十分激烈，令狐氏为牛党，王茂元与李党人较近。李商隐后来一再受令狐绹的掣肘，并背上了"放利偷合"的骂名。这首诗写于会昌五年（公元845年）秋天，作者闲居洛阳时回寄在长安的旧友令狐绹的诗作，因令狐绹时任右司郎中，所以题"寄令狐郎中"。

第一句用"嵩云秦树"指代作者所在的洛阳和令狐绹所在的长安。"嵩云"和"秦树"是化用杜甫《春日忆李白》中的"渭北春天树，江东日暮云"。云、树是分居两地的朋友即目所见之景，也是彼此思念之情的寄托。"嵩云秦树"是唤起他们彼此思念情景的想象，呈现出一幅朋友遥望云树、神驰天外的画面。

第二句写令狐绹从远方寄书信问候诗人的喜悦心情。"双鲤"语出古乐府《饮马长城窟行》："客从远方来，遗我双鲤鱼。呼儿烹鲤鱼，中有尺素书。"这里代指书信。好友久别远隔，两地相思，正当诗人闲居多病、秋雨愁闷之际，忽然得到故友寄书信来问候，因而感到友谊的珍贵。"迢迢""一纸"显出对方情意的深长和自己接读来信时油然而生的亲切感念之情。

第三句转写诗人时下的境况，对来信做一个回答。诗人从公元829年到837年曾三入绹父令狐楚幕府，得到令狐楚的厚待。公元837年应进士举又得到令狐楚的推荐，因而此处以"梁园旧宾客"自比，倾诉潦倒多病、寂寞惆怅的心情。

第四句诗人写自己如今和司马相如晚年一般："尝称病闲居，既病免，家居茂陵。"诗人于公元842年因服母丧而离秘书省正字之

职，几年来闲居在家。这段时间他用世心切，常感闲居生活的寂寞孤独，从而心情抑郁，体弱多病。后两句凝练含蓄，将自己过去和令狐父子的关系、当前的处境状态、对方来信的内容以及自己对故交情谊的感念融合在一起，内涵极为丰富。在寂寞中收到友人关怀问候的书信，自然是美好的，可是诗人想到自己落寞的身世、悲凉的处境，又增添了无穷的感慨。

本诗是诗人给好友的回信，内容从收到好友书信的开心到向好友倾诉潦倒困顿、寂寞悲凉的心情，充满了诗人感念旧恩故交之意，却无卑屈献媚之态，虽有感慨身世落寞之词，却无乞援施舍之意。诗中情意虽谈不上深厚浓烈，却率真诚恳。

贾生①

李商隐

宣室求贤访逐臣，贾生才调更无伦。②
可怜夜半虚前席，不问苍生问鬼神。③

①贾生：即贾谊（公元前200—前168年），西汉著名政论家、文学家，力主改革弊政，但却遭谗被贬，一生抑郁不得志。②宣室：汉代未央宫前的正室。逐臣：指贾谊。贾谊因遭谗被贬为长沙王太傅。才调：才华品德。③可怜：可惜，可叹。问鬼神：事见《史记·屈原贾生列传》："后岁余，贾生征见，孝文帝方坐宣室，上因感鬼神事而问鬼神之本。贾生因具道所以然之状。至夜半，文帝前席。"

·译文·

汉文帝在未央宫中求问被贬谪的贤臣贾谊，赞叹贾谊的才华和品德无人能及。可惜谈至深夜，汉文帝挪动身子靠近他，竟不是垂询国事民生，而是问鬼神之事。

·鉴赏·

贾谊是西汉初年著名的政治家、文学家，世称"贾生"。贾生十八岁即有才名，但是在二十三岁时，因遭群臣排挤，被贬为长沙王太傅。三年后被召回长安，任梁怀王太傅。这是咏叹贾生故事的短诗，其着眼点不在个人的祸福得失，而在于批判封建统治者不能真正重视人才，使其在政治上施展才学。

第一句写汉文帝在未央宫求问贾谊。"求""访"两字仿佛热烈颂扬汉文帝求贤若渴，待贤臣态度诚挚。"求贤"而至"访逐臣"，更可见其网罗贤才已达到"野无遗贤"的程度。

第二句写贾谊的才华无与伦比，隐含了汉文帝对贾谊的溢美之词。"才调"，兼具才能品格，与"更无伦"的赞叹相辅，令人宛见贾生少年才俊、意气风发的精神风貌，诗的形象感和咏叹的情调也就自然地显示出来了。前两句由"求"到"访"，层层递进，表现了汉文帝对贾生的器重。

第三句陡转直下。"夜半虚前席"将汉文帝当时那种虚心垂询、凝神倾听，以至于"不自知膝之前于席"的情状描绘得惟妙惟肖，将历史陈迹投影成充满生活气息、栩栩如生的画面。这种善于选取典型细节的艺术手段正是李商隐咏史诗的特色。"可怜"二字比"可悲""可恨"更含蓄、更耐人咀嚼，表面上看起来是在给文帝留有余地，其实却隐含着冷峻的嘲讽。

第四句揭露"求贤"的真相：文帝求贤、访贤不是为了询求治

国安邦的策略，而是为了"问鬼神"，讽刺意味振聋发聩，感慨极深沉，却又极抑扬吞吐之妙，使末句由强烈对照而形成的贬抑更显得有力。晚唐许多皇帝都崇佛媚道，服药求仙，不理政事，不任贤才。诗人矛头所指，显然是当时那些"不问苍生问鬼神"的封建统治者。在讽刺的同时，诗人又暗寓自己怀才不遇的悲凉冷寂。

全诗托古讽时，意在借贾谊的人生际遇抒写诗人怀才不遇的悲慨。诗选取汉文帝宣室召见贾谊，夜半倾谈的情节，而汉文帝不能识贤任贤，"不问苍生问鬼神"揭露了晚唐皇帝崇佛求道、荒于政事、不顾民生的庸碌无为。诗寓慨于讽，讽刺效果奇佳。

杜秋娘

【作者简介】

杜秋娘（生卒年不详），唐代金陵（今江苏南京）人。存诗仅此一首，亦可疑。

金缕衣①

杜秋娘

劝君莫惜金缕衣，劝君惜取少年时。②
花开堪折直须折，莫待无花空折枝。③

·释词·

①金缕衣：唐教坊曲调名，此指华丽昂贵的衣服。②惜取：珍惜。少年：古今概念不同。古代少年指现代的小青年、青年，直至三十岁才为壮年。③堪：可以，能够。直须：尽管。

我劝你不要顾惜荣华富贵，我劝你应该珍惜你的青春年华。就像那盛开的鲜花一样要及时采摘，如果采摘不及时，待到春残花落就只能折取空枝了。

此诗作者在《全唐诗》中作无名氏。按：杜秋娘为金陵歌女，年十五为镇海节度使李锜侍妾，有才情。宪宗时，李锜因叛唐获罪，杜秋娘籍入宫中。穆宗即位，为漳王傅姆。漳王因罪被废，杜秋娘赐归故里。杜牧有《杜秋娘诗并序》记其事。相传杜秋娘善唱《金缕衣》曲，或因此被传为此曲作者。

历朝历代对此诗诗意的理解分歧很大。有的只抓第二句，劝人惜取美好时光；有的由三、四句入手，教人及时行乐；有的则认为这是一首歌女对客人的示爱之作。

这首诗在中唐时期非常流行。诗的含义比较单纯，反复咏叹时光易逝要爱惜，莫要错过青春年华。从字面看，是对青春和爱情的大胆颂赞，是热情奔放的坦诚流露，然而诗的深层含义仍然是"爱惜时光"。

第一句劝人们不要珍惜缀有金线的衣服。金缕衣本是异常华贵的物品，但是诗人却"劝君莫惜"，给读者留下了一个不小的悬念。

第二句和第一句的句式类似而意义相反，劝人们要珍惜自己的青春年华，一个"莫惜"，一个"惜取"，形成重复中的变化，间接回答了上一句的悬念。金缕衣虽然珍贵，但是与韶华光阴相比，哪个更贵重就不言而喻了，青春对任何人都只有一次，它一旦逝去就永不再有。可是，世人多惑于此，爱金如命，虚掷光阴。"劝君"用对白语气，有很浓的歌味和娓娓动人的风韵。两句一否定一肯定，否定前者乃是肯定后者，形分意合，构成诗中第一次反复和咏叹，其旋律节奏缓缓递进。

第三句和第四句则构成第二次的反复和咏叹。第三句写鲜花盛开最艳的时候应该摘下来，"花开堪折直须折"是从正面说"行乐须及春"之意，节奏短促，力度极强，是对青春与爱恋的放胆歌唱。这里的热情奔放，不但率真大胆，而且形象贴切。

第四句劝人们不要等到花朵枯萎了才来折取，那时只能摘取无花的枝干，从反面说"行乐须及春"之意。单就诗意来看，后两句与前两句意义相似，均是劝人们"莫负好时光"，除了句与句之间的反复，又有上联与下联之间的回环反复。但是这两联使用了不同的表现手法，上联直抒胸臆，是赋法；下联是使用比喻手法，于重复中仍可看出变化。最后两句用了两个"花"字，三个"折"字，动静结合，构成了回文式的复叠美。

全诗的情绪由徐缓的回环到热烈的激荡，构成了此诗内在的韵律。全诗寓意单纯，劝人们"莫负好时光"，每句表面上似乎都在重复单一的意思，但是每句又都暗含微妙变化，重复而不单调，回环而不急躁，形成优美的旋律。字与字的反复、句与句的反复、联与联的反复，使诗句朗朗上口，句句可歌。

韦 庄

【作者简介】

　　韦庄（约公元 836—910 年），字端己，京兆杜陵（今陕西西安东南）人。乾宁进士，后仕蜀，官至吏部侍郎兼平章事。工诗，所作《秦妇吟》颇负盛名。与温庭筠同为"花间派"代表作家，并称"温韦"。有《浣花集》《又玄集》。

金陵图①

韦庄

江雨霏霏江草齐，六朝如梦鸟空啼。②
无情最是台城柳，依旧烟笼十里堤。③

·**释词**·

　　①此诗一作《台城》。②霏霏：细雨连绵的样子。六朝：指三国东吴，东晋，南朝宋、齐、梁、陈六个朝代，皆定都于建康（今南京）。③台城：也称苑城，在南京玄武湖边，原为六朝时帝王荒淫享乐的场所。